JAN BURKE

Böse Buben

Mö -Roth

Mö ✓

Buch

Für Irene Kelly, Reporterin mit einem untrüglichen Gespür für Sensationen, wird ein schaler Witz zum Alptraum: Ihr Mann, Detective Frank Harriman, verläßt nach einem Ehekrach das Haus – und ist verschwunden. Kurze Zeit später meldet sich eine Gruppe namens HOCUS und behauptet, Harriman entführt zu haben.

Detective Thomas Cassidy übernimmt die Ermittlungen, tritt aber auf der Stelle, da weder eine Forderung gestellt wird noch ein Motiv ersichtlich ist. Irene und Cassidy finden heraus, daß die Entführer zwei junge Männer sind, die Harriman als Kinder vor langer Zeit bei einem Einsatz gerettet hat. Samuel Ryan und Bret Neukirk waren Zeugen, als ihre Väter bei einem Ausflug grausam ermordet wurden. Harriman nahm die Jungen damals in seine Obhut: Er war der einzige, zu dem die Kinder Vertrauen hatten.

Um so verwirrender scheint es nun, daß ausgerechnet Harriman das Opfer der beiden Männer geworden ist. Doch da tauchen Hinweise auf, daß es eine Verbindung zwischen Harrimans verstorbenem Vater, ebenfalls Polizist, und dem Verbrechen am Vatertag gibt …

Autorin

Jan Burke lebt mit ihrem Mann in Seal Beach, Kalifornien. *Böse Buben* ist der fünfte Roman ihrer überaus erfolgreichen Irene-Kelly-Reihe, zu deren Fans erklärtermaßen auch der amerikanische Präsident Bill Clinton gehört.

Bei Goldmann bereits erschienen

Morgen früh, wenn Gott will. Roman (42367)
Und raus bist Du. Roman (42398)
Da waren's nur noch drei. Roman (42399)
Du wirst mich nie vergessen. Roman (43603)

JAN
BURKE

Böse
Buben

Roman

Aus dem Amerikanischen von
Ariane Böckler

GOLDMANN

Die amerikanische Originalausgabe erschien 1997 unter dem Titel »Hocus« bei Simon & Schuster, New York

Hocus (Hō'kas) vt.

1. *j-m e-n* Streich spielen; betrügen, »übers Ohr hauen«.
2. *j-n* betäuben (v. a. in krimineller Absicht)

Umwelthinweis:
Alle bedruckten Materialien dieses Taschenbuches sind chlorfrei und umweltschonend.
Das Papier enthält Recycling-Anteile.

Der Goldmann Verlag
ist ein Unternehmen der Verlagsgruppe Bertelsmann

Deutsche Erstausgabe 4/98

Umschlaggestaltung: Design Team München
Satz: deutsch-türkischer fotosatz, Berlin
Umschlagfoto: Lajos Keresztes
Druck: Elsnerdruck, Berlin
Verlagsnummer: 43936
Redaktion: Cornelia Köhler
FB · Herstellung: Katharina Storz
Made in Germany
ISBN 3-442-43936-1

1 3 5 7 9 10 8 6 4 2

Für die unschlagbaren Geschwister

Tonya, Sandra und John
und
Tommy, Susie und Michael

Ursprünge

Noch bevor er in den Kindergarten kam, hatte er herausgekriegt, daß sein Lieblings-Superheld beim Fliegen an Schnüren hing. Jetzt, etwas mehr als vier Jahre später, wünschte er, er hätte sich geirrt. Jetzt könnten sie einen Helden mit Umhang gebrauchen. Er flüchtete sich in seine Phantasie und malte sich jemanden mit echten übermenschlichen Kräften aus, der zu ihrer Rettung kam. Ein leises Stöhnen holte ihn in den dunklen Raum zurück. Es widerte ihn an, wie es hier roch: modrig und metallisch. Egal, welche Gestalt ihr Held auch einnahm, er mußte schnell kommen. Sein Freund war verletzt – ein Arm vielleicht gebrochen. Sein Vater hätte es gewußt.

Am besten dachte er gar nicht an seinen Vater.

Ihre Mütter vermißten sie bestimmt noch nicht. Es war schwer zu erraten, welchen Tag sie hatten, aber er glaubte nicht, daß schon eine Woche vergangen war. Und vielleicht wußte der böse Mann ja auch, wo ihre Mütter waren. Vielleicht würden ihre Mütter nie kommen und sie holen. Er hätte beinahe wieder zu weinen begonnen.

Sei kein Waschlappen, schärfte er sich ein. Bloß nicht.

Statt dessen dachte er an seinen Freund. Wenn seinem Freund etwas passierte, wollte er nicht mehr leben. Niemand sonst würde ihn je verstehen, niemand sonst würde wissen, wie das hier gewesen war.

In den letzten paar Stunden hatte sein Freund immer wieder leise gestöhnt, aber nun hatte er aufgehört und war ganz ruhig – sie hörten, wie die Tür aufging. Jemand kam die

Treppe herunter. Der Junge zitterte, voller Angst, daß ihr Peiniger zurückgekehrt sei. Sein Freund streckte den Arm aus und nahm seine Hand.

Die Stimme war nicht die Stimme ihres Entführers. Dieser Mann rief irgend etwas von der Polizei, doch die Jungen ließen sich davon nicht narren. Diesmal nicht.

Sie schwiegen weiter. Die Kleider des Mannes waren so dunkel wie der Raum, und er hielt eine Taschenlampe in der Hand. Er sagte irgend etwas über Gott, als er die Leichen ihrer Väter entdeckte und die Blutlachen. Er bewegte die Taschenlampe weiter, bis ihr Strahl schließlich auf die Gesichter der Jungen traf. Der Mann atmete ruckartig ein und sagte dann ganz sanft:

»Hi. Alles okay. Ihr braucht keine Angst zu haben. Jetzt seid ihr in Sicherheit. Ich bin Polizist.«

»Ein echter?« fragte der Junge.

»Ja«, antwortete der Mann, der langsam näher kam und die Lampe hoch über sich hielt, damit sie ihn sehen konnten.

»Das war der andere auch«, flüsterte sein Freund, aber später weigerten sich beide Jungen, irgend jemandem zu erklären, was sie damit meinten.

1

Ich sagte ihnen, ich würde versuchen, ein wenig zu schlafen, aber ich glaube nicht, daß sich irgend jemand von mir täuschen ließ. Keiner von uns würde in dieser Nacht schlafen. Ich versuchte es nicht einmal. Ich war nach wie vor hellwach, saß auf einem Stuhl gegenüber dem viel zu breiten Bett und starrte es an, als gehörte es nicht in mein Haus; grübelte zuviel; mußte immer wieder erbarmungslos daran denken, daß mein Mann und ich, als wir uns zuletzt gesehen hatten, uns im Streit voneinander verabschiedet hatten. Ich kenne keinen Trank, der so bitter wäre wie die Erkenntnis, daß man womöglich für immer die Gelegenheit verloren hat, um Verzeihung zu bitten.

Noch ein paar Stunden zuvor war ich weniger zu Entschuldigungen bereit gewesen. Frank war nicht zum Abendessen erschienen, aber ich nahm an, daß ihn die Arbeit aufgehalten hatte. Nach den Terminplänen eines Ermittlers der Mordkommission kann man schließlich nicht die Uhr stellen. Als Reporterin habe ich selbst reichlich unregelmäßige Arbeitszeiten. Es war nicht der erste Abend, an dem einer von uns einem unbenutzten Gedeck gegenübersitzend gegessen hatte.

Ich hatte nicht viel Appetit. Ich saß da und fragte mich, wie eine Woche, die derart glänzend begonnen hatte, so schnell vor die Hunde gehen konnte. Am Montag war Frank der maßgebliche Mann bei der Lösung eines großen Falls gewesen: Seine Ermittlungen hatten zur Festnahme zweier Mitglieder von Hocus geführt, einer Gruppe, die schon seit Wochen einen zerstörerischen Feldzug in Las Piernas führte. Am Dienstag hatte er den Aufenthaltsort des mutmaßlichen Anführers der Gruppe herausgefunden, eines Mannes, der daraufhin verhaftet wurde.

Am Mittwoch machte das Leben eine Kehrtwende. Im *Las Piernas News Express* erschien ein Artikel über die Verhaftungen, und Frank Harriman, der Ermittler der Mordkommission, wurde darin als Held gefeiert. Das hätte durchaus Grund zur Freude sein können, aber leider ließ der Artikel kaum ein gutes Haar an den anderen Beamten, die den Fall bearbeitet hatten. Schlimmer noch – er enthielt Details, die offensichtlich direkt aus geheimen polizeilichen Unterlagen stammten. Es dauerte nicht lange, bis die Abteilung, die Frank zuerst auf die Schulter geklopft hatte, anfing, mit dem Finger auf ihn zu zeigen, auf ihn, den einzigen Polizisten, der mit einer Reporterin vom *Express* verheiratet war.

Die Hocus-Geschichte stammte aus der Feder unseres Kriminalreporters Mark Baker, eines Könners, der seine Arbeit allein macht und es nicht nötig hat, sich mit mir zu beraten. Es wäre sowieso nie meine Story geworden – weil ich mit einem Polizisten verheiratet bin, sind Kriminalgeschichten für mich tabu. Doch die meisten Polizisten sowie die Beamten aus dem Büro der Staatsanwaltschaft sind der Presse gegenüber von vornherein zynisch, und nur wenige würden Frank seine Erklärungen über unsere Grundregeln abkaufen. Aus Franks Belastungen am Arbeitsplatz wurden schnell Belastungen zu Hause.

Vielleicht hätte sich der Frieden in unserem Haushalt wieder eingestellt, wenn das unsere einzige Schwierigkeit gewesen wäre, aber anscheinend treten Probleme immer rudelweise auf. Diesmal kam der Ärger im Dreierpack und ließ uns den ganzen Donnerstag lang schweigen und Distanz wahren, bis wir uns am Freitag morgen beim Frühstück anschrien.

Am Freitag nachmittag war ich es leid, mir über das Ausmaß unserer momentanen Verstimmung den Kopf zu zerbrechen, und hatte bei ihm im Büro angerufen. Großherzig von mir, fand ich.

Meine edlen Absichten waren verschwendet. Er war nicht da. Ich rief seinen Piepser an. Kein Rückruf.

Ich versuchte es ein zweites und ein drittes Mal – ohne Erfolg.

Während ich zu Hause zuviel Essen kochte, dachte ich über die möglichen Erklärungen für das Ausbleiben seiner Reaktion nach. Eine war, daß er den Piepser nicht dabeihatte. Unwahrscheinlich, aber möglich. Eine zweite war, daß er keine Zeit gefunden hatte, um zurückzurufen. Mag sein. Am wahrscheinlichsten war aber, so schloß ich, daß er mich ignorierte.

Um acht stand das übriggebliebene Hühnchen im Kühlschrank. Deke und Dunk, die Hunde, waren Gassi geführt und gefüttert worden. Sie lagen zu meinen Füßen, behielten aber die Tür im Auge. Cody, mein großer Kater, der mehr auf meine Stimmungen einging, war unruhig und tigerte von einem Zimmer ins nächste, während sein Schwanz mißmutig hin und her schnellte. Er schlich ins Gästezimmer, wo kein Licht brannte, und miaute. Als ich hinging, um nachzusehen, was ihm fehlte, raste er aus dem Zimmer, wartete, bis ich mich auf einen Stuhl gesetzt hatte, und wiederholte dann das gesamte Theater in der Küche. Auf diese Art zogen wir durchs ganze Haus. Ich war gerade zu dem Schluß gekommen, daß ich aus seinem Pelz ein hübsches Paar Stiefelchen machen könnte, als das Telefon klingelte.

Ich lief hin, um den Hörer abzunehmen, bevor sich der Anrufbeantworter einschaltete.

»Irene?« sagte eine Männerstimme.

»Ja. Hi, Pete.« Kein gutes Zeichen, dachte ich, daß es sein Partner ist, der anruft.

»Ist Frank da?«

»Ich dachte, er sei mit dir zusammen«, entgegnete ich. Meine Sorgen begannen sich zu verlagern.

»Nein. Herrgott, ich hätte gedacht, daß er mittlerweile wieder zurück sein müßte.«

»Zurück von wo?«

»Riverside.«

»Riverside?«

»Er ist heute morgen da raus gefahren. Er mußte dort mit einem Typen reden. Einem Zeugen.«

»Oh.«

»Ja, ich bin hiergeblieben«, sagte er, und ich hörte, wie sich ein beunruhigter Unterton in seine Stimme schlich. »Ich mußte einen Haufen anderes Zeug aufarbeiten. Du weißt schon.«

Ich mache mir lieber gar nichts vor, dachte ich. »Er soll dem Büro fernbleiben, wegen der undichten Stelle hinsichtlich der Verhaftung, stimmt's?«

»Ja, vermutlich wegen der undichten Stelle. Weißt du, wenn du nur diesen anderen Reporter dazu bringen könntest, seine Quelle zu nennen –«

»Wenn das für Frank schon nicht machbar war, warum zum Teufel soll es dann für dich machbar sein?«

»Ihr beiden habt euch wohl heute morgen deswegen gestritten, was?«

Ich seufzte. »Hat er dir auch erzählt, was wir zum Frühstück gegessen haben?«

»Er hat gesagt, er sei ohne Frühstück weggegangen.«

»Scheiße.«

»Reg dich jetzt deshalb nicht übermäßig auf, Irene. Frank und ich sind schon länger Partner, als ihr verheiratet seid.«

Das war einer der Sprüche, die mir Pete mit Vorliebe immer dann an den Kopf warf, wenn ich mich dagegen wehrte, daß er seine Nase in unsere Angelegenheiten steckte. Bevor ich etwas erwidern konnte, meldete sich seine Frau am zweiten Apparat.

»Pete Baird, spiel dich bloß nicht so auf«, erklärte Rachel. »Was ist denn los, Irene? Frank ist von Riverside nicht nach Hause gekommen?«

»Nein«, sagte ich und hatte plötzlich das Gefühl, als gäbe ich zu, daß er womöglich nicht nach Hause kommen wollte. Aber Rachel war auf einer ganz anderen Spur.

»Da stimmt etwas nicht, Pete. Ruf doch auf dem anderen Anschluß im Revier an. Frag nach, wann er sich zuletzt gemeldet hat.«

Als Pete aufgelegt hatte, fragte ich Rachel: »Was meinst du damit, daß etwas nicht stimmt?«

»Bist du dir sicher, daß er nicht versucht hat, dich anzurufen? Hast du telefoniert?«

»Nein. Das einzige Mal, daß ich das Telefon benutzt habe, war, als ich vor ein paar Stunden seinen Piepser angerufen habe. Wer war denn dieser Zeuge?«

»Der Zeuge? Das war –«

Bevor sie den Namen nennen konnte, hörte ich, wie Pete ihr auf italienisch etwas zurief. Ich verstand nicht, was er sagte, aber es lag auf der Hand, daß er ihr verbot, mit mir über den Fall zu sprechen. Der verständliche Teil ihrer – gleichfalls italienischen – Antwort lautete: »Ich sage es ihr, wenn ich will«, und etwas in der Richtung wie: »Hier sind fünf Cents; damit kannst du doppelt soviel Hirn kaufen, wie du momentan benutzt.«

Zu mir sagte sie ganz ruhig: »Es gibt keinen Grund, sich Sorgen zu machen. Der Mann, zu dem er hinausgefahren ist, ist ein Informant. Frank und Pete haben schon öfter mit ihm gesprochen. Er ist kein großer Hecht, nicht, daß du das denkst. Nur ein Junkie. Er war noch nie in etwas Größeres verwickelt. Hat nie jemandem etwas zuleide getan.«

Ich setzte endlich meinerseits Hirn im Wert von fünf Cents ein und begriff voll und ganz, was sie mir verschweigen wollte.

»O mein Gott.«

»Irene, steigere dich nicht in etwas hinein.«

»Du glaubst, daß draußen in Riverside etwas schiefgelaufen ist. Daß Frank etwas zugestoßen ist –«

»Warte mal«, bat sie. »Pete will mir etwas sagen.« Sie bedeckte die Sprechmuschel mit der Hand, so daß ich ihren kurzen Disput nur gedämpft mitbekam. Nach kurzem Schweigen sagte sie schließlich: »Paß auf, ich komme gleich rüber, einverstanden?«

»Er hat sich gar nicht gemeldet, stimmt's?«

»Hör mir zu, Irene. Frank könnte genausogut in irgendeiner Bar sitzen, mit den Cops von dort einen heben und ihnen für die gute Zusammenarbeit danken, ja? Ich komme jetzt einfach rüber, um dir Gesellschaft zu leisten, damit du dich nicht selbst verrückt machst, weil du dir den Kopf darüber zerbrichst, was Franks Verspätung verursacht haben mag oder nicht. Pete fährt jetzt zum Polizeirevier und besorgt sich Adresse und Telefonnummer von diesem Informanten. Pete kann auch in Erfahrung bringen, mit wem von der Polizei in Riverside Frank gesprochen hat.«

»Sag Pete, daß ich mitfahren will.«

»Bist du verrückt geworden? Die Polizei singt momentan nicht gerade Loblieder auf den *Express*. Sie würden dich nicht mal an der Pforte vorbeilassen. Ich will ganz ehrlich mit dir sein. Zur Zeit sehen sie dich als eine Art Mata Hari. Sie sind der Meinung, daß du deinem Ehemann, dem Polizisten, eine Geschichte entlockt hast. Pete hat mir erzählt, daß Frank heute richtig froh darüber war, aus dem Revier rauszukommen. Ich schätze, der Lieutenant hat ihm heute ernsthaft die Hölle heiß gemacht. Er hat fast jeden davon überzeugt, daß der *Express* die Einzelheiten der Verhaftung einzig und allein durch Frank erfahren haben kann.«

Nur wenig später stand Rachel vor meiner Haustür. Sie warf nur einen Blick auf mich, erriet sofort, was ich mir ausgemalt hatte, und sagte: »Hör mal, ich will dir keinen Bären aufbinden. Obwohl ich es für die unwahrscheinlichste Möglichkeit halte, könnte Frank tatsächlich in Schwierigkeiten stecken. *Könnte*. Aber du kannst sowieso nichts unternehmen, also hat kein Mensch etwas davon, wenn du zum Nervenbündel wirst.«

Rachel hatte vor etwa einem Jahr – mit Anfang Vierzig – bei der Mordkommission in Phoenix aufgehört; jetzt ist sie Privatdetektivin. Ich nahm an, daß sie diese Sorgen aus beiden Perspektiven kannte: als ehemalige Polizistin und als Polizistenfrau.

»Wenn es Pete wäre –«, begann ich.

»Wäre ich beunruhigt«, sagte sie. »Aber nicht so aufgeregt wie du. Nicht, bevor ich mehr Grund dazu hätte.« Sie hielt inne. »Vielleicht ist es schwerer, wenn man zuvor gestritten hat.«

»Ich glaube, ich bin es Frank schuldig, fürs erste den Mund zu halten«, erklärte ich. »Aber du weißt wahrscheinlich mehr darüber als ich. Anscheinend hat er Pete einiges erzählt. Komm rein und erzähl mir, was du schon weißt.«

Nachdem wir es uns gemütlich gemacht und die Tiere sich um uns herum niedergelassen hatten, sagte sie: »Okay, ich weiß, daß Frank über den Artikel empört war. Das ist verständlich, aber ich stehe auf deiner Seite. Frank und Pete haben kein Recht dazu, von dir zu verlangen, daß du etwas tust, was dir berufliche Scherereien macht.«

»Frank hat so etwas ab und zu für mich riskiert. Es sind nicht nur Scherereien; es ist wesentlich schlimmer.«

»Was meinst du damit?«

»Hör mal, mir ist ja klar, warum Frank empört ist. In seinen Augen sieht es so aus, als wäre es für mich ein Kinderspiel, herauszufinden, wer Mark alles erzählt hat.«

»Dieser Mark ist ein Freund von dir, stimmt's?«

»Ja, allerdings.«

»Dann bitte ihn doch einfach darum, dir zu sagen, wer die Quelle ist –«

»Aber das kann ich nicht«, protestierte ich. »Zum Teil gerade *weil* Mark ein Freund von mir ist. Wenn er einer Quelle Anonymität zugesichert hat, kann ich unsere Freundschaft nicht dazu benutzen, ihn zum Bruch seines Versprechens zu überreden.«

»Du behauptest also, daß es eine Frage der Ethik ist?«

»Ja.«

»Vermutlich wäre dein Chefredakteur auch nicht gerade begeistert von dir.«

Ich nickte. »Er hätte allen Grund, wütend zu sein. Mich sogar zu feuern.«

»Ich glaube, daß Frank das versteht. Er ist nur frustriert.«

»Ich weiß, ich weiß. Aber er hat es zu einer Frage der Loyalität gemacht: Wo liegt meine Loyalität – bei ihm oder beim *Express*?«

»Ah, langsam verstehe ich.«

»Es hat mich auf die Palme gebracht. Ich war schon Reporterin, als wir uns kennenlernten. Wir haben darüber gesprochen, es diskutiert, bevor wir geheiratet haben. Wir hatten uns ein richtiges System zurechtgelegt, eine Methode, um dieses Problem auszuschalten. Ich habe nie irgend etwas, das er mir anvertraut hat, in die Redaktion getragen – außer wenn er es ausdrücklich erlaubt hat.«

»Und er spricht nicht mit seinen Kollegen über deine Arbeit bei der Zeitung – nicht einmal mit Pete, egal, was dieser kleine Unruhestifter auch behaupten mag.«

Ich wurde ruhiger. »Ich weiß. Ich weiß, daß er dichthält.«

Nach langem Schweigen sagte sie: »Genau wie du weißt, daß er nicht mehr an seiner früheren Freundin interessiert ist.«

»Herrgott noch mal. Weiß Pete darüber auch Bescheid?« seufzte ich. Das hieß, daß Pete über zwei unserer drei momentanen Probleme im Bilde war. Normalerweise war Frank diskreter, auch seinem Partner gegenüber. »Was hat er dir denn erzählt?«

»Ich habe eine bessere Idee. Erzähl mir doch einfach deine Version.«

Bevor ich antworten konnte, klingelte das Telefon. Hastig nahm ich den Hörer ab. Es war Pete.

»Hast du schon etwas von ihm gehört?« fragte ich, und jeglicher Ärger war verflogen.

»Nein, bis jetzt noch nicht. Er hat auf keinen unserer Anrufe auf seinem Piepser reagiert. Die Polizei in Riverside hat nichts mehr von ihm gehört, seit er dort angerufen und ihnen mitgeteilt hat, daß er hinausführe, um mit diesem Junkie zu reden. Der Junkie hat aber seine Telefonrechnung nicht bezahlt, also kann man bei ihm nicht anrufen. Riverside ist unterwegs, um mit dem Knaben zu sprechen und in Erfahrung zu bringen, wann Frank dort weggegangen ist. Ist Rachel bei dir?«

Ich reichte ihr den Hörer.

Frank war also nicht mit den Riverside-Cops einen heben. Pete hatte ihnen wohl nicht erzählt, daß sein Partner sich mit seiner Frau gestritten hatte. Denn sonst hätte er Riverside womöglich nicht davon überzeugen können, eine Streife zum Haus des Junkies zu schicken. Andererseits konnte Pete aber auch dermaßen penetrant sein, daß sie vielleicht sogar eine Suchmeldung nach Frank herausgaben, nur um Pete loszuwerden.

Ich sah auf die Uhr. Viertel nach neun.

Rachels Beitrag zu dem Gespräch dauerte nicht lang und war auf italienisch. Ich verstand nicht mehr als ein paar Pronomen und Koseworte, aber ihr Tonfall wäre in jeder Sprache verständlich gewesen: Sie versuchte ihn zu beruhigen und seine Sorgen zu zerstreuen, was bewirkte, daß meine direkt proportional dazu eskalierten. Ich fing an, auf und ab zu gehen.

»Also«, meinte sie, sobald sie aufgelegt hatte. »Du wolltest mir doch von dieser alten Freundin erzählen.«

»Frühere Verlobte«, sagte ich. »Frank ist von Bakersfield nach Las Piernas gezogen, um mit ihr zusammenleben zu können. Sie ist bei der Highway Patrol.«

Rachel wartete.

»Das weißt du doch schon alles, und ich will sowieso nicht darüber sprechen. Ich will wissen, was mit Frank los ist.«

»Natürlich«, sagte sie. »Aber wir wissen leider nicht, was mit ihm los ist, oder? Also können wir entweder hier sitzen und schmoren und dich beim Hin- und Hertigern den Teppich verschleißen lassen, oder wir können uns ablenken.«

Ich setzte mich wieder. »Sie heißt Cecilia Parker. Franks Mutter wäre es lieber gewesen, wenn er sie geheiratet hätte und nicht mich.«

»Ist sie immer noch dieser Meinung?«

»Tja, nun, vielleicht nicht. Ich habe keine Ahnung.«

»Cecilia lebt in Bakersfield?«

»Ja. Sie ist wieder dorthin gezogen, und Frank ist hiergeblieben. Ursprünglich stammten sie beide aus Bakersfield. Er war dort Kriminalbeamter, hat sie kennengelernt, und sie haben sich verlobt. Sie wollte hier eine Stelle annehmen. Also ist er ihr gefolgt, obwohl das hieß, daß er wieder Streifendienst schieben mußte.«

»Und dann wollte sie nicht mehr hier leben?«

»Genau. Sie hat es gar nicht ernsthaft versucht, schätze ich. Zumindest stellt er es so dar.«

»Von der Kriminalpolizei zum Streifendienst – das fällt keinem leicht«, stellte sie fest.

»Pete hat mir erzählt, daß Frank in Las Piernas in Rekordzeit zum Kriminalbeamten aufgestiegen ist, aber trotzdem – er hat eine Menge aufgegeben, um hierherzuziehen. Er muß stocksauer gewesen sein, als sie wieder zurückwollte.«

»Ich kenne nicht alle Einzelheiten. Ich weiß, daß es ihm hier gefiel und er es nicht eilig hatte, zurückzugehen.«

»Aber seine Familie lebt in Bakersfield. Seine Mutter und seine Schwester, oder?«

Ihre Frage berührte ein weiteres Problemfeld, und ich fragte mich kurz, ob Rachel das bewußt war und ob das bedeutete, daß Pete über alle unserer Schwierigkeiten informiert war. Aber es war ja möglich, daß Frank dieses spezielle Problem nicht erwähnt hatte, und daher wollte ich abwarten, ob sie konkreter würde.

»Ja«, bestätigte ich. »Franks Mutter will, daß er wieder nach Bakersfield zieht. Und sie steht Cecilias Mom sehr nahe.«

»Hmm. Allmählich verstehe ich. Und warum hat diese Cecilia angerufen?«

Wieviel sollte ich ihr anvertrauen? »Nur um mit ihm über seine Familie zu sprechen und über gemeinsame Bekannte in Bakersfield. Und um ihm zu sagen, daß sie noch ein paar von seinen Sachen hat.«

»Was für Sachen?«

»Ich weiß es nicht. Platten, Bücher, ein paar Unterlagen, vermute ich. Offenbar trennt sie sich gerade von dem Freund, mit dem sie zusammenwohnt. Sie hat Frank erzählt, sie sei auf ein paar Dinge von ihm gestoßen, als sie ihre Sachen für den Umzug gepackt hat. Sie hat ihn eingeladen, abends zum Essen zu kommen, damit sie sie ihm wiedergeben könnte.«

»Sie hat ihn zum Essen eingeladen?«

Ich schmunzelte über ihren erstaunten Blick. »Pete hat also nicht die ganze Geschichte erzählt.«

»Vielleicht weiß sie nicht, daß Frank jetzt verheiratet ist. Es ist ja noch nicht so lang…«

»Rachel, du hast nicht zugehört. Bea Harriman und Cecilias Mutter sind befreundet. Ich kenne ihre Mutter. Glaub mir, Franks Mutter hat ihr erzählt, daß ihre Hoffnungen sinnlos sind.«

»Oh.«

»Ich fand, daß Cecilia ihm das Zeug eigentlich schicken oder bei seiner Mutter abgeben könnte. Frank meinte, das würde sie nicht tun, und außerdem hätte er das Gefühl, daß sie ihn bräuchte. Das hat mir den Rest gegeben. Dann hat er mir vorgeworfen, ich würde ihn so behandeln, als sei er nicht vertrauenswürdig. Ich habe ihm erklärt, daß ich ihm vertraue, aber ihr nicht. Das hat er mir nicht abgekauft. Ich habe es mir heute noch einmal durch den Kopf gehen lassen, und ich glaube, er hatte doch recht. Es gehören ja immer zwei dazu und so.«

»Was?«

»Im schlimmsten Fall will sie, daß er zu ihr zurückkommt, oder?«

»Kann sein. Oder vielleicht nur *una chiavata al momento*. Du weißt schon, ein Quickie.«

»Egal was. Er müßte es auch wollen, oder?«

Ihr skeptischer Blick brachte mich zum Lachen.

»Männer!« Sie sprach es aus wie einen Fluch.

»Um noch einmal auf das zurückzukommen, was du vorhin gesagt hast, Rachel: Ich vertraue ihm. Alles weitere ist ihr Problem.«

Rachel zuckte die Achseln.

»Und außerdem«, fügte ich hinzu, »falls sie ihn tatsächlich anfaßt, dreh ich ihr den Hals um.«

Sie lachte. »Schon besser.«

Wir verbrachten einige Zeit damit, Theorien über Cecilias Beweggründe aufzustellen. Ich sah immer wieder auf die Uhr. Rachel bemühte sich sehr, mich abzulenken.

Um fünf vor halb neun erhoben sich die Hunde plötzlich, wedelten mit den Schwänzen und liefen auf die Tür zu.

»Er ist da!« schrie ich, genau wie ein kleines Kind, und ich war ebenso aufgeregt und doppelt so erleichtert. Ich sauste durch den Flur und riß die Haustür auf.

Der Mann, der davor stand, sah zum Fürchten aus. Hochgewachsen, in schwarzes Leder gekleidet und mit Narben im Gesicht. Sein Schädel war kahlgeschoren, und er trug einen Ohrring. Ein tätowierter Arm war zur geballten Faust erhoben, aber nur, weil ich die Tür geöffnet hatte, bevor er klopfen konnte, und seine Miene zeigte Erstaunen, keine Aggression.

»Ach, du bist es, Jack«, begrüßte ich meinen Nachbarn.

Die Hunde, die Jack Fremont als ihren Zweitbesitzer betrachten, rieben sich an ihm, wälzten sich auf dem Fußboden herum und japsten vor Begeisterung.

»Tja, wenigstens die Hunde freuen sich, mich zu sehen«, meinte er und griff nach unten, um sie zu streicheln. »Für dich bin ich aber eindeutig eine große Enttäuschung.«

»Tut mir leid, Jack. Nein, natürlich nicht. Ich – komm erst mal rein.«

Er begriff gar nichts, folgte mir aber bis dorthin, wo Rachel auf uns wartete.

»Hallo«, begrüßte er sie. »Sind Pete und Frank heute nacht auf Verbrecherjagd?«

Ich schilderte ihm kurz die Lage.

»Vielleicht ist er immer noch sauer wegen diesem Streit, den ihr heute morgen hattet«, meinte er.

»Herrgott noch mal, weiß eigentlich die ganze Stadt darüber Bescheid?«

»Schon möglich«, antwortete er. »Immerhin habt ihr euch mitten auf der Einfahrt angebrüllt.«

Ich wurde rot. »Entschuldige, wenn wir dich geweckt haben«, murmelte ich.

Das war für eine Weile meine letzte Äußerung. Die beiden sprachen über verschiedene Themen. Jack hatte viele Jahre auf Wanderschaft verbracht, und Rachel war Polizistin gewesen. Ihnen ging der Gesprächsstoff nicht aus. Ich glaube, Rachel empfand es als Erleichterung, die Bürde, mich ablenken zu müssen, mit jemandem teilen zu können, aber das Ganze war sowieso ein kompletter Schwindel. Ich konnte nur immer wieder ein paar kurze Sätze denken, die ich aber nicht laut aussprechen konnte: Bitte sei in Sicherheit. Bitte komm nach Hause. Bitte ruf an. Bitte sei nicht verletzt.

Schnell wurden Gebete daraus. Gewissermaßen. Ich fragte mich, ob auch das ein Schwindel war. Jedesmal, wenn ich bete, sage ich mir hinterher, daß Beten mir nicht zusteht, schon deshalb nicht, weil ich gleich wieder fluche und zweifle und mich in so vieler Hinsicht danebenbenehme, wie es eben meine Art ist. Das ist zwischen mir und dem Allmächtigen schon zur Gewohnheit geworden, genau wie Briefe, in denen steht: »Ich denke öfter an dich, als ich schreibe.« Ich bin sicher, daß ich später einmal die Quittung dafür bekomme.

Rachel und Jack sahen sich vielsagend an und versuchten, mir mehr als nur Gemurmel und Blicke zwischen Uhr und Haustür zu entlocken. Irgendwann kam Jack herüber und setzte sich neben mich. Obwohl wir uns noch nicht sehr lange kannten, hatte er mir schon mehr als einmal dabei geholfen, eine Krise zu überstehen, und außerdem war er einer der engsten Freunde von Frank. Ich dachte darüber nach, ebenso wie über die Tatsache, daß ich nicht der einzige Mensch im Zimmer war, der sich Sorgen machte, und so beteiligte ich mich schließlich wieder an ihrem Gespräch.

Um halb zwölf klingelte das Telefon. Rachel saß immer noch neben mir und nahm beim ersten Klingeln ab.

»Ja, Pete. Ich bin dran«, sagte sie und warf mir einen Blick zu, während ich mich erhob.

Dann wandte sie sich von mir ab. In diesem Moment wußte ich, daß es schlechte Neuigkeiten gab.

2

»Sag's mir einfach«, drängte ich, als ich sah, daß sie krampfhaft überlegte, wie sie mir die offensichtlich erschütternden Neuigkeiten schonend beibringen sollte.

Ich hatte sie nicht unterbrochen, solange sie, die Stirn auf die Hand gestützt, übers Telefon gebeugt dasaß und mit Pete redete. Nicht einmal, als sie abrupt ins Italienische überwechselte. Ich war dagestanden und hatte die Arme verschränkt, um mich davon abzuhalten, mir das Telefon zu schnappen. Meine Hände hielten meine Ellbogen so fest umklammert, daß es selbst dann noch schmerzte, als sie sich auf einem Block Notizen machte und Pete bat, langsamer zu sprechen und manches zu wiederholen. Jetzt wollte ich wissen, was los war, egal wie schwer es ihr fiel, es mir zu sagen.

Jack stand auf und stellte sich neben mich. »Ist mit Frank alles in Ordnung, Rachel?«

»Das weiß niemand so genau.«

»Was zum Teufel soll das heißen?« fauchte ich.

Jack nahm meine Hand.

»Setz dich, Irene«, sagte Rachel mit gepreßter Stimme. »Ich erzähle dir alles, was Pete mir berichtet hat.«

Ich setzte mich, und Jack nahm neben mir Platz, ohne meine Hand loszulassen.

»Die Polizei von Riverside hat einen Streifenwagen zum Haus des Junkies geschickt«, begann sie. »Zwei Beamte – einen Anfänger und seinen Ausbilder. Franks Wagen war nirgendwo zu sehen, aber sie wußten, daß das der richtige Ort war. Also gingen sie ins Haus. Irgend so ein Schuppen, den der Junkie gemietet hatte – ziemlich abgelegen, nehme ich an. Im ganzen Haus brennt nur ein einziges Licht. Sie klopfen an der Vordertür, und sie schwingt einfach auf. Drinnen liegt der Junkie, erschossen.«

»Nein…«

»Frank war nicht drinnen«, fuhr sie eilig fort. »Nur der Junkie. Sie fanden Anzeichen für einen Kampf. Der Anfänger hat sich ans Funkgerät gehängt, und der Ausbilder hat sich umgesehen. Keine Spur von Frank.«

»Frank ist verschwunden?« fragte ich, wobei mir klar war, daß ich genau das soeben gehört hatte, aber ich hoffte, mir würde irgend jemand sagen, daß ich mich verhört hatte.

»Ja«, bestätigte Rachel.

»Jemand hat ihn entführt?«

Sie zögerte. »Es gibt noch andere Möglichkeiten.«

»Welche denn?«

»Vielleicht hat er sich aus eigenem Antrieb aus dem Staub gemacht.«

»Nein. Nicht Frank.«

»Irene hat recht«, meinte Jack. »Das wissen Sie so gut wie ich, Rachel. Er würde sich nicht von einem Tatort entfernen.«

»Was mich zu der Überlegung veranlaßt, ob er überhaupt jemals dort angekommen ist«, meinte Rachel. »Hört mal, ich sage doch nur, daß wir keine voreiligen Schlüsse ziehen dürfen.«

Ich nahm kaum wahr, was sie sagte. Genau wie Jack würde ich nie glauben, daß Frank von sich aus einen Tatort verlassen würde, an dem ein Mord geschehen war. Der Tod dieses Informanten bedeutete, daß Frank in Gefahr war. Ob er nun dort erst eingetroffen war, nachdem der Informant umgebracht worden war, oder ob man ihn hinterher zum Gehen gezwungen hatte, er steckte auf jeden Fall in der Klemme.

Eine Mischung aus Angst und blinder Wut wallte in mir auf, und ich wollte schreien oder gegen irgend etwas schlagen, nur um dieses Gefühl aus mir zu vertreiben. Die Vorstellung, daß man Frank etwas angetan hatte –

Dieser Gedanke ließ mich wieder zur Besinnung kommen. Ich schrie nicht, ich weinte nicht, ich schlug nicht mit den Fäusten um mich. Ich holte tief – wenn auch zitternd – Luft und versuchte mir einzureden, daß ich später immer noch hysterisch werden konnte. Selbst die Rache würde warten müssen.

Denk nach.

»Wie heißt denn dieser Junkie?«

»Das weiß ich nicht«, antwortete Rachel. »Pete hat es mir nicht verraten. Er spricht immer nur vom ›Junkie‹. Sie wollen ihre Informanten schützen, daher nennen sie sie meistens nicht bei ihrem richtigen Namen.« Sie hielt inne und fügte dann hinzu: »Nicht, daß ich diesem Knaben den Tod gewünscht hätte, aber die Tatsache, daß sie die Leiche dort gefunden haben, läßt mich für Frank hoffen.«

»Denn wenn irgend jemand –« Es war so schwer, mich zu überwinden, es auszusprechen. Ich atmete tief durch und versuchte es noch einmal. »Denn wenn irgend jemand Frank umbringen wollte, hätte er es gleich dort getan. Und hätte zwei Leichen hinterlassen, nicht nur eine. Vielleicht hat er einen Grund dafür, Frank am Leben zu lassen.«

»Er oder sie oder die. Wir wissen es nicht. Und außerdem könnte Frank den Tatort auch verlassen haben, weil das zu seiner eigenen Sicherheit nötig war. Wir wissen es einfach nicht.«

Die Hunde kamen wieder auf die Beine, aber diesmal bellten sie. Es klingelte an der Tür. Jack brachte die Hunde zum Schweigen, und ich schaute durch den Spion und fragte mich, wer zum Teufel nach Mitternacht nicht einfach klopfte.

Die Polizei von Las Piernas, wie sich herausstellte. Oder vielmehr ihre Vertreter. Als ich Reed Collins und Vince Adams die Tür aufmachte, dachte ich mir, daß ich Glück gehabt hatte. Obwohl ich mit den beiden nicht immer das allerbeste Verhältnis gehabt hatte, mochten sie Frank. Mir kamen andere in den Sinn, die mir gegenüber erheblich unangenehmer geworden wären, wenn sie diesen Auftrag zugeteilt bekommen hätten.

»Hallo, Irene«, sagte Vince. »Dürfen wir reinkommen?«

»Aber sicher.«

Sie gingen vor mir her und versperrten mir die Sicht aufs andere Ende des Flurs, aber ich erkannte genau den Moment, in dem sie Jack erblickten. Ihre Schritte verlangsamten sich, und sie schienen plötzlich auf der Hut zu sein. Reed war der erste, der sich ein wenig entspannte. »Sind Sie Franks Nachbar?« fragte er.

»Ja. Jack Fremont.«

Rachel rief ihnen eine Begrüßung entgegen, während sie Jack die Hand schüttelten.

»Kann ich Ihnen eine Tasse Kaffee anbieten oder irgend etwas anderes?« fragte ich.

»Nein. Nein danke«, antwortete Vince.

Reed musterte mich einen Augenblick lang und sagte dann: »Ja, ich könnte eine Tasse Kaffee vertragen. Danke.«

»Sonst noch jemand?«

Rachel und Jack schüttelten den Kopf.

Als ich auf die Küche zuging, sah ich aus dem Augenwinkel, wie Vince Rachel gegenüber eine fragende Geste machte und sie kurz nickte.

Ja, ich weiß, daß mein Mann vermißt wird, hätte ich am liebsten geschrien, aber ich beschäftigte mich statt dessen damit, Kaffeebohnen zu mahlen und Wasser abzumessen.

Cody kam herein und schlang sich um meine Beine, dann ging er anschließend zu Reed hinüber. Er beschnupperte Reeds Schuhe und rieb sich dann auch an ihm. Reed langte nach unten und nahm den schweren Kerl auf die Arme. »Du wirst mich doch nicht kratzen, oder?« fragte er, da er offenbar um Codys Ruf wußte.

»Trauen Sie bloß dem ganzen Geschnurre nicht«, sagte ich. »Wie trinken Sie Ihren Kaffee?«

»Schwarz, danke.«

Ich starrte die Kaffeemaschine an, als wäre es mir wirklich

wichtig, sie im Auge zu behalten, als wäre eine automatische Kaffeemaschine ein empfindliches Instrument, das meiner Aufmerksamkeit bedurfte, um reibungslos zu funktionieren. Und in diesem Moment war das Wundervolle an ihr ja gerade, daß sie genau das tat, was sie tun sollte. Ich brauchte etwas, das normal war.

Ich holte zwei Becher heraus, da ich mir nicht zutraute, Tassen und Untertassen ohne Händezittern balancieren zu können. Reed setzte die Katze ab. Als ich ihm seinen Becher reichte, sagte er: »Sie wissen, weshalb wir hier sind.«

Eine Feststellung. Ich nickte.

»Wo können wir uns in Ruhe unterhalten?«

»Moment mal –« begann Rachel, doch ich schüttelte den Kopf.

»Sie sind da, weil sie Frank finden wollen«, sagte ich. Ich wandte mich an Reed. »Wir können ins Gästezimmer gehen oder uns draußen hinsetzen.«

»Es ist ein bißchen frisch draußen, so nah am Wasser«, meinte er. »Das Gästezimmer wäre mir recht.«

»Sollen wir gehen?« fragte mich Jack, was ihm einen finsteren Blick von Rachel einbrachte.

»Nein. Bitte bleibt. Ich meine – wenn ihr müde seid, will ich euch nicht aufhalten. Das gilt auch für dich, Rachel. Wenn du zu Pete nach Hause mußt –«

»Pete ist auf dem Weg nach Riverside«, erklärte sie. »Ich wäre sowieso aufgeblieben. Ich kann nie einschlafen, bevor ich seinen Wagen –« Sie schlug sich die Hand vor den Mund. Tränen traten ihr in die Augen.

»Bevor du seinen Wagen in der Einfahrt hörst?« fragte ich. »Ja, mir geht's genauso. Gut, dich hier bei mir zu haben, Rachel. Aber ich habe dich noch nie weinen sehen, und jetzt wäre ein miserabler Moment für eine Premiere.«

»Ich weine nicht«, sagte sie. »Ich dachte nur gerade, ich müßte niesen. Weiter nichts.«

Ich nickte und ging aufs Gästezimmer zu, Reed im Schlepptau. Ich hörte, wie Vince Rachel mit leiser Stimme etwas fragte und sie laut antwortete: »Hast du ihr Gesicht gesehen? Ja? Natürlich hat sie nicht bei der Zeitung angerufen, du bescheuerter Holzkopf!«

Falls Vince etwas erwiderte, so hörte ich es nicht. Er folgte uns ins Gästezimmer.

Ich bat Reed und Vince, sich auf die zwei Stühle im Zimmer zu setzen, und nahm selbst auf dem Bett Platz. Mit uns dreien war es ziemlich voll im Raum. Knarrend ging die Tür auf, und wir sahen erwartungsvoll hin. Cody kam hereingetrabt und hüpfte auf meinen Schoß. Also hatte ich doch einen Freund hier drinnen.

Vince stand auf, schloß die Tür und lehnte sich mit verschränkten Armen dagegen. Er ignorierte einen Blick von Reed. Reed seufzte und holte sein Notizbuch heraus. Die einführenden Worte – wie leid es ihnen tat, in dieser Situation zu sein, daß sie täten, was sie konnten, aber meine Hilfe brauchten – waren kurz und schmerzlos. Sie ließen mir ein wenig Zeit, um Cody zu streicheln und zu versuchen, nichts zu fühlen. Reed übernahm das Reden. Nachdem er meine (zuvor undenkbare) Erlaubnis bekommen hatte, mein Telefon anzuzapfen, arbeitete er sich zu den Fragen vor.

»Wann haben Sie Frank das letzte Mal gesehen?«

»Heute morgen, als er zur Arbeit ging.«

»Um welche Uhrzeit war das?«

»Gegen halb acht.«

»Was hatte er an?«

»Einen Anzug. Einen grauen Anzug. Ein weißes, langärmliges Hemd. Und eine dunkelrote Krawatte.« Eine, die ich ihm gekauft hatte. Eine, die ihm gut stand. Aber er sah immer gut aus, egal, was er trug. »Entschuldigung, was haben Sie gefragt?«

»Schuhe?«

»Ja, er hatte Schuhe an.« Ich merkte, wie ich rot wurde. »Tut mir leid. Das haben Sie wohl nicht gemeint. Schwarze Lederschuhe.«

»War er bewaffnet?«

»Ja, er hatte sein Schulterhalfter an, mit der Pistole darin.«

»Sind Sie sicher?«

»Ja. Ich habe ihm zugesehen, wie er sich anzog.« Ich sah zu Cody hinüber. »Ich – ich habe gesehen, wie er das Schulterhalfter anlegte. Die Pistole steckte darin.«

»Haben Sie heute morgen miteinander gesprochen?«

»Ja.«

Kurzes Schweigen.

»Worüber haben Sie gesprochen?«

»Privatangelegenheiten.«

Sie warteten. Ich auch.

»Könnten Sie sich etwas deutlicher ausdrücken?«

»Nein. Ihr Lieutenant ist da zwar ganz anderer Ansicht, aber wir erzählen anderen Leuten nicht, worüber wir uns privat unterhalten.«

Vince schnaubte.

»Vince, hol mir noch einen Kaffee, ja?« sagte Reed und hielt seinen Becher in die Höhe. Vince warf ihm einen sturen Blick zu, bekam einen ebensolchen zurück und gab nach. Als Vince verschwunden war, sagte Reed: »Hören Sie, Pete hat uns erzählt, daß Sie beide heute morgen einen Riesenkrach hatten.«

»Wie Frank immer sagte, hat Detective Baird eine verdammt große Klappe.«

Reed seufzte. »Ja, das stimmt, und er steckt seine Nase ständig in anderer Leute Angelegenheiten. Aber im Moment sind wir alle genauso besorgt um Frank wie Pete. Pete mag sein Partner sein, aber wir anderen sind auch ganz außer uns. Ich glaube, es gibt momentan nur eine einzige Person auf der Welt, die noch beunruhigter ist, und das sind Sie. Helfen Sie uns. Lassen Sie sich von Vince und seiner Art nicht stören.«

Also berichtete ich ihm in aller Kürze von unserer Auseinandersetzung – nicht alles, muß ich gestehen. Aber ich erzählte ihm von zweien der drei Zankäpfel. Falls er über den dritten, ein Familiengeheimnis der Harrimans, bereits unterrichtet war, so würde er mir schon einen Hinweis darauf geben müssen, bevor ich davon sprach. Meine eigene Verbindung zu dieser Familie mochte zwar nur durch Heirat entstanden und meine Meinung über solche Geheimnisse ganz entgegengesetzt zu jener der Harrimans sein, aber nichts davon spielte eine Rolle. Ich war es Frank schuldig, daß ich den Mund hielt.

Reed wahrte eine völlig ausdruckslose Miene. Falls er sich mit Frank darin einig war, daß Mark Baker nach seinen Quellen befragt werden sollte, so äußerte er diese Ansicht nicht. Falls er Frank für verrückt hielt, weil er seiner Frau erzählte, daß seine ehemalige Verlobte ihn lockte, so behielt er es für sich. Falls er das Familiengeheimnis kannte, so ließ er es sich nicht anmerken.

Vince kam mit dem Kaffee zurück. Cody legte die Ohren an und fauchte ihn an.

Reed versuchte es zwar, konnte sich aber trotz seiner bisherigen Beherrschtheit ein Lächeln nicht verkneifen. Vince sagte, er solle die Klappe halten, und Reed fing laut zu lachen an. Dann trank er einen Schluck Kaffee, bedankte sich bei Vince und kam wieder zur Sache. Er wiederholte einiges, was ich über den Streit gesagt hatte, und fragte mich, ob es zutraf. Ich nickte. Vince lehnte sich wieder gegen die Tür.

»Hat Frank Ihnen etwas darüber gesagt, woran er heute arbeiten wollte?«

»Nein.«

»Hat er angerufen oder sich im Laufe des Tages sonst irgendwie mit Ihnen in Verbindung gesetzt?«

»Nein.«

»Haben Sie versucht, Kontakt zu ihm aufzunehmen?«

»Ja.« Ich berichtete ihnen von meinen Versuchen, ihn über seinen Piepser zu erreichen.

»Er hat nicht zurückgerufen?«

»Nein.«

»Hat er versucht, Sie zu erreichen?«

Ich blickte zu Boden. »Nicht, daß ich wüßte.«

»Er hat Sie nicht angepiepst?«

»Ich habe keinen Piepser.«

»Ist nichts auf Ihrem Anrufbeantworter oder Ihrer Voice Mail?« wollte Vince wissen.

»Nein.«

»Ist das typisch?« fragte Reed.

»Nein. Aber wir haben uns gestritten.«

»Ist das immer so, wenn Sie streiten?«

»Hören Sie, ich verstehe nicht, inwiefern das von Bedeutung sein soll. Ich weiß nicht, ob es Frank recht wäre, wenn ich so über unsere Ehe spräche. Eigentlich bin ich mir sicher, daß es ihm nicht recht wäre.«

Vince machte Anstalten, etwas einzuwenden, aber Reed vollführte eine winzige Geste, eine kleine Fingerbewegung; Vince gehorchte, und mir wurde schlagartig klar, daß die beiden die ganze Zeit über als Team gearbeitet hatten. Reed spielte eine Rolle, und Vince auch.

»Haben Sie gewußt, daß Frank heute nach Riverside fahren wollte?« fragte Reed.

Da ich mir immer noch schwere Vorwürfe machte, entgegnete ich: »Ich sage kein einziges Wort mehr.«

»Was ist denn los?«

»Was zum Teufel bilden Sie sich eigentlich ein? Daß ich jemandem, der meinem Mann etwas antun könnte, sage, wo er sich aufhält? Daß ich – daß ich diesen Vorfall arrangiert hätte?«

»Natürlich nicht…«

»O nein«, höhnte ich. »Natürlich nicht!«

Reed rutschte auf seinem Stuhl hin und her, während Vinces Mund sich zu einer harten Linie verzog.

»Sie wollen Frank ja nur helfen, stimmt's, Reed? Wer hat Sie beide eigentlich hierhergeschickt? Lieutenant Carlson? Und wie steht's mit Ihnen, Vince? Sie kommen in mein Haus und fragen mich, ob ich aus dem Verschwinden meines eigenen Ehemannes eine Zeitungsstory machen würde?« Mittlerweile brüllte ich.

»Aber hören Sie doch, wir versuchen nur, soviel wie möglich über die Lage in Erfahrung zu bringen«, wiegelte Reed ab.

»Raus.«

»Aber, Irene –«

»Raus hier. Alle beide!«

Ich hörte auf einmal, daß die Hunde bellten, und fragte mich, ob es daher kam, daß sie mich hatten schreien hören. Rachel klopfte an die Tür. »Alles in Ordnung, Irene?«

Bevor ich antworten konnte, klingelte es an der Tür.

Ich hörte, wie Rachel aufmachte, und dann das tiefe Geräusch von Männerstimmen. Vince und Reed wechselten verwirrte Blicke.

Einen Augenblick später klopfte es an der Tür des Gästezimmers. Vince wich einen Schritt zurück und zog sie einen Spalt weit auf.

»Aus dem Weg, *Vincente*«, sagte Rachel grinsend. »Euch Jungs steht eine Überraschung bevor.«

Vince trat zurück, und sie drängte sich an ihm vorbei. Ein kleiner, magerer Junge kam herein. Er hielt eine Aktentasche in der Hand und rieb sich die Nase mit dem Handrücken der anderen. Er hatte mausbraunes Haar und ein Babygesicht und bewegte sich mit der Unbeholfenheit eines Menschen, der noch wächst, obwohl ich bezweifelte, daß das zutraf. Wenn er älter war, als er aussah, kam er gerade in die zweite Hälfte der Zwanziger. Allerdings waren seine Augen aufgeweckt und neugierig, und als er mir zunickte, fragte ich mich, wie oft er schon unterschätzt worden war.

Hinter ihm kam ein großer Mann, so groß wie Frank – etwa einsdreiundneunzig –, aber schlaksiger. Er schlenderte mit langsamem, gemessenem Schritt herein. Er hatte ein markantes Gesicht mit groben Zügen, das aber nicht unsympathisch war. Seine Haare waren ganz kurz geschnitten. Es war einst dunkel gewesen, wurde nun aber grau. Seine Augen waren schieferblau.

Mit Rachel, Vince, Reed, mir und den beiden Neuankömmlingen war das Gästezimmer überfüllt. Ich wollte raus.

Der große Mann sprach zuerst. »Mrs. Harriman?« Er zog die Worte in die Länge. Ein waschechter Texaner.

Ich nickte.

Er hielt mir seine Polizeimarke entgegen. »Detective Thomas Cassidy.«

Cody kam herübergerast und biß ihn in den Knöchel.

3

Cassidy zuckte kaum merklich zusammen, nahm die Katze auf den Arm und kraulte sie sachte unterm Kinn. Cody begann zu schnurren. Dieses wankelmütige kleine Katzenvieh war schon immer leicht zu haben gewesen.

»Das ist Detective Henry Freeman«, fuhr Cassidy fort und nickte zu dem mageren Jungen hinüber.

»Scheiße. Der Texaner und der Knallkopf«, knurrte Vince. »So finden wir Harriman nie lebend.«

Ich fühlte mich, als hätte mich jemand getreten. Und zwar fest.

»Herrgott, Vince«, seufzte Reed und sah zu mir herüber. »Halt's Maul.«

»Wieviel Uhr ist es, Hank?« fragte Cassidy den Jungen, ohne den Blick von Vince abzuwenden.

Der Junge schob den Ärmel seiner Anzugjacke zurück und sah auf ein Gerät, das das Schweizermesser unter den Uhren zu sein schien. Offenbar war eine seiner Funktionen, die Zeit anzugeben, denn der Junge sagte: »Es ist null Uhr vierunddreißig, Sir.«

»Notieren Sie das bitte als Eintrag im AT, ja, Hank?«

»Ja, Sir«, antwortete Hank und grinste, als er ein Schreibheft herausholte.

Vince schluckte den Köder. »Was zum Teufel ist ein AT?« wollte er wissen.

»Arschloch-Tagebuch«, erklärte ihm Cassidy. »Null Uhr vierunddreißig ist zwar ein bißchen früh für einen Eintrag, das gebe ich zu, aber früher oder später wäre es ohnehin passiert. Ich habe mitgezählt, und ich schwöre, daß mir jeden Tag mindestens ein Arschloch über den Weg läuft. Allein die Häufigkeit ist schon erstaunlich. Ihr paart euch wohl untereinander. Wie viele Junge wirft ein Arschloch im Durchschnitt, Vince?«

»Fick dich ins Knie, Cassidy.«

»O nein, danke. So genau wollte ich es nun auch wieder nicht wissen. Weißt du was, Vince? Das wirklich Verblüffende ist die neue und erstaunliche Methodik, mit der ihr alle nach der Perfektionierung eures Handwerks strebt. Nehmen wir nur einmal diese Bemerkung, die du vor einem Augenblick gemacht hast. Du hast mit einigen wenigen Worten mindestens drei Leute beleidigt. Ja, ich würde sagen, du bist ein komplettes Arschloch.«

»Wenn du das in dein Notizbuch schreibst, breche ich dir die Finger, Jungchen. Ruf Carlson an, Reed«, verlangte Vince.

»Nicht nötig«, meldete sich Rachel zu Wort. »Er ist im Wohnzimmer. Sollen wir nicht alle rübergehen? Hier drinnen ist es ein wenig eng.«

Ich freute mich nicht darauf, Carlson gegenüberzutreten. Angesichts des massiven Drucks, den er in letzter Zeit auf Frank ausgeübt hatte, wußte ich nicht, ob ich bei einer Begegnung mit dem Lieutenant mein Temperament würde zügeln können. Zu meinem Erstaunen befand sich ein noch höherrangiger Polizist in meinem Wohnzimmer: Captain Bredloe.

Bredloe erhob sich, als er mich sah, kam herüber und legte mir einen Arm um die Schultern. »Irene… Ich bin gekommen, so schnell ich konnte.«

»Wissen Sie etwas Neues von Frank?« fragte ich, voller Angst vor der Antwort. Was führte den Captain hierher?

»Nein, noch nichts, tut mir leid.« Bredloe nickte zu Vince und Reed hin. »Haben diese Kerle Sie anständig behandelt?« Vince sah auf einmal ein bißchen blaß um die Nase aus.

»Klar«, versicherte ich und fragte mich, ob Bredloe gehört hatte, wie ich die beiden angeschrien hatte, als er zum Haus kam.

»Dann ist es gut«, sagte er. »Aber sie können leider nicht bleiben.« Er sah zu Carlson hinüber.

»Ich kann auch nicht bleiben«, erklärte Carlson und stand auf. »Ich weiß, daß das alles für Sie sehr bedrückend sein muß, Ms. Kelly. Wir bemühen uns mit allen Mitteln, Frank zu finden.«

Ich legte eine ebenso geschliffene Höflichkeit an den Tag. »Das glaube ich Ihnen. Danke.«

Vince, Reed, gehen wir doch nach draußen«, schlug er vor. Reed folgte ihm, aber Vince trödelte etwas und schob sich näher zu mir her, während Rachel Jack dem Captain vorstellte.

»Danke, Irene«, sagte Vince. Er sah auf seine Schuhe hinunter und zwickte sich in den Nasenrücken. »Vorhin – was ich da gesagt habe – das war Schwachsinn. Ich weiß nicht, was in mich gefahren ist. Es tut mir leid.«

Er war verstört, und diesmal sah ich ihm an, was wirklich dahintersteckte. Er machte sich Sorgen. Und zwar nicht deswegen, daß ihn Bredloe womöglich zusammenstauchte, oder wegen dem, was ich der Zeitung erzählen könnte, sondern wegen Frank.

»Verdammt«, hörte ich Cassidy hinter mir murmeln. »Ich schätze, ich muß mir noch vor Mitternacht einen neuen suchen, Vince.«

Vince lächelte ein bißchen und sagte: »Wenn irgend jemand einen finden kann, dann bist du es, Cassidy.«

Vince ging, und wir anderen setzten uns ins Wohnzimmer. Jack und Rachel sollten offenbar in die Diskussion mit einbezogen werden. Rachel blieb in der Nähe des Telefons. Jack saß im Schneidersitz auf dem Fußboden und streichelte die Hunde, damit sie ruhig blieben. Ich ging zum Ohrensessel meines Urgroßvaters. Er ist groß und altmodisch und paßt nicht zu den anderen Möbeln im Wohnzimmer. Frank sitzt gern darin. Ich hielt mich an den Armlehnen fest.

Bredloe räusperte sich. »Irene, ich habe Tom Cassidy und seinen Partner, äh...«

»Freeman, Sir. Henry Freeman.«

»Ja, natürlich. Detective Freeman. Ich habe die beiden hierher beordert, weil sie Spezialisten sind. Cassidy hat nicht nur umfassende Erfahrung mit Entführungsfällen, sondern auch als Unterhändler bei Geiselnahmen.«

»Sie glauben also, daß Frank als Geisel genommen wurde?« fragte ich.

»Das ist in meinen Augen die wahrscheinlichste Möglichkeit. Andere Mitarbeiter unserer Abteilung beschäftigen sich mit anderen Aspekten.«

Andere Aspekte. Die meisten davon legten nahe, daß mein Mann im besten Fall verantwortungslos und im schlimmsten Fall ein Krimineller war.

Ein lautes Knacken ertönte, und aller Augen wandten sich

zu Henry oder Hank oder wie auch immer er hieß. Er bemerkte unsere Aufmerksamkeit und sah verlegen zu Cassidy hinüber.

»Hank, Sie machen mehr Lärm als ein Truthahn, der Mais aus einer Metallschüssel pickt«, sagte Cassidy. »Gerade am Aufbauen?«

»Ja, Sir. Ich werde versuchen, weniger Lärm zu machen.«

»Am Aufbauen wovon?« fragte Rachel.

»Meinem Computer.« Seine Aktentasche entpuppte sich als Behältnis für ein Notebook.

»Was ist mit diesem Informanten?« fragte ich. »Der, der draußen in Riverside erschossen wurde. Könnte er irgend etwas mit der Sache zu tun haben?«

»Dieser Mord fällt natürlich nicht in unsere Zuständigkeit«, erwiderte Bredloe. »Riverside hat bis jetzt sehr gut mit uns zusammengearbeitet, und wir haben versucht, unsere Informationen mit ihnen zu teilen. Normalerweise würde ich mit niemandem über einen Informanten sprechen, aber der Mann ist tot – Ihnen etwas über ihn zu erzählen kann ihm keinen Schaden mehr zufügen. Haben Sie die Datei hier, Freeman?«

»Ja, Sir.«

Freeman tippte etwas in den Computer und begann vom Bildschirm abzulesen. »Der Name des Opfers ist Dana Ross. Burnett Road 243, Riverside. Kein Telefon. Alter achtundzwanzig.« Er hielt inne und runzelte die Stirn.

»Stimmt was nicht?« fragte Cassidy.

»Entschuldigen Sie, Sir. Auf dem Foto sieht er älter aus als achtundzwanzig. Früher Verfall aufgrund der Drogen, nehme ich an.«

»Da haben Sie vermutlich recht«, meinte Cassidy. »Weiter bitte.«

Freeman rieb sich die Nase. »Soll ich Ihnen sein Vorstrafenregister vorlesen?«

»Fassen Sie es kurz zusammen.«

»Mehrere Festnahmen wegen Drogenbesitz, eine Verurteilung wegen Einbruchs. Hat in zwei früheren Fällen bereits als Informant gedient. Das wäre sein dritter gewesen.«

»Leider hatte der verstorbene Mr. Ross keinen Schutzengel«, sagte Cassidy. »Und dieser letzte Anruf?«

»Ich habe meine Notizen von einem Gespräch mit Lt. Carlson.« Freeman tippte auf ein paar Tasten und las vor. »Mr. Ross hat von einer öffentlichen Telefonzelle aus bei der Polizei in Las Piernas angerufen, und zwar um dreiundzwanzig Uhr Null Null –«

»Hank«, sagte Cassidy leise.

Freeman lief leicht rot an und räusperte sich dann. »Er hat um elf Uhr abends angerufen. Das Gespräch wurde von Detective Matsuda entgegengenommen, der in der Mordkommission Dienst tat. Ross behauptete, über Informationen im Fall Novak zu verfügen, bestand aber darauf, daß er nur mit Detective Harriman sprechen wolle. Man fragte ihn, ob Detective Harriman angepiepst werden solle, und Ross sagte nein. Er weigerte sich, weiter mit Detective Matsuda zu sprechen.«

»Novak ist einer der Fälle von Pete und Frank«, erklärte Rachel. »Ein Junkie in Riverside erwähnt einen Fall, an dem Frank arbeitet?«

»Ja«, antwortete Cassidy. »Aber Ross hat früher hier gewohnt, also ist es vielleicht gar nicht so seltsam.«

»Hat Ross eine spezielle Zeit genannt?« wollte Rachel wissen.

»Nein«, antwortete Freeman. »Ross teilte lediglich mit, daß er zwischen Null-Neun Uhr und« – er fing Cassidys finsteren Blick auf – »ich meine neun Uhr morgens und ein Uhr nachmittags zu Hause wäre.«

»Fand Jake es nicht seltsam, daß Ross ausschließlich mit Frank sprechen wollte?«

»Es ist gar nicht so ungewöhnlich, daß ein Informant nur zu einem oder zwei Beamten einer Abteilung in Verbindung steht und sich weigert, einem anderen Kollegen etwas mitzuteilen. Diesen Wunsch von Ross hat niemand in Frage gestellt«, fuhr Freeman fort, »weil Detective Harriman auch bei den zwei vorherigen Fällen sein Kontaktmann war.«

»Ist Frank der einzige, der mit diesem Typen gesprochen hat?« fragte ich.

»Zutreffend«, bestätigte Freeman. Ich hörte Cassidy seufzen.

»Pete kennt ihn«, sagte Rachel. »Er hat mir zwar nie den Namen des Mannes genannt, aber er sagte, er kenne den Junkie, zu dem Frank hinausgefahren ist.«

»Pete kennt ihn persönlich«, ergänzte Cassidy. »Und Frank hat ihm alles mitgeteilt, was Ross ihm gesagt hat. Aber mir ist aufgefallen, daß jeder Bericht über ein Gespräch mit diesem Informanten Franks Unterschrift trug. Ich habe mit Pete gesprochen, bevor er zum Tatort hinausgefahren ist, und er hat mir versichert, daß Ross sich nur Frank offenbart hätte. Er gab keinem anderen Informationen.«

»Gibt's dafür einen Grund?« wollte ich wissen.

Cassidy zögerte und erklärte dann: »Er hat Frank vertraut.«

»Dazu hatte er auch allen Grund«, erklärte ich zornig.

»Wie bitte?« Er war offenkundig überrascht von meiner Reaktion.

»Frank würde keinen Informanten ermorden, falls es das ist, was Sie glauben.«

»Kein Mensch hier glaubt, daß er so etwas tun würde«, entgegnete Bredloe nachdrücklich. »Ich habe vollstes Vertrauen in Frank. Wenn er seine Waffe benutzt hat, dann nur aus gutem Grund. Falls er diesen Mann erschossen hat, dann aus Notwehr oder um das Leben eines Dritten zu schützen.«

Mir war nicht klar gewesen, wie sehr ich es brauchte, daß

jemand von der Polizei Frank das Vertrauen aussprach. Ich spürte, daß ich schon wieder den Tränen nahe war.

Jack mußte gemerkt haben, daß meine Kehle so zugeschnürt war, daß ich kaum sprechen konnte. »Das weiß doch jeder, der Frank kennt«, schaltete er sich ein und versuchte, weitere Fragen darüber zu stellen, was in Riverside vor sich ging.

Er wurde höflich abgeblockt. Ich hörte zu, wie die anderen redeten, während ich versuchte, mich zu beruhigen. Ich wußte, daß ich von der Polizei nie die ganze Geschichte über das erfahren würde, was sich im Haus des Junkies zugetragen hatte und was sie dort gefunden hatten. Vielleicht würde Pete es mir irgendwann erzählen, wenn Rachel und ich ihn massiv genug bedrängten. Frank war in Gefahr – ich konnte nicht auf »irgendwann« warten.

Ich wurde nervös. Ich mußte handeln, mußte etwas tun. Das Haus kam mir langsam zu klein vor, zu voll mit Menschen. Wenn ich noch länger herumsaß, würde ich durchdrehen.

»Also, ich muß jetzt gehen«, sagte Bredloe.

»Es war sehr nett, daß Sie alle drei vorbeigekommen sind«, sagte ich.

»Oh, ich bin der einzige, der geht. Ich würde Cassidy und Freeman gern hierlassen. Detective Cassidy hat noch ein paar andere Dinge mit Ihnen zu besprechen.«

Ich merkte, wie Panik in mir aufwallte, sagte aber nichts. Als Bredloe stand, packte ich meine Jacke und erklärte: »Ich bringe Sie zu Ihrem Wagen hinaus.«

»Ich komme auch mit«, sagte Jack. Am liebsten hätte ich ihm einen Tritt versetzt. »Ich muß etwas aus meinem Haus holen.«

Draußen verabschiedete sich Jack rasch von Bredloe und ging nach nebenan. Ich griff in meine Jackentasche und spürte das tröstliche Gewicht meiner Autoschlüssel.

»Ich möchte Ihnen danken«, sagte ich zum Captain. »Ihr Vertrauen in Frank bedeutet mir viel.«

»Frank hat dieses Vertrauen verdient«, antwortete er. »Ich bin heute abend hierhergekommen, um Ihnen zu versichern, daß ich mich persönlich dafür einsetzen werde, daß er sicher und unversehrt wieder zu Ihnen nach Hause kommt.«

»Vielen Dank.«

»Es wird für keinen von uns leicht werden, Irene. Wir müssen mit verschiedenen Methoden auf die Ereignisse reagieren und eine Reihe von Möglichkeiten in Betracht ziehen.«

»›Eine Reihe von Möglichkeiten‹. Damit meinen Sie, daß Frank tot oder verletzt sein könnte oder –«

»Ich werde weiterhin optimistisch bleiben«, unterbrach er mich, »und davon ausgehen, daß Frank als Geisel genommen wurde und derjenige, der ihn festhält, nichts davon hat, wenn er ihm etwas antut. Falls das zutrifft, macht früher oder später jemand ein Angebot.« Er hielt inne und fügte dann hinzu: »Verhandlungen mit Geiselnehmern sind kompliziert. Das wissen Sie sicher noch aus Ihrer Zeit als Kriminalreporterin. Cassidy macht seine Arbeit gut, aber wir brauchen Ihr Vertrauen und Ihre Unterstützung.«

Ich dachte an die vielen Male, die ich Bredloes Eingreifen zu Franks Gunsten miterlebt hatte. Mehr als einmal hatte ich gesehen, daß ihm die Menschen, die unter ihm arbeiteten, am Herzen lagen. Ich wollte ihn nicht anlügen, also sagte ich: »Ich vertraue Ihnen. Ich werde versuchen, Sie zu unterstützen, wenn man vernünftige Anforderungen an mich stellt.«

Er lächelte. »Sie formulieren das so vorsichtig. Nun ja, jetzt im Moment müssen Sie auch vorsichtig sein.« Er öffnete die Fahrertür und stieg in seinen Wagen.

»Captain Bredloe –«

Er wartete.

»Ich *habe* über Geiselnahmen berichtet. Dabei habe ich ein paar Dinge gelernt. Eine Gruppe oder ein einzelner, der einen

Polizisten als Geisel nimmt, pokert vermutlich um viel. Wenn sie Frank gegen einen Häftling oder ein Lösegeld eintauschen wollen, werden Sie ihre Forderungen nicht erfüllen.«

»So dürfen Sie nicht darüber denken –«

»Ich vertraue Ihnen, haben Sie das vergessen? Die Wahrheit, bitte.«

Er holte tief Luft und seufzte. »Nein.«

»Das habe ich auch nicht vermutet.«

»Irene, Cassidy hat eine äußerst hohe Erfolgsquote –«

»Keine der Geiseln war ein Polizist, oder? Der gute Mann hat Bankkassierer gerettet, nicht wahr? Ich meine, das ist toll, das ist wichtig. Aber in einer solchen Situation ist er noch nie gewesen, stimmt's?«

Er sah mir nicht in die Augen. »Stimmt.«

»Und in diesem Fall können Sie schon gar nicht nachgeben, weil Sie nicht das Risiko eingehen dürfen, daß jeder durchgedrehte Dreckskerl, der sich die Abendnachrichten ansieht, auf die Idee kommt, daß es eine lohnende Beschäftigung wäre, Cops zu entführen, hab ich recht?«

Er antwortete nicht.

»Verdammter Mist«, fluchte ich und wandte mich ab.

Jack kam zurück, als Bredloe gerade seinen Wagen anließ.

»Wenn du ins Haus zurückkommst«, sagte ich flüsternd, »nimm Rachel beiseite und sag ihr, daß ich zur Zeitung fahre.«

»Was?«

»Ich kann nicht hierbleiben und nichts tun. Ich habe Freunde beim *Press-Enterprise* in Riverside. Ich rufe sie vom Büro aus an und versuche in Erfahrung zu bringen, was sich da draußen tut.«

»Irene –«

»Bitte, Jack! Ich brauche jemanden, der hier bleibt, für den Fall, daß Frank anruft – jemanden, dem er vertrauen kann.

Rachel wird vielleicht wegmüssen, und außerdem möchte ich sie nicht in eine Lage bringen, in der sie Pete Scherereien machen muß. Auf diese Art kann sie ehrlich sagen, sie hätte keine Ahnung davon gehabt, daß ich gehen wollte.«

»Das gefällt mir gar nicht«, erklärte er. »Ruf mich an, sobald du bei der Zeitung bist, damit ich weiß, daß du heil angekommen bist.«

Ich stieg in mein Auto. »Danke, Jack. Leg dich ins Gästezimmer, wenn du müde wirst.«

»Wie lang bleibst du denn weg?« wollte er wissen.

»Ich weiß nicht.«

Er protestierte noch ein bißchen, aber ich hörte gar nicht mehr, was er sagte, da ich den lauten Karmann Ghia angelassen hatte. Ich raste aus der Einfahrt und hoffte, bereits am Ende der Straße zu sein, bevor Detective Cassidy dahinterkam, daß ich abgehauen war.

4

Kurz nach zwei Uhr morgens herrschte kaum Verkehr, und so bemerkte ich das Auto, das mir nachfuhr, obwohl ich nicht so aufmerksam war wie sonst, wenn ich nach der Sperrstunde herumfahre. Ich wußte nicht genau, wann die dunkle Limousine zuerst aufgetaucht war, aber als ich nur noch wenige Blocks vom Zeitungsgebäude entfernt war, konnte kein Zweifel mehr daran bestehen, daß ich verfolgt wurde. Ich versuchte, meinen Verfolger deutlicher zu sehen, aber wenn ich langsamer wurde, drosselte auch er seine Geschwindigkeit. Ich konnte weder erkennen, welche Farbe der Wagen hatte, noch wer in ihm saß.

Ich bog ein paarmal unnötigerweise ab, fuhr durch den Parkplatz des Altenheims in der Innenstadt und schließlich in die kleine Gasse neben der Stadtbibliothek. Ich löschte die Lichter und wartete ab, ob die Limousine auftauchen würde. Nach ein paar Momenten hatte ich zwar die Aufmerksamkeit von zwei Obdachlosen auf mich gezogen, aber von niemandem sonst, und so fuhr ich vom Parkplatz und weiter zur Zeitung.

Obwohl die Redaktion unbesetzt war, fuhren viele Wagen auf den Parkplatz des *Express*. Es war die Stunde, zu der die Fahrer vom Zustelldienst kamen. Die ersten Exemplare der Morgenzeitung waren bestimmt schon aus der Druckerpresse gekommen; Lastwagen wurden beladen. Ich kannte keinen von den Leuten, die auf das Gebäude zugingen, und so brauchte ich eine Weile, bis ich den Mann entdeckte, der mit verschränkten Armen direkt vor seiner Limousine stand und mich unverwandt ansah.

»Schreiben Sie mich dafür bloß nicht in Ihr Tagebuch, Detective Cassidy.«

Er löste sich von seinem Wagen und kam zu mir herüber. »Nein, Mrs. Harriman – oder soll ich Sie lieber Ms. Kelly nennen?«

»Irene.«

»Okay, Irene, nennen Sie mich einfach Tom oder Cassidy – ganz nach Belieben. Ich glaube nicht, daß mich heute noch irgend jemand Thomas nennt, abgesehen von meiner Mutter. Jedenfalls sind Sie noch lange kein Arschloch. Nachdem ich mir ein paar von den Geschichten angehört habe, die der Captain über Sie erzählt hat, wäre ich sogar enttäuscht gewesen, wenn Sie nicht irgend so einen Trick versucht hätten.«

»Es freut mich, daß ich Ihnen die Befriedigung verschaffen kann, recht zu haben. Wenn Sie mich bitte entschuldigen wollen, ich gehe jetzt hinein.«

»Sicher«, bemerkte er und machte Anstalten, mir zu folgen.

»Moment mal. Ich habe die Polizei von Las Piernas aber nicht zum Mitkommen aufgefordert.«

»Sie sind hier nicht sicher«, erklärte er und versuchte, mir den Weg abzuschneiden. »Wenn ich herausfinden konnte, was Sie vorhatten, kann das jemand anderer auch.«

»Frank ist in Gefahr, nicht ich.« Ich schlug einen Haken um ihn herum und ging erneut auf das Gebäude zu. »Warum sollte es irgend jemanden kümmern, wenn ich...«

Abrupt blieb ich stehen.

»Was ist los?« fragte er in schneidendem Ton.

»Da drüben«, antwortete ich und wies auf einen Volvo, der an der hinteren Mauer des Gebäudes stand, abseits der anderen Autos. »Franks Auto. Er ist hier!«

Ich begann, darauf zuzulaufen.

»Warten Sie!« brüllte Cassidy, packte mich und hätte uns beinahe beide zu Boden geworfen.

»Lassen Sie mich los!«

»Irene, bitte warten Sie.« Inzwischen hatten wir schon einiges Aufsehen erregt. Zwei Lastwagenfahrer sahen zu uns herüber. Ich stand ruhig da. Cassidy zog seine Polizeimarke hervor und hielt sie sich über den Kopf. »Kümmern Sie sich einfach um Ihre eigenen Angelegenheiten. Der Lady geht's gut.«

Sie zögerten. »Alles in Ordnung«, rief ich. »Wirklich.«

Langsam zogen sie ab.

»Und jetzt gehen wir mal nachsehen«, sagte Cassidy. »Ich bin auch ganz gespannt darauf, den Wagen zu sehen, aber ich möchte, daß wir die Sache vorsichtig angehen. Gemeinsam. Und wir fassen das Auto nicht an. Sind Sie damit einverstanden?«

Ich nickte.

»Dann mal los.«

Je näher wir dem Volvo kamen, desto bedrohlicher erschien mir die Tatsache, daß er dort stand. Frank würde nicht mitten in der Nacht zum Zeitungsgebäude fahren. Er würde nach Hause kommen. Falls er aus irgendeinem Grund nicht nach

Hause kommen wollte, wenn er in Schwierigkeiten steckte und meine Hilfe bräuchte, wäre das hier der letzte Ort, wo er mich suchen würde.

»Langsam«, sagte Cassidy. »Immer mit der Ruhe. Bleiben Sie mal einen Moment hier stehen.«

Er bückte sich und ging langsam auf den Wagen zu. Dann spähte er hinein, stieß einen unverständlichen Fluch aus und richtete sich wieder auf, eine Hand vor die Augen haltend.

Ich ging eilig hinüber und blickte in den Wagen.

Leer.

»Was ist denn los?« wollte ich wissen und beugte mich vor, um genauer hinsehen zu können. »Warum sind Sie so wütend?«

»Nicht berühren«, sagte er. Er stand jetzt hinter mir, umfaßte sanft meine Schultern und bückte sich erneut, diesmal mit mir zusammen. Er zeigte durchs hintere Seitenfenster nach oben. »Der Spiegel.«

Jemand hatte in kleinen, ordentlichen Buchstaben etwas auf den Spiegel geschrieben. Es sah aus, als hätte der Verfasser einen dünnen schwarzen Filzstift verwendet. Der Parkplatz war nicht gerade hell erleuchtet, aber es war hell genug, um die Worte zu lesen:

Hocus hat Neuigkeiten.
Wir wissen, wo wir Sie finden.

»Hocus? O nein. Nein…«

»Schh, schh. Still. Wir wissen im Grunde gar nichts.«

Ich sah ihn ungläubig an. »Wir wissen, daß er von Hocus festgehalten wird! Wir wissen, daß er zwei von ihnen wegen gemeinschaftlicher Vorbereitung eines Mordes verhaftet hat!«

»Diese Idioten übernehmen sich langsam ein bißchen«, bemerkte er lässig. »Dadurch ist Frank ihnen überhaupt erst auf die Schliche gekommen. Jetzt gehen wir zurück zu meinem Wagen, und ich rufe Verstärkung.«

»Sollten wir nicht ... sollten wir nicht in den Kofferraum schauen?«

»Haben Sie die Schlüssel für den Volvo dabei?«

»Ja.«

»Würden Sie sie mir geben?« Als ich zögerte, sagte er: »Sie wissen, daß Hocus schon mal Sprengstoff benutzt hat, oder?«

Ich nickte.

»Ich finde, wir sollten warten, bis unsere Sprengstoffexperten da sind und das Auto überprüft haben. Es wäre typisch für Hocus, es teuflisch lustig zu finden, die verdammte Zeitung ins Jenseits zu pusten.«

»Aber wenn Frank da drin ist...«

»Wenn man schon in einen Kofferraum eingeschlossen wird, dann gehört der eines Volvo noch zu den angenehmeren. Die haben Löcher für Ski. Da bekommt er jede Menge Luft. Glauben Sie mir.«

Obwohl ich den Skischlitz im Kofferraum schon gesehen hatte, vermutete ich, daß er wahrscheinlich bluffte, was die Luftzufuhr anging. Doch es war egal. »Wenn er da drin ist, Cassidy, ist er sowieso tot.«

»Reden Sie doch nicht solches Zeug.«

»Ich glaube nicht, daß er tot ist. Er ist am Leben.«

»Haben Sie das im Gefühl?« fragte er und führte mich auf sein Auto zu.

Das hatte ich allerdings, aber ich würde ihm garantiert nichts davon erzählen. »Nein, reine Logik. Irgend jemand hat sich heute sehr viel Mühe gemacht. Sie haben meinen Mann nach Riverside hinaus gelockt, in ein Haus, von dem die hiesige Polizei wußte, daß er es aufsuchen würde. Sie haben ihn sich dort geschnappt und dann sein Auto den ganzen Weg hierher zurückgebracht. Sie haben in seinem Auto eine Nachricht für mich hinterlassen und den Wagen an einem Ort stehenlassen, von dem sie wußten, daß ich ihn finden würde. Vielleicht nicht so früh, aber spätestens am Montagmorgen.«

Ich sah zum Dach des Wrigley Buildings hinauf, in dem der *Express* residierte. »Sie wußten zweifellos, daß die Überwachungskameras für den Parkplatz ihre Gesichter nicht aufs Band bekommen würden, wenn sie an der Rückwand des Gebäudes parkten. Wenn sie Frank nur dafür umbringen wollten, daß er ihren Anführer verhaftet hat, hätten sie keinen solchen Aufwand betreiben müssen. Außerdem würden sie sich mittlerweile damit brüsten.«

Er hielt inne und musterte mich einen Augenblick. »Nicht schlecht. Ganz Ihrer Meinung – Frank hat als Geisel einen Wert für sie. Andererseits ist diese Gruppierung mit der Zeit immer gewalttätiger geworden, und sie halten sich für trickreich. Wenn ich trickreich denke, würde ich sagen, daß im Auto eine Bombe versteckt sein könnte.«

Bei seinem Wagen angekommen, fragte ich: „Sie waren derjenige, der mir gefolgt ist, oder?«

»Ja. Tut mir leid, wenn ich Ihnen angst gemacht habe.«

Er rief bei Bredloe zu Hause an.

»Ich spreche hier von einem Handy aus, Sir«, begann er. »An ihrem Arbeitsplatz ... Ja, das können wir später besprechen, über eine feste Leitung. Das Auto ihres Mannes steht hier auf dem Parkplatz, mit einer Botschaft von unseren reizenden Witzbolden ... Ja ... Ich möchte die Einzelheiten lieber nicht auf einer ungesicherten Leitung besprechen, Sir, aber ich dachte, Sie wollten vielleicht Maßnahmen in die Wege leiten. Ich würde gern den Wagen im Auge behalten, damit niemand dagegenstößt, bevor Ihr Bruder die Hunde bringt.«

Kurzes Schweigen.

»Ja, Sir. Genau ... Vielen Dank.«

Als er ansetzte, eine andere Nummer zu wählen, fragte ich: »Bredloes Bruder bringt Hunde? Was soll das denn?«

»Ein kleiner Geheimcode, den wir nach dem heutigen Abend vermutlich nicht mehr anwenden können ... Die

Sprengstoffexperten gehören zum Sheriffbüro. Sie setzen Hunde ein, die Sprengstoffe am Geruch erkennen können ...« Er sprach wieder in das Handy. »Hank? Suchen Sie alles zusammen, was über die Witzbolde vorliegt ... Ja, ich weiß. Bredloe hilft Ihnen.«

Ich erinnerte mich an das Versprechen, das ich Jack gegeben hatte, und bat Cassidy, ihm ausrichten zu lassen, daß mit mir alles in Ordnung war.

Als er sein Gespräch beendet hatte, kam ein Streifenwagen auf den Parkplatz gefahren. Cassidy bat die Beamten, jeden von dem Volvo fernzuhalten, bis die Sprengstoffexperten eingetroffen waren.

Er drehte sich zu mir. »Alles in Ordnung?«

Ich nickte.

»Gehen wir doch hinein und telefonieren von dort aus, okay?«

Der Nachtwächter war schon ganz aufgeregt, weil er den Streifenwagen auf den Parkplatz hatte fahren sehen. Als Cassidy ihm die Marke der Kriminalpolizei zeigte, zog der Wachmann den Bauch ein und zerrte seinen Gürtel nach oben.

Noch bevor er salutieren oder die Hymne der Hilfspolizei anstimmen konnte, erklärte ich ihm, er solle sich darauf einstellen, daß der Parkplatz bald von Polizeikräften wimmeln würde. Er beschloß, den Verleger anzurufen, Winston Wrigley III.

Wrigley und ich haben zu unseren besten Zeiten ein gespanntes Verhältnis zueinander, und die Zeit zwischen zwei und drei Uhr morgens wird niemals zu den besten Zeiten gehören. Nachdem ich eine oder zwei Minuten lang zugehört hatte, wie er mich anblaffte, gab ich das Telefon an Cassidy weiter.

»Kommen Sie herunter«, sagte Cassidy in seinem gedehnten, diesmal ein wenig übertriebenen Texanisch, »aber seien Sie vorsichtig. Womöglich werden Sie hier unten in die Luft gejagt wie eine Leuchtkugel. Sie haben die Wahl. Ich muß jetzt Schluß machen. Ich kann nicht gleichzeitig mit Ihnen reden und Ihr Gebäude davor bewahren, gesprengt zu werden.«

Als er auflegte, machte der Wachmann große Augen. »Soll ich das Gebäude räumen lassen?«

»Wäre wohl keine schlechte Idee. Die Sprengstoffexperten müssen jeden Moment da sein. Vielleicht könnten Sie in der Zwischenzeit die Leute daran hindern, diesen Teil des Parkplatzes zu betreten.«

John Walters, der erst vor kurzem zum Chefredakteur befördert worden war, traf etwa zur selben Zeit ein wie die Sprengstoffexperten. Seine Sorge, daß die Abonnenten ungehalten sein könnten, wenn ihre Morgenzeitung nicht vor dem Frühstück in der Einfahrt lag, machte bei den Sprengstoffleuten keinen großen Eindruck. Also stolzierte er auf dem Gelände hin und her, wo Zustellfahrer und Drucker warteten.

John zog jedesmal eine finstere Miene, wenn er mich sah, aber er hatte noch nichts zu mir gesagt. Ich schloß daraus, daß es, selbst wenn nichts im Volvo gefunden wurde, heute morgen mindestens eine Explosion geben würde.

Cassidy schlenderte zu ihm hinüber und sprach ein Weilchen mit ihm, und John unterbrach sein Aufundabmarschieren. Er sank ein wenig zusammen und blickte auf seine Schuhe hinab, obwohl ich bezweifelte, daß er sie über die Wölbung seines Bauchs sehen konnte. Er warf mir über die Schulter einen Blick zu, doch diesmal war sein Ausdruck anders. Mitgefühl. Eine Gabe, die ich zurückwies, indem ich das Auto anstarrte.

Da man lediglich dann Mitgefühl von John erwarten konnte, wenn einem etwas wirklich Schreckliches passiert war, war es mir lieber, daß er verärgert war. Ich war ja selbst nicht gerade kühl und gelassen. Obwohl wir ein gutes Stück voneinander entfernt standen, konnte ich sehen, daß die

Sprengstoffexperten ihre speziell abgerichteten Hunde herausgelassen hatten. Die beiden Tiere arbeiteten im Team und beschnupperten vorsichtig das Äußere des Volvos. Einer von ihnen zeigte ein wenig Interesse am Kofferraum, aber als ihr Trainer den anderen dazuholte, zogen beide weiter.

»Wenn die Hunde Sprengstoff in irgendeiner Form entdecken, geben sie es ganz deutlich zu erkennen«, erklärte Cassidy, der nun wieder neben mir stand. »Ich glaube nicht, daß sie schon etwas gefunden haben.«

Ich nickte. Während ich ihnen dabei zusah, wie sie mit Hilfe von Spiegeln an langen Stangen und anderen Gerätschaften die weiteren Untersuchungen vornahmen, spürte ich das Gewicht jedes verstreichenden Moments, und jede Verzögerung schien die Wahrscheinlichkeit, Frank zu finden, geringer werden zu lassen.

»Hören Sie auf«, sagte Cassidy neben mir.

»Mit was?«

»Sie steigern sich schlimmer in die Sache hinein, als Ihnen guttut.«

»Verzeihen Sie. Wenn Ihre Frau vermißt würde und die Sprengstoffexperten ihr Auto untersuchten, während Terroristen mit ihr machten, was sie wollen, würden Sie natürlich ganz ruhig dasitzen und ›Dixie‹ pfeifen.«

Einen Augenblick lang dachte ich, ich hätte ihn verärgert. Nachdem ich seine nervtötende Gelassenheit hatte ertragen müssen, hätte ich das als erfrischende Abwechslung empfunden. Aber ich hatte mich geirrt – er grinste und sah von mir weg, einen Ausdruck verstohlenen Vergnügens im Gesicht.

»Kommen Sie, Ms. Kelly«, sagte er. »Wir dürfen einen Blick darauf werfen.«

Wir gingen zur nächsten Sperre – gelbes Polizeiband, das den Teil des Parkplatzes umgab, wo der Volvo stand.

Die Sprengstoffexperten packten gerade zusammen, und die uniformierten Beamten, die damit beschäftigt waren, die

Menge unter Kontrolle zu halten, wurden von Cassidy angewiesen, die Leute wieder ins Haus zu lassen. John wich mir fürs erste aus, indem er mit dem Herstellungs- und dem Absatzleiter sprach und dabei zweifellos herausfinden wollte, inwiefern diese Unterbrechung die Termine für Druck und Auslieferung durcheinanderbrachte. Nachdem schon einige Aufnahmen gemacht worden waren, wurde nun aus nächster Nähe fotografiert. Ein Fachmann für Fingerabdrücke puderte Türgriffe und andere Flächen ein. Die größte Aufmerksamkeit zog der geöffnete Kofferraum auf sich.

Beim Näherkommen wurde mein Grauen dermaßen übermächtig, daß mir der Kofferraum wie ein klaffender Schlund vorkam, der Wal des Jonas, der gekommen war, um mich im Ganzen zu verschlingen. Polizeiliches Interesse dieses Umfangs war wie Johns Mitgefühl – es konnte nichts Gutes bedeuten.

Cassidy packte irgendwann meinen Ellbogen; wahrscheinlich hatte sich mein Schritt verlangsamt, ohne daß ich mir dessen bewußt war. Ich hörte Stimmen um mich herum, gegenseitige Vorstellungen und Kommentare, ja sogar Cassidys gedehnte Version meines Namens. Er sagte ihn noch einmal.

Doch sie waren alle ganz weit weg. Ich befand mich in einer unbegreiflichen Welt, einer Welt, die einzig und allein aus dem großen, dunklen Blutfleck auf dem Teppich des Kofferraums im Wagen meines Mannes bestand.

5

Ich schaffte es, weder in Ohnmacht zu fallen, noch zu schreien oder hysterisch zu werden, aber meine Tränen ließen sich beim besten Willen nicht zurückdrängen. Neben dem Fleck stach mir eine akkurate Anordnung von drei Gegenständen ins Auge: ein Piepser, ein Handy und eine Pistole in einem Schulterhalfter. Ich wußte, daß sie Frank gehörten, noch ehe Cassidy mich von dem Auto weg und ins Haus führte.

Die großzügige Halle voller Marmor und Messing war leer; der Wachmann stand draußen und war in die Beobachtung des Polizeieinsatzes vertieft. Cassidy setzte mich auf eine Bank und fragte, wo die nächsten Getränkeautomaten seien. Es gelang mir, ihm den Weg zu zeigen. Zitternd saß ich da und hoffte, ich könnte das Beben abstellen, bevor er zurückkam. Ich konnte nicht. Er reichte mir eine Tasse heißen Kaffee und zwang mich, ihn vor seinen Augen zu trinken.

John kam herein, sah mein tränenüberströmtes Gesicht und fauchte: »Holen Sie ihr noch eine Tasse von diesem Zeug«, als stünde Cassidy unter seinem Befehl. Cassidy machte kein Aufhebens darum. Sowie er sich erhoben hatte, setzte sich John neben mich, ja er nahm sogar meine Hand und tätschelte sie, als verlegene Geste der Beruhigung. Ich war zwar nicht beruhigt, aber es war dermaßen seltsam, daß John so etwas tat, daß meine Tränen versiegten.

»Geht's wieder besser, Kelly?«

Ich nickte.

»Kann ich irgend etwas für Sie tun?«

Ich schüttelte den Kopf.

»Mark ist gekommen. Ich habe ihn gebeten, über die Sache zu berichten.«

»Halten Sie ihn von mir fern«, bat ich, und es war mir ein Greuel, wie dünn meine Stimme klang.

»Aber Kelly –«

»Ich kann jetzt einfach nicht mit ihm reden, John. Vielleicht später.«

»Vor Redaktionsschluß?«

Ich rang mir ein Lachen ab.

»Sie machen das doch nicht Mark zum Vorwurf, oder, Kelly?«

Tat ich das? Vielleicht. Es war falsch, soviel wußte ich. Aber was, wenn Marks Geschichte die Ereignisse ausgelöst hatte? Ich dachte an den Blutfleck. Nein, sagte ich mir, es ist falsch, Mark Vorwürfe zu machen.

Ich schloß fest die Augen, weil ich so zumindest ansatzweise allein war. »Zwingen Sie mich nicht dazu, das jetzt sofort zu entscheiden, John. Bitte.«

»Kein Grund, Ms. Kelly unter Druck zu setzen«, bemerkte Cassidy und veranlaßte mich, wieder aufzublicken. Er reichte mir die Tasse Kaffee, die er geholt hatte, sah zu John hinüber und seufzte. »Ich hätte mehr von Ihnen erwartet, Mr. Walters.«

John rieb sich das Gesicht. »Wir sprechen uns später noch, Kelly.« Er begann, die Treppe hinaufzusteigen, hielt aber plötzlich inne. »Geht's Ihnen wieder besser?« fragte er noch einmal.

»Ja, keine Sorge. Ich bin in ein paar Minuten oben.«

»Vielleicht hätte ich Sie den Wagen nicht sehen lassen dürfen«, meinte Cassidy, als John außer Hörweite war. »Bredloe wird mir wahrscheinlich deswegen die Hölle heiß machen. Ich habe nur gedacht, daß es einfacher wäre, Sie das Auto gleich sehen zu lassen – sonst hätte ich Sie noch dabei erwischt, wie Sie in unseren Polizeiparkplatz einbrechen, damit Sie einen Blick darauf werfen können.«

»Da hatten Sie recht«, bestätigte ich. Ich setzte mich ein wenig aufrechter hin und versuchte, meine Stimme fest klingen zu lassen, als ich fragte: »Was glauben Sie, was dieser Blutfleck bedeutet?«

»Hmm. Wenn ich hier sitze und spekuliere, treibe ich nur nutzlose Spielereien. Zuerst einmal wissen wir gar nicht, ob es menschliches Blut ist. Es könnte auch Blut von einem Steak sein, das nur dorthin praktiziert wurde, um Ihnen angst zu machen.«

»Wenn es aber menschliches Blut ist…«

»Dann müssen wir herausfinden, von wie vielen Menschen es kommt. Wenn es nur von einem einzigen herrührt, müssen wir ergründen, von wem es am wahrscheinlichsten stammt. Wenn Sie sich Sorgen machen und glauben, daß es das Blut Ihres Mannes ist, dann kommen Ihnen ein paar Tropfen wie eine Menge Blut vor. Wir müssen versuchen, die Menge zu messen, zu ermitteln, wie lange es schon dort ist und so weiter. Jede Menge Fragen, Irene, und auch ich bin sehr gespannt auf die Antworten – aber sie müssen von der Spurensicherung kommen. Sie und ich sollten uns auf andere Fragen konzentrieren.«

Schon bald fand ich heraus, daß er damit meinte, daß ich mich konzentrierte und er die Fragen stellte. Die meisten ähnelten jenen, die Reed mir bereits zu Hause gestellt hatte, aber das Frageverfahren wirkte bei Cassidy ganz anders. Er sprach langsam und leise und gab sich eher betroffen als argwöhnisch. Er wollte keine Einzelheiten über meinen Streit mit Frank wissen, sondern vielmehr, was für Kreditkarten Frank bei sich hatte, für den Fall, daß Franks Brieftasche dazu benutzt wurde, eine Flucht zu finanzieren. Am meisten interessierte er sich aber für Gespräche über Hocus.

»Hat Frank Ihnen gegenüber irgendwelche Kommentare über die Personen abgegeben, die er verhaftet hat?«

»Kaum. Er sagte, er schätzte sie recht jung ein, vermutlich knapp unter oder über Zwanzig. Aus ziemlich wohlhabenden Familien – er sprach von demographischen Studien, die zeigten, daß Bombenleger oft junge Männer aus der oberen Mittelschicht seien, wenn ich mich recht erinnere, aber da kann ich mich auch täuschen. Er fand, sie seien eine üble Mischung. Intelligent, aber verwöhnt. Und zornig, aber er wußte nicht genau, warum. Er freute sich über die Festnahmen, vor allem, weil er hoffte, daß Hocus daraufhin zurückstecken oder vielleicht sogar ganz aufhören würde.«

»Er vermutete, daß Lang die Schlüsselfigur war.« Das war

nicht direkt eine Frage, aber es war auch keine Feststellung. Richard Lang und Jeffrey Colson waren die beiden Mitglieder von Hocus, die im Gefängnis saßen.

Ich zögerte und antwortete schließlich: »Nein. Diese Schlußfolgerung stammt nicht von ihm, egal, was in dem Artikel im *Express* stand. Frank stritt zwar nicht ab, daß Lang der Rädelsführer sein könnte, aber er hatte seine Zweifel. Massive Zweifel.«

Cassidy rieb sich den Unterkiefer und starrte ins Leere.

Ich wartete auf seine nächste Frage, bis mir klarwurde, daß eine Zeitlang keine mehr kommen würde. »Ich gehe jetzt nach oben«, verkündete ich.

»Ist recht«, murmelte er, immer noch in Gedanken versunken.

Die Redaktion war menschenleer. John saß in seinem Büro. Mark Baker war immer noch draußen. In ein paar Stunden würden die anderen Angestellten kommen. Ich ging eilig an meinen Schreibtisch, loggte mich in den Computer ein und ließ mir alle Dateien über Hocus anzeigen. Obwohl ich die Geschichten ebenso aufmerksam verfolgt hatte wie die anderen Einwohner unserer Stadt, wollte ich meine Erinnerung auffrischen. Ich mußte gegen das Gefühl der Hilflosigkeit ankämpfen, das mich zu übermannen drohte, und eine Waffe, die mir zur Verfügung stand, war Information.

Ich lud die früheste Datei auf den Bildschirm und dachte an den ersten Streich von Hocus zurück.

Wir hätten uns auf Ärger gefaßt machen müssen, als fast alle Einwohner der Stadt eine angenehme Überraschung auf ihren Kontoauszügen vorfanden. Es war nicht die Art von Überraschung, von der man träumt oder auf die man immer hofft – niemand hatte unwiderruflich eine Million Dollar von einer Schweizer Bank auf sein Konto überwiesen bekommen; auch keine hundert Dollar durch einen »Bankirrtum zu Ihren Gunsten« wie beim Monopoly. Andererseits war es aber auch wieder keine dieser Überraschungen, die einem Alpträume verursachen. Nichts, das einen die Finger kreuzen ließ in der Hoffnung, die Empfänger der letzten fünfzig Schecks, die man ausgestellt hatte, erfreuten sich lediglich an deren Anblick und würden nicht in nächster Zeit versuchen, sie einzulösen. Nein, für die Kunden der Bank of Las Piernas lief es im Durchschnitt auf einen Glücksfall im Wert von acht Dollar hinaus.

Die Mitteilung erschien unten auf jedem Auszug und unterrichtete die Kunden der BLP höflich davon, daß für diesen Monat keinerlei Kontoführungsgebühren berechnet würden.

Da sie annahmen, die Begünstigten irgendeiner Werbeaktion zu sein, waren die Kontoinhaber hocherfreut und sahen ihre Bank mit ganz neuen Augen. »Die haben ja wirklich Herz«, hörte man die Leute sagen. In der Öffentlichkeit nickten die Mitarbeiter der Bank und nahmen die Dankbarkeit ihrer Kunden entgegen. Intern herrschte allerdings Panik.

Wenn ich Guy St. Germain nicht gekannt hätte, den Vizepräsidenten der Bank, hätte ich nicht erfahren, daß die Bank den Gebührenerlaß keineswegs selbst veranlaßt hatte. Was wirklich geschehen war, erzählte er mir erst, nachdem ich sechs- oder siebenmal geschworen hatte, daß ich niemals etwas darüber für die Zeitung schreiben oder es jemandem weitersagen würde. Der elektronische Einbruch war ein großes Geheimnis bei der BLP. Anfangs war die Bank nicht bereit, ihre Kunden wissen zu lassen, daß ein Hacker in ihre EDV eingedrungen war.

»Und man kann keine elektronische Spur zurückverfolgen?« fragte ich.

»Nein, *mon amie*«, sagte Guy mit seinem weichen französisch-kanadischen Akzent. »Sie haben ja auch kein Geld gestohlen. Es wurde nicht von den Konten unserer Anleger irgendwo anders hin überwiesen. Die Hacker haben es nur einfach fertiggebracht, den Befehl zu löschen, der die Gebühren für die Kontoführung erhebt. Unsere Fachleute für die Sicherung der EDV haben herausgefunden, wie sie eindringen konnten: Sie haben den Computer eines unserer leitenden Angestellten angezapft und sein Modem abgehört. Es ist ihnen gelungen, Zugangscodes der höchsten Ebene aufzuzeichnen. Mit diesen Codes konnten sie sich dann selbst Zugang verschaffen.«

»Sind Sie sicher, daß dieser leitende Angestellte nichts damit zu tun hat?« fragte ich.

Guy nickte. »Der Mann ist kein Computergenie. Er hat den Zugang auf höchster Ebene aufgrund seiner Position, nicht aufgrund seiner Fähigkeiten. Er hätte nicht gewußt, wie man das Programm ändert.«

»Aber trotzdem –«

»Außerdem ist er ein richtiger Naturbursche«, fuhr Guy fort. »Er geht gern wildwasserfahren und wandern und treibt all diese Sportarten, bei denen man nicht telefonisch erreichbar ist. Ich finde das verständlich – bei seinem anstrengenden Beruf. Er hatte drei Tage frei und war beim Wildwasserfahren auf dem Green River in Utah, als der elektronische Einbruch stattfand, und die Anrufe waren eindeutig von hier aus erfolgt, es waren keine Ferngespräche.«

»Hmm. Perfekte Planung.«

»Ja. Jemand hat seine Hausaufgaben ausgezeichnet gemacht, finden Sie nicht?«

»Kann ausgeschlossen werden, daß dieser Knabe einen Groll hegte? Daß er vielleicht jemand anderen dazu angeheuert hat, das Programm zu ändern?«

Guy schüttelte den Kopf. »Er hätte nichts davon gehabt. Wir glauben, daß es einfach ein Streich war.«

»Ein ziemlich teurer.«

»Ja. Das ist ja das Schlimme daran, obwohl das nur wenige einsehen. Kein Mensch hat viel für Banker übrig.«

Ich konnte ihn verstehen. Die meisten Menschen verschwenden keinen Gedanken daran, daß die Bank diese Gebühren braucht, um ihre Betriebskosten zu decken. Sie würde zwar wegen dieses Streichs nicht gleich pleite gehen, aber es beeinträchtigte doch den Saldo. Die Gebühren würden steigen, oder es gäbe weniger Kredite.

»Es hätte schlimmer sein können«, sagte Guy. »Viel schlimmer. Und jetzt sind auch unsere Sicherheitsmaßnahmen besser.« Er hielt inne und lächelte. »Wer weiß? Vielleicht ziehen wir ja einen Gewinn aus der guten Reklame, die der Gebührenerlaß mit sich gebracht hat.«

Der zweite Streich blieb dem öffentlichen Auge nicht lange verborgen. Wenige Wochen nach dem Vorfall in der Bank wurden sämtliche Strafzettel aus den städtischen Computern gelöscht. Als die EDV der Behörde auf eine separat gespeicherte Sicherungsdatei zugreifen wollte, stellte man fest, daß sie bis auf einen einzigen Satz leer war: »Sämtliche Strafen für Falschparken sind erlassen. Wir sind Hocus.«

»Das ist ein merkwürdiger Name«, meinte Lydia Ames, als ich mit der Geschichte in die Redaktion kam. Sie ist stellvertretende Chefredakteurin der Lokalredaktion des *Express*, und wir sind schon von Kindesbeinen an miteinander befreundet.

»Ein äußerst treffender Name«, kommentierte John Walters.

»Halten sie sich etwa für Zauberer?« fragte Lydia.

»Du denkst an Hokuspokus«, erwiderte ich. »Diesen Fehler habe ich auch gemacht, bis ich das Wort im Wörterbuch nachgeschlagen habe. ›Hocus‹ ist ein Verb. Es heißt jemandem einen Streich spielen oder jemanden betrügen. Vielleicht geht das Wort ›hoax‹ darauf zurück.«

»Die Jubelrufe werden durch die ganze Stadt tönen«,

murrte John finster. »Kein Mensch mag Strafzettel. Aber Gauner mag ich noch viel weniger.«

»So habe ich auch reagiert«, bemerkte ich, »gleich nachdem ich beschlossen habe, was ich mit dem Geld tun würde, das mir Hocus an Strafzetteln erspart hat.«

Die nächste Aktion erfolgte etwa eine Woche später. Sämtliche noch offenen Mahngebühren der Bücherei wurden aus der EDV der Stadtbibliothek gelöscht. Die Botschaft »Alle Mahngebühren sind erlassen, mit freundlichen Grüßen von Hocus« erschien eines Montagmorgens auf den Bildschirmen. Als die Stadt dieses neuerliche Überwinden der Sicherungen untersuchte, teilte die Bank – unter dem Siegel der Verschwiegenheit – der Polizei mit, daß Hocus auch für den Gebührenerlaß bei der Bank verantwortlich gezeichnet hatte.

Zuerst bejubelten die Bürger die Neuigkeit mit den Bibliotheksgebühren ebenso freudig wie den vorherigen Gebührenerlaß. Niemand zahlt gern Gebühren. Aber die Bücherei wurde dadurch schwerer getroffen als die Bank oder die Stadtverwaltung: Ohnehin schon von Etatkürzungen geplagt, konnte sie das Ausbleiben der Zahlungen nicht verkraften. Die städtischen Bibliotheken würden bis auf weiteres an Wochenenden geschlossen bleiben.

Die Eltern von Schülern, die Hausarbeiten schreiben mußten, waren die ersten, die aufheulten, und andere schlossen sich rasch an. Eine Benefizveranstaltung wurde organisiert, und die Bücherei machte samstags wieder auf. Langsam schienen die Bürger der Stadt zu begreifen, daß man ihnen schaden konnte.

Die Leute von Las Piernas begannen die gleichen Fragen zu stellen, die sich Fachleute für Computersicherheit schon die ganze Zeit stellten: Wer waren diese Leute? Wie viele waren sie? Was wollte Hocus beweisen? Wie hatten sie es geschafft, in die EDV-Anlagen einzudringen? Und – das war vielleicht am vordringlichsten – was würden sie als nächstes tun?

Damals hatten sämtliche Aktionen von Hocus zu ihrem Namen gepaßt. Streiche. Niemand von ihnen machte Einnahmen, sie verhinderten nur, daß andere etwas einnahmen.

Computerexperten wurden herbeigerufen, und jede Institution, die mit Computern arbeitete, tat ihr Bestes, um die Sicherheitsmaßnahmen zu verschärfen. Wir warteten auf den nächsten Streich.

Als er kam, wurden wir davon völlig überrumpelt.

Zuerst wurde die Verantwortung einer Gruppe von Tierschützern zugeschrieben. In dem Chaos, das unmittelbar nach der Freilassung sämtlicher Tiere im städtischen Tierheim entstand, war die Leiche des Nachtwächters mehr als drei Stunden lang unentdeckt liegengeblieben.

Wenn man ein oder zwei Vogelkäfige öffnet, ja selbst wenn man ein paar Schlangen freiläßt, passiert nicht besonders viel. Aber wenn man zwanzig oder dreißig Katzen freiläßt und kurz danach noch gut zweihundert Hunde, kann man einiges erleben. Dann noch ein Pferd zum großen Finale, und man hat garantiert Aufsehen erregt.

Die Vögel flogen davon, und die Schlangen waren auf Nimmerwiedersehen verschwunden. Das Pferd war alt und abgezehrt und kam nicht viel weiter als bis zum ersten freien Feld. Die Katzen hatten offenbar genug Vorsprung gehabt, um auf Bäume zu klettern oder sich aus dem Staub zu machen. Die Hunde waren ein ganz anderer Fall.

Als soziale Wesen hatten sie wohl erkannt, daß diese Abenteuer in Gesellschaft mehr Spaß machten, und die meisten von ihnen fanden sich zu Rudeln zusammen, als sie loszogen, um durch die Straßen zu laufen. Manche kündeten dabei lautstark von ihrer Freiheit.

Der Polizeieinsatz in den frühen Morgenstunden konzentrierte sich in erster Linie darauf, die Tiere einzufangen, insbesondere jene Hunde, die man wegen ihrer Bissigkeit eingesperrt hatte.

Zwei Männer hatten in dieser Nacht Dienst gehabt: der Nachtwächter und ein Tierwärter. Der Tierwärter war aufgrund eines Notrufs weggefahren, der sich als fingiert erwiesen hatte. Noch bevor er zurückkam, teilte ihm die Polizei schon über Funk mit, welcher Art die Anrufe waren, die bei ihnen eingingen.

Trotz des wilden Treibens auf den Straßen in der Nähe des Tierheims war es im Tierheim selbst bedrohlich ruhig. Der Nachtwächter schien gar nicht mehr auf dem Gelände zu sein, und ein zweiter Lastwagen fehlte. Zuerst dachten alle, er sei unterwegs, um streunende Hunde einzufangen. Der Lastwagen wurde erst viel später entdeckt, und zwar unter einer Autobahnbrücke.

Am Schluß hatte das Tierheim viel mehr Hunde als zuvor – wenn auch nicht unbedingt dieselben –, da die früheren Insassen unterwegs ein paar Sympathisanten aufgelesen hatten. Erst nachdem die Hunde eingefangen waren, konnten im Tierheim genauere Ermittlungen darüber angestellt werden, was eigentlich passiert war.

Eine Polizistin entdeckte Blutstropfen am Boden und folgte dieser Spur bis zu einem Gebäude im hinteren Teil des Tierheims, wo sie an die Stelle führte, wo sonst Hunde eingeschläfert wurden. Die Tür zu einer der Kammern, die für große Hunde verwendet wurde, stand offen, und als sie näher kam, sah sie, daß sie erst vor kurzem benutzt worden war. Die Leiche des Nachtwächters lag darin, zusammen mit einer Botschaft:

Hocus hat die Gefangenen befreit.

Hocus' erster Mord.

6

Der Traum war angenehm gewesen. Er konnte immer noch ihr Gesicht vor sich sehen, die flaumige Wärme ihrer Haut spüren und ihre Weichheit. Er hatte bereits vergessen, was in dem Traum geschehen war, war sich nicht sicher, ob sie sich geliebt hatten, dachte aber schläfrig, daß sie es vielleicht getan hatten, da sein Erwachen das langsame, zögerliche Erwachen eines Zufriedenen war.

Mehrere Momente verstrichen, und immer noch lockte der Schlaf. Er war weder schmerzfrei, noch war er gegen die verstörenden Gedanken immun. Sein Kopf tat weh. Er war verletzt. Sie war nicht bei ihm. Er wußte nicht, wo er war oder mit wem oder warum man ihn verschleppt hatte. In flüchtigen Bildern erinnerte er sich an einen Kampf und mehrere Schüsse.

Doch auf jeden Fall war ihm – angefangen bei dem Schmerz an der Stelle, wo ihn der erste Schlag getroffen hatte, bis hin zu dem Gefühl von Verlorenheit – kaum ein Unwohlsein ins Bewußtsein gedrungen, bis ein wogender Schwall von Mattigkeit ihn überspülte, Schläfrigkeit ihn seiner Fähigkeit beraubte, stärker als ein entfernter Beobachter zu reagieren. Zu müde, dachte er und schloß die Augen – viel zu müde. Er lächelte vor sich hin. Einfacher, zu träumen…

Die lange trainierte Fähigkeit, Unangenehmes kommen zu spüren, weckte ihn erneut, und einen kurzen Moment lang öffnete er die Augen. Der Raum tanzte wie wild über ihm. Er schloß die Augen wieder.

»Herrgott, wie ich den Geruch von Blut hasse«, sagte eine Stimme.

Weitere Worte zogen vorüber.

»Bleich.«

»Noch nicht…«

»…überstehen?«

»Keine Sorge«, sagte jemand.

Er dachte, daß es womöglich doch Gründe gab, sich Sorgen zu machen, aber sie entfielen ihm auf der Stelle wieder und schwammen davon.

Das Gespräch zwischen den beiden anderen ging weiter, aber er konnte sich nicht lange genug auf das konzentrieren, was sie sagten.

Das Träumen begann erneut.

Er stand auf der gekiesten Einfahrt und blickte auf das Haus.

Er konnte sich daran erinnern, wie er hier einmal mit seinem Vater entlanggefahren war, Ende der fünfziger Jahre, in dem alten blauen Buick, den sie damals hatten, dem mit dem Armaturenbrett aus Metall und dem grimmigen, zähnefletschenden Kühlergrill. Vom Beifahrersitz aus hatte er das Gewirr aus dunkelgrünen Blättern und den glatten, grauen Stämmen von Orangen-, Zitronen- und Grapefruitbäumen vorbeiziehen sehen.

Seitdem war er natürlich schon oft wieder in der Gegend gewesen, aber als er heute in dieser Einfahrt stand, mußte er an einen Tag denken, an dem sein Vater irgendwelche Papiere nach Riverside bringen sollte. Die Mädchen hatten zu Hause bleiben müssen. »Diesmal nur Jungs«, hatte sein Vater gesagt.

Es war eine lange Fahrt von Bakersfield, und heiß dazu. Frank machte es nichts aus. Sein Vater war Polizist, und sie konnten nur selten Zeit miteinander verbringen.

Da die Fenster heruntergedreht waren, konnte er den schweren Duft aus den Obstplantagen riechen. Sie fuhren an ungeteerten Feldwegen vorbei, die direkt an der Straße begannen, markiert von blechernen Briefkästen mit roten Flaggen, die verkündeten, wer Post bekommen hatte und wer nicht. Und unten, am anderen Ende der Einfahrt, stand fast immer ein bescheidenes weißes Holzhaus.

Die Erinnerung bestürmte ihn im Traum viel lebhafter als im wirklichen Leben. Im wirklichen Leben war er dagestanden, hatte das Haus angesehen und sich gefragt, warum ihm auf einmal so unheimlich zumute wurde. Herrgott, das Haus sah aus, als ob es darin spukte. Die Farbe löste sich in flächigen, sich kräuselnden Schichten vom Holz. Außen herum führte eine Veranda, aus deren Geländer mehrere Pfeiler herausgebrochen waren, so daß sie lückenhaft wirkte und durchhing. Abgestorbene Ranken bildeten einen dichten, dornigen grauen Spitzenschleier, der die Haustür vor Blicken abschirmte. Die Fliegengitter waren zerrissen oder fehlten ganz.

Das baufällige Haus stand auf einem großen Grundstück. Hohes, vertrocknetes Gras wuchs in strohfarbenen Büscheln. Ein knorriger, blattloser Orangenbaum streckte zwei kahle Äste in den wolkenlosen Himmel, wie in einer Geste der Verzweiflung.

Er stellte sich vor, wie das Haus vor dreißig Jahren ausgesehen haben mochte, sah purpurrote Bougainvilleen vor sich, die einem von Obstbäumen umstandenen Haus Farbe verliehen.

Er schüttelte den Kopf. Vermutlich hatten ein oder zwei Generationen von Erben den Zitronenhain des ursprünglichen Besitzers aufgeteilt und stückweise verkauft. Das war die einzig mögliche Erklärung für die seltsame Mischung aus Grundstücken und Häusern, die diese Straße ausmachten. Eine Handvoll Bäume stand noch hier oder da, aber die Plantagen waren verschwunden. Die weitere Entwicklung war dem Zufall überlassen worden. Eisenbahnschienen verliefen entlang der anderen Straßenseite, parallel zum hinteren Zaun des Industrieparks, der sich wiederum jenseits der Gleise befand. Von den Gebäuden dort konnte man nichts als fensterlose Betonwände und Ladebuchten erkennen. Er fragte sich, ob der Industriepark ein Lagerhaus ersetzt hatte.

Als er noch auf der gekiesten Einfahrt stand, rumpelte langsam ein Güterzug vorbei, dessen Hupe ertönte und laut von den Betongebäuden widerhallte. Er betrachtete ihn und las die Namen auf den Waggons. AT & SF … Southern Pacific … Cotton Belt. Wo mochte er hinfahren? Wo kam er her? Conrail … Golden West … GATX … Er hielt an und begann dann rückwärts zu fahren, offenbar um Waggons zu wechseln oder neue anzuhängen. Als der vordere Teil erneut an ihm vorüberfuhr, sah ihn der Lokomotivführer und winkte ihm zu. Erstaunt winkte Frank zurück.

Als er das Gesicht des Lokomotivführers nicht mehr sehen konnte, zog er seinen Anzug zurecht und wandte sich wieder dem Haus zu. Eine Spottdrossel sang ein halbes Dutzend Verse eines geklauten Lieds, das nur aus zwei Tönen bestand, und verstummte dann.

Er hielt inne und lauschte. Nichts. Der Kies knirschte und quietschte, als er die Einfahrt entlangging.

Ross hatte ihm nie irgendwelchen Ärger gemacht, sagte er sich. Und wenn Ross etwas über den Fall Novak wußte, dann wollte er es hören. Der Fall Novak war wirklich eine Plage. Bis jetzt waren sie überhaupt nicht weitergekommen. Vermutlich gab es jede Menge Zeugen, aber jeder hatte zuviel Angst, um auszusagen. Niemand wußte etwas. Das ärgerte ihn. Novak war ein kleiner Dealer gewesen, den der Ehrgeiz in die falsche Richtung getrieben hatte. Wer auch immer ihn umgebracht hatte, hatte dem Staat dadurch vermutlich eine Menge Geld erspart. Doch Mord war Mord, und so sehr er die Novaks dieser Welt auch haßte, störte es ihn weitaus mehr, daß andere Leute durch ihr Schweigen einen Mörder deckten.

Die Stufen zur Veranda knarrten. An der Vordertür angekommen, blieb er stehen und trat zur Seite. Die Tür stand offen. Nur einen Spalt weit, aber sie war offen.

»Ross?« rief er.

»Kommen Sie rein, Frank«, hörte er Ross rufen. »Ist nicht abgesperrt. Ich hab Sie schon kommen sehen.«

Er dachte an all die anderen Male, die er sich mit dem Junkie getroffen hatte: die Nervosität, die dreifach versperrten Türen.

Er zog seine Pistole.

»Kommen Sie hier raus, Ross«, rief er.

Schweigen.

»Kommen Sie hier raus, oder ich fahre nach Las Piernas zurück. Dann unterhalten wir uns ein andermal.«

Er hörte die Veranda hinter sich knarren und wirbelte herum.

Ein Mann in einem Cape aus Goldlamé und einem über und über mit violetten Pailletten besetzten Frack stand am anderen Ende der Veranda. Er nahm seinen glitzernden Zylinder ab und verbeugte sich.

»Möchten Sie sehen, wie ich ein Kaninchen aus dem Hut zaubere?« fragte er.

»Nein. Lassen Sie den Hut fallen und nehmen Sie die Hände –« Er spürte eine Bewegung hinter sich, drehte sich aber nicht rechtzeitig genug herum, um den Schlag auf den Hinterkopf noch abwehren zu können.

Er verlor für einen Moment das Bewußtsein und merkte nicht, wie er auf die Veranda fiel, bis er mit dem Gesicht auftraf. Seine Pistole schlitterte klappernd von ihm weg, aber er konnte Pulver riechen. Hatte er abgedrückt? Den Zauberer getroffen? Nein, denn einer der Männer, die ihn auf die Veranda niederrangen, trug Violett und Gold. Verwirrt und halb betäubt fing er unter ihnen liegend an, sich zu wehren, aber sie hielten ihn fest. Bald waren seine Hände hinter seinem Rücken gefesselt.

»Du hast nicht fest genug zugeschlagen!« sagte der Zauberer.

»Das macht nichts.«

Er spürte, wie die Angst, kalt und real, ihm den Kopf klärte.

»Er hätte beinahe auf mich geschossen!« klagte der Zauberer. »Was, wenn das jemand gehört hat?«

»Schnapp dir seine Pistole, verdammt noch mal«, sagte der andere. Das Cape lüftete sich.

Er begann erneut, sich zu winden, bis er einen Nadelstich im Hals spürte.

»Zappeln Sie ruhig«, sagte die Stimme. »Dann wirkt es um so schneller.«

Grob wurde er auf die Beine gehievt und ins Haus bugsiert.

Ross war drinnen, in eine Ecke gekauert.

»O Gott!« jammerte er, als er Frank sah. »Ihr zwei seid ja völlig durchgeknallt! Er ist ein Bulle!«

»Halt die Klappe«, befahl der Zauberer.

Ross fing an zu weinen, sagte aber nichts mehr.

Der Schmerz, der von seinem Kopf ausging, war jetzt nicht mehr so schlimm, aber er konnte sein eigenes Blut warm und feucht auf Hals und Rücken spüren und es im Mund schmecken. Er war benommen, aber es war gar nicht so schlimm, benommen zu sein, dachte er.

»Wie lange noch?« fragte die Stimme hinter ihm.

Der Zauberer zog eine Taschenuhr hervor. »Jede Minute«, antwortete er und sah auf die Gleise.

Ein Zug. Noch durch den Nebel, der sich über seinen Verstand zu legen begann, dachte er an den Zug. Er begann, auf die Tür zuzugehen, und wurde brutal zurückgerissen.

Dann hörte er den Zug. Diese Mistkerle würden ihn umbringen, dachte er verschwommen. Tja, da hatten sie sich aber geschnitten. Ihn würden sie nicht kampflos kleinkriegen.

Er stolperte vorwärts, brachte seinen Angreifer aus dem Gleichgewicht und ließ den jungen Mann über seinen

Rücken abrollen. Ein überraschter junger Mann, stellte er fest, und grinste ihn an, während er am Boden lag.

»Aufhören!« schrie der Zauberer und schwenkte die Pistole.

Frank wollte dem Mann auf dem Fußboden einen Tritt versetzen, traf aber komplett daneben. Er versuchte es erneut und verlor selbst das Gleichgewicht, so daß er krachend gegen eine Lampe, einen Couchtisch und Gott weiß was noch alles stürzte, bevor der Mann, der auf dem Boden gelegen hatte, wieder nach ihm griff. Frank wand sich, wurde aber langsam immer schwerfälliger.

»Halt dich an den Plan!« brüllte der Mann, der ihn festhielt. »Bring ihn um!«

Frank fiel auf die Knie, zu benommen und zu schläfrig, um zu stehen. Der Zauberer sah verloren drein.

Der andere Mann ließ ihn zu Boden fallen. Dann ging er zum Zauberer hinüber und nahm ihm die Pistole ab.

Frank hörte den Schuß – er war laut, lauter als der Zug.

Genau wie einschlafen, dachte er. Ihm war kalt. Er gestattete sich den Wunsch, daß sie ihn festhielte. Er stellte sich vor, wie sie die Arme um ihn schlang, und fragte sich, ob sie ihm je verzeihen würde, daß er sich hatte umbringen lassen.

7

Mark Baker sah mich nicht an meinem Schreibtisch sitzen, als er die Redaktion betrat. Er eilte auf schnellstem Weg in Johns Büro. Ich weiß nicht, ob meine feige Seite oder mein rebellisches Wesen am Werk war, aber ich war auf jeden Fall nicht dazu bereit, zu der Geschichte über das Verschwinden meines Mannes beizutragen – also inszenierte ich mein eigenes. Ich schlich mich aus der Redaktion und ging wieder nach unten.

Cassidy war nicht mehr in der Halle, und ich sah ihn auch nicht bei den Polizisten, die sich immer noch um Franks Auto scharten. Ich schaute über den Parkplatz und sah ihn an meinem Karmann Ghia lehnen.

»Ich fahre nach Hause«, erklärte ich ihm, als ich am Auto angekommen war.

»Dann sehen wir uns dort«, meinte er, eine Erklärung, über die ich alles andere als begeistert war. Aber ich war nicht zum Streiten aufgelegt. Unter seinen Augen stieg ich in den Wagen. Dann kurbelte ich mein Fenster herunter.

»Cassidy?«

»Hmm.«

»Soll ich hier warten? Hier haben sie schließlich die Nachricht für mich hinterlassen. Könnte das nicht heißen, daß sie hier anrufen werden?«

»Das habe ich mir auch schon überlegt. Ich glaube nicht, daß es ihnen schwerfallen wird, Sie zu finden.«

»Aber unsere Privatnummer steht nicht im Telefonbuch…«

»Sie dachten garantiert auch, daß Ihre Kontonummer geheim wäre.«

»Oh.« Ich sah zum Volvo hinüber.

»Können Sie fahren?« fragte er. »Ich bringe Sie nach Hause, wenn Sie möchten.«

Ich schüttelte den Kopf. »Nein danke. Ich schaff's schon.«

»Klar«, meinte er und schlenderte auf seinen Wagen zu.

Beim Nachhausefahren dachte ich an die anderen Daten, die ich über Hocus gesammelt hatte. Der Mord an dem Angestellten des Tierheims hatte lautes Geschrei nach der Verhaftung der Täter ausgelöst, aber für seine nächsten Opfer wurde Hocus weniger kritisiert.

Der *Express* erhielt einen anonymen Anruf, in dem eine männliche Stimme erklärte, daß Hocus in einigen Vierteln aufräumen wolle. Innerhalb von vierundzwanzig Stunden flogen vier Häuser in die Luft, wobei einundzwanzig Menschen ums Leben kamen – eine Zahl, die erst nach mehreren Tagen als die endgültige erklärt werden konnte, da man Leichen schwer zählen kann, wenn sie zu Teilchen von Gulaschgröße zerfetzt worden sind. Fünfzehn von ihnen befanden sich im selben Haus – bei einer Party, die rapide beendet worden war.

Normalerweise hätte ein derartiger Terrorakt Empörung hervorgerufen, aber diesmal hatte Hocus tatsächlich einige Sympathisanten gewonnen. Offenbar lag über jedes der betroffenen Häuser eine lange Liste von Beschwerden der Nachbarn vor: aufgrund von Drogenhandel, Lärm und einem unablässigen Strom zwielichtiger Besucher, die zu allen Tages- und Nachtzeiten ein und aus gingen. Im großen und ganzen fanden die Nachbarn der Opfer, daß Hocus ihnen einen Gefallen getan hatte. Falls sie irgendwelche Einwände hatten, so betrafen sie lediglich die wenigen kleineren Schäden, die die Explosionen verursacht hatten – zerbrochene Fensterscheiben und von den Wänden gefallene Bilder. Nach dem Verlust der Menschenleben befragt, hatte ein Mann die Achseln gezuckt und geantwortet: »Schädlingsbekämpfung.«

Trotz ihrer zahlreichen Probleme mit den Dealern war die Polizei wenig erfreut über die von Hocus herbeigeführte Lösung. Frank war zu dem mittlerweile als das »Partyhaus« bezeichneten Gebäude abkommandiert worden, dem Tatort mit den meisten Todesopfern. Er war in keiner guten Verfassung, als er von diesem Einsatz nach Hause kam. Manchmal, wenn er mit Deke und Dunk gespielt hatte, lange am Strand gelaufen war und einen Macallan auf Eis getrunken hatte, sprach er davon. »Es wird ein ganzes Team von Gerichtsmedizinern nötig sein, um zu ermitteln, wie viele Leute sich in dem Haus aufgehalten haben, ganz zu schweigen davon, wer sie waren. Ich wette, am Schluß sitzen wir mit einem halben Dutzend

Unbekannten da. Der Sprengstoffexperte sagt, es war C-4, irgend etwas im Wohnzimmer, wo sich die meisten Leute aufhielten. Einige der Leichen in den umliegenden Räumen waren nicht so schlimm zugerichtet. Eine von ihnen hat mich an–« Er verstummte und schüttelte den Kopf. »Einfach ein junges Mädchen, noch im Teenageralter. Die anderen waren alle Mitte Zwanzig.«

Meine Neugier war geweckt, aber ich fragte nicht weiter. Frank ist im allgemeinen ein stiller Mann. Ab und zu bringe ich ihn zwar so weit, daß er die Beherrschung verliert, aber dies war keine dieser Situationen. Er hatte an diesem Tag eine Weile gebraucht, um sich überhaupt zum Sprechen zu überwinden, und die Erfahrung hatte mich gelehrt, daß er in solchen Momenten eine Zuhörerin brauchte und niemanden, der ihn ausfragte. Ich unterdrückte sämtliche Impulse, ihn zu weiteren Auskünften zu drängen.

Später, als die Zeitung ein Foto des jungen Mädchens brachte – ein verschwommenes, unscharfes Bild aus ihrem High-School-Jahrbuch – glaubte ich zu wissen, warum ihn der Tod dieses Mädchens stärker traf als der der anderen Opfer. Ich hatte das Schulabschlußfoto seiner Schwester Cassie gesehen: Wenn man ihr die Haare blond gefärbt und sie nach der heutigen Mode geschminkt hätte, hätte sie der Toten in vieler Hinsicht ähnlich gesehen. Cassie war gesund und munter, verheiratet und hatte drei Kinder; die junge Frau im Partyhaus hätte womöglich nie viel aus ihrem Leben gemacht, aber nun hatte man ihr die Gelegenheit genommen, es auch nur zu versuchen.

Während die anderen Detectives die Nachbarn interviewten, suchten Frank und Pete die Freunde der Opfer und andere Drogensüchtige auf. Die Angst ließ einige der Kleindealer etwas gesprächiger werden. »Wollten letzte Woche irgendwelche Unbekannten einen Deal machen?« fragten Frank und Pete. »Ist irgend jemand Neues aufgetaucht, der versucht hat, hier Stoff zu kaufen?« Es gelang ihnen, bei der Identifizierung einiger der unbekannten Leichen aus dem Partyhaus Unterstützung zu bekommen, aber nicht viel mehr.

Einzelheiten über diese Verhöre erfuhr ich durch szenische Darstellungen, die eines der größten schauspielerischen Naturtalente, die ich kenne, gratis zum besten gab: Pete Baird. Pete liebt es, ein kleines Publikum um sich zu versammeln und Geschichten zu erzählen. Dabei gestikuliert er viel und übernimmt die Rollen aller Mitwirkenden. Mehr als einmal hatten Rachel und ich die Ereignisse des Tages auf diese Art nahegebracht bekommen.

Der offizielle Mieter des Partyhauses war ein Mann, der als Early bekannt war. Diesen Spitznamen verdankte er seiner Fähigkeit, neuen Stoff zum Rauchen vor seinen Konkurrenten aufzutreiben, was vielleicht erklärte, warum sich so viele Leute in seinem Haus aufgehalten hatten, als es in die Luft flog. Earlys Kumpane lieferten Pete eine Menge Material für seine Vorstellung. Frank diente als Spontankritiker. Wenn Pete etwas falsch machte, knurrte Frank oder schüttelte schweigend den Kopf. (»Na, dann komm doch her und erzähl es selbst«, sagte Pete dann, eine Aufforderung, der Frank klugerweise nicht folgte.) Wenn es weitgehend zutraf, schmunzelte Frank oder lachte. Eine gute Methode, um etwas von der alltäglichen Anspannung abzubauen.

Nachdem sie den Schutt untersucht hatten, aus dem sich einmal Earlys Haus zusammengesetzt hatte, kamen die Bombenexperten zu dem Schluß, daß der Plastiksprengstoff, der das Haus zerstört hatte, wahrscheinlich in einem Fernseher gesteckt hatte. Dieses Wissen und ein Gespräch, das Frank mit einem Kiffer namens Fawkes führte, ergab die erste wichtige Spur in diesem Fall.

Ich konnte mich noch an Petes Darstellung dieses Verhörs erinnern:

»Stellt euch also diesen Knaben vor. Ein großer, bleicher

Typ mit eingesunkenen Schultern. Hat lange, strähnige braune Haare, die er in der Mitte gescheitelt trägt. Einen Spitzbart mit einem Senffleck.« Daß Pete glattrasiert und klein ist und einen südländischen Teint sowie eine Glatze hat, tat unserer Fähigkeit, uns diesen Fawkes vorzustellen, keinen Abbruch.

»Ein schmächtiger Kerl«, fuhr Pete fort. »Trug ein schwarzes T-Shirt und Jeans, die rochen, als würden in seiner Unterwäsche Giftpilze wachsen.«

Frank schüttelte den Kopf.

»Du hast diesen Knaben nicht gerochen? Du mußt erkältet sein«, sagte Pete. »Irene, lang mal rüber und befühl seine Stirn. Hat er Fieber? ... Nein? Hmm. Tja, okay, dann haben die Jeans eben nicht so übel gestunken. Zwar übel, aber nicht *so* übel.«

Frank hatte keine Einwände. Die Vorstellung ging weiter. Als Pete Franks Text vortrug, hielt er sich sehr gerade und sprach leise. Wurde er Fawkes, wiegte er sich beim Reden ein bißchen hin und her, wickelte sich eine imaginäre Haarsträhne um den Finger und starrte ins Leere. Er begann mit Fawkes.

»›Es ist echt abartig, Mann. Über die Leute, die sonst noch auf Earlys Party waren, kann ich echt nichts sagen. Aber Early, heieiei – es muß wohl an Earlys Karma gelegen haben, wegen diesem Fernseher, den er meinen Verwandten geklaut hat.‹«

»›Was für Verwandte?‹« fragt Frank.

»›Na ja, wissen Sie, Early hat ihn eben, äh, gestohlen. Early hat ständig Zeug eingesackt. Mich hat er auch beklaut, Mann. Hat mir den Rucksack geklemmt.‹«

»›Wem hat er ihn gestohlen?‹«

Ein konsternierter Blick. »›Mir, Mann.‹«

Frank lachte. Pete grinste und machte weiter.

»Frank bleibt ganz ruhig. ›Nein, ich habe den Fernseher gemeint. Sie haben gesagt, er hat ihn Verwandten von Ihnen gestohlen?‹«

»›Kann sein. Ich weiß nicht.‹«

»›Erzählen Sie mir doch einfach, was Sie wissen‹, sagt Frank.«

»›Ach. Na ja, dieser Typ. Er fuhr einen grauen Lieferwagen. Muß ein Billigladen sein – hat nur eines von diesen Magnetschildern an der Seite gehabt. Er hält also vorm Haus von Earlys Nachbarn und macht die Heckklappe auf. In der Einfahrt der Nachbarn. Der Nachbar kommt raus und fragt, was los ist. Guy sagt, er hat einen Fernseher anzuliefern. Der Nachbar sagt: »Ich hab keinen Fernseher bestellt«, also fragt der Typ mit dem Lieferwagen, ob er reinkommen und seinen Boß anrufen kann. Der Nachbar ist einverstanden. Der beknackte Fahrer läßt seinen Lieferwagen offen. Und während der Typ da drin ist und seinen Boß anruft, schleicht Early rüber und schnappt sich diesen dicken, fetten Fernseher, der hinten im Wagen steht.‹«

Pete streckte sich wieder, um in Franks Rolle zu schlüpfen. »›Und was hat der Mann mit dem Lieferwagen gemacht, als er wieder zurückkam?‹«

Erneutes Zusammensinken. »›Das war pervers. Er hat bloß da reingeschaut, gegrinst und ist davongefahren.‹«

»›Konnten Sie einen Blick auf den Namen des Elektrogeschäfts werfen?‹«

»›Ja, allerdings, es war nämlich mein Name, Mann. Ich meine, nicht mein ganzer Name, nur mein Nachname. Der Vorname war anders.‹«

Verwirrt: »›Fawkes?‹«

»›Ja, nur daß er Guy Fawkes hieß. Ich meine, nicht der Typ, sondern das Geschäft. Guy Fawkes TV – he, glauben Sie, das ist ein Verwandter von mir? Vielleicht würden die mir einen Job geben. Was meinen Sie?‹«

Ich sah zu Frank hinüber. Er lächelte.

Die Beschreibung des Lieferwagens deckte sich mit der eines Wagens, der in der Nähe von einem der anderen zerbombten Häuser gesehen worden war. In dieser Straße hatte eine Frau vom Nachbarschafts-Wachdienst einen grauen Lieferwagen vorfahren sehen. Der Fahrer, ein gepflegt aussehender junger Mann, hatte ihn offen gelassen, als er um die Ecke ging und abwechselnd auf ein Klemmbrett und die Hausnummern blickte, als suchte er nach einer Adresse. Unter den Augen der Frau war ihr lästiger Nachbar aus seinem Haus gekommen und hatte einen Fernseher aus dem Wagen gestohlen. Als der junge Fahrer nach kurzer Zeit zurückkam, ging sie hinaus, um ihm zu sagen, was geschehen war.

»Würden Sie bitte die Polizei rufen?« bat er höflich, fuhr jedoch davon, während sie telefonierte.

Der Computer in der Telefonzentrale der Polizei bewies, daß der Anruf erfolgt war, aber da kein Elektrogeschäft Anzeige erstattete, rief die Angelegenheit nur wenig Interesse hervor. Frank suchte noch einmal die Nachbarin auf; ihre Beschreibung des Lieferwagens stimmte mit der von Fawkes überein. »Möchten Sie die Autonummer wissen?« fragte sie.

Das wollte er allerdings.

Es stellte sich heraus, daß das Nummernschild von einem Pickup gestohlen worden war, der ganz anders aussah als ein grauer Lieferwagen.

Frank rief jeden Hersteller von magnetischen Schildern im ganzen Bezirk an, hatte aber keinen Erfolg. Auf gut Glück probierte er es bei dem Besitzer des Pickup und fragte ihn, ob er wüßte, wo das Nummernschild gestohlen worden sei.

»Klar«, antwortete der Mann. »Im Eldorado-Einkaufszentrum in Orange. Ich habe dort ein paar Schilder für einen großen Bauauftrag abgeholt. Zum Beladen habe ich in einer Gasse geparkt. Ein junger Mann aus dem Geschäft hat mir tragen geholfen. Wir mußten vier- oder fünfmal gehen. Ihm ist als erstem aufgefallen, daß das Schild weg war. Ich hatte den Pickup am selben Morgen erst gewaschen, und daher wußte ich, daß das Schild vorher noch dran war. Der Schilderladen war mein erster Halt, also steht fest, daß es dort passiert ist.«

Die Beschreibung des jungen Mannes, der ihm geholfen hatte, paßte nicht auf den Mann mit dem Lieferwagen. Trotzdem nahm Frank den Weg über die Bezirksgrenze auf sich und fuhr nach Orange hinunter, um mit dem Schildermacher zu sprechen. Erfreulicherweise erinnerte er sich sofort an Guy Fawkes TV. Der Junge an der Kasse, der den Auftrag angenommen hatte, war keine große Leuchte in Geschichte, aber sein Chef, ein Engländer, hätte sich fast geweigert, das Schild zu machen. Immerhin hatte Guy Fawkes im Jahre 1605 versucht, das britische Parlament in die Luft zu sprengen.

Der junge Mann an der Kasse hatte eingewandt, daß das ein reiner Zufall sein mußte. Das Schild war von einem höflichen Mann in Auftrag gegeben worden, der bar und im voraus bezahlt hatte. Er hatte sogar einem anderen Kunden dabei geholfen, mehrere Arme voller Schilder zu dessen Pickup hinauszutragen.

Auf Franks Bitte ging der Schildermacher seine Unterlagen durch. Er hatte eine Telefonnummer von Guy Fawkes, Elektrofachhandel, bei der seine Firma angerufen hatte, als das Schild fertig war. Die Nummer konnte zu einer Adresse unten am Bay Shore Drive in Las Piernas zurückverfolgt werden, nicht gerade ein Stadtteil, in dem man den Wohnsitz einer Bande von Terroristen vermuten würde. Der Name des Hausbesitzers und der Name, unter dem der Telefonanschluß wirklich verzeichnet war, waren identisch: Richard Lang.

Lang lebte erst seit kurzer Zeit in Las Piernas. Er hatte das Haus in bar bezahlt, als er es dem Vorbesitzer abgekauft hatte. Diesem hatte er erklärt, daß er das Geld aufgrund eines Autounfalls von einer Versicherung ausgezahlt bekommen hätte. Niemand hatte dies angezweifelt.

Die Nachbarn behaupteten, daß Langs Freundin bei ihm wohne und er häufig einen männlichen Gast hätte, auf den die Beschreibung des Mannes aus dem Lieferwagen paßte. Als die Frau nach mehreren Tagen der Beobachtung immer noch nicht aufgetaucht war, drängte Franks Chef auf eine Festnahme. Frank hätte lieber noch gewartet, aber Carlson wollte es nicht riskieren, einen Mordverdächtigen laufen zu lassen. Lang hatte keine Vorstrafen. Carlson nahm an, daß er unter Druck weich werden und ihnen die Informationen geben würde, die sie brauchten, um die anderen zu verhaften.

Mit Durchsuchungsbefehlen versehen, durchwühlte die Polizei das Haus. Sie fanden Bücher über Sprengstoff und winzige Spuren von C-4 im Lieferwagen. Die beiden Männer, Richard Lang und Jeffrey Colson, ließen sich widerstandslos festnehmen. Colson hatte, genau wie Lang, keine Vorstrafen. Beide hatten ihren Militärdienst abgeleistet und sich bei den Marines kennengelernt. Lang hatte während seiner Militärzeit mit Sprengstoff zu tun gehabt. Bei Gegenüberstellungen wurde Lang vom Kassenmann aus dem Schildergeschäft und Colson von den Nachbarn, die ihm bei zweien der Häuser begegnet waren, wiedererkannt.

Frank war noch nicht zufrieden. »Wenn wir das Computerzubehör gefunden hätten«, erklärte er mir, »wäre mir wohler. Aber wenigstens haben wir einen Teil der Gruppe hinter Schloß und Riegel. Vielleicht hat der Lieutenant ja recht. Vielleicht reden sie noch.«

Aber Carlson hatte die Fähigkeit der beiden Verdächtigen unterschätzt, sich die pflichtgemäß erfolgte Warnung zu Herzen zu nehmen, daß alles gegen sie verwendet werden könne. Lang und Colson waren nicht bereit, über ihre Freunde zu sprechen. Lang hatte einfach gesagt: »Hocus wird sich um mich kümmern.« Obwohl sie nicht telefoniert hatten, war ein Anwalt erschienen. Aber Anwalt hin oder her, man ließ sie nicht gegen Kaution frei.

Als Mark Bakers Geschichte erschien, äußerte Frank weitere Befürchtungen hinsichtlich der Festnahmen. Er begann sich zu fragen, ob Lang ein Opferlamm war. »Vielleicht kommen Marks Informationen direkt von Hocus. Lang und Colson wirken nicht wie Anführer. Was ist, wenn sie nicht nach Orange hinausgefahren sind, um es schwerer zu machen, sie zu finden, sondern leichter? Vielleicht wußten sie, daß der Schildermacher Engländer war. Wußten, daß er sich bestimmt an ›Guy Fawkes, Elektrofachhandel‹ erinnern würde.«

»Mag sein«, stimmte ich zu, »aber der Schildermacher könnte Zufall sein. Es gibt eine Menge Leute, die keine Engländer sind und trotzdem wissen, wer Guy Fawkes war.«

»Zufall?« fragte er.

»Okay, vielleicht auch nicht. Aber ich glaube nicht daran, daß Hocus Marks Quelle ist. Womöglich ist es jemand aus deiner Abteilung. Jemand, der *dich* zum Opferlamm machen möchte.«

Ich sah ihm an, daß er diese Möglichkeit bereits erwogen hatte. Offensichtlich deprimierte ihn die Vorstellung. Als ob er einen solchen Verrat nicht einmal in Erwägung ziehen wollte, sagte er: »Hocus legt sicher Wert auf möglichst große Öffentlichkeit. Also liegt es näher, daß Mark von ihnen kontaktiert wurde.«

Bald waren wir viel zu sehr mit Diskussionen über andere Dinge beschäftigt, um noch Zeit darauf zu verschwenden, wessen Theorie stichhaltiger war. Die heftigste Auseinandersetzung brach nach einem Anruf von seiner Schwester Cassie los, die in Bakersfield wohnt. Sie rief an, um zu sagen, daß sie in letzter Zeit viel an Frank gedacht hätte und nun wissen wolle, ob es ihm gut ginge.

»Er könnte ein bißchen Aufheiterung vertragen«, erklärte ich ihr. »Es wird ihm leid tun, daß er deinen Anruf verpaßt hat.« Ich berichtete ihr von dem Fall und von Franks Problemen im Büro. »Es hat ihm von dem Moment an zugesetzt, als er am Tatort angekommen ist«, erzählte ich ihr. »Fünfzehn Opfer in einem Haus. Es war ziemlich grauenhaft.«

»Ja, wir haben hier oben auch davon gehört«, sagte Cassie. »Und als sie das Foto von diesem jungen Mädchen gebracht haben, habe ich gehofft, daß Frank nicht diesen Fall zugeteilt bekommen hat. Sie hat mich an Diana erinnert. Hat zwar nicht ganz genauso ausgesehen, aber –«

»Diana?« fragte ich. »Wer ist Diana?«

Nach längerem Schweigen antwortete sie: »Das fragst du lieber Frank.«

»Cassie!«

»Frag Frank«, wiederholte sie. »Tut mir leid, Irene. Ich muß jetzt Schluß machen.«

Damit legte sie auf.

Ich wartete bis nach dem Abendessen. Ich hetzte ihn nicht. Er spielte mit Deke und Dunk und arbeitete in seinem Garten. Dann wusch er sich und kam in die Küche, wo ich gerade eine Pfanne schrubbte. Er legte die Arme um mich, zog mich an sich und liebkoste mein Ohr.

»Wer ist Diana?« fragte ich.

Ich spürte die kurze Anspannung in ihm, bevor er wieder lockerer wurde und sagte: »Römische Göttin der Jagd. Diskutierst du schon wieder mit Jack über Mythologie?«

»Nein«, entgegnete ich und drehte mich um, um ihn anzusehen. »Nicht die Diana. Die Diana, die wie das Mädchen aussieht, das im Partyhaus ums Leben kam.«

»Scheiße.« Er ließ die Arme sinken und trat einen Schritt zurück. Meinem Blick wich er aus.

»Wer ist sie?« fragte ich noch einmal.

»Cassie. Cassie hat es dir gesagt. Stimmt's?«

»Es spielt keine Rolle, wer es mir gesagt hat.«

»Es muß Cassie gewesen sein. Meine Mutter hätte es dir nie gesagt.«

»Vermutlich nicht. Deine Mutter mag mich nicht –«

»Das ist nicht wahr.«

»Ist sowieso egal.«

»Ja«, sagte er und seufzte. »Herrgott. Alles auf einmal.«

»Ist das auch eine ehemalige Freundin?«

Er zögerte und sah mir schließlich in die Augen. Dann schüttelte er den Kopf. »Nein. Kannst du mir einen Augenblick Zeit lassen? Ich muß ein paar Anrufe erledigen.«

»Ein paar Anrufe? Mein Gott, Frank ...«

»Bitte.«

Verzweifelt. Unter anderen Umständen wäre ich davon gerührt gewesen und hätte sanfter auf ihn reagiert. Doch die Sanftmut war mir soeben abhanden gekommen. »Na los, mach deine verdammten Anrufe. Aber ich lasse diese Sache nicht auf sich beruhen, Frank.«

Er ging ins Schlafzimmer, um zu telefonieren. Daß er sich von mir absonderte, ärgerte mich nur noch mehr. Ich saß mit verschränkten Armen im Wohnzimmer in der Sofaecke. Deke, Dunk und Cody hielten Abstand zu mir. Ich ließ die Hunde auf ihr Drängen hinaus, und Cody verschwand im Gästezimmer. Ich konnte es ihnen nicht verübeln. Vermutlich sah ich drein, als würde ich am liebsten jemanden treten.

Als Frank endlich aus dem Schlafzimmer kam, hielt er etwas in der Hand, was ich zunächst für einen Zettel hielt, dann aber als ein Foto erkannte. Er hielt es mir hin. Eher neugierig als wütend löste ich meine Arme voneinander und nahm es entgegen.

Es war ein farbiger Schnappschuß eines attraktiven Mädchens im Teenageralter mit honigblondem Haar, das neben einem kamerascheuen kleineren Jungen stand. An dem Mädchen war rein gar nichts scheu. Sie trug einen orangefarbenen Minirock mit einem breiten weißen Gürtel, weiße, modische Stiefel und einen limonengrünen, ärmellosen Rollkragenpullover. Und falls das noch nicht genug war, um das Foto auf die späten Sechziger zu datieren, halfen einem ihr blasser Lippenstift, die à la Rehlein mit Eyeliner umrandeten und dick mit Wimperntusche geschminkten Augen und das Halsband mit dem ägyptischen Kreuz auf die Sprünge.

Den Jungen hatte ich schon auf unzähligen Fotos gesehen – es war Frank. Und trotz einer gewissen Ähnlichkeit war das Mädchen eindeutig nicht Cassie, die nämlich nicht nur dunkelhaarig, sondern auch jünger als Frank ist. Dieses blonde Mädchen war um einige Jahre älter.

»Eine Cousine?« riet ich.

Er schüttelte den Kopf, holte tief Atem und sah mir in die Augen, als er schließlich sagte: »Meine Schwester.«

»Schwester? Du hast noch eine Schwester?«

»Hatte. Sie ist gestorben.«

Fragen sind eine meiner Spezialitäten, und ich hatte eine ganze Menge auf Lager, doch irgendwie brachte ich keine heraus. Vielleicht war es eine Art Netzüberlastung, wie wenn nach einem Erdbeben jeder zu telefonieren versucht. Myriaden von Fragen, die einander überstürzten, um als erste an die Reihe zu kommen. Der Schock drängte sie alle in den Hintergrund. Ich saß da und gaffte ihn mit offenem Mund an.

Er nahm mir das Foto wieder aus der Hand und starrte darauf. »Ich wollte dir schon lange davon erzählen, aber –«

»Du hattest noch eine Schwester?«

»Ja. Diana.«

»Du hast mir nie erzählt –«

»Wie gesagt, ich wollte –«

»Aber du hast nicht.«

»Ich habe es versprochen. Meiner Mutter.«

»Deine Mutter hat sich von dir versprechen lassen, daß du mir nichts über deine Schwester erzählst?«

»Äh, nicht direkt dir speziell, auch wenn ... nein, es geht nicht um dich. Wir haben schon, bevor ich dich kennengelernt habe, nicht mehr über sie gesprochen.«

»Das verstehe ich nicht.«

»Diana hatte Probleme«, sagte er und betrachtete das Foto. Aber sein Gesichtsausdruck paßte nicht zu seinen Worten.

Sie fehlt ihm, dachte ich. Das beruhigte mich ein bißchen. »Was für Probleme?«

»Drogen. Alkohol. Gott weiß, was sonst noch. Und ihre Probleme wurden zu den Problemen der ganzen Familie. Es war eine Belastung für uns alle. Kein Mensch wußte je, was sie als nächstes anstellen würde. Wenn Dad ihr sagte, sie solle um zehn zu Hause sein, tauchte sie morgens um drei auf. Mom war ganz krank vor Sorge, und Dad war stocksauer. Cassie und ich durften uns dann das Gebrüll anhören, das unweigerlich folgte. Diana war maßlos aufsässig.«

»Du glaubst, das war alles, was dahintersteckte? Teenagerhafte Aufsässigkeit?«

»Nein, nein«, sagte er und rieb mit dem Daumen leicht über den Rand des Fotos. »Das ist eine dieser leichtfertigen Antworten. Genau wie – wie heißt es immer so schön? Du weißt schon, was die Familien immer behaupten? ›Sie hat sich mit den falschen Leuten eingelassen.‹ Tja, zum Teil traf das zu. Ihre Clique hätte nicht schlimmer sein können. Arschlöcher, wenn du mich fragst. Sie war stolz darauf, mit diesem Haufen herumzuhängen, und es war ihr peinlich, daß unser Vater Polizist war. *Peinlich*.« Er schüttelte den Kopf. »Andauernd hat sie versucht, ihren Freunden zu beweisen, daß sie cool war, obwohl...«

Ich wartete, aber er beendete den Satz nicht. »Wo hast du denn dieses Foto aufbewahrt? Ich habe es noch nie zuvor gesehen.«

»In einem Umschlag, den ich hinten an die Kommode geklebt habe.«

»Um es vor mir zu verstecken?«

»Nein. Vor meiner Mutter. Sie weiß nicht, daß ich es habe.«

»Verdammt noch mal, Frank. Du bist jetzt fast vierzig und

versteckst Dinge vor deiner Mutter. Hast du da drinnen vielleicht auch noch einen Frosch im Einmachglas?«

»Sehr witzig«, sagte er und lief rot an. »Sie – ach, Herrgott, vergiß es«, sagte er und stand auf.

»Moment, Moment.«

Er regte sich nicht. Ich auch nicht.

»Setz dich, Frank. Bitte.«

Er blieb stehen.

»Es tut mir leid«, erklärte ich. »Das Ganze hat mich nur ziemlich verwirrt.«

Endlich gab er nach. Nach einem Augenblick sagte er: »Mir tut es auch leid.« Er langte herüber und nahm meine Hand. »Ich wollte nicht, daß du es auf diese Art erfährst. Ich wollte es dir erzählen. Aber es ist etwas, worüber meine Familie seit Jahren nicht mehr gesprochen hat, und ich wußte, ich würde meine Mom nicht dazu bringen, nun von heute auf morgen nachzugeben. Sie hat diesen Kurs vor langer Zeit vorgegeben, schon bald nach Dianas Tod. ›Sprecht nicht über sie. Es schmerzt euren Vater zu sehr.‹«

Ich konnte mir ohne weiteres vorstellen, daß Bea Harriman diesen Weg gewählt hatte, um Franks Dad zu schützen. Klugerweise behielt ich diese Beobachtung für mich.

»Ich glaube, daß es *sie* zu sehr schmerzte«, fuhr Frank fort. »Diana war ihr Liebling, ihre Erstgeborene. Cassie und ich standen unserem Vater näher. Diana war Mutters Liebling. Dad hat immer gesagt, sogar er hätte Diana verwöhnt, solange sie die einzige war – bevor ich kam. Ich habe davon nichts mitbekommen. Mit Cassie und mir waren sie ganz schön streng.«

»Wieviel älter als du war Diana?«

»Vier Jahre. Mom ließ ihr immer ihren Willen durchgehen, sogar damals. Es war leichter, als mit ihr zu streiten. Diana hatte einen starken Willen. Als Cassie zur Welt kam, mußte Mom mit einem Säugling und einem Kleinkind zurechtkommen, und das war schon mehr als genug. Alles lastete auf Mutters Schultern – Dad war ja nicht viel zu Hause. Er hat jahrelang Nachtschicht gearbeitet und ist erst nach Hause gekommen, wenn wir uns schon auf den Weg zur Schule machten. Wenn wir wieder nach Hause kamen, schlief er. Um genug Geld zu verdienen, hat er soviel Überstunden gemacht wie möglich. Nach und nach hat er zurückgesteckt und bessere Schichten angenommen, aber Diana war nicht mehr zu bändigen.«

»Du hast ihr nicht nahegestanden?«

Er zuckte schwach mit einer Schulter.

»Was ist ihr denn zugestoßen?«

Er verspannte sich und nahm seine Hand weg. Doch nach einer Weile sagte er: »Eines Abends wollte sie mit ein paar Freunden ausgehen. Mein Dad versuchte, ihr zu verbieten, das Haus zu verlassen. Wie gesagt, sie war erst sechzehn, hatte aber bereits ein paar Entziehungskuren hinter sich. Hat eigentlich mehr gekostet, als sich meine Leute leisten konnten, aber allmählich waren sie der Verzweiflung nahe. Mom hatte Dad dazu überredet, seine Schicht zu wechseln, damit er zu Hause wäre und ihr helfen konnte, mit Diana fertig zu werden. Nutzte aber nicht viel. Diana hielt sich ein Weilchen zurück und dann ... ich weiß nicht.«

Er starrte das Bild an, als könne er dort eine Antwort finden. Eine Methode, um Diana zu erklären. Als ich gerade zu überlegen begann, ob ich ihn zum Weiterreden auffordern sollte, hob er von selbst wieder an.

»Ich erinnere mich noch ganz deutlich an diesen Abend. Es war Sommer. Unsere Klimaanlage war kaputt, daher standen sämtliche Fenster und Türen offen. Mom und Cassie waren einkaufen, und Dad las Zeitung, behielt dabei aber Diana im Auge. Sie war wütend. Sie ging im Wohnzimmer auf und ab und war ganz zappelig. Ich wußte, daß etwas im Busch war, also habe ich versucht, sie abzulenken. Ich dachte, ich könnte ihr vielleicht Scherereien ersparen. Deshalb bat ich sie, mir das Tanzen beizubringen. Sie machte zwar mit, hielt aber die ganze Zeit nach irgend jemandem Ausschau. Ich war kein großartiger Tänzer. Sie lachte. Ich fing an, mit Absicht noch dämlicher zu tanzen, um sie noch mehr zum Lachen zu bringen.«

Er sah von dem Foto auf.

»Sinnloser Kinderkram. Dianas Freunde fuhren vor dem Haus vor und hupten nach ihr. Sie johlten und brüllten und hörten sich an, als wären sie schon high oder betrunken oder beides. Sie ging auf die Tür zu, und Dad stellte sich ihr in den Weg. Sie kreischte: ›Fick dich ins Knie, du Schwein.‹ Schrie es ihm ins Gesicht. Du weißt schon, als wäre er nicht ihr Dad, sondern als würde er sie auf einer Antikriegsdemo festnehmen oder so. Ihr eigener Vater. Ich konnte einfach nicht fassen, daß sie so mit ihm sprach.«

Er schüttelte den Kopf, als könne er es immer noch nicht begreifen. »Mein Vater schäumte vor Wut. Ich sah es ihm an. Wenn man ihn wirklich zur Weißglut brachte, wurde er ganz still.«

Genau wie du, dachte ich, sagte aber nichts.

»Dad schob sie zur Seite und sagte: ›Wenn du jetzt zu dieser Tür hinausgehst, Diana, brauchst du nie mehr wiederzukommen.‹ Das hat er nur gesagt, weil er verletzt war, es war so ein Spruch, wie ihn Eltern von sich geben, wenn sie außer sich sind. Er hat es nicht ernst gemeint. Sie blickte zu mir herüber und – ich weiß nicht, irgendwie habe ich mir immer wieder überlegt, ob sie vielleicht geblieben wäre, wenn ich nicht dabeigewesen wäre.«

»Was meinst du damit?«

»Ach, nur, daß sie damals etwas beweisen mußte, es nicht zulassen konnte, daß ihr kleiner Bruder mit ansah, wie sie sich von Dad bezwingen ließ. Sie lächelte mich an und sagte: ›Dann suchst du dir wohl lieber eine neue Tanzpartnerin,

Frankie‹, und ging.« Nach einem kurzen Augenblick fuhr er fort: »Es wurde spät, und sie war immer noch nicht zu Hause. Ich war in meinem Zimmer und hörte, wie Mom und Dad stritten. Ich glaube, Dad schlüpfte gerade in eine Jacke, um loszugehen und nach ihr zu suchen, als es klingelte. Ich hörte, wie Dad die Tür aufmachte und dann ... machte er dieses Geräusch ... ich hatte noch nie jemanden ein solches Geräusch machen hören. Ich kam aus meinem Zimmer gerannt. Inzwischen weinte meine Mutter laut, aber ich machte mir trotzdem mehr Sorgen um ihn. Sie klammerten sich aneinander fest. Dad schluchzte. Ich hatte ihn noch nie eine Träne vergießen sehen, und jetzt stand er da und weinte.«

Frank starrte einen Moment ins Leere, ganz in seine Erinnerungen vertieft. Als er wieder sprach, klang seine Stimme weich und leise, aufgewühlt. »Ein Mann in Uniform – einer der Freunde meines Vaters – war da. Vermutlich sein bester Freund bei der Polizei, sein erster Partner: ein grauhaariger alter Knabe namens Nat Cook. Die anderen Jungs nannten ihn ›Cookie‹. Cookie weinte auch, aber still. Er sah mich, streckte einen Arm aus, und ich ging zu ihm hinüber. Ich war ganz durcheinander. Cookie war die Kehle so zugeschnürt, daß er nicht mit mir reden konnte. Ich wußte, daß es wegen Diana war. Ich wußte, daß sie tot sein mußte. Wäre sie verletzt gewesen, wären sie ja auf der Stelle ins Krankenhaus gefahren, aber sie standen einfach nur da.

Ich war der einzige, der nicht weinte. Ich sagte mir immer wieder, daß ich stark sein mußte für meinen Dad. Ich wußte, daß er sich Vorwürfe machte, weil er daran dachte, daß das letzte, was er zu ihr gesagt hatte, gewesen war, sie solle nicht wiederkommen.«

»Wie ist es passiert?«

»Mit dem Auto – sie waren alle betrunken. Der Fahrer auch. Sie müssen wohl über Bahngleise gefahren sein und versucht haben, schneller als der Zug zu sein. Sind durch eine schon herabgelassene Schranke am Bahnübergang gerast und haben es nicht mehr geschafft. Sämtliche Insassen des Autos waren tot. Der Lokführer sagte, er kam gar nicht mehr dazu, zu bremsen. Alle haben gesagt, daß es schnell ging, aber ich weiß nicht ...«

Diesmal sprach er nicht weiter.

»Hast du jemals um sie geweint?« fragte ich leise. Er antwortete nicht gleich und schüttelte dann den Kopf. »Nein, eigentlich nicht. Ich habe sie geliebt. Daran lag es nicht. Es lag einfach daran, daß ich ein Junge war und eben so damit umging, wie es ein Junge in diesem Alter tut, verstehst du? Ich mußte stark sein. Das sagte ich mir immer wieder. Nach einiger Zeit *konnte* ich nicht mehr um sie weinen. Nicht lang nach der Beerdigung tat die ganze Familie so, als hätte es Diana nie gegeben. Meine Mutter sammelte alle Fotos von ihr zusammen und sperrte sie auf dem Dachboden ein. Sogar Familienfotos, auf denen sie mit drauf war. Das eine habe ich aus dem Stapel geklaut und meine Familie nie erfahren lassen, daß ich es hatte. Ich wollte einfach nicht vergessen, wie sie aussah.« Er hielt inne. »Manchmal frage ich mich, ob sich Cassie eigentlich wirklich an Diana erinnert. Wie gesagt, meine Mutter ließ uns versprechen, nicht über sie zu reden. Ich habe eine Tante, die das meiner Mutter nie verziehen hat, aber alle anderen hielten sich einfach an diese Forderung.«

Ich nahm erneut seine Hand und drückte sie. Er rückte näher zu mir her, nahm mich in die Arme und hielt mich fest. »Ich weiß, daß es nicht richtig war, dir das zu verschweigen, Irene. Aber ich konnte einfach nicht sagen: ›He, übrigens, hab ich dir eigentlich schon erzählt, daß wir drei Geschwister waren und nicht nur zwei?‹«

»Du hättest dir vielleicht eine andere Möglichkeit einfallen lassen können, es anzusprechen, Frank. Mir ist ja klar, daß das ein schmerzliches Thema ist, aber irgendwie ist es auch schwer für mich, zu akzeptieren, daß wir uns jetzt schon so lang kennen, ohne...na ja, du hast es mir erklärt, aber es ist schwer zu akzeptieren.«

»Ich weiß. Ich weiß. Es tut mir leid.«

»Als wir verlobt waren, hat da deine Mutter nicht –«

»Sie ließ mich mein Versprechen noch einmal leisten.«

Ich richtete mich auf. »Was?«

»Irene, wenn du mich fragst, ob ich finde, daß das eine gesunde Methode war, damit umzugehen, würde ich sagen, nein, ist es nicht. Aber ich würde auch sagen, daß es zu spät ist. Sie hat es so gewollt. Diana war ihre Tochter. Ich bin ihr Sohn. Ich mußte ihre Wünsche respektieren. Und mittlerweile ... ich weiß nicht, ob sie damit fertigwerden würde. Es würde nur alte Wunden aufreißen. Sie war schon empört genug, als ich ihr erklärte, daß ich es dir heute abend sagen würde.«

Ich sah mich außerstande, mit ihm zu streiten, zumindest für den Moment. Aber ich fühlte mich auch – ob es nun gerechtfertigt war oder nicht – ausgeschlossen. Dieses Gefühl, bloß die angeheiratete Schwiegertochter zu sein. Ich kam zu dem Schluß, daß ich mich für diesen Abend über meine geringfügigen Querelen erheben, ihn trösten und einsehen mußte, daß seine Probleme gravierender waren als meine. Trotzdem ließ sich die Vorstellung, daß er Geheimnisse vor mir hatte, nicht so ohne weiteres beiseite schieben. Wie eine Nadel stach es in meine edleren Absichten und wurde zu einer kleinen Wunde, die nicht heilen wollte.

Bevor wir an diesem Abend zu Bett gingen, nahm ich das Bild von Diana und reichte es ihm. »Bring es lieber wieder in sein Versteck«, sagte ich und wich seinem Blick dabei aus.

Ausweichen. Wieviel Mühe das doch kostet.

8

»Das ist der tollste Hund, den ich je gesehen habe«, erklärte Gus Matthews und drückte die Schultern des Jungen. »Ich sage dir, Brian, dein Sohn kennt sich mit Hunden aus.«

Franks Vater gab ein undefinierbares Knurren von sich und versuchte, seinen Partner dazu zu bringen, das Thema fallenzulassen. Wenn man ihn noch ermutigte, würde sein Sohn jeden streunenden Hund im Umkreis von zehn Meilen ins Haus schleppen.

»Ich glaube, sie ist ein Teil Labrador und ein Teil Retriever«, sagte Frank.

»Ja? Laß mich mal sehen, wie sie neben dir hergeht«, forderte Gus ihn auf.

Frank zog sachte an der provisorischen Leine des Hundes – ein Stück von der Wäscheleine seiner Mutter extra zu diesem Zweck abgeschnitten. Er hatte vor, hinterher um Erlaubnis dafür zu bitten, daß er die Wäscheleine verwendete, noch bevor ihn seine kleine Schwester verpetzte. Aber seine Mutter hatte gesehen, wie begeistert er von dem Hund war, und meinte nur: »Wenn dein Vater dir erlaubt, den Hund zu behalten, gehst du als erstes in den Supermarkt. Von deinem Taschengeld kaufst du eine richtige Hundeleine. Und eine neue Wäscheleine.«

Die Hündin, die ihm ohne Leine den ganzen Nachhauseweg vom Baseballfeld gefolgt war, mußte nicht erst dazu aufgefordert werden, ihm zu gehorchen. Anscheinend wußte sie, daß sie einer Art Test unterzogen wurde, und ging lammfromm neben ihm her.

»Klare Sache«, sagte Gus. »Du kennst dich wirklich mit Hunden aus, Frank. Sie ist eindeutig eine Mischung aus Labrador und Retriever. Eindeutig. Hast du ihr schon einen Namen gegeben?«

Der Junge wurde rot und sah zu seinem Vater hinüber. In seiner Stimme lag eine Spur Trotz, als er antwortete: »Vater hat ihr einen gegeben.«

»Und, Brian?« fragte Gus.

»Trouble«, sagte Harriman. »Der Hund heißt Trouble.«

Gus' Versuch, sein Lachen zu unterdrücken, war von vornherein zum Scheitern verurteilt. Brian sah zu, wie sein Sohn mit dem Hund an der Leine dastand, während der andere Mann schallend lachte. Rücken und Schultern des Jungen waren gerade; sein Blick blieb stets auf den seines Vaters gerichtet. Mit einer Hand streichelte er den Kopf des Hundes.

Der Junge war einsam.

Der Gedanke kam Brian so plötzlich, daß er ihn beinahe ausgesprochen hätte. Erst vor ein paar Monaten hatten die Harrimans ihre älteste Tochter verloren. Brian litt massiv darunter, genau wie Bea, seine Frau. Cassie, die Jüngste, hatte sich an Frank geklammert. Frank war still gewesen. Frank war immer still.

»Es ist eine Gabe, das sage ich euch«, meinte Gus. »Frank, du solltest dir mal überlegen, ob du nicht bei der K-9 arbeiten willst. Würde dich das interessieren?«

»Ich will zur Mordkommission«, antwortete Frank.

Beide Männer sahen verblüfft drein. »Zwölf Jahre alt, und du willst zur Mordkommission?« fragte Gus.

Frank nickte. »Ich weiß, daß ich nicht dort anfangen kann. Aber ich werde Kriminalbeamter.«

»Hör dir das bloß an, Harriman. Da ziehst du ja einen Nachfolger auf. Tja, Frank, weißt du was? Du würdest einen großartigen Kripo-Mann abgeben. Wenn sie alle so wären wie du, hätten wir in Bakersfield keine ungelösten Fälle mehr, stimmt's?«

Frank zuckte die Achseln.

»Du darfst den Hund behalten« sagte Brian und schwieg, als sein sonst so stiller Sohn einen lauten Begeisterungsschrei

ausstieß. »Komm mit, Gus. Wir gehen mit Frank und seinem Hund in die Tierhandlung. Wenn er Kripo-Mann wird, will ich nicht, daß du jedem auf der Arbeit erzählst, daß er früher streunende Hunde an der Wäscheleine herumgezerrt hat.«

9

Es gibt eine Stelle auf den Stufen zur äußersten Erschöpfung, die so ähnlich ist, wie noch nicht betrunken genug zu sein. An dem Abend, als Frank von Hocus verschleppt wurde, hatte ich diesen Punkt erreicht, als ich in meine Einfahrt einbog. Automatisch ließ ich Platz für Franks Auto. Statt dessen fuhr Cassidys Wagen heran und riß mich aus meinen Überlegungen über Hocus und Franks Schwester und wieder in die Gegenwart zurück. Ich war wie mit Autopilot nach Hause gefahren und hatte irgendwann vergessen, daß Cassidy mir folgte.

Ich war benommen und emotional ausgelaugt. Meine Gedanken überstürzten sich zusehends. Cassidy. Thomas Cassidy. Genau. Und jetzt kam er an die Wagentür heran, vermutlich, weil ich einfach nur dasaß. Vielleicht schob ich es auf, wieder ins Haus zu gehen. Eine leere Einfahrt ist eine Sache, ein leeres Bett eine andere.

Er wartete, bis ich ausgestiegen war, und machte dann die Wagentür hinter mir zu. Schweigend gingen wir zur Haustür. Als ich sie öffnete, sah ich, daß Deke und Dunk im Flur auf mich warteten.

»Rachel ist zu Pete nach Hause gefahren«, sagte Jack, und dann zu Cassidy: »Ihr Partner schläft im Gästezimmer.«

Cassidy ging los, um Freeman zu wecken. Ich rieb den Hunden die Ohren und ließ mir ihre zurückhaltende Aufmerksamkeit gefallen. Ich erzählte Jack, was sich bei der Zeitung zugetragen hatte.

»Kann ich irgendwas tun?« fragte er.

Ich schüttelte den Kopf. »Ist Rachel böse auf mich?«

Er verzog den Mund zu einem Lächeln. »Nein. Ich glaube, sie ist ziemlich stolz auf dich.«

»Das beruhigt mich.« Ich legte ihm eine Hand auf die Schulter. »Du warst großartig, Jack, aber vermutlich bist du fast so müde wie ich. Warum gehst du nicht nach Hause und gönnst dir ein bißchen Schlaf?«

»Du rufst mich aber, wenn ...« Er zögerte und sah drein, als hätte er beschlossen, den Satz nicht zu Ende zu sprechen.

»Wenn sich irgend etwas tut. Ja, natürlich.« Ich dankte ihm erneut und sah zu, wie er sich bemühte, seine tapfere Miene wieder aufzusetzen, als er Cassidy und einem zerzausten Henry Freeman gute Nacht sagte.

Ich bemerkte, daß Freeman neben dem Telefon auf der Arbeitsfläche in der Küche ein Tonbandgerät mit zwei Spulen, Kopfhörern und weiterem Zubehör aufgestellt hatte.

Cassidy folgte meinem Blick und meinte: »Denken Sie daran, daß es nicht ungewöhnlich ist, wenn die Entführer ein paar Tage warten, bevor sie Kontakt aufnehmen.« Er wiederholte seine Anweisungen, was zu tun sei, wenn Hocus anriefe – in erster Linie Tricks, um sie am Reden zu halten. So schnell wie möglich sollte ich versuchen, den Anruf an Cassidy weiterzugeben. Bis dahin sollte ich Zeit schinden und auf irgendwelche Forderungen weder eindeutig ja noch nein sagen.

»Haben Sie denn keines von diesen Dingern, die den Anrufer auf der Stelle identifizieren?« fragte ich.

»Nein. Irgendwann in nächster Zukunft werden wir dazu in der Lage sein, aber die Telefongesellschaft hat in dieser Gegend noch nicht die nötigen Voraussetzungen dafür geschaffen. Unsere hauseigene Telefonanlage kann Anrufer und Standort von Notrufen identifizieren, aber es ist noch nicht möglich, das von einem Privathaus aus zu machen.«

Während ich versuchte, nicht darüber nachzudenken, was

dieser technologische Rückstand Frank kosten könnte, erklärte ich ihnen, daß ich nun schlafen ginge – das stimmte zwar nicht, aber ich brauchte Zeit für mich. Freeman schlief schon halb, als ich gute Nacht sagte.

Cody und die Hunde folgten mir ins Schlafzimmer. Ich schloß hinter mir die Tür. Dann stand ich da und lehnte mich mit dem Rücken dagegen. Ich überlegte, ob ich Franks Mutter und Schwester anrufen sollte. Es war sechs Uhr morgens. Ich beschloß, noch eine Stunde zu warten.

Obwohl ich überaus müde war, konnte ich mich nicht dazu überwinden, mich in dieses leere Bett zu legen. Ich nahm Franks Kopfkissen von seinem Bett und setzte mich in den einzigen Stuhl in unserem Schlafzimmer, einen hölzernen Schaukelstuhl. Ich drückte mir sein Kissen gegen die Brust, atmete seinen Duft ein und starrte das Bett an. Cody, der weniger sentimental war, rollte sich auf meinem Kissen zusammen; die Hunde rangen um den Platz, der meinen Füßen am nächsten war. Dunk siegte.

Ich dachte an die vielen Male, die ich Frank beim Schlafen beobachtet und auf sein Schnarchen gelauscht hatte. Ich fragte mich, ob er jetzt wohl schlief oder auf unsagbare Weise litt. War er tot – oder schlimmer noch, wünschte er, er wäre tot? Ich war verflucht noch mal in der falschen Branche. Wie Ärzte, Polizisten und Leichenbeschauer wissen Reporter ein bißchen zuviel über die Dinge, die Menschen imstande sind, einander anzutun.

Ich fing an, die Uhr anzustarren, und überlegte, ob ich Franks Mutter und Schwester überhaupt je anrufen sollte, ob ich grausam genug sein würde, sie mit mir in die Hölle zu reißen.

Ich begrub mein Gesicht im Kissen.

Ich kann mich nicht daran erinnern, eingeschlafen zu sein, aber ich wachte mit einem Ruck auf, der mich beinahe vom Stuhl geworfen hätte.

Das Telefon klingelte. Im nächsten Moment hämmerte Cassidy gegen die Schlafzimmertür und rief meinen Namen. Voller Panik stolperte ich aus dem Stuhl und in die Höhe. »Es ist offen!« rief ich zur Tür hinüber und schnappte mir das Telefon.

»Hallo«, brüllte ich beinahe in die Sprechmuschel. Cassidy kam leise ins Zimmer.

Am anderen Ende der Leitung herrschte Stille, dann ertönte das Freizeichen.

Ich legte auf und versuchte, mir meine Enttäuschung nicht anmerken zu lassen.

»Zu kurz«, hörte ich Freeman von nebenan rufen.

»Vergewissern Sie sich, daß unsere Freunde das mitbekommen haben, Hank. Sagen Sie ihnen, sie sollen sich auf den nächsten gefaßt machen.«

Ich sah auf den Wecker. Sieben Uhr morgens. Die Sonne war aufgegangen. Vermutlich hatte ich es geschafft, etwa vierzig Minuten Schlaf zu bekommen. Ich war so müde, daß sich mein Kopf zu schwer für meinen Hals anfühlte. Ich merkte, daß ich immer noch Franks Kissen umklammert hielt, und hörte Freeman an einem Handy mit irgend jemandem reden. Dann sah ich zu Cassidy auf.

»Wenn es Hocus war, rufen sie noch einmal an«, sagte er.

»Das können Sie nicht wissen!« stieß ich zornig hervor, aber kaum hatten die Worte meinen Mund verlassen, als das Telefon erneut klingelte.

Cassidy lächelte.

Ich atmete tief durch und nahm den Hörer ab. Obwohl ich mich bemühte, gelang es mir nicht, meine Stimme sicher klingen zu lassen, als ich »Hallo?« sagte.

»Irene Kelly?« sagte die Stimme eines jungen Mannes. Die Verbindung war leicht verzerrt, als hielte er den Hörer zu weit von seinem Mund weg. Ich hörte Lärm im Hintergrund und das Geräusch vorüberfahrender Autos.

»Ja«, sagte ich.

»Hier spricht Hocus«, sagte er. »Entschuldigen Sie, daß wir Ihnen das an Ihrem freien Tag antun, aber Sie sollten zur Arbeit gehen.«

»Ich war schon –«

»Wir möchten mit Ihnen über Ihren Mann sprechen«, fuhr die Stimme fort, »aber Sie müssen davon überzeugt sein, daß wir nicht bluffen.«

»Ich weiß, daß Sie –«

»Wir rufen Sie in drei Stunden wieder an.«

»Warten Sie – ich bin schon bei der Zeitung gewesen. Ich weiß, daß Sie nicht bluffen. Ich habe den Wagen gesehen.«

Er antwortete nicht, aber das Hintergrundgeräusch verriet mir, daß er nicht aufgelegt hatte.

»Ich habe den Wagen gesehen«, fuhr ich fort und warf Cassidy einen panischen Blick zu. Er hielt mir einen aufgerichteten Daumen entgegen und bedeutete mir, weiterzureden. »Ich habe ihn gesehen«, stammelte ich weiter. »Ich habe den Wagen gesehen – Franks Wagen. Ich weiß, daß Sie ihn aus Riverside zurückgebracht haben. Ich bin letzte Nacht zufällig bei der Zeitung vorbeigefahren. Wissen Sie, manchmal muß ich noch an einer Geschichte arbeiten. Vergangene Nacht bin ich hingefahren. Ich habe das Auto gesehen und auch, was im Kofferraum war …« Ich schluckte schwer. »Ach, und ich habe die Botschaft auf dem Spiegel gelesen. Ich weiß, daß Sie es ernst meinen. Ich stelle Sie keineswegs in Frage.«

Keine Antwort.

»Kann ich mit Frank sprechen?«

Nichts. Trotzdem legte er nicht auf.

»Ich möchte nur gern seine Stimme hören«, sagte ich. »Würden Sie mich mit ihm sprechen lassen?«

Nichts als das Geräusch einer Landstraße.

»Sind Sie noch dran?« fragte ich.

Freeman kam von nebenan mit seinem Handy ins Zimmer. »Sie haben es«, flüsterte er Cassidy zu und ging wieder hinaus.

»Sind Sie noch dran?« fragte ich erneut. »Bitte lassen Sie mich mit Frank reden. Nur, damit ich weiß ... na ja, Sie wissen schon, warum.«

Freeman kam wieder ins Zimmer und reichte Cassidy einen Zettel.

»Wenn Sie mich schon nicht mit ihm sprechen lassen, würden Sie dann bitte etwas sagen?«

Ich wartete, doch es kam keine Antwort.

»Franks Cousin kommt aus Texas zu Besuch«, sagte ich, während ich versuchte, mich an den Text zu halten, den ich mit Cassidy abgesprochen hatte. »Er soll heute ankommen. Sie haben diesen Besuch schon seit Wochen geplant. Er macht sich bestimmt Sorgen, wenn Frank nicht da ist. Könnte ich nicht vielleicht einen Moment mit Frank sprechen, damit ich seinem Cousin sagen kann, daß er noch lebt?«

Im Hintergrund hörte ich das Geräusch quietschender Reifen auf dem Asphalt und nicht lange danach das Quäken eines Polizeifunkgeräts und die Stimme aus der Zentrale.

Die Polizei? Meine Panik verzehnfachte sich. Wenn sie diesen Mann festnahmen, wenn sie ihn nicht einfach nur verfolgten –

»Ms. Kelly?« sagte eine Stimme. Eine andere Männerstimme.

»Ja?«

»Polizei Las Piernas. Holen Sie bitte Detective Cassidy an den Apparat?«

»Was haben Sie mit dem Mann gemacht, der hier angerufen hat?« wollte ich wissen.

»Er ist nicht hier, Ma'am. Lassen Sie mich bitte mit –«

Ich gab den Hörer weiter, bevor er zu Ende gesprochen hatte. Ungeduldig wartete ich, während Cassidy mit ihm sprach. Aus Cassidys Anteil an dem Gespräch wurde ich überhaupt nicht schlau.

»Was ist passiert?« fragte ich, als Cassidy aufgelegt hatte.

»Was Sie gehört haben, war ein Band, das auf einem billigen kleinen Kassettenrecorder abgespielt wurde. Die Telefonzelle befindet sich hier in der Stadt – an einer Tankstelle in der Nähe eines Industriegebiets. Zu dieser Uhrzeit ist dort an einem Samstagmorgen kein Mensch, aber natürlich werden wir das überprüfen. Der Anrufer hat sich beim ersten Mal vergewissert, daß Sie sich melden, dann hat er noch einmal angerufen und auf ›Play‹ gedrückt.«

»Die ganze Zeit war niemand dort?«

»Vermutlich nicht. Wir werden aber alles auf Fingerabdrücke untersuchen und nach Zeugen forschen.«

»Sie werden nichts finden.«

»Wir sollten lieber keine Prophezeiungen abgeben, weder so noch so, okay?«

Ich antwortete nicht.

»Ich höre mir mal Hanks Aufnahme an«, sagte er.

Ich zögerte und folgte ihm schließlich ins Wohnzimmer. Freeman, dessen Kopf ihn aussehen ließ, als würde er nach der Anzahl der Haarwirbel bezahlt, saß über einen Recorder gebeugt da. »Obwohl es die Aufnahme einer Aufnahme ist und trotz all der anderen Probleme ist es sehr deutlich«, meinte er. Dann spielte er es uns vor. Ich hörte mir an, wie ich flehte, und zuckte zusammen.

Cassidy sah auf die Uhr. »Gegen zehn Uhr müßten wir den nächsten Anruf bekommen.«

»Und was machen wir bis dahin?« wollte ich wissen.

»Versuchen Sie doch, ein bißchen zu schlafen.«

»Ich glaube nicht, daß ich das kann.«

»Versuchen Sie's.«

»Schon das Bemühen wird mich wachhalten. Außerdem muß ich seine Familie verständigen.«

Das Telefon klingelte, bevor er etwas erwidern konnte, und erneut sprang ich auf, um den Hörer abzunehmen, während Freeman sich anschickte, das Gespräch aufzuzeichnen.

»Kelly?«

»Moment mal, John.«

Ich sah zu Cassidy hinüber. Er bedeutete Freeman, den Recorder auszuschalten. Freeman drückte auf den Knopf und nahm seine Kopfhörer ab.

»Kommen Sie rein?« fragte John.

»Nein. Heute ist mein freier Tag, wissen Sie noch?«

»Ich weiß, aber ich dachte, Sie wollten vielleicht mit uns sprechen, bevor Sie mit der Konkurrenz reden.«

»Herrgott, wie kommen Sie denn auf diesen Stuß? Können Sie vielleicht mal ein oder zwei Minuten lang aufhören, an die Titelseite zu denken?«

»Ich möchte Sie nicht verärgern, Irene«, säuselte er. »Ich mag Frank, das wissen Sie genau –«

»Lassen Sie das.«

»Was?«

»Es war eine verdammt lange Nacht, John. Ich habe im Moment kein – wirklich überhaupt kein – Verständnis für blödes Geschwätz. Ich muß jetzt die Leitung freimachen. Womöglich könnte ein Besetztzeichen Frank das Leben kosten. Übrigens wird das Telefon abgehört.«

»Sie haben der Polizei erlaubt, Ihr –«

»Ja.«

»Und wenn eine Ihrer Quellen anruft?«

»Diese Nummer haben nur wenige. Und dann sage ich ihnen, sie sollen nicht auf dieser Leitung reden.«

»Oh, das ist ja wirklich großartig!«

»Ich kann jetzt nicht darüber sprechen –«

»Hören Sie, lassen Sie sich eine andere Möglichkeit einfallen, mich anzurufen. Besorgen Sie sich ein Handy oder irgendwas – wir müssen uns unterhalten.«

»Auf Wiedersehen, John.«

Cassidy musterte mich einen Moment und sagte dann: »Vielleicht sollten wir besprechen –«

Noch bevor er weiterreden konnte, klingelte das Telefon schon wieder. Erneut beeilte sich Freeman, die Kopfhörer aufzusetzen und das Band einzuschalten.

»Irene?«

»Hallo, Mark«, sagte ich resigniert. »Sag noch nichts.«

Erneut fuhr sich Cassidy mit der Hand quer am Hals vorbei. Freeman schaltete das Gerät aus und nahm widerwillig die Kopfhörer ab.

»Okay«, sagte ich.

»Hast du einen Augenblick Zeit zum Reden?«

»Hat John dir gerade gesagt, daß du mich anrufen sollst?«

»Ich hätte dich sowieso angerufen. Bist du bereit, mit mir zu sprechen?«

Cassidy und Freeman standen nur wenige Meter vom Telefon entfernt und versuchten nicht einmal zu verbergen, daß sie meinen Anteil am Gespräch belauschten. »Fragst du mich das als Freund, oder schreibst du einen Artikel?« fragte ich.

»Beides, würde ich sagen.«

»Ich weiß nicht, Mark. Es ist eigentlich kein günstiger Moment –«

»Paß auf, es tut mir leid. Ich habe John gebeten, jemand anderen darauf anzusetzen, aber er weigert sich. Ich hätte ja gewartet, aber es wird nur ein paar Stunden dauern, bis sich die anderen Medien auf den Weg zu dir machen.«

»Andere Medien? Hierher?« Ich hätte es mir gleich denken können, aber zur Zeit fiel mir nichts so schnell ein wie sonst.

»Bis jetzt sind wir die einzige Zeitung, die weiß, was gestern abend passiert ist, weil niemand sonst die Scanner hier unten abfragt.«

»Die Polizei hat abhörsichere Leitungen für alles Geheime benutzt«, warf ich ein.

»Trotzdem wird über kurz oder lang jemand von den Sprengstoffexperten mit Radio oder Fernsehen sprechen, und dann halten sie dir die Mikrophone unter die Nase.«

Mark sagte etwas darüber, wie leicht es für jeden anderen Reporter sei, herauszufinden, wo wir wohnten, aber ich hörte nur mit halbem Ohr zu. Ich mußte an Franks Mutter und Schwester denken, wie sie aus den Fernseh- oder Radionachrichten erfuhren, was mit Frank passiert war, oder schlimmer noch, wie sie um ein Interview gebeten wurden. (»Mrs. Harriman, glauben Sie, es besteht noch Hoffnung darauf, daß Ihr Sohn am Leben ist? Wie fühlen Sie sich in dieser Situation?«) Ich dachte an die vielen Male, die ich gesehen hatte, wie ein Fernsehteam über die Schritte einer Spezialeinheit berichtete, die sich anläßlich einer Geiselnahme postierte. »Ich kann jetzt nicht reden«, sagte ich zu Mark, und meine Selbstkontrolle erlahmte. »Ich rufe dich später zurück.«

Ich legte auf. Cassidy und Freeman musterten mich. Ich sah ihnen an, daß sie mich über Marks Anruf ausfragen wollten. »Vergessen Sie's«, erklärte ich.

Cassidy sagte Freeman, er solle Bredloe anrufen und ihn um Hilfe dabei bitten, die Medien in Schach zu halten.

Das war in meinen Augen auch keine Lösung. »Ich würde lieber selbst entscheiden, ob ich mit den Medien sprechen will oder nicht«, bemerkte ich.

»Ich verstehe, warum Sie so denken«, sagte Cassidy. »Niemand will Sie davon abhalten, irgendwann einmal Ihre Geschichte zu erzählen. Aber eines der Schlüsselelemente für erfolgreiche Verhandlungen bei einer Geiselnahme ist die Kontrolle darüber, was durch die Medien nach außen dringt. Hocus sieht bestimmt auch fern, hört Radio und liest Zeitung.«

Ich sagte nichts.

»Denken Sie an die Anschläge, die die Gruppe bereits unternommen hat. Auch wenn wir womöglich nie einen vernünftigen Hintergrund für das Ganze finden, scheinen sie doch eine Art Anarchisten zu sein. Zwei von ihnen sitzen bereits im Kittchen, und sie scheinen ganz begeistert davon zu sein, zu Märtyrern zu werden. Glauben Sie nicht, daß sie überzeugt sind, eine Mission zu haben?«

»Ich weiß es nicht. Vielleicht. Schwer zu sagen.«

Er sah mich an, als stellte ich mich nur stur, was ich zugegebenermaßen auch war. In diesem Moment hatte ich das Gefühl, unter Druck gesetzt zu werden, und Sturheit erschien die passende Reaktion darauf zu sein.

»Sehen Sie sich mal ihre möglichen Motive an«, drängte er weiter. »Glauben Sie vielleicht, jemand entführt wegen Lösegeld einen Polizisten?«

»Nein. Ich glaube, sie wollen ihre Freunde wieder aus dem Gefängnis bekommen.«

»Möglicherweise als unmittelbares Ziel. Aber wenn diese Typen aus politischen Gründen Stunk machen, möchten sie vielleicht auch ein bißchen Sendezeit bekommen. Manchmal sind die Mitglieder dieser Gruppen bereit, für ihr Anliegen zu sterben – in ihren Augen ist die Sache das wert, wenn ihr Reporter dazu beitragt, sie berühmt zu machen.«

»Wenn Sie damit andeuten möchten, daß ich, um meinen Namen unter einem Artikel zu sehen, dazu bereit wäre, Frank gemeinsam mit Hocus einen ruhmreichen Tod sterben zu lassen, dann halten Sie jetzt besser den Mund.«

»Nein, Ma'am. Ganz und gar nicht. Ich werde versuchen, mich klar auszudrücken. Wenn Sie später darüber schreiben möchten, bin ich vollkommen damit einverstanden. Niemand versucht, Sie daran zu hindern. Aber lassen Sie zunächst einmal uns die Sache in die Hand nehmen, einverstanden?«

Ich wußte nicht, ob es meinem Wesen entsprach, ein solches Versprechen zu geben. »Sie wissen nicht, ob Hocus wie die anderen Gruppen ist. Andere Gruppen hätten schon eine Liste mit Forderungen herausgegeben. Sie wissen ja nicht einmal, was sie wollen.«

»Irene, ich habe das Gefühl, daß sie uns das sehr bald sagen werden. Ich weiß ja, daß Sie mit der Presse kooperieren möchten. Das ist bei Ihrem Beruf ganz normal. Irgendwann können Sie auch reden, mit wem Sie wollen. Aber ich möchte, daß Sie das tun, weil Frank sicher wieder zu Hause ist, und nicht, weil wir etwas getan haben, das zu seiner Ermordung geführt hat.«

Er wartete auf eine Antwort.

Ich konnte ihm keine geben. Also entschuldigte ich mich und gönnte mir eine weitere kleine Flucht. Ich ging ins Badezimmer und wusch mir das Gesicht mit kaltem Wasser. Dann betrachtete ich mich im Spiegel. Etwas in diesem gnadenlosen, glasigen Bild ließ mich vollständig aufwachen.

Es war der Gedanke an all diese angespannten und erschöpften Gesichter, die ich in meinen Jahren als Reporterin gesehen hatte. Langsam bekam auch ich diesen Gesichtsausdruck, denselben, den ich bei ihnen gesehen hatte. Ich hatte viele von ihnen interviewt.

Wenn das Opfer in dem Kriminalfall, über den man gerade berichtet, tot oder vermißt oder anderweitig ungreifbar ist, ist man als Reporterin am besten beraten, wenn man mit jemandem spricht, dem dieses Opfer nicht schnurzegal ist. Unterläßt man dies, ist aller Welt die ganze Geschichte schnurzegal. Also sucht man die Verwandten auf, die Geliebten, die besten Freunde. Sie haben die Geschichte parat, die man braucht. Die Polizei hat nur das, was man Fakten nennt.

Fakten sind nicht genug für die Leser. Die Leser möchten diesen einen Satz sehen, der den Chefredakteur zu einer Bemerkung veranlaßt wie: »Tolles Zitat von der Witwe.« Ganz egal, wie sachte oder respektvoll man mit den Menschen umgeht, die man befragt, in Wirklichkeit ist man doch hinter ihrem Herzblut her.

Einige der Leute, mit denen man spricht, haben diesen Gesichtsausdruck nicht. Aber wenn der geliebte Mensch vermißt wird und noch keine Leiche gefunden wurde, haben sie ihn alle irgendwann. Ich habe ihn schon oft gesehen – im Gesicht eines Vaters, dessen Tochter nach einer Nachtschicht bei ihrem College-Radiosender nicht nach Hause gekommen ist; im Gesicht der Ehefrau, deren Mann von einem Segelausflug nicht heimgekehrt ist; im Gesicht der Mutter, deren Sohn sich auf einem Waldweg von den anderen Wanderern getrennt hat. Es sind nicht nur die Sorge und die Erschöpfung, die sie zermürbt. Es ist die Hilflosigkeit. Zu wissen, daß jemandem, den man liebt, womöglich etwas Entsetzliches zustößt und man nicht das Geringste dagegen ausrichten kann.

»Zum Teufel damit!« sagte ich zu der Frau im Spiegel.

Ich mußte ein paar Anrufe erledigen.

10

»Wie hat es seine Mutter denn aufgenommen?« fragte mich Rachel.

Pete und Rachel waren, kurz nachdem Pete von Hocus' Anruf erfahren hatte, eingetroffen. Er sah nicht gerade blendend aus.

»Nicht gut«, antwortete ich. »›Hysterisch‹ wäre noch untertrieben.«

»Das kann man ja verstehen.«

»Zuerst habe ich Cassie angerufen. Kennst du Cassie?«

Rachel schüttelte den Kopf.

»Hmm. Sie wäre dir bestimmt sympathisch. Sie war zwar bestürzt, hat es aber besser verkraftet als seine Mutter. Sie hat mir angeboten, es ihrer Mutter beizubringen, aber das hätte ich nicht richtig gefunden. Ich wollte nicht, daß Bea dächte, ich würde es Cassie erzählen, aber ihr nicht. Allerdings ist

Cassie zu ihr hinübergegangen, damit Bea Gesellschaft hat. Ich habe so lange mit Bea telefoniert, bis Cassie bei ihr angekommen war.«

Cassie wohnte nicht weit von Franks Mutter entfernt, und das Gespräch mit Bea Harriman hatte vermutlich nicht mehr als zwanzig Minuten gedauert. Obwohl sie die Sorgen einer Polizistenfrau während ihrer Ehe mit Franks Vater stoisch ertragen hatte, hielt sie es als Mutter eines Polizisten nicht in entsprechendem Maße für notwendig, ihre Gefühle zu unterdrücken. Für sie war es gesünder, nehme ich an, aber für mich waren es lange zwanzig Minuten.

Ich sah zu Pete hinüber. Er saß vornübergebeugt auf dem Sofa, hatte seine Finger ineinander verflochten und starrte zu Boden. Alle paar Minuten sah er auf die Uhr. »Du kennst Franks Mutter, oder, Pete?«

»Was?«

So hatte er meine letzten drei Fragen beantwortet. Ich stellte die Frage noch einmal, genau wie die anderen. Es war, wie wenn man einem Radio zuhörte, das andauernd den Sender verlor – ich mußte ihn wieder einstellen, bevor er antworten konnte.

»Sicher«, sagte er. »Ja, sicher kenne ich seine Mutter.« Plötzlich wurden seine Augen weit. »Hast du es ihr schon gesagt?«

Rachel stieß einen unhörbaren Fluch aus, doch ich wiederholte einfach den Inhalt des Gesprächs, das er in seiner Versunkenheit nicht mitbekommen hatte.

»Ich hätte daran denken sollen, sie anzurufen«, murmelte er.

»Ja«, bestätigte Rachel gereizt. Sie hob eine Hand in die Höhe und begann an den Fingern abzuzählen, was er wahrscheinlich alles als seine Versäumnisse betrachtete. »Du hättest wissen müssen, daß etwas faul war, als Ross eine Nachricht für Frank hinterließ. Du hättest mit Frank nach Riverside hinausfahren sollen. Du hättest früher versuchen sollen, ihn zu erreichen. Du hättest Carlson und den anderen Arschlöchern von der Mordkommission klarmachen müssen, daß sie aufhören sollen, Frank so zuzusetzen –«

»Allerdings, verflucht noch mal!« zischte er. Dann stand er auf, ging auf die gläserne Schiebetür zu und wandte sich abrupt wieder ab. Ich wußte, was in diesem Moment geschehen war – ich hatte es vorher selbst erlebt. Er hatte durch die Glastür geblickt und Franks Garten gesehen. Mittlerweile hielt er die Fäuste geballt und sah aus, als wollte er auf etwas eindreschen. Als er ihn auf die Küche zumarschieren sah, stand Henry Freeman auf und zog sich eilig ins Gästezimmer zurück. Cassidy, der soeben geduscht und sich umgezogen hatte, lehnte an dem Tresen, der Küche und Wohnzimmer voneinander trennt, und trank eine Tasse Kaffee. Er zuckte nicht mit der Wimper, als Pete auf ihn zukam.

Mit einer Stimme, die kaum mehr war als ein Flüstern, fragte Cassidy: »Haben Sie letzte Nacht überhaupt ein Auge zugetan, Pete?«

Pete blieb stehen und löste die Fäuste.

»Das habe ich mir schon gedacht«, meinte Cassidy. »Sollen wir einen Spaziergang um den Block machen? Ich habe noch nicht einmal das Wasser gesehen. Und ich könnte ein bißchen frische Luft vertragen.«

Pete sah auf die Uhr. »Sie könnten anrufen …«

»Das bezweifle ich. Ich glaube, sie werden ganz pünktlich sein.«

Pete schien den Vorschlag zu erwägen und sagte dann: »Ich kann nicht. Sie könnten anrufen.«

»Dann gehen wir einfach hinaus und setzen uns ein Weilchen auf die Treppe.«

Pete sah zu Rachel hinüber. »Geh nur«, meinte sie. »Ich sause raus und hole dich, wenn das Telefon klingelt.«

Als sie verschwunden waren, sagte Rachel: »Ich hätte ihm

gegenüber nicht die Beherrschung verlieren sollen. Das hier macht ihm dermaßen zu schaffen.«

»Ich weiß.«

»Tut mir leid. Für dich ist es auch nicht leichter.«

»Hat Pete draußen in Riverside noch mehr erfahren?« fragte ich, da ich das Thema wechseln wollte.

»Ein wenig. Ich wollte vor Cassidy nichts sagen, weil ich Pete keine Schwierigkeiten machen möchte. Außerdem ist es ohnehin nicht viel. Die Polizei von Riverside hat die Nachbarn abgeklappert und versucht, jemanden zu finden, der vielleicht etwas gesehen hat, aber es ist eine reichlich abgelegene Gegend. In der Nähe gibt es ein Industriegebiet und eine Eisenbahnlinie, aber nicht viele Häuser.«

»Haben sie eine Vorstellung davon, wann es passiert ist? Wie lange Frank schon in der Gewalt dieser Leute ist?«

Sie zuckte die Achseln. »Schwer zu sagen. Sie wissen ungefähr, wann Frank an dem Haus angekommen sein muß, indem sie von der Zeit ausgingen, zu der er hier weggefahren ist, wobei sie den Verkehr und so weiter berücksichtigt haben. Außerdem können sie den Todeszeitpunkt von Dana Ross bestimmen. Niemand hat das Auto beim *Express* ankommen sehen, damit bleibt eine große Lücke zwischen Ross' Tod und der Zeit, die Hocus brauchte, um das Auto nach Las Piernas zu bringen. Und kein Mensch weiß, ob Frank noch in Riverside war, als Ross erschossen wurde.«

»Und niemand hat etwas gesehen?«

»Falls doch, dann sagt zumindest keiner ein Wort. Wie gesagt, es ist eine sehr abgelegene Gegend. Die Polizei von Riverside tut, was sie kann. Du kennst ja Pete – er wäre nicht nach Hause gekommen, wenn er glauben würde, er könnte sie durch Drängen zu noch mehr Einsatz bewegen. Im Lauf des Tages sind mehrere Güterzüge vorübergefahren, und Riverside versucht sogar schon, deren Personal zu kontaktieren, für den Fall, daß jemand irgend etwas gehört oder gesehen hat.« Sie hielt inne und fügte dann hinzu: »Sie haben den Einschuß einer 38er im Geländer der Veranda gefunden; die Kugel, durch die Ross ums Leben kam, hat dasselbe Kaliber.«

»Franks Pistole.«

»Mag sein – aber selbst wenn, heißt das nicht, daß Frank der Schütze war«, sagte sie rasch. »Und er würde seine Waffe nicht freiwillig hergeben. Wie ich dir gestern abend schon gesagt habe, gab es Anzeichen für einen Kampf – er hat sich vermutlich gegen sie gewehrt.«

Ich bedeckte mein Gesicht mit den Händen, als ob ich so die Bilder ausblenden könnte, die »Anzeichen für einen Kampf« in Wirklichkeit bedeuten konnten. Die Worte hatten mich beim ersten Hören nicht genauso betroffen.

»Man hat Blut gefunden«, sagte sie. »Ich meine, außer dem des Opfers.«

Ich nahm die Hände vom Gesicht und sah sie an.

»Auf der Veranda und im Haus«, fuhr sie fort. »Es könnte von Frank sein.«

Ich stöhnte auf. »Oh, mein Gott.« Ich dachte an den Kofferraum des Autos. Wenn das Blut von Frank stammte … und im Haus noch mehr war …

»Wieviel Blut?« fragte ich.

»Ich weiß es nicht.«

»Wieviel Blut?«

Sie zögerte immer noch.

»Rachel, wenn unsere Situation umgekehrt wäre –«

»Pete meinte, es könnte von einer ziemlich großen Schnitt- oder Stichverletzung stammen.«

Als die Zeit, zu der Hocus anrufen wollte, näher rückte, erstarb das Gespräch. Ich fing an, auf und ab zu gehen. Rachel blickte scheinbar in den Garten hinaus, aber ich glaube, sie behielt Pete im Auge. Obwohl sie ihn nicht berührte, sah sie ihn jedesmal an, wenn er sich regte. Pete saß da und starrte mit verbissener und angespannter Miene auf seine Armbanduhr. Henry Freeman überprüfte immer wieder die Anschlüsse seines Computers. Cassidy hatte sich zwischen Pete und dem Telefon postiert und las in einem Aktendeckel voller alter Zeitungsausschnitte über Hocus. Er trug einen Kopfhörer für einen Fernanschluß, den Freeman installiert hatte. Cody saß auf dem Kaminsims und schaffte es kaum, den größten Teil seiner zwanzig Pfund darauf zu halten. Sein Versuch, so zu tun, als schliefe er tief und fest, wurde durch die Zuckungen seines Schwanzes Lügen gestraft. Die Hunde lagen in meiner Nähe, die Köpfe auf den Pfoten und die Brauen vor unruhiger Wachsamkeit hochgezogen.

Zehn Uhr. Alles war still, außer Pete, der murmelte: »Kommt schon, kommt schon ...«

Das erste Klingeln brachte sämtliche Anwesenden – Männer, Frauen und Tiere – auf die Beine. Pete bewegte sich auf das Telefon zu, doch Rachel stellte sich ihm in den Weg. Cassidy sagte: »Sie haben es mir versprochen, Baird.« Pete setzte sich wieder.

Ich packte den Hörer und hielt es kaum aus, so lange zu warten, bis Henry nickte. Beim zweiten Klingeln nahm ich ab.

»Hallo?«

»Hallo, Irene Kelly«, erklang eine Stimme. Die Stimme eines jungen Mannes, aber nicht dieselbe wie auf der Bandaufzeichnung. »Richten Sie Detective Cassidy bitte schöne Grüße von uns aus. Außerdem bleiben Ihnen dadurch blödsinnige Märchen erspart – was war es doch gleich, ein Bruder aus Texas?« Noch bevor ich antworten konnte, fuhr er fort. »Ich nehme an, Detective Baird ist auch da?«

»Ich will mit Frank sprechen.«

»Selbstverständlich. Aber wir haben nicht viel Zeit. Ich rufe Sie gleich wieder an.«

Ein Klicken ertönte, und danach das Freizeichen.

Henry Freeman rief mit seinem Handy irgendwo an.

Seine Miene spiegelte Enttäuschung wider. »Nicht lang genug«, sagte er zu Cassidy.

»Sagen Sie ihnen, sie sollen in der Leitung bleiben, wir erwarten noch einen Anruf«, befahl Cassidy. Dann wandte er sich an mich. »Hank steht in Kontakt mit den Leuten, die mit der Telefongesellschaft zusammen versuchen, den Anruf zurückzuverfolgen. Ist Ihnen an diesem letzten Anruf irgend etwas aufgefallen, das anders war?«

»Diesmal war es keine Bandaufzeichnung«, antwortete ich. »Der Anrufer hat direkt auf das reagiert, was ich gesagt habe. Außerdem konnte ich diesmal keine Hintergrundgeräusche hören, und die Stimme klang viel klarer.« Meine Hände zitterten.

»Was haben sie gesagt?« fragte Pete ganz hektisch.

»Immer mit der Ruhe, Baird. Ich gehe es gleich mit Ihnen durch. Haben Sie alles eingestellt, Hank?« fragte Cassidy.

Freeman nickte im selben Augenblick, als das Telefon wieder klingelte.

»Ms. Kelly? Tut mir leid.« Derselbe Mann. »So müßte es besser klappen. Cassidy versucht natürlich, alle diese Anrufe zurückzuverfolgen, deshalb werden Sie und ich uns nur sehr kurz unterhalten.«

»Sie wissen meinen Namen, aber wie heißen Sie?«

»Zur Vorstellungsrunde kommen wir später. Hören Sie jetzt genau zu. Ich muß schnell sprechen, aber Sie werden ja sicher eine Aufnahme haben, mit der Sie arbeiten können. Zuerst müssen Sie erfahren, wie wir Detective Harriman kennengelernt haben. Nämlich dort, wo auch Sie ihn kennengelernt haben. Fahren Sie zum Büro Ihres früheren Arbeitgebers hinaus. Gehen Sie ins Archiv. Sprechen Sie mit Brandon North. Er erwartet Sie um halb zwei.«

»Aber es dauert drei Stunden –«

»Ja, und das auch nur, wenn wenig Verkehr herrscht. Mr. North ist normalerweise samstags nicht drinnen, also wartet er womöglich nicht. Machen Sie sich lieber auf den Weg. Und lassen Sie Mr. North nicht warten, denn das zwingt auch uns zum Warten. Ihnen ist sicher klar, daß Detective Harrimans Gesundheit von Ihrer Bereitschaft abhängt, den Anweisungen unverzüglich Folge zu leisten.«

»Warten Sie –«

»Oh, wir können nicht allzulang warten. Aber Sie möchten mit ihm sprechen, stimmt's?«

»Ja –«

»Wir rufen wieder an.«

Er legte erneut auf.

»Hank?« fragte Cassidy.

»Nein, Sir.«

Diesmal hielt die Stille länger an.

»Wenn wir den nächsten Anruf bekommen haben, dürfen Sie das Band abhören, Pete«, versprach Cassidy. »Irene, haben Sie –«

Das Telefon klingelte wieder.

»Irene?«

»Frank! O mein Gott –«

»Du klingst verängstigt. Mach dir keine Sorgen, mir geht's gut«, sagte er langsam und mit schwerer Zunge. »Mann, ich hatte einen tollen Traum von dir.« Er fing an zu lachen. »Den erzähle ich lieber gar nicht.«

Lachen? »Frank?«

»Du bist mir doch nicht mehr böse, oder?«

»Mein Gott, nein, Frank –«

»Wo bist du eigentlich?«

»Wo *ich* bin? Frank, bist du –«

Die Verbindung wurde unterbrochen.

»Nein!« rief ich.

Das Telefon klingelte wieder.

»Es geht ihm gut«, meldete sich der junge Mann wieder. Ich konnte Frank sagen hören: »He, ich will mit ihr reden.«

»Er klingt nicht so, als ob es ihm gutginge. Er hat richtig gelallt. Was haben Sie mit ihm gemacht?«

»Versed. Nur eine kleine Dosis, ganz wenig, um die Spannung zu lösen. Wenn man es jemandem gibt, erinnert er sich später meistens nicht mehr daran, was mit ihm passiert ist, während er unter dem Einfluß des Mittels stand. Wir dachten, wir nehmen es diesmal anstelle von Morphium.«

»Anstelle von Morphium? Warum war –«

»In ein paar Minuten schläft er tief und fest. Wir sorgen gut für ihn, Ms. Kelly. Das heißt, solange Sie kooperieren.«

»Was wollen Sie?«

»Immer schön eines nach dem anderen. Zunächst einmal versichere ich Ihnen, daß wir aufrichtig hoffen, nicht dazu gezwungen zu werden, Detective Harriman irgendwelche weiteren Verletzungen zuzufügen.«

»Weitere Verletzungen?«

»Keine Angst. Wir sorgen gut für ihn. Schließlich ist er unser Held.«

»Ihr Held?«

»Henry Freeman hat sicher inzwischen Fortschritte gemacht, also verabschieden wir uns jetzt.«

»Henry Freeman hat keine Ahnung, wo Sie sind. Lassen Sie mich noch einmal mit Frank reden, ich muß ihm sagen –«

Ein Klicken.

Henry, der immer noch an seinem Handy hing, sah Cassidy an und schüttelte den Kopf.

Pete begann lautstark Fragen zu stellen.

»Spielen Sie ihnen das Band vor, Hank«, sagte Cassidy.

Wir lauschten alle gemeinsam. Freeman hatte eine sehr deutliche Aufnahme zustande gebracht. Diesmal war ich auf Franks Lachen vorbereitet, daher wirkte es anders auf mich. Er lebte. Ich merkte, wie mir Tränen der Erleichterung in die Augen schossen. Ich brauchte mehr Schlaf, sagte ich mir, und griff erneut nach einem dünnen Faden der Selbstkontrolle.

Konzentrier dich auf das nächstliegende Problem. Denk über das nach, was sie gesagt haben. Ich sah zu Cassidy hinüber. Er musterte mich. »Was ist Versed?« fragte ich.

Freeman klappte eine schwarze Plastikschachtel auf, holte eine CD heraus und schob sie in seinen Computer. Er tippte etwas ein und sagte dann: »Medikamentengruppe IV.«

»Es ist ein Medikament, das dem Betäubungsmittelgesetz von 1970 unterliegt«, erläuterte Cassidy. »Morphium gehört zur Gruppe II, der Kategorie für Medikamente mit einem hohen Abhängigkeitspotential, die zu schwerer Sucht führen können. Gruppe IV hat ein niedriges Abhängigkeitspotential.«

»Aus was lesen Sie da ab, Detective Freeman?« wollte ich wissen.

Er blickte auf. »Aus dem Ärztehandbuch. Ich habe es auf CD.«

»Was sagt es sonst noch über Versed, Hank?« fragte Cassidy und fügte dann rasch hinzu: »Nur das Nötigste.«

»Ein schnell wirksames Benzodiazepin, das das ZNS dämpft«, fuhr Freeman fort. »Sediert drei bis fünf Minuten nach IV-Injektion und fünfzehn Minuten nach IM.«

»Was zum Teufel faselt er da?« erkundigte sich Pete.

»Es ist ein Beruhigungsmittel, das auf das zentrale Nervensystem einwirkt«, erklärte Cassidy und begann, über Freemans Schulter selbst zu lesen. »Anscheinend sind sie an Klinikbestände herangekommen – hatten entweder Zugriff darauf oder haben gestohlen. Hank, sorgen Sie dafür, daß der Sache nachgegangen wird. Dieses Mittel ist keine gängige Straßenware. Ich vermute, daß Frank an eine intravenöse Infusion angeschlossen ist. Das läßt auch darauf schließen, daß er die Hände nicht frei bewegen kann, sonst müßten sie fürchten, daß er sie herausreißen könnte. IM heißt ›intramuskulär‹ – eine normale Injektion.«

»Eine Spritze?« fragte Pete.

»Ja. Versed muß entweder als Spritze oder als Infusion verabreicht werden. Es ist nicht in Tablettenform erhältlich. Es klingt, als hätten sie ihm zuerst Morphium gegeben, aber für den Anruf auf das hier gewechselt. Es ist so etwas Ähnliches wie Valium. Wenn man jemandem erstmals eine Dosis davon verpaßt, kann er wirr und geschwätzig werden.«

»Sie meinen also, Frank war mit Drogen vollgepumpt«, sagte Rachel.

»Auf jeden Fall. Sie haben ihn eindeutig sediert«, bestätigte Cassidy.

»Sind diese Drogen gefährlich für ihn?« fragte ich.

Cassidy hielt inne und fuhr dann fort: »Jedes Beruhigungsmittel kann gefährlich sein, vor allem, wenn derjenige, der es verabreicht, nicht weiß, was er tut. Ich nehme an, diese Leute kennen sich mit Medizin aus, da sie ein Mittel gewählt haben, das normalerweise nicht gebräuchlich ist, und seine Wirkung kennen.«

Pete legte mir einen Arm um die Schultern. »Es tut mir leid, Irene. Es tut mir so verdammt leid.«

»Ist nicht deine Schuld, Pete. Kein Mensch wirft dir irgend etwas vor außer du selbst. Ich würde später gern darüber mit dir reden, aber jetzt muß ich nach Bakersfield fahren.«

»Das hat er von dir verlangt? Daß du nach Bakersfield fährst?«

»Ja.«

»Und Sie haben dort im Archiv gearbeitet?« fragte Hank und betrachtete mich mit neuem Respekt.

»Nein, bei der Zeitung. Beim *Californian*. Er meint das Archiv. Bei Zeitungen heißt diese Abteilung immer ›die Leichenhalle‹. Dort findet man unter anderem alte Ausgaben, Fotos und dergleichen. Brandon North hat lange dort gearbeitet. Wir haben uns seit ein paar Jahren nicht mehr gesprochen, aber wir kannten uns früher ganz gut. Ich bin mir sicher, daß er uns hilft, wenn er kann.«

»Hank«, sagte Cassidy, »fangen Sie damit an, die anderen Mitglieder des SEK anzurufen. Berichten Sie ihnen, wie die Dinge stehen – und fangen Sie mit Captain Bredloe an.«

Hank nickte.

»SEK?« fragte ich.

Cassidy wandte sich mir zu. »Sondereinsatzkommando. Ich erkläre es Ihnen später genauer, aber zuerst konzentrieren Sie sich bitte auf die Stimmen der Anrufer. Kam Ihnen irgend etwas bekannt vor? Vielleicht war es jemand, der mit Ihnen in Bakersfield gearbeitet hat?«

Ich schüttelte den Kopf. »Nein. Zu jung. Alle Kollegen von damals sind älter. Ich habe dort gearbeitet, als ich frisch vom College kam.«

»Wie können wir dir helfen, Irene?« fragte Rachel, bevor Pete oder Cassidy eine weitere Frage stellen konnten.

»Ruft Bea und Cassie und Jack an und sagt ihnen, daß Frank am Leben ist.« *Am Leben*. Ich klammerte mich an diesen Ausdruck. »Ich dusche nur kurz und ziehe mich um. Dann muß ich losfahren.«

»Ich fahre«, erklärte Cassidy.

»Ich weiß nicht, ob sie damit –«

»Fahr nicht allein«, sagte Pete. »Es könnte eine Falle sein. Vielleicht wollen sie dich auch als Geisel nehmen.«

»Sie wissen, daß ich mit drinstecke«, ergänzte Cassidy. »Und es scheint sie nicht besonders zu stören. Ich bin sicher, mein Ego wird sich eines Tages davon erholen, aber für den Moment finde ich, daß Pete vollkommen recht hat – Sie sollten nicht allein fahren. Außerdem würde ich Ihnen ohnehin folgen. Ist doch sinnlos, mit zwei Autos zu fahren. Außerdem glaube ich, daß es leichter wäre, meine gebrechliche, kleine alte Oma den Mount Everest besteigen zu lassen, als mit Ihrer alten Kiste über den Tejon-Paß zu kommen.«

»Ich hoffe, Ihre Oma hat weniger Meilen drauf«, erwiderte ich und hörte Pete zum ersten Mal an diesem Tag lachen. Ich schickte mich an, den Raum zu verlassen. Doch dann blieb ich stehen und sah Cassidy an. Er grinste. »Okay, Sie dürfen mich hinfahren. Können Sie starken Kaffee kochen?«

»Wenn wir meinen Kaffee in den Tank Ihres Karmann Ghia schütten, schafft er es womöglich doch über den Paß.«

»Die Thermoskanne steht in dem Fach über dem Kühlschrank«, sagte ich. »Ich bin in etwa zwanzig Minuten fertig.«

»Und da heißt es, Texaner würden lügen«, kommentierte er, aber ich war schon unterwegs, um ihm das Gegenteil zu beweisen.

11

Ich trank erst, als unsere Fahrt schon mehr als halb vorüber war, etwas von Cassidys Raketentreibstoff mit Kaffeegeschmack, und zwar nachdem ich irgendwo auf der I-5 zwischen Castaic und Pyramid Lakes ruckartig aufgeschreckt war. Auf seinen Vorschlag hin verzichtete ich bis dahin auf Kaffee und schlief von Torrance bis zum Tehachapi. Zuerst hatte ich noch mit ihm gestritten und darauf bestanden, daß ich versuchen wollte, wach zu bleiben, aber schließlich verdient er einen Teil seines Geldes durch Verhandeln, und diese Runde ging an ihn. Trotzdem kann ich mir nicht recht erklären, wie es dazu kam.

Ich wachte abrupt auf, hatte aber einen schönen Anblick vor Augen. Im letzten Winter hatte es heftig geregnet, daher waren die Berghänge von hundert verschiedenen sanften Grüntönen bedeckt. Cassidy hatte seine Klimaanlage ausgeschaltet – eine kluge Vorsichtsmaßnahme an den steilen Steigungen, die zur Paßhöhe hinaufführten – und das Fenster heruntergekurbelt. Ich drehte meines auch herunter. Die Luft war kühl und rein und der Himmel von einem satten, dunklen Blau. L. A. war aus den Augen und aus dem Sinn.

Ich reckte mich, genoß die Landschaft und schüttelte den Traum ab, der mich geweckt hatte. Cassidy sah zu mir herüber. Es verblüffte mich, zu sehen, daß er offenbar besorgt war. Mr. Gelassen war besorgt? Im nächsten Augenblick wußte ich, was passiert war.

Ich schraubte die Thermosflasche auf und wich seinem Blick aus. Ich atmete das Aroma des Kaffees ein und schenkte den Becher voll, während ich darum betete, daß er nicht auf meine Hände sähe. »Was war es diesmal?« fragte ich. »Habe ich nur gesprochen oder auch gebrüllt und geschrien?«

»Sie haben nicht geschrien«, antwortete er. Wieder gelassen.

»Ah, dann habe ich also nur gebrüllt. Tja, nicht schlecht angesichts der Umstände.«

»Sie brauchen nicht verlegen zu sein«, sagte er.

»Wer ist denn verlegen?« Ich trank einen Schluck Kaffee. Stark. Sehr stark.

»Sie. Aber das brauchen Sie nicht. Offen gestanden hatte ich Ihre Geschichte vergessen.«

»Meine Geschichte«, wiederholte ich ausdruckslos. Ich umfaßte den Becher mit beiden Händen, hielt ihn mir dicht vor die Lippen und spürte, wie mir der Dampf das Gesicht wärmte. »Das ist ja wohl ein Begriff, den man für Patienten und auf Bewährung Entlassene verwendet. Leute, bei denen man sich nicht sicher sein kann, ob sie sich anständig benehmen. ›Die o. G. neigt bekanntermaßen zu –‹«

»Glauben Sie, daß ich das damit sagen wollte?«

Ich gab ihm keine Antwort.

»Mit ›Ihrer Geschichte‹«, fuhr er fort, »habe ich nur das gemeint, was Ihnen zugestoßen ist. Die Tatsache, daß man Sie einmal gefangengehalten hat.«

»Ich habe nicht daran gedacht, daß Sie Zugang zu diesen

Daten haben. Fotos gibt es natürlich keine. Wurde es in den Polizeiakten recht anschaulich beschrieben? Die Prellungen und die ausgerenkte Schulter?«

»Mehr als das«, erwiderte er ruhig.

»Ach ja«, sagte ich und sah aus dem Fenster. »Mehr als das.«

»Haben Sie irgendwelche bleibenden körperlichen Schäden zurückbehalten?«

Ich schüttelte den Kopf, und es war mir egal, ob er meine Antwort mitbekam.

»Daß Sie sich körperlich erholt haben, ist nicht das Bemerkenswerte daran, wissen Sie.«

»Lassen wir das Thema einfach sein, okay?«

»Sie halten sich sehr gut. Die meisten Menschen –«

»Wie ›gut ich mich halte‹, ist im Moment nicht von Belang«, bemerkte ich. »Möchten Sie auch Kaffee?«

»Jede Geisel hat Träume.«

»Vielen Dank, Dr. Freud. Ich träume von großen Bananen, Schlangen, Tunnels und Granatäpfeln. Was glauben Sie, was das alles bedeutet?«

Er lächelte, sagte aber nichts.

Das Schweigen zog sich in die Länge. »Tut mir leid«, sagte ich nach einer Weile. »Ich spreche nur nicht gern darüber.«

»Ich habe es nicht aus den Polizeiakten«, erklärte er, als hätte ich ihn aufgefordert, dort weiterzumachen, wo er aufgehört hatte. »Frank hat mit mir darüber gesprochen, nachdem Sie wieder zu Hause waren.«

»Was?«

»Oh, nicht unbedingt direkt, zumindest nicht am Anfang. Eines Tages ist er an meinem Schreibtisch stehengeblieben und hat mich über das posttraumatische Geiselsyndrom ausgefragt. Was typisch sei, wie lange es anhielte und dergleichen.«

Ich starrte ihn nur ungläubig an.

»Frank ist ein stiller Mensch«, fuhr er fort. »Mir war klar, daß es ihm nicht gerade leichtfiel, das Thema anzusprechen. Ich wußte, daß Sie seit ein paar Tagen wieder zu Hause waren. Alle Leute klopften ihm auf den Rücken und sagten, wie froh sie seien, daß Sie lebend gefunden worden waren. Er war auch froh, aber er sah müde aus.«

»Erschöpft«, sagte ich. »Wir waren beide erschöpft. Noch Wochen danach schlief ich kaum eine Nacht durch.«

»Und jetzt?«

»Jetzt ist es besser. Meistens viel besser. Am Anfang wollte ich das Haus gar nicht verlassen.«

Er wartete.

»Es gehört mehr dazu, einen Alptraum auszulösen«, sagte ich und gab nach. »Manches belastet mich immer noch – ich halte es immer noch nicht besonders lang in engen Räumen aus. Manchmal denke ich, ach, ich habe es ja alles hinter mir, und dann merke ich, daß ich in der Schlange im Supermarkt stehe und jemand mich fragt: ›Lady, Lady, ist alles in Ordnung?‹, weil ich es mir gestattet habe, meine Gedanken schweifen zu lassen und sie zu jener Zeit zurückgewandert sind und ich wieder daran denke.«

»Aber es ist nicht wie eine Erinnerung.«

»Nein. Es ist, als wäre ich wieder dort.«

»Sie denken daran, verletzt zu werden?«

»Nein, meistens nicht. Wenn ich an mich selbst denke, denke ich daran, wie ich Angst habe, Angst davor, was als nächstes kommen mag. Oder manchmal …«

»Oder manchmal?« drängte er weiter.

»Ich habe jemanden getötet«, sagte ich. »Ich denke an ihn. Daran, daß ich sein Leben beendet habe.«

»Was ist denn passiert?«

»Ich dachte, Frank hat mit Ihnen gesprochen.«

»Erzählen Sie es mir.«

Ich hätte mich beinahe wieder gesträubt, doch da saß er neben mir, so entspannt wie immer, und mir war danach, seine Gelassenheit zu erschüttern. Zumindest wollte ich das anfangs. Aber als wir den Tejon-Paß hinter uns gelassen hatten und ins San Joaquin Valley hinabblickten, hatte ich mich ihm in einer Weise anvertraut, wie ich es nur bei wenigen anderen getan hatte. Mich an diese Ereignisse zu erinnern bedeutet normalerweise einen Anlaß zu emotionalem Aufruhr in gewissem Umfang, und ich merkte, wie ich mich nicht nur fragte, warum ich so offen gesprochen hatte, sondern auch, warum ich mich eher erleichtert als niedergeschlagen fühlte. Langsam wurde mir bewußt, daß sich Cassidys ruhige Gelassenheit irgendwie auf mich übertragen hatte, und ich sie gern angenommen hatte. Sie hatte meine Reaktionen verlangsamt und mich vor sämtlichen Gefühlen beschützt, die meist so leicht zum Vorschein kamen, wenn ich an die Zeit meiner Gefangenschaft dachte.

Cassidy schwieg, aber ohne jede Verkrampftheit.

Er hielt an einer Tankstelle in Gorman, obwohl der Tank noch halbvoll war, und zahlte einen Wucherpreis für ein paar Gallonen Normalbenzin, während ich auf die Toilette ging und mir das Gesicht wusch.

Als ich herauskam, hatte er den Wagen von den Zapfsäulen weggefahren und neben der Tankstelle geparkt. Er stand mit verschränkten Armen ans Auto gelehnt da und beobachtete die anderen Kunden. Der Wind war böig, und ich mußte mit beiden Händen meinen Rock unten halten, als ich die asphaltierte Fläche überquerte. Beim Anziehen an diesem Morgen hatte ich erwogen, in Jeans zu schlüpfen, aber dann war mir eingefallen, daß Cassidy einen Anzug anhatte, und ich hatte beschlossen, Bürokleidung zu tragen. Ich wußte nicht, wer sich an einem Samstag beim *Californian* herumtreiben mochte, aber es war sicher das beste, nicht allzuviel Aufmerksamkeit auf sich zu ziehen. Als ich jetzt unsicher auf den Wagen zuging, wünschte ich, ich hätte an den Wind gedacht und Hosen angezogen. Cassidy sah mich und grinste, bevor er sich umwandte und mir die Beifahrertür aufmachte.

»Alles in Ordnung?« fragte er, als wir beide saßen. Er hatte den Schlüssel noch nicht in die Zündung gesteckt.

»Ja«, sagte ich, schon wieder befangen.

»Danke, daß Sie mit mir darüber gesprochen haben«, bemerkte er und ließ den Wagen an.

»Ich habe mich über mich selbst gewundert«, gab ich zu. »Frank und Jack sind die einzigen anderen Menschen, die die ganze Geschichte zu hören bekommen haben. Es sei denn, Frank hat Ihnen bereits das meiste davon erzählt.«

»Nein«, sagte er. »Nein, das hat er nicht. Er hat mir wirklich nicht viele Einzelheiten anvertraut.«

»Sind Sie befreundet?«

»Mit Frank?«

»Ja.«

»Tja, nicht direkt. Wir kommen gut miteinander aus, aber wir stehen uns nicht nahe. Ich mag Frank. Wahrscheinlich, weil er einer der zwei Menschen in der ganzen verdammten Abteilung ist, die es nie für einen witzigen und originellen Scherz gehalten haben, mich ›Hopalong‹ zu nennen.«

»Wer ist der zweite?«

»Ich.«

Ich mußte lachen. »Ich dachte mir schon, daß Sie beide gut miteinander auskommen müßten.«

»Wir verstehen uns wirklich gut. Aber wir arbeiten nur selten am gleichen Fall. Ein- oder zweimal hat er einen von denen übernommen, die sich nicht so entwickelt haben, wie ich hoffte.«

»Was soll das heißen?«

»Das SEK – unser Team – wird zu allen möglichen kritischen Situationen gerufen: Selbstmorddrohungen, Entführungen, Geiselnahmen, Leute, die sich verschanzen, Banküberfälle, Gewalt in Familien, was immer Sie sich vorstellen können. So gern ich auch behaupten würde, daß wir eine Erfolgsquote von hundert Prozent haben, ist dem leider nicht so. Im Lauf der Jahre hat Frank ein paar Fälle übernommen, wo jemand mit Selbstmord gedroht und es getan hat, bevor ich es ihm ausreden konnte. Letztes Jahr ist ein Einsatz schiefgelaufen, als sich jemand mit seiner Familie in der Wohnung verschanzt hatte.«

»Die Sache, wo der Mann seine Frau und die drei Kinder mit vorgehaltener Waffe bedroht hat?«

»Ja.«

»Aber sie haben die Kinder retten können.«

»Ja.« Er sprach nicht weiter.

»Ich glaube, ich kann mich an die Geschichte erinnern – irgend etwas mit einem Verwandten der Frau?«

»Ihr Bruder. Ihr Bruder hat mit einem Unterhändler zusammengearbeitet und uns Informationen über den Ehemann gegeben, was für Waffen er haben könnte und so weiter.«

»Was macht ein Unterhändler?«

»Er gehört zum Team und sammelt so viele Daten wie möglich über den Verdächtigen und alles andere, was für die Situation wichtig ist. Im Idealfall gibt es eine separate Sicherheitszone, in der dieser Unterhändler alle befragt, die nützliche Informationen besitzen könnten.«

»Aber damals war es nicht so?«

»Doch, aber der Unterhändler wurde abgelenkt, als die Kinder freikamen. Während er versuchte, die Kinder über die Lage in der Wohnung zu befragen, kam der Bruder auf die Idee, den Helden zu spielen. Raste los und versuchte, die Sperre zu durchbrechen, die wir aufgebaut hatten, schaffte es aber nicht. Wir fingen ihn ab. Trotzdem gab es ein Gerangel, und er fing an zu schreien. Der Ehemann hat den Lärm gehört und daraus geschlossen, daß wir eine Spezialeinheit hineinschicken. Dann hat er die Nerven verloren und sie und sich selbst erschossen.«

Ich starrte einen Augenblick aus dem Fenster. »Wie alt sind Sie, Cassidy?«

»Zweiundvierzig.« Er lächelte. »Jetzt wissen Sie, warum ich graue Haare habe – an den Jahren liegt's garantiert nicht.«

Jetzt weiß ich, warum Sie Menschen verstehen, die Alpträume haben, dachte ich, sprach es aber nicht aus.

»Eigentlich sollte ich mit Ihnen nicht über Fehlschläge sprechen«, sagte er nach einer Weile. »Damit habe ich mir vermutlich nicht gerade Ihr Vertrauen erworben.«

»Sie täuschen sich.« Ich sah zu ihm hinüber. »Wissen Sie was? Ich glaube, Sie *wissen*, daß Sie sich täuschen. Ich glaube, mit das erste, was Sie über irgend jemanden herausfinden, ist, wie Sie sein oder ihr Vertrauen gewinnen können.«

Er lachte. »Mein Gott, Irene, manchmal plaudere ich einfach nur.«

»Sicher, Cassidy, sicher.«

Nach Meilen von Hügeln und steilen Steigungen erreichten wir die Landstraßen, die das südliche Ende des San Joaquin Valley durchziehen, flach sind und keine Zeit an Kurven verschwenden. Sie schreien förmlich nach Geschwindigkeit. Wir bogen auf den Highway 99 ein und rasten an den Ausfahrten nach Mettler, Pumpkin Center und Weed Patch vorüber. Tumbleweedbüsche wirbelten, vom Wind getrieben, über die Straße.

»Guter Gott«, sagte Cassidy, »wenn die Palmen am Straßenrand nicht wären, müßte ich fürchten, ich wäre gestorben und nach Amarillo verschlagen worden, um für meine Sünden zu büßen.«

»Mir gefällt's hier draußen«, erklärte ich. »Das erinnert mich an die Farm meiner Großmutter in Kansas. Schauen Sie – da ist eine Windmühle.« Ich zeigte auf eine, die direkt östlich von der Straße stand. »Sie hatte auch so eine.«

»Sie sind angesichts einer Windmühle ganz aus dem Häuschen? In der Redaktion in Las Piernas scheint ja nicht viel los zu sein.«

Das überhörte ich. »Man kann meilenweit sehen. Das Getreide wächst. Es gibt Vieh und –«

»Sie sehen ein paar Kühe und ein Kürbisfeld und werden dabei ganz romantisch, weil Ihnen Ihre Großmutter in den Sinn kommt. Ich sehe nur harte Arbeit. Ich bin von der Farm unserer Familie nach Austin gezogen, nur damit ich meine Schuhsohlen sauberhalten konnte.«

»Hat es funktioniert?«

»Nein. Ich bin zur Polizei gegangen, und seitdem trete ich jeden Tag in die Dreckhaufen anderer Leute.«

»Zumindest wird Ihnen die Musik hier draußen gefallen. Bakersfield nennt sich selbst die Country-und-Western-Hauptstadt Kaliforniens.«

»Habe ich Ihnen je erzählt, warum ich an die Westküste gezogen bin?«

Wenn er es denn unbedingt loswerden wollte ... »Nein, Cassidy, obwohl ich Sie jetzt schon ungefähr zwölf Stunden kenne, haben Sie mir das leider nie erzählt.«

»Tja, ich war in Texas und hörte Radio. Das einzige, was ich reinkriegte, waren Prediger und Country-und-Western-Musik. Also bin ich losgefahren, um irgendwohin zu kommen, wo ich etwas anderes hören könnte. Und ehe ich mich versah, war ich schon in Kalifornien.«

Ich lachte. »Und ich vermute, Sie mußten sich in Las Piernas verdingen, um das Benzingeld zu verdienen, damit Sie wieder nach Hause fahren konnten.«

»O nein. Nachdem ich gemerkt hatte, daß ich auch an einem Ort leben konnte, wo etwas anderes im Radio kam, wollte ich gar nicht mehr weg.«

»Dann lassen wir das Radio hier lieber aus und vergnügen uns weiter mit Konversation.«

»Kinderspiel.«

»Cassidy?«

»Hmm.«

»Ich war schon mal in Texas – auch in Austin. Ich könnte schwören, daß ich dort alle möglichen Arten von Musik gehört habe.«

Er grinste nur.

»Fahren Sie an der Truxtun rechts«, wies ich ihn an. »Danach kommen ein paar Straßen, die mit Buchstaben bezeichnet sind – A, B, C und so weiter. Aber wenn Sie zu H kommen, heißt die nächste Straße Eye – E-y-e.«

»Das gefällt mir«, sagte er. »Da hat jemand von Anfang an Humor bewiesen.«

»Biegen Sie an der Eye links ab. Das Zeitungsgebäude liegt an der Ecke Eye und Siebzehnte Straße.«

Das Gebäude Eye Street 1707, in den zwanziger Jahren erbaut, ist ein attraktives Backsteinhaus. Hohe, kunstvolle Säulen mit Kompositkapitellen schmücken die Vorderfront des Hauses; ein Türmchen ziert die obere rechte Ecke, ein Balkon die andere.

»›*Bakersfield Californian*. Gegründet 1866‹«, las Cassidy laut.

»Damals war Bakersfield eine Stadt der Cowboys, Goldsucher und Eisenbahnarbeiter«, erklärte ich.

»Und was ist daran heute anders?«

»Zum Beispiel gibt es mittlerweile Öl. Und zum anderen die Landwirtschaft. Sie sollten dem Ort eine Chance geben, Cassidy.«

Er hielt in gespielter Ergebenheit die Hände in die Höhe. »Wollte niemanden beleidigen«, sagte er.

Wir stiegen aus dem Wagen. Ich sah auf die Uhr. Ein Uhr fünfundzwanzig. »Sie sind schnell gefahren. Wir haben noch fünf Minuten Zeit.«

Er zuckte die Achseln, als hätte er damit gerechnet. »Wann haben Sie hier gearbeitet?«

»Gleich nach dem College«, antwortete ich. »Ich habe beim *Express* ein Praktikum gemacht, aber mein erster bezahlter Vollzeitjob bei einer Zeitung war hier beim *Californian*.«

»Tun Sie mir einen Gefallen«, bat er. »Erzählen Sie Ihrem Freund nicht, daß ich von der Polizei bin.«

Sämtliche wohlwollenden Gefühle, die ich für Cassidy entwickelt haben mochte, wurden durch diese Bemerkung zerstört. »Vergessen Sie's. Brandon tut mir einen großen Gefallen, indem er mich überhaupt hineinläßt. Ich arbeite nicht mehr für diese Zeitung, wissen Sie? Er ist ein alter Freund von mir, sonst würden mir die Türen verschlossen bleiben. Ich werde ihn *nicht* anlügen. Sie müssen schon unten auf mich warten.«

Ich drückte die Nachtglocke, bevor Cassidy weiterreden konnte, und ein junger Wachmann ließ uns unverzüglich durch die polierten Messingtüren ein, die an den Wochenenden versperrt waren, und kehrte dann an seinen Schreibtisch zurück, um ans Telefon zurückzugehen. Ich sah einen kahl werdenden Mann mittlerer Größe gleich hinter dem Eingang warten. Er grinste, als wir hereinkamen, und streckte die Hand aus.

»Irene! Mein Gott, ich freue mich, dich wiederzusehen!«

»Ich freue mich auch, dich zu sehen, Brandon«, erwiderte ich und reichte ihm die Hand.

Er sah zu Cassidy hinüber. »Sind Sie derjenige, der hier angerufen hat, um den Termin zu vereinbaren?«

»Nein, leider nicht«, antwortete Cassidy. »Ich bin nur Ms. Kellys Fahrer.«

Brandon lachte. »Was soll denn das, Irene? Stehen sämtliche Männer vom *Express* bereit, jedem deiner Wünsche nachzukommen?«

»Wenn du nur wüßtest, was für eine abstoßende Idee das ist, Brandon«, sagte ich. »Nein, das ist Detective Thomas Cassidy von der Polizei Las Piernas.«

Ich sah, wie Cassidy seinen Blick zu der hohen Decke wandte. Bestimmt interessierte er sich nicht von einer Minute auf die andere für die Muster auf den gemalten Holzbalken. Ich empfand klammheimliche Freude, als ich merkte, wie seine Rüstung zerbröckelte.

»Polizei?« fragte Brandon. »Es tut mir leid, aber ich kann nicht –«

»Detective Cassidy wartet hier unten auf mich.«

Dieser verdammte Cassidy grinste nur.

»Na ja, dann –«

»Mr. North«, sagte Cassidy in vertraulichem Tonfall, zu leise, als daß es der Wachmann hätte mithören können, »darf ich Ihnen vielleicht ein paar Fragen stellen, bevor Sie die undankbare Ms. Kelly ins Archiv mitnehmen?«

Brandon machte einen völlig verwirrten Eindruck.

»Cassidy«, sagte ich warnend, und mein Ärger schwoll an.

»Ich befinde mich hier natürlich außerhalb meiner Zuständigkeit«, gab er zu. »Allerdings könnte ich zur Polizei von Bakersfield hinüberfahren, mit der meine eigene Abteilung bereits Kontakt aufgenommen hat. Auf der Fahrt hierher habe ich von meinem Handy aus mit jemandem von ihnen gesprochen – Ms. Kelly hat geschlafen, daher weiß sie nicht, daß uns die hiesigen Kollegen ihre volle Unterstützung zugesichert haben.«

»Cassidy«, versuchte ich es noch einmal.

»Sie würden sicher gern jemanden vorbeischicken, der Sie verhört«, fuhr er fort, »aber dann würden in Ihrem Zeitungsgebäude mindestens drei Personen herumspazieren, die mit der Polizei zu tun haben. Das könnte Aufsehen erregen.«

»Drei?« wiederholte Brandon fragend.

»Ms. Kellys Ehemann arbeitet mit mir zusammen.«

»Ehemann?« Brandon sah mich verblüfft an. »Du hast einen Cop geheiratet?«

Als er Brandons Ausruf hörte, sah der Wachmann zu uns herüber.

»Ja«, antwortete ich. »Hör mal, Brandon, können wir vielleicht einen Moment rausgehen?«

Fünf Minuten später waren glänzende Schweißtröpfchen auf Brandons Stirn getreten.

»Mein Gott, so ein Schlamassel! Irene, wenn du mir erzählt hättest, was hier los ist, hätte ich mehr Verständnis gezeigt. Du mußt ja halb wahnsinnig vor Sorge sein.« Er hielt inne und sagte dann: »Ach du lieber Heiland – das heißt ja, daß ich mit einem Kidnapper gesprochen habe!«

»Können Sie die Stimme des Mannes beschreiben, der Sie angerufen hat?« fragte Cassidy.

»Es war ein junger Mann. Ich weiß nicht, warum ich das sage, aber – er klang einfach jung.« Er begann, auf und ab zu gehen. Dann sah er Cassidy an und erklärte: »Kein Akzent. Jedenfalls keiner, der mir aufgefallen wäre. Machte einen gebildeten Eindruck.«

»Wann hat er angerufen?« wollte Cassidy wissen.

»Gestern. Kurz bevor ich nach Hause gegangen bin. Gegen halb vier. Hat behauptet, er sei ein Praktikant, der mit Irene zusammenarbeite, und daß sie ihn gebeten hätte, anzurufen. Hat mir erzählt, daß sie etwas in den alten Unterlagen nachsehen müßte – irgend etwas auf Mikrofilm – und fragte, ob ich ihr dabei helfen würde. Ich sagte: ›Sicher, sagen Sie mir einfach, was es ist, dann mache ich eine Kopie und faxe es ihr.‹ Er sagte, sie wolle mich persönlich sprechen und sie sei heute sowieso in Bakersfield. Wenn ich mich um halb zwei mit ihr treffen würde, würde sie es heraussuchen, und hinterher könnten wir noch eine Tasse Kaffee trinken gehen. Er ließ sich meine Faxnummer geben und sagte, er werde mir eine Liste der Dinge schicken, die sie sehen wolle.« Er wandte sich an mich. »Was glaubst du, warum er dich zur Zeitung geschickt hat, Irene?«

»Ich weiß es nicht«, sagte ich. »Ich hatte noch nicht viel Zeit, um darüber nachzudenken. Ich nehme an, ich habe irgendwann eine Geschichte geschrieben, die etwas damit zu tun hat. Über einen ähnlichen Fall vielleicht. Ich war ja Kriminalreporterin, als ich hier gearbeitet habe.«

»Hat er die Liste gefaxt?« fragte Cassidy.

»Ja, das Fax hat schon auf mich gewartet, als ich hereinkam.«

»Ist Ihnen noch irgend etwas anderes an ihm in Erinnerung geblieben?«

»O ja. Er war ausgesprochen freundlich und höflich. Er sagte, Irene hätte ihm alles über mich und meine Familie erzählt. Deshalb habe ich seine Verbindung zu ihr nicht im geringsten angezweifelt. Er wußte, daß ich verheiratet bin und fünf Kinder habe. Er kannte sogar ihre Namen –« Auf einmal wurde er bleich. »Mein Gott! Sie glauben doch nicht, daß er meiner Familie etwas antun würde?«

»Das halte ich für ziemlich unwahrscheinlich, aber hier«, sagte Cassidy und holte sein Handy hervor, »vergewissern Sie sich selbst. Rufen Sie sie an.«

Brandon warf ihm einen dankbaren Blick zu und drückte rasch ein paar Ziffern. Er biß sich auf die Unterlippe, bis die Verbindung hergestellt war, und sagte dann: »Liebes? Oh, Gott sei Dank. Gott sei Dank. Hör mal, es ist etwas passiert. Ich kann jetzt nicht darüber sprechen, aber *bitte* nimm die Kinder und fahr zu meinem Dad hinüber, okay?« Er hielt inne. »Nein, jetzt gleich, verstehst du? Ja, mir geht's gut. Es ist aber dringend ... Ja. Von einem Handy aus ... Nein – paß auf, tu's einfach mir zuliebe, ja? Jetzt gleich ... Nein, Dad geht's gut. Mir auch. Fahr einfach los, okay? ... Ja ... Danke. Ja ... Ich hab dich auch lieb. Tschüs.«

Er sah aus, als würde er gleich zu weinen anfangen.

»Benutzen Sie es noch einmal«, bot ihm Cassidy an. »Sagen Sie Ihrem Dad, daß gleich eine Horde Kinder bei ihm anrückt.«

»Vielen Dank«, sagte Brandon und wählte noch einmal. »Dad? Du mußt mir helfen … Nein, es geht nicht um Geld. Hör mir einfach zu, okay? Ich mache mir Sorgen um Louise und die Kinder. Sie kommen gleich zu dir … Ja, ich weiß, was Al zerbrochen hat, als er letztes Mal bei dir war. Ich bezahle alles, was sie zerbrechen, Dad. Hör mir zu. Bitte … Oh, zum Kuckuck noch mal!«

Er sah zu Cassidy auf. »Er hat aufgelegt!«

Cassidy nahm das Handy und drückte auf Wahlwiederholung.

»Mr. North? Guten Tag, Sir. Hier ist Detective Thomas Cassidy von der Polizei Las Piernas. Wir haben Grund zu der Annahme, daß die Möglichkeit – nur die ganz entfernte Möglichkeit – besteht, daß Ihren Enkelkindern etwas zustoßen könnte. Ich spreche hier auf einer ungesicherten Leitung, daher kann ich nicht ins Detail gehen, aber wir haben Ihren Sohn gebeten, sich zu überlegen, ob ihm jemand einfällt, bei dem seine Frau und die Kinder in Sicherheit wären, bis für Polizeischutz gesorgt werden kann. Und er hat Sie genannt, Sir. Ihr Sohn wird Sie vermutlich anrufen und Ihnen alles weitere erklären, aber ich wollte mich vergewissern, daß Sie sich der Aufgabe gewachsen fühlen … Tja, Sir, er scheint davon überzeugt zu sein, daß Sie dazu in der Lage sind, aber es wäre mir ein Greuel, einen älteren Herrn in eine Situation zu bringen, in der … Ja, ich glaube Ihnen gern, daß Sie wissen, wie man mit einer Schrotflinte umgeht … Ach nein, das ist wirklich noch nicht alt. Aber Sie müssen auch dazu bereit sein, Sir. Manchmal sind die Menschen nicht so nett zu ihren Angehörigen, wie man es erwarten sollte … Na, dann ist es ja kein Wunder, daß sich Ihr Sohn Ihrer Unterstützung so sicher war. Wie gesagt, er wird Sie wahrscheinlich anrufen, deshalb möchte ich jetzt nicht die Leitung blockieren. Vielen Dank, Sir ... Ihnen auch einen guten Tag, Sir – und seien Sie bitte in Gegenwart der Kinder äußerst vorsichtig mit der Schrotflinte ... Ja, das ist eine kluge Vorsichtsmaßnahme. Auf Wiederhören.«

Er legte auf, drückte noch einmal Wahlwiederholung und gab Brandon, der ihn nun anstaunte, als wäre er Moses, der ihn ins Gelobte Land führen wollte, das Telefon zurück. Ich wußte schon seit geraumer Zeit, daß Cassidy es schaffen würde, ins Archiv des *Californian* vorzudringen. Inzwischen fragte ich mich, ob Brandon wohl daran denken würde, mich auch mitzunehmen.

Wir gingen wieder ins Haus zurück und hinauf in den zweiten Stock. Zuerst dachte ich, Brandon brächte uns in die Redaktion, doch als er meine Verwirrung bemerkte, erklärte er: »Das Archiv ist umgezogen, seit du zum letzten Mal hier warst. Es liegt jetzt direkt neben der Redaktion.« Wir betraten einen langen, schmalen Raum. Weiß gestrichen und voller Sonnenlicht, das durch die großen Fenster an der einen Wand einfiel, war dies eine angenehmere Umgebung für Recherchen als unser fensterloses Grab beim *Express*. Eine lange Reihe hellgrauer Aktenschränke – oder vielmehr doppelter Aktenschränke, da sie Rücken an Rücken standen – nahm den größten Teil des Raumes ein. Zeitungen und lange, graue Metallkisten stapelten sich auf den Schränken. Brandon ging zu seinem Schreibtisch, der am anderen Ende des Archivs stand.

»Mal sehen. Wo habe ich das Fax hingelegt?« Er begann, einen Stoß Papiere durchzuwühlen.

Eine Reihe von Innenfenstern zog sich über einen Teil der Wand, die das Archiv von der Redaktion trennte. Ich sah durch sie hindurch und überlegte, ob ich wohl auf der anderen Seite irgendwelche bekannten Gesichter sehen würde. Doch es war Samstag nachmittag, und so herrschte nicht viel

Betrieb. Die paar Reporter, die anwesend waren, hatten an ihren Schreibtischen zu tun und waren nicht daran interessiert, ins Archiv zu schauen. Ich kannte keinen von ihnen.

»Nostalgische Gefühle?« fragte jemand gedehnt.

»Nein«, log ich und starrte weiterhin durch das Glas. Kurz darauf ging Cassidy davon. Ich war froh. Er hatte es fertiggebracht, an mir zu hängen wie eine Klette an einem Fuchsschwanz, und ich hatte es satt. Ich wollte nicht, daß er sich ausgerechnet hier einmischte. Wir haben alle unsere heiligen Orte, und ich konnte es nicht ändern, daß dieser Teil von Bakersfield einer von meinen war. Ich hatte bei dieser Zeitung mein Handwerk als Reporterin gelernt. Meine College-Dozenten mochten mir beigebracht haben, wie ich das Werkzeug anpacken mußte, aber hier lernte ich, wie man es wirklich einsetzt. Ich hatte mein Lehrgeld hier bezahlt, in dieser Stadt, in dieser Redaktion. Beides hatte sich verändert, doch das machte nichts. Während ich durch dieses Fenster blickte, sah ich die Redaktion nicht so, wie sie war, sondern so, wie sie vor nicht allzu langer Zeit gewesen war.

Als ich damals nach Bakersfield gekommen war, wurden die manuellen Schreibmaschinen gerade von elektrischen abgelöst, und ein paar Überflieger besaßen schon tragbare Computer – obwohl das, was damals als tragbarer Computer bezeichnet wurde, nicht mit den heutigen Notebooks verglichen werden kann. Die Geräuschkulisse einer Redaktion war damals ganz anders. Es war laut, und der Raum war erfüllt vom Geklapper der Schreibmaschinen und dem mahlenden Knirschen, wenn die Wagenrücklauftaste bedient wurde; dem *tschack-tschack-tschack* des Fernschreibers; den Klingeln – echten Klingeln, die an jedem Gerät ertönten – an Schreibmaschinen, am Fernschreiber und sogar an Telefonen. Stimmen.

Ich dachte an einen jungen Cop, mit dem ich mich nach unseren Nachtschichten oft in einem Café in der Nähe zum Frühstück traf.

»Ich hab's gefunden!« rief Brandon. Als er bemerkte, wo ich stand, fragte er: »Möchtest du in Erinnerung an alte Zeiten in die Redaktion gehen?«

»Nein danke, Brandon. Nicht mit einem Cop im Schlepptau.« Ich sagte es, um Cassidy zu ärgern, aber in Wirklichkeit wollte ich gerade wegen der Erinnerung an alte Zeiten nicht in diese veränderte Welt mit ihren verstummten Tastaturen, papierlosen Monitoren und schweigenden Übermittlungsgeräten eintreten.

Brandon reichte mir das Fax. Cassidy kam näher und las über meine Schulter hinweg mit.

Unter einem gefälschten Briefkopf des *Express* standen auf dem Fax, das angeblich von mir an Brandon geschickt worden war, fünf Daten, alle aus demselben Jahr:

18. Juni
19. Juni
20. Juni
23. September
26. Oktober

»Sagen Ihnen die irgendwas, Irene?« erkundigte sich Cassidy.

»Nicht aus dem Stegreif. Aber es sind nicht meine Geschichten. Sie stammen aus dem Jahr, nachdem ich bei der Zeitung aufgehört habe.«

»Sehen wir uns mal die Mikrofilme an«, schlug Brandon vor.

Wir folgten ihm auf den Flur hinaus und in einen Nebenraum, wo die Lagerschränke für die Mikrofilme standen, von denen jeder mit Stange und Vorhängeschloß gesichert war.

»Warum schließen Sie die ab?« wollte Cassidy wissen.

»Diese Sammlung enthält jeden Artikel, der seit 1866 in der Zeitung erschienen ist, abgesehen von einem fehlenden

Jahrgang. Der ist eines Tages von hier verschwunden, bevor wir angefangen haben, die Schränke zu versperren.«

Mit einem Schlüssel öffnete er eines der Vorhängeschlösser und holte zwei Schachteln aus einem Karteikasten. Dann verschloß er den Schrank wieder, und wir folgten ihm zurück ins Archiv. Er zeigte mir, wo ich mich an das Lesegerät für Mikrofilme setzen konnte, und reichte mir die Spule für Juni. Ich legte sie in das Gerät ein.

»Was ist in diesen Karteikästen?« fragte Cassidy und wies auf die Schränke.

»Ausschnitte aus jüngerer Zeit«, antwortete Brandon. »Nach Themen sortiert.«

»Sie haben sie nicht im Computer?«

»Noch nicht. Erst ab Ende des Jahres wird es den Reportern möglich sein, Daten auf diesem Weg zu finden.«

Während sie sprachen, drückte ich die Vorlauftaste am Lesegerät, hielt es hier und dort an, um Daten zu überfliegen, bis ich schließlich beim 18. Juni angekommen war. Ich hatte die Titelseite überschlagen und mußte nun in langsamerem Tempo zurückgehen.

»Ein Montag«, stellte ich fest und fragte mich, wieviel von der Zeitung ich wohl lesen müßte, bis mir etwas ins Auge sprang. Einen panikerfüllten Augenblick lang überlegte ich, ob es überhaupt einen Sinn hatte, daß ich mich an diesem Nachmittag in Bakersfield aufhielt. Vielleicht war das hier ja ein völlig zweckloses Unterfangen, vielleicht hatte Hocus mich nur ein paar Stunden aus dem Haus, aus der Stadt haben wollen…

Doch dann kam langsam die erste Seite zum Vorschein, und ich wußte, daß ich vor mir die Geschichte hatte, die ich mir ansehen sollte. Ich wußte es von dem Moment an, als ich das Foto unter folgender Überschrift sah:

TRAGÖDIE AM VATERTAG:
Zwei Männer aus Bakersfield vor den Augen ihrer Söhne ermordet

Es war die Sorte Bild, von dem jeder Fotoreporter träumt. Zwei Frauen mit tränenüberströmten Gesichtern und schmerzverzerrten Mündern eilten leicht gebückt und mit ausgestreckten Armen auf zwei Jungen zu. Die Gesichter der Jungen waren verkratzt und voller Blutergüsse, aber völlig ausdruckslos, ihre Blicke leer – zu leer für ihre neun oder zehn Jahre. Einer der Jungen hielt seinen rechten Arm umfaßt, der geschient war, und lehnte den Kopf an die Schulter eines uniformierten Polizisten. Der andere Junge klammerte sich mit beiden Armen an dem Polizisten fest. Der Polizist kniete auf einem Bein, hatte die Arme um die Jungen gelegt und sah mit gequältem Blick zu den Frauen auf.

Ich wußte den Namen des Polizisten, bevor ich die Bildunterschrift las.

Ein paar Jahre, nachdem das Foto aufgenommen worden war, hatte ich ihn geheiratet.

12

»›Eva Ryan und Francine Neukirk, deren Ehemänner am Sonntag ermordet wurden, sind wieder mit ihren Söhnen vereint, die Vermutungen der Polizei zufolge gezwungen wurden, die Morde mit anzusehen. Officer Frank Harriman von der Polizei Bakersfield hält die beiden Jungen, Samuel Ryan und Bret Neukirk, im Arm.‹«

Ich atmete tief durch und begann, die ganze Geschichte zu lesen:

Ein Angelausflug zweier Väter mit ihren Söhnen endete dieses Wochenende tragisch. Zwei Männer aus Bakersfield wurden brutal ermordet, während ihre neunjährigen Söhne gezwungen wurden, in hilflosem Entsetzen zuzusehen. Der Polizei zufolge starben Dr. Gene Ryan und Julian Neukirk, beide 35, im Keller eines leerstehenden Lagerhauses, nachdem ihnen ein unbekannter Täter die Kehlen aufgeschlitzt hatte. Beide Männer hatten außerdem zahlreiche Stichwunden erlitten und wiesen Verletzungen auf, die darauf hinweisen, daß sie sich heftig gegen ihren Angreifer gewehrt hatten. Ein Motiv für die Morde ist nicht bekannt.
Aufgrund eines anonymen Hinweises auf einen Einbruch in ein Lagerhaus traf Officer Frank Harriman am Tatort ein, wo er die beiden Jungen, Samuel Ryan und Bret Neukirk, an eine Wand in einem Kellerlagerraum gekettet vorfand, etwa zwei Meter von den Leichen ihrer Väter entfernt. Samuel Ryan trug einen gebrochenen rechten Arm davon, und beide Jungen erlitten andere leichtere Verletzungen. Die Anordnung der Blutspritzer läßt darauf schließen, daß die Jungen im Raum waren, als ihre Väter umgebracht wurden. Der Polizei zufolge haben beide Jungen ein schweres Trauma erlitten und waren daher bislang nicht in der Lage, irgendwelche Aussagen über das Verbrechen zu machen.
Ryan, ein Notarzt, war voller Vorfreude auf den einwöchigen Angelausflug mit den Jungen und Neukirk, dem Besitzer einer Spedition, gewesen. Beide Männer stammen aus der Gegend und sind schon von Kindesbeinen an befreundet.
»Sie liebten sich wie Brüder«, sagte ein Freund der Familie, der nicht genannt werden möchte. »Und Bret und Sam stehen sich ebenso nahe wie ihre Väter.«

Der Artikel fuhr damit fort, daß die Polizei jeden, der irgendwelche Angaben zu dem Fall machen könne, bäte, sich unverzüglich zu melden.

»Am Telefon heute morgen, wissen Sie noch?« sagte ich und sah zu Cassidy auf. »›Er ist unser Held.‹ Was glauben Sie, mit wem ich wohl gesprochen habe – mit Samuel Ryan oder Bret Neukirk?«

»Ich werde diese Namen überprüfen lassen«, sagte Cassidy. »Haben Sie etwas dagegen, wenn wir uns hiervon ein paar Kopien machen, Mr. North?«

»Aber nein«, antwortete Brandon.

»Ich kann es auch einfach hier ausdrucken«, schlug ich vor.

»Ich erinnere mich dunkel an diesen Fall«, sagte Brandon. »Eventuell habe ich sogar ein paar Bilder von den Jungen in den Unterlagen. Ich glaube, einer der Fotografen hat für dieses Bild einen Preis gewonnen.«

Während Cassidy telefonisch Nachforschungen nach Neukirk und Ryan in die Wege leitete, stellte ich das Lesegerät auf größtmögliche Schärfe ein, machte zwei Kopien von dem Artikel und spulte den Mikrofilm dann weiter zum nächsten Datum.

Auf der Titelseite stand ein langer Artikel mit vier Portraitfotos der Väter und der Söhne: STUMME ZEUGEN: FREUNDE TRAUERN UM DIE VÄTER UND SIND VOLLER SORGE UM DIE SÖHNE. Ich überflog den Artikel, in dem es darum ging, wie lange Gene und Julian schon befreundet waren und wie tief um sie getrauert wurde.

Außerdem stand darin, daß die beiden Jungen seit ihrer Rettung mit niemandem auch nur ein einziges Wort gesprochen hatten. Dem Reporter zufolge – für diese Geschichte mußte ein Mann ran – wirkten die Jungen extrem verängstigt gegenüber fremden Männern. Solange sich der oder die Mörder noch auf freiem Fuß befanden und das Tatmotiv unbekannt war, bewachte die Polizei beide Familien streng. Bis jetzt hatten die Jungen nur einen einzigen Polizisten in ihre Nähe gelassen: Frank Harriman.

Es gab noch einen Anhang zu dem Artikel. Bei der Polizei waren zahlreiche Anrufe eingegangen, und man suchte nun nach einem braunen VW-Bus, den mehrere Zeugen im Laufe des Wochenendes auf dem Parkplatz des Lagerhauses hatten stehen sehen.

Ich druckte diese Artikel aus und spulte den Film weiter zur nächsten Ausgabe. Wieder sah mir Cassidy über die Schulter. Eine Balkenüberschrift sprang uns ins Auge: LEICHE DES MÖRDERS VON RYAN UND NEUKIRK GEFUNDEN.

»Hmm. Das hat ja nicht lang gedauert«, sagte Cassidy und kam näher.

»Was steht denn da?« erkundigte sich Brandon, dessen Sicht durch Cassidys massive Statur behindert wurde.

»›Eine aufmerksame Polizistin der Highway Patrol entdeckte die Leiche von Christopher Powell, 28, der verdächtigt wird, Dr. Gene Ryan und Julian Neukirk ermordet zu haben‹«, las ich vor. »›Bei ihrer Streifenfahrt auf dem Highway 178 zwischen Bakersfield und Lake Isabella gestern am frühen Morgen bemerkte Officer Cecilia Parker…‹«

»Was ist denn?« fragte Cassidy.

»›…bemerkte Officer Cecilia Parker‹«, kämpfte ich mich mühsam weiter, »›einen Bus, auf den die Beschreibung des von der Polizei in Verbindung mit der Tat gesuchten Fahrzeugs paßte. Parker, deren Einsatzort Bakersfield ist, wußte vom Ryan-Neukirk-Fall und schöpfte sofort Verdacht, als sie den VW-Bus in einer gekiesten Haltebucht auf einem Felsvorsprung oberhalb des Kern River sah. Zuerst glaubte sie, das Fahrzeug sei dort abgestellt worden, aber bei näherer Untersuchung der Umgebung entdeckte sie Powells Leiche in einem Gebüsch zwischen dem Felsvorsprung und dem Fluß. Man vermutet, daß Powell, der vielleicht auf dem Nachhauseweg zu seinem Wohnort in der Nähe des Sees hier angehalten hatte, den steilen Abhang in der Dunkelheit unterschätzt und sich beim Absturz tödlich verletzt hat.

Die Polizei bestätigt, daß Indizien vorliegen, die Powell mit den Morden an Ryan und Neukirk in Verbindung bringen, lehnt es jedoch ab, nähere Einzelheiten bekanntzugeben. Aus der Polizei nahestehenden Quellen war zu erfahren, daß an Powells Kleidung Blutspuren gefunden wurden, die nicht mit seiner Blutgruppe übereinstimmen. Außerdem hingen Schlüssel, die zu Schlössern des Lagerhauses passen, an seinem Schlüsselbund.

Ebenso vernichtend war die wortlose Identifizierung durch die einzigen Zeugen der brutalen Morde – Ryans und Neukirks kleine Söhne. Jedem Jungen wurden unabhängig vom anderen eine Reihe von Fotos vorgelegt, zusammen mit der Frage, ob er auf einem davon den Mörder erkenne. Beide Jungen zeigten auf Powells Bild.

Obwohl Powell bereits mehrmals wegen tätlicher Angriffe, Körperverletzung sowie Drogenbesitz festgenommen wurde, war er nie verurteilt worden.‹«

Es war ein Foto von Powell abgedruckt, ein Polizeifoto, das während eines seiner kurzen Aufenthalte im städtischen Gefängnis gemacht worden war, damals, als er noch lebte. Er hatte jenen fiesen Blick, den Gewohnheitsverbrecher oft für ihre Polizeifotos aufsetzen. Er hatte sich die Variante ausgesucht, die besagt: »Ich habe einen direkten Draht zum Satan.« Vielleicht übte er auch für einen Charles-Manson-Doppelgänger-Wettbewerb. Bestimmt hätte er ihn gewonnen, wenn er bereit gewesen wäre, sich seine strähnigen blonden Haare ein paar Schattierungen dunkler zu färben.

Ich druckte auch diesen Artikel aus und spulte dann weiter vor. Die Artikel über die Morde an Neukirk und Ryan wurden kürzer und erschienen nur noch im Inneren des Blattes. Es gab ein Interview mit Powells Mutter, die behauptete, daß ihr Sohn auf keinen Fall all die schrecklichen Dinge getan haben konnte, die man ihm unterstellte. »Das sind doch nur kleine Jungs, die Lügen erzählen, ganz typisch für kleine Jungs«, wurde sie zitiert.

Doch aus den anderen Artikeln ging hervor, daß die Polizei ziemlich stichhaltige Beweise gegen Powell in der Hand hatte, angefangen bei seinen Fußabdrücken, die in dem Blut im Lagerhaus gefunden wurden, bis hin zu Haut und Haaren der Opfer unter seinen Fingernägeln. Der VW-Bus wurde auseinandergenommen, und ein Messer mit dem Blut der Opfer und Powells Fingerabdrücken darauf wurde hinter einer Holzverkleidung gefunden. Selbst ohne daß die Jungen ihn identifiziert hätten, schien sonnenklar, daß Powell der Mörder war.

Das Motiv ließ sich nicht so leicht ermitteln. Unterlagen von Polizei und Krankenhaus ergaben, daß Ryan Powell vor etwa einem Jahr in der Notaufnahme behandelt hatte. Powell war von der Polizei in die Klinik gebracht worden, nachdem er verletzt worden war, als er sich einer Festnahme widersetzte. (Die von der Polizei nicht näher bezeichneten Anklagepunkte wurden später fallengelassen.) Powell hatte sich nie bei jemandem darüber beklagt, wie Ryan seine Verletzungen behandelt hatte. Niemand wußte, warum er die beiden Männer und ihre Söhne oder auch nur Ryan überfallen hatte – allerdings war Ryan der einzige der vier, der Powell überhaupt je begegnet war. Ab Anfang Juli verschwand die Geschichte ganz aus der Zeitung.

Ich begann, die Rolle zurückzuspulen. Während Brandon nach den Fotos suchte, lehnte ich mich auf meinem Stuhl zurück, legte mir die Fingerspitzen auf die Augenlider und versuchte, Bilder abzuwehren.

»Empfinden Sie Mitleid mit ihnen?« fragte Cassidy.

»Natürlich. So etwas sollte kein Mensch je durchmachen müssen.«

Ich schlug die Augen genau in dem Moment wieder auf, als Brandon mit zwei Fotos zurückkam. »Wir klammern uns hier zwar nicht an alle unsere alten Fotos, so wie es manch andere Zeitung tut«, meinte er, »aber die zwei habe ich gefunden. Du hast Glück gehabt, daß wir sie nicht weggeworfen haben.« Er reichte sie mir. »Von dem ersten hatten wir mehrere Exemplare in den Unterlagen. Ich glaube, das hat damals den Preis gewonnen.«

Es war das, auf dem Frank die Jungen in den Armen hielt. Das Foto in der Zeitung war ein Ausschnitt von dem hier, doch dieser Abzug, der viel schärfer war, als es auf Mikrofilm möglich ist, war wesentlich bewegender.

Brandon reichte mir das zweite Bild. Es zeigte die Jungen, ordentlich für die Schule angezogen, jeder einen Arm um die Schulter des anderen gelegt und mit ernsten Gesichtern. Hier zeigte sich eine andere Qualität, eine, die zu erkennen mehr Zeit kostete. Sie lag in der Heftigkeit, mit der sie sich aneinanderklammerten, in dem Argwohn in ihren großen dunklen Augen.

Sie hatten Angst.

Cassidy nahm die Bilder und studierte sie, während ich die zweite Spule Mikrofilm einlegte. Ich spulte vor bis zum 23. September.

Auf der Titelseite war nichts. Ich ging langsam die folgenden Seiten durch, aber erst als ich zum Berichtsteil kam, stieß ich auf das Foto, das Brandon uns gerade gezeigt hatte. WENN KINDER EIN SCHWEIGEGELÜBDE ABLEGEN lautete die Schlagzeile. Unter dem Bild stand: »Diese Woche kehren Bret Neukirk und Sam Ryan nach einem Sommer des Schweigens in die Schule zurück. Die Sprachtherapeutin Regina Szal hofft, ihnen dazu verhelfen zu können, ihre Stimme wiederzufinden.«

In dem Artikel ging es um elektiven Mutismus, eine Kommunikationsstörung, bei der eine Person, die körperlich zum

Sprechen in der Lage ist, sich weigert zu sprechen. Szal, die ausführlich zitiert wurde, sagte, daß elektiver Mutismus nicht mit Schüchternheit verwechselt werden solle. Manche elektiv Stummen sprechen in bestimmten Umgebungen, wie zum Beispiel zu Hause, oder mit bestimmten Menschen, wie zum Beispiel einem Elternteil oder einem Geschwister. »Manchmal weigern sich Zwillinge eine gewisse Zeitlang in der frühen Kindheit, mit anderen zu sprechen«, erklärte sie. »Es ist bekannt, daß manche von ihnen Geheimsprachen entwickeln, die nur sie beide kennen. Aber später – oft zu Schulbeginn – gehen sie neue Freundschaften ein und bauen eigenständige Identitäten auf. Sie mögen ihre Geheimsprache vielleicht weiterverwenden, fangen aber an, mit anderen zu sprechen.«

Der Artikel faßte anschließend die Geschichten vom Juni zusammen und konzentrierte sich dann auf die Stummheit von Bret Neukirk und Samuel Ryan. Manch einer hatte damit gerechnet, daß die Jungen wieder zu sprechen anfangen würden, nachdem sie von Powells Tod erfahren hatten. Doch stattdessen hatten die Jungen eine Geheimsprache entwickelt – mit Wörtern, Gebärden und Schriftzeichen. Diese Sprache benutzten sie nur, wenn sie miteinander allein waren; sobald andere zugegen waren, schwiegen sie wieder. Die Komplexität ihres Kommunikationssystems war ein Zeichen für die Intelligenz der Jungen, sagte Szal.

Szal erklärte außerdem, daß dieser Fall von elektivem Mutismus, Folge eines extremen emotionalen Traumas, einer umfassenderen Behandlung bedürfe. Psychologen, Eltern, Lehrer und Sprachtherapeuten müßten zusammenarbeiten. »Bei einem Fall, der auf ein Trauma zurückgeht, arbeitet man normalerweise mit einem Kind allein«, erklärte sie. »Doch hier geht es um zwei Kinder, die sich in vieler Hinsicht als Brüder verstehen. Sie sind zusammen aufgewachsen. Ihre Väter standen sich sehr nahe, obwohl sie nicht miteinander verwandt waren, und ihre Mütter sind enge Freundinnen. Die Jungen sind im gleichen Alter und haben gemeinsam ein grauenhaftes Erlebnis durchgemacht.« Befragt, wie man das Problem angehen solle, riet Szal: »Sachte und mit Geduld. Bret und Samuel sind verschreckt, wie es jeder andere auch wäre. Wir müssen ihnen dabei helfen, sich wieder sicher zu fühlen. Vielleicht sprechen sie dann mit uns.«

Als ich auf das Datum des letzten Artikels sah, rechnete ich damit, daß es sich um einen Bericht über die Fortschritte von Szals Bemühungen handeln würde. Doch ich hatte mich getäuscht.

ERMORDETER ARZT WAR IN DROGENHANDEL VERWICKELT lautete die Schlagzeile. Noch bevor ich den ersten Absatz lesen konnte, schickte Hocus ein zweites Fax.

13

Er mußte einen Autounfall gehabt haben, schloß er, als er darum rang, seine Lage zu begreifen. Sein Verstand schien nicht sein eigener zu sein; dieser hier kam ihm langsam und leicht ablenkbar vor.

Irgend etwas stimmte nicht; außerdem tat ihm der Kopf weh. Diese beiden Gefühle kamen immer wieder, obwohl es zuerst den Anschein hatte, als könne er sie durch Willenskraft beiseite schieben. Nun waren sie hartnäckiger.

Er wurde nur langsam wach, dachte jedoch daran, daß er diesmal ruhig bleiben mußte. Aber warum eigentlich?

Weil irgend etwas nicht stimmte, das war der Grund.

Und was stimmte nicht?

Es fiel ihm nicht mehr ein. So ist es, wenn man dumm ist, dachte er frustriert.

Die Erinnerungen an seine jüngste Vergangenheit entglitten ihm immer wieder. Der Gedanke an den Autounfall war älter, doch er half ihm, die verblüffende Welt zu erklären, in der er sich nun befand.

Er lag in einem Krankenhausbett, dessen Vorhänge um ihn herum zugezogen waren. Dahinter waren gedämpfte Stimmen zu hören. Er trug einen Krankenhauskittel. In seinem Kopf hämmerte es. Er versuchte, den Arm auszustrecken, um hinzufassen, und brach in Panik aus. Seine Handgelenke waren gefesselt. Genau wie die Füße.

Warum?

Es waren die weichen, aber unnachgiebigen Fesseln, die in Krankenhäusern und der Psychiatrie verwendet wurden. War er verrückt geworden? Hatte er jemandem etwas getan? Ein Bild tauchte vor seinem geistigen Auge auf, ein Bild davon, daß er einem Zauberer etwas getan hatte. Doch er wurde nicht schlau daraus. Ein zweites traumähnliches Bild kam ihm in den Sinn, und zwar von einem Sturz mit Überschlag und zerbrechenden Möbeln. Vielleicht war er ja tatsächlich verrückt.

Verrückt *und* dumm. Herrgott, gleich beides? Warum konnte es nicht entweder das eine oder das andere sein?

Ein leiser Schmerz in der linken Hand lenkte ihn ab. Er sah einen Verband darum und konzentrierte sich auf den Handrücken, der von einer intravenösen Nadel durchbohrt worden war, die zwar an nichts angeschlossen war, aber immer noch in seiner Hand steckte. Er versuchte sich zu erinnern, wie man das nannte, aber es gelang ihm nicht. Momentan steckte kein Schlauch darin, aber…

Er wachte nun ganz auf und musterte die Hand eingehender. Jetzt hing weder eine Infusionsflasche noch ein Schlauch daran, aber vorher schon. Das wußte er noch, wußte noch, wie er aufgewacht war und gesprochen hatte und sie dann mit einer Infusionsflasche gekommen waren. Sie hatten gesagt, er solle sich beruhigen.

Sich beruhigen? Während er gefesselt und quasi mit nacktem Hintern hier lag und sich fragte, was zum Teufel sie ihm durch die Venen einflößten? Sich fragte, ob seine matten Atemzüge seine letzten waren?

Sich beruhigen?

Ja, es war gut, daß er stillgeblieben war, als er diesmal aufwachte. Zumindest hoffte er, stillgewesen zu sein. Binnen weniger Minuten wurden die Erinnerungen an seine Fahrt nach Riverside, die Falle und den Kampf mit seinen Angreifern deutlicher. Er erinnerte sich auch an Träume, aber an nicht viel mehr. Nur eines wußte er sicher: Das hier war kein Krankenhaus.

Er hörte, wie Stimmen auf den Vorhang zukamen, und schloß die Augen. Er hoffte, es würde ihm gelingen, lediglich so zu tun, als ob er schliefe, da der echte Schlaf ohnehin nur darauf zu warten schien, ihn wieder zu umfangen.

Irene sagte, er würde manchmal schnarchen. Sollte er so tun, als schnarchte er?

Nein. Er wußte ja nicht, wie sein eigenes Schnarchen klang.

Das Klappern der Vorhangringe, die entlang der Stange zurückgezogen wurden, knirschte, als liefen sie über sein Rückgrat.

»Siehst du? Er schläft noch. Man kann es nicht auf die Minute vorhersagen. Womöglich schläft er noch eine Stunde oder länger.«

»Aber er hat eine Kopfverletzung. Was, wenn die Medikamente ihm schaden?«

»Wenn du nicht so zimperlich wärst, hättest du die Wunde sehen können, die ich genäht habe. Es ist keine besonders schwere Verletzung.«

»Sei bloß still davon. Bitte!«

»Okay, okay, tut mir leid. Jedenfalls könnte ihn die Kopfverletzung noch schläfriger machen. Eine leichte Gehirnerschütterung. Wenn er nicht nach einer Weile von selbst aufwacht, wecken wir ihn, einverstanden? Ich weiß, daß du unbedingt mit ihm reden willst, aber er braucht Ruhe. Und es ist angenehmer für ihn, wenn er von selbst aufwacht.«

»Können wir ihm nicht die Fesseln abnehmen? Sie erinnern mich an … du weißt schon.«

»Wir binden ihn später los«, sagte der andere besänftigend. »Er hat viel Kraft und hält uns für Unbekannte. Wir wußten schon immer, daß er gefährlich sein kann. Vergiß nur nicht, was in Riverside passiert ist.«

»Das vergesse ich nicht«, sagte sein Freund beinahe im Flüsterton.

Der Zauberer, dachte Frank. Der da ist der Zauberer.

»Wirst du etwa weich?« fragte der andere.

»Nein«, widersprach der Zauberer. Entschlossen. Ohne zu zögern.

»Gut«, meinte der andere. »Schließ ihn bloß nicht zu sehr ins Herz.«

Sie zogen die Vorhänge wieder zu. Während ihre Unterhaltung leiser wurde, wagte er es endlich, sich vorsichtig ein wenig zu bewegen. Vielleicht konnte er sich mit Hilfe von Bewegung wach halten.

Er hatte viele Wünsche, große (sein Entkommen) und kleine (daß ihm jemand die juckende Stelle am Hinterkopf kratzte). Er neigte nicht dazu, schnell zu verzweifeln, aber trotzdem war ihm ganz schwindlig vor Erleichterung darüber, sie getäuscht zu haben, und so wurde ihm schnell klar, daß er genau das tun mußte, was sie von ihm verlangt hatten, als er das letzte Mal wach geworden war: sich beruhigen.

14

»Nächster Kontakt um siebzehn Uhr im Haus von Bea Harriman«, stand in dem Fax. »Sie werden von ihr erwartet.«

»Ihre Schwiegermutter?« fragte Cassidy, als ich auf meine Uhr sah. Es war erst kurz nach drei.

»Ja.«

»Wo wohnt sie denn?«

»Hier in Bakersfield.« Ich nannte ihm die Adresse. »Brandon, kann ich dein Telefon benutzen?«

Brandon machte einen abwesenden Eindruck, aber er nickte. In der Zwischenzeit rief Cassidy von seinem Handy aus sein Team in Las Piernas an.

Voller Sorge rief ich Bea Harriman an. Ich konnte mehrere Personen im Hintergrund reden hören, bevor sie sagte: »Oh, Irene, ich bin ja so froh, daß du hier bist. Dein Freund von der Zeitung sagte, du würdest gegen fünf herkommen. Bleibst du über Nacht?«

»Das weiß ich noch nicht, Bea. Ich wollte mich nur vergewissern, daß du nichts dagegen hast, wenn ich so plötzlich hereinschneie.«

»Nein, nein, überhaupt nichts. Ein paar Freunde der Familie sind vorbeigekommen, und Cassie und Mike sind hier. Wir müssen doch zusammenhalten.«

»Hat mein – äh, Freund erwähnt, daß Detective Thomas Cassidy mitkommt?«

»Nein«, sagte sie und dehnte das Wort auf eine Weise in die Länge, die Ungewißheit mitschwingen ließ, faßte sich aber rasch wieder. »Jedenfalls ist es gut, daß du jemanden hast, der dich beschützt. Bring ihn auf jeden Fall mit.«

Als ich auflegte, sah ich zu Brandon hinüber. Er schwitzte schon wieder. Die Ankunft des Fax hatte ihn in Panik versetzt. »Hör mal«, begann er, »vielleicht solltest du nicht noch länger bleiben. Als ich dich hier hereinließ, habe ich womöglich auch andere Menschen gefährdet. Geh lieber.«

»Brandon –«

»Bitte! Kopier dir noch den letzten Artikel, und dann geh!«

Ich sah mich nach Hilfe heischend nach Cassidy um. Er gab sich fasziniert von den Indexetiketten, die vorn an einem Aktenschrank angebracht waren.

Er hielt sich also heraus. Toll.

Ich ging wieder an das Lesegerät, machte die Kopien und spulte zurück. Dann schaltete ich den Apparat aus und brachte Brandon die Filmschachteln. Er saß an seinem Schreibtisch und sortierte mit zitternden Händen Papiere. Er sah nicht zu mir auf.

»Danke, daß du uns hier hereingelassen hast, Brandon«, sagte ich. »Und danke, daß du an einem Samstag überhaupt in die Redaktion gekommen bist. Es tut mir leid, daß du so viele Umstände hattest. Du bist ein wahrer Freund. Wenn Frank wieder zu Hause und in Sicherheit ist, bringe ich ihn vorbei, damit er sich persönlich bei dir bedanken kann.«

»Das wäre nett«, meinte er, während er meinem Blick weiterhin auswich. »Viel Glück, Irene.«

Als wir wieder in seinem Auto saßen, sagte Cassidy: »Sie waren enorm huldvoll zu ihm, und das, nachdem er Sie rausgeschmissen hat.«

»Nein, war ich nicht. Jetzt hat er jede Menge Schuldgefühle.« Er grinste, drehte die offene Handfläche nach oben und tat so, als notierte er sich etwas. »Die Lady hat eine gehässige Ader.«

»Das sollten Sie sich merken.«

»Wohin als nächstes?«

Ich war noch nicht darauf eingestellt, Bea zu begegnen, und sie erwartete mich auch erst um fünf. »Ein verspätetes Mittagessen?«

»Klingt prima.«

Das Café war gleich um die Ecke vom Zeitungsgebäude. Wir waren die einzigen Gäste, da wir zu jener Zeit zwischen Mittag- und Abendessen gekommen waren, in der Zuckerpäckchen ergänzt und Ketchupflaschen nachgefüllt werden.

Cassidy bestellte sich den größten Burger, den sie hatten, dazu Salat und Pommes. Obwohl ich schon lange nichts mehr gegessen hatte, hatte ich keinen Appetit. Ich bat um einen Teller Hühnersuppe und beließ es dabei.

Ich reichte Cassidy eine Kopie des letzten Artikels und las selbst die andere, während wir auf unser Essen warteten.

Wie der Artikel berichtete, der ausschließlich namenlose »den Ermittlungsbehörden nahestehende Quellen« zitierte, waren im Ryan-Neukirk-Fall neue Erkenntnisse zutage getreten. Dr. Gene Ryan war süchtig – und zwar nicht nach Drogen, sondern nach Glücksspielen.

Diesen Quellen zufolge flog Ryan oft mit seinem Privatflugzeug nach Las Vegas, schloß aber auch bei hiesigen Buchmachern Wetten ab. Als einer davon im Zuge mehrerer ergiebiger Drogenrazzien verhaftet wurde, kamen schließlich die Neuigkeiten über Ryan ans Licht.

Ryans Sucht hatte Spielschulden zur Folge. Hohe Schulden. Als Arzt verdiente er zwar gut, aber nicht gut genug, um mit seinen Pechsträhnen Schritt halten zu können. Außerdem stand er unter dem Druck, die Fassade aufrechtzuerhalten: Neben dem Privatflugzeug leisteten sich die Ryans ein großzügiges Haus in einem feinen Viertel, zwei Mercedes, Mitgliedschaften in Country Clubs und weitere teure Kinkerlitzchen.

Ryan war auf der Suche nach Investitionen, die ihm rasche Gewinne und hohe Erträge einbrächten – einschließlich der Garantie, daß das Finanzamt nichts von irgendwelchen Gewinnen erführe. Das konnte nichts Legales sein.

Die Polizei brachte ihn mittlerweile mit mehreren bislang ungeklärten Drogendiebstählen in Krankenhäusern in Verbindung, Diebstählen, die vermutlich zu Ryans Kontakt mit seinem Mörder Christopher Powell geführt hatten.

Inzwischen hatte sich herausgestellt, daß Powell und Ryan sich ein paar Monate vor ihrer Begegnung in der Notaufnahme kennengelernt hatten. Powell stand in Verbindung mit einem noch unbekannten Lieferanten, einem Mann, der Hilfe bei Drogentransporten brauchte. Also wurde Ryan mit seinem Flugzeug angeheuert, und schon bald war der Arzt in der Lage, seine Spielschulden zu bezahlen. Als echter Süchtiger kehrte er allerdings an die Spieltische zurück und spielte noch hemmungsloser.

Es gab Hinweise darauf, daß Ryan kurz vor seinem Tod in einen großen Drogentransport verwickelt war. Auch Neukirk und seine Spedition hatten eventuell damit zu tun gehabt, was allerdings noch nicht geklärt war.

Die Kellnerin brachte Cassidys Salat. »Was sagt Ihnen der Lesestoff, den sie Ihnen aufgegeben haben?« fragte er, als sie wieder weg war.

»Kann ich noch nicht sagen«, antwortete ich. »Angenommen, Bret Neukirk und Samuel Ryan gehören zu Hocus, dann erfahren wir dadurch einiges über ihre persönliche Geschichte. Aber warum haben sie nicht einfach den *Californian* aufgefordert, mir die Artikel zu faxen? Warum haben sie uns den ganzen Weg hier heraus fahren lassen? Auf Rache können sie nicht aus sein – der Mörder ist schon lange tot. Und was haben die anderen Mitglieder von Hocus damit zu tun – die beiden, die im Gefängnis sitzen? Nach allem, was ich heute über Bret und Samuel erfahren habe, begreife ich nicht, warum sie Frank als Geisel genommen haben. Was wollen sie?«

»Genau das müssen wir herausfinden«, sagte er, »und zwar

sobald wie möglich. Ich hoffe immer noch, daß sie Forderungen stellen – damit hätten wir einen Anhaltspunkt. Sie haben noch nicht einmal von uns verlangt, ihre Freunde freizulassen.«

»Und sie haben ihre Namen preisgegeben.«

»Genau. Keinerlei Bemühen um Anonymität – es sei denn, das hier war eine Art Ablenkungsmanöver.«

»Wenn sie mich nur aus der Stadt haben wollten, hätten sie mich an jeden beliebigen Ort schicken können. Alles andere, was sie bisher unternommen haben, ist mir völlig unbegreiflich – zumindest bis jetzt. Aber Bakersfield paßt. Frank hat hier eine Vergangenheit.«

»Sie auch.«

»Ja.« Ich sah mich in dem Café um. »Früher waren wir ständig hier. Neue Reporter werden oft auf Kriminalfälle angesetzt. So habe ich Frank kennengelernt. Er war Jungpolizist, und ich Jungreporterin. Wir hatten beide Spätschichten. Sein Ausbilder war ein alter Knabe, den sie immer ›Bear‹ nannten. Bear Bradshaw. Ich weiß schon gar nicht mehr, wie er wirklich mit Vornamen hieß. Ein massiger Typ. Daher hatte er wohl auch seinen Spitznamen. Jedenfalls war Bear einer der wenigen Polizisten, die ich dazu überreden konnte, mit mir zu sprechen. Bear nahm leidenschaftlich gern Frank auf die Schippe. Machte ihm ständig das Leben schwer.«

»Inwiefern?«

Ich lächelte. »Sie waren doch auch mal Jungpolizist. Vielleicht testet jeder Ausbilder, ob der Jungbulle genug Humor hat, um diesen Beruf zu verkraften.«

»Humor und eine dicke Haut. Man braucht beides.«

»Man muß also die kleinen Schikanen aushalten. Aber was es bei Frank noch schwerer machte, war, daß sein Vater im selben Revier Polizist war. Frank war mit diesen Männern aufgewachsen. Also gaben sie sich besonders viel Mühe damit, ihn auf die Palme zu bringen.«

»Eine Gelegenheit, Frank und seinen alten Herrn zugleich zu ärgern?«

»Genau. Einmal hat Bear eine Plastiktüte voller Mehl in den Fahrersitz des Streifenwagens gestopft – zwischen Sitzfläche und Rückenlehne. Sie kennen ja diese Sitze. Sie sind aus Leder, so daß jedesmal, wann man sich auf ihnen niederläßt, Luft herausquillt. Der Sitz verhielt sich also wie ein Blasebalg, und jedesmal, wenn sich Frank setzte, kam ein wenig Mehl heraus.«

Cassidy lächelte. »Sie trugen vermutlich dunkle Uniformen?«

»Allerdings. Frank hatte schließlich einen hübschen weißen Streifen auf dem Po. Bear fragte ihn immer wieder, wen zum Teufel er damit anlocken wolle. Zuerst begriff Frank überhaupt nicht, was geschehen war. Er bürstete den Sitz ab, dann bürstete er seine Hosen ab, setzte sich, und alles ging von vorn los. Die Tüte war so tief versteckt, daß man sie nicht ohne weiteres entdecken konnte. Einer der anderen Polizisten erbarmte sich seiner und zeigte ihm, was gespielt wurde. Bear brüstete sich später gern damit, daß dies das letzte Mal gewesen sei, daß jemand anders etwas für Frank herausfinden mußte.

»Hat Frank es ihm heimgezahlt?«

»O ja. Natürlich erst später. Nicht, solange Bear sein Ausbilder war. Aber ich war dabei, als Frank die Grillen kaufte.«

»Grillen?«

»Die bekommt man im Zoogeschäft. Manche Leute füttern ihre Warane damit. Aber dieser Trupp Grillen hatte eine reelle Überlebenschance. Sie wurden in Bears Streifenwagen aus ihrem Behälter befreit. Der alte Bear mußte einsehen, daß es höllisch schwer war, die kleinen Biester wieder einzufangen. Sie verkrochen sich in sämtliche Ecken und Winkel. Und vermehrten sich. Sie sangen eine lange Zeit für Bear. Die anderen Kollegen bekamen mit, was passiert war, und blieben noch Monate danach stehen, wenn sie Bear im Flur begegneten, legten den Kopf schief und fragten: ›He, Bear! Hörst du hier irgendwo eine Grille?‹ Es machte ihn wahnsinnig.«

Cassidy lachte. »Sie haben Frank also über Bear kennengelernt?«

»Ja. Zuerst war Frank so still, daß ich schon dachte, er sei einer von denen, die sich geschworen haben, nie mit einem Reporter zu sprechen. Bear war wählerisch darin, mit wem er sprach, aber wenn er einen erst einmal akzeptiert hatte, war er ziemlich gesprächig. Frank saß völlig schweigsam daneben. An den ersten beiden Abenden in meiner Gegenwart sagte er kein Wort. Allerdings schickte er eine Menge Blicke über den Tisch, also dachte ich mir, er sei schüchtern, nicht abweisend. Am dritten Abend drehte sich Bear alle paar Minuten zu ihm und sagte: ›Halt die Klappe, Harriman.‹ Frank begriff den Wink mit dem Zaunpfahl.«

Die Kellnerin brachte unser Essen. Als sie an unseren Tisch trat, wurde ich aus meiner Nostalgie zurück in die Gegenwart gerissen.

Ich fragte mich, wie lange es her war, seit Frank etwas zu essen bekommen hatte.

Cassidy machte sich über sein Essen her, doch ich schob meinen Teller Suppe beiseite. Er hielt inne und sagte: »Sie treten mir doch nicht in den Hungerstreik, oder?«

»Ich kann nichts essen. Es war eine blödsinnige Idee, hierherzukommen.«

»Warum? Weil es Sie an Frank erinnert hat?«

Ich gab ihm keine Antwort.

»Sie hätten sowieso an ihn gedacht. Na los, essen Sie etwas. Mit zwei Stunden Schlaf und einem leeren Magen kommen Sie nicht über die Runden.«

»Und was ist mit Ihnen? Sie müssen doch erschöpft sein.«

»Ich bin an so was gewöhnt. Außerdem hole ich später alles nach. Und ich esse etwas.«

»Ich bin nicht –«

»Sie denken auch klarer, wenn Sie auf sich achten. Ich kann den Fall nicht allein lösen. Sie müssen mit mir zusammenarbeiten, Irene.«

Ich nahm den Löffel wieder in die Hand und sagte: »Wir haben unser vorheriges Gespräch über die Medien gar nicht abgeschlossen.«

Er runzelte die Stirn, offenbar verwundert darüber, daß ich das Thema keineswegs als erledigt betrachtete.

»Sie müssen auch mit mir zusammenarbeiten, Cassidy.«

Er gab einen undefinierbaren Laut von sich.

»Sie wollen sicher, daß die Öffentlichkeit nach diesen Kerlen Ausschau hält, stimmt's?« fragte ich.

Nach kurzem Zögern antwortete er: »Ja, ich nehme an, die Polizei wird in Kürze eine Pressekonferenz abhalten wollen. Wir versuchen, alles mit den Medien zu koordinieren. Fragen Sie nur Ihren Kumpel Mark Baker – mit dem hatte ich schon öfter zu tun. Das SEK hat der Presse noch nie Schwierigkeiten gemacht. Aber die Polizei gibt nicht sämtliche Einzelheiten auf einmal preis. Das wäre einfach unklug, Irene.«

»Glauben Sie wirklich, ich würde irgend etwas tun, das Frank noch mehr in Gefahr bringt?« fragte ich angespannt.

»Nein, natürlich nicht mit Absicht. Sie müssen verstehen – unter idealen Umständen wären Sie nicht so eng in die Ermittlungen einbezogen, selbst wenn Sie keine Reporterin wären. Daß ein Angehöriger derart mit drinhängt, ist schon schlimm genug, aber bei einer Reporterin ist es ... na ja, vergessen Sie's. Ich will jetzt nicht sämtliche Aspekte dieser Situation auflisten, die mir Kopfzerbrechen bereiten.«

»Kopfzerbrechen. Hm, ja, ich glaube, ich nenne Ihnen meine Liste auch nicht.«

Einen Moment lang sagte er gar nichts. Zu spät merkte ich, daß ihm seine gewohnte Gelassenheit entglitten war – und als ich es merkte, hatte er sich schon wieder fest unter Kontrolle. Und war noch distanzierter.

»Verzeihen Sie«, sagte er ruhig. »Was wollen Sie denn genau?«

»Verhandeln.«

Einer seiner Mundwinkel zuckte nach oben. »Dann lassen Sie mal hören, was Sie zu sagen haben.«

»Der *Express* bekommt alles als erster.«

Er schüttelte den Kopf. »Das kann sich die Polizei nicht leisten«, erklärte er. »Außerdem ist es nicht sicher.«

»Nicht sicher?«

»Für Frank. Versetzen Sie sich nur in Ihre Konkurrenten hinein. Die Polizei von Los Angeles verweigert Ihnen Zugang zu Informationen, die dem *Express* auf dem Silbertablett serviert werden. Was würden Sie tun?«

»Ich würde versuchen, selbst an die Informationen zu kommen. Und ehrlich gesagt wäre ich wütend auf die Polizei.«

»Richtig.«

»Ich verstehe, worauf Sie hinauswollen. Wenn Sie nicht fair mit mir umgehen, fühle ich mich auch nicht verpflichtet, mich an Ihre Regeln zu halten.«

»Auch richtig.«

»Gut, aber das Problem ist, daß ich etwas brauche, womit ich das Angebot, das ich dem *Express* machen will, versüßen kann.«

»Sie wollen Ihrem eigenen Blatt ein Angebot machen?«

»Ja. Einen Exklusivbericht, im Gegenzug dafür, daß sie mir vom Hals bleiben.«

»Einen Exklusivbericht. Hmm. Über welche Aspekte des Falls?«

»Das können Sie sich doch denken.«

»Ihre persönliche Sicht als Ehefrau der Geisel.«

Ich schluckte schwer und fühlte mich, als hätte ich soeben mein eigenes Preisschild gelesen und feststellen müssen, daß ich »heruntergesetzt« worden war.

»Es ist eine Geschichte, von der jemand anderer profitieren könnte«, stellte er fest. Ein Gedankenleser.

»Na klar. Die Marketing-Abteilung vom *Express* zum Beispiel.«

»Also ...«

»Das wird denen garantiert nicht reichen. Ich müßte auch über das SEK schreiben.«

»Ich glaube nicht, daß es mir gefallen würde, wenn jeder in die Enge gedrängte Verdächtige dasäße und ziemlich genau wüßte, was als nächstes kommt – dank einer Geschichte im *Express*.«

»Das muß nicht sein. Wir können es ja speziell diesem Fall anpassen. Ich glaube sowieso, daß jeder Fall bis zu einem gewissen Grad anders ist.«

»Wann soll dieser Exklusivbericht erscheinen?«

»Erst nachdem ich ihn geschrieben habe. Also wenn alles ... vorüber ist«, sagte ich stockend, da mir der Inhalt dieses Wortes nicht ganz behagte.

»Und bis dahin halten Sie sich an unsere Einschränkungen für die Medien?« fragte er.

Ich zögerte.

»Von Verhandeln kann keine Rede sein«, sagte er, »wenn wir nicht beide ein bißchen nachgeben.«

»Es ist auch kein Verhandeln, wenn ich hinterher lediglich das habe, was ich auch ohne Verhandeln gehabt hätte. Oder noch weniger.«

»Was könnten Sie dem *Express* denn außer Exklusivität noch bieten?«

Ich überlegte. »Riverside.«

»Das ist Angelegenheit der Polizei von Riverside, nicht von uns.«

»Hören Sie, mit Mark Bakers Quellen in Ihrem Revier hat der *Express* wahrscheinlich mehr Einzelheiten über die Vorgänge dort als ich.«

»Mag sein.« Cassidy zögerte und erklärte schließlich: »Nur damit Sie's wissen, ich habe nie geglaubt, daß Frank die Geschichte letzte Woche verraten hat.«

»Damit gehören Sie zu einer Gruppe, die ungefähr so groß ist wie die, der der Hopalong-Witz nicht gefallen hat.«

»Nein, sie ist größer, auch wenn es Frank vielleicht nicht so vorkam. Franks Schwierigkeiten mit Lieutenant Carlson sind nicht gerade ein Geheimnis, wissen Sie. Halten Sie den anderen die Erkenntnis zugute, daß ein Teil des Ärgers, den Frank abgekriegt hat, rein politisch war.«

Ich sah beiseite. »Inzwischen kommt mir das alles so lächerlich unbedeutend vor.«

»Ja, das ist es wohl.«

Eine Weile aßen wir schweigend weiter. Oder vielmehr, Cassidy aß, während ich in meiner Suppe rührte.

»Kommen wir noch einmal darauf zurück, was wir für Ihre Zeitung tun sollen«, sagte er.

»Falls Mark noch nichts über die Verbindung nach Riverside weiß, möchte ich wenigstens sagen dürfen, daß sie dort draußen recherchieren sollen.«

»Kein Problem.«

»Zweitens müssen sie alle Fotos von Neukirk und Ryan drucken dürfen, die wir auftreiben können, alle, die zeigen, wie die beiden heute aussehen. Lassen Sie die Zeitung die Öffentlichkeit um Hilfe bitten, um herauszufinden, wo sie sich aufhalten. Vielleicht hat jemand sie mit Franks Volvo fahren sehen, oder sie sind jemandem aufgefallen, nachdem sie den Parkplatz beim *Express* verlassen haben. Vielleicht hat sie jemand beim Einkaufen gesehen. Man weiß ja nie. Die Berichterstattung könnte Ihnen nützen.«

»Höchstwahrscheinlich geben wir die Fotos bei der nächsten Pressekonferenz ohnehin frei – heute abend, wenn ich mich nicht irre.«

»Okay, aber ich möchte dem *Express* noch ein bißchen

mehr Stoff geben. Die anderen Medien werden vermuten, daß der *Express* aufgrund seines Riesenglücks, eine Reporterin im Mittelpunkt des Geschehens zu haben, im Vorteil ist.«

»Und hier draußen ist dann der Teufel los, was?«

Ich nickte. »Sie bekommen jetzt garantiert bald Wind von der Sache. Vermutlich telefoniert Brandon gerade mit einem Redakteur vom *Californian*. Aber wir wissen immer noch nicht, was Hocus will, und das werde ich keinem Blatt außer dem *Express* erzählen – es sei denn, es würde Frank helfen, wenn ich es täte.«

»Wirklich, Ms. Kelly, Sie verblüffen mich.«

Er sah gar nicht so verblüfft aus. »Haben Sie irgend etwas gegen das einzuwenden, was ich gerade gesagt habe?«

Er schüttelte den Kopf. »Nein, eigentlich nicht.«

Nun wurde mir bewußt, was ich in den letzten Minuten an ihm wahrgenommen hatte. »Sie sind enttäuscht von mir, stimmt's? Sie fragen sich, wie ich eine Geschichte über die Entführung meines eigenen Mannes schreiben kann.«

Er sagte nichts.

»Nun, ich will gar nicht darüber schreiben. Ich wünschte, ich könnte die Reportage jemand anderem überlassen. Ich wünschte, ich könnte auch nur eine Minute daran glauben, daß die Berichterstattung von Nutzen sein kann, daß keiner meiner Kollegen irgend etwas tun wird, das Frank schadet. Aber so funktioniert es nicht.«

»Wohl nicht.«

»John Walters gibt nicht auf. Ich arbeite schon seit Jahren mit diesem Mann zusammen. Er ist nicht durch Nachgiebigkeit dorthin gekommen, wo er heute steht. Er rückt mir alle zehn Minuten auf den Pelz, wenn ich ihm nicht zuvorkomme. Auf den Streß kann ich verzichten. Ich muß mich auf Frank konzentrieren. Und der einzige Weg, wie ich mir ein bißchen Spielraum erkaufen kann, besteht darin, daß ich John ein Angebot mache.«

Nach einem Augenblick fragte er: »Haben Sie je vom Fall Hickman gehört?«

Ich schüttelte den Kopf.

»Hat sich Ende der zwanziger Jahre in L.A. abgespielt. Einer der aufsehenerregendsten Entführungsfälle in Kalifornien, bevor das mit Patty Hearst geschah. Hickman hat Marian Parker, die Tochter eines Bankiers, entführt. Als er das Lösegeld von dem Bankier entgegennahm, saß Hickman im Auto und Marian – die zwölf Jahre alt war – schien auf dem Sitz neben ihm zu schlafen. Hickman erklärte dem Vater des Mädchens, er werde nur ein Stück die Straße hinunterfahren und das Mädchen dann freilassen. Das tat er auch. Doch als Marians Vater die Decke beiseite schlug, in die sie gehüllt war, stellte er fest, daß sie tot war und Hickman ihr beide Beine amputiert hatte.«

»So eine Geschichte hat mir jetzt gerade noch gefehlt.«

»Ich habe Ihnen ja bereits gesagt, daß wir bei solchen Fällen nicht immer einen glücklichen Ausgang erzielen. Man muß akzeptieren, daß alles mögliche passieren kann. Aber darauf wollte ich gar nicht hinaus. Es steckt noch mehr hinter der Geschichte.«

»Bitte –«

»Selbstverständlich gab es einen Riesenaufstand, und als Hickman in Oregon verhaftet und nach Los Angeles zurückgebracht wurde, warteten Tausende wütender Bürger am Bahnsteig. Eine Woche lang konnte man in einem Kabarett-Theater in L.A. gegen Eintritt die Ermittler aus Oregon die Geschichte von Hickmans Verhaftung erzählen hören. Jede Zeitung im ganzen Land schickte einen Reporter, der über den Prozeß berichten sollte.

Doch ein Journalist, der über den Fall schreiben sollte, nahm die Einladung nicht an. Er hieß Will Rogers und verfaßte einen Brief an die *New York Times*. Darin stand, wenn er einmal stürbe, wolle er nur eine Auszeichnung besitzen –

nämlich der einzige Journalist zu sein, der Angebote von Zeitungen abgelehnt hatte, über den Hickman-Prozeß zu schreiben. In seinen Augen sollte sich jede Stadt der Verbrechen schämen, die dort begangen wurden. Doch, wie er sagte, ›... versucht statt dessen jede Stadt, ihren Mord als den aufregendsten des Jahres herauszustreichen...‹«

Ich wandte den Blick von ihm ab und sagte: »Ja? Also, ich weiß auch keine großartigen Tricks.«

Er lachte. »Ich doch auch nicht.«

Ich rührte erneut in meiner Suppe. »Sagen Sie mir, was unternommen wird. Ich frage Sie das nicht als Reporterin, sondern als Franks Frau.«

»Was unternommen wird? Sie meinen, abgesehen von dem, was Sie und ich unternehmen?«

»Ja.«

»An diesem Fall arbeiten mehrere Teams. Einige davon sind spezialisiert, andere erledigen die polizeiliche Routinearbeit – Routine, aber unerläßlich. Sie sehen nur mich und Hank, aber es sind noch Dutzende anderer Kollegen beteiligt. Einige arbeiten zum Beispiel daran, den Standort von Hocus herauszufinden und in Erfahrung zu bringen, wo sie Frank gefangenhalten.«

»Es ist Ihnen nicht gelungen, die Anrufe zurückzuverfolgen. Wie soll man sie dann finden?«

»Sie haben einen Verletzten bei sich – Frank oder womöglich auch ein Mitglied von Hocus. Über das Blut wissen wir sicher bald mehr. Auf jeden Fall überprüfen wir Krankenhäuser und Kliniken. Wir müssen noch den zeitlichen Rahmen durchspielen – ermitteln, wieviel Zeit zwischen dem Moment verstrichen ist, seit zum letzten Mal jemand Frank gesehen hat, und dem, als wir sein Auto in Las Piernas gefunden haben und so weiter. Wir wissen, daß sie in Riverside und Las Piernas aktiv waren, also werden wir nach jemandem Ausschau halten, der sie irgendwo gesehen und ihnen vielleicht etwas verkauft hat – den Kassettenrecorder, den sie in der Telefonzelle hinterlassen haben, die Kassette selbst oder etwas in der Art.«

»Wo hatten sie wohl das Morphium her?«

»Wir waren nicht überzeugt davon, daß sie uns die Wahrheit gesagt haben, als sie uns erklärten, daß sie Frank mit Morphium ruhigstellen. Wir haben Leute darauf angesetzt, die jeder Anzeige wegen Diebstahls von Versed und Morphium in Südkalifornien nachgehen. Und wir gehen auch noch einem anderen Ansatz nach: Vielleicht hat ja jemand zwei Männer gesehen, die einen ›betrunkenen‹ Freund bei sich hatten. Ein so großer Mann wie Frank läßt sich nicht ohne weiteres herumschleppen. Er ist doch einsdreiundneunzig, oder?«

»Ja. Wissen Sie die Größe von allen Mitarbeitern der Kripo Los Angeles?«

»Nein, Ma'am. Etwa zehn Minuten nachdem mir der Captain den Fall übertragen hatte, habe ich immer, wenn ich dazu kam, Daten über Ihren Mann gesammelt. Das hat zu gewissen Fragen geführt, und noch bevor Sie aufgefordert wurden, hierher nach Bakersfield zu fahren, hatte es den Anschein, als wäre Frank ein speziell ausgewähltes Opfer und nicht jemand, der dummerweise zur falschen Zeit am falschen Ort war.«

»Weil der Informant seiner war, stimmt's?«

»Stimmt. Dana Ross. Was immer wir auch über Frank in Erfahrung bringen, hilft uns, mehr darüber herauszufinden, warum er entführt wurde. Nach allem, was wir vorhin gelesen haben, besitzen wir jetzt mehr Anhaltspunkte, selbst wenn ihre Motive nicht besonders klar sind. Jedenfalls können wir die Daten der beiden bei der Zulassungsstelle und anderen Behörden abfragen und – wie Sie schon ganz richtig erraten haben – ihre Fotos in Umlauf bringen. Wir lassen alle möglichen Experten ihren Hintergrund erforschen, ein Täterprofil von ihnen erstellen, das uns hilft, vorherzusehen, wie sie unter verschiedenen Umständen reagieren werden und so weiter.«

»Ich verstehe, daß es von Vorteil ist, zu wissen, wer sie sind«, sagte ich, »aber wenn wir nicht wissen, wo sie sind –«

»Dabei hilft es uns, wenn wir wissen, wer sie sind. Wir können uns anschauen, wie sie sich früher verhalten haben. Menschen haben Gewohnheiten. Und damit geben wir uns noch nicht zufrieden. Die Spurensicherungen von Riverside und Las Piernas werden das Auto und das Haus in Riverside auf den Kopf stellen – Boden- und Faserproben und dergleichen.«

»Damit könnte immer noch ein ziemlich großer Kreis übrigbleiben.«

»Aber trotzdem ein Kreis. Den werden wir mit der Zeit immer enger ziehen können. Zwei Leute haben wir bereits in Haft, und wir werden ihnen so massiv und so lang die Hölle heiß machen, wie das Gesetz es erlaubt. Wir haben Psychologen, die auf kriminelles Verhalten spezialisiert sind und sich ihre Persönlichkeitsprofile ansehen werden. Wir haben Leute, die an der Anklage arbeiten, die wir gegen Hocus erheben werden. Sie befragen Personen, die den verstorbenen Mr. Ross kannten, und sie versuchen herauszufinden, wer von ihm verlangt hat, Frank nach Riverside zu locken. Vielleicht hat Ross jemandem von seiner Abmachung mit Hocus erzählt. Und so weiter.«

»Was ist mit der Polizei in Bakersfield?«

»Sie haben uns umfassende Zusammenarbeit zugesichert und waren ungemein hilfsbereit. Frank hat länger dort gearbeitet als bei uns. Sie sind genauso besorgt wie wir und haben bereits Recherchen über den Ryan-Neukirk-Fall angestellt. Sie wollen den Anruf im Haus Ihrer Schwiegermutter zurückverfolgen. Bei der Zeitung ist es ein bißchen schwieriger, aber die Polizei von Bakersfield wird versuchen, die Telefongesellschaft durch richterliche Verfügungen dazu zu zwingen, die Unterlagen über die Anrufe von Hocus bei Brandon Norths Telefon- und Faxanschluß in die Hand zu bekommen.«

Nach einer Weile fügte er hierzu: »Außerdem sollte ich Ihnen sagen, daß unser Revier vielleicht noch mehr Leute hier herausschickt, mitsamt einem neuen Unterhändler.«

»Weshalb?«

»Zum einen als Ablösung. Ab und zu brauche ich vielleicht auch ein bißchen Schlaf. Und zum anderen wegen des Blickwinkels – niemand sollte einen solchen Job allein machen. Aber auch, weil es Leute gibt, die der Meinung sind, daß ich Sie in diesem Fall schon ein wenig zu viel habe mitmischen lassen.«

Ich wollte gar nicht daran denken, es mit jemand anderem als Cassidy in der Rolle des Unterhändlers zu tun zu haben. Er hatte mich zwar mitunter geärgert, aber langsam wuchs er mir ans Herz. »Ich möchte aber nicht mit jemand anderem zusammenarbeiten«, sagte ich.

»Ich fühle mich geschmeichelt. Aber es ist vielleicht nicht Ihre Entscheidung.«

Danach schlief unser Gespräch ein. Cassidy schien in seine eigenen Gedanken versunken zu sein, und ich war froh um das Schweigen. Ich wollte noch einmal durchgehen, was ich anhand der Artikel aus dem *Californian* erfahren hatte.

Ich nahm mein Notizbuch aus der Tasche. Es war an einer Stelle aufgeschlagen, wo ich mir am Tag zuvor Notizen über zwei politische Geschichten gemacht hatte. Jetzt schien es mir eher ein oder zwei Jahrtausende her zu sein. Und wie banal die Notizen waren! Ein Zitat von einem Mitglied des Stadtrats über das heiße Eisen der Ausgabe von Anwohner-Parkberechtigungen in einem Wohngebiet in der Nähe eines Nachtclubs in seinem Bezirk. Eine Reihe von Fragen, die ich einem Restaurantbesitzer stellen wollte, der seine zum Strand hin gelegene, offene Terrasse mit mehr Tischen bestücken wollte – gegen die Einwände seiner Nachbarn.

Du hast also deinen Arbeitstag mit so etwas verbracht, sagte ich mir, während Frank als Geisel genommen wurde.

Während Frank im Kofferraum seines Autos blutete. Während ihn jemand mit Morphium vollpumpte.

Wo bist du?

Ich rief Frank etwas zu, von jener Stelle tief in meinem Inneren aus, wo Angst und Hoffnung miteinander rangen und einen ungleichen Kampf führten. Ich war bereit, einen festen Glauben an übersinnliche Phänomene zu entwickeln oder eine frommere Katholikin zu werden oder was auch immer es war, was Gott vielleicht als Gegenleistung für ein baldiges Wunder verlangen würde. (»Cassidy, ich hatte gerade eine Vision. Er ist im Keller eines kleinen Bauernhauses mit violetten Vorhängen an den Küchenfenstern. Warten Sie, ich kann auch sehen – ja –, daß dort Okra angebaut wird.«) Ich weiß schon seit zwanzig Jahren, daß sich Gott nicht auf solche Verhandlungen einläßt. Ich glaubte, daß nicht einmal Cassidy eine derartige Vereinbarung treffen könnte. Ich rechnete auch nicht ernsthaft mit einer Antwort, aber ich rief Frank trotzdem im stillen etwas zu.

Ich blätterte eine leere Seite in meinem Notizbuch auf und begann zu schreiben, in einer persönlichen Form von Kurzschrift, die mir O'Connor beigebracht hatte, mein verstorbener Mentor beim *Express*. Jedem anderen würden diese Notizen nicht viel sagen, aber ich konnte sie so schnell lesen wie Normalschrift. Samuel und Bret waren nicht die einzigen, die eine Geheimsprache entwickelt hatten.

Roh übersetzt lauteten die Notizen folgendermaßen:

Hocus:

Motive – Anarchisten? Politisch? Rache?

Computerexperten – sind in mehrere EDV-Anlagen eingedrungen. Gemeinsamer roter Faden?

Medizinisches Wissen – haben Morphium und Versed verwendet. Diebstahl aus Krankenhausapotheke?

Lang und Colson – Verbindungen nach Bakersfield?

Frau, die in Langs Haus gesehen wurde – steht sie wirklich in Verbindung zu Hocus?
Ist sie jetzt mit Bret und Samuel zusammen?

Kontakt
Mütter – leben sie noch in Bakersfield?
Regina Szal – Sprachtherapeutin

Ein zweiter Name fiel mir ein, doch Cassidy sprach ihn aus, bevor ich ihn niederschreiben konnte.

»Wer ist Cecilia Parker?« fragte er.

»Ich bin ihr nie begegnet«, erwiderte ich, ohne von meinem Notizbuch aufzusehen.

Er wartete einen Augenblick. Ich konnte hören, wie amüsiert er war, als er sagte: »Gut. Aber Sie wissen, wer sie ist.«

Ich sah ihm geradewegs in die Augen und antwortete: »Franks Ex-Verlobte. Sie lebt immer noch hier, und ja, wir sollten vermutlich mit ihr sprechen.«

Ich rechnete schon halb damit, daß er zu lachen anfinge, doch er tat es nicht. Er schien eher zu bedauern, daß er mich bedrängt hatte.

»Ich rufe Jack und Pete an. Sie machen sich bestimmt Sorgen«, sagte ich und griff nach meiner Tasche.

»Das Mittagessen geht auf meine Rechnung«, erklärte er. »Ist das erste Mal, daß ich eine Frau zu einem Teelöffel Suppe einlade.«

Ich erledigte den Anruf und tat mein Bestes, Pete zu beruhigen. Ein hoffnungsloses Unterfangen. Dagegen tat Jack alles, um mich aufzuheitern, also glich sich das wieder aus. Cassidy gab am Münztelefon ein paar Berichte durch und ließ mich dann zu Bea Harriman fahren, während er die anderen Anrufe von seinem Handy aus tätigte. Fast alle diese Telefonate waren Erkundigungen nach aktuellen Adressen und Hintergrundinfos über die Personen auf meiner Liste.

»Warum haben uns wohl Neukirk und Ryan wissen lassen, wer sie sind?« fragte ich.

»Falls sie es sind, meinen Sie?«

»Ja.«

»Sie waren schon die ganze Zeit ein bißchen publicitygeil, wenn Sie mich fragen. Sie haben einen Hang zum Drama. Und sie wollen auf irgend etwas hinaus. Mit etwas Glück wissen wir bald, worauf.«

Ich war noch nicht oft bei Bea Harriman zu Hause gewesen, aber ich wußte den Weg. Ich fuhr, während Cassidy mir Instruktionen für den zu erwartenden Anruf gab. Er spielte die Rolle des Anrufers, und ich sollte auf eine Art reagieren, die ihn am Reden hielt und es mir erlaubte, das Gespräch langsam an einen in Geiselnahmen erfahrenen Unterhändler abzugeben.

»Ihre Arbeit als Reporterin hilft Ihnen dabei in einer Hinsicht«, sagte er. »Sie sind es gewohnt, offene Fragen zu stellen, Fragen, die längere Antworten nach sich ziehen. Das gleiche gilt für Schweigephasen: Sie wissen, wie man sie ausdehnt. Aber es wird Ihnen nicht leichtfallen, ruhig zu bleiben, wenn sie anfangen, Drohungen gegen Ihren Mann auszusprechen – was zu Beginn ziemlich häufig der Fall ist. Das ist ein Grund dafür, weshalb wir lieber keine Angehörigen mit hineinziehen. Ihre Angst um Frank wird vermutlich die Anspannung erhöhen, die wir zu verringern suchen. In erster Linie müssen Sie versuchen, ruhig zu bleiben, egal, was gesagt oder womit gedroht wird. Und vergessen Sie nicht: Wenn Sie zu viel Nachdruck auf Franks Wohlergehen legen, läßt ihn Ihre Sorge womöglich als eine noch wertvollere Geisel erscheinen. Wir wollen zwar wissen, wie es ihm geht, aber wir wollen das Gespräch nicht auf ihn konzentrieren.«

Ich versuchte, meine Ängste beiseite zu schieben und mir vorzustellen, daß ich mich genau so verhielt, wie man mir geheißen hatte, wenn es soweit war. Ich versuchte, nicht über den Preis eines Fehlschlags nachzudenken.

»Ich bin bei Ihnen«, sagte Cassidy und musterte mich. »Sie sind nicht allein.«

Ich bog in die Straße ein, in der Bea Harriman wohnte. Das Haus war Ende der zwanziger Jahre im Craftsman-Stil auf einem großen Grundstück gebaut worden. Es war weiß gestrichen, als wollte es eine Leinwand für die vielen Blumen abgeben, die außen herum in allen Regenbogenfarben blühten – Blau, Rot, Orange, Gelb, Violett inmitten von üppigem, grünem Blattwerk. Die große hölzerne Schaukel auf der Veranda war leer.

Vor dem Haus standen eine Menge Autos, daher mußte ich ein Stück weiter weg parken. Cassidy nahm die Autoschlüssel und öffnete den Kofferraum, in dem mehrere Schalenkoffer und Reisetaschen in verschiedenen Größen lagen. Er nahm einen silberfarbenen Schalenkoffer heraus, der etwa so groß war wie eine Aktentasche.

»Was ist das?« fragte ich.

»Ein Kassettenrecorder für den Anruf«, antwortete er. »Zwar nicht so schick wie das Gerät, das Hank bei Ihnen zu Hause benutzt hat, aber leichter aufzubauen. Wenn wir länger hier bleiben, hole ich noch das Fax, den Computer und andere Geräte herein. Aber fürs erste reicht das.«

Die Vögel sangen, als wir aufs Haus zugingen, und ich versuchte, nicht meinen schlimmsten Befürchtungen, sondern ihnen zu lauschen.

»Also, diese Schaukel erinnert mich an Sommerabende in meiner Heimat«, sagte Cassidy, als wir am Haus angekommen waren.

In diesem Moment ging die Haustür auf, und Bea Harriman kam heraus. In ihrer Begleitung befand sich eine attraktive dunkelhaarige Frau. Die Frau hatte einen Arm um Beas

Schulter gelegt, und ihre Köpfe neigten sich in trautem Tête-à-tête zueinander. Sie sahen zu uns her und richteten sich plötzlich auf. Während Cassidy und ich näher kamen, gönnte ihm die Unbekannte nur einen einzigen flüchtigen Blick – aber mich musterte sie von Kopf bis Fuß. Oder besser gesagt, sie taxierte mich.

Ich wußte auf der Stelle, wer sie war.

Aus dem wirren Wortschwall, mit dem Bea Harriman uns miteinander bekannt machte, ging hervor, daß ich nun nicht mehr behaupten konnte, Cecilia Parker nie begegnet zu sein.

15

»Gibt's was Neues von Frank?« fragte Cecilia ohne Vorrede und starrte mich weiterhin an.

»Nichts«, antwortete Cassidy, bevor ich etwas sagen konnte. Ich hatte schon befürchtet, mir eine unverbindliche Nettigkeit einfallen lassen zu müssen, wenn sie »Erfreut, Sie kennenzulernen« gesagt hätte. Aber jetzt war ich merkwürdigerweise verschnupft darüber, daß sie das nicht getan hatte.

»Und Sie sind?« sagte Cecilia zu ihm, offenbar verärgert, daß sie mit jemand anderem Blickkontakt aufnehmen mußte.

»Detective Tom Cassidy von der Polizei Las Piernas«, stellte er sich gelassen vor. »Mrs. Harriman hat einen ausgesprochen schweren Tag hinter sich«, fuhr er fort, und als Cecilias Blick zu Bea schwenkte, legte er mir fest die Hand auf die Schulter. »Das gilt natürlich für alle, aber besonders für Mrs. *Frank* Harriman. Ich bringe sie also schon mal rein, während Sie sich voneinander verabschieden.«

Bea war nur einen Moment verunsichert. Nachdem sie ihre erste Reaktion auf Franks Entführung verarbeitet hatte, übernahm sie die Rolle, die sie am besten beherrschte: Sie kümmerte sich um jemand anderen, der in einer Krise steckte. Ich spürte bereits, daß sie mich anvisierte wie eine intelligente Bombe. »Danke, daß du vorbeigekommen bist, Cecilia«, sagte sie, drehte sich um und ging uns auf dem Weg nach drinnen voraus.

»Entschuldigung«, sagte ich und stoppte unsere Parade. Cassidy lockerte seinen Griff, und ich drückte die Wirbelsäule durch, als ich mich wieder zu Cecilia wandte.

Sie stand immer noch auf dem Gehsteig, mit verkniffenem Mund und völlig reglos.

»Müssen Sie jetzt wirklich gehen?« fragte ich.

Ihre Augen wurden weit (schöne, große braune Augen mit langen Wimpern – zum Teufel noch mal). Sie gab ihre Angriffshaltung auf, entspannte sich und meinte: »Ja. Es tut mir leid, aber ich kann nicht bleiben.«

»Sind Sie später zu Hause?«

Eindeutig verblüfft antwortete sie: »Ja.«

»Haben Sie etwas dagegen, wenn ich Sie anrufe?«

Beinahe hätte sie »Warum?« gefragt. Ich sah, wie sich das Wort auf ihren Lippen formte, doch sie riß sich zusammen und sagte: »Aber nein. Bea hat meine Nummer.«

Damit wandte sie sich um und ging davon. Als ich einen Blick auf Cassidy warf, sah ich, daß er offenbar amüsiert war. Bea hielt die Fliegentür auf. Mit soviel Würde, wie ich aufbringen konnte, ging ich zwischen den beiden ins Haus.

Dort wurde ich von Mike O'Brien empfangen, Franks Schwager, der nur »O Irene« sagte und mich in eine herzliche, tröstende Umarmung riß. Ich spürte, wie mir Tränen in die Augen schossen. Als Franks Schwester Cassie zu uns trat, wurde es mir fast zuviel. Ich hätte womöglich in ihrer Umarmung die Beherrschung verloren, wenn ich nicht eine barsche Stimme hätte sagen hören: »He, zerquetscht die junge Frau mal nicht.«

Als ich den Mann sah, der gesprochen hatte, mußte ich

lächeln. Ich hatte ihn seit Jahren nicht mehr gesehen, und er war ein bißchen dünner und ein bißchen grauer geworden, aber ich erkannte ihn auf der Stelle. »Sie sehen gut aus, Bear.«

Bea machte Cassidy und die anderen miteinander bekannt und rief mir, als sie Bear Bradshaw vorstellte, wieder in Erinnerung, daß sein Vorname Gregory war. Cassie erklärte: »Cassie ist eine Abkürzung von Kathryn. Jetzt, wo wir beide im selben Haus sind, Detective Cassidy, wäre es vielleicht einfacher, mich Kathryn zu nennen.«

»Du liebe Zeit, nein«, wandte Bear Bradshaw ein. »Wir nennen diesen Knaben einfach Hopalong.«

Bea und Bear fanden das witzig, doch wir anderen sahen Cassidy mitfühlend an. Es schien ihn aber nicht im geringsten zu stören. »Sie könnten mich alle einfach Tom nennen«, schlug er vor.

»Offengestanden wäre mir Kathryn lieber«, sagte meine Schwägerin. »Nur die Familie und gewisse unbelehrbare alte Trottel beharren darauf, mich weiterhin bei meinem Kindernamen zu nennen.«

»Du hast mir nie gesagt –«, begann ich.

»Ich hab's dir nie gesagt, weil du zur Familie gehörst«, sagte sie mit einem raschen, vorwurfsvollen Blick auf ihre Mutter. »Also, möchte vielleicht irgend jemand eine Tasse Kaffee?«

Wir sagten beide ja, und sie ging in die Küche, um frischen zu kochen. Cassidy fragte Bea, ob er sie einen Moment allein sprechen könne.

Ich sah auf die Uhr. Achtzehn Minuten vor fünf. Ich ging auf das Telefon zu, das neben Bear Bradshaw auf einem Tisch voller Ziergegenstände stand. Bea war eine glühende Anhängerin von Nippes.

»Ich habe mich schon gefragt, ob Sie wohl herüberkommen und mich begrüßen würden«, sagte Bradshaw. »Ich hatte gerade eine Knieoperation, sonst würde ich aufstehen und Sie ordentlich willkommen heißen.«

»Tut mir leid, Bear. Den Stock habe ich gar nicht gesehen. Geht's Ihnen gut?«

»Ja, alles bestens. Ich muß nur ein bißchen aufpassen, solange es heilt. Typisches Polizistenproblem vermutlich. Den lieben langen Tag rein ins Auto und wieder raus aus dem Auto, das ist nichts für die Knie, habe ich mir sagen lassen. Aber was kümmern Sie schon meine mickrigen, kleinen Probleme. Wie halten Sie sich denn aufrecht?«

»Meine Probleme sind auch mickrig. Aber um Frank müssen wir uns Sorgen machen.«

»Frank? Nein, dem Jungen wird nichts passieren. Ich sage Bea schon die ganze Zeit, daß Frank ein kluger Kopf ist. Genau wie sein Vater. Aber Frank ist sogar noch schlauer, als Brian es war. Ihm passiert nichts.«

Ich hatte keine Lust, mit ihm zu streiten, da er jedes Wort so vorbrachte, als wolle er sich selbst in Sicherheit wiegen.

»Sie sind schon ewig mit den Harrimans befreundet, stimmt's, Bear?« fragte Mike.

»Allerdings. Brian war einer meiner besten Freunde. Nachdem meine erste Frau sich von mir getrennt hatte, hat mich Brian an Feiertagen immer zu seiner Familie eingeladen – wissen Sie, damit ich nicht allein war.«

»Haben Sie wieder geheiratet?« fragte ich.

»Ja, wir haben uns wohl eine Menge zu berichten. Jetzt bin ich Witwer. Meine zweite Frau ist vor etwa einem Jahr gestorben. Aber ich habe gehört, daß sich meine Kuppelversuche endlich ausgezahlt haben.«

»Ihre Kuppelversuche?« fragte Mike nach.

Bradshaw grinste mich an. »Bei Ihnen und Frank, Irene. Wissen Sie noch?«

»Tja, im Grunde haben Sie Frank dazu gebracht, überhaupt mit mir zu reden.«

Er lachte. »Oh, das war unbezahlbar! Er war ja schon immer ein stiller Typ, aber auch nicht gerade völlig verstockt.

Aber als er Sie gesehen hat – o Gott! Am ersten Abend habe ich andauernd darauf gewartet, daß er irgend etwas sagt, aber nein, kein Wort, bis wir wieder im Auto saßen. Und dann *traktiert* er mich. Wollte alles über Sie wissen. Na, ich kenne den Jungen ja schon, seit er auf der Welt ist, aber so hatte ich ihn noch nie gesehen. Also schließe ich eine kleine Wette mit Cookie ab. Nach dem zweiten Abend dort dachte ich, ich könnte mich von meinem Geld verabschieden.«

»Haben Sie darauf gewettet, daß Frank und ich heiraten würden?«

»Allerdings! Cookie hat gesagt, der Junge würde niemals eine Reporterin heiraten, der Junge sei nicht so dumm. Und dann ist dieser verdammte Mistkerl doch tatsächlich hinter meinem Rücken losgezogen und hat Frank einen Haufen Schwachsinn erzählt, nämlich daß Polizisten und Reporter sich nie verbrüdern sollten und so weiter. Na gut, es stimmt ja, aber ihr zwei wart die Ausnahme, und Cookie wußte einfach nicht, daß es im Leben Ausnahmen gibt.«

Ich sah auf die Uhr. Noch fünf Minuten.

»Entschuldigung. Ich langweile Sie nur.«

»Aber nein, Bear! Überhaupt nicht. Es ist dieser Anruf. Ich zerbreche mir nur den Kopf über den Anruf.«

»Was für einen Anruf?« wollte Mike wissen.

»Von Hocus – denen, die Frank haben. Sie haben gesagt, sie würden mich um fünf Uhr hier anrufen.«

Bradshaws Gesicht verlor jegliche Farbe. Einen schrecklichen Moment lang dachte ich, er würde in Ohnmacht fallen. Mike ging eilig zu ihm hinüber, aber Bear schien sich ebenso schnell wieder zu fangen. »Tut mir leid, tut mir leid«, murmelte er, immer noch erschüttert. »Verdammt noch mal, das hat Ihnen gerade noch gefehlt, Irene ... Bea – ich muß Bea sprechen ...« Er begann sich aus dem Sessel in die Höhe zu hieven.

Unter Bradshaws geknurrtem Protest half Mike ihm auf

die Beine, aber noch bevor Bear einen Schritt tun konnte, erschienen Bea und Cassidy wieder im Zimmer. Plötzlich redeten alle auf einmal: Cassidy rief meinen Namen, Bea sagte »O Greg!« und Bradshaw »Aber, aber«, während er seinen freien Arm nach ihr ausstreckte. Mike versuchte, seiner Frau die Frage »Was ist denn los?« zu beantworten, als sie gerade mit dem Kaffee hereinkam.

Das Telefon klingelte. Wir alle reagierten wie jemand, der allein durch die Wüste wandert und ein Rasseln hört. Wir blieben stocksteif stehen und schwiegen.

Es klingelte noch einmal, und Cassidy sagte: »Irene, kommen Sie mit. Alle anderen bleiben bitte hier.«

Ich folgte ihm, als er im Eilschritt auf eines der Schlafzimmer zulief, wo er den Recorder und einen Kopfhörer für das Telefon aufgebaut hatte, mit dem er mithören konnte. Zwischen uns lagen zwei Schreibblöcke und Stifte, damit wir uns Notizen machen konnten.

Als Cassidy beim dritten Klingeln nickte und den Recorder anstellte, nahm ich den Hörer ab.

»Was ist denn passiert, Ms. Kelly?« fragte die Stimme am anderen Ende. »Sind Detective Cassidy die Kassetten ausgegangen?«

»Sie wissen doch, daß ich im Haus meiner Schwiegermutter bin«, antwortete ich. *Sprich langsam*, schärfte ich mir ein, während ich versuchte, Cassidys Anweisungen zu befolgen. »Es sind noch andere Leute im Haus. Ich wußte ja nicht, wie privat Sie dieses Gespräch halten wollten.«

Ich kritzelte Cassidy etwas auf den Block: »Anderer Anrufer.« Cassidy nickte.

»Ach, es gibt einfach keine Privatsphäre für Leute in unserer Position«, sagte der Anrufer.

»In Ihrer Position?«

»Hocus ist mittlerweile ziemlich berühmt. Wir sind jetzt fast schon so berühmt wie damals, als wir noch klein waren.

Die Morde an unseren Vätern haben uns die ersten fünfzehn Minuten Ruhm eingebracht.«

Gib dich verständnisvoll. »Sie haben damals eine entsetzliche Tortur mitgemacht. Die Öffentlichkeit wollte eben mehr über Sie wissen.«

»Gut! Sie haben Ihre Hausaufgaben gemacht. Wir sind hocherfreut.«

»Spreche ich mit Samuel oder mit Bret?«

»Im Moment mit Samuel. Unsere Eltern liebten Westerngeschichten. Bret ist nach Bret Harte benannt und ich nach Samuel Clemens. Detective Cassidy, Sie wissen sicher, daß Samuel Clemens der Autor ist, der unter dem Namen Mark Twain schrieb, oder?«

Cassidy zog sich das kleine Mikrophon an seiner Kopfhörergarnitur vor den Mund. »Also, Samuel, entgegen der Yankee-Propaganda gibt es auch südlich der Mason-Dixon-Linie ein paar lesekundige Menschen.«

Samuel Ryan lachte; ein unechtes, nervöses Lachen. »Wie geistreich, Thomas! Sie haben doch nichts dagegen, wenn ich Sie Thomas nenne, oder?«

»Überhaupt nicht. Aber Tom wäre noch besser. Und ist Ihnen Samuel oder Sam lieber?«

»Samuel, bitte. Und Sie, Ms. Kelly, fänden Sie es respektlos, wenn ich Sie mit Irene anspräche?«

»Es wäre mir lieber als Ms. Kelly.«

»Gut. Wir glauben wirklich, daß Sie beide für die Aufgabe gut geeignet sind, die wir Ihnen stellen wollen. Tom ist ein regelrechtes Musterbeispiel an Gleichmut. Sie können sich glücklich schätzen, daß er mit an Bord ist, nicht wahr, Irene?«

»Verzeihen Sie mir die Bemerkung, aber ich selbst wäre lieber überhaupt nicht an Bord.«

Cassidy warf mir einen warnenden Blick zu, aber Samuel lachte erneut auf.

»Also, ich würde ja gern noch ein Weilchen schwatzen«, sagte Samuel, »aber das würde dazu führen, daß Detective Harriman in eine noch unbequemere Lage käme als ohnehin schon.«

»Unbequem?« fragte Cassidy.

»Wegen der Medikamente und der Fesseln. Und weil er seine eigenen Kleider nicht tragen darf. Außerdem hat er natürlich Schmerzen, sobald die Wirkung der Medikamente nachläßt.«

Meine Augen wurden weit. Cassidy hielt eine Hand in die Höhe, um mich vom Sprechen abzuhalten, da ihm offenbar klar war, daß ich außerstande war, mich auch nur annähernd gefaßt zu äußern. Doch in einem Tonfall, in dem ein anderer gefragt hätte: »Schon die Witzseite gelesen?«, sagte er: »Bret hat letztes Mal schon erwähnt, daß Frank verletzt ist.«

»Sie haben ja wohl nicht erwartet, daß er freiwillig mitgekommen ist, oder?« sagte Samuel rechtfertigend. »Es ist seine eigene Schuld. Er hat sich gewehrt und wurde verletzt. Aber wir haben ihn medizinisch versorgt.«

»Ja?«

»Ja. Ich habe ihm selbst den Kopf genäht.«

Visionen von Infektionen, Fieber und aberwitzigen medizinischen Experimenten wirbelten mir durch den Kopf, während sich das Schweigen in die Länge zog. Cassidy hatte mich davor gewarnt, mir von diesen Schweigephasen Angst einjagen zu lassen, aber ich hatte nicht geahnt, welche Richtung meine Phantasie einschlagen würde, während wir warteten.

Und doch war es Cassidy, der das Schweigen brach, indem er gedehnt fragte: »Sind Sie Mediziner, Samuel?«

»Sie lassen doch sicher ein ganzes Team von Leuten meine Geschichte und meine Qualifikationen recherchieren«, antwortete Samuel, »also wollen wir nicht Detective Harrimans Zeit vergeuden. Dieses Gespräch dauert ohnehin schon zu lange. Bret wird böse mit mir sein. Alles, was Sie sonst noch wissen müssen, wartet in einem Copy-Shop in der Nähe der Uni Bakersfield.« Er nannte eine Adresse am Stockdale Highway und fügte dann hinzu: »Der Laden hat rund um die Uhr geöffnet. Verlangen Sie das Fax und die Post auf Ihren Namen.«

»Können Sie uns den Weg beschreiben, Samuel?« bat Cassidy. »Irene ist schon länger nicht mehr hier gewesen, und sie hat's bereits geschafft, sich zweimal zu verfahren.«

»Ist nicht mein Problem. Letztlich haben Sie ja hingefunden, oder?« sagte er. »Jetzt weiter mit dem Geschäftlichen. Die Berichte im *Californian* stimmen ziemlich genau. Ein paar Fehler sind allerdings drin. Sie wissen zum Beispiel, daß uns ein junger Polizist – unser geschätzter Officer Harriman – aus einem Lagerhaus gerettet hat. Aber nun das Problem: Woher wußte Officer Harriman, daß er genau dieses Lagerhaus aufsuchen mußte?«

»Ich weiß nicht, ob ich Ihnen folgen kann, Samuel«, sagte Cassidy.

»Wer hat Officer Harriman zu diesem Lagerhaus geschickt?«

»Eine Mitarbeiterin der Telefonzentrale«, antwortete ich.

»Ja, aber woher wußte sie von dem Lagerhaus?«

»Dem Artikel zufolge kam der Tip von einem anonymen Anrufer«, erklärte ich.

»Ah! Und genau da stimmt der Artikel nicht. Ist nicht die Schuld des Reporters. Denn das hat er von der Telefonistin erzählt bekommen.«

»Sie glauben, die Telefonistin lügt?«

»Vielleicht. Aber ich halte es für wesentlich wahrscheinlicher, daß sie den Anrufer kannte – na ja, kannte und auch wieder nicht kannte.«

»Tut mir leid«, sagte ich. »Das verstehe ich nicht.«

Schweigen.

»Kannte, aber auch wieder nicht kannte«, wiederholte ich schließlich. »Hat sie die Stimme nicht erkannt?«

»Genau.«

»Wessen Stimme war es denn?« fragte Cassidy

»Es macht mehr Spaß, wenn Sie raten«, antwortete Samuel.

Mach kein Spiel daraus! hätte ich am liebsten gerufen, aber Cassidy meinte nur: »Na gut. War es ein Verwandter?«

»Nein.«

»Ein Arbeitskollege«, sagte ich und versuchte, mich an Cassidys Vorgabe anzulehnen.

»Schon wärmer«, freute sich Samuel.

»Ein Polizist«, riet ich.

»Ja! Ich wußte, daß Sie diesem Auftrag gewachsen sind, Irene.«

»Diesem Auftrag?«

»Sie haben bis Dienstag Zeit.«

»Ich habe bis Dienstag Zeit wofür?«

»Na, diesen Polizisten ausfindig zu machen.«

»Welchen Polizisten? Wie heißt er denn?« fragte ich und merkte, daß Panik in mir aufstieg.

»Irene, wenn wir das wüßten, hätten wir uns nicht solche Umstände zu machen brauchen. Dafür brauchen wir Sie.«

»Sie wissen, daß der Anrufer Polizist war?«

»Da bin ich mir sicher.«

»Was soll das heißen? Wie können Sie das wissen?« Cassidy schob mir einen Zettel herüber. »Immer mit der Ruhe.«

»Wir waren dabei, wissen Sie noch?« sagte Samuel. »Aber das ist keine gute Erklärung, oder? Nein, Sie brauchen schon mehr Einzelheiten, wenn Sie uns bis Dienstag seinen Namen nennen wollen. Also, lesen Sie das Fax. Jetzt wird es aber wirklich höchste Zeit.«

»Warten Sie! Warum bis Dienstag?«

»Einfach so«, meinte er. »Man kann ja nicht von uns erwarten, daß wir Detective Harriman ewig versorgen.«

»Sie haben die Sache an einem Wochenende angefangen«, bemerkte Cassidy, dessen Stimme wesentlich gelassener klang als meine. »Das bringt natürlich einige Schwierigkeiten mit sich.«

»Nichts, was sich nicht überwinden ließe.«

»Manche Leute verlassen übers Wochenende die Stadt. Büros sind geschlossen, und die ganze Geschichte liegt schon einige Zeit zurück.«

»Jahre«, präzisierte Sam bitter.

»Ja. Sie warten schon lange darauf, die Identität dieses Polizisten herauszubekommen. Was spielen da ein paar Tage schon für eine Rolle?«

Schweigen.

Wir warteten.

»Vielleicht sind wir ja flexibel, Tom. Vielleicht aber auch nicht. Sie müssen eben abwarten, wie uns am Dienstag zumute sein wird.«

»Ich dachte nur, Sie wollten sichergehen, daß Irene auch den richtigen Mann gefunden hat.«

»Woher wollen Sie wissen, was wir wollen, Tom?«

»Warum sagen Sie es mir nicht?« schlug Cassidy vor, aber wir hörten bereits das Brummen des Freizeichens.

16

»Das haben Sie gut gemacht«, lobte Cassidy. »Ein paarmal haben Sie sich von ihm auf die Palme bringen lassen, aber das war ja genau das, was er wollte.« Er hielt inne und sagte dann: »Die beiden sind ein bißchen ungewöhnlich. Sie haben die Polizei von Las Piernas studiert.«

»Was meinen Sie damit?«

Sein Handy klingelte, bevor er antworten konnte. Er meldete sich, hörte einen Augenblick zu und sagte dann: »Ja, es hilft uns auf jeden Fall weiter, egal, wann es geklärt sein wird. Vielen Dank ... Ja, wir bekommen eventuell noch weitere Anrufe hier.« Er legte auf und erklärte: »Das war die Polizei von Bakersfield. Die Telefongesellschaft sagt, daß es mindestens zwei Stunden dauern wird, bis sie uns sagen können, woher der Anruf kam. Auf jeden Fall war es kein Ortsgespräch, aber das wundert mich nicht. Er hat zu lang geredet – vermutlich war er sich ganz sicher, daß wir eine Zeitlang brauchen würden, um es zurückzuverfolgen.«

Er erklärte mir, daß man ein Gespräch aus dem Orts- oder Nahbereich ziemlich leicht zurückverfolgen könne, aber ein Anruf von weiter weg oder einer, der über mehrere, von verschiedenen Telefongesellschaften bediente Gebiete hinweggeht, wesentlich schwerer zu lokalisieren ist – womöglich erst im Lauf von zwei oder noch mehr Tagen.

»Also ist zumindest einer von ihnen – Samuel – nicht in Bakersfield.«

»Richtig.«

»Und sie lassen uns offenbar nicht beschatten, sonst hätte er Ihnen die Lügengeschichte nicht durchgehen lassen, daß wir uns verfahren hätten.«

Er lächelte. »Wieder richtig.«

»Da sind Sie ein Risiko eingegangen, stimmt's?«

»Kein großes. Ich hatte mehr Angst davor, daß Sie wütend werden und es abstreiten würden, als davor, daß er deswegen Theater macht.«

»Jetzt geben Sie sich aber richtig Mühe, mich wütend zu machen. Was haben Sie zuvor noch gesagt? Daß Hocus das Polizeirevier studiert hat?«

»Sie besitzen jede Menge Informationen, die Geiselnehmer normalerweise nicht haben. Sie haben damit gerechnet, daß ich hier bei Ihnen bin. Sie haben in Erfahrung gebracht, wie unsere Dienststelle normalerweise mit solchen Fällen umgeht und wen sie zu Verhandlungen in Krisensituationen losschicken.«

»Das gefällt Ihnen nicht, was?«

Er zuckte die Achseln. »Anders wäre es mir lieber, aber es ist kein Weltuntergang.«

Ich sah zur Tür hin. »Ich glaube, ich sollte den anderen erzählen, was los ist, bevor wir losfahren und das Fax abholen.«

»Warten Sie mal«, sagte er. »Ich möchte, daß Sie sich die Aufzeichnung anhören, während ich sie Hank vorspiele. Manchmal fällt einem beim zweiten Hören noch etwas auf und man bekommt Dinge mit, die einem entgangen sind, als man unter Druck stand. Lassen Sie mich kurz ein paar Anrufe erledigen, dann können wir hinausgehen und gemeinsam mit der Familie sprechen.«

Er rief Captain Bredloe an, gab ihm eine Zusammenfassung des Anrufs und erwähnte, daß ich noch im Raum war. Nach einer kurzen Pause sagte er. »Ja, Sir. Ich melde mich später noch einmal.« Dann rief er Henry Freeman an, erklärte ihm, daß er bald ein Modem installieren und ihm einen Bericht schicken werde, den er weitergeben solle. Dann spielte er das Band ab, und ich versuchte, aus seinem Gesprächsanteil schlau zu werden, während ich wegen meiner Fehler zusammenzuckte. Er hatte wirklich recht mit seiner Bemerkung über das zweite Hören.

»Etwas ist mir aufgefallen«, sagte ich, als er sein Telefonat beendet hatte. »Die beiden wollen uns mit unseren Vornamen ansprechen, aber Frank nennen sie immer noch ›Detective Harriman‹. Sie werden doch nicht – wie heißt das noch? Wenn Geiseln und Geiselnehmer sich miteinander verbünden und anfangen, sich Sorgen umeinander zu machen –«

»Stockholm-Syndrom«, antwortete er. »Es ist nach einem Fall in Schweden benannt. Mehrere Geiseln wurden sechs Tage lang von zwei entlaufenen Häftlingen im Tresorraum einer Bank festgehalten. Als sie befreit und die Geiselnehmer verhaftet wurden, fiel der Polizei etwas Seltsames auf – Geiseln und Geiselnehmer hatten eine Art Zuneigung und Verständnis füreinander entwickelt.«

»Schwer zu sagen, weshalb es dazu kommt«, fuhr er fort. »Vielleicht liegt es an der Abhängigkeit der Geiseln von den Tätern. Man sagt auch, daß Geiseln und Geiselnehmer unter Streßbedingungen im Lauf der Zeit immer mehr dazu übergehen, sich gegenseitig als Individuen zu sehen.«

»Sie meinen also, es ist noch zu früh, als daß Samuel und Bret eine solche Art von Bindung zu Frank hätten aufbauen können, oder was?«

»Vielleicht kommt es auch überhaupt nicht dazu. Ich würde Ihnen empfehlen, nicht damit zu rechnen, daß es in diesem Fall passiert.«

»Warum nicht?«

»Es hat viel Gerede über das Stockholm-Syndrom gegeben, vor allem seit der Hearst-Entführung, und so wird fälschlicherweise davon ausgegangen, daß das Stockholm-Syndrom zwangsläufig eintritt. Dem ist aber nicht so.«

»Sie scheinen speziell in diesem Fall Ihre Zweifel zu haben«, bedrängte ich ihn.

Er seufzte. »Wie gesagt, diese Geiselnehmer wissen, wer bei einem kritischen Fall von der Polizei in Las Piernas losgeschickt wird. Sie wissen, wie lang es dauert, ein Telefongespräch zurückzuverfolgen. Wir haben viele Belege dafür, daß sie intelligent sind und vorausschauend planen. Ich vermute, daß sie über das Stockholm-Syndrom genau Bescheid wissen. Sie strengen sich gewaltig an, um ihm nicht zu erliegen – Anzeichen dafür gibt es ja jetzt schon. Ihn ›Detective Harriman‹ zu nennen statt ›Frank‹ – das hilft ihnen dabei, emotionale Distanz zu wahren.«

»Aber wie können sie emotionale Distanz zu dem Mann halten, der sie aus diesem Keller gerettet hat?«

»Wie konnten sie ihn verletzen?« entgegnete Cassidy. »Wie konnten sie ihren ›Helden‹ in einen Kofferraum sperren? Ihn unter Drogen setzen? Ihn als Pfand benutzen? All die anderen Dinge tun, die sie ihm womöglich noch angetan haben?«

»Es hat etwas damit zu tun, daß er Polizist ist, stimmt's? Sie haben Probleme mit Polizisten.«

»Mag sein.«

»Sie haben Lang und Colson kein einziges Mal erwähnt. Kein einziges Mal einen Austausch vorgeschlagen.«

»Stimmt. Merkwürdig, oder?«

»Ja. Sie scheinen keinen Austausch zu wollen, sondern daß ich einen Bakersfielder Polizisten finde, der einen anonymen Anruf an eine Telefonistin getätigt hat. Warum?«

»Ich werde auch nicht schlau daraus«, sagte Cassidy. »Wenn ein Polizist diesen Anruf getätigt hat, gab es für ihn doch keinen Grund, der Telefonistin seinen Namen zu verschweigen.«

Nach kurzem Nachdenken sagte ich: »Aber *wenn* ein Polizist bei der Telefonistin angerufen hat, mußte er wissen, daß in dem Lagerhaus etwas faul war.«

»Richtig«, bestätigte Cassidy. »Sagen wir mal, er ist daran vorbeigefahren und hat Verdacht geschöpft, aber erst eingegriffen, als es zu spät war. Vielleicht machen sie ihm das zum Vorwurf. Vielleicht glauben sie, er hätte das Leben ihrer Väter retten können.«

»Nein, er muß mehr getan haben, als nur dort vorbeizufahren«, wandte ich ein. »Sonst wüßten sie ja gar nichts von seiner Existenz. Und woher sollten sie dann wissen, daß er überhaupt etwas bemerkt hatte? Sie müssen ihn selbst gesehen oder gehört haben. Samuel hat gesagt, sie seien sich *sicher*, daß der Anrufer Polizist war.«

»Er ist also aufgetaucht, wieder gegangen und hat sie nicht gerettet –«

»Oder er war sogar an den Morden beteiligt«, sagte ich.

Cassidy strich sich mit der Hand übers Haar. Ich merkte ihm an, daß ihm diese Theorie widerstrebte und er versuchte, sich eine andere Erklärung einfallen zu lassen.

»Sie hatten Angst vor Polizisten, wissen Sie noch?« fuhr ich fort. »Was für einen Grund könnte der Polizist dafür gehabt haben, vom Tatort zu fliehen? Selbst wenn er nicht allein hineingehen wollte, hätte er doch über Funk Verstärkung anfordern können.«

»Jetzt holen wir mal dieses Fax«, meinte er.

»Ich möchte mit Franks Angehörigen reden. Sie warten schon die ganze Zeit da draußen.« Ich stand auf.

Cassidy blieb sitzen. »Dieser Greg Bradshaw – das ist doch der, von dem Sie mir vorher erzählt haben, stimmt's?«

»Ja. Das ist Bear.«

»Früher bei der Polizei Bakersfield?«

»Ja.«

»Wollen Sie der Familie alles erzählen, was wir gerade besprochen haben?«

Ich überlegte. »Nein, wahrscheinlich nicht. Es ist nur eine Theorie.«

»Auch wenn sie Sie darum bitten, ihnen zu erzählen, was Samuel gesagt hat?«

»Ich weiß nicht ...«

»Lassen Sie es lieber«, meinte er.

»Ich möchte sie nicht anlügen.«

»Ich mache es Ihnen leicht. Lassen Sie mich mit ihnen reden.«

»Sie haben Bradshaw erwähnt«, sagte ich. »Ist Bear das Problem?«

»Das habe ich nicht gesagt.«

»Aber Sie fangen langsam an, es zu glauben, stimmt's? Sie glauben, daß ein Polizist aus Bakersfield in die Ryan-Neukirk-Morde verwickelt war.«

Er schüttelte den Kopf. »Nicht unbedingt – aber möglich

wäre es. Sagen Sie bloß nicht, daß Sie genau dann zu einer anderen Theorie umschwenken, wenn ich mir einen Reim auf das Ganze machen kann.«

»Nein, aber selbst wenn es stimmt – nicht Bear. Ich kenne Greg Bradshaw. Er war ein anständiger Polizist.«

»Sie kannten ihn, als Sie Anfang Zwanzig waren?«

»Ja.«

»Sind Sie seither anderen Menschen gegenüber mißtrauischer geworden, Irene?«

»Schon, aber ich bin bereit, selbst nach meinen heutigen, zynischen Maßstäben darauf zu wetten, daß er ein anständiger Polizist war.«

»Bereit, Franks Leben darauf zu wetten?«

Ich verkniff mir die Antwort, die ich eigentlich hatte geben wollen, da ich meiner Schwiegermutter ersparen wollte, unter ihrem eigenen Dach diesen Teil meines Wortschatzes hören zu müssen. Aber Cassidy mußte es mir an der Nasenspitze angesehen haben, denn er sagte: »Regen Sie sich ab.«

»Wenn Sie wollen, daß ich mich abrege«, entgegnete ich, »dann hören Sie auf, mich aufzuregen.«

Er lächelte und verdoppelte so meinen Zorn. »Einverstanden«, bemerkte er.

Sie waren alle noch im Wohnzimmer, schweigend und angespannt. Bea saß neben Bear, und ihre Miene war von Sorge gezeichnet. Mike marschierte mit den Händen in den Hosentaschen auf und ab. Cassie saß auf der Couch, die Ellbogen auf den Knien und die Stirn auf eine Handfläche gestützt. Cassidy stand hinter mir, und so war ich die erste, die den Raum betrat. Sie sahen alle sofort zu mir auf, so wie Leute in einem Warteraum im Krankenhaus aufschauen, wenn ein Arzt hereinkommt, um mit ihnen zu sprechen. Ich war aber kein Arzt.

»Sie sagen, daß es Frank gutgeht«, erklärte ich, »aber sie

halten die Anrufe kurz. Diesmal konnte ich nicht mit ihm sprechen –«

»Würden Sie uns bitte noch weitere zwanzig Minuten entschuldigen?« unterbrach mich Cassidy. »Ich muß mir Irene eine Weile ausleihen, aber ich bringe sie bald wieder zurück. Ich würde Ihnen ja gern alles erklären, aber im Moment kann ich nicht. Sie wissen doch, wie das ist, oder, Officer Bradshaw?«

»Sicher, sicher – aber ich bin im Ruhestand, also nennen Sie mich einfach Greg. Das tut's auch. Unser Mike hier, der ist Officer. Er ist bei der Highway Patrol.«

Cassidy lächelte Mike zu und sagte: »Entschuldigen Sie. Irene hat es versäumt, mir zu sagen, daß Sie bei der Polizei sind.«

»Sie war sicher mit anderen Dingen beschäftigt«, erwiderte Mike.

»Ja, nun, wir sollten jetzt gehen, Irene.« Er reichte Bea eine Karte. »Hier steht meine Handy-Nummer, Mrs. Harriman. Bitte rufen Sie sofort an, wenn Hocus sich in irgendeiner Form bei Ihnen meldet oder wenn Sie mich aus einem anderen Grund erreichen müssen.«

»Wir sind gleich wieder da«, sagte ich noch, während Cassidy schon auf die Haustür zumarschierte.

»Also, das lief ja nun nicht besonders glatt«, bemerkte ich, als wir auf den westlichen Teil der Stadt zufuhren.

»Ich werde versuchen, es beim nächsten Mal besser zu machen«, erwiderte er und tat nicht einmal so, als ob er es ernst meinte. »Vor allem jetzt, wo ich ein bißchen mehr Informationen über die Familie habe.«

»Tut mir leid. Mike hatte recht. Ich hatte den Kopf wirklich woanders. Aber der wahre Grund, warum ich es nicht erwähnt habe, ist, daß er für mich einfach Mike ist und nicht Mr. Highway Patrol.«

»So schlimm war das nicht, glaube ich. Machen Sie sich mal keine Sorgen. Und zerbrechen Sie sich bloß nicht den Kopf darüber, daß Sie der Familie nicht alles sagen, was es zu sagen gibt. Es ist am besten, wenn ihnen von vornherein klar ist, daß sie nicht in alles eingeweiht werden, was passiert – so gern sie das auch hätten. Ich habe ganz den Eindruck, als gehörten sie zu der Sorte Leute, die von Natur aus neugierig sind.«

Damit traf er durchaus ins Schwarze. Je mehr ich darüber nachdachte, desto unruhiger wurde ich. »Haben Sie das Band dabei?«

Er grinste. »Warum? Glauben Sie, Ihre Schwiegerfamilie hört es sich an, solange wir weg sind?«

»Nein, natürlich nicht«, sagte ich und rutschte auf dem Autositz hin und her.

»Natürlich nicht.« Er lachte.

»Cassidy –«

Er griff in die Innentasche seiner Anzugjacke und zog eine Kassette heraus. »Warum das Schicksal herausfordern – oder womöglich auch jemand ganz anderen?« meinte er und schob sie wieder in die Tasche.

Im Copy-Shop herrschte Hochbetrieb. An der Bestelltheke stand eine lange Schlange, und sämtliche Kopierer zum Selbstbedienen waren besetzt. Es war laut und roch nach Toner. Die Hilfskräfte waren ausnahmslos unter Dreiundzwanzig.

Studenten arbeiteten an Semesterarbeiten, Jobsuchende kopierten Lebensläufe, und Geschäftsleute druckten Prospekte und Reklamezettel. Ganz normaler Alltag.

Zum Glück wollten mehr Personen etwas in Auftrag geben als etwas abholen. Ich ging zum Kassierer, auf dessen Namensschild »Shaun« stand, und fragte ihn, ob sie ein Fax für Irene Kelly bekommen hätten.

»Einen Moment«, sagte er. »Ich lasse jemanden nachsehen.«

Er drehte sich um und brüllte: »Suzanne! Haben wir ein Fax für Irene Kelly?«

»Keine Ahnung«, brüllte Suzanne zurück. »Ich bin mit einem Kunden beschäftigt.« Das hinderte sie allerdings nicht daran, »Heather!« zu schreien.

Heather, die gerade telefonierte, zuckte die Achseln, als Suzanne ihr die Frage zurief.

Cassidy steckte sich zwei Finger in den Mund und pfiff wie ein Viehtreiber. Ich hätte schwören können, daß davon fast die Fensterscheiben zersprungen wären. Jedes Gespräch verstummte. Außer dem leisen *schack-schack* des Sortierers an einem großen automatischen Kopierer herrschte Stille im Raum. »Entschuldigen Sie bitte«, sagte Cassidy mit tiefer Stimme, »aber wir können nicht solange warten, bis Sie es geschafft haben, jeden anzuplärren, der in dieser Schicht arbeitet. Würde bitte einer von Ihnen einfach das Fax für Ms. Kelly suchen? Es ist wichtig.«

Ich weiß nicht, wie überhaupt jemand dieses Fax fand, da aller Augen auf uns gerichtet zu sein schienen, aber irgendwie schafften sie es. Als Shaun mir schließlich einen gelben Umschlag reichte, war der Geräuschpegel fast wieder auf seine vorherige Höhe geschnellt, auch wenn ich immer noch höchst verlegen war. Ich zog die erste Seite heraus und wandte mich an Cassidy. »Schauen Sie.«

Es war ein Deckblatt mit den üblichen Daten:

An: Irene Kelly
Von: Hocus
Seiten einschließlich Deckblatt: 21

Außerdem stand da, daß meine Privatnummer für den Fall angerufen werden sollte, daß Seiten fehlten. Doch ganz oben auf der Seite hatte das Faxgerät des Copy-Shops die Zeit ausgedruckt, zu der das Fax eingetroffen war – nämlich elf Uhr morgens – und eine Telefonnummer, die mit 310 begann, eine Nummer, die nicht meine war. Cassidy griff auf der Stelle nach seinem Handy.

»Das macht dann mit Steuern 11 Dollar 13«, sagte Shaun.

Daß ich für das Fax bezahlen mußte, erboste mich, aber ich hatte größere Probleme. Cassidy bat Henry Freeman, die Telefonnummer zu überprüfen und ihn gleich zurückzurufen.

Da wir immer noch eine Menge Aufmerksamkeit auf uns zogen, beschloß ich, die weiteren Seiten draußen zu lesen. In diesem Moment fielen mir Samuel Ryans Worte wieder ein. »Es müßte auch Post für mich da sein«, sagte ich zu Shaun.

»Ja, genau!« sagte er. »Sie sind das also. Wir haben ein Päckchen für Sie.«

»Ein Päckchen?«

»Na ja, einen Umschlag, der mit der Eilpost gekommen ist«, antwortete er, griff unter die Theke und reichte mir einen leuchtendbunten Pappumschlag.

Ich starrte das orange-blaue Adressenetikett an. In ordentlich geschriebenen Blockbuchstaben stand mein Name darauf. Als Absender war ein »Mr. John Oakhurst« aus Las Piernas angegeben, mit einer Adresse, die ich nicht kannte. Ich bezweifelte, daß sie echt war. Auf jeden Fall mußte das Päckchen am Tag zuvor aufgegeben worden sein – als nur Hocus wußte, daß ich in Bakersfield sein würde, um es dort in Empfang zu nehmen.

»Machen Sie das häufig?« fragte ich. »Post für Kunden aufbewahren, meine ich?«

»Nein, aber der Geschäftsführer hat gesagt, dieser John Oakhurst hätte uns gebeten, ihm einen Gefallen zu tun, weil er später ein langes Fax schicken wollte und Sie das hier unbedingt dazu brauchen. Aber auf dem Fax stand sein Name nicht, deshalb wurden die Sachen wohl an verschiedenen Stellen aufbewahrt.«

Ich zog an der Lasche, durch die sich der Pappumschlag öffnen würde.

»Nicht!« schrie Cassidy, doch es war schon zu spät. Das Päckchen war offen.

Nichts explodierte.

Das Innere des Umschlags war mit Luftpolsterfolie ausgeschlagen. Drinnen steckte ein kleiner Gegenstand und weiter nichts.

»Bitte fassen Sie nicht hinein«, sagte Cassidy, der klang, als sei er tatsächlich kurz davor, sich aufzuregen. »Und bitte machen Sie keine weiteren Geschenke von Hocus auf.«

Ich gab ihm keine Antwort. Ich starrte nur den Gegenstand an.

Es war eine Phiole Blut.

17

Die Wände begannen, sich auf mich zuzubewegen. Ich schob Cassidy die Umschläge zu und raste hinaus.

Es dauerte eine Zeitlang, bis Cassidy mitsamt dem Fax und dem Päckchen aus dem Laden kam. Er fand mich mit verschränkten Armen und darauf gestützter Stirn vornüber gegen das Wagendach gelehnt vor, während ich heftig dagegen ankämpfte, nicht in genau diesem Moment all den Impulsen nachzugeben, die mich zur Hysterie drängten.

»Irene?«

Ich sah zu ihm auf.

»Sie sehen ein bißchen mitgenommen aus«, bemerkte er. »Möchten Sie sich eine Weile ins Auto setzen? Wir müssen ja nirgendwohin fahren. Wir können hierbleiben, bis Sie sich besserfühlen.«

Ich trat von der Wagentür weg und ließ ihn aufschließen.

»Es geht schon«, sagte ich.

»Sicher.«

Er kurbelte die Fenster herunter und fuhr vom Parkplatz. Ich sagte nichts zu ihm, und es dauerte eine Weile, bis mir bewußt wurde, daß wir nicht zum Haus meiner Schwiegermutter zurückfuhren.

»Entschuldigung«, sagte ich. »Ich muß Ihnen den Weg erklären, oder?«

»Nee, ich weiß den Weg zurück«, erwiderte er.

»Wo fahren Sie denn hin?«

Er lächelte. »Die genaue Antwort auf diese Frage weiß ich nicht. Aber ich glaube, was ich vorhabe, wird uns ganz allgemein weiterhelfen.«

Er bog ab, und schon bald befanden wir uns auf einer Straße, die in einen Orangenhain führte. Er hielt am Straßenrand. »Holen Sie tief Luft«, forderte er mich auf und stellte den Motor ab.

Der zarte Duft der Orangenblüten füllte das Auto. Zwar vielleicht nicht so exotisch wie das, was sich in der Parfümerieabteilung eines Kaufhauses findet, aber aufgrund seiner süßen Einfachheit nicht weniger berückend.

Inmitten dieses Hains aus hellgrünen Blättern und kleinen weißen Blüten, einen Duft einatmend, den ich mit Sauberkeit und Unschuld verbinde, sagte ich: »Ich will diese Arschlöcher umbringen.«

»Der Schock hat sich also gelegt«, stellte Cassidy fest. »Holen Sie noch mal tief Luft.«

»Was soll das sein? Aromatherapie?«

»Klar«, bemerkte er leichthin. »Sie können Atemzug für Atemzug alle fünf Phasen des Kummers abarbeiten.«

»Toll«, antwortete ich. »Diese abartigen Mistkerle foltern womöglich gerade meinen Mann, während wir hier sitzen. Vielleicht zapfen sie ihm aber auch nur sein ganzes Blut ab und schicken es mir phiolenweise. Aber es ist ungemein wichtig, daß ich mental völlig ausgeglichen bin, weil ich mir die Zeit genommen habe, ›innezuhalten und den Duft der Blüten zu riechen‹.«

Er sagte nichts. Ich schimpfte ihm noch zehn Minuten oder länger etwas vor, bis ich mich schließlich faßte, »O Scheiße« fauchte und den Mund hielt.

Cassidy schwieg, sah aus dem Fenster und betrachtete die Bäume. Schließlich sagte er: »Entführungen sind immer Dreiecksgeschichten. Viele Leute denken an den Täter oder die Geisel, aber kein Mensch denkt an die dritte Seite des Dreiecks, an die Person, die dasitzt, sich Sorgen macht und – was vielleicht am schlimmsten ist, sich den Kopf zerbricht. Sich den Kopf darüber zerbricht, was die Entführer dem geliebten Menschen wohl antun.«

Ich spürte, wie es mir die Brust zuschnürte.

Ich muß schlimm ausgesehen haben, da Cassidy abwartete. Nachdem ich mich ein wenig beruhigt hatte, sprach er weiter. »Die Täter wissen, daß es Ihnen etwas ausmacht. Sie wissen, daß Sie sich Sorgen machen. Es ist in ihrem Interesse, daß Sie sich Sorgen machen. Also machen sie eben solche Sachen, um sich Ihre Gefügigkeit zu sichern. In Wirklichkeit weiß Frank wahrscheinlich nicht einmal, daß ihm diese kleine Phiole Blut fehlt. Sie haben es ihm vermutlich abgezapft, als er voller Morphium oder Versed war. Sie haben die Kontrolle über ihn. Sie wollen auch die Kontrolle über Sie haben.«

»Und deshalb bringen Sie mich in einen Orangenhain, damit ich Dampf ablassen und die Kontrolle über mich selbst wiedergewinnen kann.«

»Die halten Sie vierundzwanzig Stunden am Tag auf Trab, wenn Sie es zulassen. Bis zur Erschöpfung. Wenn wir sie dann irgendwann finden, können Sie sich vielleicht nicht mehr den Luxus von fünfzehn oder zwanzig Minuten in einem Orangenhain gönnen.« Er sah hinaus auf die Bäume. »Geruch ist eine der stärksten Verbindungen zum Gedächtnis, die wir haben, und Sie müssen in der Lage sein, ruhig zu bleiben – also denken Sie das nächste Mal, wenn die beiden Sie auf die Palme bringen wollen, an Orangenblüten, Irene.«

»Sie haben gesagt, ›wenn wir sie finden‹. Glauben Sie, daß wir sie finden?«

»Ja. Sie fangen an, kleine Fehler zu machen.«

»Das Express-Päckchen war einer davon, stimmt's? Es gibt eine Sperrzeit, bis zu der etwas eingeliefert sein muß, wenn es am nächsten Tag zugestellt werden soll. Falls das Blut von Frank stammt, muß es gestern abgeschickt worden sein, und zwar nachdem sie ihn entführt haben, aber vor dieser Sperrzeit.«

»Richtig. Meistens ist das siebzehn Uhr, wenn man sichergehen will, daß es am nächsten Tag ankommt.«

Ich studierte aufmerksam das orange-blaue Etikett. »Datum und Uhrzeit der Einlieferung werden von dem Postangestellten darauf vermerkt, der es entgegennimmt«, sagte ich. »Also wissen wir, obwohl es vermutlich bereits frankiert in einen Briefkasten geworfen wurde, daß es vor« – ich sah auf die Stelle, wo der Postbeamte das Etikett markiert hatte – »vor 16.35 Uhr eingeliefert wurde.«

»Ja.«

»Und die Postleitzahl des Einlieferungspostamts ist auch vermerkt«, fuhr ich fort. »Die hier gehört zu Las Piernas.«

»Also wissen wir auch ungefähr, in welcher Gegend sie es aufgegeben haben«, sagte Cassidy, »und ungefähr wann. Wenn wir jetzt noch herausfinden, von welchem Postangestellten die Initialen stammen, können wir ermitteln, in welchen Briefkasten sie es geworfen haben. Wenigstens können wir die Zeit eingrenzen. Als ich Hank von diesem Paket erzählt habe, hat er gleich gesagt, daß wir wieder Glück gehabt haben.«

Ich sah zu ihm auf. Er holte ein Notizbuch hervor und schlug es auf. »Ein Mann namens James Washington hat Frank gestern in Riverside gesehen.«

»Was?«

»Die Polizei von Riverside hat die Bahnarbeiter befragt und ihnen Fotos von Frank gezeigt. Washington erinnerte sich offenbar daran, Frank gesehen zu haben. Er sagte, Frank hätte ihm von der Einfahrt eines heruntergekommenen Hauses aus zugewinkt – und dann beschrieb er das Haus von Dana Ross. Mit Hilfe der Bahnarbeiter haben die Kollegen aus Riverside die Zeit auf elf Uhr bis elf Uhr fünfzehn eingegrenzt. Das paßt auch mit dem Todeszeitpunkt von Ross zusammen.«

Er hielt inne, und ich sah, wie sich seine Augenbrauen ein wenig zusammenzogen.

»Los, erzählen Sie's mir schon, Cassidy. Von Ihrem Gesicht kann man zwar meistens nicht viel ablesen, aber in den letzten zwei Sekunden waren Sie leicht zu durchschauen.«

»Nicht zu fassen. Anscheinend lasse ich nach.«

Ich wartete.

»Die Waffe, mit der Dana Ross erschossen wurde, war eindeutig Franks Pistole.«

»Was nahezu nichts beweist.«

»Stimmt. Außer daß Ross ermordet worden sein muß, nachdem Frank eingetroffen war. Ein Teil des Bluts am Tatort entspricht Franks Blutgruppe – er hat eine andere als Ross. Und das Blut im Kofferraum gehört ebenfalls Franks Blutgruppe. Genauere Tests dauern länger, aber fürs erste gehen wir davon aus, daß der Blutfleck im Kofferraum von Frank stammt. Wir wissen, daß er verletzt war, vermutlich infolge einer Schlägerei draußen in Riverside. Dann hat man ihn in den Kofferraum des Volvos gelegt und nach Las Piernas gefahren. Irgendwann wurde er unter Drogen gesetzt, vermutlich gleich zu Beginn. Wir haben also mittlerweile ein klareres Bild der Ereignisse.«

»Hank hatte noch andere Neuigkeiten«, fuhr er fort. »Sie haben gestern eine von Franks Kreditkarten benutzt.«

»Wo?«

»An einer Tankstelle in Riverside.« Er sah erneut in seine Notizen. »Kurz nach ein Uhr. Sie wurde zweimal benutzt – für zwei Tankfüllungen.«

»Zwei Autos? Franks Volvo und das, mit dem sie nach Riverside hinausgefahren sind?«

»Wahrscheinlich.«

»Wurden sie vielleicht zufällig auf Video aufgezeichnet?«

»Soviel Glück haben wir leider nicht«, antwortete er. »Dort sind zwar Kameras, aber sie decken nur den Bereich in der Nähe der Kasse ab, nicht den draußen bei den Zapfsäulen. Getankt wird ausschließlich durch Selbstbedienung, und in die Zapfsäulen sind Lesegeräte für Kreditkarten eingebaut. Die Kunden können an der Kasse bezahlen oder gleich an der Zapfsäule die Kreditkarte einschieben. Hocus hat an der Zapfsäule mit Franks Karte bezahlt.«

»Ein Uhr«, sagte ich. »Das heißt, daß sie rechtzeitig nach Las Piernas zurückgefahren sind, um Frank Blut abzunehmen, es in den Umschlag zu stecken und noch vor halb fünf Uhr gestern abzuschicken.«

Er nickte. »Noch etwas. Hank hat mir berichtet, daß die Nummer auf dem Fax, das Sie bekommen haben, von einem öffentlichen Faxgerät am Flughafen von Las Piernas stammt.«

»Von einem Copy-Shop am Flughafen?«

»Nein, von einem offen angebrachten Gerät – so wie ein Münztelefon, nur daß es ein Fax ist. Man braucht eine Kreditkarte dafür. Die Karte war gestohlen, aber wir haben Leute hinausgeschickt, die nach Fingerabdrücken schauen und versuchen, Zeugen zu finden. Hank hat bereits Fotos von Neukirk und Ryan.«

»Es wundert mich, daß sie das Fax nicht einfach über den Computer verschickt haben.«

»Mich auch«, meinte er. »Es hätte sicher im Bereich ihrer Möglichkeiten gelegen.«

»Dieses Fax wurde kurz nach dem zweiten Anruf bei mir zu Hause abgeschickt – als sie mich anwiesen, zum *Californian* zu fahren, stimmt's?«

»Fast genau eine Stunde später«, bestätigte er. »Sie haben damals mit Frank gesprochen, also ist er wahrscheinlich an einem Ort, der innerhalb von fünfundvierzig Minuten vom Flughafen aus erreichbar ist – es sei denn, sie haben ihn mittlerweile woandershin gebracht. Die Zeit, die sie fürs Parken am Flughafen, fürs Hineingehen und das Versenden des Fax' brauchten, miteingerechnet. Derjenige, der das Fax geschickt hat, war unvorsichtig. Ich nehme an, er wußte nicht, daß auf dem Fax des Empfängers die Nummer aufgeführt sein würde.«

»Es sieht also ganz danach aus, als wären sie in der Umgebung von Las Piernas geblieben.«

»Ja. Und jetzt, wo die Fotos in Umlauf sind, rücken wir ihnen vermutlich noch näher.«

»Wenn Frank in Las Piernas ist, will ich aber nicht hier in Bakersfield sitzen.«

»Im Moment ist rein gar nichts gewiß, Irene. Wenn wir herausfinden, wo er sich befindet, verständigen wir Sie auf der Stelle. Aber wir wissen nicht, wo er ist – noch nicht. Und selbst wenn wir herausfinden, wo man ihn gefangenhält, haben wir nur einen Teil der Dynamik der Geschichte verlagert – das ist aber nicht gleichbedeutend mit Franks Befreiung.«

Ich schwieg einen Augenblick. »Warum sollten sie wochenlang so vorsichtig sein und dann auf einmal leichtsinnig werden?«

»Ich weiß es nicht. Nachdem ich eine Zeitlang bei der Polizei war, habe ich langsam gelernt, was alle Polizisten lernen – daß jeder Kriminelle früher oder später zwangsläufig etwas Dummes macht. Manche haben mich wirklich verblüfft.«

»Ich weiß nicht, Cassidy. Mir ist unwohl dabei. Die beiden wissen mit Sicherheit, daß sie wegen Schwerverbrechen gesucht werden, und trotzdem haben sie uns gesagt, wer sie sind.« Ich schluckte schwer und sagte dann: »Vielleicht haben sie Selbstmordabsichten.«

»Vielleicht«, pflichtete er mir bei.

Ich fragte mich, ob ich wirklich wollte, daß er so ehrlich mit mir war. »Was steht denn in den gefaxten Seiten?« fragte ich.

»Da«, sagte er und reichte mir die Blätter.

»Sie haben es gelesen?«

»Nein, nur überflogen. Ich lese es noch einmal aufmerksamer durch, wenn Sie damit fertig sind.«

Ich zog die Blätter aus dem Umschlag und legte das Deckblatt beiseite. Ein einziges Wort bildete die Überschrift für die folgenden Seiten:

Vatertag.

Vatertag

Ihre Väter weckten sie an diesem Samstag morgen um halb drei. Es war noch dunkel draußen, und die Luft war kühl. Verschlafen schlüpften die Jungen in Jeans und Flanellhemden. Das Auto war bereits gepackt und wartete in der Einfahrt vor Brets Haus. Um drei Uhr waren sie unterwegs. »Da gehen wir dem Verkehr aus dem Weg«, hatte Brets Vater gesagt. »Außerdem müssen wir dort ankommen, solange die Fische noch Appetit auf ein Frühstück haben.«

Die Jungen waren in der Nacht zuvor lange aufgeblieben, hatten gekichert und sich Gespenstergeschichten erzählt, vor Vorfreude auf eine Woche am Lake Isabella viel zu aufgeregt, um zur festgesetzten Zeit einzuschlafen. Sie wollten in der Hütte der Neukirks wohnen. Die Hütte war klein, aber die meiste Zeit wollten sie ohnehin am See verbringen, im Boot der Ryans, das in einem Lagerraum in der Nähe für sie bereitstand. Sams Dad hatte nicht viele freie Tage, aber er hatte allen die Woche Angeln versprochen. Sam hatte Bret anvertraut, daß er Angst hätte, sein Vater würde in der letzten Minute absagen. Gene hatte am Vortag bis spät in die Nacht gearbeitet, und sogar Julian hatte immer wieder auf die Uhr gesehen. Doch Gene kam. Er war müde und abgespannt, aber bereit, Angeln zu fahren.

In den letzten Monaten hatte etwas ihre Väter belastet. Sam und Bret war deswegen beklommen zumute gewesen, und sie hatten immer wieder darüber gesprochen. Die Jungen sahen sich immer noch jeden Tag, aber manchmal setzte Gene Sam nur ab und fuhr weiter ins Krankenhaus. Das war überhaupt nicht typisch für ihn. Normalerweise wollte er Julian sprechen. Aber was es auch war, das zwischen den Erwachsenen gestanden hatte, es schien erledigt zu sein, und jetzt machten die beiden Männer wieder gemeinsame Unternehmungen. Die Jungen waren besonders froh darüber, weil das Zerwürfnis sie geängstigt hatte.

Jetzt waren sie müde, und kaum saßen sie auf dem Rücksitz des Autos der Ryans, schliefen sie schon ein. Julian fuhr.

Sie wußten nicht, wie lange sie geschlafen hatten, als sie wieder aufwachten. Es war immer noch dunkel draußen. Das Auto hatte angehalten. Das Innere des Wagens war in rotes, pulsierendes Licht getaucht. »Alles in Ordnung, Jungs«, sagte Julian, als er ihre bestürzten Blicke im Rückspiegel sah. »Ich bin nur ein bißchen zu schnell gefahren, und jetzt bekomme ich einen Strafzettel.«

»Da wird Mom aber sauer sein!« rief Bret.

»Darüber brauchen wir uns erst mal eine Woche lang keine Sorgen zu machen, oder?« meinte Julian.

Er kurbelte sein Fenster herunter. »Gibt's ein Problem, Officer?« fragte er und hielt sich wegen des Lichts die Hand vor die Augen. Der Polizist leuchtete ihm mit einer grellen Taschenlampe ins Gesicht.

Die Jungen konnten das Gesicht des Polizisten nicht sehen, weil er sich nicht herabbeugte. Aber sie sahen die dunkelblaue Uniform und hörten ihn sagen: »Würden Sie bitte aussteigen, Sir?«

Julian tat, wie der Polizist ihn geheißen hatte. Aber als er ausstieg, versetzte ihm der Polizist einen festen Hieb mit dem Griff der Taschenlampe, und Julian fiel zu Boden.

Die Jungen fingen an zu schreien. Gene rief: »Julian!«

Die Beifahrertür flog auf. Ein Mann packte Gene und hielt ihm eine Pistole an den Kopf. Der Mann war schmutzig und hatte seltsame Augen. Später sollten sie erfahren, daß er Christopher Powell hieß.

»O Gott, der Bulle …«, murmelte Gene.

»Genau«, sagte Powell. »Du hast gerade deinen Boß getroffen. Und jetzt sag den Kindern, sie sollen stillsitzen und verdammt noch mal die Klappe halten, sonst puste ich dir dein beschissenes Hirn raus!«

Die Jungen hörten zu schreien auf, bevor Gene etwas sagen mußte. Noch nie hatten sie solche Angst gehabt.

»Chris«, sagte der Polizist, »du fluchst vor Kindern. Warum sind hier überhaupt Kinder, Chris?«

Der Polizist blickte von ihnen weg, aber seine Stimme war deutlich zu hören. Es war eine ruhige Stimme, doch in ihr schwang Bösartigkeit mit. Sie konnten sein Gesicht nicht sehen, aber sie sahen seinen Rücken, als er sich über Julians flach daliegende Gestalt beugte. Der Polizist war massig, massiger als ihre Väter und massiger als Powell. Er hatte silberfarbene Haare, die unter seiner Mütze hervorquollen, über seinem dunkelblauen Kragen. Sie konnten ein Wort auf dem Abzeichen an seinem Ärmel erkennen: Bakersfield.

Powell wurde wütend, als der Polizist ihn fragte, warum sie hier seien. Die Jungen beobachteten Powell jetzt und sahen, wie er dem Polizisten einen Blick zuwarf, als wolle er ihn erschießen. »Das ist ein Trick, Boß. Der Doc hier meint, Sie tun ihm nichts, wenn die Kinder dabei sind.«

»Alle drei fesseln«, befahl der Polizist, und sie hörten ihn davongehen.

Powell grinste. Er griff in seine Jackentasche und schob Gene eine Rolle Klebeband hinüber. Es war Isolierband, breit und silberfarben. Er zwang Gene, den Jungen die Augen zu verkleben. Sie weinten, und Powell befahl ihnen, sich das Gesicht abzuwischen, bevor Gene ihnen das Isolierband über die Augen klebte. »Nicht bloß einfach. Dreimal rumwickeln.«

Gene gehorchte. Als nächstes wurden ihnen auf Powells Befehl die Hände hinter dem Rücken ebenfalls mit dem Band gefesselt.

»Die Münder auch«, sagte Powell.

Doch der Polizist war jetzt wieder näher gekommen und sagte: »Nein. Ihr seid ganz still, oder, Jungs?« Sie nickten.

»Die Hände hinter den Rücken!« herrschte Powell Gene an, und sie hörten Gene vor Schmerz aufstöhnen. Powell war schon wieder wütend; sie konnten es spüren, selbst mit zugeklebten Augen. Der

Polizist machte Powell wütend, und Powell ließ seine Wut bei der nächstbesten Gelegenheit an einem von ihnen aus. Ein Muster, das sich wiederholen sollte.

»Erledigt«, erklärte Powell, als sie fertig waren.

»Bitte sehen Sie nach vorn, Gene«, sagte der Polizist.

»Und versuch bloß nicht, sein Gesicht im Spiegel zu erkennen!« fügte Powell hinzu.

Die Jungen konnten jetzt gar nichts mehr sehen, aber sie hörten, wie die Wagentür neben Bret geöffnet wurde.

»Nicht die Jungen«, flehte Gene. »Bitte –«

»Halt's Maul!« sagte Powell.

»Natürlich wird den Jungen nichts geschehen«, erklärte der Polizist. »Hast du mich verstanden, Chris?«

»Ja«, erwiderte Powell mürrisch.

Nach kurzem Schweigen ergänzte Powell mit Nervosität in der Stimme: »Ja, Sir, ich habe Sie verstanden. Den Jungen passiert nichts.«

Sie hörten, wie sich vor dem Auto etwas bewegte.

»O Gott!« sagte Gene. »Bitte, bitte, tun Sie Julian nichts!«

»Ich möchte wirklich keine Proteste von unserem feinen Herrn Doktor hören«, sagte der Polizist. »Es ist sowieso alles seine Schuld. Kleb ihm den Mund zu, Chris.«

Sie hörten, wie das Band von der Rolle gezogen wurde und Genes Flehen um Gnade mitten im Satz abbrach.

»Rutscht rüber, Jungs«, ordnete der Polizist an. »Zur anderen Tür.«

Sie gehorchten und drängten sich aneinander.

»Moment mal«, sagte der Polizist. »Chris, fessle ihnen die Hände vor dem Körper, nicht hinten. Es ist eine lange Fahrt zurück.« Doch es war der Polizist, der sachte nach ihnen griff, die Fesseln aufschnitt, ihre Hände nach vorn führte und die Handgelenke wieder mit Band umwickelte. Die Haut seiner Hände war rauh, aber als er sie berührte, war er beinahe so sanft, wie Gene es gewesen war. »So, jetzt ist es besser.«

Als nächstes spürten sie, wie er vom Sitz rutschte und kurz danach ein anderes Gewicht an seine Stelle trat. Julian. Julians Kopf wurde ihnen auf den Schoß gelegt. Bret konnte nicht verhindern, daß ihm ein kleiner Laut der Angst entfuhr, aber ansonsten ließ ihre Furcht sie schweigen. Sachte fuhren sie mit den Fingern über Julians Gesicht und Haare, eine blinde Suche nach Zuflucht. Bret konnte Julians Atem spüren und die Wärme seiner Haut. Seine Augen waren verbunden, aber nicht sein Mund. Er lebte.

»Na also, ihm fehlt nichts«, meinte der Polizist. »Bald geht's allen wieder gut, was, Gene?«

Gene gab einen erstickten Laut von sich.

»Ich weiß, daß euch das alles Angst einjagt, Jungs«, sagte der Polizist, »aber ich verspreche, daß euch nichts geschehen wird.« Er hielt inne. »Verstehst du, was ich sage, Chris?«

»Ja, Sir.«

»Mein Dad …«, wagte Bret anzufangen.

»Dein Dad hat eine kleine Beule am Kopf. Er wacht bald wieder auf. Und jetzt, Chris, schneid mal das Band an Genes Händen entzwei, damit er uns aufschreiben kann, was wir wissen wollen. Die Augen nach vorn, Gene … Vielen Dank.« Sie hörten, wie das Band durchgeschnitten wurde. Und das Rascheln von Papier.

»Sie wollten doch wohl unsere Zahlung nicht verspätet bei unseren Lieferanten abgeben, oder, Gene?« fragte der Polizist. »Nein, das glaube ich nicht. Und es wird auch nicht wieder vorkommen, oder? Nein. Also, Chris behält alle im Auge, bis ich mich davon überzeugt habe, daß Sie nichts Dummes gemacht haben, Gene. Nicht noch etwas Dummes, sollte ich vielleicht eher sagen. Es ist nämlich sehr, sehr dumm von Ihnen, Gene, daß Sie mich dazu zwingen, so direkt mit Ihnen zu verhandeln. Also denken Sie genau nach, bevor Sie zu schreiben anfangen.«

Sie hörten Gene kritzeln.

Als das Kritzeln verstummte, sagte der Polizist: »Bevor Sie diesen Zettel nach hinten reichen, vergewissern Sie sich noch einmal, daß ich das Geld ganz leicht finden werde … Sind Sie sicher? Dann ist es gut.« Er hielt inne und fragte dann: »Dieser pilzförmige Felsen – ist der leicht zu erkennen?«

Sie hörten Genes verzweifelte Laute.

»Gut. Es würde mir widerstreben, wenn Ihre Kinder sich ängstigen müßten – ganz zu schweigen davon, daß wir Sie und Ihren Freund in einer so unbequemen Lage belassen müßten –, während ich jeden Felsblock in der Schlucht absuche. Machen Sie jetzt die Augen zu, Gene, und lassen Sie sie geschlossen. Chris, verbinde ihm bitte wieder die Hände. Die Augen auch.«

Die Wagentür ging zu.

»Ich muß dich noch kurz sprechen, wenn du fertig bist, Chris«, sagte er. Seine Stimme kam jetzt aus Richtung des Fensters an der Fahrerseite. »Ach, eines noch, Gene. Ihre Spielerfreunde haben noch nichts von diesem Geld gesehen, oder? ... Nein? Das freut mich aber, das zu hören. Für Sie.«

Christopher Powell schloß die Wagentür. »Nicht weinen, Daddy«, flüsterte Sam, als sie hörten, wie Gene Ryan versuchte, die schluchzenden Laute zu unterdrücken, die er hinter seinem Knebel machte.

Sie hörten das Polizeiauto davonfahren. Als Powell wieder zu ihrem Wagen zurückkam, verklebte er eilig den Jungen den Mund.

»Scheiß auf diesen alten Arsch«, schimpfte er. »Ich hör mir doch kein Gejaule von Kindern an.«

Powell fuhr sie zu dem Lagerhaus. Die Jungen versuchten sich zu merken, wohin man sie brachte, wie es Entführungsopfer im Fernsehen taten, aber sie konnten es nicht behalten. Jedesmal, wenn das Auto eine Kurve machte, wäre ihnen Julian fast vom Schoß gerutscht, deshalb verbrachten sie die meiste Zeit damit, ihn festzuhalten.

Der Wagen hielt an, und sie hörten, wie eine schwere Stahltür aufgeschoben wurde. Powell setzte sich wieder ins Auto und fuhr es in das Lagerhaus. Dann stieg er wieder aus und schloß die große Tür hinter ihnen.

Zuerst schnappte er sich Gene, was neues Entsetzen in den

Jungen auslöste. Julian versuchte sich aufzurichten. Sie hörten ihn stöhnen. Er kämpfte eine Weile, bis er offenbar merkte, daß die Jungen ihn festhielten.

»Bret? Sam?«

Die Jungen versuchten ihm zu verstehen zu geben, daß sie ihn hörten, und tätschelten ihn.

»O Gott … Gene?«

Ihre Hände hörten auf, sich zu bewegen.

»Gene!« rief er laut.

Bret fuhr mit den Fingern über die Lippen seines Vaters, um ihm zu bedeuten, daß er still sein sollte. Er versuchte, das Band von den Augen seines Vaters zu ziehen, doch schon bald hörte er Powells zornige Schritte den Raum durchqueren.

»Ich habe dich schreien hören«, sagte er, »also weiß ich, daß du wach bist. Gut so. Ist leichter, wenn ich dich nicht tragen muß. Mach bloß keinen Ärger, sonst muß ich einen dieser kleinen Jungs da abknallen.« Damit wurde Julian von ihren Beinen gehoben. »Aufstehen«, hörten sie Powell sagen.

Sie hörten, wie Powell Julian wegführte. Bret versuchte, sich das Band von den Augen zu ziehen, kam aber nicht weit. Es waren zu viele Schichten. Er spürte, wie Sam ihn stupste und mit den Händen stieß. Ebenso deutlich, wie wenn Sam gesprochen hätte, wußte er, daß Sam ihn aus dem Auto drängen wollte, damit sie fliehen könnten. Bret hatte Angst, aber Sam war tapfer wie immer.

Ohne genaue Vorstellung davon, was sich außerhalb des Autos befand, rutschte Bret auf der Sitzbank entlang, bis seine Füße den Holzboden berührten. Er stolperte und wandte sich dann zum Heck des Wagens, indem er sich den Weg ertastete. Schon bald war Sam hinter ihm.

Bret erinnerte sich daran, daß die Tür hinter dem Auto zugezogen worden war. Er bewegte sich immer noch aufs Heck des Wagens zu und streckte dann vorsichtig die Hände aus. Nichts. Er bückte sich. Das ganze Gebäude stank nach altem Öl und Wagenschmiere, aber so nah am Boden war der Geruch fast betäubend.

Er kam an eine Wand – nein! Es war die Tür. Er spürte die kalte Luft, die unten durch den Spalt drang. Er richtete sich wieder auf und versuchte, Sam auf sich aufmerksam zu machen. Aber Sam bewegte sich von ihm weg.

»He!« hörte er Powell brüllen. »Komm her, du kleiner Scheißkerl!«

Sam stolperte. Bret hörte, wie er hinfiel. Sam gab einen krächzenden Laut von sich. Bret wußte, was Sam ihm sagen wollte. »Lauf!« bedeutete das Krächzen. »Lauf, Bret!«

Bret betastete die Tür und versuchte, einen Riegel oder Griff zu finden. Er sah sich selbst im Auto vor sich, während er das gleitende Geräusch hörte. Von rechts nach links. Jetzt, von innen, mußte es von links nach rechts gehen – der Griff mußte auf der linken Seite sein. Er hörte Powell lachen.

»Komm her«, rief Powell, aber Bret wurde klar, daß er Sam meinte. Bret fand den Griff und zog daran. Nichts. Er hörte, wie Isolierband zerrissen wurde und Sam vor Schmerz aufschrie. Bret hielt inne und wollte auf das Geräusch zugehen.

»Lauf, Bret!« schrie Sam. »Lauf!«

Bret fand den Schließhaken. Wie durch ein Wunder – so kam es ihm vor – war kein Schloß daran.

»Komm sofort hierher, sonst tu ich deinem Freund weh!« drohte Powell.

»Los, Bret, denk dir nichts, hau einfach ab!« befahl Sam.

Powell fing an zu lachen. Bret entriegelte die Tür. Ihm war speiübel, und er hatte Angst davor, was mit Sam und ihren Vätern passieren könnte, aber er zog mit aller Kraft an der Tür. Sie bewegte sich nur um wenige Zentimeter.

Er hörte Powell schnurstracks auf sich zulaufen und versuchte, sich zu ducken. Aber Powell erwischte ihn und packte ihn mit brutaler Gewalt. Powell riß an dem Band, das über Brets Augen klebte und nun wiederum an Brets Haut und Haaren riß.

Bret blinzelte und sah in Powells schmutziges Gesicht mit dem wilden Blick auf. Leuchtendrot war es, wie ein Rücklicht. Zu spät wurde Bret klar, daß Powell die Scheinwerfer am Auto angelassen hatte. Allein wären diese Lichter vielleicht nicht ausreichend gewesen, aber da die Autotüren offenstanden, brannte auch die Innenbeleuchtung – aus dem Wageninneren drang gerade genug gedämpftes Licht, um die Fläche vor der Tür des Lagerhauses zu beleuchten. Hätten die Jungen die Autotür zugemacht, wären sie vielleicht nicht gesehen worden.

Abgesehen von der Fläche, die von Innenbeleuchtung und Scheinwerfern des Autos erhellt wurde, war es in dem höhlenartigen Backsteinbau dunkel. Später sollten sie erfahren, daß das Gebäude bereits vielen Zwecken gedient hatte und seine Ausgestaltung für jeden Mieter geändert worden war. In letzter Zeit hatte man es zur Lagerung von ausgemusterten Maschinen benutzt; der ölige Geruch kam von den Schmiermitteln, die aus den alten Maschinen ausgelaufen und in den Holzboden eingedrungen waren. Das Lagerhaus stand seit mindestens fünf Jahren leer.

Powell zerrte Bret dorthin, wo er Sam, dessen Augen immer noch verbunden waren, an einen Pfosten gefesselt hatte. Powell tat Bret weh, als er ihm hinter dem Rücken den Arm verdrehte. Bret stieß durch das Klebeband über seinem Mund ein Wimmern aus. Sam hörte es und schrie: »Lassen Sie ihn in Ruhe!« Powell versetzte Sam einen festen Schlag. Sam hörte auf zu schreien, aber er weigerte sich zu weinen. Powell band ihn los und ließ ihn von Bret führen.

Powell brachte sie zu einer Tür. Dahinter kam eine Treppe, die in einen düsteren Keller führte. Er befahl ihnen, dort hinunterzusteigen. Dann schloß er die dicke, hölzerne Tür hinter ihnen.

Gene und Julian waren jeder an einen Pfeiler gefesselt. Die Pfeiler standen knapp zwei Meter voneinander entfernt in der Mitte des Raums, und die Männer waren so angebunden, daß sie einander ins Gesicht blickten. Ihre Augen waren nun nicht mehr verklebt.

Als die Jungen die Treppe herunterkamen, sah Bret Angst und Erleichterung zugleich auf den Gesichtern ihrer Väter. Gene weinte. Julian versuchte, Bret anzulächeln, aber es sah nicht wie ein echtes Lächeln aus.

Die Jungen wurden zu einer Wand geführt. Lederriemen mit dicken Eisenringen daran wurden fest um die zarten Handgelenke und Fußknöchel der Jungen gewunden; jeder Ring war durch ein Vorhängeschloß mit einer schweren Kette verbunden. Das andere Ende einer jeden Kette war an einer Art Öse an der Wand befestigt. Erst als alle Schlösser eingeschnappt waren, riß Powell das Klebeband von Sams Augen und Brets Mund. Die Ketten waren gerade lang genug, um etwas Bewegung zu gestatten, doch die Jungen wankten unter ihrem Gewicht. Sam zerrte sofort an seiner Kette und versuchte, zu seinem Vater zu gelangen. Obwohl Gene an den näher gelegenen der beiden Pfeiler gefesselt war, waren die Ketten viel zu kurz, um das zu ermöglichen.

»Die waren eigentlich für euch gedacht«, sagte Powell lachend zu den Männern. »Hab sie im Sex-Shop gekauft und selbst montiert. Ist schon lange her.« Er schien in Gedanken abzuschweifen und lächelte dann Gene an. »Dachte mir, daß es euch mehr ausmacht, die beiden kleinen Naseweise darin zu sehen, als selbst angekettet zu sein. Und offensichtlich habe ich recht.«

Powell begann, in dem Kellerraum auf und ab zu gehen. Auf einer Pritsche an der gegenüberliegenden Wand lag ein Schlafsack, daneben lehnte ein kleiner Holztisch. Auf dem Tisch befanden sich eine tragbare, batteriebetriebene Laterne, eine verknitterte Leinentasche und zusammengeknüllte Papiertüten aus einem Fast-Food-Lokal. Das Licht der Laterne warf lange, merkwürdige Schatten. In diesem Raum roch es nicht nach Öl. Es roch nach Schweiß und alten Hamburgern.

»Daddy, warum macht er das mit uns?« fragte Sam.

Powell lachte erneut. »Erzähl's ihm, Gene. Erzähl ihm, was für ein toller Hecht sein Alter ist.«

»Es ist alles meine Schuld, Sam«, stieß Gene stockend hervor. »Gott verzeih mir, es ist alles meine Schuld.«

»Gene –«, wollte Julian ihn unterbrechen.

»Halt verdammt noch mal dein Maul, Neukirk«, fauchte Powell. »Laß den Doc sein Geständnis ablegen.«

Doch Gene schwieg. Powell ging zu der Leinentasche hinüber und tauschte seine Pistole gegen ein langes Messer aus. Dann spazierte er zu Julian hinüber und brachte ihm, bevor irgend jemand begriff, was er vorhatte, einen kleinen Schnitt am Arm bei.

Bret begann zu schreien. Gene und Sam brüllten.

»Maul halten!« plärrte Powell und ging wieder mit dem Messer auf Julian zu.

Alle schwiegen.

»Schon gut, schon gut«, sagte Julian, doch sein Gesicht war bleich. Sam rückte zu Bret hinüber und hielt ihn fest.

»Los, Gene, ich hab doch gesagt, du sollst dein Geständnis ablegen«, sagte Powell. »Erzähl diesen kleinen Schwuchteln, was du angestellt hast.«

»Man soll nicht Schwuchtel zu jemandem sagen«, protestierte Sam und gab damit wortgetreu etwas wieder, was man ihm selbst vor nicht allzu langer Zeit beigebracht hatte.

Bret, der den Blick nicht von der blutenden Schnittwunde seines Vaters abwenden konnte, fürchtete, daß Powell Julian wegen Sams Bemerkung erneut schneiden werde.

Doch Powell lachte nur. »Ihr gebt also zu, daß ihr Schwuchteln seid, was?«

»Nein. Wir sind nur wie Brüder«, erklärte Sam, der Bret immer noch umarmt hielt. »Brüder machen keinen Sex miteinander. Aber auch wenn wir schwul wären, sollten Sie nicht ›Schwuchtel‹ sagen. Das gehört sich nicht.«

Powell jaulte vor Lachen auf. »Mann, du bist vielleicht 'ne Marke, Kleiner.«

»Ich bin sehr stolz auf dich, Sam«, sagte Gene ruhig und zog damit die gesamte Aufmerksamkeit auf sich. Bret merkte, daß sich Genes Stimme anders anhörte. Sie klang kräftiger, als hätte ihn sein Stolz auf Sam tapferer gemacht. »Aber auf mich selbst bin ich weniger stolz. Du hast recht. Du und Bret seid wie Brüder, genau wie Julian und ich wie Brüder sind. Es stimmt auch, daß es meine

Schuld ist, daß wir hier sind – in erster Linie, weil ich mich Julian nicht anvertraut habe.«

»Das spielt jetzt keine Rolle mehr«, meinte Julian.

»Es ist das einzige, was jetzt noch eine Rolle spielt«, widersprach ihm Gene. »Jungs, ich möchte euch eine Geschichte erzählen – eine wahre Geschichte. Julian kennt sie zum Teil, aber nicht ganz.«

Powell entfernte sich von den Männern und setzte sich auf die Pritsche. »Das wird ja tierisch amüsant«, höhnte er.

Julian sah zu Bret und Sam hinüber. Lautlos formulierte er die Worte: »Seid tapfer.«

Und so begann Gene, ihnen vom Spielen zu erzählen und vom Verlieren. Er berichtete von den Männern, denen er Geld schuldete, und davon, was sie ihm antun könnten, wenn er es nicht zurückzahlte. Er sprach davon, wie Powell mit der Aussicht auf leichtverdientes Geld an ihn herangetreten war.

»Chris kannte einen Mann, der etwas aus Mexiko in die Vereinigten Staaten geflogen haben wollte«, sagte er.

»Was denn, Daddy?« wollte Sam wissen.

Gene zögerte.

Powell sprang mit dem Messer in der Hand auf und tänzelte zu Gene hinüber. »Was denn, Daddy?« äffte er Sam nach.

»Kokain«, flüsterte Gene.

Bret sah, wie Sam ungläubig die Augen aufriß. Er rief das, was Sam hatte sagen wollen: »Du lügst!«

»Bret!« sagte Julian scharf.

Gene schüttelte den Kopf. »Nein, Bret, tut mir leid, ich lüge nicht.«

»Jungs«, warf Julian rasch ein, »das ist ein Geheimnis. Versteht ihr? Niemand darf je davon erfahren. Niemand! Niemals!«

Powell drehte sich um und fügte ihm eine zweite Schnittwunde zu, diesmal am anderen Arm. Und im nächsten Moment traf es Gene.

»Ihr zwei kotzt mich an!« brüllte Powell. »Jetzt erzähl deine Geschichte weiter, Gene. Sonst schlitze ich nächstes Mal die zwei kleinen Babys da auf.«

Zitternd fuhr Gene fort. Er berichtete von Flügen nach Mexiko mit der Cessna 210 – Flügen, von denen die Jungen gedacht hatten, es seien wohltätige Missionen zugunsten von Menschen, die zu arm waren, um einen Arzt zu bezahlen. Doch, er half den Armen wirklich, erklärte er ihnen auf Sams Frage. Aber während die anderen Ärzte nur zum Helfen dort waren, machte er nebenbei illegale Geschäfte. Deshalb flog er immer allein und die anderen in Gruppen. Wenn er andere Ärzte traf, sagte er immer, er flöge wegen seiner Versicherung allein, doch das war gelogen.

Er holte die Drogen – Marihuana oder Kokain oder Heroin – in Mexiko ab und flog dann zum Kern Valley Airport in der Nähe des Lake Isabella und fuhr von dort mit dem Auto nach Bakersfield. Powell lud die Drogen aus und hinterließ das Geld für Gene in einer speziellen, abschließbaren Kiste. Es war viel Geld. Es half ihm, seine Schulden schnell abzutragen.

Obwohl er anfangs keine Zahlungen an die Lieferanten zu tätigen hatte, bekam Gene nach und nach auch große Geldsummen anvertraut, die er nach Mexiko bringen sollte.

Jetzt hatte er keine Angst mehr vor den Männern, die versuchten, seine Spielschulden einzutreiben. Jetzt hatte er Angst vor Powell und dessen Boß. Sie verlangten, daß er immer häufiger flog. Zwischen den Flügen und seinem Dienst in der Klinik war er nie zu Hause. Immer war er müde und außerstande, seine freie Zeit mit Freunden oder der Familie zu genießen. Er hatte Angst davor, gefaßt zu werden. Er fing an zu begreifen, wie dumm er gewesen war.

Hilfesuchend wandte er sich an den Mann, der seit je sein bester Freund gewesen war. Julian sagte, daß er immer zu ihm stehen würde, egal was passierte.

»Das tu ich auch«, sagte Julian, als Gene an diesem Teil der Geschichte angelangt war.

»Und ich werde immer zu Sam stehen«, sagte Bret, weil er wußte, daß sein Freund durcheinander und verlegen war.

Julian lächelte Bret an. Gene begann wieder zu weinen.

»Wirklich scheißrührend«, sagte Powell, »aber du bist noch nicht fertig.«

Julian hätte ihm nahegelegt, eine Zeitlang Urlaub zu nehmen, fuhr Gene fort. Julian hatte gesehen, daß Gene am Ende seiner Kräfte war und nicht mehr klar denken konnte. Es war ein gravierendes Problem. Sie hätten Zeit, alles durchzusprechen, wenn Gene erst einmal zur Ruhe käme.

Also hatten sie den Angelausflug geplant, und als der Tag näher rückte, war Gene ganz aus dem Häuschen vor Vorfreude darauf, mit seinem Freund und den beiden Jungen wegzufahren. Er arbeitete eine lange Schicht in der Klinik und versuchte, alles so zu organisieren, daß es glatt lief, wenn er die eine Woche verreist wäre. Doch dann meldete sich sein Piepser; der angegebene Code wies auf einen Anruf von Powell hin. Es hieß, daß Powell einen Flug verlangte.

Gene fuhr zum Lake Isabella hinauf, zum Flughafen, doch als er in seinem Flugzeug saß, in mehr als nur einer Hinsicht erschöpft, überlegte er es sich anders. Er stellte die Motoren ab und wollte das Geld schon in der Maschine lassen, als ihm klarwurde, daß sein »Fehlstart« Aufmerksamkeit erregt hatte. Also nahm er das Geld, legte es ins Auto und fuhr zu Powells Haus. Er hatte vor, Powell zu erklären, daß er aussteigen wolle, aber Powell war nicht da. Er versuchte ihn anzurufen, erreichte aber nur seinen Anrufbeantworter. Dort hinterließ er eine Nachricht, in der er mitteilte, daß er nicht abgeflogen sei und mit Powell reden müsse. Dann fuhr er nach Bakersfield zurück, wurde aber ängstlich und unsicher und wußte nicht mehr, was er tun sollte.

»Spar dir deine Ausreden«, sagte Powell. »Du hast Scheiße gebaut.«

Unterwegs, so fuhr Gene fort, sei ihm klargeworden, daß er Geld aus einer solchen Quelle nicht im Umfeld seiner Familie haben wolle, wo jemand seinen Angehörigen etwas antun könnte, um es an sich zu nehmen.

Darüber mußte Powell lachen.

»Ich beschloß, das Geld nicht mit nach Hause zu nehmen«, sagte Gene. »Aber ich war schon halb in Bakersfield und zu müde, um den ganzen Weg zum Lake Isabella zurückzufahren und auf Powell zu warten, also habe ich am Straßenrand angehalten und das Geld vergraben.«

»Ich gehe zu diesem Flugzeug hin«, sagte Powell, »weil ich denke, vielleicht hat er das Geld dort gelassen. Und was finde ich, hä? Was finde ich?«

»Ein leeres Flugzeug«, antwortete Gene. »Aber –«

»Verdammte Scheiße, ein leeres Flugzeug!« Powell fing an, auf und ab zu tigern.

»Ich habe dich noch einmal von zu Hause aus angerufen und dir erklärt, wo ich das Geld gelassen habe!« verteidigte sich Gene.

»Aber nicht so, daß ich es hätte finden können.«

»Das habe ich nicht gewußt!« rief Gene. »Wäre ich auch nur in die Nähe von deinem Haus gefahren, wenn ich gewußt hätte, daß du das Geld nicht gefunden hast? Hätte ich meine Kinder bei mir im Auto gehabt? Ich habe nicht versucht, mich abzusetzen!«

»Halt's Maul!« tobte Powell. »Ich bin nicht blöd! Du hast Scheiße gebaut!«

Und wieder begann er, auf und ab zu gehen.

Mit der Zeit wurde Powell immer unruhiger. Schneller und schneller ging er auf und ab. Er sagte, es dauere zu lang, bis der Boß dort ankäme. Irgend etwas stimme nicht. Vielleicht hatte Gene dort überhaupt kein Geld versteckt. Bald war er davon überzeugt, daß Gene ihnen eine Falle gestellt hatte.

Und dann begann das Morden. Er schnitt die Männer los, ließ ihnen aber keine echte Chance, um ihr Leben zu kämpfen. Sie waren mittlerweile stundenlang gefesselt gewesen, und ihre Hände und Füße waren gefühllos geworden. Jedesmal, wenn Powell ihnen eine Verletzung zufügte, wurde er noch erregter, noch rasender.

Julian starb als erster, dann Gene. Die Jungen schrien. Powell wandte sich ihnen zu. Er ließ das Messer fallen und schüttelte sie, doch sie schrien weiter. Dann nahm er ein Stück Rohr in die Hand und wollte damit auf Bret einschlagen. Doch in letzter Minute warf sich Sam vor Bret, der kleiner war. Dabei wurde Sam der Arm gebrochen.

Sam brüllte: »Sie haben dem Polizisten versprochen, daß Sie uns nichts tun würden!«

Und Powell hörte auf, so plötzlich, wie er begonnen hatte. Erstaunt sah er sich im Raum um, als hätte ein Fremder dieses grausige Werk verrichtet. Eilig stieg er die Treppe hoch und schloß die Kellertür. Aus der Ferne hörten sie, wie die Stahltür aufgezogen wurde. Daß sie wieder geschlossen worden wäre, hörten sie nicht.

Die Jungen schrien um Hilfe, bis sie heiser waren.

Die Batterien der Laterne, die bereits bei Powells Verschwinden schwach gewesen waren, ließen rasch nach. Der Raum wurde dunkler und dunkler, bis alles pechschwarz war.

Die Jungen klammerten sich aneinander.

Sie gerieten in einen Zustand, der fast wie Schlaf war, traumähnlich und abwesend, und lediglich Sams gelegentliches Stöhnen holte Bret in die Gegenwart zurück. Sie wußten nicht, wieviel Zeit vergangen war, als die Kellertür aufging und eine Taschenlampe in die Finsternis leuchtete. Sie blieben still.

»Powell?«

Der Polizist.

Die Ketten rasselten. Beide Jungen zitterten.

Das Licht glitt über den Fußboden und in ihre Gesichter. Sie waren zu erschöpft vom stundenlangen Stehen in den schweren Ketten, um sich schützend eine Hand vor die Augen zu halten.

Der Polizist gab einen Klagelaut von sich, der nicht viel anders war als die Laute, die die Jungen ausgestoßen hatten, als sie noch Stimmen zum Weinen besessen hatten. Und dann war er weg.

Bret fühlte sich, als wäre er noch einmal aufgeweckt worden. Er konnte die Kälte des Raumes spüren, das Blut riechen und Sam beben fühlen. Er begann sich zu fragen, ob man sie wohl je finden würde. In diesem Moment ging die Tür auf, und ein anderer Polizist kam herein.

Sein Name war Frank Harriman. Er ließ sie nur so lange allein, wie er brauchte, um über Funk Verstärkung zu rufen – lang genug für die Jungen, um zu dem Schluß zu kommen, daß niemand je die Wahrheit glauben würde.

Als Frank Harriman zurückkam, versuchte er, sie frei zu bekommen, aber durch die Schwellungen an ihren Händen und Füßen saßen die Lederriemen zu fest, um sie durchzuschneiden. Als er erkannte, daß er sie nicht befreien konnte, ohne ihnen weh zu tun, blieb er bei ihnen, dort in der kalten Finsternis, mit dem Gestank um sie herum, und wartete auf Hilfe. Er stemmte den Rücken gegen die Wand, hob sie vorsichtig auf seinen Schoß und umfaßte ihre Arme, so daß sie endlich von der Anstrengung, die Ketten halten zu müssen, erlöst waren. Es störte ihn nicht, daß sie schwiegen oder voller Blut waren.

Er war jung, jünger als ihre Väter. Und größer. Aber irgend etwas an ihm erinnerte Bret und Sam an Julian. Deshalb ließen sich die Jungen von ihm in den Armen halten, bis ihre Mütter kommen konnten. Sie ließen sich von keinem der anderen Männer von ihm trennen, nicht einmal, nachdem sie den Keller verlassen konnten – auch nicht von dem Mann, der Sams Arm schiente.

Frank Harriman ließ sich auch nicht von ihnen trennen. Als die anderen einsahen, daß die Jungen keine Fragen beantworten würden, waren sie verärgert. Er sorgte dafür, daß diejenigen, die verärgert waren, die Jungen in Ruhe ließen. Er wußte, daß sie müde und schwach und voller Angst waren. Er beschwerte sich nicht. Er hielt sie in den Armen. Frank Harriman und kein anderer.

Sie vertrauten ihm nicht ganz, aber allen anderen trauten sie überhaupt nicht.

18

Der dunkelhaarige junge Mann stand mit ausgestrecktem linken Arm da, die Handfläche nach oben geöffnet. In der rechten Hand hielt er ein Päckchen Spielkarten. Mit einer eleganten, gleichmäßigen Bewegung breitete er die Karten von seiner linken Handfläche den Arm hinauf bis zum Ellbogen aus. Gewandt und unglaublich schnell hob er den linken Arm, kippte die Handfläche nach unten und drehte sich mit dem ganzen Körper nach links. Einen kurzen Moment lang standen die Karten wie eine Einheit in der Luft und fielen dann in einer unbegreiflichen, flüssigen Bewegung in seine wartende rechte Hand, wo er sie mühelos auffing.

Weniger ausgefallen gekleidet als beim letzten Mal, als Frank ihn gesehen hatte – auf der Veranda von Dana Ross –, trug der Zauberer heute Jeans und ein blaues T-Shirt. Er wiederholte das Kunststück wieder und wieder, und kein einziges Mal mißlang es ihm, den Stapel geschickt auszubreiten, kein einziges Mal fiel ihm eine Karte herunter, und kein einziges Mal sah man ihm die Konzentration an, die dafür nötig gewesen sein mußte.

Frank sah schweigend vom Bett aus zu. Seine Kopfschmerzen waren mittlerweile weniger bohrend und nicht einmal annähernd so bohrend wie seine Enttäuschung angesichts der Erkenntnis, daß er wieder geschlafen hatte. Die Kartenkunststücke des Zauberers hatten beim Aufwachen seinen Blick auf sich gezogen, doch nun bemühte er sich festzustellen, was sich seit seinem jüngsten durch Drogen herbeigeführten Schlaf alles verändert hatte.

Der Vorhang, der das Bett umgeben hatte, war weg. Der Raum dahinter war seltsam – er bestand aus weichen, gebogenen Wänden. Als er richtig wach wurde, kam er zu dem Schluß, daß er zwar im selben Bett lag, sich aber unerklärlicherweise in einem großen Zelt befand. Man hatte ihn auf die rechte Seite gedreht. Die Infusionsflasche war wieder angebracht worden, schien jedoch abgeklemmt zu sein. Sicher war er sich da aber nicht. Seine Hände waren nach wie vor festgebunden, doch die Beine konnte er bewegen. Dabei merkte er, daß er jetzt keinen Krankenhauskittel mehr anhatte. Jetzt steckte er in einem OP-Anzug.

Ohne Frank anzusehen, sagte der Zauberer: »Bitte versuchen Sie nicht, wieder so zu tun, als ob Sie schliefen. Es fällt Ihnen viel zu schwer, wach zu bleiben, um das vorzutäuschen. Außerdem kommen wir so nie miteinander ins Gespräch.«

Frank gab keine Antwort, hielt aber die Augen offen.

Der junge Mann hielt inne, legte die Karten beiseite und wandte sich dem Bett zu. »Zu meinem zehnten Geburtstag haben Sie mir einen Zauberkasten geschenkt. Wissen Sie noch?«

»Bret?« fragte Frank völlig fassungslos. Er sah, wie der junge Mann angesichts seiner Ungläubigkeit zusammenzuckte, und weil er sich Bret gegenüber seit Jahren als Beschützer fühlte, bedauerte er, diese Reaktion nicht verborgen zu haben. Doch schon bald trat das Bedauern hinter seiner Verwirrung zurück. Er konnte das, was jetzt mit ihm geschah, nicht mit seiner Erinnerung an den schweigsamen kleinen Jungen in Einklang bringen.

Ich träume noch, sagte er sich selbst. Die Drogen –

»Ja«, sagte der junge Mann, »ich bin Bret. Das Ganze tut mir sehr leid, Detective Harriman. Wirklich.«

»Leid? Herrgott noch mal, Bret –«

»Ich muß Ihnen sagen, daß Sie unsere Geisel sind, Sir.«

Er konnte nur matt wiederholen: »Unsere?«

»Die von Samuel. Und mir. Von Hocus.«

Frank schloß die Augen. Er preßte sie zusammen. Das passiert nicht wirklich, sagte er sich. Es passiert nicht.

»Tut Ihnen etwas weh?« fragte Bret besorgt.

Allerdings, dachte Frank. Mir tut etwas weh. Nicht Bret. Nicht Sam. Er schlug die Augen auf. »Warum?«

»Ich habe etwas versprochen«, sagte er. »Samuel und ich haben einander etwas versprochen. Wir wollten, daß Gerechtigkeit geschieht, ganz egal, wie lange es dauert.«

»Gerechtigkeit? Aber Powell ist doch tot –«

»Ja«, antwortete Bret und musterte ihn scharf. »Aber der Polizist nicht.«

Frank versuchte, in Brets Miene zu lesen. »Ihr wollt mich umbringen?«

Bret lächelte und sah rasch beiseite. Seine Stimme – eine Stimme, die Frank nie mehr als ein paar Worte hatte sprechen hören – war voller Emotionen. »Ich *wußte*, daß Sie es nicht wissen. Ich wußte es. Ich habe es Samuel gesagt, aber Samuel ist weniger vertrauensvoll – nicht, daß ich ihm das zum Vorwurf machen würde.«

»Was nicht weiß?« fragte Frank, und seine Kopfschmerzen wurden plötzlich massiv.

»Später gebe ich Ihnen etwas zu lesen – unsere Geschichte. Darin ist alles erklärt. Die haben wir auch Irene geschickt.«

»Ihr habt mit Irene gesprochen?«

»Ja. Sie übrigens auch«, sagte er. »Ich weiß, daß Sie es kaum glauben können«, fuhr er rasch fort. »An Ihrer Stelle würde es mir genauso gehen. Als Sie mit ihr gesprochen haben, hatte Ihnen Samuel ein Medikament verabreicht, das einen oft vergessen läßt, was passiert ist, während man unter seinem Einfluß stand.«

Ganz ruhig. Ganz ruhig.

»Es ist schätzungsweise ein bißchen viel, um es auf einmal zu verdauen«, sagte Bret. »Aber ich versichere Ihnen, daß wir Irene nichts tun werden. Sie hat nichts zu befürchten. Wir wollten auch Ihnen nichts tun. Ich will, daß Sie frei sind, wenn das alles vorbei ist.«

»Und Sam? Will er das auch?«

Bret zögerte. »Tja, im Idealfall natürlich auch.«

»Und wenn es nicht auf den Idealfall hinausläuft?«

»Über so etwas sollten Sie gar nicht nachdenken.«

»Entschuldige bitte, Bret, aber es fällt mir schwer, an etwas anderes zu denken.«

»Ich werde tun, was ich kann, um Sie lebend hier rauszubringen.«

Das brachte ihm keinen echten Trost. Statt dessen besann er sich auf den stechenden Schmerz in seinem Kopf, da er aus dessen Heftigkeit schloß, daß ihn die Drogen nicht mehr so stark im Griff hatten.

Er wußte, daß er, um zu überleben, Informationen brauchte. Und er mußte sicherstellen, daß Bret sich weiterhin um ihn sorgte.

»Wo ist Sam?« fragte er.

»Bei seiner Freundin. Übrigens mag er es nicht, wenn man ihn Sam nennt. Er heißt jetzt Samuel.«

»Okay, ich werde versuchen, mir das zu merken. ›Detective Harriman‹ ist ein bißchen förmlich. Warum sagst du nicht ›Frank‹ zu mir?«

Bret zögerte. »Vielleicht, wenn wir beiden hier allein sind«, schlug er vor.

Frank zuckte die Achseln, als spielte es keine Rolle. Doch er dachte über die Konsequenzen von Brets Aussage nach, als er beiläufig erklärte: »Auf der Seite liege ich bequemer. Hast du mich umgedreht?«

Bret nickte. »Es ist nicht gut, wenn Sie immer in derselben Stellung sind. Und ich dachte auch, daß Ihnen diese Bekleidung angenehmer ist. Ich – ich hoffe, das ist Ihnen nicht peinlich.«

Daß er anders angezogen wurde, während er schlief? Er fand es demütigend, sagte aber: »Nein, überhaupt nicht. Diese andere Kluft war peinlich. Der Kittel hat mir nicht gefallen.«

»Das wußte ich!«

»Da hattest du recht.«

»Ich weiß, daß es auch unangenehm für Sie ist, gefesselt zu sein … Frank.« Er äußerte den Namen schüchtern, als probierte er ihn aus.

»Da hast du recht, Bret. Ich weiß, daß du nachvollziehen kannst, warum.«

Bret nickte. »Allerdings, Frank. Ich will niemanden gefesselt sehen. Ich kann es nicht einmal sehen, wenn Hunde angebunden sind. Oder Tiere in Käfigen sitzen.«

»War das mit dem Tierheim deine Idee?«

»Das Tierheim schon«, antwortete er, »aber nicht der Mord.« Besorgt fügte er hinzu: »Glauben Sie mir das?«

»Ja«, sagte Frank wahrheitsgemäß. Er erinnerte sich daran, wie zögerlich sich Bret im Haus von Dana Ross verhalten hatte. Die Gewalt war allein von Samuel ausgegangen.

»Vielleicht gelingt es mir später, Samuel davon zu überzeugen, daß Sie frei herumlaufen dürfen. Er glaubt, Sie stellen eine Gefahr für uns dar, wenn Sie nicht gefesselt sind.«

»Und was meinst du?«

»Also, Sie kommen aus diesem Gebäude nicht heraus, wenn wir Sie nicht gehen lassen, deshalb wäre es dumm, zu versuchen, einen von uns anzugreifen. Wir haben auch ein paar Vorrichtungen, die wir Ihnen anlegen könnten und die zwar Fluchtversuche oder Gewalt verhindern, mit denen Sie aber trotzdem herumlaufen können.« Als er sah, wie sich Franks Augen weiteten, fügte er rasch hinzu: »Ich würde Sie Ihnen aber natürlich nicht ohne Ihre Zustimmung anlegen. Und Sie wüßten vorher, welche Strafe auf eine Regelverletzung steht.«

Als Frank nicht antwortete, fuhr Bret fort: »Mir gefällt die Vorstellung auch nicht – aber als Alternative dazu, ans Bett gefesselt zu sein?«

»Ja, da hast du recht.«

Ein längeres Schweigen trat ein. Dann sagte Frank: »Samuel hat also eine Freundin?«

Bret nickte.

»Es fällt mir schwer zu begreifen, daß ihr beiden inzwischen Männer geworden seid. Es ist schon so lange her.«

»Ja.«

»Wie ist die Freundin?«

Bret zuckte die Achseln. »Er liebt sie nicht. Er hat sie nur, damit er mit ihr ins Bett gehen kann.«

»Du magst sie nicht?«

»Weder mag ich sie, noch mag ich sie nicht. Sie spielt im Grunde keine Rolle. Am ehesten tut sie mir ein bißchen leid, weil ich glaube, daß Samuel ihr wirklich wichtig ist.«

»Bist du sicher, daß sie ihm nicht wichtig ist?«

»O doch, aber nur, weil er gerne mit ihr schläft.«

»Hast du auch eine Freundin?«

»Nein. Aber das spielt keine Rolle. Ich meine, wenn es eine Rolle spielen würde, hätte ich mich schon früher darum bemüht. Mir haben schon einige Frauen gefallen, aber ich wollte keine Beziehung, die irgendwie ... *kurzlebig* ist. Verstehen Sie das?«

»Ich glaube schon. Aber warum muß die Beziehung denn kurzlebig sein? Vielleicht würde sie auch länger halten.«

»Nein, das ist ausgeschlossen. Aber hören wir jetzt davon auf.« Er sah auf die Uhr. »Wir haben nur noch eine Stunde, bevor ich die Infusion wieder anstellen muß.«

»Bitte – ich brauche die Drogen nicht –«

»Reden wir nicht davon.«

Frank schwieg und kämpfte gegen ein aufwallendes Panikgefühl an. Im Wachzustand hatte er noch eine gewisse Chance. Aber unter Drogen ...

»Erzählen Sie mir von Ihrem Leben«, forderte Bret ihn auf. Als Frank zögerte, sagte Bret: »Ich meine, wie ist es Ihnen denn ergangen, seit wir Sie zum letzten Mal gesehen haben?«

»Ihr wißt doch offenbar schon eine ganze Menge über mich«, sagte Frank und hörte, wie Wut und Groll über seine Gefangenschaft an die Oberfläche drangen. Er wußte, daß er das nicht zeigen sollte. Aber es war einfach da.

Bret schüttelte den Kopf. »Nein, das sind nur Tatsachen.«

»Möchtest du Lügen hören?«

»Nein«, erwiderte Bret und wurde rot. »Ich meine, Tatsachen besagen gar nichts. Ich weiß, daß Sie nach Las Piernas umgezogen sind. Ich weiß, daß Sie bei der Mordkommission sind, daß Pete Baird Ihr Partner ist und Ihre Frau Irene heißt und Reporterin ist. Na und? Das ist, wie wenn man Grabsteine auf einem Friedhof liest. ›Geboren.‹ ›Gestorben.‹ ›Geliebte Tochter von…‹ Was sagt das schon?« Er hielt inne und fragte: »Haben Sie Durst?«

»Ja«, antwortete Frank, erstaunt über die Frage.

»Es tut mir leid, das hätte ich schon früher fragen sollen.« Er ging zu einem kleinen Tisch neben dem Bett, holte ein Glas Wasser mit einem Strohhalm an den vergitterten Bettrand herüber und half Frank beim Trinken. Es war kühl und gut.

»Also«, sagte Bret und stellte das Glas ab. »Wir werden nicht viel Zeit miteinander verbringen, und wenn das hier vorüber ist, sehen wir uns nie wieder. Ich habe mir Gedanken über Sie gemacht, Frank Harriman. Sind Sie in Las Piernas glücklicher als in Bakersfield? Gefällt Ihnen Ihr Beruf? Macht es Ihnen etwas aus, bei der Mordkommission zu arbeiten? Ist Pete Baird Ihr Wunschpartner, oder würden Sie lieber mit jemand anderem zusammenarbeiten? Sind Sie froh, daß Sie Irene geheiratet haben? Fehlt Ihnen Ihr Vater?«

Frank starrte ihn einen Augenblick lang an und sagte dann: »Ja. Ja, er fehlt mir. Ich denke oft an ihn.«

Und er begann, Bret von seinem Vater und von Las Piernas und sogar von Irene zu erzählen, so daß er nicht bemerkte, wie Bret die Hand ausstreckte und die Infusion wieder anstellte, bis er zu benommen war, um dagegen anzukämpfen. Das Wasser, dachte er viel zu spät. Das Wasser war mit Drogen versetzt.

Er wußte nicht, ob die Stimme zum Traum gehörte oder nicht. Er hörte, wie eine Tür geschlossen wurde, und fand es merkwürdig, daß ein Zelt eine Tür hatte, die klang wie eine Metalltür. Darüber dachte er gerade nach, als die Stimme sagte: »Was zum Teufel hast du gemacht?«

»Du hast dich in ihm getäuscht«, sagte Bret.

Alles, was danach kam, gehörte eindeutig zu einem Traum.

19

Auf der letzten Seite des Fax standen nur ein paar kurze Sätze:

> Was den Inhalt des Päckchens angeht, das Sie bekommen haben, vergessen Sie nicht – dort, wo das herstammt, gibt es noch mehr.
>
> Vielleicht hilft es Ihnen, wenn Sie wissen, daß Julian Neukirk einsdreiundachtzig war; der Polizist war größer.
>
> Wenn Sie die Identität des Polizisten herausgefunden haben, geben Sie unter den privaten Kleinanzeigen folgenden Text im *Las Piernas News Express* auf: »John Oakhurst, komm nach Hause.«
>
> Detective Harriman wird im Lauf der nächsten Tage kontinuierlich steigende Morphiumdosen verabreicht bekommen. Das Morphium wird abgesetzt, wenn wir feststellen, daß Sie unseren Feind korrekt identifiziert haben. Wir raten zur Eile.

»Los jetzt«, sagte ich zu Cassidy. »Es gibt viel zu tun.« Er ließ den Wagen an. »Was halten Sie von der Geschichte?«

»›Vatertag‹?«

»Ja.«

»Ich glaube, sie haben versucht, die Wahrheit zu sagen – zumindest soweit sie sich daran erinnern. Sie haben nicht versucht, Gene Ryan in Schutz zu nehmen. Und sonst ... na ja, ich würde sagen, Bret hat es geschrieben.«

»Warum Bret?« fragte er.

»Obwohl es in der dritten Person gehalten ist, wird alles von seinem Standpunkt aus geschildert.«

Cassidy nickte. »Haben Sie eine Ahnung, wer John Oakhurst ist?«

»Nein, obwohl mir der Name bekannt vorkommt.«

»Mir auch«, bestätigte er. »Ich weiß nur nicht mehr, wo ich ihn schon einmal gehört habe.«

»Vielleicht ist es einfach ein erfundener Name.«

»Nicht bei dieser Gruppe.«

»Nein. Nein, wohl nicht ... Ich verstehe, warum sie wollen, daß ich diesen Polizisten finde. Aber es fällt mir so schwer, zu begreifen, was sie Frank gegenüber empfinden.«

»Ich weiß nicht, ob die beiden das selbst verstehen. Erinnern Sie sich an den letzten Satz? Über Vertrauen? Zumindest können wir anhand dieser Geschichte eine Menge über sie erfahren.«

Ich zögerte nicht mehr und stellte die Frage, vor deren Beantwortung ich mich fürchtete. »Was glauben Sie, wie lange es dauert, bis sie ihm eine tödliche Dosis Morphium verabreichen?«

Er zuckte die Achseln. »Sie könnten es mit einer einzigen Injektion tun, falls sie das wollen. Aber wenn sie langsam genug vorgehen, baut er eine gewisse Resistenz auf.«

Mein Verstand schreckte vor den Wörtern »einzige Injektion« zurück, als bestünden sie aus Stacheldraht.

Er nahm sein Handy und wählte Beas Nummer. »Mrs. Harriman? Hier ist Tom Cassidy. Entschuldigen Sie, daß wir Sie so lange haben warten lassen, Ma'am. Wir sind jetzt auf dem Weg zurück zum Haus.« Er lauschte und bemerkte dann: »Es tut mir leid, daß Sie belästigt wurden. Ja, Ma'am. Hätte ich selbst nicht besser machen können.«

Er beendete das Gespräch und sagte: »Sie hatten recht, was den *Californian* betrifft. Sie haben bereits einen Reporter losgeschickt. Ihre Schwiegermutter hat dem Mann die Tür vor der Nase zugeknallt. Wundert mich, daß das Blatt so lang gebraucht hat. Ich nehme an, Ihr Kumpel vom Archiv muß eine Weile mit seinem Gewissen gerungen haben.«

»Gewissen? Wohl kaum. Brandon hat lediglich den Nachmittag damit zugebracht, sich zu überlegen, was seinen Chef wütender machen würde: sein Eingeständnis, daß er uns ins Archiv gelassen hat, oder wenn er sich bei einer Geschichte, bei der er als erster am Ball war, von einer Zeitung aus einem anderen Ort ins Abseits drängen ließe.«

»Hat er die richtige Wahl getroffen?«

»Ich glaube schon. Ist Bea deswegen verärgert?«

»Eigentlich nicht. Greg Bradshaw hat einen seiner Freunde von der Polizei Bakersfield angerufen, und sie lassen das Haus jetzt von jemandem überwachen, um zu gewährleisten, daß die Familie nicht belästigt wird.«

Cassidys Handy klingelte. Er meldete sich mit seinem Namen, machte ein paar unverbindliche Geräusche und sagte dann: »Das ist prima, Hank. Ja, ich baue das Fax auch auf. Ich habe eine Menge neuer Informationen, die ich Ihnen schicken will.« Er berichtete Hank vom Besuch des *Californian* bei Bea Harriman. Nach kurzer Pause runzelte er die Stirn. »Klar, geben Sie ihn mir.« Weitere Pause. »Ja, Sir.« Er sah auf die Uhr und lauschte eine Weile. »Ja, ich sag's ihr.«

Er legte auf. »Bret Neukirk ist – was Wunder – ein Computergenie. Und er besitzt noch ein anderes Talent: Er ist ein hervorragender Zauberer. Und Samuel Ryan ist Rettungssanitäter. Er hat als Krankenpfleger gearbeitet.«

»Das erklärt, woher er die Drogen hat.«

»Zumindest konnte er sie so leichter stehlen«, meinte Cassidy. »Noch etwas anderes. Der Captain hat mich gebeten, Ihnen mitzuteilen, daß die Pressekonferenz für heute abend angesetzt ist – um halb neun. Damit die elektronischen Medien Zeit haben, die Geschichte in den Spätnachrichten unterzubringen.«

Ich sah auf die Uhr. »Das sind ja nur noch zwei Stunden. Ich muß John anrufen. Welche Informationen gibt die Polizei denn heraus?«

»Nur wenige. Wir geben bekannt, daß Frank als Geisel genommen worden ist, veröffentlichen Beschreibungen von Bret Neukirk und Samuel Ryan und erklären, daß sie polizeilich gesucht werden. Dazu sagen wir, daß wir sie in Südkalifornien vermuten, wahrscheinlich in der Gegend um Las Piernas, sie aber überall sein können. Das ist etwa alles.«

Ich betrachtete die Briefumschläge auf der Sitzbank zwischen uns und starrte dann ein paar Minuten aus dem Fenster. Es dämmerte bereits, und die letzten Strahlen der untergehenden Sonne spiegelten sich in den nach Westen gewandten Fenstern mehrerer Gebäude, die die Straße vor uns säumten. Ich sah die Autos auf den anderen Spuren des Stockdale Highway neben uns einherfahren. Familien. Paare. Singles. Ich wünschte ihnen allen einen völlig normalen, langweiligen Abend. Irgend jemandem mußte das ja vergönnt sein.

»Ich brauche ein Telefon«, sagte ich.

»Meines möchten Sie wohl nicht benutzen?«

»Nein, danke.« Ich erklärte ihm, was ich John berichten wollte. Er seufzte. »Ich nehme an, das wird fast alles in der hiesigen Zeitung oder in Riverside veröffentlicht werden. Aber – Herrgott, ich hoffe nur, der Captain hat ein gutes Frühstück im Bauch, bevor er morgen den *Express* liest.«

Nach einer Weile fragte er: »Sie haben über die Polizei von Bakersfield geschrieben, als Sie hier gearbeitet haben?«

»Kriminalberichte. Es ist nicht direkt das gleiche, wie

wenn man über die Polizei selbst schreibt. Ich habe in erster Linie das Dienstbuch durchforstet.«

»Haben Sie je Gerüchte gehört, daß irgend jemand vom Revier auf größerem Fuß gelebt hat, als es mit einem Polizistengehalt eigentlich machbar ist?«

Ich schüttelte den Kopf. »Nein. Nichts, das mir zu Ohren gekommen wäre. Ich bin erst hierhergekommen, als es nach einer Phase mit vielen Problemen langsam wieder besser aussah.«

»Was für Probleme?«

»Ach, die gehen auf die Frühzeit der Stadt zurück – eine meiner Lieblingsgeschichten über Bakersfield ist, daß die Bürger seinerzeit einmal für ihre Auflösung gestimmt haben, nur um den hiesigen Marshal loszuwerden.«

»Auflösung? Sie meinen, sie waren dann keine Stadt mehr?«

»Amtlich gesprochen nein. Offenbar hielt sich dieser Marshal für einen König – er hatte die Gewohnheit, alles und jeden zu schikanieren. Das war in den siebziger Jahren des neunzehnten Jahrhunderts. Später haben sie sich wieder zusammengeschlossen, aber es gab permanent Schwierigkeiten zwischen Polizei und Rathaus. Frank hat mir einmal erzählt, daß, kurz nachdem sein Vater bei der Polizei angefangen hatte – also Ende der vierziger Jahre –, der Polizeichef unter dem Vorwurf, Bestechungsgelder anzunehmen, vom Dienst suspendiert wurde. Später hat man ihn für unschuldig befunden. Viele behaupten heute noch, daß der Polizeichef, obwohl es damals eine Menge Korruption gab, nur das Opfer von Politikern war.«

»Gibt's auch etwas Neueres?« fragte Cassidy.

»Als ich hier zu arbeiten anfing, hatten sie einen neuen Polizeichef. Er hat einmal gesagt, er hätte ›das zweifelhafte Vergnügen, mehr Polizisten zu verhaften als jeder andere Polizeichef‹.«

»Es wurde also ausgemistet?«

»Genau. Es waren Beschwerden gegen die Polizei eingegangen, genau wie bei jeder anderen Polizeitruppe – manche waren berechtigt, manche nicht. Aber dieser neue Polizeichef bemühte sich wirklich darum, im Bakersfielder Revier aufzuräumen, und in seiner Zeit gab es – im Gegensatz zu vorher – auf höherer Ebene keinerlei Korruptionsvorwürfe mehr.«

Er bog in eine Tankstelle ein und wartete, solange ich telefonierte. Ich wählte zuerst Johns Büronummer, weil ich irgendwie ahnte, daß er noch dort war. Ich hatte richtig vermutet.

»Ich habe mich schon gefragt, wann ich endlich von Ihnen hören würde«, sagte er gereizt. »Schon mit Mark gesprochen?«

»Sie wissen verdammt genau, daß ich das nicht getan habe. Ich habe Ihnen ein Angebot zu machen.«

»Sprechen Sie mit Mark.«

»Bestimmt hat die Zeitung Mark auf die Pressekonferenz abkommandiert. Also, wir können jetzt entweder am Telefon ›sofort zum Direktor‹ spielen, oder Sie hören sich an, was ich anzubieten habe.«

»Ich habe noch andere Möglichkeiten.«

»Ja, Sie können mich rauswerfen. Wollen Sie mich gleich feuern, John? Offen gestanden wäre es vermutlich eine Erleichterung für mich. Dann müßte ich nicht mehr über Will Rogers nachdenken.«

»Will Rogers?«

»Vergessen Sie's. Bin ich nun gefeuert?«

»Nein, Sie sind nicht gefeuert. Noch nicht.«

»Dann habe ich jetzt ein paar Informationen für Sie und später einen Exklusivbericht, als Gegenleistung für soviel Freiraum, wie Sie mir zugestehen können.«

»Habe ich eine Wahl?« grollte er.

»Eigentlich nicht« erwiderte ich, »es sei denn, wir fangen wieder von vorn an.«

»Was sind das für Informationen?«

»Sind wir uns einig?«

»Ja.«

»Die ganze Geschichte hat in Riverside angefangen. Dort ist alles aus dem Ruder gelaufen. Das weiß sonst niemand.«

»Sind Sie jetzt dort?«

»Nein.«

Schweigen. Dann: »Besteht die Möglichkeit, daß Lang und Colson ausgetauscht werden?«

»Das kann ich Ihnen nicht beantworten, John, aber ich muß Ihnen ja wohl nicht erst sagen, wie man zu einem Austausch von Geiseln steht.«

»Tut mir leid, Irene«, sagte er mit leiser Stimme, als wäre jeglicher Zorn, der noch vor einem Augenblick in ihm gekocht hatte, von ihm abgefallen. Auch meine Wut legte sich und machte Schuldgefühlen Platz. Mir war nicht wohl dabei, John Informationen vorzuenthalten. Ich wußte, daß Lang und Colson für Hocus offenbar nicht von Interesse waren, weil sie etwas ganz anderes wollten. Als ich nichts mehr sagte, fügte er hinzu: »Wissen Sie ... na ja, Sie wissen doch, daß ich Frank mag.«

»Ja, das weiß ich.« Ich holte tief Luft. »Auf der Pressekonferenz erfahren Sie eine ganze Menge, aber in Radio und Fernsehen wird das meiste schon verbreitet worden sein, bevor die Zeitung morgen früh erscheint. Aber Sie haben die Information über das Auto, die im Moment sonst niemand besitzt. Wenn Sie jemanden nach Riverside hinausschicken, decken Sie allein eine ganz spezielle Seite ab. Und noch eines–«

Er wartete.

»Noch eines, aber bevor ich Ihnen das verrate, versprechen Sie mir – und darum bitte ich Sie wirklich, John –, versprechen Sie mir, daß Sie mich nicht verfolgen lassen. Wenn ich auch nur einmal einen Reporter vom *Express* in meinem Rückspiegel sehe, dann schwöre ich bei Gott, daß ich diese Geschichte jemand anderem verkaufe.«

»Also, Kelly, manchmal strapazieren Sie meine Geduld –«

»Wir haben eine Abmachung, wissen Sie noch?«

»Na gut, na gut.«

»Die Einwohner von Bakersfield werden die Namen der Geiselnehmer wiedererkennen.«

»Bakersfield?«

»Ich bin mir ziemlich sicher, daß der *Californian* schon bald jemanden die ganze Geschichte wieder ausgraben läßt. Ich war heute nachmittag dort im Archiv und habe folgendes erfahren.« Ich berichtete ihm von den Vatertagsmorden – so, wie im *Californian* über sie berichtet worden war. Ich erwähnte weder Hocus' Behauptung, daß Powell einen Komplizen gehabt hätte, noch das Fax oder die Phiole voller Blut. Ich sagte ihm nur das, was ohnehin in den Bakersfielder Medien wiedergekäut werden würde.

»Puh«, machte er. »Und worin besteht der Zusammenhang? Wenn Frank sie gerettet hat …«

Ich gab ihm keine Antwort.

»Sie wissen mehr, als Sie mir sagen, Kelly.«

»Freiraum, John.«

»Mist. Wann höre ich wieder von Ihnen?«

»Ich weiß nicht. Vielleicht erst, wenn alles vorbei ist.«

»Kelly –«

»Ich muß Schluß machen, John. Bis bald.«

Cassidy machte keinerlei Anstalten, ein Gespräch mit mir anzufangen, als ich zum Auto zurückkam. Ich war ihm dankbar dafür. Während wir zu Beas Haus fuhren, fragte ich mich, ob sie auch mir am liebsten die Tür vor der Nase zuknallen würde.

Ich versuchte mich daran zu erinnern, wie Orangenblüten riechen.

Ich hatte mich in Bea getäuscht. Sie bemühte sich um mich, kaum daß ich zur Tür hereingekommen war. »Ich hoffe, dieser Reporter, der vor dem Haus parkt, hat dich nicht belästigt«, sagte sie und legte mir einen Arm um die Schultern, als wäre ich nicht von derselben Gattung und Art wie der Knabe vom *Californian*.

»Nein«, antwortete ich, »er ist nicht rechtzeitig aus seinem Auto herausgekommen, um uns auszuquetschen.«

»Mike und Cassie sind nach Hause gegangen«, sagte sie. »Sie haben zwei kleine Kinder«, erklärte sie Cassidy. »Ich habe Greg eingeladen, zum Abendessen zu bleiben.«

Ich beobachtete Cassidy. Kurz bevor wir aus dem Auto gestiegen waren, hatte er mir nahegelegt, mich im Hinblick auf Greg Bradshaw an ihm zu orientieren. Cassidy hatte die Hände voller Gepäck aus seinem Kofferraum, aber er nickte Bear zu.

»Freut mich, daß wir Gelegenheit bekommen, uns besser kennenzulernen«, meinte er.

Bradshaw lächelte: »Ja, mich auch. Soll ich Ihnen mit diesen Koffern helfen?«

»Ach, das schaffe ich schon, danke. Haben Sie etwas dagegen, wenn ich mein Lager im hinteren Zimmer aufschlage, Mrs. Harriman?«

»Überhaupt nichts. Ach, da fällt mir ein – Irene, Rachel hat angerufen. Sie bringt ein paar Sachen zum Übernachten für dich vorbei. Ich habe gesagt, sie soll sich darauf einrichten, selbst hier zu bleiben, aber ich glaube, sie will wieder nach Hause zu Pete.«

»Das kann ich verstehen«, sagte ich. »Brauchst du Hilfe in der Küche?«

»Ach, es gibt nur Brathuhn. Es dauert noch vierzig Minuten.« Sie setzte sich wieder neben Greg, und er nahm ihre Hand. Ich dachte kurz über die Geste nach, beschloß aber dann, nicht zuviel hineinzuinterpretieren. Sie machte sich

Sorgen, das wußte ich, und es tat mir leid, daß wir sie so lang hatten warten lassen, bis wir ihr mehr darüber mitteilten, was mit ihrem Sohn passiert war. Ich bat sie, mir das Neueste über ihre Enkelkinder zu berichten. Es klappte besser als gewöhnliche Konversation.

Cassidy kam wieder ins Zimmer, ging an den Kaminsims hinüber und nahm ein Foto in die Hand. Bea hatte überall Familienfotos herumstehen, aber das, welches er in der Hand hielt, war mir das liebste. Auch Frank gefiel es von allen am besten, das wußte ich noch. Darauf stand Frank neben seinem Vater, dem er sehr ähnlich sah. Beide waren in Uniform. Brian Harriman hatte einen Arm um die Schultern seines Sohnes gelegt, und sein Stolz war nicht zu übersehen.

Meine Gedanken schweiften kurz zu den fehlenden Fotos ab, denjenigen, auf denen seine Schwester Diana mit abgebildet war.

»Die Leute, die Frank entführt haben, haben ihn sich nicht zufällig geschnappt«, begann Cassidy und stellte das Vater-Sohn-Foto sachte wieder ab, womit er meine Aufmerksamkeit erneut auf Bea und Greg lenkte. »Sie haben ihn sich genau ausgesucht.«

Cassidy gab sich alle Mühe, die beiden auf die anstehende Pressekonferenz vorzubereiten, obwohl er ihnen kaum mehr Informationen gab, als ich John anvertraut hatte.

Als er die Ryan-Neukirk-Morde zum ersten Mal erwähnte, schien nur Greg den Fall namentlich zu kennen. Doch in dem Moment, als er von »zwei kleinen Jungen im Keller eines Lagerhauses« sprach, schnappte Bea jäh nach Luft.

Obwohl er vom Ryan-Neukirk-Fall sprach, erwähnte Cassidy nicht, daß möglicherweise ein Polizist damit zu tun gehabt hatte. Da er sich meiner Kooperation offenbar sicher war, versuchte er nicht einmal, mir klarzumachen, daß ich darüber den Mund halten sollte. Also weder beschwörende Blicke noch doppeldeutige Aussagen noch Gesten.

Wenn sie alle Leute, die mich kennen, Freunde ebenso wie Feinde, bitten würden, zehn Wörter aufzuschreiben, die mich charakterisieren, stünde »folgsam« bei niemandem auf der Liste. Warum, so fragte ich mich, hörte ich dann schweigend zu, wie Cassidy Menschen täuschte, die mir am Herzen lagen?

Die leichte Antwort war, daß Franks Leben auf dem Spiel stand. Die schwerere war, daß sich Cassidys leise Zweifel an Greg Bradshaw verfestigten. Greg hatte schon silbergraue Haare gehabt, als ich ihn kennenlernte; und er war deutlich größer als einsdreiundachtzig. Fürs erste würde ich Cassidys Urteilskraft vertrauen. Wenn er sich aber irrte und wir uns um die Chance brachten, auf Bears Hilfe zählen zu können, würde ich mir das dann je verzeihen können?

Ich beobachtete Cassidy und bewunderte mißmutig das Geschick, mit dem er das Vertrauen der beiden gewann. Er saß da und redete mit diesem weichen und langsamen Akzent, und seine Stimme und sein Auftreten hüllten sie in seine eigene Gelassenheit mit ein, wo doch Panik und Entsetzen nicht weit entfernt lauerten. Nichts in diesen schieferblauen Augen strahlte Besorgnis oder Angst aus oder auch nur die Erschöpfung, die er nach einem langen, anstrengenden Tag empfinden mußte.

Ich sah, wie ihre Anspannung nachließ, während er sprach. Hier war jemand, der die Kontrolle über die Situation behielt, sagten ihre Mienen, jemand, der wußte, was das beste war.

»Ich bin nicht lange nach diesen Morden in den Ruhestand gegangen«, sagte Greg und unterbrach mein Sinnieren. Er sprach zu Cassidy, und seine Stimme war vor Betroffenheit ganz rauh. »Im Lauf des folgenden Jahres hörten Gus und Brian auch auf.«

»Cookie ist doch damals auch pensioniert worden, oder nicht?« meinte Bea.

»Nein, der war schon pensioniert.« Greg runzelte die Stirn.

»Glaube ich zumindest. Aber du kennst ja Cookie – er hat sich immer auf dem laufenden gehalten. Brian war genauso, nachdem er aufgehört hatte.«

»Entschuldigen Sie«, unterbrach ihn Cassidy. »Brian ist –?«

»Franks Vater«, sagte Greg. »Das ist der Mann auf dem Bild, das Sie vorhin in der Hand hielten. Er ist vor etwa vier Jahren gestorben. Cookies richtiger Name ist Nat. Nat Cook.«

»Unsere erweiterte Familie, Detective Cassidy«, ergänzte Bea. »Neben Greg waren Gus Matthews und Nat Cook die engsten Freunde meines Mannes. Sie haben alle bei der Polizei Bakersfield zusammengearbeitet.«

»Der Ryan-Neukirk-Fall war uns allen ein Greuel«, sagte Greg. »Das mit den Jungen – es war eine der Geschichten, bei denen man das Gefühl bekommt, einfach zu alt und zu müde für den Job zu sein. Ich hatte mir schon überlegt, in den Ruhestand zu gehen, aber ich war mir immer noch nicht ganz sicher, ob ich es wirklich wollte. Hatte Angst, als Rentner würde ich mich zu sehr langweilen. Irgendwo würde etwas passieren, aber ich wäre nicht mehr dabei, verstehen Sie?«

Cassidy nickte. »Klar.«

»Dann kam der Ryan-Neukirk-Fall, und ich habe mir gesagt: ›Okay, das war's, mir reicht's.‹ So war das.«

»Ich kann es mir vorstellen«, sagte Cassidy. »Es war schon schlimm genug, es in den alten Zeitungsartikeln nachzulesen. Muß ziemlich übel gewesen sein, wenn man dabei war.«

»Allerdings«, bestätigte Greg. »Ich wußte von Anfang an, daß das eine böse Geschichte werden würde. Ich weiß zwar nicht mehr genau, wo ich war, aber jedenfalls irgendwo mit dem Streifenwagen unterwegs. Woran ich mich noch ganz klar erinnere – ich habe Frank von diesem Lagerhaus aus den Funkspruch durchgeben hören – und mein Gott, seine Stimme – ich glaube, ich werde Franks Stimme bei diesem Anruf mein Leben lang nicht vergessen. Frank ist normalerweise ganz ruhig, wissen Sie?«

Er sah Cassidy an, und dieser nickte.

»Der Junge ist absolut gelassen«, fuhr Greg fort. »Wie Sie. Er war nicht in Panik. Er berichtete alles ganz korrekt. Aber ... ich weiß nicht ... es war in seiner Stimme. Er klang einfach, als wäre er ... als wäre er ... *verwundet*. Wissen Sie, was ich meine?«

»Ja«, sagte Cassidy einfach, doch irgend etwas an dem Blick, den er Greg zuwarf, war anders geworden.

»Ich bin sofort rübergefahren. Frank war wieder in den Keller hinuntergegangen, um bei den Jungen zu sein. Selbst als wir die Kriminalbeamten und einen Arzt geholt hatten, ließen die Jungen keinen von uns in ihre Nähe. Sie hatten Angst vor jedem außer Frank. Sie klammerten sich mit aller Kraft an ihm fest. Frank ist unten bei ihnen geblieben, bis man ihnen die Ketten abmontiert hatte. Dort unten in diesem verfluchten Keller.

Er hatte versucht, die Ketten mit einem Bolzenschneider loszubekommen, aber das funktionierte nicht. Später erzählte er mir, daß er nur ein einziges Mal zu seinem Auto gegangen war, gerade so lange, wie nötig war, um den Funkspruch durchzugeben und den Bolzenschneider und einen Verbandskasten zu holen. Bevor er zum Auto ging, erklärte er den Jungen, daß er gleich wieder da sein würde, doch sie fingen zu weinen an. Vorher hatten sie nicht geweint. Also hat er ihnen, als er wieder zurück war, versprochen, sie nicht wieder allein zu lassen, bis ihre Mütter sie abholten. Und das hat er auch gehalten. Aber großer Gott ...«

»Ihre Mütter? Wußte Frank denn, daß die toten Männer ihre Väter waren?« fragte ich.

Greg schüttelte den Kopf. »Nicht sofort. Die Leichen waren so übel zugerichtet, daß ich Frank keinen Vorwurf machen kann, wenn er die Ähnlichkeiten zwischen den Söhnen und den Vätern nicht erkannt hat. Außerdem sprachen die Jungen nicht. Sie nickten oder gestikulierten, aber weiter nichts. Frank hat sie gefragt, ob sie die Männer kennen, sie haben genickt – und so ging es weiter. Schon bald wurde ihm klar, daß sie mit den Leichen ihrer Väter da drinnen eingesperrt waren – überall war Blut – und, ich weiß nicht, das ist jetzt nur geraten – das hat ihm schwer zugesetzt. So wäre es jedem gegangen.«

»Ich bin ja so froh, daß du dort warst und Frank geholfen hast, damit fertigzuwerden«, sagte Bea. »Brian hat es später so belastet.«

»Franks Vater war an diesem Tag nicht dort?« fragte Cassidy.

»Erst später. Ich weiß gar nicht mehr, wo er eigentlich war, aber Greg und Cookie haben hier angerufen, weil sie ihn gesucht haben. Als Brian erfuhr, was passiert war, war er sehr bestürzt darüber, daß er nicht dort gewesen war.«

»Wahrscheinlich war es besser, daß er nicht dort war«, meinte Greg.

»Was meinst du denn damit?« wollte Bea wissen.

»Frank war allein, und er hat sich bestens gehalten. Ja, an diesem Tag hat er sich praktisch bewiesen. Nicht lang danach wurde er zum Detective befördert. Ich glaube, damals sahen eine Menge Leute zum ersten Mal mehr in ihm als Brian Harrimans Sohn.«

Als ich sah, wie aufgebracht Bea reagierte, warf ich ein: »Frank ist so stolz auf seinen Vater, daß er bestimmt nichts dagegen gehabt hätte, wenn irgend jemand ihn als Brians Sohn sah.«

Bea warf mir einen dankbaren Blick zu. Sie stand auf. »Ich muß mal nach dem Essen sehen. Es ist aber nichts Aufwendiges, Detective Cassidy.«

»Ma'am, mir läuft das Wasser im Mund zusammen, seit ich heute abend hier hereingekommen bin. Der Himmel kann nicht besser duften als das, was Sie dort drinnen kochen.«

»Nur Hühnchen«, sagte sie.

»Lassen Sie sich von ihr nicht mit diesen ›Nur Hühnchen‹-Sprüchen auf den Arm nehmen«, erklärte Greg. »Bea ist eine phantastische Köchin.«

Die kurzfristige Spannung zwischen ihnen war verschwunden. »Ich helfe dir«, bot ich Bea an und folgte ihr in die Küche. Auch Cassidy wollte helfen, wurde aber höflich abgewiesen. Er begann, Greg von seinen Jahren bei der uniformierten Polizei zu erzählen.

Ich dachte mittlerweile schon voraus, überlegte, was ich vor dieser »einzigen Injektion« tun mußte. Um Frank zur Flucht zu verhelfen, müßte ich womöglich erst meine eigene planen.

»Bea«, fragte ich, nachdem ich den Tisch gedeckt hatte (die einzige Einmischung, die sie gestattete), »darf ich mal dein Telefon benutzen?«

»Sicher, nur zu.«

Ich blätterte im Telefonbuch, bis ich den Eintrag von Regina Szal, Sprachtherapeutin, fand. Ich rief an, erreichte aber nur ihre Voice Mail. Wie passend, dachte ich.

Der Ansagetext nannte mehrere Möglichkeiten, darunter auch: »Wenn Sie diese Mitteilung als dringend markieren möchten, drücken Sie bitte das Pfund-Zeichen, bevor Sie auflegen.« Ich hinterließ meinen Namen und Beas Nummer und fügte hinzu: »Das ist ein Notfall. Bitte rufen Sie mich so bald wie möglich an.« Ich drückte das Pfund-Zeichen und bekam ein automatisches »Vielen Dank« und ein Klicken zu hören.

Da ich es für unwahrscheinlich hielt, daß es in Bakersfield von nicht miteinander verwandten Szals wimmelte, rief ich den anderen Anschluß unter diesem Namen an, einen Bernard Szal. Als sich eine Frau meldete, fragte ich nach Regina.

»Hier ist Regina«, antwortete sie mit dermaßen schwüler Stimme, daß ich eine ganz hübsche Summe dafür hingelegt hätte, wenn sie mich hätte lehren können, so zu sprechen.

»Mein Name ist Irene Kelly. Ich muß mit Ihnen über zwei

Ihrer früheren Patienten sprechen – Bret Neukirk und Samuel Ryan.«

Ich rechnete damit, daß sie auf der Stelle davon anfangen würde, daß das streng vertraulich sei. Statt dessen antwortete sie: »Ja, ich weiß. Ich habe schon auf Ihren Anruf gewartet.«

»Was?«

»Ja. Bret und Samuel haben mir vor ein paar Wochen geschrieben. Sie sagten, daß Sie sich nach ihnen erkundigen würden. Sie sagten außerdem, daß Sie in Eile sein würden.«

»Eile ist gar kein Ausdruck. Ich muß Sie so bald wie möglich sprechen.«

»Hmm. Na gut. Wann?«

»Wie lange bleiben Sie denn heute abend auf?« fragte ich.

»Ach, ungefähr bis drei Uhr morgens.«

»Bis drei?«

»Bernard ist Amateur-Astronom. Wir sind alle beide Nachtschwärmer. Glücklicherweise kann ich meine Patienten später am Tag bestellen. Auf jeden Fall können Sie gern heute abend vorbeikommen. Ich sage Ihnen meine Adresse, und wenn wir nicht aufmachen, gehen Sie einfach durch das Tor und in den Garten hinters Haus. Dann sehen Sie den Turm schon. Dort sind wir.«

»Danke.« Ich schrieb Adresse und Wegbeschreibung auf. »Sie wohnen außerhalb.«

»Weg von den Lichtern«, sagte sie.

»Entschuldigen Sie bitte, aber ich hätte nicht gedacht, daß es so einfach wäre.«

»Bret und Sam gehörten zu meinen Lieblingspatienten. Und sie haben klugerweise unterschriebene Erklärungen beigelegt, die mich von der Schweigepflicht entbinden. Aber würden Sie mir vielleicht erklären, worum es überhaupt geht?«

»Das erzähle ich Ihnen vielleicht am besten persönlich.«

»Um welche Uhrzeit kann ich mit Ihnen rechnen?«

Ich überlegte. »Schauen Sie sich die Elf-Uhr-Nachrichten an?«

»Manchmal.«

»Tun Sie es heute abend. Ich komme irgendwann nach Mitternacht.«

»Wie ungeheuer geheimnisvoll. Aber gut, dann bis nach Mitternacht.« Ich suchte im Telefonbuch nach einem Eintrag unter Eva Ryan oder Francine Neukirk. Neukirks gab es überhaupt keine, und obwohl jede Menge Ryans verzeichnet waren, war keine Francine unter ihnen. Aufs Geratewohl suchte ich nach John Oakhurst. Fehlanzeige.

Es wunderte mich nicht, als ich feststellte, daß Cecilia Parkers Nummer nicht im Telefonbuch stand. Ich fragte Bea. »Kannst du mir Cecilias Telefonnummer geben?«

»Drück einfach Taste sieben auf dem Apparat in der Küche«, sagte sie.

Taste sieben? dachte ich und versuchte, mich darüber nicht allzusehr aufzuregen.

In diesem Moment kam Cassidy in die Küche, und so rief ich nicht bei ihr an.

»Wie geht's Ihnen?« fragte er.

»Gut.«

Er lächelte. Er wußte, daß ich etwas im Schilde führte. Und ich wußte, daß er es wußte. Ich hoffte, er würde vor Mitternacht schläfrig werden.

20

Als Cassidy nach dem Abendessen damit beschäftigt war, einen Bericht abzufassen, den er an Hank Freeman schicken wollte, fragte ich Bea noch einmal nach Cecilias Nummer.

»Ich muß sie von einer Telefonzelle aus anrufen«, erklärte ich. Ich wollte nämlich nicht, daß Cassidy das Gespräch mithören – oder aufzeichnen – konnte. Erst zu spät wurde mir klar, daß er meinen Anruf bei Regina Szal aufgenommen haben könnte, obwohl ich das nicht für wahrscheinlich hielt.

Als Bea die Augenbrauen hochzog, erklärte ich ihr: »Cassidy braucht die Telefonleitung für sein Fax. Und ich möchte den Anschluß hier nicht blockieren.«

Ihr Gesichtsausdruck wurde nicht weniger skeptisch, doch sie schrieb Cecilias Telefonnummer auf einen Zettel und ging an ihre Handtasche. Als sie zurückkam, reichte sie mir ihre Autoschlüssel. »Sei vorsichtig«, mahnte sie.

Ich war überrascht und zögerte.

»Als Anzahlung auf eine Entschuldigung«, sagte sie. »Aber darüber können wir uns später unterhalten.«

»Ich bin bald wieder da.«

Der Polizist vom Revier Bakersfield stand direkt vor der Tür, aber den Reporter konnte ich nirgends entdecken. Ich stieg in Beas Plymouth-Limousine, stellte Sitz und Spiegel ein und ließ den Wagen an. Als ich um die Ecke bog, sah ich Cassidy auf die Veranda herauskommen.

Ich fuhr zum zweitnächsten Münztelefon, da ich hoffte, daß Cassidy mich am nächstgelegenen suchen würde. Das, welches ich mir ausgesucht hatte, stand auf dem dunklen Teil eines Tankstellenparkplatzes. Ich wählte Cecilia Parkers Nummer.

Nachdem ich meinen Namen genannt hatte, fragte sie sofort: »Haben sie ihn gefunden?«

»Nein. Aber wir wissen, wer ihn gefangenhält. Dazu komme ich noch. Hören Sie, mir bleiben hier vielleicht nur wenige Minuten, deshalb möchte ich mich kurz fassen. Arbeiten Sie morgen?«

»Nein«, antwortete sie. »Morgen habe ich frei. Warum?«

»Ich würde mich gern mit Ihnen zum Frühstück treffen.«

Sie zögerte. »Hören Sie, ich weiß nicht, ob das so eine tolle Idee ist ...«

»Es geht nicht um Ihre Beziehung zu Frank«, sagte ich. »Aber ich muß in seinem Interesse mit Ihnen reden.«

»Ich wüßte nicht, was ihm das nützen sollte, wenn Sie und ich uns unterhalten.«

»Wovor haben Sie Angst, Cecilia?«

»Nicht vor Ihnen, falls Sie das meinen.«

»Dann treffen wir uns um sieben Uhr im Hill House Café.«

»Um sieben Uhr? An meinem freien Tag?«

»Unter den gegebenen Umständen habe ich nicht viel Freizeit. Außerdem müssen wir eventuell gemeinsam eine Fahrt unternehmen.«

»Jetzt warten Sie mal – das begreife ich nicht. Frank wird vermißt, und Sie wollen Zeit damit vergeuden, daß Sie sich mit mir treffen?«

»Weil ich glaube, daß Sie mir dabei helfen könnten, sein Leben zu retten. Wenn dem nicht so wäre, hätte ich mich nicht aus Bea Harrimans Haus davongestohlen, um Sie anzurufen.«

Sie schwieg.

»Bitte«, bettelte ich.

»Na gut, einverstanden«, gab sie nach. »Schaden kann es ja vermutlich nicht. Und jetzt erzählen Sie mir von Frank.«

Ich sah auf und stellte fest, daß der Streifenwagen, der vor Beas Haus gestanden hatte, in die Tankstelle einbog.

»Oh, verflucht. Hören Sie, ich muß Schluß machen. Schauen Sie sich heute abend die Spätnachrichten an – die Polizei von Las Piernas hält eine Pressekonferenz über Frank ab. Oder stellen Sie in etwa zwanzig Minuten einen Nachrichtensender im Radio ein. Da erklären sie, wer ihn festhält, und dann können Sie sich bestimmt zusammenreimen, warum ich Sie sprechen will.«

»Was ist denn los?«

»Cassidy hat mir die hiesige Polizei hinterhergehetzt. Wir sehen uns morgen früh.«

Ich legte in dem Moment auf, als der Polizist mich sah. Er fuhr heran, kurbelte sein Fenster herunter und fragte: »Kommen Sie jetzt vielleicht wieder nach Hause?«

»Was passiert, wenn ich nicht will?«

»Ich verfolge Sie durch die ganze Stadt.«

Ich stieg in Beas Auto und fuhr zurück.

Cassidy saß mit verschränkten Armen auf der Schaukel, die langen Beine ausgestreckt. Während ich in die Einfahrt fuhr, stand er auf und ging ins Haus. Als ich nachkam, bat er gerade Bea, das Radio einzuschalten. Mich würdigte er keines Blickes. Er setzte sich ins Wohnzimmer und starrte das Radio an, als wäre es ein Fernseher. Bea und Greg wechselten besorgte Blicke.

»Kann ich Ihnen irgend etwas bringen, Detective Cassidy?« fragte Bea.

»Nein, vielen Dank, Ma'am«, antwortete er, ohne den Blick vom Radio abzuwenden.

»Cassidy –«, begann ich.

»Oh, bitte geben Sie sich keine Mühe, Irene. Wenn Sie mir jetzt mit irgendeinem Lügenmärchen darüber kommen, daß Sie deshalb von hier abgehauen sind, weil Sie plötzlich Lust auf einen Erdbeer-Shake von NeHi bekommen haben, beleidigen Sie meine Intelligenz.«

Noch bevor ich antworten konnte, sagte der Radiosprecher: »Unser wichtigster Beitrag in dieser halben Stunde: Ein Kriminalbeamter aus Las Piernas wurde als Geisel genommen, und zwar allem Anschein nach von Hocus, der Anarchistengruppe, der bereits mehrere terroristische Anschläge in Las Piernas zur Last gelegt werden. Wir schalten jetzt live zu einer Pressekonferenz in Las Piernas, wo die Polizei vermutlich weitere Einzelheiten bekanntgeben wird …«

Ein Polizeisprecher verlas eine Erklärung. Neben ihm am

Rednerpult saß Franks Chef, Lieutenant Carlson. Carlson sagte jedoch nichts. Die Erklärung war genau so, wie Cassidy prophezeit hatte: Frank Harriman wurde seit dem vorherigen Nachmittag vermißt und man nahm an, daß er Geisel der Gruppe war, die sich Hocus nannte; Neukirk und Ryan wurden zum Verhör gesucht; jeder, der irgendwelche Informationen über ihren Aufenthaltsort oder das Verschwinden von Detective Harriman besaß, sollte bei der Polizei von Las Piernas anrufen.

Als die Erklärung verlesen war, feuerten die Reporter eine Salve von Fragen ab. Bis auf eine wurden sie allesamt mit »Dazu können wir momentan nichts weiter sagen« beantwortet. Die einzige Ausnahme war: »Glauben Sie, daß Frank Harriman noch lebt?«

Die Antwort war: »Wir bleiben optimistisch.«

Die Konferenz war zu Ende. Der Reporter vor Ort, der offenbar aus einer Pressemitteilung vorlas, beschrieb Samuel Ryan als zweiundzwanzig Jahre alt, einsachtzig groß, muskulös, mit rotbraunem Haar und braunen Augen. Bret Neukirk war einundzwanzig, einsdreiundachtzig groß, schlank, mit dunkelbraunem Haar und ebensolchen Augen. Auch Frank wurde auf diese karge Weise beschrieben. Es kam mir unwahrscheinlich vor, daß irgend jemand einen von ihnen anhand dieser Beschreibungen erkennen würde.

Der Moderator im Studio faßte die Informationen in einem Satz zusammen und spielte dann einen Werbespot von einer Dachdeckerfirma ein.

Das Telefon begann zu klingeln. Jedesmal dachte ich, es könnte Hocus sein, doch es waren Freunde von Bea Harriman. Beim sechsten Anruf machten ihre Nerven nicht mehr mit, und sie delegierte das Abnehmen des Telefonhörers an Cassidy, der immer wieder höflich erklärte, daß Mrs. Harriman für die Anteilnahme dankbar war, aber die Leitung freigehalten werden müsse.

Pete und Rachel erschienen mit einer gepackten Tasche für mich – und einem Päckchen für Cassidy. Es wunderte mich, daß Pete dabei war, doch mir wurde schnell klar, warum Rachel ihn nicht allein zu Hause gelassen hatte. Er war unrasiert, seine Augen blutunterlaufen, die Schultern hingen herab, und er schleppte sich matt und langsam daher. Er sah aus wie ein Mann, der ausgiebige, unerfreuliche Auseinandersetzungen mit sich selbst geführt hatte.

»Pete Baird«, sagte Cassidy hinter mir. »Mensch, bin ich froh, Sie zu sehen. Ich könnte Ihre Hilfe gebrauchen.«

»Klar, Cassidy«, antwortete Pete und richtete sich auf. »Alles, was Sie wollen.«

Cassidy klopfte Pete auf die Schulter und führte ihn nach hinten in sein provisorisches Büro.

Rachel starrte hinter ihnen drein. »Erstaunlich.«

»Was?«

»Tom Cassidy hat exakt zwei Sekunden gebraucht, um mit untrüglicher Sicherheit festzustellen, was Pete gefehlt hat.«

»Und zwar?«

»Etwas zu tun.«

Plötzlich wurde mir klar, daß ich in der gleichen Lage gewesen wäre wie Pete in den letzten Stunden, wenn Hocus nicht beschlossen hätte, daß ich ihren Feind ausfindig machen konnte. Warten. Nichts als Warten.

Bea begann Rachel zu bedrängen, doch über Nacht zu bleiben. »Ich habe drei freie Schlafzimmer«, sagte sie. »Zwei sind schon vergeben, aber Sie könnten sich das letzte schnappen.«

Kurz darauf verköstigte Bea die beiden am Küchentisch und überredete Cassidy und Greg, sich zum Nachtisch zu ihnen zu setzen. Ich löste mich aus der Gruppe und ging in das Zimmer, das Bea mir zugewiesen hatte. Der Raum barg schöne Erinnerungen für mich: Hier hatte Frank mir seinen Heiratsantrag gemacht. Ich stellte den Wecker auf halb elf und legte mich schlafen.

Kurz bevor der Wecker losging, wachte ich auf, ohne Erinnerung an einen Traum, aber mit tränennassem Gesicht.

»Fang bloß nicht mit diesem Scheiß an«, sagte ich zu mir selbst und versuchte, mich zusammenzureißen.

Es klopfte leise an der Tür, und als ich sie öffnete, lehnte Cassidy an ihrem Rahmen. Er musterte mein Gesicht ein klein wenig zu lang, um mich glauben zu lassen, daß er meine Tränen nicht bemerkt hatte. »Haben Sie einen Moment Zeit?« fragte er. »Ich möchte gern mit Ihnen reden.«

Ich nickte.

»Gehen wir hinten raus«, schlug er vor.

Wir gingen durch eine Seitentür in den Garten, um den Leuten im Haus aus dem Weg zu gehen. Cassidy erzählte mir, daß meine Schwägerin wieder gekommen war. Mike war mit den Kindern zu Hause geblieben.

Ich hörte Motoren laufen und sah, daß der Vorgarten lichtüberflutet war.

»Die sind von den Lokalnachrichten«, erklärte Cassidy. »Sie hoffen auf eine Äußerung der Familie. Ich fürchte, sie werden sich mit einer Außenaufnahme des Hauses zufriedengeben müssen. Die gute Bea ist ganz schön hart.«

»Ja, das mußte sie auch.«

Er wartete, und als ich nichts mehr sagte, ging er weiter. Dann setzten wir uns auf zwei Stühle auf der Veranda.

Er streckte die Beine aus und seufzte. »Wie klären wir das jetzt, Irene Kelly?«

»Was?«

»Sie fühlen sich offenbar ein bißchen eingeengt«, sagte er.

»Mehr als ein bißchen. Aber ich verstehe das. Sie müssen Ihre Arbeit tun und ich meine.«

»Als Reporterin?«

»Nein. Als Franks Frau.«

Er stützte die Fingerspitzen aneinander und sagte: »Das Gespräch mit Mrs. Szal wurde aufgezeichnet, wissen Sie.«

»Finden Sie nicht, daß man ihr das hätte mitteilen sollen?«

»Vermutlich schon«, gab er zu. »Erzählen Sie ihr doch, daß Sie zwar wußten, daß wir ganz legal Anrufe auf dieser Leitung aufzeichnen, aber vergessen haben, es ihr zu sagen.«

In Wirklichkeit hatte ich dabei nur an eingehende Gespräche gedacht, obwohl ich es eigentlich besser hätte wissen müssen.

»Tja, dann wissen Sie ja jetzt, warum mich ein ›Verlangen nach Erdbeershake‹ überkam.«

Er lächelte. »Wenn Sie aufwachen, haben Sie schlechte Laune, stimmt's?«

»Sie haben noch nicht einmal die Gratis-Vorschau auf schlechte Laune gesehen«, erwiderte ich.

»Da läuft es mir aber eiskalt den Rücken runter«, sagte er gedehnt. »Hören Sie, wie wäre es, wenn Sie sich von Pete dorthin begleiten ließen? Er muß ja nicht mit ins Haus gehen. Lassen Sie ihn einfach nur mitkommen. Dann werde ich auch nicht im Morgengrauen dafür erschossen, daß ich Sie allein in Bakersfield habe herumspazieren lassen.«

»Bin ich etwa in Lebensgefahr, wenn ich eine Frau aufsuche, die Leuten beibringt, nicht mehr zu stottern?« wollte ich wissen.

»Eine Frau, die Kontakt zu Ryan und Neukirk hatte. Die die beiden als ihre ›Lieblingspatienten‹ bezeichnet.«

Ich seufzte. »Und was wäre die Alternative? Daß mich ein Streifenwagen verfolgt?«

»Mhm.«

»Sie sind ganz schön hinterhältig, Cassidy. Sie wissen genau, daß ich Pete nicht um die Gelegenheit bringen werde, sich gebraucht zu fühlen. Und Sie wissen auch, daß ich nicht versuchen werde, ihm zu entwischen, weil Sie wissen, daß ich ihm nicht das Gefühl vermitteln will, ein ... na ja, jedenfalls verträgt er es momentan nicht, wenn er den Eindruck haben muß, bei irgend etwas versagt zu haben.«

Das Lächeln wurde zu einem breiten, selbstzufriedenen Grinsen.

Eine Stunde später lachte Rachel, die uns begleitet hatte, und gratulierte Pete, nachdem er schadenfroh auch noch die letzten Reporter abgeschüttelt hatte, die versucht hatten, uns von Beas Haus aus zu folgen.

Ich fragte mich, wie ich es bewerkstelligen könnte, das gleiche mit Cassidy zu machen.

21

Das Haus der Szals lag an einem kleinen Feldweg, in der Nähe eines Weinguts östlich der Stadt. Es war ein bescheidenes Steinhaus auf einem großen Grundstück. Pete fuhr in die gekieste Einfahrt, warf einen Blick auf das im Dunkeln liegende Haus und sagte: »Sieht so aus, als hätten sie sich schon aufs Ohr gelegt.«

»Nein, das sind Nachtschwärmer«, sagte ich. »Sie haben mir erzählt, sie wären wahrscheinlich hinten im Garten.«

»Cassidy hat gesagt, ich soll dich allein gehen lassen«, sagte Pete, »aber ich weiß nicht recht…«

»Ihr passiert schon nichts«, warf Rachel ein.

»Es könnte eine Weile dauern«, sagte ich nicht zum ersten Mal.

»Wir können uns schon beschäftigen. Mach dir keine Sorgen, wenn die Fenster beschlagen sind«, meinte Pete.

Rachel lachte.

»Ich klopfe auf die Motorhaube, bevor ich die Wagentür aufmache«, sagte ich. Ich stieg aus und ging zur Vorderseite des Hauses. Niemand reagierte auf mein Klingeln. Ich ging zum Tor nach hinten. Ich spähte darüber und konnte niemanden sehen, aber vor mir beleuchteten sanft glühende Solarlampen einen Weg zwischen Haus und Zaun. »Hallo?« rief ich.

Ich erhielt keine Antwort, aber das Tor war nicht versperrt, und so machte ich es auf.

Ich folgte dem Weg, und als ich hinter dem Haus angekommen war, sah ich auf der anderen Seite des Gartens eine matt leuchtende, pinkfarbene Kugel – eine chinesische Laterne, die an einem hölzernen Pfosten neben einem hohen, rechteckigen Gebäude hing. Die Laterne erhellte den Garten kaum. Ich konnte das Gebäude nicht besonders gut sehen. Aber es war die höchste Erhebung weit und breit – leicht zwei Stockwerke hoch. Das mußte also der Turm sein, von dem Regina Szal gesprochen hatte.

Ich blieb stehen, damit sich meine Augen an die Finsternis gewöhnen konnten. Die Laterne wippte im warmen Wind leicht hin und her. Derselbe Wind trug leises Lachen aus dieser Richtung zu mir herüber. Während ich mir eine Taschenlampe herbeiwünschte, ging ich mit unsicheren Schritten auf einem gepflasterten Weg dem Geräusch entgegen.

Als ich tiefer in den Garten vordrang und sich meine Augen der Dunkelheit besser angepaßt hatten, sah ich, daß das Gebäude eine seltsame Holzkonstruktion war, etwa so breit wie eine Garage für zwei Autos und ein bißchen länger. Das Dach war schräg wie bei einem Haus, schien aber nur eine Hälfte des Baus zu bedecken. Die andere Hälfte war offen, und ich konnte von dort murmelnde Stimmen und das Lachen einer Frau hören. Im Erdgeschoß gab es keine Fenster, aber der Weg führte auf eine Tür zu. Ich klopfte.

Das Gespräch über mir brach ab. »Ms. Kelly?« hörte ich eine Frau von oben rufen.

»Ja!« rief ich.

»Oh, verflixt! Jetzt haben wir die Nachrichten verpaßt. Ich komme gleich runter, Irene«, sagte sie. »Bernard, drück mal auf den Schalter, damit sie nicht stolpert und hinfällt.«

Ich hörte das trampelnde Geräusch von jemandem, der eilig eine hölzerne Treppe hinunterläuft, und dann ihre Stimme, die rief: »Also, ich möchte ja nicht, daß sie denkt, sie wäre hier draußen bei Vampiren gelandet.«

In einem der hohen Fenster ging Licht an und gleich danach auch auf der Veranda, wo ich stand. Ich blinzelte in die plötzliche Helligkeit. Eine Frau in einem schlichten weißen Baumwollhemd, Wranglers mit geraden Beinen und staubigen Cowboystiefeln riß hastig die Tür auf. Sie hatte glattes rotblondes Haar, das auf Schulterhöhe stumpf abgeschnitten worden war, und lange, schmale Beine. Ihre Augen hatten die Farbe von braunem Zucker, und ihr Lächeln barg einen winzigen Schuß Schalkhaftigkeit. Sie streckte mir eine Hand entgegen. »Hi, ich bin Regina.«

»Irene«, stellte ich mich vor und schüttelte ihr die Hand. Sie hatte einen festen Händedruck.

»Willkommen im Szal-Observatorium«, sagte sie und grinste noch breiter, als eine Männerstimme vorwurfsvoll »Regina …« rief. Sie sah nach oben. »Kommen Sie rein, ich führe Sie herum.«

Ich betrat einen schmucklosen Raum mit Betonfußboden. Auf der einen Seite des Raums stand ein massiver Betonpfeiler. Neben uns war die Holztreppe. Auf beiden Seiten befanden sich weitere Räume. »Das sollte einmal die Dunkelkammer werden«, erklärte sie und zeigte auf den Raum zur Rechten. »Aber momentan ist es nur ein Lager. Bernard hätte gern ein CCD-System.« Als sie meinen verständnislosen Blick sah, meinte sie: »Er könnte Ihnen mehr darüber erzählen, aber im Prinzip ist es eine Methode, mit der man Computer zur Himmelsfotografie verwenden kann.« Sie zeigte auf den Pfeiler. »Das Teleskop ist darauf gelagert, damit es eben und ruhig steht.« Sie wandte sich um und wies auf eine kleine, dunkle Arbeitsecke. »Hier stehen die Computer. Kommen Sie mit rauf. Sie können schnell einen Blick auf meinen Mann werfen, bevor er uns zwingt, sämtliche Lichter wieder auszumachen.«

Sie drückte auf mehrere Schalter, während wir über einen Treppenabsatz gingen, und der Raum unter uns wurde dunkel.

Oben erwartete uns geduldig ein massiger Mann mit einer rötlichbraunen Katze im Arm. Er war athletisch gebaut, was vermuten ließ, daß er keinen Schreibtischjob ausübte. Er trug weite Hosen und ein T-Shirt, das über seinen breiten Schultern spannte. Auf dem T-Shirt waren chinesische Schriftzeichen aufgedruckt.

Er hatte einen Dreitagebart und trug das glatte schwarze Haar zu einem Pferdeschwanz zusammengebunden. Er stand auf einer erhöhten Plattform im offenen Dachbereich neben einem großen weißen Teleskop.

»Das ist Bernard«, sagte Regina und stellte mir ihren Ehemann vor. Er hatte faszinierende grüne Augen und ein Gesicht, das sich ansonsten aus unregelmäßigen Zügen zusammensetzte – ein etwas schiefes Lächeln, eine Nase, die schon mindestens zweimal gebrochen war, eine kleine Narbe direkt unterhalb des einen Wangenknochens – Züge, die trotzdem eine anziehende Kombination ergaben. Ich kam zu dem Schluß, daß es an dem Lächeln lag – er machte nicht den Eindruck, als koste es ihn große Mühe, es aufzusetzen. Ich lächelte ebenfalls und schüttelte ihm die Hand. Als ich den Blick nach unten wandte, stellte ich amüsiert fest, daß er barfuß war.

»Schön, Sie kennenzulernen«, sagte er. Die Katze wand sich los und tappte nach unten. »Das war Stanley«, erklärte Regina. »Oder kurz Stan. Früher hatten wir noch eine namens Livingstone. Der arme Stan hat seinen Forschungspartner überlebt.«

»Tut mir leid, daß wir nicht auf die Zeit geachtet und deshalb die Nachrichten verpaßt haben«, sagte Bernard. »Heute abend haben wir einen sagenhaften Blick – jedenfalls besser als alles, was es im Fernsehen zu sehen gibt.« Er schaltete die Lichter aus. »Warten Sie ein paar Minuten, bis sich Ihre Augen an die Dunkelheit gewöhnt haben.«

Ich ließ meinen Blick nach oben wandern und sah einen überzuckerten Himmel. Als Stadtbewohnerin kannte ich diesen hellen und glitzernden Baldachin schon gar nicht mehr.

»Setzen Sie sich doch, Irene«, forderte Regina mich auf und schaltete eine Taschenlampe ein, die ein rotes Licht abgab. Dann führte sie mich zu einem hohen Stuhl an einer Wand mit mehreren Fenstern. Nachdem ich mich gesetzt hatte, konnte ich meilenweit in verschiedene Richtungen sehen. Die warme Nachtluft war angenehm. Ich warf einen Blick zurück auf das Halbdach.

»Es ist ein Schiebedach«, erklärte sie. »Wie eine Art großes, drehbares Oberlicht. Wir ziehen es zu, wenn wir nicht hier oben sind.«

»Sie haben sich eine gute Nacht ausgesucht«, meinte Bernard und tippte ein paar Zahlen in ein Gerät ein, das er in der Hand hielt und das etwa so groß war wie ein Taschenrechner. Das Teleskop bewegte sich. Er blickte durch das Okular. »Die Luft ist schön trocken, da spiegeln sich die Lichter der Stadt nicht sehr weit vom Horizont.«

»Sie ist nicht hierhergekommen, um sich M-Objekte anzusehen«, sagte Regina lachend. Sie öffnete eine Eisbox und holte ein Budweiser heraus. Sie machte es auf und reichte es mir, bevor ich darüber nachdenken konnte, ob ich es überhaupt wollte. »Du auch eines, Bernard?« fragte sie.

»Klar.«

»Was ist ein M-Objekt?« wollte ich wissen.

»Ein Messier-Objekt«, antwortete Bernard, ohne den Blick vom Teleskop abzuwenden. »Messier war ein französischer Astronom. Er fing an, eine Liste von ungewöhnlichen, verschwommenen Objekten aufzustellen, die er durch sein

Teleskop sah – und zwar damals um die Zeit der Amerikanischen Revolution. Schließlich faßte er einen astronomischen Katalog mit über hundert Objekten zusammen. Er war wirklich ein großer Beobachter. Seine Liste wird heute noch verwendet. M eins ist zum Beispiel der Krebsnebel. M einunddreißig ist die Andromeda-Galaxie. Einige der herrlichsten Himmelskörper sind Messier-Objekte.«

Regina sah ihn an, als hätte er Sonette über die Liebe rezitiert. »Bernard hat das Teleskop selbst gebaut«, erklärte sie.

»Zusammengebaut«, korrigierte er und nahm ihr das Bier ab. Er lächelte sie an und sagte: »Die Einzelteile werden industriell gefertigt – einschließlich der Objektive.« Er beugte sich wieder zum Okular hinab. »Das hier ist ein Maksutov-Cassegrain-Teleskop«, sagte er. »Ein Reflektor. Die Auflösung ist nicht so gut wie bei einem Refraktor, aber es eignet sich besser für Objekte am tiefen Himmel.«

Am tiefen Himmel. Vielleicht vernahm Regina ja doch Lyrik.

Bernard winkte zu mir herüber. »Schauen Sie mal, Irene.«

Mittlerweile waren meine Augen an die Dunkelheit gewöhnt. Ich ging zum Teleskop und beugte mich hinab, um durch den L-förmigen Teil des Okulars zu blicken. Ich sah etwas, das mir ein heller Lichthügel zu sein schien, in der Mitte konzentriert und zu den Rändern hin verschwommen. Darum herum befanden sich einzelne, runde Objekte – Sterne.

»Was ist das?« fragte ich.

»Eine spiralförmige Galaxie in der Konstellation Virgo. Man nennt sie die Sombrero-Galaxie.«

Ich lächelte, da ich nun ihre Ähnlichkeit mit einem Hut erkannte.

»Damit haben Sie wohl nicht gerechnet – daß Sie hier draußen eine wissenschaftliche Vorlesung zu hören bekommen würden, oder?« sagte Regina.

»Nein«, antwortete ich und richtete mich auf, »aber es gefällt mir trotzdem. Danke, Bernard.«

»Gern geschehen«, meinte er, während er schon längst wieder den Himmel betrachtete.

Ich ging zu meinem Stuhl zurück und zupfte an dem Etikett auf der Bierflasche. Wie sollte ich anfangen?

Regina nahm es mir ab. »Wie geht es Bret und Sam denn mittlerweile?«

»Ich weiß nicht, wie ich diese Frage beantworten soll«, meinte ich. »Erzählen Sie mir lieber, wie die beiden damals waren, als Sie sie kannten.«

Sie legte den Kopf zur Seite und musterte mich. Dann zuckte sie die Achseln, als hätte sie beschlossen, meinem Wunsch nachzukommen.

»Wissen Sie, wie es dazu kam, daß die beiden Patienten von mir geworden sind?«

»Ich weiß, was mit ihren Vätern passiert ist, ja. Und ich habe den Artikel im *Californian* gelesen.«

»Den über die selbstgewählte Stummheit?«

»Ja.«

»Also wissen Sie ja, daß ich versucht habe, sie wieder zum Sprechen zu bringen, und zwar mit der Unterstützung einiger Menschen, die sich um die beiden gekümmert haben. Eine Schulpsychologin, ein Arzt, die Lehrer der Jungen, ihre Mütter und so weiter.«

»Wann haben sie denn wieder zu sprechen begonnen?«

»Das hat lange gedauert.«

»Wie lange?«

»Drei Jahre.«

»Drei Jahre?« wiederholte ich.

»Die Jungen waren – sind – hochintelligent. Wir haben ihren IQ ermittelt. Sams Ergebnisse lagen weit über dem Durchschnitt – er ist eindeutig begabt. Bret hatte sogar eine noch höhere Punktzahl, er ist hochbegabt. Ergebnisse wie bei

Bret bekomme ich sehr selten zu sehen. Kinder, die so klug sind wie Sam und Bret, können einem ganz schön zu schaffen machen. Bei dem schweren Trauma, das sie erlitten haben, ihrer Intelligenz und ihrer engen Freundschaft zueinander ist leicht nachzuvollziehen, wie sie ihr selbstgewähltes Schweigen so lange aufrechterhalten konnten.«

»Wie haben sie denn kommuniziert?«

»Mit anderen?« fragte sie.

»Ja.«

»Durch Deuten, Gebärden …«

»Richtige Gebärdensprache? So etwas wie Amerikanische Gebärdensprache?«

»Nein, im Vergleich zur Amerikanischen Gebärdensprache, die ja eine eigenständige, komplexe Sprache mit eigenen idiomatischen Ausdrücken und dergleichen ist, war es ziemlich primitiv. Ich habe keine Gebärden oder Sprache in diesem Sinn gemeint. Aber sagen wir mal, daß die Jungen einen Geheimcode hatten. Gesten und einen gesprochenen Geheimcode, den sie untereinander benutzt haben – Wörter, die sie selbst erfunden und die sie ohne weiteres verstanden haben.«

»So etwas wie eine Kindersprache?«

»Raffinierter. Nicht nur Reime oder vertauschte Silben. Vollkommen neue Wörter.«

»Hat das andere Leute nicht auf Dauer frustriert?«

»Oh, am Anfang haben sie jeden damit wahnsinnig gemacht. Eva Ryan hatte überhaupt keine Geduld damit, und Sams Stiefvater auch nicht.«

»Stiefvater?«

»Ja, wußten Sie das nicht? Sie hat nicht lange nach Gene Ryans Tod wieder geheiratet. Einen anderen Arzt. Gene hat ihr einen Berg Schulden hinterlassen, also vermute ich, daß sie froh war, wieder festen Boden unter die Füße zu bekommen.«

»Hat der Stiefvater Sam … mißhandelt?« fragte ich.

»Überhaupt nicht. Sam hat die Familie im Grunde verlassen und ist zu den Neukirks gezogen.«

»Das verstehe ich nicht.«

»Man könnte sagen, die Jungen haben es so beschlossen. Sie wollten nicht getrennt werden. Das konnte ihnen auch niemand verübeln, vor allem am Anfang – die beiden waren in diesen ersten Monaten so abwesend und verschreckt. Die Mütter waren befreundet und gleichzeitig Witwen geworden, also blieben sie zuerst in engem Kontakt miteinander.«

»Was meinen Sie mit ›zuerst‹?«

»Tja, ich glaube, die Spannungen begannen, als sich ihre Lebensumstände umkehrten.«

»Die Lebensumstände der Mütter?«

»Ja. Alle Welt redete andauernd davon, was für ein toller Typ Gene Ryan gewesen sei. Sein bester Freund seit der Grundschule war arm. Genes Familie war zwar nicht die reichste der Stadt, aber sie gehörte der oberen Mittelschicht an. Im Vergleich zu Julians Leuten – die erst in den dreißiger Jahren aus einem Trockengebiet hierhergezogen waren – lebten die Ryans geradezu fürstlich. Gene war ein Einzelkind, und er hat Julian quasi als Bruder adoptiert.«

»Aber Gene ist dann aufs College gegangen, oder?«

»Ja. Genes Familie konnte es sich leisten, die von Julian nicht. Also hieß es ständig, wie nett Gene sei, weil er sich, als er hierher zurückgekommen war und eine Praxis aufgemacht hatte, immer noch mit seinem alten Kumpel Julian traf.«

»Julian war Fernfahrer?«

»Angefangen hat er als Fahrer. Ehrlich gesagt, glaube ich, daß er der klügere von beiden war. Er hat mehr Geld verdient als Gene, als er starb.«

»Als Fernfahrer?«

»Da hat er schon seine eigene Spedition besessen – und er hat sie sehr geschickt geführt. Er warf das Geld nicht so hinaus wie Gene. Er hatte eine andere Einstellung zu Geld.«

»Als die Männer ums Leben kamen, war Eva also in Geldnot –«

»Und Francine war wohlhabend. Julian hatte eine dicke Lebensversicherung, alle möglichen Geldanlagen, und darüber hinaus bekam sie auch noch die Spedition. Sie führte sie ein paar Jahre weiter, verkaufte sie dann und zog nach Las Piernas.«

Ich richtete mich auf. »Nach Las Piernas? Warum?«

»Die Jungen wollten dort studieren. Sie waren noch ziemlich jung – zu jung, um in einem Wohnheim zu leben, jedenfalls in Francines Augen, und ich finde, da hatte sie recht. Bret hat seinen High-School-Abschluß mit fünfzehn gemacht und Sam mit sechzehn. Ich weiß nicht, warum sich die beiden Las Piernas ausgesucht hatten, jedenfalls wurde Sam dort am College aufgenommen und Bret an der Universität.«

»Die Jungen«, wiederholte ich. »Kommen wir darauf noch einmal zurück – Sie sagten, Sam hat seine Familie verlassen?«

»Ja. Francine – Brets Mutter – war die fürsorglichere der beiden Frauen. Sam blieb immer öfter über Nacht bei Bret, und schon bald wohnte er ganz dort. Irgendwann waren Eva die Enthüllungen über Gene dermaßen peinlich, und sie war so mit der Liebesgeschichte mit ihrem zweiten Ehemann beschäftigt, daß sie offenbar froh war, Sam los zu sein. Und Francine hat Sam geliebt.«

»Aber war es denn gut für die beiden, so oft zusammen zu sein?«

»Ich war dagegen, aber in diesem Fall hatten Eva und Francine das Sagen. Sie waren der Meinung, daß die Jungen bereits genug an Verlust und Trennung mitgemacht hatten. Der Einfluß einer Sprachtherapeutin ist begrenzt. Außerdem waren die Jungen ganz schön stur. Keiner von beiden war zur Kooperation bereit, wenn der andere nicht dabei war.«

»Haben sie je mit Ihnen darüber gesprochen, was mit ihren Vätern passiert ist?«

Sie schüttelte den Kopf. »Nein, das war tabu. Sogar als wir sie wieder zum Sprechen gebracht hatten, machten sie uns unmißverständlich klar, daß sie darüber nicht sprechen würden. Bret hat mir einmal erklärt, daß die Morde an ihren Vätern sie zu Außenseitern gemacht hatten – und sie, selbst wenn sie nicht stumm gewesen wären, von den anderen Kindern seltsam angesehen worden wären. Bei Sam dachte ich, wir würden Fortschritte machen, bis diese Artikel über seinen Vater erschienen. Wenn Bret nicht so loyal zu ihm gestanden wäre, weiß ich nicht, was aus ihm geworden wäre.«

»Bret war also der dominantere der beiden?«

»Nein, eigentlich war das Sam. Zwischen ihnen herrschte allerdings im Grunde keinerlei Uneinigkeit, und ich würde auch nicht sagen, daß Sam Bret herumkommandiert hat. Bret kann sich sehr gut behaupten. Sie hatten unterschiedliche Fähigkeiten und waren nicht neidisch aufeinander.«

»Wie haben Sie sie dazu gebracht, wieder zu sprechen?«

»Also, das kam ja nicht von heute auf morgen. Zuerst haben wir uns darum bemüht, daß sie nicht mehr so große Angst vor der Welt um sie herum hatten. Sie waren ja derart verschreckt. Francine hat mir erzählt, daß sie – außer wenn sich die beiden in ihrer Geheimsprache unterhielten – ihre Stimmen nur dann zu hören bekam, wenn sie Alpträume hatten. Mit Frauen hatten sie weniger Probleme als mit Männern. Bernard kam eines Tages in der Praxis vorbei, um mich zum Mittagessen abzuholen, und die Jungen rannten davon und versteckten sich. Bernard war ja so bestürzt. Zum Glück kam zufällig im selben Moment der einzige Mann vorbei, den sie überhaupt in ihre Nähe ließen, und ihm gelang es, sie wieder hervorzulocken. Er hat sie sogar dazu gebracht, Bernard die Hand zu schütteln – Sie können sich nicht vorstellen, was für ein Durchbruch das war. Aber dieser Mann war sehr geduldig. Er war Polizist – derjenige, der sie in diesem Keller gefunden hat.«

Ich war froh um die Dunkelheit und lehnte mich in die Schatten zurück. »Die Jungen mochten ihn?«

»O ja. Er hieß Frank Harriman. Zuerst kam er ziemlich oft vorbei, bis die Neuigkeiten über Gene ans Tageslicht kamen. Er hat den Kerl festgenommen, der der Polizei die Angaben über Genes Spielprobleme gemacht hat. Sam hat das ziemlich hart getroffen. Danach hat er immer den Raum verlassen, wenn Frank vorbeikam. Bret muß wohl auf ihn eingewirkt haben, denn es gab sich wieder. Bald half Frank ihnen wieder bei den Hausaufgaben, spielte Fangen mit ihnen und ...« Sie runzelte die Stirn. »Aber ich weiß nicht recht. Irgendwie kommt es mir so vor, als hätte Frank sie danach seltener gesehen.«

»Du bringst ja alles total durcheinander, Regina«, sagte Bernard und kam zu uns herüber. »Es waren nicht die Neuigkeiten über Gene, die die Probleme verursacht haben, sondern es war diese Hexe, die Frank fast geheiratet hätte.«

»Ja, genau! Ich muß sie aus meinem Gedächtnis gestrichen haben.«

»Ich begreife nicht, wie du das geschafft hast.« Er wandte sich mir zu. »Diese Frau hat mich auf der Arbeit angerufen und gesagt, daß Frank nur deshalb nach den Jungen sähe, um Regina anzumachen. Ich habe ihr erklärt, daß sie Schwachsinn redet. Ich glaube, sie wußte gar nicht, daß ich Frank kannte. Dieser Mann hat mit Regina gearbeitet und sich neben seinem Beruf Zeit genommen, um diese Kinder zum Reden zu bringen – ich meine, ich hatte ja gesehen, wie die Jungen auf ihn angesprochen haben. Aber diese Frau muß ihn an der Kandare gehabt haben, denn kurz danach ist er nicht mehr gekommen.«

»Ich hatte sie ganz vergessen«, sagte Regina. »Bernard hat recht. Es war kurz nach Brets zehntem Geburtstag. Frank hatte Bret einen Zauberkasten gekauft, und ich dachte, das ist die Lösung. Bret war begeistert davon. Er war ja so ein kluger Junge. Er mußte nicht sprechen, um die Zaubertricks vorzuführen, aber die anderen Kinder fingen an, ihn zu bewundern. Er kam aus seinem Schneckenhaus heraus.«

»Er hat deshalb wieder zu sprechen angefangen?«

»Nein. Sam war noch nicht dazu bereit, und Bret wollte ihn nicht zurücklassen.«

»In dieser Phase bin ich auf den Plan getreten«, sagte Bernard. »Regina hat sie in meinem Atelier vorbeigebracht.«

»Sie sind Künstler?« fragte ich.

»Er ist ein Künstler des Kampfsports«, erklärte Regina mit einem Lächeln. »Er unterrichtet Aikido.«

»Sam und Bret wurden Aikido-Experten?«

»Nein, Bret hat es nie ausprobiert«, antwortete Bernard, »er hat nur zugesehen. Und Sam ist auch nicht dabeigeblieben, aber er hat die Grundbegriffe gelernt, und das hat sein Selbstvertrauen gestärkt.«

»Und er hat Bernard in sein Vertrauen einbezogen«, sagte Regina. »Das war ein gewaltiger Fortschritt. Vieles, was wir die ganze Zeit versucht haben, war darauf angelegt, ihr Vertrauen zu fördern und sie dabei zu unterstützen, sich sicher zu fühlen.«

Keine leichte Aufgabe, dachte ich, bei ihren Erfahrungen.

»Als nächstes haben wir es mit einem Computer probiert«, fuhr sie fort. »Eine Freundin von mir hatte einen Apple II+. Sie hat die Jungen daran spielen lassen. Sie waren restlos begeistert. Als sie das erste Mal wieder ›sprachen‹, taten sie das, indem sie etwas in den Computer schrieben.«

»Davor haben sie nichts geschrieben?«

»Doch, sie haben in der Schule geschrieben – Schulaufgaben. Na ja … außer wenn der Lehrer ihnen etwas Persönliches auftrug, muß ich wohl sagen. Aber wenn es um Geschichte ging oder um einen Aufsatz über ein anderes Land – immer wenn sie nicht von sich selbst oder ihrer Familie sprechen mußten –, haben sie die Aufgabe erledigt. Und meistens Einser dafür bekommen.«

»Was war, wenn sie im Unterricht Fragen beantworten sollten?«

»Die Lehrer haben schnell begriffen, daß sie das einfach nicht machten. Ja, die anderen Kinder begannen sogar, sich um die Jungen zu scharen, um sie vor Erwachsenen zu schützen. Sie lernten die Gebärdensprache der Jungen und sprachen an ihrer Stelle. Wir mußten sie alle zur Rede stellen und dazu drängen, den Jungen das Schweigen nicht weiter zu erleichtern.«

»Und sonst haben sich die Jungen gut benommen?«

»Ja«, antwortete Regina. »Sam hat ein paarmal Ärger gekriegt, als er Bret gegenüber Schlägern in Schutz genommen hat. Aber das hatte schon angefangen, bevor ihre Väter ermordet wurden. Sie waren beide gute Schüler, haben Einser geschrieben und brav gelernt. Es fiel den Lehrern nicht schwer, damit zurechtzukommen.«

»Waren sie in derselben Klasse? Ich dachte, Sam wäre älter.«

»Ja, stimmt, aber Bret hat eine Klasse übersprungen. Als er wieder zu sprechen anfing, wurde er sogar ein noch besserer Schüler. Sie haben beide ihren Schulabschluß früher gemacht als üblich.«

»Sie haben also die Kommunikation mit Hilfe eines Computers wieder aufgenommen, sagen Sie.«

»Ja. Am ersten Tag, als sie diesen alten Apple ausprobiert haben, hat mir Bret einen Zettel geschrieben: ›Können wir das noch mal machen?‹ Es war das erste Mal, daß er direkt auf Englisch mit mir kommuniziert hatte. Ich war überglücklich. Also tippte ich ihm eine Antwort. Ich fragte, ob Sam auch Lust hätte, noch mal zu kommen. Ich rechnete damit, daß Bret an seiner Stelle antworten würde, aber er sah Sam an und winkte ihn an die Tastatur herüber. Sam gab ein: ›Ja, es macht Spaß.‹ Ich hätte fast zu weinen begonnen.«

»Wie lang hat es dann noch gedauert, bis sie wieder zu sprechen anfingen?«

»Nicht mehr allzulang. Etwa drei Monate später, soweit ich mich erinnere. Francine hat ihnen Computer gekauft. Und sie sagten beide: ›Danke.‹ Laut. Francine fing tatsächlich zu weinen an. Nicht, daß ich ihr das verdenken könnte.«

»Und danach haben sie einfach zu sprechen angefangen?«

»Nein. Es war immer noch ein sehr langwieriger Prozeß. Sam hat mit Bernard gesprochen, bevor er mit mir sprach.«

Ich sah zu Bernard hinüber, der sich auf einen Stuhl in der Nähe gesetzt hatte.

»Er hat mich gebeten, ihm Tanzen beizubringen«, sagte Bernard. »Regina wollte es mir zuerst gar nicht glauben.«

»Ach, nur weil du mich mit so vielen anderen Sachen auf den Arm nimmst!«

Er lächelte. »Als ich sie davon überzeugt hatte, daß es stimmte, war sie sauer, weil er nicht zuerst mit ihr gesprochen hatte.«

»Du bist mir vielleicht ein Lügner«, erwiderte sie. »Ich war überglücklich. Außerdem kam Bret am nächsten Tag in meine Praxis spaziert und sagte: ›Sam hat eine Freundin.‹«

Bernard lachte. »Sie erzählt nicht die volle Wahrheit. In Wirklichkeit hat Bret gesagt: ›Sam hat eine Freundin, aber sie ist nicht so hübsch wie Sie.‹«

Es war zu dunkel, um wirklich erkennen zu können, ob sie rot wurde, aber ich hörte ihr die Verlegenheit an, als sie sagte: »Mußt du nicht einen Kometen oder irgendwas in der Art entdecken?«

»Er war in Sie verliebt?« fragte ich.

»Eigentlich nicht. Bret hat sich nur ein bißchen einsam gefühlt, nehme ich an. Sam hatte Lust, mit anderen Leuten zu reden – zum Beispiel mit dem Mädchen, mit dem er tanzen wollte. Bret war ein bißchen jünger und zögerte ein bißchen länger, aus dem Kokon zu kommen, den sie um sich selbst aufgebaut hatten. Als ihm klarwurde, daß Sam ihn nicht verlassen würde, ging es ihm – glaube ich – wieder besser.«

»Sie hatten noch Kontakt zu den beiden, nachdem sie wieder zu sprechen angefangen hatten?«

»Eine Zeitlang, ja. Und wir haben immer wieder voneinander gehört.«

»Haben sie je mit Ihnen über das gesprochen, was passiert ist, als ihre Väter ums Leben kamen?«

»Nein«, sagte sie und runzelte dann die Stirn. »Na ja, eines Tages kam Bret vorbei, kurz bevor sie umgezogen sind. Er war aufgeregt und nervös. Ich fragte ihn, was los sei. Er erzählte mir, daß sich Sam beim Packen der Umzugskisten in die Hand geschnitten und zu bluten angefangen hätte. Bret war ohnmächtig geworden. Er sagte, Sam ginge es gut – Eva hatte ihn in eine Ambulanz gefahren, wo er genäht wurde. Bret wurde so weiß, als er mir davon erzählte, daß ich schon fürchtete, er werde gleich wieder in Ohnmacht fallen. Immer wieder sagte er, daß es ihn an den Keller erinnere. Ich brauchte gar nicht zu fragen, an welchen. Er beruhigte sich wieder, aber kurz bevor er ging, sagte er: ›Ich habe nichts über diesen Tag vergessen. Nicht das geringste.‹ Ich fragte ihn, ob er darüber sprechen wolle, und er antwortete: ›Seien Sie froh, daß wir das nie getan haben.‹«

Schweigend saßen wir eine Weile da, und dann fragte ich: »Haben sie es Frank Harriman übelgenommen, daß er sie nicht mehr besucht hat?«

»Das glaube ich nicht. Er hat sie ja nicht einfach sitzenlassen, er hat nur nach und nach aufgehört, sie zu besuchen. Sie schienen es auch durchaus zu verstehen. Und damals waren sie auch schon öfter mit Bernard zusammen.«

Ich blickte in den Himmel hinauf und versuchte, meine wachsende Verzweiflung einzudämmen. Die Szals waren gutherzige Leute, ein aktives, intelligentes Paar mit breitgefächerten Interessen – Menschen, mit denen ich mich unter anderen Umständen gern angefreundet hätte. Aber in dieser Nacht hatte ich das Gefühl, meine Zeit verschwendet zu haben, indem ich mit ihnen sprach. Soviel ich auch über Sam und Bret erfahren hatte, konnte ich doch nichts erkennen, das mir dabei helfen könnte, Frank seine Freiheit wieder zu verschaffen.

»Wie stehen Sie denn in Verbindung zu Bret und Sam?« wollte Regina wissen.

»Frank Harriman ist mein Mann«, antwortete ich.

Sie ergingen sich beide in frohen Ausrufen darüber, aber ich merkte schnell, daß es mir schwerfiel, angemessen darauf zu reagieren.

»Wie geht's Frank?« fragte Bernard vorsichtig.

Zu einem anderen Zeitpunkt hätte ich ihnen vielleicht irgend etwas vorschwindeln können. Jetzt nicht. »Nicht gut«, sagte ich. »Er ist als Geisel genommen worden.«

Angesichts ihrer maßlos verblüfften Blicke wurde mir klar, daß alles weitere, was ich sagen könnte, ihre Erinnerungen an zwei Jungen, denen sie geholfen hatten, zerstören würde. Ich stellte mein unberührtes Bier auf den Boden und sagte: »Ich muß jetzt gehen.«

»Nein«, entgegnete Bernard. »Sie können nicht einfach so etwas sagen und dann gehen! Bitte erzählen Sie es uns – Frank ist doch ein Freund von uns. Wir haben ihn zwar nicht mehr oft gesehen, seit er nach Las Piernas gezogen ist, aber mein Gott – er wurde als Geisel genommen?«

»Und zwar von Sam und Bret.«

Regina saß mit weit aufgerissenen Augen da und war völlig sprachlos, aber Bernard kam zu mir herüber und nahm mich bei der Hand. »Erzählen Sie uns, was passiert ist«, sagte er. »Vielleicht können wir irgendwie helfen.«

»Ja«, bat Regina, die sich schnell gefaßt hatte. Als ich zögerte, fügte sie mit unfehlbarer Sachkenntnis hinzu: »Sam und Bret bedeuten mir viel, aber ich verschließe die Augen nicht vor der Tatsache, daß sie Probleme haben. Ich werde sie nicht auf Franks Kosten schützen. Bernard hat recht. Frank ist ein Freund von uns – ein anständiger Mann. Lassen Sie uns helfen. Bitte.«

Also begann ich zu reden, und sie taten, was sie konnten, um es mir leicht zu machen. Es hatte keinen Zweck, ihnen irgend etwas zu verheimlichen. Wenn sie helfen konnten, mußten sie auch über den Polizisten Bescheid wissen.

Regina saß schweigend da. Als ich geendet hatte, sagte sie: »Es macht mich dermaßen wütend, daß sie uns alle wie Schachfiguren behandeln!«

»Ja«, stimmte ich ihr zu, »das ärgert mich auch furchtbar.«

»Berichten Sie Detective Cassidy, was ich Ihnen erzählt habe«, sagte sie. »Und sagen Sie ihm, er soll uns anrufen, wenn er mit uns über die Jungen reden will. Wenn er irgendwann mit ihnen verhandeln muß, kann es ihm vielleicht nützen.«

»Wissen Sie, wie ich Francine erreichen kann?«

»Francine ist vor einem Jahr gestorben«, sagte Regina.

»Falls nicht irgend etwas ihre finanziellen Verhältnisse von Grund auf verändert hat«, meinte Bernard, »hat Bret eine Menge Geld geerbt. Vielleicht auch Sam, je nachdem, was sie in ihrem Testament verfügt hat. Damit finanzieren sie sich – mit dem Vermögen der Neukirks.«

»Sam kennt sich mit Medizin aus, und er war es vermutlich auch, der die Kerle rekrutiert hat, die mit Sprengstoff Bescheid wissen«, vermutete Regina. »Er hat sich viel mehr für solche Dinge interessiert als Bret. Bret konnte keinerlei Gewalt ertragen – weshalb es mir schwerfällt, zu begreifen, wie Sam ihn dazu gebracht hat, mit dieser Geschichte einverstanden zu sein.«

»Sie glauben, es war Sams Idee?« fragte ich.

»Gewisse Anteile daran tragen Sams Handschrift – zum Beispiel die Phiole voller Blut. Bret würde niemals freiwillig mit Blut hantieren«, antwortete Regina.

»Sam war schon immer der dominantere von den beiden«, ergänzte Bernard.

»Ja, aber Bret ist auch nicht gerade willenlos«, wandte Regina ein. »Und die Einbrüche in die EDV-Anlagen – die gehen auf Brets Konto. Er hat ein Praktikum bei einer Firma gemacht, die Sicherheitssysteme für Computer herstellt.«

»Haben Sie eine Ahnung, wer die Frau sein könnte?«

»Sams Freundin«, sagte Bernard wie aus der Pistole geschossen. »Bret ist eher ein Einzelgänger.«

»Das stimmt«, bestätigte Regina. »Sam kann sehr charmant sein, wenn er will. Brets Charme ist ehrlicher, er gehört eher zu seinem Charakter. Sam kann ihn an- und abschalten.«

»Als wir Bret das letzte Mal gesehen haben«, sagte Bernard, »hat er sich über Sams Einstellung gegenüber Frauen beschwert. Er meinte, Sam mache sich im Grunde nichts aus den Frauen, mit denen er sich traf, ihm ginge es nur um Sex.«

»Glauben Sie, daß Bret eifersüchtig war?« fragte ich.

»Nein«, erwiderte Bernard. »Ich glaube nicht, daß Bret sich in romantischer Weise zu Sam hingezogen fühlt. Er spricht über Sam wie ein Bruder über den anderen. Außerdem wußten sie, daß wir sie akzeptiert hätten, ob sie nun schwul oder hetero sind. Das ist bei uns kein Thema.«

»Wissen Sie, mit wem Sam in letzter Zeit gegangen ist?«

Sie überlegten, und dann sagte Bernard: »Hat er uns nicht ein Foto von einem Skiausflug geschickt?«

»Ja!« sagte Regina. »Warten Sie mal!«

Sie eilte nach unten, und ich hörte, wie sie in die Arbeitsecke ging.

»Sam hat uns irgendwann um Thanksgiving herum geschrieben«, erklärte Bernard. »Er ist mit ein paar Freunden Skifahren gewesen. Regina hat das Foto aufgehoben.«

»Wie oft hören Sie denn von den beiden?«

»Nicht besonders oft. Ein- oder zweimal im Jahr schicken sie uns eine Karte oder einen Brief. Das letzte Mal gesehen haben wir sie vor etwa vier Jahren.«

Regina kam die Treppe heraufgelaufen, gefolgt von Stan,

dem Kater, dem die Betriebsamkeit offensichtlich gefiel, denn er rannte immer noch im Kreis herum, als Regina bereits stehengeblieben war und mir das Foto im Format 10 x 15 reichte.

»Mach mal Licht«, bat sie Bernard.

Bernard kam der Aufforderung nach, und ich blickte auf ein Gruppenbild von vier jungen Skifahrern herab.

»Ich weiß nicht, wer die anderen sind, aber das ist Sam«, erklärte Regina und wies auf einen jungen Mann mit einer blauen Skimütze. Auf diesem Bild wirkte er entspannter als auf dem Foto aus seinem Führerschein, das sie in den Elf-Uhr-Nachrichten gezeigt hatten, aber er war ohne weiteres als dieselbe Person zu erkennen. Neben ihm stand eine dunkelhaarige Frau. Sie war mir fremd, aber die Gesichter der beiden anderen Männer auf dem Bild kannte ich.

»Lang und Colson«, sagte ich.

22

Es war schon nach zwei Uhr morgens, als wir in Beas Einfahrt einbogen. Die Reporter waren weg. Allerdings rechnete ich damit, daß sie, noch bevor ich zu meinem Frühstück mit Cecilia aufbrach, allesamt wieder da sein würden, wenn die Geschichte erst einmal im *Californian* erschienen war. Es wunderte mich nicht besonders, Cassidy auf der Schaukel auf der Veranda sitzen zu sehen.

Er las in irgendwelchen Papieren, offenbar die neuesten Faxe von Hank Freeman. Pete und Rachel murmelten »Gute Nacht« und gingen hinein. Ich setzte mich auf die Schaukel und reichte Cassidy das Foto.

»Vielleicht erkennen die Nachbarn von Lang und Colson die Frau wieder«, sagte ich. »Die Szals glauben, sie könnte Sams Freundin sein.«

Cassidy musterte das Foto. »Sie entspricht tatsächlich der Beschreibung, die uns die Nachbarn gegeben haben. Das ist ja phantastisch. Was haben Sie sonst noch erfahren?«

»Was eine M-Nummer ist«, antwortete ich und ignorierte seinen verblüfften Blick, während ich anfing, ihm zu berichten, was die Szals über Sam und Bret gesagt hatten. Schon bald holte Cassidy sein Heft hervor und begann sich Notizen zu machen – viele Notizen.

»Das ist ja großartig«, sagte er, viel zu enthusiastisch für diese späte Stunde. »Solche Informationen bekommen wir nur von Leuten, die die beiden kennen. Dadurch werden Bret und Sam ein bißchen berechenbarer für uns. Interessant ist vor allem, wie sie zusammenarbeiten. Und dann noch das Foto – diese Leute, mit denen Sie gesprochen haben, haben uns einen großen Schritt weitergeholfen.« Wieder ernüchterter fuhr er fort: »Vermutlich ist es den beiden nicht allzu leichtgefallen.«

»Nein«, bestätigte ich. »Aber es scheint in ihrer Natur zu liegen, hilfsbereit zu sein. Und sie mögen Frank. Zu unserem Glück überwog das ihre Loyalität gegenüber Bret und Sam.«

»Ich werde auf jeden Fall ihr Angebot, mit ihnen zu sprechen, annehmen.« Er stand auf und streckte sich. »Tja, dann faxe ich das Hank mal lieber, solange ich es noch frisch im Gedächtnis habe.«

»Schlafen Sie eigentlich nie?«

»Ich habe ein kleines Nickerchen gemacht, während Sie an der Arbeit waren. Mir fehlt nichts. Aber Sie sehen völlig erledigt aus.«

»Bin ich auch«, gab ich zu. »Ich weiß nur nicht, ob ich schlafen kann.«

»Versuchen Sie's einfach«, meinte er, und wir gingen zusammen hinein. Ich sagte gute Nacht, und er verschwand in seinem Zimmer, das gegenüber von meinem lag.

Ich schlief beinahe sofort ein, nachdem ich mich hingelegt hatte, aber um halb fünf wachte ich wieder auf. Ich konnte

Cassidy reden hören, und obwohl nicht zu verstehen war, was er sagte, lag eine unverkennbare Dringlichkeit in seiner Stimme. Ich schlüpfte in Jeans und ein T-Shirt und griff gerade nach meinen Socken, als ich ihn verstummen hörte. Ich lauschte und beschloß, auf Fußbekleidung zu verzichten, während er eilig den Flur entlanglief. Ich hörte, wie die Haustür aufging, und huschte eilig hinterher. Als ich bei ihm anlangte, stand er auf der vorderen Veranda, hielt das Geländer umklammert und atmete tief ein und aus.

»Cassidy?«

Er wirbelte herum. Sein Blick war wild und abwesend und sein Gesicht schweißbedeckt. Ich riß die Augen auf – Cassidy außer sich? Was für grauenhafte Neuigkeiten hatte er zu hören bekommen?

Doch im nächsten Moment begriff ich, was los war. »Aufwachen, Cassidy«, sagte ich ruhig, aber bestimmt. »Wachen Sie auf.«

Er sah mich an, und ich konnte den Wandel seines Blickes mitverfolgen, während er mich langsam als etwas anderes wahrzunehmen begann als nur eine Stimme, die in einen Traum eindringt. Rasch senkte er beschämt den Blick.

»Verdammt noch mal«, sagte er aus vollem Herzen.

»Mir hat mal jemand gesagt, daß man sich nicht zu schämen braucht, wenn man Alpträume hat«, bemerkte ich.

»Der muß mehr Mist im Hirn gehabt haben als ein Schubkarren auf dem Rodeo«, antwortete Cassidy. Er sah mich noch immer nicht an, und seine Stimme klang brüchig. »Das weiß doch jeder.«

»Ja, aber beliebt ist er trotzdem. Setzen wir uns doch auf die Schaukel, bis Sie wieder sicher auf den Beinen stehen.«

Er willigte in meinen Vorschlag ein, vielleicht weil er gar nicht in der Lage war, sich zu wehren. Für einen wirklich gräßlichen Alptraum braucht man eine Menge Energie. So was macht einen fertig.

Ich setzte die Schaukel in Bewegung, und wir schaukelten ein Weilchen vor und zurück.

»Ich will nicht darüber reden«, sagte er schließlich und wich meinem Blick nach wie vor aus.

»Hat das etwa jemand verlangt? Glauben Sie, daß mich Ihre Probleme auch nur im geringsten kümmern?«

Er sah mich an und brach völlig unvermittelt in schallendes Gelächter aus. Er krümmte sich vor Lachen und keuchte. Er bemühte sich nach Kräften, nicht das ganze Haus aufzuwecken, aber es hatte ganz den Anschein, als bekäme er von dieser Anstrengung gleich einen Bruch.

»Was?« fragte ich, vor Schlaflosigkeit zu aufgedreht, um meinerseits ein Lachen zu unterdrücken.

Die Tränen liefen ihm über die Wangen. »Ihre Haare«, stieß er hervor.

Ich schaute über die Lehne der Schaukel in ein Panoramafenster, wo ich mein zugegebenermaßen lächerliches Spiegelbild erblickte. Ich hatte in merkwürdiger Stellung auf meinem Haar geschlafen, und jetzt stand es auf beiden Seiten meines Gesichts in unglaublichen Zacken vom Kopf ab. Ich sah aus, als hätte ich mir einen Friseur gesucht, der gerade beim Zirkus entlassen worden war.

»Freut mich, daß es Ihnen gefällt«, sagte ich und versuchte, die Haare zu glätten. Hoffnungslos. Ebenso hoffnungslos, wie nicht selbst darüber zu lachen.

Schließlich beruhigten wir uns wieder. Auf einmal schämte ich mich.

»Glauben Sie, daß Frank es Ihnen übelnähme, daß Sie lachen?« fragte er, und sein Scharfsinn ärgerte mich schon wieder höllisch.

»Sie haben jede Menge Mist im Hirn, wissen Sie noch?«

»Ja«, sagte er und setzte die Schaukel wieder in Bewegung.

Nach einem Augenblick begann er wieder zu sprechen. »Manchmal habe ich so einen Traum – über einen uralten Fall.

Einen Bankraub in aller Herrgottsfrühe. Drinnen waren drei Angestelle, aber zwei konnten flüchten, während die eine Frau die Räuber ablenkte und ihnen versicherte, sie sei allein in der Bank. Sie hielten sie als Geisel fest. In Wirklichkeit haben sie sie dort in der Bank erschossen. In meinem Traum lebt sie wieder. Anstatt sie zu erschießen, haben sie sie in ein Versteck verschleppt. Ich habe noch eine Chance, sie zu finden, und mache mich auf die Suche nach ihr. Manchmal ist das alles – ich suche einfach vergeblich nach ihr. Wache frustriert auf. Manchmal, so wie heute abend, finde ich zwar das Versteck, aber sie erschießen sie trotzdem, egal, was ich sage.«

Wir blieben noch eine Weile, die mir ziemlich lang vorkam, auf der Schaukel sitzen.

»Danke«, sagte er schließlich.

»Sie würden doch das gleiche für einen Ihrer Freunde tun, oder?«

Er sah mich lächelnd an. »Aber klar.«

Kurz darauf meinte er: »Wenn wir Freunde sind, dann –«

»Oh-oh«, machte ich. »Jetzt kommt's.«

»Wenn wir Freunde sind«, wiederholte er, »warum erzählen Sie mir dann nicht, was Sie heute morgen vorhaben?«

»Warum sollte ich?«

»Warum nicht?«

Ich überlegte einen Moment. »Ich bin einfach nie besonders scharf darauf gewesen, mir eine Erlaubnis zu holen. Ich arbeite gern ungehindert.«

»Sie fühlen sich also eingeengt.«

»Ja.«

»Aber verstehen Sie vielleicht auch mein Anliegen? Es geht nicht nur um Ihre, sondern auch um Franks Sicherheit.«

»Ja«, gab ich zu. »Und mir ist auch klar, daß es sich um polizeiliche Ermittlungen handelt.«

»Also, wenn ich einen Fall habe, bei dem ich mit jemandem zusammenarbeiten muß, der nicht zur Polizei gehört, bin ich nicht besonders pingelig damit, ob jemand eine Dienstmarke hat oder nicht. Ich habe ganz andere Probleme. Aber ich muß auf jeden Fall die Fäden in der Hand halten und kann nicht jeden, der mithelfen will, in jede x-beliebige Richtung davonflitzen lassen.«

»Ich habe das Gefühl, Sie haben einen Kompromiß im Auge.«

Er lächelte. »So, so, vermuten Sie das? Tja, da haben Sie recht. Wie wär's mit folgendem Vorschlag: Sie erzählen mir, was Sie heute vorhaben, und wenn ich keine stichhaltigen Einwände dagegen habe, machen Sie es. Aber Sie reden mit mir, bevor Sie mit jemand anderem reden – und damit meine ich *jeden* anderen. Einschließlich Freunde, Verwandte und Chefredakteure. Pete, Rachel, Reporter – wer auch immer.«

»Und was ist Ihr Beitrag zu diesem Geschäft?«

»Ich lasse Sie weder beschatten noch verfolgen, noch zwinge ich Sie, hier herumzusitzen, nur damit ich weiß, wo Sie sind – was ich alles ohne weiteres tun könnte, wissen Sie. Mir ist es anders lieber. Ich vertraue Ihnen. Sie vertrauen mir. Ganz einfach. Sie vergeuden Ihre Zeit nicht damit, herumzuschnüffeln, und ich vergeude meine nicht damit, Ihnen eine Leine anzulegen.«

Ich dachte darüber nach. »Einverstanden«, sagte ich. »Ich treffe mich um sieben Uhr mit Cecilia Parker. Und dann gehe ich in die Bibliothek.«

Er zog skeptisch die Augenbrauen hoch.

»Ja, in die Bibliothek, Cassidy. Das ist zwar nicht so direkt, wie wenn ich ins Bakersfielder Polizeirevier marschieren würde, aber es setzt wenigstens nicht so viele Alarmglocken in Gang, falls unser Kandidat auf dem Revier Freunde hat.«

»Sie glauben doch nicht, daß sie so jemanden decken würden, oder?«

»Nein, ich glaube nicht, daß die Polizei korrupt ist, falls Sie darauf hinauswollen. Aber wenn sich herumspricht, daß Sie

Personalakten anfordern, glauben Sie nicht, daß wir diesem Knaben dann einen Vorsprung verschaffen?«

»Ich habe ja noch keine angefordert.«

»Warum nicht?«

Er seufzte. »Aus den Gründen, die Sie gerade erwähnt haben.«

»Ich habe mir überlegt, ob ich Bea bitten soll, Brians alte Freunde zum Abendessen einzuladen. Sie sind im passenden Alter. Vielleicht können wir bei ihnen ein paar Hinweise aufschnappen. Ich sage Bea, daß wir mit Leuten sprechen müssen, die damals vor Ort waren und über den Fall Bescheid wissen.«

»Klingt gut, aber ich begreife nicht, was Sie in der Bibliothek wollen.«

»Sonntags ist das vermutlich der schnellste Weg, um einen Blick auf Fotos von der Polizei Bakersfield werfen zu können.«

»Fotos von Polizisten in der Bibliothek?«

»In Jahrbüchern der Stadt. Die stehen in der Geschichtsabteilung der Beale Library in der Truxtun Avenue. Zumindest findet sich da ein Gruppenbild der gesamten Polizeitruppe. Und während ich mich darum kümmere, könnten Sie etwas für mich erledigen, das bestimmt kaum Argwohn erregt.«

»Und das wäre?«

»Besorgen Sie die Unterlagen über Powells Verhaftung.«

Cassidy lächelte. »Die Unterlagen sind im Archiv, aber die Polizei Bakersfield hat mir versprochen, sie mir bis heute morgen herauszusuchen. Zusammen mit allem, was sie über den Ryan-Neukirk-Fall finden können.«

»Entschuldigung. Klar, daß Sie daran bereits gedacht haben.«

»Nein, entschuldigen Sie sich nicht«, sagte er. »Ich habe mich sowieso schon verzettelt, also kann es gut sein, daß ich irgendwas vergesse. Machen Sie ruhig noch mehr Vorschläge.«

»Ich weiß nicht, wie's Ihnen geht«, antwortete ich, »aber im Moment wäre mein bester Vorschlag, daß wir versuchen, noch ein bißchen zu schlafen.«

»Klingt gut«, sagte er, und wir gingen ins Haus. Gerade als ich mein Zimmer betreten wollte, flüsterte er: »Irene?«

Ich wandte den Kopf zu ihm um. »Ja?«

»Passen Sie auf, daß Sie Ihre Frisur nicht ruinieren.« Ich zeigte ihm den Stinkefinger und machte die Tür zu. Ich hörte ihn noch lachen, als er seine schloß.

Ich wachte trotz des Schlafmangels und der großen Sorgen mit guter Laune auf. Vielleicht lag es daran, daß ich meine Haare gebändigt hatte, oder daran, daß mir Cassidy dabei half, der Belagerung vor Beas Haus zu entkommen. Cecilia Parker, die mir jetzt in einer Nische des Cafés im Hill House Hotel gegenübersaß, schien längst nicht so fröhlich zu sein. Sie trug Jeans und ein gelbes T-Shirt. Nicht jeder kann Gelb tragen, ohne den Verdacht auf Leberprobleme zu erregen. Enttäuscht stellte ich fest, daß sie gut darin aussah. Sie behielt ihre dunkle Sonnenbrille auf, bis die Kellnerin sie ganz unschuldig fragte, ob wir lieber einen Platz hätten, an dem das Licht nicht so grell ist.

Cecilia weigerte sich, mehr zu bestellen als eine Tasse Kaffee. Ich bestellte mir Kaffee und ein Frühstücksbrötchen und hoffte, daß sie Hunger hatte.

»Worum geht es denn nun eigentlich?« fragte sie, offenbar nicht zu Konversation aufgelegt.

Ich hatte eine Kopie des »Vatertag«-Faxes in meiner Tasche, und das einfachste wäre gewesen, es ihr zum Lesen zu geben, aber ich wußte nicht, ob ich ihr vertrauen konnte.

»Haben Sie die Nachrichten gesehen?« fragte ich.

Sie nickte.

»Haben Sie heute morgen den *Californian* gelesen?«

»Ja. Soll das ein Medienquiz sein?«

Ich überging diese Bemerkung. »Sie wissen also, daß Frank von –«

»Den Jungen, die er gerettet hat, festgehalten wird. Tolle Dankbarkeit, was?«

»Erinnern Sie sich an die beiden?«

»Ja, natürlich. Die waren mir damals schon unheimlich.«

»Warum?«

»Verstehen Sie mich nicht falsch. Sie taten mir leid, wie jedem anderen auch. Aber selbst wenn sie aus gutem Grund gestört sind, sind sie trotzdem gestört. Wissen Sie, was ich meine?« Sie erschauerte theatralisch. »Diese Schweigetour ist mir auf die Nerven gegangen. Wenn sie zusammen in einem Raum saßen, konnten sie, ohne ein Wort zu sagen, einfach durch einen Blick miteinander kommunizieren. Beinahe als hätten sie übersinnliche Kräfte.«

Der Kaffee und mein Brötchen kamen. Sie warf einen Blick darauf und sagte: »Vielleicht nehme ich auch so eines.« Die Kellnerin zuckte die Achseln und brachte noch eines. Ich merkte, wie kleinlich es von mir gewesen war, mir zu wünschen, daß sie mein Frühstücksbrötchen ebenso begehren möge wie meinen Mann.

»Sie glauben also, die Jungen hätten übersinnliche Kräfte?« fragte ich.

»Nein. Ich glaube nicht an so einen Scheiß. Sie müssen sich ganz subtile nonverbale Hinweise gegeben haben, weiter nichts.«

Ich erwog, so etwas zu sagen wie: »Ich habe gehört, sie hatten eine gutaussehende Sprachtherapeutin«, ließ es aber dann bleiben. Ich brauchte ja ihre Unterstützung.

»Sie haben nur eine Forderung gestellt«, teilte ich ihr mit.

»Die Freilassung ihrer Kumpane, die im Gefängnis sitzen«, sagte sie in gelangweiltem Tonfall.

»Nein.« Ich kostete ihr Erstaunen aus und erklärte dann: »Sie wollen, daß ich jemanden finde, der mit den Morden an ihren Vätern zu tun hat.«

»Was? Jetzt sind die beiden aber restlos durchgedreht, oder? Jeder, der irgend etwas mit den Morden an ihren Vätern zu tun hat, ist tot.«

»Jeder?«

Sie warf mir einen Blick aus schmalen Augen zu. »Jeder.«

»Wen meinen Sie denn?«

»Powell. Ich meine Powell.«

»Nur Powell?«

Sie zögerte nur kurz, bevor sie sagte: »Natürlich nur Powell!«

»Warum benutzen Sie dann das Wort ›jeder‹?«

Sie zuckte die Achseln. »Wenn ich wieder zu Hause bin, feile ich an meiner Grammatik. Das heißt, nachdem ich etwas geschlafen habe, was ich letzte Nacht nicht konnte, weil ich mir Sorgen um Frank gemacht habe.«

Ich musterte sie einen Augenblick lang, währenddessen sie mich ihrerseits musterte. »Sie machen sich *wirklich* Sorgen um ihn, stimmt's?«

»Ja«, antwortete sie ein bißchen weniger feindselig. Und dann, als hätte sie sich beinahe dabei ertappt, wie sie weich wurde, fügte sie hinzu: »Vielleicht mehr als Sie.«

»Den Wettstreit darum können wir später austragen.«

»Es spielt ja jetzt auch keine Rolle, oder?«

»Hören Sie, Cecilia, jetzt will ich lediglich, daß er überlebt. Um das zu erreichen, muß ich versuchen, die Forderung seiner Entführer zu erfüllen.«

»Na, dann wünsche ich Ihnen viel Glück.«

»Ich brauche Ihre Hilfe.«

»Ich habe Ihnen doch gesagt, daß –«

»Bringen Sie mich zu der Stelle, wo Sie Powell gefunden haben.«

»Was?«

»An die Stelle, wo Sie Powell gefunden haben.«

»Ich habe Sie schon verstanden. Ich weiß nur nicht – wie kommen Sie auf die Idee, daß ich mich daran erinnere?«

»Denken Sie an Frank Harriman und antworten Sie wahrheitsgemäß.«

»Na gut, na gut, ich erinnere mich. Natürlich erinnere ich mich daran. Es war das erste Mal, daß ich außerhalb eines Autos eine Leiche gefunden habe – zumindest die erste, die nicht durch eine Windschutzscheibe geflogen war.«

»Bringen Sie mich hin.«

Sie sah mich eine Zeitlang an, die mir wie gut achtundvierzig Stunden vorkam, bevor sie sagte: »Ach, was soll's. Aber machen wir uns auf die Socken – ich habe auch noch etwas anderes zu tun.«

Sie stand auf und überließ das Begleichen der Rechnung mir. Gut, ich hatte sie hierhergebeten, und der Betrag war nicht hoch, aber jemand mit Manieren hätte gewartet und wäre nicht einfach hinausgegangen. Als ich zurückging, um ein Trinkgeld auf dem Tisch zu hinterlassen, saß sie schon in ihrem Auto und drückte ungeduldig auf die Hupe. Mehrmals.

Frank, dachte ich, wenn wir beide diese Tortur überleben, habe ich ein paar unangenehme Fragen an dich.

Sie fuhr einen dunkelblauen Thunderbird. Die Sonnenbrille hatte sie wieder auf. Sie fuhr mit der Sicherheit eines Menschen, der hinter dem Steuer lebt. Es war ein warmer Morgen, und so drehten wir die Fenster herunter.

Die ersten paar Meilen verbrachten wir in völligem Schweigen, während wir nach Norden zum Highway 178 und dann weiter nach Osten fuhren. Als wir am Ant-Hill-Ölfeld vorbeikamen, fragte ich: »War das Ihr gewohntes Revier?«

»Dieser Highway? Hundertachtundsiebzig?« fragte sie.

»Ja.«

»Es war nicht das erste Mal, daß ich ihn entlanggefahren bin.«

»Aber es war nicht Ihr Stammrevier?«

Sie blickte in den Rückspiegel, verstellte ihn ein bißchen und sagte dann: »Nein, aber ich habe angeboten, es an diesem Tag zu übernehmen.«

»Weshalb?«

»Ich hatte meine Gründe.«

Wären wir nicht in diesem Moment an einem Zitrushain entlanggefahren, hätte ich womöglich die Beherrschung verloren. Cassidys Trick wirkte allerdings wie ein Zauber, und ich blieb ruhig, wenn auch nicht gelassen. Ich sah aus dem Fenster und erblickte die Greenhorn Ranger Station, die den hiesigen Eingang in den Sequoia National Forest markierte.

»Patrouilliert die Bakersfielder Highway Patrol diesen Highway die ganze Strecke bis zum See?« erkundigte ich mich.

»Nur den unteren Teil des Highways. Der obere Teil gehört zum Zuständigkeitsbereich der Polizei von Kernville. Unser Gebiet reicht bis dahin, wo der Highway vierspurig wird.«

»Sie haben ihn also im unteren Teil gefunden, wo die Straße nur zweispurig ist?«

»Ja.«

Bald kamen wir an Schildern vorbei, auf denen stand: »Route 178 zum Lake Isabella geöffnet« und »Steinschlag – Straße nachts ohne Wartung« mitsamt der Zahl der bisher dort Umgekommenen. Der Kern River fließt mit oft brutaler Gewalt durch einen felsigen Canyon. Obwohl es relativ sichere Stellen gibt, an denen man Boot fahren oder seine Füße ins Wasser stecken kann, waren seit 1968, als man mit dem Zählen begann, an die zweihundert Menschen im Kern ertrunken.

Wir konnten ihn jetzt sehen und seine weiß schäumenden Stromschnellen hören, die zwischen steilen, felsbestandenen

Ufern aufwallten. Die schmale Straße stieg in steilen Kurven bergan, zwischen dem Fluß auf der Linken und einem steil abfallenden Felsabhang zur Rechten. Wir kamen an einem alten Edisonwerk mit einem Wellblechdach vorbei und fuhren weiter bergauf.

Cecilias anhaltendes Schweigen und die karge Landschaft fraßen nach und nach die letzten Reste meiner guten Laune auf.

Du vergeudest deine Zeit, warf mir eine innere Stimme vor. *Du bist auf der falschen Spur. Frank könnte sterben, während du hier herummurkst.*

»Ihnen wird doch beim Autofahren nicht schlecht, oder?« fragte Cecilia.

Damit riß sie mich aus Gedanken, die so gefährlich waren wie die Stromschnellen unter uns.

»Wenn ja«, bemerkte ich, »wäre es eine Premiere.« Und es wird mir ein Vergnügen sein, über deine protzigen Polster zu kotzen.

»Sie sehen nicht besonders gut aus«, stellte sie nervös fest, als hörte sie meine unausgesprochenen Gedanken. »Ich fahre rechts ran, wenn Sie brechen müssen.«

»Es hat nichts mit dem Autofahren zu tun«, erwiderte ich.

»Schwanger?«

»Nein«, sagte ich und konnte meinen Ärger nicht länger verbergen. »Mir ist nicht schlecht, ich bin nicht schwanger, und ich muß auch nicht brechen!«

Sie grinste. Sie grinste richtig blöd.

Ich wußte verflucht gut, daß wir meilenweit von den nächsten Orangenblüten entfernt waren. Trotzdem holte ich tief Luft. Wenn ich die Fäuste ballte, würde sie das merken, und ich wollte ihr nicht die Freude gönnen, zu sehen, daß sie mich verärgert hatte – nicht zum zweiten Mal. Ich sah weg von ihr und tat so, als wäre ich von der unansehnlicheren Seite der Straße fasziniert.

Zu meinem Erstaunen versuchte sie nicht, mich weiter zu provozieren, und ich beruhigte mich. Die Straße war jetzt ein wenig breiter und beiderseits von mehr Büschen bewachsen. Wir fuhren am Live-Oak-Picknickplatz und an Upper und Lower Richbar vorbei. Auf Schildern wurde vor Viehherden auf der Straße gewarnt, was mich daran erinnerte, daß in den Hügeln zur Rechten Ranches lagen. Mit der Zeit waren wieder mehr Bäume zu sehen, und der Canyon wurde tiefer und breiter.

»Schauen Sie«, sagte Cecilia und brach damit das Schweigen. Sie zeigte auf ein Adlerpaar, das über dem Fluß kreiste und nach Frühstück Ausschau hielt. »So was gibt's in Las Piernas nicht.«

»Stimmt«, sagte ich, da ich so kurz nachdem ich meine Beherrschung wieder errungen hatte, nicht kleinlich sein wollte. Außerdem hatte sie recht. Las Piernas hatte seine eigenen Attraktionen, aber weder Adler noch fünfzig Meilen Stromschnellen oder sonstige Naturwunder wie der Kern River.

»Ich habe dort unten nicht hingepaßt«, erklärte sie. Als ich nichts dazu sagte, fügte sie hinzu: »Die Leute dort unten kommen mir so unecht vor. Vermutlich gehöre ich einfach hier heraus, zu den Rauhbeinen, Landeiern und Latinos. Ihnen wird es hier draußen wohl nicht gefallen haben.«

Indem ich die Andeutung, daß ich unecht war, ignorierte, erwiderte ich: »Zuerst war es eine große Veränderung, aber genau das wollte ich ja. Ich habe Bakersfield nicht verlassen, weil es mir nicht gefallen hätte. Der Ort und die Leute waren mir recht sympathisch.«

»Warum dann?«

»Mein Vater war krank. Ich wollte nicht so weit weg von ihm sein.«

Sie konzentrierte sich wieder auf die Straße. »Es ist nicht weit von hier«, sagte sie, als wir an einem Schild vorüberfuhren, das für ein demokratisches Hot Springs warb. Der

Canyon war steil und der Fluß tief unten. Vorsichtig drosselte sie die Geschwindigkeit und bog dann in eine Haltebucht auf der rechten Straßenseite ein. Sie sah sich nach dem Verkehr um, wendete rasch, fuhr zurück und in eine zweite ungeteerte Haltebucht, diesmal auf der anderen Straßenseite.

»Hier ist es«, sagte sie. »Genau zwischen dem Schild für ein demokratisches Hot Springs und der Werbung vom China Garden.«

»Genau diese Haltebucht? Sind Sie sicher?« fragte ich, und mein Mund war auf einmal ganz trocken, als ich weder auf den Fluß noch auf die Steilhänge noch auf die Bäume sah, sondern auf den Gegenstand, der ihren Blick fesselte.

»Ja. Wegen des Felsens. Jedesmal, wenn ich an ihm vorbeifahre, denke ich an Powell.«

Es war einfach, sich an diese Stelle zu erinnern. Der große, pilzförmige Felsen war praktisch unverwechselbar.

Am Vatertag-Wochenende hatte ein Polizist Gene Ryan nach demselben Felsen gefragt, ohne zu ahnen, daß sich Christopher Powell an diesen Teil ihres Gesprächs erinnern würde oder daß dies auch die zwei kleinen Jungen im Gedächtnis behalten würden. Nein, in diesem Moment hatte er wahrscheinlich eher Angst davor, daß Gene Ryan ihn belog.

Doch Ryan hatte nicht gelogen.

Ich hatte das Gefühl, daß auch ein gewisser Bakersfielder Polizist jedesmal, wenn er an dieser Stelle vorüberfuhr, an Christopher Powell erinnert wurde.

23

Ich stieg aus dem Wagen und ging an die Kante der Haltebucht. Obwohl weiter hinten ein Abhang kam, war es die ersten paar Meter nicht besonders abschüssig. Die Stelle war flach und ziemlich weiträumig, da in der Nähe nur ein paar niedrige Büsche standen. Doch nach den ersten zehn Metern fiel der Hang steil ab. Wenn man über die erste Senke marschiert war, konnte man – vor allem in der Dunkelheit – ohne weiteres schnell und unsanft abstürzen. Wegen der Bäume, Felsblöcke und Sträucher würde man vielleicht nicht ganz bis zu dem weit unten liegenden Fluß fallen, aber man würde ein ziemliches Stück weit abstürzen, bevor einen die landschaftlichen Gegebenheiten bremsten.

Rechter Hand, ein Stück flußaufwärts, aber gut sichtbar, erkannte ich eine Fußgängerbrücke und etwas, das wie Wege aussah. Außerdem war ein Zeltplatz vorhanden.

Cecilia lehnte mit verschränkten Armen an ihrem Thunderbird und beobachtete mich.

Ich wandte mich zu ihr um und sagte: »Erzählen Sie mir, was Sie an jenem Tag gesehen haben.«

»Nur den Lieferwagen. Die Leiche habe ich erst später entdeckt.«

»Irgendwelche Hinweise auf andere Autos?«

»Natürlich. Es ist ja eine Haltebucht.«

»Verdammt noch mal, Cecilia, Sie wissen genau, was ich meine.«

Sie lächelte. »Nein, es waren keine anderen Fahrzeuge in der Nähe geparkt. Es war Juni. Kein Regen. Alles sehr trocken. Keine frischen Reifenspuren im Lehm oder dergleichen. Nichts Aufregenderes als dieser alte braune Lieferwagen, der Öl verlor.«

Ich sah erneut die Straße hinauf.

»Es ist schwer nachzuvollziehen, warum er hier gehalten hat, oder?« sagte ich.

»Was spricht denn dagegen?«

»Er wohnte in Lake Isabella. Nordöstlich von hier, weiter die Straße entlang. Zuerst einmal: Warum fährt er überhaupt nach Hause? Er flüchtet von einem Doppelmord, bei dem er zwei lebende Zeugen zurückgelassen hat. Warum sollte er eine bekannte Adresse ansteuern?«

»Der Kerl hat Drogen genommen, und er war noch nie berühmt für seine strahlende Intelligenz – noch nie.«

»Vielleicht liegt es daran. Aber sagen wir einmal, er hat einen guten Grund dafür, nach Hause zu fahren. Er ist voller Blut – er will sich waschen und umziehen, ein bißchen Proviant einpacken und wieder verschwinden.«

»Sicher, warum nicht?«

»Was zum Teufel macht er dann auf dieser Straßenseite? Warum hält er an einer Stelle auf der bergabwärts gelegenen Seite?«

»Vielleicht wollte er zurück nach Bakersfield«, meinte sie. Sie richtete sich auf und begann, hin und her zu gehen.

Ich schüttelte den Kopf. »Als Sie ihn gefunden haben, hatte er immer noch die blutigen Klamotten an. Er war noch nicht zu Hause gewesen.«

Sie warf entnervt die Arme in die Höhe. »Dann hat er eben zum Pinkeln angehalten! Was ist denn schon dabei?«

»Warum hat er die Richtung gewechselt? Warum hat er sich nicht auf der anderen Straßenseite erleichtert?«

»Herrgott, ich weiß es nicht«, erwiderte sie, und sie schrie dabei schon fast. »Haben Sie mich den ganzen Weg hier herauf fahren lassen, um mit mir darüber zu debattieren, warum Powell die Straße überquert hat?«

»Nein, ich weiß bereits, warum.«

Sie nahm die Sonnenbrille ab und warf mir einen dermaßen wutentbrannten Blick zu, daß ich schon fürchtete, sie werde gleich auf mich einschlagen. Nur mein eigener Zorn hielt mich davon ab, mich zu ducken.

»Sie wissen es auch, stimmt's?«

»Verdammt noch mal, nein«, sagte sie und kam näher.

»Ich fand es schon ein bißchen seltsam – die Frau, die zufällig Powells Leiche findet, ist die Freundin des Polizisten, der die Ryan-Neukirk-Morde entdeckt. Das könnte zwar Zufall sein, aber es hat mich gestört.«

Sie gab ein verächtliches Geräusch von sich. »Sie liegen völlig daneben.«

»Dann erzählen Sie mir heute morgen«, fuhr ich fort, »daß Sie sich an jenem Tag diese Route absichtlich ausgesucht hatten. Da muß ich mich doch fragen, was Sie veranlaßt hat, vom üblichen Plan abzuweichen und ausgerechnet an diesem Tag etwas anderes zu tun.«

Sie schwieg, funkelte mich aber weiterhin an und hielt die Fäuste geballt.

»Ich glaube, jemand hat Ihnen einen Hinweis gegeben«, erklärte ich.

»Das muß ich mir nicht anhören«, versetzte sie, gab ihren starren Blick jedoch auf.

»Ich glaube, jemand hat Ihnen gesagt, daß Sie hier heraufkommen sollen.«

Sie drehte sich auf den Hacken um und ging auf ihren Wagen zu.

»Ich glaube, dieser Jemand war ein Polizist aus Bakersfield.«

Sie blieb stehen und murmelte etwas Unverständliches.

»Was haben Sie gesagt?«

Sie drehte sich zu mir um. Die Wut war verschwunden. Sie sah erschüttert aus. »Ich habe gesagt: ›Das wird mir Frank niemals verzeihen.‹«

»Ihnen was verzeihen? Wenn Sie mir den Namen dieses Polizisten verraten? Glauben Sie mir, er wird es Ihnen danken. Es geht um sein *Leben*, Cecilia. Herrgott noch mal, was muß ich Ihnen eigentlich noch sagen, um Sie davon zu überzeugen, daß Hocus seine Drohungen wahrmacht?«

Wie seit der ersten Minute unserer Begegnung musterte sie mich. Diesmal allerdings weniger feindselig als zuvor. »Sie gehören jetzt zur Familie. Bedeutet Ihnen das etwas?«

»Natürlich –«

»Wissen Sie, wie sehr Frank seinen Dad geliebt hat?«

»Ja, er hat ihn vergöttert.«

Zu meiner großen Überraschung fing sie an zu weinen. Nicht mit lautem Schluchzen, sondern mit großen, lautlosen Tränen. Sie sah weg von mir, zum Fluß hinunter.

»Cecilia? Was hat das mit –« Doch in diesem Moment begriff ich, was sie meinte. »O nein. Das glaube ich nicht eine Minute.«

Sie wischte sich mit dem Handrücken die Augen. »Glauben Sie mir. Es war Brian.«

»Das glaube ich nicht. Auf keinen Fall.«

»Tja, dann haben Sie eben Pech gehabt. Es ist die Wahrheit.«

»Es paßt nicht zusammen«, sagte ich, und mir war ganz wirr im Kopf. »Brian Harriman?«

Sie wischte sich erneut die Tränen ab. Ich kramte in meiner Tasche herum, bis ich ein Päckchen Taschentücher fand. »Hier«, sagte ich und reichte sie ihr.

Sie nahm sie, bedankte sich und ging ein Stück weg, auf den Fluß zu.

Da ich fürchtete, daß sie verzweifelter sein könnte, als ich geahnt hatte, folgte ich ihr, doch sie setzte sich lediglich auf einen Stein. »Wenn einer der Jungs aus meiner Abteilung meinen Wagen entdeckt – ich möchte nicht, daß sie mich so sehen«, erklärte sie und weinte jetzt heftiger.

Ich setzte mich neben sie. »Cecilia, erzählen Sie mir die ganze Geschichte.«

»Ich habe am Vatertag einen Anruf von Bea bekommen – am Sonntag morgen. Ich war noch nicht sehr lange mit Frank zusammen.«

Sie hielt einen Augenblick lang inne und sagte dann: »Hören Sie, eines möchte ich klarstellen. Bea und meine Mutter sind befreundet, und ich glaube, zur Hälfte sind Frank und ich deshalb miteinander gegangen. Bei uns war es ein ewiges Hin und Her, wissen Sie?«

»Cecilia –«

»Ich weiß, daß Bea mich Franks Ex-Verlobte nennt, aber das stimmt eigentlich nicht. Wir waren nie offiziell miteinander verlobt. Wenn einer von uns heiraten wollte, wollte der andere gerade nicht. Wir sind nach Las Piernas gezogen, um dem Druck zu entkommen, den Familie und Freunde auf uns ausübten, und zu sehen, ob die Beziehung auf eigenen Füßen stehen konnte. Wir haben uns nicht lange gehalten.«

»Hören Sie, Sie müssen mir das nicht erzählen.«

»Doch, muß ich. Frank ist – Frank ist – einfach einer der besten Freunde, die ich je hatte, weiter nichts. Ich – ich kann mit niemandem so reden wie mit Frank. Mit niemandem. Er ist immer gut zu mir gewesen. Und ich weiß, daß ihm diese Sache schwer zu schaffen machen wird, selbst wenn er unversehrt freikommt ... es wird ihm dermaßen zusetzen ...« Eine Weile versagte ihr die Stimme.

Sie schneuzte sich und erklärte: »Mist, ich weine sonst nie.«

Dann holte sie tief Luft und fuhr fort: »Vatertag. Es war Vatertag. Bea rief an und sagte, sie mache sich Sorgen um Frank, weil sie von einem von Brians Freunden – ich weiß nicht mehr, von wem – gehört hatte, daß Frank diese Jungen im Keller gefunden hat und so weiter. Brian war von einem Angelausflug noch nicht zurück, und sie machte sich Sorgen um Frank, weil derjenige, der sie angerufen hatte, sagte, daß er ganz aufgelöst sei.«

Sie hielt inne und nahm noch ein Taschentuch aus der Packung. »Ich fahre also rüber in die Klinik, wo diese Jungen behandelt werden, weil mir jeder, der am Tatort war, erzählt, daß Frank sie in die Notaufnahme begleitet hat. Und wie er sie begleitet hat! Er hat die beiden nicht eine Minute lang allein gelassen. Wenn Frank nicht bei ihnen war, sind sie ausgerastet. Sie haben den Ärzten den letzten Nerv geraubt. Die Ärzte wollten ihnen Beruhigungsmittel geben, aber natürlich hat die Polizei versucht, ihnen eine Beschreibung des Mörders abzuringen, bevor die Ärzte sie ins Land der Träume schickten.«

»Waren Sie dabei, als die Jungen verhört wurden?« Sie schüttelte den Kopf. »Nein, ich mußte im Wartezimmer bleiben. Ich habe später von Frank davon erfahren. Aber während ich dort sitze, trifft Brian ein, und auch er muß im Wartezimmer bleiben. Wir kennen uns schon, aber es ist das erste Mal, daß wir Gelegenheit haben, miteinander zu reden, uns näherzukommen. Endlich taucht Frank auf und entschuldigt sich dafür, daß wir so lange warten mußten. Er ist völlig erledigt, aber er ist auch ganz aufgeregt, weil die Jungen Zeichnungen von dem Mörder angefertigt haben. Ziemlich gute sogar für ihr Alter. Damit und mit einigem Gestikulieren und Nicken von seiten der Jungen haben sie ein paar Anhaltspunkte.

An diesem Abend habe ich bei den Harrimans gegessen. Mein Dad hat schon vor langer Zeit das Zeitliche gesegnet. Ich erinnere mich nicht einmal an ihn, aber angeblich sehe ich ihm sehr ähnlich – mein Stiefvater hat ihn immer als den ›Latin Lover‹ meiner Mutter und mich als ihr kleines Taco bezeichnet.«

»Ihr Stiefvater klingt wie ein echter Schatz.«

»Ach, es war nicht schlimmer als das, was Schulkinder austeilen. Und viel klüger als ein Schulkind war er auch nicht. Von ihm kommt der Name Parker, aber die Ehe hat nicht lange gehalten. Jedenfalls war dieser Abend bei den Harrimans das erste Mal, daß ich auf einem Vatertagsessen gewesen bin. Es war eine Art später Imbiß – wegen all der Ereignisse des Tages.

Kurz bevor wir zu Ende gegessen hatten, bekamen die Harrimans einen Anruf. Jemand wollte Brian sprechen – einer seiner Arbeitskollegen, glaube ich. Frank hatte gesagt, er gehe ins Bett, was ich verstanden habe, weil er mittlerweile völlig erledigt war. Aber Brian beendete das Gespräch und bat mich, noch dazubleiben. Na gut, dachte ich mir, es war ja Vatertag, oder?«

Sie sah wieder zum Fluß hinunter und dann zu mir herüber. »Wir sind auf die Veranda hinausgegangen und haben uns auf die Schaukel gesetzt. Brian saß neben mir, und ich dachte, so wird Frank also in dreißig Jahren aussehen. Und Brian sagte: ›Jeder Anfänger braucht einen Erfolg, und ich werde Ihnen zu einem verhelfen. Ich weiß, wer diese Männer ermordet hat, und ich schwöre bei Gott, daß ich seinen Lieferwagen heute gesehen habe.‹ Dann erzählte er mir, daß es da einen Mistkerl namens Chris Powell gab, der die Spucke nicht wert sei, die man brauchte, um seinen Namen auszusprechen, und daß die Bilder, die die beiden Jungen gezeichnet haben, ihn an diesen Kerl erinnerten.

Außerdem berichtete er mir, daß einer seiner Freunde soeben angerufen habe, um ihm zu sagen, daß sie nach einem braunen Lieferwagen Ausschau halten – und daß ihn das restlos davon überzeugt habe, daß Powell der Mörder sei. Er sagte, er hätte den Wagen eine Zeitlang beobachtet und sei ein paarmal daran vorbeigefahren, glaube aber, daß Powell ihn stehengelassen habe. Er riet mir, ich solle nicht die Heldin spielen oder so was, sondern einfach nur hingehen und nachschauen, ob der Wagen immer noch da stand, wo er ihn zuvor gesehen hatte. Wenn ja, sollte ich Verstärkung anfordern. Ich würde schon allein dadurch, ihn gefunden zu haben, einen guten Eindruck bei meinen Vorgesetzten machen.

Ich fragte ihn, warum er es nicht selbst melden wollte, und er sagte, daß es zwischen ihm und diesem Kerl eine Menge böses Blut gegeben habe und es besser wäre, wenn es jemand anderer melden würde. Außerdem fiele es nicht mehr unter die Zuständigkeit von Bakersfield, aber noch unter die der

Highway Patrol. Er riet mir, hierherzufahren. Ich meine, genau an diese Stelle hier.«

»Hat er gesagt, woher er Powell kannte?«

»Er hat durchblicken lassen, daß Powell ein Dealer sei, aber ganz sicher war er sich nicht. Brian konnte es sich nicht vorstellen, da ihm Powell nicht besonders klug vorkam. Er hatte ihn ein paarmal festgenommen, einmal sogar mit Gewalt. Brian sagte, Powell hätte Widerstand geleistet, aber schließlich ist Powell in der Ambulanz gelandet, und Brian hat deswegen Ärger bekommen. Er hat mir erzählt, daß er Powell danach immer im Auge behalten hat, sich aber nicht traute, ihn allzu offen zu schikanieren.«

Wir hörten ein Auto in die Haltebucht fahren, und Cecilia verstummte. Wir standen viel zu weit unten am Abhang, um die Bucht selbst zu sehen. Nach einem kurzen Moment fuhr der Wagen wieder davon.

»Vermutlich wollte nur jemand den Verkehr vorbeilassen«, meinte sie.

»Hat Brian Ihnen erzählt, daß Sie Powell hier tot vorfinden würden?«

»Nein. Er war sich nicht einmal sicher, daß der Lieferwagen noch da sein würde. Zumindest hat er es mir gegenüber so dargestellt. Brian hat mir geraten, möglichst mit dem Kollegen zu tauschen, der diese Strecke zugeteilt bekommen hatte. Das war ganz leicht. Ich habe um sechs Uhr morgens angefangen und versucht, mir nichts anmerken zu lassen, als wir vor Dienstbeginn über den Lieferwagen unterrichtet wurden. Offen gestanden hatte ich angenommen, daß dieser Kerl schon längst verschwunden sein würde, aber ich wollte Brian eben den Gefallen tun – Sie wissen schon, nett zum Vater des Freundes sein.

Also fahre ich an die Stelle, die er mir genannt hat, und da steht tatsächlich der Lieferwagen. Ich erstatte Meldung. Der Beamte am anderen Ende macht Luftsprünge, weil der Ryan-

Neukirk-Fall ein so dicker Brocken ist. Irgendwie wollte jeder ein Stück vom Kuchen abhaben – und dann findet die Highway Patrol den Wagen von diesem Kerl.«

»Noch dazu so schnell«, sagte ich. »Die Highway Patrol muß dagestanden haben wie die effizienteste Polizeitruppe von Kern County.«

»Ja, die ganze Truppe war ziemlich stolz.« Sie sagte es sehr leise, als wäre sie alles andere als stolz.

»Wie kamen Sie auf die Idee, nach Powell selbst zu suchen? Hatten Sie denn keine Angst?«

»Ach Gott, nein. Na ja, ein bißchen vielleicht. Zuerst zog ich die Waffe, und ich wollte mich dem Wagen nicht weiter nähern, bis Verstärkung eingetroffen war, aber nach und nach wurde ich unbekümmerter, weil ich mir ziemlich sicher war, daß er ihn dort nur stehengelassen hatte. Doch dann fiel mir etwas auf – oben am Himmel über dem Fluß. Geier. Große Truthahngeier. Im Sommer wimmelt es im Canyon von ihnen. Zuerst dachte ich, sie hätten einen Tierkadaver oder so was entdeckt. Einige von ihnen waren bereits herabgekommen, um es sich näher anzusehen. Ich konnte ihr bösartiges Kreischen hören. Als ich einen Blick über die Kante des Abhangs warf, sah ich, daß sie sich um ein Stück Fleisch stritten. Ich holte mein Fernglas heraus und konnte gerade noch erkennen, um was sie da kämpften: Powells Leiche. Mir wurde ganz schlecht. Ich konnte aber nicht zu ihm gelangen. Ich mußte sitzen bleiben und warten, bis Hilfe kam. Selbst die Rangers mußten spezielle Geräte einsetzen, um ihn raufzuhieven – oder vielmehr das, was noch von ihm übrig war.«

»Hat Brian jemals wieder mit Ihnen darüber gesprochen?«

»Nein. Und ich habe Frank auch nie erzählt, wie ich den Lieferwagen gefunden habe. Er war so mit diesen Kindern beschäftigt, daß ich ihn in den ersten Monaten danach kaum gesehen habe.«

»Glauben Sie, daß Brian Powell umgebracht hat?«

Sie zögerte und sagte dann: »Nein. Ich weiß, daß es den Anschein hat, aber ich glaube es nicht. Kannten Sie Brian?«

»Leider nein. Ich bin ihm nie begegnet.«

»So etwas hätte er einfach nicht gemacht. Ich glaube zwar nicht, daß es ihm um Powell leid getan hat – ganz im Gegenteil. Aber Brian würde nicht kaltblütig jemanden ermorden.«

Ich griff wieder in meine Tasche.

»Ich brauche keine Taschentücher mehr«, sagte sie. »Jetzt geht's mir wieder gut.«

Ich reichte ihr das zusammengefaltete Fax.

Mißtrauisch nahm sie es und faltete es auseinander.

»Das habe ich noch nicht einmal Bea gezeigt«, erklärte ich, als sie zu lesen begann. »Also muß ich Ihnen wohl nicht erst einschärfen, daß es streng vertraulich ist.«

Sie nickte. »›Vatertag‹?« las sie laut.

»Ja. Ich glaube, Bret Neukirk hat es geschrieben.« Als sie fertig war, sah sie aus, als würde sie doch gleich wieder zu weinen anfangen.

»Ich kann es nicht glauben!«

»Es gibt nichts zu glauben«, erwiderte ich, »außer daß Brian nicht derjenige war, der für das verantwortlich war, was am Vatertag passiert ist. Aber ich glaube, daß es einer seiner Freunde war.«

»Begreifen Sie denn nicht? Brian entspricht der Beschreibung dieses Mannes!«

»Körperlich schon. Aber Brian Harriman hätte sich nie auf Drogenhandel eingelassen.«

»Er hat Dealer leidenschaftlich gehaßt«, bestätigte sie und runzelte dann die Stirn. »Zumindest hat er das behauptet. Was, wenn das alles nur Fassade war?«

Cecilia wußte also nicht über Diana Bescheid. Wenn sogar diese Frau – deren neue Telefonnummer in Beas Selbstwählsystem gespeichert war – nicht in das Familiengeheimnis eingeweiht war, dann war die Geschichte von Franks älterer

Schwester wirklich gut verborgen. So sehr mir auch die Vorstellung mißfiel, ihnen dabei zu helfen, sie weiterhin geheimzuhalten, war ich es Frank momentan noch schuldig, das Schweigen zu wahren. »Es war keine Fassade.«

»Wie zum Teufel können Sie sich da so sicher sein?« fragte sie. »Sie haben doch gesagt, Sie seien ihm nie begegnet.«

»Nein, aber Frank spricht öfter von ihm.«

»Frank verehrt ihn wie einen Helden«, meinte sie.

»Ich weiß nicht, ob ich soweit gehen würde. Hören Sie – ich kann nichts sagen, das Sie überzeugen würde. Überzeugen Sie sich selbst. Denken Sie über Brian nach. Sie kannten ihn wie lange, ungefähr zehn Jahre?«

Sie überlegte kurz. »Acht. Acht Jahre.«

»Hätte er mit Chris Powell zusammengearbeitet? Hätte er jemanden wie Powell darin bestärkt, zwei zehnjährige Jungen und deren Väter in ein Kellerverlies zu verschleppen?«

»Nein, aber ...« Sie sah wieder auf das Fax und sagte dann entschieden: »Nein.«

»Was machen Sie heute abend?«

Sie sah verwirrt drein und antwortete dann: »Falls Sie sich von mir quer durch ganz Kern County chauffieren lassen wollen –«

»Nein, ich dachte nur daran, Bea zu bitten, Sie auch zum Abendessen einzuladen.« Ich erklärte ihr die Lage.

»Greg Bradshaw, Nat Cook, Gus Matthews«, zählte sie auf. »Das waren wirklich seine engsten Freunde. Es gab allerdings noch ein paar andere in diesem Alter, und Brian war recht beliebt. Schlau von Ihnen, in der Stadtbücherei nachzusehen.«

Mein Gott. Ein Kompliment. »Ich könnte heute abend Ihre Hilfe gebrauchen«, sagte ich. »Ich brauche jemanden, der hier gearbeitet hat, der diese Männer besser kennt als ich und ein waches Auge hat. Vielleicht würde Ihnen etwas auffallen, das Cassidy oder mir entgehen könnte.«

»Okay, einverstanden. Ich komme.«

Wir stiegen ins Auto und fuhren nach Bakersfield zurück. Wir sprachen nicht viel, aber diesmal war es ein kameradschaftliches Schweigen. Als sie in den Parkplatz vor der Beale Library einbog, fragte sie: »Warum sind Sie sich in puncto Brian so sicher?«

»Haben Sie doch wieder Zweifel?«

»Nein, eigentlich nicht. Aber Sie sind ihm nie begegnet. Woher wollen Sie wissen, was er getan oder nicht getan hätte?«

»Ich kenne seinen Sohn«, antwortete ich. »Und wenn ich auch festgestellt habe, daß dieser Mann mitunter erstaunlich starrsinnig sein kann, habe ich nie den geringsten Hang zur Grausamkeit an ihm bemerkt. Wäre Frank von einem Drogenhändler oder Mörder aufgezogen worden, hätte er es vielleicht trotzdem schaffen können, ein anständiger Mensch zu werden. Aber wenn er von dem Mann aufgezogen worden wäre, der wissentlich den Anruf getätigt hat, mit dem Frank in diesen Keller geschickt wurde? Der seinen eigenen Sohn dazu gezwungen hat, als erster am Tatort zu sein?« Ich schüttelte den Kopf. »Wenn Brian Harriman ein derart kaltblütiger Vater gewesen wäre, wäre Frank nicht zu dem Mann herangewachsen, den ich kenne.«

Cecilia nickte. »Da haben Sie recht.«

Ich stieg aus dem Wagen und stand schon fast auf dem Gehsteig, als sie hupte und mich vor Schreck zusammenzucken ließ.

Ich drehte mich um und funkelte sie an.

Sie lachte und fuhr davon.

24

Viele der öffentlichen Gebäude von Bakersfield sind nach dem Sommer 1952 erbaut worden, nachdem sich innerhalb eines Monats zwei schwere Erdbeben ereignet hatten. Dies hat das Stadtbild verändert und läßt die Stadt jünger wirken, als sie ist. Obwohl nicht sämtliche alten Gebäude aus Bakersfield verschwunden sind, hat sich die Stadt anscheinend daran gewöhnt, ihr Aussehen des öfteren abzuwandeln, denn die Truxtun Avenue ist eine Mischung von Architekturstilen, die sich über ein Jahrhundert erstrecken – nach kalifornischen Maßstäben eine respektable Zeitspanne. An der Ecke Truxtun und Q Street, neben dem Kern Canal, steht die Beale Library, eines der moderneren Bauwerke im Stadtzentrum: eine Bücherei mit viel Licht und weiten Räumen.

Die Bestände über die Lokalgeschichte von Kern County sind in einer Ecke des Gebäudes untergebracht, und zwar in einem eigenen Raum. Die Schriften dort sind nicht entleihbar. Es gibt eine Bibliothekarin, die einem bei Bedarf weiterhilft, und sie sitzt in der Nähe der Tür, gleich neben der Liste, in die man sich eintragen muß.

Für diesen Raum gelten andere Öffnungszeiten als für den Rest der Bibliothek, und er war gerade erst aufgemacht worden, so daß ich die erste war, die sich eintrug. Ich schrieb meinen Namen hin und fügte als Adresse lediglich »Las Piernas« hinzu. Unter »Interessensgebiet« schrieb ich »Geschichte Bakersfields« und beließ es dabei.

Die Bibliothekarin warf mir ein Lächeln zu, als ich in den Teil ging, in dem sich Unterlagen über die Stadt Bakersfield befanden. Ich sah ein paar andere Leute hereinkommen, eine Frau mittleren Alters in einem Kleid mit Blumendruck und einen alten Mann, der gebeugt an einem Stock ging. Beide stöberten in anderen Reihen herum.

Der Bereich, in dem ich mich befand, umfaßte eine große Bandbreite von Themen, unter anderem Postkutschenlinien, Eisenbahnen, Landwirtschaft und die Förderung von Bodenschätzen und Öl. High-School-Jahrbücher und Lokalzeitschriften standen in den Regalen. Ich nahm mir vor, eines Tages wiederzukommen und mir Franks Abschlußfoto anzusehen. Dieser Gedanke ließ eine weitere Versuchung aufkeimen, nämlich Dianas High-School-Fotos nachzuschlagen. Die Frau im Blumenkleid kam meinen Gang entlang und schien darauf zu warten, daß ich ihr Platz machte. Das erinnerte mich wieder daran, daß jetzt keine Zeit für High-School-Jahrbücher war.

Die städtischen Jahrbücher standen alle nebeneinander. Ich entdeckte das, nach dem ich gesucht hatte, und zog es heraus. Ich trug es hinüber zu einem der runden Holztische vor dem Platz der Bibliothekarin und begann, es durchzublättern.

Die Frau ging, doch ihr Parfüm hing noch in der Luft. Nach einer Weile fiel mir auf, daß ich im Gang überhaupt kein Parfüm wahrgenommen hatte. Der schwere Duft kam von dem Tisch hinter mir. Es war der ältere Herr; offenbar hatte er sich mit einer Art After Shave übergossen. Ich wandte mich um, um ihn anzusehen. Er war über sein Buch gebeugt, das Gesicht dicht über den Seiten, und summte beim Lesen vor sich hin – keine bestimmte Melodie, sondern einfach so. Ich wandte mich ab und versuchte, mich auf mein Vorhaben zu konzentrieren.

Ich holte Stift und Notizbuch aus der Tasche und schlug das Jahrbuch auf. Schnell fand ich den Teil, den ich suchte. Er war zwei Seiten lang. Eine Seite war dem Polizeichef gewidmet, die eine Hälfte mit seinem Porträt und die andere mit einem Grußwort bedruckt. Letzteres war nichts als das übliche Blabla. Auf der gegenüberliegenden Seite befanden sich die unvermeidlichen Fotos vom K-9, vom kriminaltechnischen Labor und einem Streifenwagen (mit dem Abzeichen im Vordergrund). Ähnliche Fotos sind überall in Selbstdarstellungen von Städten abgebildet. Hätte die Stadt in diesem Jahr ein größeres Budget zur Verfügung gehabt, hätte sie zweifellos Bilder von einer paradierenden berittenen Einheit auf Palomino-Pferden veröffentlicht und dazu ein paar Schulkinder, die bei einer Puppentheatervorführung zum Thema öffentliche Sicherheit in Richtung Bühne lächeln. Aber natürlich hatten sie sich für das ebenso unvermeidliche Polizeifoto entschieden, auf dem alle Beamten in ihren blauen Uniformen auf der Treppe stehen.

Letzteres interessierte mich am meisten.

Glücklicherweise war es ein Farbfoto, und die Männer standen alle barhäuptig da und hatten die Mützen wie beim Militär unter den Arm geklemmt. Ungünstig war, daß das Foto aus einer zu großen Entfernung aufgenommen worden war – es würde mir schwerfallen, mir jeden einzelnen genau anzuschauen.

»Entschuldigen Sie bitte«, sagte eine tiefe, rauhe Stimme. Ich wandte mich um und sah den alten Mann neben mir stehen, auf seinen Stock gestützt. »Vielleicht nützt Ihnen das etwas.« Er griff in eine Tasche seiner zu großen Anzugjacke und zog ein großes, rotes Taschentuch heraus. Dann lachte er keuchend auf und sagte: »O nein, ha! Nicht das.«

Er schnaubte und griff erneut in die Tasche und holte diesmal ein Vergrößerungsglas heraus, das er neben mich auf den Tisch legte. »In meinem Alter kommt man ohne so was nicht mehr aus«, krächzte er, kicherte und steckte das Taschentuch wieder ein.

»Vielen Dank«, sagte ich, »ich brauche es nur ganz kurz.«

»Solange Sie wollen, meine Liebe. Solange Sie wollen.«

Er nahm sein Buch und seinen Stock und schlurfte wieder zu den Regalen hinüber. Das, so dachte ich, war es, was mir an den Leuten hier draußen gefiel: ihre Höflichkeit und Hilfsbereitschaft.

Mit Hilfe des Vergrößerungsglases des alten Mannes machte ich mich daran, das Gruppenfoto zu studieren. Ich konnte der Versuchung nicht widerstehen, zuerst Frank herauszusuchen. Er stand am Ende einer Reihe, jung und lächelnd, aber nicht wesentlich anders als der Frank, den ich kannte. Seine Haltung war heute nicht mehr so kerzengerade, und durch die Jahre strahlten seine Augen mehr Weisheit, wenn nicht Zynismus aus. Doch das Foto ließ mich seine Abwesenheit noch quälender empfinden, und ich ging schnell dazu über, die anderen Gesichter zu betrachten.

Viele davon waren mir vertraut. Ich hatte sie kennengelernt, als ich über die nächtlichen Verbrechen berichtet hatte. Aber das nächste, das ich mir genauer ansah, war das eines Mannes, den kennengelernt zu haben ich mir schon oft gewünscht hatte: Brian Harriman. Ich starrte sein Konterfei lange an, nur um sicherzugehen, daß ich nicht etwas sah, das gar nicht da war. Als ich an das Bild dachte, das in Beas Haus auf dem Kaminsims stand, wurde mir klar, daß ich hätte wissen sollen, was mich erwartete. Auf diesem Foto, das aufgenommen worden war, als Frank seinen Abschluß an der Polizeischule gemacht hatte, hatte Brian ein paar graue Strähnen im Haar. Er war weit davon entfernt, völlig ergraut zu sein, und jetzt, als ich auf sein Bild herabsah, stellte ich fest, daß er zwei Jahre später noch fast ebensoweit davon entfernt war. Er war nicht der Mann, den Bret in seinem Fax beschrieben hatte.

Einige von Cecilias Zweifeln gegenüber Brian mußten mich stärker beschäftigt haben, als ich mir selbst eingestanden hatte, da ich mich plötzlich erleichtert fühlte, was mit Sicherheit darauf zurückzuführen war, daß sich diese Zweifel zerstreut hatten.

Als nächsten entdeckte ich Bear Bradshaw. Unübersehbar grau. Das gleiche galt für Gus Matthews und Nathan Cook. Danach machte ich mich an eine planvollere Betrachtung des

Fotos. Es gab nicht sehr viele ältere Beamte. Zwei fand ich noch.

Das nächste Kriterium war die Körpergröße. Ich wußte, daß Frank einsdreiundneunzig war und sein Vater ein bißchen kleiner. Ich legte mein Notizbuch neben Franks Foto und markierte auf dem Papier die Entfernung zwischen Franks Kopf und der Stufe, auf der er stand. Nun hatte ich einen groben Maßstab, den ich neben die Bilder von Bear, Cookie und Gus halten konnte. Es war nicht leicht zu beurteilen, aber sie waren alle annähernd so groß wie Frank, wobei Bear der Kleinste war. Die anderen beiden grauhaarigen Polizisten waren noch kleiner als Bear, aber waren sie damit zu klein, um Brets Beschreibung zu entsprechen? In Brets Erinnerung war der Polizist größer als Julian gewesen – aber es war die Erinnerung eines verängstigen Kindes, das sieht, wie sein Vater attackiert wird.

Ich schrieb mir die Namen der beiden anderen älteren Polizisten auf. Diese beiden hatte ich nicht kennengelernt, als ich in Bakersfield arbeitete. Die Bildunterschrift nannte anstelle ihrer Vornamen lediglich die Initialen.

M. Beecham und Q. Wilson.

Ich seufzte und streckte mich. Dann sah ich mich nach dem alten Mann um, konnte ihn aber nirgends entdecken. Abgesehen von der Bibliothekarin war der Raum leer. Sie bemerkte, wie ich mich umsah, und fragte: »Suchen Sie irgend etwas?«

»Eher jemanden. Den älteren Herrn, der vor einem Augenblick noch hier drinnen war.«

»Ach, der ist gegangen.«

»O nein. Er hat mir sein Vergrößerungsglas geliehen. Er muß es vergessen haben.«

»Na, vielleicht können wir ihn ausrufen lassen, bevor er die Bibliothek verläßt. Schauen wir mal nach, wie er heißt.« Sie griff vor mir nach der Liste und begann zu lachen. »Tja, ich nehme an, er wollte uns seinen Namen nicht verraten. Das hier ist eine Figur aus einer Kurzgeschichte.«

Ungläubig starrte ich die Unterschrift an.

Der Name auf dem Blatt lautete John Oakhurst. Als Adresse hatte er Poker Flat angegeben.

»Anscheinend ist er ein Fan von Bret Harte«, sagte sie. »›Die Geächteten von Poker Flat‹.«

»Rufen Sie die Polizei!« sagte ich und lief auf die Tür zu.

»Du liebe Zeit, so schlimm ist das doch nicht«, hörte ich sie hinter mir sagen.

Ich blieb stehen und wandte mich zu ihr um. »Dieser Mann wird von der Polizei gesucht. Rufen Sie dort an!«

Als ich auf die freie Fläche hinter den Beständen zur Ortsgeschichte kam, hörte ich, wie mein Name ausgerufen wurde. Ich sah wieder zu der Bibliothekarin hinüber, die mich musterte, als würde sie aufgrund meiner nächsten Handlung entscheiden, ob ich eine harmlose oder eine gefährliche Irre war. Einen Telefonhörer hielt sie nicht in der Hand.

Ich lief zur Allgemeinen Information. »Bitte rufen Sie die Polizei.«

Die Bibliothekarin musterte mich, allerdings nicht so, als ob sie mich für verrückt hielte. »Sind Sie Irene Kelly?« fragte sie.

»Ja!« bestätigte ich und wollte schon zur Tür hinauslaufen, ohne darüber nachzudenken, woher sie meinen Namen wußte.

»Halt!« rief sie.

Ich wandte mich um.

»Sie ist hier bei mir«, sagte sie und hielt zu meiner Überraschung meine Tasche in die Höhe.

»Woher ...?«

»Ein alter Mann hat sie gefunden und abgegeben. Haben Sie nicht gehört, daß ich Sie gerade eben habe ausrufen lassen?«

»Ein alter Mann ... In welche Richtung ist er gegangen?«

»Ist alles in Ordnung? Wenn Sie vielleicht nachsehen wollen, ob etwas fehlt …«

»In welche Richtung ist er gegangen?« schrie ich.

Ihre Augen wurden weit, doch sie zeigte zur Eingangstür.

»Rufen Sie die Polizei«, verlangte ich noch einmal und lief nach draußen.

Ich schaute, ob irgend jemand vom Parkplatz fuhr, und suchte verzweifelt den Platz vor dem Gebäude nach einer Spur von ihm ab. Keine Menschenseele weit und breit. Ich lief um das ganze Gebäude herum, zur P Street und wieder zurück. Auf dem Rückweg stach mir etwas Rotes ins Auge.

Es war das Taschentuch des alten Mannes, ans Geländer über dem Kanal gebunden. Als ich darauf zuging, hörte ich einen Zug pfeifen und sah auf den Gleisen hinter der Bibliothek einen Güterzug vorbeifahren. Das Rattern des Zuges übertönte jedes andere Geräusch, selbst das des Wassers, das rasch und glatt durch den schmalen Kanal unter mir floß. Ich berührte das Taschentuch und merkte, daß etwas hineingeknotet war. Mit zitternden Händen löste ich erst das Taschentuch und dann den Knoten, der einen schweren Gegenstand barg.

Ein zusammengefaltetes Blatt Papier und etwas aus glänzendem Metall fielen mir in die Hand.

Franks Uhr. Ein altmodisches Modell – die Uhr, die sein Vater zur Pensionierung bekommen hatte – von der Sorte, die man aufziehen muß. Da mich meine Beine nicht mehr trugen, setzte ich mich vor dem Geländer auf den Gehsteig und faltete den Zettel auseinander.

Es war ein Blatt aus einem Tischkalender. Der nächste Dienstag. In Blockbuchstaben stand darauf »Die Zeit wird knapp«.

Die Bibliothekarin von der Hauptinformation stand inzwischen draußen und kam zu mir herüber. »Hier ist Ihre Handtasche«, sagte sie leise. »Alles in Ordnung?«

»Haben Sie die Polizei gerufen?« fragte ich.

»Ja.«

»Dann ist alles in Ordnung.« Ich hielt mir die Uhr ans Ohr, lauschte ihrem Ticken und fing an zu weinen.

25

»Was ist denn das?« fragte Cassidy.

»Ein Tamponetui«, antwortete ich und tauchte ruckartig wie nach einer Ohrfeige aus meinem betäubten Zustand auf. »Wie kommen Sie dazu, meine Tasche zu durchwühlen?«

Die Polizistin, die den Streifenwagen fuhr, der uns zu Beas Haus zurückbrachte, lächelte. Sie fing meinen Blick auf und rollte mitfühlend mit den Augen.

Cassidy legte das Etui zwischen uns auf den Sitz und holte meine Brieftasche heraus. Doch auf meine Frage hin sah er auf und fragte: »Geht's Ihnen wieder besser?«

Ich nickte. »Wenn Sie schon meine Habseligkeiten durchwühlen, schauen Sie doch gleich nach, ob noch Taschentücher da sind. Die, die mir die Bibliothekarin gegeben hat, habe ich aufgebraucht.«

Statt dessen griff er in seine Brusttasche und reichte mir ein ordentlich gebügeltes und gefaltetes Stofftaschentuch.

»Ich wußte gar nicht, daß noch jemand solche benutzt«, stieß ich hervor, als ich das weiche Tuch von ihm entgegennahm. »Guter Gott, da ist ja sogar Ihr Monogramm drauf.«

»Allerdings. Und ich will es wiederhaben.«

»Ich wasche es vorher.«

Er lachte. »Da wäre ich Ihnen dankbar.«

Die ersten Polizisten waren beinahe sofort erschienen, da das Bakersfielder Polizeirevier nur ein paar Häuser von der Bibliothek entfernt liegt. Sowie ich den Namen »Ryan-Neukirk« erwähnte, hängten sie sich ans Funkgerät.

Ich war zurück in den Raum für Lokalgeschichte gegangen, um mein Notizbuch zu holen und das Jahrbuch wieder ins Regal zu stellen, als Cassidy eintraf. Die Bakersfielder Polizisten durchsuchten bereits das Gebäude und dessen Umgebung. Die für die Lokalgeschichte zuständige Bibliothekarin, die nun voller Reue war, hatte den Mann wesentlich genauer beobachtet als ich.

Eine graue Perücke und dunkle Kleidung, die penetrant nach After Shave stank, aber ordentlich zusammengerollt war, wurde in einem Abfalleimer in einem Toilettenraum gefunden. Doch trotz intensiver Bemühungen, denjenigen aufzuspüren, der die Rolle des alten Mannes gespielt hatte, gab es keine weiteren Spuren von ihm.

Cassidy überzeugte die einheimischen Polizisten davon, daß es am besten wäre, mich mit ihm gehen zu lassen, solange es noch möglich war, den draußen wartenden Reportern zu entkommen. Meine lieben Kollegen hatten uns Fragen entgegengebrüllt, aber ich ließ mich schweigend von Cassidy in einen bereitstehenden Streifenwagen führen.

»Ich habe beschlossen, Officer Brewitt ans Steuer zu lassen, als wir den Anruf bekamen«, sagte er, schloß meine Tür, stieg selbst in den Wagen und bat sie, uns auf dem längsten Weg zurück zu Beas Haus zu fahren.

Der Umweg hatte mir Zeit verschafft, um mich wieder ein wenig zu fassen, aber jetzt stellte ich fest, daß er auch Cassidy genügend Zeit verschafft hatte, meine Tasche zu durchsuchen.

»Cassidy«, sagte ich jetzt drängender, »geben Sie das wieder her.«

»Ich möchte mich nur vergewissern, daß keine neuen Sachen hineingeschmuggelt wurden«, sagte er. »Da, sehen Sie mal Ihre Brieftasche durch. Suchen Sie nicht nur nach Dingen, die eventuell fehlen könnten. Halten Sie Ausschau nach Dingen, die hineingesteckt worden sein könnten. Er hat Ihre Handtasche aus einem ganz bestimmten Grund an sich genommen.«

Ich stellte gerade fest, daß mich Hocus weder ärmer noch reicher gemacht hatte, als Cassidy »Bingo« rief.

Er reichte mir einen kleinen Zettel. »Ich nehme an, das war vorher noch nicht hier drin, oder?«

Auf dem Zettel stand: »Bericht über Fortschritte für Mitternacht vorgesehen – H.«

»Nein, war es nicht«, bestätigte ich. »Sie wollen also um Mitternacht anrufen?«

»Sieht so aus«, bestätigte Cassidy. »Officer Brewitt, wären Sie bitte so freundlich, in Ihrer Zentrale darum zu bitten, mich mit Detective Ellie Sledzik zu verbinden?«

»Ellie?« fragte die Fahrerin.

»Entschuldigen Sie bitte. Detective Eleanor C. Sledzik.«

Brewitt grinste und kam seiner Bitte nach.

Als sich Detective Sledzik meldete, sagte Cassidy nur: »Nächstes Mal um vierundzwanzig-null-null.« Sie bestätigte die Information, und sie beendeten das Gespräch.

Cassidy wühlte noch ein bißchen weiter, dann gab er mir die Tasche zurück und meinte: »Suchen Sie mir zuliebe noch ein wenig, Irene. Vielleicht habe ich ja doch etwas übersehen.«

»Wer ist Eleanor Sledzik?«

»Sie ist unsere Kontaktperson bei der Polizei Bakersfield. Sie hat außerdem mit der Telefongesellschaft zusammengearbeitet, die die Telefonleitung Ihrer Schwiegermutter angezapft hat. Abgesehen davon, daß sie verdammt schlau und eine überaus angenehme Kollegin ist, hat sie auch die Gabe, Richtern klarzumachen, wann sie uns besonders schnell einen Durchsuchungsbefehl ausstellen müssen.«

»Es wundert mich, daß Sie nicht versucht haben, sie für Las Piernas zu rekrutieren.«

»Sie überlegt es sich noch«, erklärte Cassidy und brachte damit Officer Brewitt zum Lachen. Brewitt kannte Cassidy noch nicht lange genug, um zu wissen, daß er keine Witze machte.

Als wir die Stufen zur Veranda hochstiegen, sagte Cassidy: »Mann, wenn der gute Frank wieder gesund und munter zu Hause ist, muß ich unbedingt als erster mit ihm reden.«

Ich sah zu ihm hinüber. Er grinste.

»Allerdings«, bekräftigte er. »Ich muß ihm unbedingt sagen, daß seine Frau schon Ärger gekriegt hat, als sie nur in die Bibliothek gegangen ist.«

»Vielleicht wasche ich das Taschentuch doch nicht.« Im Haus angekommen, nahmen mich Bea, Rachel und Pete gleich unter ihre Fittiche.

»Wenn Sie uns bitte entschuldigen würden«, meinte Cassidy, »ich muß dringend noch einen Augenblick mit Irene sprechen.«

Unwillig erlaubten sie mir, ihm nach hinten in sein provisorisches Büro zu folgen. Ich erzählte ihm, was ich von Cecilia und in der Bibliothek erfahren hatte.

»Tja«, stellte er fest, »Brian Harriman habe ich auch schon in Erwägung gezogen. Aus den Unterlagen über Powells Verhaftung geht hervor, daß Franks Vater Powell zweimal festgenommen hat.«

»Aber Brian könnte nie –«

»Immer mit der Ruhe. Es steckt noch mehr dahinter. Beide Male war Powell schnell wieder auf freiem Fuß. Beim ersten Mal war der Stoff, den sie bei ihm gefunden haben, nicht illegal – jedenfalls nicht mehr, als das Zeug im Labor untersucht wurde. Beim zweiten Mal behauptete der Hauptbelastungszeuge auf einmal, er sei gezwungen worden, falsche Aussagen zu machen. Als ich mir die Sache ein bißchen genauer besah, stellte ich fest, daß beide Probleme von Harrimans Partnern verursacht worden sein könnten.«

»Welche Partner?«

»Jedesmal ein anderer – erst Bradshaw, dann Matthews. Aber auch Cook hatte eine Verbindung zu Powell. Er war der erste, der ihn verhaftet hat. Damals war er bei der Sitte.«

»Er war bei der Kriminalpolizei?«

»Danach habe ich schon Ellie Sledzik gefragt. Sie hat in Cooks Unterlagen herausgefunden, daß er drei Jahre lang Kriminalbeamter war – dann hat er bei einem wichtigen Fall Mist gebaut und mußte wieder Streife gehen.« Er hielt inne und fügte dann hinzu: »Ich habe Informationen über alle drei Beamten angefordert – und über Brian Harriman.«

»Was?«

»Ich weiß, daß Sie sich gern einen ›Vorsprung‹ gesichert hätten, aber die hohen Tiere in Las Piernas wollten, daß ich es mir anders überlege. Sie fanden, ich sollte mit den Kollegen in Bakersfield darüber sprechen, und da hatten sie auch recht. Aber nur damit Sie nicht der Abteilung die Schuld daran geben, muß ich sagen, daß mir sowieso Zweifel gekommen waren. Ich glaube, ich hätte Ellie Sledzik auch um Hilfe gebeten, wenn mein Chef mich nicht dazu gedrängt hätte. Wir haben einfach nicht besonders viele Hinweise, und wir brauchen mehr Informationen, als wir bei einer Essenseinladung herausschinden können.«

Ich schwieg. Er wartete.

»Vermutlich ist es sinnvoll«, sagte ich. »Wir können uns den Luxus einer Verzögerung nicht leisten, oder?«

»Nein. Freut mich, daß Ihnen das klar ist. Ich lasse auch diese beiden anderen Namen – Beecham und Wilson – überprüfen.«

»Was haben Sie denn über die ursprüngliche Gruppe erfahren?«

»Bis jetzt nicht viel. Sie – Detective Sledzik – wird einige Zeit brauchen, um sämtliche Unterlagen zu beschaffen. Alle drei wurden geachtet und galten als gute Cops, obwohl Matthews eine Art Außenseiter war. Sie waren alle irgendwann Brian Harrimans Partner gewesen. Alle hatten mit Powell zu tun gehabt. Cook war damals am längsten bei der Polizei, dann Matthews und Bradshaw.«

Ich überlegte einen Moment und sagte dann: »Ich muß Sie um einen Gefallen bitten, Cassidy. Es ist wegen Bea. Ich möchte ihr sagen, was heute abend vor sich geht. Ich meine, was wirklich vor sich geht.«

»Schuldgefühle?«

»Ja, natürlich. Sie hat sich für uns ins Zeug gelegt, hat Leute über Nacht beherbergt und sogar eingewilligt, uns zuliebe diese Männer zum Essen einzuladen. Und das alles zu einer Zeit, da ihr einziger Sohn vermißt wird. Der Gedanke, sie zu täuschen, behagt mir nicht. Es ist ihr Haus, und wir haben vor, einem ihrer Freunde unter ihrem Dach eine Falle zu stellen.«

»Sie steht Bradshaw zu nahe.«

»Ihr *Sohn*, Cassidy – das Leben ihres Sohnes steht auf dem Spiel. Im Vergleich dazu bedeutet Bradshaw ihr nichts.«

Er zögerte und schüttelte dann den Kopf. »Wir sagen es ihr sobald wie möglich, aber jetzt noch nicht.«

Ich verschränkte die Arme und sah auf meine Schuhspitze hinab. »Okay.«

»Schlagen Sie sich das aus dem Kopf«, meinte er.

»Was soll ich mir aus dem Kopf schlagen?«

»Es ihr trotzdem zu sagen.«

»Ich habe doch ›okay‹ gesagt, oder nicht?«

»Ja, aber das war gelogen.«

»Woher wollen Sie das denn wissen?«

Er lachte.

»Verflucht«, sagte ich. »Ich brauche mehr Schlaf. Was ich eigentlich gemeint habe, war –«

»Ach, bitte setzen Sie nicht noch eine Lüge drauf.«

»Dann beantworten Sie meine Frage.«

»Neurolinguistik«, antwortete er.

»Körpersprache?«

»Im Grunde schon. Aber es ist nicht so leicht, wie manche Erstsemester in Psychologie glauben.«

»Nichts am menschlichen Verhalten ist leicht. Was haben Sie denn an mir festgestellt?«

»Warum soll ich Ihnen das sagen? Dadurch werden Sie womöglich eine noch bessere Lügnerin.«

»Tja, es heißt doch, Nachahmung sei die höchste Form der Schmeichelei, Cassidy, also –«

»Irgendwie bezweifle ich, daß es mir Hochgefühle verschaffen wird, wenn ich Ihnen beibringe, eine bessere Lügnerin zu werden. Aber gut, ich werde Ihnen sagen, was Sie diesmal gemacht haben. Sie haben die Arme verschränkt – die reine Abwehrhaltung. Dann sind Sie meinem Blick ausgewichen und haben unvermittelt weggesehen. Also habe ich geraten, Sie provoziert und ein Schuldgeständnis bekommen.«

Ich seufzte. »Na gut, ich werde Bea nichts sagen. Ehrlich. Jetzt sende ich doch keine verborgenen Zeichen oder Gesten aus, oder?«

»Nein, Sie sind zwar schlecht gelaunt, aber aufrichtig.«

»Was haben Sie eigentlich gegen Bradshaw in der Hand?« wollte ich wissen.

Er ging zum Tisch hinüber, nahm einen Aktendeckel zur Hand und schlug ihn auf. Dann nahm er ein Foto heraus und reichte es mir.

Es war das Foto von Frank, wie er nach der Rettung die Jungen im Arm hielt.

»O Scheiße, Cassidy …«

Er zog eine Augenbraue hoch.

»Das haben Sie beim *Californian* gestohlen!«

»Ausgeliehen.«

»Gestohlen!«

»Mr. North hat es mir überreicht«, bemerkte er gedehnt, »und es nicht zurückgefordert. Sie haben noch mehr Exemplare. Und ich glaube, er sagte, die Zeitung hätte die Bilder schon lange wegwerfen sollen, also erwarten sie ja gar nicht, es immer noch in ihren Unterlagen zu haben.«

»Sie erwarten es nicht? Nachdem Brandon es uns neulich gezeigt hat?«

»Wir können hier sitzen und uns darüber streiten, oder Sie können einen Blick auf die Personen im Hintergrund werfen – auf dem Teil, der in der Version für die Zeitung weggeschnitten wurde.«

Ich sah ihn finster an, tat aber, was er von mir wollte. Sofort sah ich, worauf er mich hinweisen wollte. »Bear ...«

»Ja.«

Ich sah zu Cassidy auf. »Er ist nicht in Uniform.«

»Nein.«

»Also kann er nicht in einem Streifenwagen gesessen haben, als Franks Anruf kam.«

»Nein.«

»Tja, dumme Sache.« Ich gab ihm das Foto zurück.

»Das muß nicht heißen, daß er der Betreffende ist«, sagte Cassidy.

»Nein, aber er hat gelogen.«

»Hören Sie, wir haben noch ein langes Stück Weg vor uns, Irene. Ich habe noch nicht einmal einen Blick auf Cook oder Matthews geworfen. Warten wir ab, was wir heute abend herausfinden.«

Ich seufzte.

»Sie mögen ihn«, stellte Cassidy fest.

»Ja.«

»Dann wird es wohl ein ziemlich harter Abend werden. Vielleicht sollten Sie vorher noch ein bißchen schlafen.«

Ich schüttelte den Kopf. »Ich lasse Bea nicht die ganze Arbeit allein machen. Außerdem bin ich noch gar nicht richtig dazu gekommen, mit ihr zu reden. Aber keine Sorge, ich sage ihr nicht –«

»Ich weiß, daß Sie es ihr nicht sagen. Übrigens – was Sie heute morgen von Cecilia Parker erfahren haben, ist eine große Hilfe. Danke. Ich weiß, daß Ihnen das bestimmt nicht leicht gefallen ist. Sind Sie sicher, daß Sie Cecilia heute abend dabei haben wollen?«

»O Gott, ich habe ganz vergessen, Bea zu sagen, daß ich die Gästeliste erweitert habe. Sind wir hier fertig, Cassidy?«

»Für den Moment schon.« Er gähnte. »Vielleicht lege ich mich selbst auch noch ein bißchen aufs Ohr.«

Was die Vorbereitungen für das Abendessen anging, hätte ich mir wegen Bea keine Gedanken zu machen brauchen. Rachel und Pete standen mit ihr in der Küche und hatten es irgendwie fertiggebracht, die Arbeit an sich zu reißen, ohne sie auszuschließen. Wenn Cassidy nicht gesagt hätte, daß er schlafen wolle, hätte ich ihn geweckt, damit er eine Lektion in Verhandlungstaktik miterlebte.

Bea war nicht die einzige, die sich darüber wunderte, daß Cecilia zum Essen kam. Rachel warf Pete einen warnenden Blick zu, sonst hätten wir wohl seine Analyse der Situation zu hören bekommen.

»Du hast sie doch nicht meinetwegen eingeladen, oder?« fragte Bea.

Ich wußte nicht genau, was in dieser Frage alles mitschwang, doch ich antwortete: »Nein, ich habe mich heute einfach gut mit ihr verstanden.« Ich paßte genau auf, daß ich weder die Arme verschränkte noch den Blickkontakt abbrach.

»Oh, schön«, meinte sie.

Ich beobachtete sie, als wir gemeinsam den Tisch deckten. Während sie in Gegenwart von Pete und Rachel eine tapfere Miene aufsetzte, gelang es ihr, wenn wir allein waren, nicht immer, ihre Angst zu verbergen – zum Beispiel, als die Teller zu klappern begannen, weil ihre Hände zitterten, während sie ihr gutes Geschirr aus dem Schrank nahm; als sie unvermittelt dabei innehielt, einen Löffel neben ein Messer zu legen, und verwirrt und mit verzweifelter Miene wie gelähmt dastand. Einmal ertappte sie mich dabei, wie ich sie musterte, und die Tränen schossen ihr in die Augen, bevor sie sie unterdrücken konnte. Ich ging zu ihr hinüber und nahm sie in die Arme, wobei sie einen Laut ausstieß, der Pete und Rachel aus der Küche eilen und dann – als sie uns sahen – ebenso schnell wieder zurückeilen ließ.

»Tut mir leid, tut mir leid«, sagte sie, aber ich beruhigte sie und hielt sie weiter fest.

»Du darfst auch mal«, erklärte ich. »Cecilia und ich haben es heute schon hinter uns.«

Sie sah mich an. »Cecilia? Cecilia hat geweint?«

»Nicht, weil ich ihr etwas Gemeines an den Kopf geworfen hätte«, fügte ich rasch hinzu und fragte mich, ob das wirklich stimmte.

»Ach, Irene«, schalt sie mich, »ich habe nicht vermutet, daß du gemein zu ihr warst. Ich habe sie nur noch nie wegen irgend etwas eine Träne vergießen sehen.«

Dann richtete sie sich auf und ging sich das Gesicht waschen. Ich deckte den Tisch fertig und fragte mich, ob dieser Plan mit der Essenseinladung mir die Chance ruinieren würde, ihr näherzukommen.

26

Er wachte wieder auf. Es war etwas Wundervolles, aufzuwachen. Mit der Zeit wußte er es mehr zu schätzen als je zuvor. Bewußtheit. Zu lobpreisende Bewußtheit.

Bewußtheit hieß, daß Bret wieder zurück war. Bret würde ihm erlauben, aufzuwachen.

Er streckte sich und machte Inventur, wie jedesmal, wenn er wieder zu Bewußtsein kam. Er sah in die andere Richtung, da er nun auf der linken Seite lag. Er hatte immer noch den OP-Anzug an. Seine Füße waren nicht gefesselt, und er konnte die Beine bewegen. Die Infusionsnadel steckte nach wie vor in seinem Arm, war aber zugedreht; Flasche und Schlauch waren nirgends zu entdecken.

In der Richtung, in die er blickte, konnte er die beiden nicht sehen. Er wartete auf Geräusche – Geräusche, die ihm verraten würden, wo sie waren und ob sie alle beide da waren. Bret war jedenfalls hier. Bret war es lieber, wenn er wach war.

Samuel dagegen war eher für Kontrolle, und die verliehen ihm die Drogen.

Das waren die Dinge, die er in den letzten Stunden über die beiden erfahren hatte – waren es eigentlich Stunden? fragte er sich. Seine Uhr war ebenso verschwunden wie alles andere. Wenigstens hatten sie ihm seinen Ehering gelassen.

Samuel widmete ihm weniger Aufmerksamkeit als Bret und interessierte sich weniger für ihn. Samuel war mit anderen Dingen beschäftigt, Dingen, die sich außerhalb dieses Zelts abspielten.

Dieser Mangel an Aufmerksamkeit könnte sich aber als Vorteil erweisen. Wenn er ignoriert wurde, hätte er – falls er dazu klar genug denken könnte – bei einem Fluchtversuch auf jeden Fall bessere Chancen.

Trotzdem war ihm beim Gedanken an Samuel unbehaglich zumute. Es war nicht nur die Gewaltbereitschaft des jungen Mannes, die Frank beunruhigte, sondern auch das Gefühl, daß die Zukunft Samuel nichts bedeutete – nicht im Sinne der Jugend aus Unglauben oder mangelnder Vorstellungskraft, sondern im Sinne der ganz Alten und Sterbenden, die einfach akzeptiert haben, daß die Zukunft nicht ihnen gehört.

Bret war der Stabilisator. Samuel hörte auf ihn. Obwohl er sich vielleicht in gewissem Maße über Brets Vorschläge in bezug auf Frank ärgerte, ließ er ihm meist seinen Willen.

Und Bret war sehr neugierig, was Frank betraf. Nein, es war noch mehr als Neugier. Er stellte seine Fragen nicht nur aus reiner Neugier.

Dankbarkeit? Für die Rettung aus dem Keller vor so vielen Jahren? Vielleicht, aber das war keine Erklärung für Brets ... wie sollte man es nennen? Interesse? Nein, mehr als das.

Es erschien ihm wichtig, das zu wissen, es zu benennen. Doch während er Wort für Wort erwog und wieder verwarf, hörte er hinter sich eine Stimme.

»Möchten Sie sich aufsetzen?«

Bret.

»Ja«, antwortete Frank.

Eine andere Stimme sagte: »In Ordnung, aber ich habe eine Pistole auf Sie gerichtet, Detective Harriman, und ich bin durchaus bereit, sie zu benutzen.«

Samuel.

Bret kam herüber und sah ihm in die Augen, lächelte und machte Franks rechtes Handgelenk los. Frank wußte, daß Samuel bestimmt eine Pistole in der Hand hielt und bereit – vielleicht sogar erpicht darauf – war, sie zu benutzen. Frank wußte, daß die Drogen seine Reaktionen viel zu sehr einschränkten, wußte, daß dies nicht die Gelegenheit war, auf die er wartete. Trotzdem fand er es nahezu unmöglich, dem Drang, sich zu befreien, zu widerstehen.

Bret hielt inne, und Frank sah ihm ins Gesicht. So deutlich, als hätte er mit Worten gesprochen, wußte Frank, daß Bret ihm riet, sich nicht zu wehren, keinen Widerstand zu leisten.

Er war verwirrt, da er nicht begriff, wie Bret ihm dies vermittelt hatte, doch Samuel sagte: »Er hat nicht unsere Auffassungsgabe, weißt du. Du mußt laut mit ihm sprechen. Los, warne ihn.«

»Ich brauche ihn nicht zu warnen«, sagte Bret und bedeutete Frank, sich auf den Rücken zu legen. »Du bist der einzige, der das Schlimmste von ihm erwartet.«

Die einfache Bewegung, sich auf den Rücken zu drehen, ließ Frank bereits schwindlig werden. Er schloß die Augen, als Bret sein Handgelenk auf der gegenüberliegenden Seite ans Bett fesselte, und wartete, daß die Benommenheit sich legte. Im stillen schalt er sich selbst. *Nutzlos. Nutzlos. Nutzlos.*

»Ist Ihnen schlecht?« erkundigte sich Bret.

»Nein«, antwortete Frank und öffnete die Augen. Nun sah er, daß Sam tatsächlich eine Waffe auf ihn gerichtet hielt. »Schlecht nicht, nur ein bißchen schwindlig.«

»Er hat Durst«, meinte Samuel. »Gib ihm etwas zu trinken.«

»Nein«, sagte Frank rasch und hörte das Rasseln in seiner eigenen Stimme. »Nein, ich brauche nichts.«

Samuel lachte, aber Bret sagte: »Diesmal geben wir Ihnen nur reines Wasser. Aber zuerst helfe ich Ihnen, sich aufzusetzen.«

Er hörte das Surren des Motors am Bett und spürte, wie es ihn anhob. Ihm wurde wieder schwindlig, aber nicht so massiv wie vorher. Bret brachte ihm ein Glas Wasser, doch er wandte den Kopf beiseite. Alles drehte sich.

Beweg dich langsamer, schärfte er sich ein.

Als er den Kopf ganz langsam wieder zurückwandte, sah er, daß Bret immer noch mit dem Wasser wartete.

In ihm wallte ein archaischer Zorn auf, eine blinde Wut, ein heftiger, jäher Ärger, so daß er sich am liebsten von den gottverdammten Bettgittern losgerissen und sich auf die beiden gestürzt hätte. Sollten sie ihn doch erschießen! Sollten sie doch! Seine Wut würde ihn in Bewegung halten wie ein Monster aus einem schlechten Film. Kugeln konnten ihn nicht aufhalten.

»Siehst du?« sagte Samuel. »Er hat die Fäuste geballt. Ich glaube, unser Held möchte uns umbringen.«

»Natürlich möchte er das«, sagte Bret ganz ruhig. »Weißt du denn nicht mehr, was für ein Gefühl es ist, Samuel?«

Schweigen. Dann sagte Bret: »Samuel –«

Doch Samuel ging bereits davon. »Mach, was du willst. Wenn ich zurückkomme und dich tot finde, bringe ich erst ihn und dann mich um. Ich mache das Ventil auf und – peng. Mitten in meinen eigenen Kopf. Peng. Dann ist mir nämlich alles egal. Hast du mich verstanden? Alles.«

Frank hörte, wie die äußere Tür zugeschlagen wurde. Bret stand nach wie vor mit dem Glas Wasser da, sah Frank aber nicht an. Seine Miene war todernst.

»Es tut mir leid«, sagte Frank. »Das war meine Schuld.«

»Nein«, entgegnete Bret und kehrte aus seinen Gedankenspielen zurück. »Nein, nichts hiervon ist Ihre Schuld.«

»Er wollte bestimmt nicht –«

»O nein, Frank. Machen Sie nicht diesen Fehler. Er hat jedes Wort absolut ernst gemeint.« Er hielt Frank das Glas hin. »Es ist wirklich nur Wasser.«

Was soll's, dachte Frank und trank einen Schluck.

»Sie haben die Wahl«, fuhr Bret fort. »Sie können sich von mir eine Chance zum Überleben geben lassen, oder Sie können mit uns sterben.«

Er konnte seine Panik mittlerweile besser unter Kontrolle halten und war jetzt vorsichtiger. »Es gibt keinen Grund, warum ihr sterben müßtet.«

Bret lächelte. »Haben Sie schon mal einen Film über eine Flugzeugkatastrophe gesehen? Irgend jemand an Bord schreit immer voller Panik: ›Wir müssen alle sterben!‹ Tja, wahrere Worte wurden nie gesprochen. Die meisten von uns wissen nicht, wann sie sterben müssen, und viele von uns werden nicht glauben wollen, daß es einen Grund für unseren Tod gibt. Wann und warum. Samuel und ich haben einen nachvollziehbaren Näherungswert an ersteres und Gewißheit für letzteres. Das haben wir.«

»Aber trotzdem –«

»Nein, Frank, Samuel und ich werden die Ereignisse, die wir selbst in Gang gesetzt haben, nicht überleben. Wir sind ziemlich gute Amateure, aber Zeit und Erfahrung stehen auf seiten von Leuten wie Detective Cassidy.«

»Cassidy ist kein Mörder«, sagte Frank. »Er wird tun, was er kann, um die Sache friedlich zu beenden.«

»Leider wird es nicht nach Cassidys Wünschen verlaufen.«

»Ich verstehe nicht –«

»Nein, tut mir leid. Sie sind immer noch schwer im Hintertreffen. Ich habe Ihnen eine Geschichte versprochen. Möchten Sie jetzt vielleicht das Bett verlassen, sich an den Tisch setzen und sie selbst lesen?«

Frank war verwirrt, sah aber ein, daß Bret – zumindest im Moment – nur anhand seiner eigenen Bedingungen über die Angelegenheit zu sprechen bereit war, und stimmte zu.

»Gut, dann erkläre ich Ihnen mal ein paar Dinge. Samuel und ich haben viel Aufwand betrieben, um dieses Gebäude unseren Bedürfnissen anzupassen. Momentan befinden wir uns in einem Zelt in einem Raum in einem Raum. Zu jedem gibt es eine Tür und keine Fenster. Alles ist schalldicht. Das Zelt ist so ähnlich wie die Zelte, die beim Ausräuchern von Häusern verwendet werden, es ist aus demselben Material. Es gibt eine Alarmanlage, in die ich etwas eingeben muß, bevor irgend jemand herein kann. Ohne jetzt ins Detail zu gehen und Ihnen ein bißchen zuviel zu verraten, kann ich Ihnen sagen, daß beim Öffnen des Ventils, das Samuel erwähnt hat, Gas in dieses Zelt strömt. Dieses Gas tötet jeden, der sich hier aufhält. Anders ausgedrückt, wenn er wollte, könnte er dieses Ventil jetzt öffnen, und wir würden ersticken.«

Frank dachte daran, in welcher Stimmung Samuel davongegangen war, und schloß die Augen.

»Sie begreifen es also langsam. Ich kann Sie losbinden, wenn ich mit Ihnen in diesem Raum gefangen bin. Sollte ich den Raum verlassen, müssen Sie freiwillig ins Bett zurückkehren und sich fesseln lassen, genau wie jetzt. Samuel kommt nur hier herein, wenn Sie gefesselt sind. Sollten Sie Widerstand leisten, gebe ich Samuel das Signal, daß er das Gas einströmen lassen soll.«

»Ihr würdet mit mir sterben.«

»Wenn Ihr einziges Ziel darin besteht, mich zu töten, so gebe ich Ihnen diese Gelegenheit. Doch wenn ich sterbe, macht Samuel das Gasventil auf. Wenn Sie mich verletzen oder davon abhalten, Sie zu fesseln, oder davon, Samuel das richtige Signal zum Eintreten zu geben, sterben wir gemeinsam. Ich setze einfach darauf, daß Sie dem Tod vermutlich weniger gelassen entgegenblicken als ich.«

»Ich verstehe das nicht«, sagte Frank. Er wußte, er sollte ruhiger sein und versuchen, anders damit umzugehen, aber er brachte es nicht fertig. »Ich verstehe nicht, warum du sterben willst.«

»Tu ich ja nicht. Ich bin *bereit* zu sterben. Das ist etwas anderes. Ich will nicht, daß Sie mit mir sterben, aber ich bin bereit, auch das zuzulasssen. Allerdings wäre es mir lieber, wenn Sie überleben würden. Es wäre mir auch lieber, wenn wir die sehr begrenzte Zeit, die wir miteinander verbringen, zu angenehmeren Beschäftigungen wie Essen und Unsunterhalten nutzen würden. Mich mit Ihnen unterhalten, die Gelegenheit, Sie kennenzulernen ...« Er lächelte erneut. »Es ist eine Art Abschiedsgeschenk für mich selbst.«

»Wir können doch reden und essen, während ich in diesem Bett liege. Warum die ganze Mühe, mich im Raum umherlaufen zu lassen?«

»Sie kennen die Antwort.«

Nach längerem Schweigen sagte Frank: »Weil ihr angekettet wart.«

»Genau.«

»Die Drogen –«

»Sind leider unerläßlich. Ich werde mein Bestes tun, um die Dosis so niedrig wie möglich zu halten. Es liegt in erster Linie an Ihnen. Wenn Sie unwillig sind, werden Sie vermutlich den größten Teil Ihrer Zeit bei uns in einem Zustand der Bewußtlosigkeit verbringen. Falls Ihnen das lieber ist, kann ich gleich die Infusion anschließen.«

»Nein –«

»Ich habe auch nicht angenommen, daß Sie das wählen würden.

Soll ich Sie jetzt losbinden?«

»Ja.«

»Habe ich Ihr Wort – Sie akzeptieren die Bedingungen?«

Elend. Er fühlte sich verflucht elend und war deshalb wütend auf sich selbst. Er versuchte, sich nichts davon anmerken zu lassen, als er mit »ja« antwortete.

»Gut«, sagte Bret, doch als er Franks Miene sah, runzelte er die Stirn. Konzentriert senkte er den Kopf und begann, die Fessel zu lösen, die er gerade erst am Gitter befestigt hatte.

Da war es wieder, dachte Frank. Bret war auf seine Stimmungen eingestellt und achtete auf kleine Hinweise.

Er mußte vorsichtiger sein. Doch hier lag seine Hoffnung, vielleicht seine einzige Hoffnung – in Brets Interesse an ihm.

»Bret –«

Bret sah zu ihm hinauf.

»Was meint Samuel denn dazu?«

Bret lächelte. Er war gerade dabei, Frank die Fessel vom Handgelenk zu entfernen. »Die Vorstellung ist ihm äußerst unangenehm, aber wir versuchen, es uns gegenseitig recht zu machen. Er weiß, daß es mich freut, also gibt er nach.«

»Und was hast du ihm dafür zugestanden?«

Brets Hände hielten inne. »Wir führen keine Liste.«

Frank sagte nichts weiter, als Bret ihm die Fessel an der linken Hand abnahm. Die Ungeduld, bis er endlich wieder frei war, war mittlerweile fast unerträglich geworden, und auf der Stelle faßte er nach der Fessel an der rechten Hand, um sie abzustreifen. Gleich wurde ihm wieder schwindlig. Bret versuchte nicht einzugreifen. Er wartete, ließ Frank sich selbst befreien, zuerst vom Bettgitter und dann von der Fessel selbst. Er sagte kein Wort, als Frank den Gurt wie einen verhaßten Gegenstand heftig zu Boden warf.

Frank atmete tief aus und rang darum, die Gefühlswallung einzudämmen, die ihn befiel, als der Gurt mit einem satten Geräusch auf den Boden klatschte.

Er rieb sich die Handgelenke, als Bret das Gitter herabließ, und sein Ausbruch war ihm nun leicht peinlich. Doch mit der Aussicht auf noch etwas mehr Freiheit legte sich das wieder.

»Vorsichtig jetzt«, sagte Bret und half ihm aus dem Bett.

Er war lächerlich wacklig auf den Beinen, außerdem war ihm entsetzlich schwindlig, aber er stand auf seinen eigenen zwei Füßen. Er wußte nicht, wie lange er schon hier war oder wie lange er bleiben würde, aber wenigstens war er nicht mehr an das verdammte Bett gefesselt.

»Danke«, sagte Frank und sah, daß Bret begriff, wie ernst es ihm damit war.

Wie ein alter Mann ging er an den Tisch. Bei den ersten Schritten stützte er sich noch auf Bret, dann ging er allein. Er ließ sich auf einem Stuhl nieder und streckte und dehnte die steifen Muskeln an Schultern und Rücken. Dann sah er auf das Bett.

»Denken Sie nicht daran, daß Sie bald wieder dort liegen werden,« sagte Bret, der Franks bangen Überlegungen gefolgt war. »Wir haben jetzt Zeit und sollten das Beste daraus machen. Haben Sie Hunger?«

»Ja«, antwortete Frank in einem Tonfall, als hätte er eine Entdeckung gemacht. Er fühlte sich unsicher und wußte nicht, wie er sich verhalten sollte.

»Diesmal gibt's leider nur Sandwiches«, sagte Bret und ging an eine Kühlbox.

»Du hast gesagt, du hättest etwas zu lesen für mich?« fragte Frank, als Bret mit plastikverpackten Papptellern, auf denen je ein Sandwich und ein Stück frisches Obst lagen, an den Tisch kam. Er war sicher, daß alles, was er zu essen bekäme, so beschaffen wäre, daß man es ohne Besteck zu sich nehmen konnte. Keine potentiellen Waffen.

»Sie können es lesen, wenn wir gegessen haben«, sagte Bret. »Erinnern Sie sich noch an die Szals?«

»Bernard und Regina? Ja, natürlich.«

Sie sprachen über die Szals, Teleskope und Aikido. Bret lenkte das Gespräch höflich weg von heiklen Themen, wie zum Beispiel den Jahren des Schweigens. Trotzdem konnte Frank nicht bestreiten, daß es eine angenehme Unterhaltung war. Bret war lebendig geworden, er begeisterte sich und war ungemein an Franks Gedanken und Ansichten interessiert.

Nach dem Essen stand Frank auf und ging langsam im Zelt auf und ab. Es war geräumig, aber spärlich möbliert. Da er barfuß ging, war er sich ziemlich sicher, daß der Fußboden unter dem Zelt aus Holz bestand. An der einen Seite des Zelts standen mehrere verschieden große, verschlossene Schrankkoffer. Sie machten ihn neugierig, aber er beschloß, sich fürs erste nicht nach ihnen zu erkundigen.

Sein Kopf juckte. Er griff nach hinten, um sich zu kratzen, und spürte die rasierte und leicht entzündete Haut um die genähte Stelle herum.

»Mann, ist das ein gutes Gefühl, sich endlich da kratzen zu können, wo es juckt«, sagte er.

Bret verzog betreten das Gesicht. »Das tut mir wirklich leid. Ich hätte daran denken sollen.«

Du gibst dir große Mühe, vorauszuahnen, was andere empfinden, dachte Frank. Laut sagte er: »So schlimm war es auch nicht. Vermutlich sollte ich lieber gar nicht hinfassen.«

»Es dürfte keine große Narbe geben«, meinte Bret. »Und die Stelle wird ja dann sowieso von den Haaren bedeckt.«

»Hast du mich genäht?«

Frank entging nicht, daß Bret bleich wurde. »Nein«, sagte Bret. »Nein, das war Samuel.«

»Da muß ich mich bei ihm bedanken«, erklärte Frank. »Ich weiß noch, daß ich geblutet habe.« Er berührte die leicht geschwollene Stelle an seiner Oberlippe. »Und meine Lippe?«

Bret sah jetzt beiseite. »Die Lippe und die Nase. Und der Kopf. Es war schrecklich.« Er erschauerte. »Reden wir von etwas anderem.«

»Einverstanden.«

Frank ging wieder zurück an den Tisch. Schwindel und Mattigkeit machten ihm immer noch zu schaffen, doch beides schien allmählich nachzulassen. Bestimmt verließen die Drogen langsam seinen Körper. Er bemühte sich, die Infusionsklemme nicht zu berühren.

»Hier«, sagte Bret und reichte ihm mehrere Blätter, sobald er saß. »Ich glaube, es ist an der Zeit, daß Sie das lesen.«

Während ihn der Titel – ›Vatertag‹ – nicht weiter erstaunte, war dies doch bei fast allem, was folgte, der Fall.

27

Ich aß nicht viel, obwohl das Essen phantastisch war. Die Köche nahmen es nicht persönlich. Pete zum Beispiel war viel zu sehr damit beschäftigt, Cecilia zornig anzustarren.

Ich hatte ganz vergessen, daß Pete aus Gründen, die er mir nie offenbart hatte, eine massive Abneigung gegen Cecilia hegte. Während des Essens bemühte er sich kaum, dies zu verbergen. Rachel murmelte ihm immer wieder auf italienisch etwas zu, während Cookie – wie ich Nat Cook inzwischen nannte – sein Bestes tat, um Cecilia abzulenken. Er hätte es sich sparen können.

Cookie war der älteste der drei. Dann kam Bear, dann Gus. Gus strotzte immer noch vor Kraft, während Cookie bereits recht gebrechlich wirkte.

Bea schlug vor, ins Wohnzimmer hinüberzugehen, aber Rachel willigte nur unter der Bedingung ein, daß sie und Pete den Tisch abräumen und das Geschirr spülen dürften. Ich merkte schon, wie sich in Pete der Widerstand regte, was auch Rachel nicht verborgen blieb. Sie hätte ihn beinahe an den Ohren gezogen. Cassidy registrierte all das amüsiert.

Bevor das Trio eintraf, hatte Cassidy mich beiseite genommen und gebeten, nicht selbst mit Fragen einzugreifen, bis er seine erste Frage zum Ryan-Neukirk-Fall gestellt hätte. Von da an sollte ich die meisten Fragen vorbringen, zumindest am Anfang. »Und verurteilen Sie Bradshaw nicht von vornherein«, fügte er streng hinzu. »Sie müssen sich heute abend so ruhig und natürlich wie möglich geben. Darauf verlasse ich mich. Ich möchte Sie nicht dabei erwischen, wie Sie ihm giftige Blicke zuwerfen oder herumzappeln, als hätten Sie eine Hummel im Höschen. Betrachten Sie ihn als den Mann, der Frank und Sie zusammengebracht hat – den Mann, von dem Sie mir neulich beim Mittagessen erzählt haben.«

Ich versuchte, mir seine Verhaltensmaßregeln zu Herzen zu nehmen, war aber trotzdem nervös, als wir uns zum Essen setzten. Zu Beginn konzentrierten sich Aufmerksamkeit und Unterhaltung glücklicherweise auf Greg Bradshaws Knieoperation. Als ich mich endlich so weit beruhigt hatte, daß ich vom ersten Gang aufblicken konnte, merkte ich, daß Cassidy das Gespräch irgendwie in die Hand genommen hatte. Offenbar hatte er stillschweigend eine Grundregel festgelegt: Niemand sprach über Franks Gefangenschaft oder die Ryan-Neukirk-Morde. Er hatte dies nicht offen verkündet, sondern fing einfach mehrere Diskussionen an, die sich eindeutig *nicht* um unsere große Sorge drehten. Jeder reagierte brav auf sein Stichwort, da wohl alle annahmen, daß er das tat, um Franks Mutter und Franks Frau während eines Essens, das er unser »Bankett-oh italian-oh« nannte, nicht aufzuregen. Ich glaube, er wollte sich an Pete dafür rächen, wie dieser Cecilia behandelte, da Rachel anscheinend jedesmal, wenn er es sagte, ein Lachen unterdrücken mußte.

Nachdem Cassidy den Ball dorthin ins Rollen gebracht hatte, wo er ihn haben wollte, nutzte er die meiste Zeit damit, den drei alten Polizisten dabei zuzuhören, wie sie sich darüber stritten, wer von ihnen die wahre Version der Abenteuergeschichte erzählte, um die es gerade ging.

Die Geschichten wurden einander thematisch immer ähnlicher. Drehten sie sich um Gus, waren es Großtaten eines starken Mannes: Gus, wie er sich in einer Gasse auf einen bewaffneten Verdächtigen stürzte und ihn überwältigte, nachdem seine eigene Waffe versagt hatte; Gus, wie er (betrunken) einen Wasserturm erklomm, weil er oben ein hübsches Mädchen gesehen hatte, nur um festzustellen, daß es ein langhaariger junger Mann war, der Selbstmord begehen wollte – und wie es ihm gelang, ihn davon abzubringen; Gus, wie er sich von anderen Cops »Wie ist noch deine Nummer – zwanzig-Matthews?« nennen lassen mußte – eine Anspielung auf die häufigen Versuche der Zentrale, ihn zu erreichen. Das waren die Geschichten über Gus: oft heroisch, aber noch öfter albern.

Es war offensichtlich, daß Gus keine Hemmungen hatte, sich gegen Vorgesetzte aufzulehnen, daß er einige Jahre lang zuviel getrunken und für beides teuer bezahlt hatte, indem er es nie geschafft hatte, eine Beförderung auf Dauer aufrechtzuerhalten. Doch das schien ihn nicht weiter zu belasten, und immer wenn Bear oder Cookie darauf anspielten, grinste er und sagte: »Was soll's? Mir hat meine Arbeit Spaß gemacht. War 'ne feine Sache. Ich war nur nie so raffiniert wie ihr, weiter nichts. Ihr zwei wart doch Schlitzohren.«

Er hatte recht. In den Geschichten über Bear und Cookie ging es praktisch immer darum, wie sie die Kriminellen überlistet hatten, ohne wie Gus brutale Gewalt oder Körperkraft einzusetzen. Auf dem Revier galten sie beide als Witzbolde. Bears Streiche bewegten sich in relativ engem Rahmen. Sie waren so ähnlich wie die, die er Frank in dessen Zeit als Anfänger gespielt hatte – etwa einen Penny in die Radkappe eines Streifenwagens zu stecken, um ein nervtötendes Klappern hervorzurufen, oder schwarze Schuhcreme auf den Innenrand der Schutzbrille eines Motorradpolizisten zu schmieren.

Cookies Scherze waren aufwendiger. Eines Sommers wurde der Klang von Kirchenglocken durch sämtliche Funkgeräte des Reviers gesendet – und zwar ein Mitternachtsläuten mit zwölf langen Schlägen. Als es drei Abende hintereinander ertönte, setzte der wutentbrannte Chef Kriminalbeamte darauf an, den Schuldigen ausfindig zu machen. Sie verglichen verschiedene Kirchenglocken mit Aufnahmen des mitternächtlichen Getöses. Die Glocken hatten einen unverkennbaren Klang und stammten mit ziemlicher Sicherheit aus einer bestimmten Kirche. Der Pfarrer erlaubte der Polizei, diese zu durchsuchen. Man fand nichts. Unerschrocken ordnete der Chef an, die Kirche zu umstellen und zu beobachten. Wie auch an den Abenden zuvor ertönte in den Funkgeräten das Glockengeläut, obwohl eindeutig niemand anwesend war, der es übertrug.

»Weil nämlich«, schloß Bear, »Cookie zehn Meilen weit weg oben auf einem Hügel geparkt und auf einem kleinen Kassettenrecorder in seinem Auto ein Band mit den Glocken abgespielt hat.«

Cassidy trug auch ein paar Geschichten aus seiner Polizeilaufbahn bei, und zwar im gleichen humorvollen Stil wie auf unserer Fahrt nach Bakersfield. Bear und Gus wurden mit der Zeit warm mit ihm und begannen, ihn als ihresgleichen zu akzeptieren. Langsam begriff ich, daß es genau darum ging.

Während es sich alle Gäste in Beas Wohnzimmer gemütlich machten, warf mir Cassidy ein Lächeln zu, das die anderen zweifellos als beruhigende Geste empfanden, von dem ich aber wußte, daß es eine Warnung war.

Mach dich bereit.

Cassidy blieb stehen und lehnte sich gegen den Kaminsims. »Irene, waren diese alten Knacker auch schon so abgetakelt, als Sie hier gearbeitet haben?«

Sie grinsten gutmütig. »Komm nur rüber, Tex«, witzelte Gus, »dann zeig ich dir, was Abgetakelte noch drauf haben.«

Bea und die anderen zwei reagierten darauf mit Heiterkeitsausbrüchen.

»Tja, Cassidy«, antwortete ich, »abgetakelt nicht gerade, aber ein bißchen *grau* waren sie schon.« Ich sah vielsagend auf seine Haare. »Sie wissen doch, wie es ist.«

Er grinste über ihr Gelächter und fuhr sich mit der Hand durchs Haar. »Also, manche Männer wirken mit grauen Haaren doch viel attraktiver, stimmt's, Kollegen?«

»Allerdings, allerdings«, stimmte Bear zu. »Sieht so seriös aus. Weißt du noch, Cookie, wie der alte Brian uns mit diesem Haarfärbemittel ausgestochen hat?«

Das beschwor noch mehr Lachen herauf, und Bea wurde vor Verlegenheit ganz rot. »Greg Bradshaw«, stieß sie hervor. »Also wirklich! Was du da wieder redest.«

Verblüfft saß ich da, während mir in den Kopf schoß, daß Brian Harrimans Haarfarbe nur *ein* Grund dafür war, an ihn zu glauben. Cecilia fing meinen Blick auf und lächelte mich an. Das genügte, um mich wieder zu beruhigen.

Unterdessen langte Cassidy herüber und nahm das Foto von Frank und seinem Vater in die Hand. »Herrgott, vielleicht probiere ich dieses Haarfärbezeugs doch einmal aus. Sieht irgendwie verdammt natürlich aus.«

»Damals hat er es noch nicht benutzt«, erklärte Cookie.

»Genau, Cookie hat recht«, sagte Gus. »Daß Frank auch

zur Polizei gegangen ist, hat den armen Brian erst grau werden lassen.«

»Das stimmt nicht!« protestierte Bea. »Er war sehr stolz auf Frank.«

»Oh, natürlich! Natürlich war er das«, beruhigte sie Bear und warf Gus einen bösen Blick zu. »Mann, das weiß doch jeder. Wir sind alle stolz auf ihn. Frank ist ein verdammt guter Cop. Er hat nie jemandem einen Grund gegeben, nicht stolz auf ihn zu sein.«

Im Zimmer wurde es ganz still.

»Für mich wird Frank jedenfalls garantiert nicht weniger attraktiv, wenn er grau wird«, sagte ich und versuchte damit, das Gespräch wieder auf Kurs zu bringen. »Wie alt war Brian denn, als er grau geworden ist?«

»Das war kurz nachdem Frank zur Polizei gegangen ist«, sagte Bea und fügte dann bissig hinzu: »Aber es lag nicht daran, daß er sich Sorgen wegen Frank gemacht hätte.« Gus bemerkte weder ihren Blick, noch fiel ihm ihr veränderter Tonfall auf. Er saß vornübergebeugt da, die Ellbogen auf die weit gespreizten Knie gestützt, die Hände verschränkt, und sah auf den Fußboden. Seine Miene war nicht zu erkennen.

»Ach, Bea«, sagte Bear, der auf einmal in Loyalitätskonflikte geraten war, »kein Mensch will Brian schlechtmachen. Es war einfach witzig, weiter nichts. Brian hat selbst darüber gelacht. Er hat das Zeug auch nur ganz kurz benutzt, bis wir ihm deswegen so zugesetzt haben, daß es ihm leichter vorkam, grau zu sein. In Wirklichkeit sah er doch so oder so prima aus. Stimmt's, Cookie?«

»Stimmt. Wir haben auch alle anderen erfolgreich davon abgehalten, ihr Grau zu übertönen.«

»Ich kann mich dunkel an ein paar andere Kollegen erinnern, die grau geworden sind«, sagte ich. »Ein Wilson und ... Beech oder so?«

»Beecham«, korrigierte Cookie. »Manny Beecham. Und

wenn der Wilson, den Sie meinen, grauhaarig war, dann muß es Quinn gewesen sein. Wilson und Beecham waren bei der Motorradtruppe. Mann, ich kann euch sagen – das war ein harter Job. Eisig im Winter. Ich habe welche gekannt, die haben sich Zeitungspapier in die Jacken gestopft, um sich warmzuhalten.«

»In den Autos ging's uns aber auch nicht viel besser«, meinte Bear und musterte Gus. »Oder, Gus?«

Gus sah auf. Seine Augen wirkten leicht gerötet. »Ja, Bear, in den Autos war es auch kalt.«

»Irene, wir haben erst 1958 Heizungen in die Autos bekommen«, sagte Bear, der nun lebhafter wurde, seit sich Gus wieder ins Gespräch eingemischt hatte. »Brian und ich haben immer den Scheinwerfer eingeschaltet und in den Wagen gerichtet, um uns aufzuwärmen.«

»Das haben alle gemacht«, ergänzte Cookie. »Wir hatten Anweisung, auch im Winter mit heruntergekurbelten Fenstern herumzufahren, damit wir hörten, was sich außerhalb des Wagens abspielte.«

»Da ist es wohl ganz schön kalt geworden«, meinte Cassidy.

Plötzlich stand Gus auf. »Ich halte das nicht aus! Wir hocken hier und quatschen über das bescheuerte Wetter!«

Cookie stand auch auf und sagte: »Setz dich wieder, Gus.«

Gus rührte sich nicht. »Noch dazu nicht einmal über das Wetter von heute, verdammt noch mal!«

»Setz dich, Gus«, sagte Bear ruhig. »Bea zuliebe.«

Gus gehorchte.

»Und paß auf, was du sagst«, fügte Cookie hinzu. »Das hier ist Beas Haus. Glaubst du, wenn Brian noch leben würde, ließe er dich vor seiner Frau solche Reden schwingen?«

»Er hat es doch gar nicht so gemeint«, meldete sich jetzt Cecilia zu Wort und zog damit alle Blicke auf sich. »Gus ist eben überreizt, weil er sich Sorgen um Frank macht, oder?«

Gus sagte nichts und sah wieder zwischen seine Füße hinab.

»Ja«, sagte Bea, »das ist alles. Nathan?«

»Natürlich«, sagte Cookie. »Tut mir leid, Gus. Ich glaube, meine Nerven sind auch nicht mehr die besten.« Auch er setzte sich wieder.

Cassidy sah mich an und nahm dann auf einem Sessel neben Cecilia Platz, gegenüber von Gus und Cookie.

»Gus«, sagte er gelassen, »ich kann Ihnen keinen Vorwurf machen. Wir haben den ganzen Abend um das Thema herumgeredet, das alle beschäftigt. Sie sind Frank schon immer nahegestanden, stimmt's?«

Gus nickte.

»Und Sie wissen, wer ihn gefangenhält?«

»Diese Jungs«, antwortete er, den Blick zum Fußboden gesenkt.

Cassidy sah erneut mich an und lehnte sich zurück.

»Können Sie sich noch an diesen Tag erinnern?« wollte ich von Gus wissen.

»Sie meinen, als die Jungen gefunden wurden?« fragte er und sah jetzt zu mir auf.

»Ja.«

»Sicher. Werd ich nie vergessen. Ich bin als letzter dort angekommen. Cookie und Bear waren schon da. Aber nicht Brian.«

»Brian war an diesem Tag beim Angeln«, ergänzte Cecilia. »Er hatte das Wochenende frei.«

»Genau!« sagte Bea. »Das habe ich ganz vergessen. Deshalb ist er auch so spät zurückgekommen. Er ist immer mit Freunden von uns nach Bodfish angeln gegangen.«

»Bodfish?« fragte Cassidy. »Von einem Fisch namens Bodfish habe ich noch nie etwas gehört.«

»Es ist nicht nach einem Fisch benannt, sondern nach einem Mann«, erklärte sie. »Sein Name war George Homer Bodfish.«

»Vermutlich wollte er nicht allein damit leben müssen«, sagte Cassidy.

»Brian war an diesem Wochenende dort?« fragte Cookie.

»Nur am Samstag«, antwortete Cecilia. »Am Sonntag abend war er wieder hier.«

»Woher wissen Sie das?« wollte Pete wissen, der gerade aus der Küche kam.

»Es war das erste Mal, daß ich auf einem Vatertagsessen war. Die Harrimans hatten mich eingeladen. Als Frank an diesem Tag den Anruf bekam, war Brian noch nicht vom Fischen zurück. Das hat unsere Pläne ein bißchen durcheinandergebracht.«

Ich warf Pete einen Blick zu, der ihm bedeuten sollte, sich herauszuhalten. Vermutlich begriff er die Botschaft, denn er setzte sich hin und sagte nichts mehr. Rachel kam herein und nahm neben ihm Platz.

»Ich wette, jeder, der mit der Familie befreundet ist, erinnert sich an den Vatertag«, sagte ich. »Sind Sie alle drei zum Tatort gefahren?«

»Ja«, antwortete Gus. »Ich glaube nicht, daß jemand, der dabei war, diese zwei Jungen je vergessen kann. Oder Frank, so wie es ihm an diesem Tag ging. O Mann. Er hat mir so leid getan, wissen Sie, weil er derjenige war, der zu diesem Einsatz gerufen worden ist.«

»Wie haben Sie davon erfahren?«

»Ich habe gearbeitet ... ich war gerade erst zu meiner Schicht gekommen, also muß es ... Moment mal ... gegen halb sieben gewesen sein. Genau – ich hatte in den letzten Jahren vor meiner Pensionierung Tagschicht. Brian hatte auch Tagschicht, aber schon lange.« Er warf einen Blick zu Bea hinüber und dann zu den Fotos auf dem Kaminsims. Traurig schüttelte er den Kopf.

»Halb sieben?« sagte ich. »Dann müssen Sie aber schon ziemlich früh dort gewesen sein.«

»Nee, der Funkspruch war schon mindestens eine halbe Stunde vorher eingegangen. Ich habe nur erst davon gehört, als ich mich zu Dienstbeginn gemeldet habe. Damals haben wir angefangen, in Zehnern zu arbeiten – in Zehn-Stunden-Schichten. Sieben Uhr morgens bis vier Uhr nachmittags. Fünf Uhr nachmittags bis zwei Uhr morgens. Zehn Uhr abends bis acht Uhr morgens. Man kam etwa eine halbe Stunde vorher und blieb zum Schichtwechsel etwa eine halbe Stunde länger, aber das waren die Schichten. Frank und Cookie hatten die Nachtschicht. Was hattest du damals, Bear?«

Bear runzelte die Stirn. »Da muß ich gestern irgendwas verwechselt haben ...«

»Als ich Sie kennengelernt habe, hatten Sie, glaube ich, Nachmittagsschicht«, sagte ich. »Die Bars waren immer alle geschlossen, und wir sind in einen Coffee-Shop gegangen, der rund um die Uhr offen hatte – Sie, Frank und ich. Wir haben geredet, bis wir alle wieder zur Ruhe gekommen waren, bis gegen vier Uhr morgens.«

»Das stimmt«, bestätigte er, sah aber trotzdem verwirrt drein. »Ich muß Nachmittagsschicht gehabt haben.«

»Frank hat in die Nachtschicht gewechselt, als du wieder weg warst, Irene«, sagte Bea. »Cecilia hatte Tagschicht. Er hat geschlafen, während sie gearbeitet hat, und abends sind sie zusammen ausgegangen.«

Dieses Thema schien Cecilia nervös zu machen. »Dadurch war jeder Abend schnell beendet«, sagte sie hastig.

»Tja, jedenfalls hat Frank Glück gehabt, daß Sie alle für ihn da waren«, sagte Cassidy und lenkte das Gespräch wieder auf jenen Tag zurück. »Soweit ich weiß, hat ihn die Sache ziemlich belastet.«

»Allerdings«, stimmte Gus ihm zu. »Diese Jungen ließen ihn einfach nicht mehr los. Nicht einmal, als ihre Mütter gekommen waren. Wir wollten mit Frank reden, aber kaum kam ein Mann in ihre Nähe, sind sie ausgerastet.«

»Jetzt weiß ich es!« rief Bear. »Der Funkempfänger!«

Wir alle sahen verblüfft drein, nur Gus begann zu lachen. »Oh, verdammt – entschuldige bitte, Bea. Oh, oh, das hatte ich ganz vergessen, du warst ja so ein –!« Wieder sah er Bea an, und offensichtlich fiel ihm kein unverfängliches Wort ein, so daß er sich mit Lachen begnügte.

Bear lief rot an. »Gus, *so* witzig ist es auch wieder nicht!«

»Cassidy«, sagte Gus, »Sie haben noch nie jemanden kennengelernt, dem die Polizei dermaßen im Blut liegt. Wie mit der Muttermilch aufgesogen. Dieser Kerl arbeitet eine Zehn-Stunden-Schicht, verbringt seine gesamte Freizeit mit anderen Cops, und wenn sie ihn nicht mehr ertragen können und nach Hause schicken, was macht er dann? Er hört seinen Funkempfänger ab. Weißt du noch, wie wir ihn damit immer verar– äh, auf den Arm genommen haben, Cookie?«

Cookie, der schon seit geraumer Zeit geschwiegen hatte, sagte nur: »Ja.«

»Sie waren an diesem Tag auch dort?« fragte ich ihn.

»Ja, war ich. Wie Gus schon sagte, ich habe in der Nachtschicht gearbeitet. Aber nicht an dem Sonntag, als Frank die Jungen gefunden hat. Ich war am Freitag abend um zehn zum Dienst gekommen und habe bis Samstag morgen um acht gearbeitet. Samstag nacht und Sonntag morgen hatte ich frei.«

»Wie haben Sie dann davon erfahren?«

»Bea hat mich angerufen, mir gesagt, daß Brian nicht da sei, und gefragt, ob ich zu diesem Lagerhaus hinüberfahren könnte.«

Es kam mir ein bißchen seltsam vor, daß Bea, die von Bear oder Gus von dem Vorfall gehört haben mußte, noch weitere Verstärkung herbeibeordert haben sollte. Aber vielleicht funktionierte so ihre »erweiterte Familie« – alle für einen, einer für alle.

»Sie waren also schon ziemlich früh da?« fragte ich Bear.

»Ja. Ich wollte in den Keller hinuntergehen und mit Frank

reden, doch als ich ankam, war die Spurensicherung schon da und ließ niemanden zu ihm. Als sie aus dem Keller heraufkamen, war es, wie Gus schon gesagt hat – die Jungen sträubten sich gegen jeden anderen Mann. Ich dachte zuerst, es läge an mir. Aber sie haben auf jeden anderen genauso reagiert.«

»Haben Sie irgendeine Ahnung, wo sie Frank gefangenhalten?« fragte Gus.

»Nein, momentan nicht«, erwiderte Cassidy. »Aber wir glauben, es ist irgendwo in Las Piernas. Die Kollegen dort geben sich die größte Mühe, ihn aufzuspüren.«

»Und was machen Sie hier draußen, wenn ich fragen darf?«

»Ryan und Neukirk – die Jungen – nehmen hier Kontakt zu uns auf. Sie sagen, wir müssen eine Aufgabe für sie erfüllen, bevor sie Frank freilassen. Etwas, das mit dem Mord an ihren Vätern zusammenhängt, da bin ich mir sicher. Hat vielleicht einer von Ihnen eine Ahnung, was das sein könnte? Wenn ja, würde uns das auf jeden Fall weiterhelfen – und vor allem würde es Frank helfen.«

Keine verschränkten Arme, keine Nervosität, kein abgewandter Blick. Ja – Cassidy war ein geübter Lügner.

»Etwas, das mit diesem alten Fall zusammenhängt?« fragte Gus und wurde nachdenklich. Alle drei Männer schwiegen nun und dachten anscheinend über diese Frage nach.

»Ich weiß nicht, was das sein könnte«, meinte Bear. »Die Jungen wissen doch, daß der Mörder tot ist, oder?«

»Ja«, antwortete Cassidy.

»Cecilia«, begann Cookie, »du hast doch die Leiche des Mörders entdeckt, oder nicht?«

»Ja«, bestätigte sie.

»Gab es irgendwelche Anzeichen dafür, daß er einen Partner gehabt haben könnte, einen Komplizen?«

»Nein«, antwortete sie. »Überhaupt keine. Aber natürlich hatte ich nichts mit der gerichtsmedizinischen Untersuchung zu tun – ich habe es nur gemeldet.«

»Moment mal«, sagte Gus. »Cookie – Mann, dich hätten sie echt zur Kripo schicken sollen. Du bist der geborene Ermittler, ich sag's dir.«

Nathan Cook lief vom Hals bis zum Scheitel knallrot an. »Also ehrlich, Gus –«

Doch Gus fuhr fort, in einem Tonfall, der zumindest mir leicht sarkastisch vorkam. »Sehen Sie, wie er ist, Cassidy? Er kann richtig vorausdenken.«

»Gus –« versuchte Cookie es noch einmal.

»Nein, das ist mein Ernst. Das haben wir schon immer gesagt: ›unser schlauer Cookie‹. Weißt du noch, Bear?«

»Ja, das stimmt«, bestätigte Bear und sah nervös zu Cookie hinüber. »Aber ich weiß nicht –«

»Gus, Bear. Bitte«, sagte Cookie.

»Du bist brillant«, fuhr Gus fort. »Wir haben immer alle angenommen, daß nur ein einziger Täter die Morde da unten im Keller verübt hat, aber unser Cookie denkt anders als der Durchschnittscop. Ich meine, das ist doch eine phänomenale Vermutung. Vielleicht war wirklich noch jemand dabei –«

»Entschuldigen Sie, Gus«, unterbrach ihn Cassidy. »Sie haben recht, der gute Cookie ist wirklich ein Schlaukopf. Aber ich habe die Berichte über den Fall gelesen, einschließlich der Unterlagen der Spurensicherung. Außer den Opfern hat sich nur ein einziger Mann in diesem Keller aufgehalten. Es gab mehrere Anhaltspunkte dafür, daß es nur einer war, aber ein Indiz liefert einen fast unumstößlichen Beweis.«

Er wandte sich an Cookie. »Sie müssen wissen, daß eine ziemlich große Menge Blut auf dem Boden war, und jeder, der die Treppe ganz hinuntergestiegen ist, unweigerlich hineintreten mußte. Bis Frank zu seinem Wagen hinausging, um die Sache zu melden, ist niemand in den Keller hinein- und wieder hinausgegangen – außer dem Mörder.«

»Hmm«, machte Cookie. »Damit ist ein Komplize wohl ausgeschlossen.«

»Wie gesagt«, fuhr Cassidy fort, »die Anordnung der Blutspritzer und andere Beweise bestätigen dies. Die Jungen hatten einfach unglaubliches Glück, daß jemand wegen eines mutmaßlichen Einbruchs auf dem Revier angerufen hat. Wer weiß, wie lange sie sonst da unten hätten ausharren müssen.«

»Diese Jungen«, begann Bear. »Ich meine, es ist nicht allzu schwer zu begreifen, daß man nach einem solchen Erlebnis vielleicht nicht mehr ganz richtig im Kopf ist, oder? Wenn man Stunden und Aberstunden da unten sitzt ...«

»Wir wollen doch nicht morbid werden«, unterbrach ihn Cookie. »Bea hat uns bestimmt nicht eingeladen, damit wir sie an so gräßliche Dinge erinnern.«

»Das macht mir nichts aus, Cookie«, sagte sie. »Du weißt, daß ich noch viel mehr verkrafte.«

»Tja, nur daß ich selbst nicht so viel verkrafte«, meinte Cookie. »Ich bin älter als ihr alle. Wenn ihr mich bitte entschuldigt, ich muß jetzt nach Hause.«

Alle standen auf, und die Verabschiedungen begannen. Cecilia ging kurz nach Cookie. Gus und Bear, die gemeinsam hergefahren waren, gingen nur wenig später. Wir winkten ihnen von der Veranda aus nach.

Bea, Rachel und Pete gingen ins Haus, so daß ich mit Cassidy allein auf der Veranda blieb.

»Jetzt wissen wir ja wohl beide, wer es ist«, sagte ich.

28

Cassidy zog eine Augenbraue hoch. »Ach?«

»Es ist Cookie, oder nicht?«

»Wie kommen Sie denn darauf?« fragte er, obwohl nichts an seinem Tonfall darauf hindeutete, daß er anderer Meinung war.

»Bret Neukirks Version der Ereignisse in jener Nacht mag korrekt sein oder nicht, doch bestimmte Teile der Geschichte kann er schwerlich erfunden oder falsch in Erinnerung haben.«

»Wie zum Beispiel?«

»Wie zum Beispiel die Tageszeit, zu der sie an den Lake Isabella gefahren sind. Er hat gesagt, sie hätten das Haus um drei Uhr morgens verlassen und wären von einem Streifenwagen am Straßenrand angehalten worden. Die Polizei von Bakersfield war weder so groß noch so schlecht geführt, daß man einfach einen Streifenwagen vom Polizeiparkplatz fahren konnte, ohne daß es jemand gemerkt hätte. Also wurden sie vermutlich von einem Wagen angehalten, der bereits im Einsatz war.«

»Okay, einverstanden. Gehen wir davon aus, daß es kein gestohlener Streifenwagen war.«

»Gus hatte Tagschicht«, fuhr ich fort. »Seine Schicht wäre um vier Uhr nachmittags zu Ende gewesen. Bear hätte gegen halb drei Uhr morgens Dienstschluß gehabt. Nur Cookie saß nach drei Uhr morgens noch in einem Streifenwagen.«

»Ja, aber wenn sich Bret um ein oder zwei Stunden in der Zeit geirrt hat, hätte es auch Bradshaw sein können.«

»Vielleicht«, räumte ich ein, »aber dann hätte er schwer unter Zeitdruck gestanden – seine Schicht wäre zu Ende gewesen und er hätte noch vorgehabt, zwei Männer als Geiseln zu nehmen. Aber Nathan Cook hatte jede Menge Zeit.«

»Powell hat ihm ja dabei geholfen – vielleicht dachte er, er würde nicht viel Zeit brauchen. Auf jeden Fall haben die Jungen eine unerwartete Komplikation bedeutet«, sagte Cassidy. »Ich will aber gar nichts gegen Ihre Vermutung in bezug auf Cook einwenden. Er hat ja erwähnt, daß er diese Schicht hatte.«

»Das hat mich bei ihm außerdem noch gestört. Die Geschichte ist zwölf Jahre her. Sein Gedächtnis ist schon fast zu gut.«

»Es ist für jeden zwölf Jahre her«, sagte Cassidy.

»Sicher. Jeder von ihnen scheint sich an *irgend* etwas von diesem Tag zu erinnern. Dafür gibt es Gründe. Zum einen war Frank ihnen wichtig. Zum zweiten war der Ryan-Neukirk-Fall äußerst verstörend. Und er ist mit einem markanten Datum verbunden – weil die Leichen an einem Feiertag entdeckt wurden. Zwei Jungen und ihre Väter am Vatertag.«

»Okay, die Sache hat also einen Eindruck gemacht, der zwölf Jahre ausgehalten hat.«

»Genau. Gus weiß noch, daß er an diesem Tag gearbeitet hat«, fuhr ich fort, »weil er sich wie die meisten Menschen daran erinnert, wo er war, als er die entsetzliche Nachricht bekam. Er hat von den Morden erst gehört, als er sich zum Dienst gemeldet hat.«

»Und Bradshaw?«

»Bear war sich nicht ganz so sicher. Als wir das erste Mal mit ihm gesprochen haben, dachte er, er hätte gearbeitet, aber das kam nur daher, daß er sich daran erinnerte, Franks Stimme in diesem Funkspruch gehört zu haben. Für ihn ist die erste Erinnerung dieses Tages eine akustische. Es ist nicht verwunderlich, daß er einen Funkspruch auf einem Abhörgerät dahingehend umdeutet, daß er bei der Arbeit gewesen sei. Doch selbst wenn er verwechselt hat, wo er war, hatte er eindeutig den Teil seiner Erinnerung noch parat, der ihn am massivsten beeindruckt hat.«

»Aber Sie glauben, Cook ›erinnert‹ sich an zuviel?«

»Genau. Er hat gesagt, er hätte seinerzeit Samstag nacht und Sonntag morgen frei gehabt. Er hat gesagt, er hätte am Sonntag morgen einen Anruf von Bea bekommen. Vielleicht ja, vielleicht nein – das werden wir womöglich nie erfahren. Hätte er es dabei belassen, hätte mich das noch nicht stutzig gemacht. Aber dann erzählt er uns, daß er noch weiß, wie er am Freitag abend zum Dienst gekommen ist und bis etwa acht Uhr am Samstag morgen gearbeitet hat. Warum? Warum erinnert er sich daran?«

»Sie glauben, er hat gelogen?«

»Nein, Mr. Psycholinguistik. Ich glaube, daß er Nachtschicht hatte, entsprach der Wahrheit. Obwohl diese Nachtschicht schon so viele Jahre zurückliegt, erinnert er sich ganz genau. Wissen Sie noch, in welchen Nächten Sie vor zehn oder zwölf Jahren Dienst hatten und in welchen frei? Nein. Sie erinnern sich an die Nächte, in denen etwas Außergewöhnliches passiert ist. Bei Cook ist es genauso. Diese Nacht wird er vermutlich niemals vergessen. Er hat Julian Neukirks Auto angehalten und schreckliche Ereignisse in Gang gesetzt. Ja, ich glaube, er hatte in dieser Nacht alle Hände voll zu tun: Menschen bewußtlos schlagen, Kindern die Hände mit Klebeband fesseln und auf Schatzsuche gehen. Auch Samstag nacht hatte er einiges zu tun, weil er da vermutlich Powell den Abhang hinuntergestoßen hat.«

»Ich glaube, er hat sich in dieser Nacht auch gleich wieder auf Schatzsuche begeben«, sagte Cassidy. »Sie haben erwähnt, daß dieser Abhang wahrscheinlich tagsüber vom Campingplatz aus zu sehen ist, oder?«

»Ja. Der Campingplatz liegt auf der gleichen Seite wie der Canyon, aber flußaufwärts.«

»An diesem Wochenende war Vatertag«, überlegte er. »Mitte Juni. Bis Cook seine zehnstündige Nachtschicht beendet hatte, den Streifenwagen gegen sein Privatauto eingetauscht und an die bezeichnete Stelle gefahren war, muß es schon längst mitten am Vormittag gewesen sein.«

»Da haben Sie recht. Als er an der Haltebucht ankam, muß die Sonne schon hell geschienen haben. Außerdem hat er sich vermutlich die Zeit genommen, um sich umzuziehen. Ich kann mir nicht vorstellen, daß Nat Cook zu solchen Verrichtungen seine Uniform tragen würde.«

»Nein«, stimmte Cassidy mir zu, »selbst wenn er es in

Kauf genommen hätte, sie schmutzig zu machen, hätte er doch niemals dadurch die Aufmerksamkeit auf sich ziehen wollen. Es gab also jede Menge Verzögerungen – Cook hat womöglich am Samstag nachmittag einen Blick auf die Haltebucht geworfen, aber vermutlich konnte er erst Samstag nacht mit dem Graben anfangen, als kein Verkehr mehr war. Das waren einfach zu viele Stunden für Powell.«

»Genau«, sagte ich. »Powell hat die Nerven verloren, und als Cook im Lagerhaus auftauchte, hatte Powell die Männer bereits ermordet und war gegangen. Und ich vermute, daß Cook Powell gut genug kannte, um sich denken zu können, wohin er gefahren war. Cook hat sich vielleicht sogar Sorgen um die Jungen gemacht, aber mit Sicherheit hatte er panische Angst, daß Powell über und über mit Blut besudelt gefaßt werden und über seinen guten Kumpel Nathan Cook auspacken würde.«

»Ja, er mußte Powell ausschalten, bevor er in der Zentrale anrief – sonst hätte womöglich die Bakersfielder Polizei Powell zuerst gefunden. Das würde auch erklären, warum nicht vor Sonntag morgen Meldung gemacht wurde.« Er dachte einen Augenblick nach und nickte. »Möglich ist alles.«

»Es gab noch andere Dinge, die mich gestört haben«, erklärte ich. Er lächelte. »Nämlich?«

»Was ist denn so lustig?«

»Ach, nichts. Ich frage mich nur, ob der gute ›schlaue Cookie‹ ahnte, auf was er sich da eingelassen hatte.«

»Als Gus das über ihn gesagt hat – das mit dem ›schlauen Cookie‹ –, hatten Sie da den Eindruck, daß das ein Seitenhieb sein sollte?«

»Ja, und ich glaube, daß Cookie es auch so gesehen hat. Bradshaw jedenfalls ganz sicher. Ich hoffe nur, daß sich Gus und Ihr Freund Bear jetzt heraushalten.«

»Hmm. Warum habe ich nur das Gefühl, daß Sie im Zusammenhang mit Cookie bereits etwas vorhaben?«

»Momentan behalte ich ihn nur im Auge.«

»Es ist ihm von hier aus jemand nachgefahren?«

»Ja. Was hat Sie denn sonst noch gestört?«

»Er hat Cecilia gefragt, ob sie irgendwelche Hinweise auf einen Komplizen gefunden hat. Warum hat er die Gegend erwähnt, in der Powells Leiche gefunden wurde, und nicht das Lagerhaus?«

»Vermutlich ein Versehen, aber er hätte immer noch behaupten können, daß er bereits wußte, daß im Lagerhaus keine Hinweise auf einen Komplizen gefunden worden waren und er nur Daten über einen Tatort außerhalb der Zuständigkeit von Bakersfield bestätigt haben wollte.«

»Ja, gut«, sagte ich.

Cassidy lächelte.

»Mit dieser Behauptung kommt er aber nicht durch – heute abend hat er so getan, als würde er das über das Lagerhaus zum ersten Mal hören.«

»Noch etwas?« fragte Cassidy.

Ich zögerte. »Das andere ist nicht so ...«

»Nicht so was?«

»Objektiv, schätze ich.«

»Probieren Sie es trotzdem an mir aus. Ich muß ständig mit Eindrücken arbeiten. Sie sind wichtig.«

»Na gut, ich habe versucht, anhand von Bret Neukirks Fax einen Eindruck von diesem Polizisten zu gewinnen. Er schien mir ein steifer, strenger Mensch zu sein. Außerdem ist er vorsichtig und in der Lage, etwas zu verbergen. Gus ist ein Mann der Tat, aber er ist nicht besonders vorsichtig. Und Bear – können Sie sich vorstellen, daß Bear irgend etwas verbirgt? Außerdem ist er zu gelassen. Cook ist mehr auf der Hut. In diesen Geschichten, die Sie den dreien entlockt haben, hat sich Cook als derjenige erwiesen, der langfristige Pläne schmieden konnte.«

»Ich wüßte nicht, daß ich ihnen etwas entlockt hätte –«

»Jetzt bitte keine falsche Bescheidenheit, Cassidy.«

»Noch weitere Eindrücke?«

»Der Mann in Brets Fax regt sich maßlos über vulgäre Ausdrücke auf«, sagte ich. »Haben Sie Cooks Reaktion heute abend miterlebt?«

»Sie werden wahrscheinlich froh sein, daß Sie nichts gesagt haben, was ihn auf die Palme gebracht hat.«

»Sehr witzig. Werden Sie aus irgend etwas davon schlau, Cassidy?«

»Allerdings. Ich glaube übrigens, daß Sie recht haben.«

»Wirklich? Toll!« Ich begann, auf und ab zu gehen. »Ich weiß, daß das nicht handfest genug ist, um damit vor Gericht zu ziehen. Nicht, daß wir zur Zeit irgend etwas in der Hand hätten, das brauchbaren Beweisen auch nur entfernt ähnelt, aber –«

»Irene«, sagte er ruhig. »Ich fürchte, ich habe Sie getäuscht.«

Ich sah zu ihm auf.

»Ich interessiere mich nur höchst selten für das gleiche wie ein Staatsanwalt«, sagte er. »Nicht zuletzt deshalb mag ich meinen Job. Ich versuche fast ständig, jemandem beim Überleben zu helfen. Und ich habe nie ernsthaft darauf gehofft, diesen üblen Polizisten für seine Beteiligung an den Ryan-Neukirk-Morden zur Rechenschaft ziehen zu können.«

»Was?« stieß ich hervor. »Ich fasse es nicht! Was haben wir denn die ganze Zeit zu erreichen versucht?«

»Soll ich Ihnen meine Ziele nennen? Ich will, daß Frank am Leben bleibt. Ich will, daß er aufgespürt und befreit wird – im Idealfall unverletzt. Ich will, daß sich Samuel Ryan und Bret Neukirk und sämtliche anderen Mitglieder von Hocus ergeben – im Idealfall gewaltlos. Wenn sie sich nicht ergeben, habe ich versagt, und die Sache wird zur Aufgabe für die Taktiker vom SEK. Das Team, das Sie als die Spezialeinheit kennen.«

»Aber –«

»Wenn ich meine Arbeit gut mache«, fuhr er fort, »und alles klappt, leben am Ende des Tages alle noch. Fall erledigt. Dann sagt der Staatsanwalt nicht: ›Ja, wir haben genug Beweise, um einen Prozeß anzustrengen.‹ Dann ist der Prozeß vorbei. Das Gericht vertagt sich, so oder so.«

»Entschuldigen Sie, falls ich etwas nicht mitgekriegt habe«, stieß ich hervor, »aber es kommt mir so vor, als würde es massiv zur Freilassung meines Mannes beitragen, wenn Nathan Cook zur Rechenschaft gezogen würde!«

»Eigentlich nicht.«

Ich stand da und starrte ihn einen Moment lang mit offenem Mund an, bevor die Wut in mir aufwallte. »Verdammt noch mal, Cassidy, was sollte dann das Ganze? Fleißarbeit? Ein Projekt, um Frank Harrimans neugierige Reporterin von einer Ehefrau aus dem Weg zu räumen?«

»Also, Irene –«

»Kommen Sie mir nicht mit ›Also, Irene‹! Wozu bin ich denn wie eine Verrückte durch Bakersfield gerannt? Was hätten Sie gemacht, wenn es Dienstag geworden wäre und wir keine Ahnung hätten, wer dieser Polizist ist?«

»Ich hätte gelogen«, sagte er.

»Scheiße.«

»Wäre es Ihnen lieber, wenn ich zu den beiden sagen würde: ›Tut mir leid, Jungs, aber Irene kriegt es nicht raus, also habt ihr gewonnen – und jetzt dürft ihr, ohne mit der Wimper zu zucken, Frank umbringen‹?«

Ich war so erfüllt von reiner Wut, daß ich taub, stumm und blind zugleich wurde. Ich wußte, daß meine Hand wehtat, bevor ich mich weit genug beruhigt hatte, um zu begreifen, was ich getan hatte. Es war ein guter, fester Schlag gewesen. Meine Handfläche und die Finger wurden von tausend Nadeln gestochen. Ich atmete schwer, ja ich keuchte, als hätte ich zehn Runden gegen ihn hinter mir.

Er rieb sich mit der linken Hand das Gesicht, hatte aber

keine Hand gehoben, um sich selbst zu schützen. Was er ohne weiteres hätte tun können. Er hatte schon vor Stunden bewiesen, daß er meine Reaktionen vorhersagen konnte.

»Sie wußten, was kommen würde«, sagte ich. Meine Wut war nun fast völlig verflogen, und die Verzweiflung wartete nur darauf, an ihre Stelle zu treten.

»Ja«, antwortete er und rieb sich immer noch die Wange, »aber ich muß zugeben, daß ich Ihre Schnelligkeit und Ihre Kraft unterschätzt habe. Und die meisten Frauen holen ein bißchen aus – wissen Sie? – sie heben die Hand mit Hilfe der Schulter.«

»Ich hätte Sie nicht ohrfeigen sollen«, sagte ich.

»War das eine Entschuldigung?«

»Nicht direkt, oder?«

»Nein.« Er lachte. »Ich fange an. Tut mir leid, daß ich Sie provoziert habe.« Wieder rieb er sich das Gesicht. »*Ehrlich* leid.«

Ich bebte. Es war mir scheißegal.

Meine Wut legte sich langsam, zog sich zurück wie das Meer bei Ebbe. Das Gefühl der Verzweiflung, das zurückblieb, gefiel mir nicht. Meine Unterlippe zitterte, und das reichte bereits aus, um mir angst zu machen. Also dachte ich daran, daß Cassidy mich einen Vormittag damit hatte verbringen lassen, Cecilia zuzuhören, wie sie auf ihre verfluchte Hupe drückte, nur um diese Ebbe wieder zur Flut werden zu lassen.

Aber wenn der Höchststand schon erreicht war, gelangen die Wellen nie mehr bis zur selben Stelle am Strand.

»Versprechen Sie mir, daß Sie das nie wieder sagen«, forderte ich.

»Daß es mir leid tut?«

»Nein, Cassidy«, entgegnete ich und stellte beinahe erfreut fest, daß ich erneut wütend auf ihn war.

»Ach, Sie meinen, ich soll nie wieder erwähnen, daß Frank ermordet werden könnte?«

»Sagen Sie es nicht«, erwiderte ich ruhig. »Ich weiß, was passieren könnte. Ich weiß es.«

»Wirklich?« fragte er, wobei er sich matt anhörte. »Vor einem Augenblick war ich noch überzeugt, daß Sie glaubten, Sie seien schon fast aus dem Schneider. Daß die beiden, wenn wir ihnen Nathan Cook auslieferten, Frank heimschicken würden und die Sache damit erledigt wäre.«

Ich hätte beinahe widersprochen, konnte aber nicht.

»Sie haben recht. Ich wollte nur glauben – vergessen Sie's, es war Unsinn.«

»Nein«, meinte er, »nur menschlich. Und ich entschuldige mich wirklich dafür, daß ich Sie so wütend gemacht habe. Ich hätte mir ja eine andere Methode dafür ausgesucht, es Ihnen klarzumachen, aber es geht auf Mitternacht zu, Hocus will anrufen, und ich dachte mir, daß ich Sie so am schnellsten und sichersten dazu bringe, eine andere Gangart einzuschlagen. Jedenfalls wollte ich nicht, daß Sie Mr. Cook jetzt schon den beiden gegenüber erwähnen.«

»Hätten Sie mich nicht einfach darum bitten können?«

»Weil Sie dafür bekannt sind, daß Sie immer tun, was man Ihnen sagt?«

Darauf wußte ich keine Antwort.

»Das habe ich mir gedacht«, bemerkte er.

Frank lebt, schärfte ich mir selbst ein. Halt dich daran fest. Halt dich fest. Wenn er mit allem, was sie ihm antun, fertig wird, kannst du auch mit einem lausigen Texaner fertigwerden.

Doch es war ein Fehler, daran zu denken, was Frank zustoßen mochte. Ich schluckte einen Kloß in meiner Kehle hinunter. »Ja, gut«, sagte ich, »tut mir leid, daß ich Sie geohrfeigt habe.«

»Irene.«

»Was?« fragte ich, ohne ihn anzusehen.

»Was Sie gemacht haben – das war nicht nur Fleißarbeit.«

Ich seufzte. »Lügen Sie mich nicht an, Cassidy. Vielleicht sehe ich so aus, als bräuchte ich eine Lüge, aber ich brauche keine.«

»Ich lüge nicht. Wenn Sie sich's genau überlegen, habe ich Ihnen die Wahrheit gesagt. Sie wollen sie nur nicht immer hören.«

Ich gab ihm keine Antwort.

»Nicht daß ich Ihnen das übelnehmen würde«, fügte er hinzu.

»Vielen Dank auch.«

»Hören Sie mir mal zu. Es ist für uns grundsätzlich von Vorteil, soviel wie möglich über die Geiselnehmer zu wissen. Wenn wir wissen, wer die beiden – aller Wahrscheinlichkeit nach – in jener Nacht gefangengenommen hat, haben wir etwas, womit wir verhandeln können.«

»Sie haben mir gerade gesagt, daß Sie auch mit einer Lüge hätten verhandeln können.«

»Es ist besser, wenn wir mit der Wahrheit verhandeln können. Viel besser.«

Irgendwie konnte ich mir dafür keine Begeisterung abringen. Ich fühlte mich, als hätte ich wertvolle Stunden damit zugebracht, einen verlorenen Schlüssel zu suchen, nur um nach Hause zu kommen und festzustellen, daß sämtliche Schlösser ausgetauscht worden waren.

Er legte mir eine Hand auf die Schulter. »Gehen wir rein.«

»Ich bin müde, Cassidy.«

»Ich weiß«, sagte er. »Ich weiß.«

Ich sah zu ihm hinauf. Er sah traurig aus. Ich wollte mich noch einmal dafür entschuldigen, daß ich ihn geohrfeigt hatte, doch da klingelte sein Handy.

Mit diesem Anruf änderte sich alles.

29

»Sind wir bereit?«

Das war Samuels Stimme. Er versuchte zuzuhören, aufzupassen. Es war besser, als über die Fesseln nachzudenken und darüber, daß er wieder im Bett lag. Besser als daran zu denken, daß der Vorhang ums Bett wieder zugezogen war und ihm den Blick versperrte.

Bret hatte ihn wieder unter Drogen gesetzt, ihm in einem Getränk etwas Leichtes gegeben, das seinen Ärger darüber, wieder gefesselt zu sein, etwas dämpfte. Aber jetzt, im Wachzustand, hatte er nichts mehr, das ihn besänftigte. Lieber wachsam bleiben, sagte er sich selbst.

Er wunderte sich, wie angenehm er diesmal aufgewacht war. Er fühlte sich nicht so benommen. Und der Schwindel war auch schwächer. Hatte Bret die Dosis herabgesetzt?

»Natürlich sind wir bereit, Samuel.« Eine Frauenstimme. »Traust du mir denn gar nichts zu?«

Die Stimme der Fremden brachte ihn aus der Ruhe. Er empfand tiefe Scham darüber, daß ihn noch eine Person so sehen würde, doch dann schob er diese Gefühle beiseite. Paß auf, schärfte er sich erneut ein.

»Nein, Faye, offen gestanden nicht.« Samuel. »Erst recht nicht, seit du die Flasche Rasierwasser zerbrochen hast.«

»Das war doch nicht ich!«

»Du warst diejenige, die sie nicht richtig verpackt hat«, erwiderte Samuel.

»Das macht doch nichts. Danke, daß du alles vorbereitet hast, Faye.« Brets Stimme, besänftigend.

»Der einzige, der bislang überhaupt einen Fehler gemacht hat, bist du, Sammylein«, sagte Faye.

»Nenn mich nicht so«, verlangte Samuel. Konnte sie seine Wut denn nicht heraushören? fragte sich Frank.

»Hat er es dir gesagt?« fuhr Faye fort. »Er hat das mit dem Fax gestern verpfuscht.«

Schweigen.

»Das ist Bret egal«, sagte Samuel. »Du bildest dir ein, du könntest uns entzweien, aber das kannst du nicht.«

»Es geht nicht um Entzweien. Bret interessiert sich nicht für mich. Aber er interessiert sich dafür, wie du dieses Fax wirklich verschickt hast. Das sehe ich ihm an.«

»Nein«, sagte Bret. »Samuel braucht mir nichts zu sagen, das er mir nicht sagen will.«

Erneutes Zögern. »Sie versucht, aus einer Mücke einen Elefanten zu machen!« Sams Stimme, entnervt. »Ich habe es nicht geschafft, den Computer mit dem Münztelefon am Flughafen in Einklang zu bringen. Also habe ich die Originalseiten genommen, die du mir gegeben hast, und habe sie auf einem richtigen Faxgerät verschickt. Ganz schlimm.«

»Tut mir leid, daß du Probleme hattest«, sagte Bret. »Muß frustrierend gewesen sein.«

»Allerdings«, bestätigte Samuel. Frank hörte ihm seine Häme an, hörte, wie überzeugt er davon war, daß Faye nicht den Ärger ausgelöst hatte, den sie sich erhofft hatte.

»Wo war dieses Faxgerät?« wollte Bret wissen.

»Dort am Flughafen. Ein öffentliches. Mit Selbstbedienung.«

»Du hast den Text also nicht jemand anderem übergeben müssen.« Frank hörte Bret die Erleichterung an.

»Nein«, erwiderte Samuel. »Das hätte ich auch nicht gemacht.«

»Tja, Faye, er hat gar keinen Fehler gemacht. Er ist auf unvorhergesehene Schwierigkeiten gestoßen und hat sie auf kreative Weise umgangen. Was ein intelligenter Mensch eben tut, wenn er auf Unerwartetes stößt. Ein weniger begabter Mensch hätte aufgegeben.«

»Du hast aber noch nicht gehört, wie kreativ dieser begabtere Mensch war. Was glaubst du wohl, womit er das Fax bezahlt hat?«

Schweigen.

»Er hat einer Frau die Brieftasche geklaut«, erklärte sie.

»Faye, ich habe eine Kreditkarte aus einer Brieftasche genommen und die Brieftasche mit allem, was darin war, wieder in die Tasche der Frau gesteckt – und zwar noch bevor sie gemerkt hat, daß sie überhaupt fehlt. Die Gebühren für das Fax sind so niedrig, daß sie sie niemals selbst wird bezahlen müssen. Also laß dir was Neues einfallen, um Ärger zu machen.«

»Faye, hattest du ein Problem mit dem Bauunternehmer?« fragte Bret.

»Nein«, antwortete sie rasch. »Wann darf ich denn jetzt einmal einen Blick auf unseren Gast werfen?«

»Gar nicht«, erwiderte Bret. »Es ist ohnehin schon sehr schwer für ihn, in dieser Lage zu sein. Er würde sich schämen, wenn andere ihn als Geisel zu sehen bekämen.«

»Aber er schläft doch! Er würde es nie erfahren!«

»Spielt die Würde anderer für dich überhaupt keine Rolle, Faye?« fragte Samuel.

»Also ehrlich! Als ob ein Typ, der voller Morphium ist, wüßte, wer ihn anschaut.«

»Menschen sind keine Ausstellungsobjekte«, wandte Samuel ein. »Das hier ist weder ein Zoo noch ein Zirkus. Im Moment fühle ich mich diesem Mann näher als dir. Ich weiß, wie es ist, wenn dich andere wie ein seltenes Tier anstarren. Es ist widerlich.«

»Wir haben noch viel zu tun«, sagte Bret. »Wir sollten uns an die Arbeit machen.«

Faye sah offenbar ein, daß es an der Zeit war, das Thema fallenzulassen. Frank lauschte weiter, doch fast das einzige, was er hörte, war, wie die Schrankkoffer umhergeschoben wurden.

Er lauschte und fragte sich, warum Bret ihm diesen Wachzustand gestattet hatte. Als nächstes dachte er über den Polizisten aus der Geschichte nach, die Bret ihm zu lesen gegeben hatte, und über Bakersfield und die Männer, die ihm stets das Gefühl gegeben hatten, stolz darauf sein zu können, Polizist zu sein, Männer, die ihn stets wie einen Sohn behandelt hatten.

Wieder und wieder dachte er an Irene und daran, daß er ihr manches gern öfter gesagt hätte, als er es in Wirklichkeit getan hatte.

30

Ich sah, wie sich Cassidys Miene wandelte, von erschöpft zu schlagartig hellwach. Er sagte nicht viel zu dem Anrufer. Er hörte zu, sah auf die Uhr und sagte: »Sehr gut. Ich rufe sobald wie möglich zurück.«

Er legte das Handy beiseite und lächelte. »Ich möchte Ihnen keine falschen Hoffnungen machen, aber eventuell haben wir Glück. Das war Hank. Wir sind ein gutes Stück weitergekommen.

Zuerst einmal hat offenbar ein Mann, der gerade erst von einer Reise zurückgekommen ist, seine Zeitungen beim Nachbarn abgeholt und ein bekanntes Gesicht auf der Titelseite des *Las Piernas News Express* gesehen. Es war das Foto von Samuel Ryan. Anscheinend war er von Ryan – der einen anderen Namen benutzte – dazu engagiert worden, merkwürdige, nicht erlaubte Veränderungen an einem Gebäude vorzunehmen. Nachdem er mit seinem Gewissen gerungen und seinen Anwalt angerufen hat, ist er jetzt auf dem Weg zu einem kleinen Gespräch im Polizeirevier. Aber es hört sich ganz danach an, als könnte uns dieser Mann an den Ort führen, wo sie Frank festhalten.«

»Was für merkwürdige Veränderungen?«

»Dazu gibt es eigentlich noch keine Einzelheiten«, antwortete er.

»Cassidy –«

»Eine Art schalldichten Raum.«

»O Gott ...«

»Denken Sie nicht so. Das hilft nichts.«

»Nein – nein, natürlich nicht«, pflichtete ich ihm bei. »Sie haben recht. Wir könnten jetzt jede Minute erfahren, wo er ist. Das ist das einzige, was zählt.«

Ich bemühte mich redlich darum, mir das selbst einzureden, und das wußte Cassidy auch, aber er war so freundlich, nicht darauf hinzuweisen. Er fuhr mit seinem Bericht fort und sagte, daß die andere neue Spur hier aus Bakersfield stammte. Kriminalbeamte hatten bei Autovermietungen Erkundigungen eingezogen und gefragt, ob sich irgend jemand an Kunden erinnerte, die intensiv nach Rasierwasser rochen. Sie waren auf eine Firma gestoßen, wo man ihnen berichtet hatte, daß sie zwar keinen solchen Kunden gehabt hätten, aber einer ihrer Lieferwagen penetrant nach dem Zeug gestunken hätte, als er abgegeben wurde.

Sie hatten sich ein bißchen gewundert, weil der Wagen von einer Frau gemietet und wieder zurückgebracht worden war. Sie entsprach der Beschreibung der Frau, die zu Hocus gehörte. Die Beamten hatten den Lieferwagen jetzt zur Spurensicherung gebracht, und der Duft stimmte zweifelsfrei mit dem der zurückgelassenen Kleider des »alten Mannes« überein.

Den Unterlagen und ihrem Führerschein zufolge hieß die Frau Faye Taft. Sie hatte eine Adresse und eine Kreditkartennummer angegeben. Der Autoverleih befand sich neben dem Flughafen – und die Polizei Bakersfield hatte außerdem in Erfahrung gebracht, daß Faye Taft einen Pilotenschein besaß. Ihren Flugplänen zufolge wollte sie nach Torrance, und sie war kurz nach dem Vorfall in der Bibliothek abgeflogen. Der Flughafen in Torrance bestätigte, daß ihr Flugzeug da gewesen sei, sie aber anschließend nach Las Piernas weitergeflogen wäre.

»Glauben Sie, die Person, die Sie angesprochen hat, könnte eine Frau gewesen sein?« fragte Cassidy.

»Möglich, aber aus Gründen, die ich schwer benennen kann, bin ich mir ziemlich sicher, daß es ein Mann war. Und außerdem – wenn die Person, die mich angesprochen hat, beim Autoverleih aufgetaucht wäre, hätten sie das Rasierwasser gerochen.«

»Tja, die Leute vom Flughafen sagen, sie hatte einen großen Schrankkoffer bei sich, also war vielleicht unser zauberkundiger Freund Bret dabei. Auf jeden Fall haben sie mit den Neuigkeiten über Ryan und Neukirk und dem hier in Las Piernas jetzt alle Hände voll zu tun. Ich glaube, ich werde Pete nach Hause schicken müssen.«

Pete zog mit Freuden ab und konnte es kaum erwarten, wegzukommen. Rachel zögerte ein bißchen. »Ich möchte dich hier nicht allein lassen«, sagte sie.

»Mir fehlt nichts«, erwiderte ich. »Und allein bin ich auch nicht.«

»Du weißt, was ich gemeint habe.«

»Ja. Danke. Ich komme bald wieder nach Hause. Vielleicht könntest du Jack dabei unterstützen, die Stellung zu halten.«

»Klar«, meinte sie und umarmte mich ganz fest, bevor sie ging.

Der Anruf von Hocus kam genau um Mitternacht.

»Guten Abend, Irene, Tom.« Wieder Samuel.

»Abend, Samuel«, erwiderte Cassidy. »Ist Bret noch auf dem Rückweg von Bakersfield?«

Erstaunt sah ich zu ihm hinüber, doch dann begriff ich, was er vorhatte.

»Also, Tom, solche Fragen beantworten wir nie, das wissen Sie doch.«

»Ich dachte nur einfach, er sei der Zauberer in der Familie. Der Meister der Verkleidung und so weiter.«

»Ich habe auch meine Talente«, meinte Samuel.

»Wirklich? Ich meine, nicht daß mich das wundert, aber irgendwie dachte ich, daß die medizinische Ausbildung sicher viel Zeit in Anspruch genommen hat.«

»Hat sie auch. Doch wie es der Zufall so will – vielleicht erkennt Irene das wieder.« Indem er auf die Stimme des alten Mannes umschwenkte, sagte er: »›So lange Sie wollen, meine Liebe.‹«

»Sie waren das also«, sagte ich.

»Ja«, antwortete er lachend. »Und da Sie diesen Anruf erwartet haben, müssen Sie ja wohl unseren Zettel gefunden haben. Also, was ich jetzt gern wüßte, ist, wie Sie vorankommen.«

»Na ja, wie ich bereits gesagt habe, ist es schwer, am Wochenende etwas zu erledigen«, sagte Cassidy.

»Und trotzdem hat Irene das Feld bereits eingegrenzt, stimmt's? Sie ist sogar an die Stelle gefahren, wo Powell ums Leben kam. Wenn sie dazu bereit ist, sich hinzusetzen und mit der Frau zu sprechen, in die ihr Mann einmal verliebt war, dann gibt sie sich doch richtig Mühe, oder nicht?«

»Ja«, bestätigte Cassidy. »Ich glaube, das beweist, daß wir hier unser Bestes tun. Sie hat heute einiges durchgemacht, um herauszufinden, wer dieser Mann sein könnte.«

»Irene, Sie sind so schweigsam«, sagte er.

»Tut mir leid, Samuel, ich bin nur müde.«

»Arme Irene. Cassidy ist ein Mann von großer Ausdauer. Wußten Sie das? Auf der Schule war er Langstreckenläufer.«

»Langstreckenläufer?« fragte ich.

»Er war ein guter Leichtathlet«, erklärte Samuel. »Ich könnte einige seiner Zeiten nennen oder welche Rennen er gewonnen hat. Dadurch ist er aufs College gekommen. Mit einem Läuferstipendium.«

»Ich fühle mich geschmeichelt«, sagte Cassidy. »Sie müssen sich wirklich Mühe gegeben haben, um das herauszufinden. Interessieren Sie sich für Leichtathletik, Samuel?«

»Nein, Cassidy, für Sie. Sie werden langsam zu einem meiner Spezialgebiete. Ich weiß alles mögliche über Sie. Ich weiß, wie die kleine Stadt in Texas heißt, in der Sie aufgewachsen sind. Ich kenne Ihre Schule. Ich bin dort gewesen. Die Menschen dort sind sehr freundlich.«

»Ja, das sind sie«, bestätigte Cassidy, nahm aber eine andere Sitzhaltung ein. Seine Stirn legte sich vor Anspannung in Falten.

»Warum sind Sie zur Polizei gegangen, Cassidy?«

Cassidy wurde ein wenig lockerer. »Ach, ich wollte genau wie viele andere etwas verändern. Haben Sie aus dem gleichen Grund einen medizinischen Beruf ergriffen?«

»Nein. Ich bin ja auch kein richtiger Mediziner, obwohl ich natürlich genausoviel weiß wie jeder Arzt. Ich bin nicht deshalb Sanitäter geworden, weil ich so an der Menschheit interessiert wäre, Cassidy. Den größten Teil der Menschheit mag ich nicht einmal besonders gern. Übrigens gehört einiges dazu, um mein Interesse auf sich zu ziehen – ich hatte eine so aufregende Kindheit, wissen Sie. Sanitäter zu sein finde ich wesentlich aufregender als die Arbeit in einem Krankenhaus – abgesehen von der Notaufnahme. Aber mein Job gefällt mir besser. Ich mag es, an den Schauplatz zu rasen, die Sirenen jaulen zu hören und alles in Aufruhr vorzufinden – und sie zu retten oder nicht. Es ist meine Entscheidung. Nur meine. Darin sind wir uns ähnlich, oder nicht, Cassidy?«

»Es gibt eindeutige Ähnlichkeiten, Samuel«, meinte er.

»Unsere Geschichten fangen sogar beide tragisch an«, bemerkte Samuel.

Cassidy schwieg. Verblüfft stellte ich fest, wie er das Telefonkabel umklammerte. Cassidy unter Spannung. Ich musterte sein Gesicht. In den vergangenen vierundzwanzig Stunden, die ich nahezu ausschließlich in seiner Gegenwart verbracht hatte, hatte ich diesen Blick nicht gesehen. Er war erschüttert.

»Ja, diese kleine Stadt in Texas«, fuhr Samuel fort. »Weiter forscht niemand nach, stimmt's? Thomas Cassidy, der gefeierte Läufer, der sympathische Kerl, der so beliebt ist. Niemand fragt danach, mit wem Sie auf die High School gegangen sind, oder? Niemand hat herausgefunden, daß Sie sich nicht mit den Mädchen aus Ihrer Schule abgegeben haben, was?«

Ich sah, wie Cassidys Blick abschweifte, und schrieb ihm einen Zettel: »Cassidy? Was geht hier vor?«

»Sie überprüfen zwar den persönlichen Hintergrund, aber Sie fragen nicht die richtigen Leute«, sprach Samuel weiter. »Die eifersüchtigen Frauen. Sie haben sie auf einem Leichtathletik-Wettkampf kennengelernt, habe ich gehört. War von einer anderen Schule. Aber ihr Heimatort lag nicht weit von Ihrem entfernt, stimmt's?«

Cassidy ignorierte meinen Zettel. Er hatte die Augen geschlossen.

»Was soll denn das alles, Samuel?« wollte ich wissen.

»Vor allem Sie sollten sich dafür interessieren, Irene. Das Leben Ihres Mannes liegt in Cassidys Händen.«

»Er ist also mit einem Mädchen aus einer anderen Stadt gegangen. Dadurch gerät meine Welt nicht gleich aus den Fugen, Samuel.«

Cassidy öffnete jetzt die Augen und konzentrierte sich offenbar neu. »Da ist doch nichts dabei. Wie geht's Faye?«

Samuel lachte. »Wen kümmert das schon?«

»Tja, Sie scheinen doch ziemlich auf sie angewiesen zu sein.«

»Sie ist nicht wichtig. Frauen sind nicht wichtig, Cassidy.

Nicht einmal die Schönen. Gerade die nicht. Also, die junge Frau, die Sie geliebt haben, war jedenfalls – Sie werden es mir nachsehen, Cassidy – ziemlich unattraktiv.«

»Um sie geht es jetzt doch gar nicht«, sagte Cassidy, und seine Stimme klang wieder verkrampft.

»O doch, wenn ich das sage. *Und ich sage es!*« schrie Samuel. Als er wieder zu sprechen anhob, war seine Stimme sanft und leise. »Ich sage, o doch, und ich sage, sie war unattraktiv.«

»Haben Sie das von all den eifersüchtigen Frauen, mit denen Sie gesprochen haben?« fragte Cassidy. Irgend etwas lag noch immer im argen.

»Nein, ich habe ein Bild von ihr im High-School-Jahrbuch gesehen. Sie war nicht einmal Miss Personality oder was man den häßlichen Mädchen sonst an Titeln zuspricht.«

Nichts.

»Hören Sie«, sagte ich, »so faszinierend dieses Thema auch ist –«

»Maul halten!« fauchte Samuel. »Kein Mensch redet mit Ihnen. Kein Mensch. Cassidy, wollen Sie sie nicht in Schutz nehmen?«

Schweigen.

»Ich brauche niemanden, der mich in Schutz nimmt«, sagte ich.

»Noch einmal: Ms. Kelly, Sie mischen sich ein. Kein Mensch redet davon, *Sie* in Schutz zu nehmen. Ich habe Johnnie gemeint.«

»Johnnie?« fragte ich. Cassidy war bleich, und ein zarter Schweißfilm stand ihm auf der Stirn und über der Oberlippe.

»Ja, ist das nicht herrlich? Ein Name aus Texas. Johnnie Lee Meadows. Können Sie fassen, daß jemand ein Mädchen – ein häßliches Mädchen – dazu zwingt, mit so einem Namen durchs Leben zu gehen?«

»Sie war nicht häßlich«, sagte Cassidy. Seine Stimme klang jetzt stahlhart.

»Unattraktiv. Vollkommen reizlos.«

»Nein, da täuschen Sie sich.«

Ich merkte, wie Panik in mir aufstieg. Wenn ich etwas sagte, machte ich Samuel wütend, was ihn im Gegenzug dazu veranlassen könnte, Frank etwas anzutun. Vermutlich lag meine einzige Hoffnung darin, zu Cassidy durchzudringen. Ich schrieb ihm noch einen Zettel. »Kommen Sie wieder zurück zu mir. Bitte. Ich brauche Ihre Hilfe.«

Er las es und schien den Bann, in den Samuel ihn ziehen wollte, hinter sich zu lassen.

»Sie haben mich erstaunt, Cassidy«, sagte Samuel. »Ich dachte, Sie hätten bei den Mädchen die freie Auswahl gehabt.«

»Hatte ich ja«, sagte er. »Sagen Sie, wie haben Sie eigentlich Faye kennengelernt?«

»Offenbar kann ich Ihnen nicht begreiflich machen, daß sie für mich nicht mehr von Belang ist.«

»Tja, dann sind wir ja quitt. Johnnie Lee ist tot, und das schon seit vielen Jahren.«

»Es tut immer noch weh, nicht wahr, Cassidy?«

»Aber natürlich, Samuel. Sie trauern doch auch immer noch um Ihren Vater, stimmt's?«

»Ja, aber ehrlich gesagt war Julian der größere Verlust. Mein Vater hat uns verraten. Uns alle. Aber Julian hat nicht verdient, was mit ihm passiert ist.«

»Sie kannten Julian wohl ziemlich gut.«

»Ja. Und ich freue mich darauf, ihn wiederzusehen.«

Cassidy zögerte nur kurz, bevor er sagte: »Erzählen Sie mir von ihm.«

»Er ist tot, und das werden wir auch bald sein. Vielleicht wird uns Detective Harriman begleiten. Es liegt ganz an Ihnen. Adieu, Cassidy. War mir ein Vergnügen, Sie gekannt zu haben.«

»Samuel –«

Doch Samuel hatte aufgelegt.

Das Handy klingelte, bevor ich Cassidy fragen konnte, was zum Teufel passiert war.

»Ja, Sir«, sagte er. Er lauschte und grinste dann breit. »Ich hatte gehofft, daß es lang genug wäre«, sagte er. »Damit hätten wir dann die Adresse. Ich mache mich gleich auf den Weg –«

Er hielt inne und lauschte erneut. Das Grinsen erstarb. »Sicher. Ich verstehe. Ja, ich werde es ihr erklären.«

Er legte auf und ließ sich einen Moment Zeit, bevor er zu mir aufblickte. »Samuel hat lang genug gesprochen, um uns die Nummer ausfindig machen zu lassen«, sagte er. »Mit ihr und den Angaben des Bauunternehmers haben wir jetzt eine Adresse. Die Kollegen beziehen dort bereits Stellung. Am Kern County Airport wartet ein Flugzeug. Damit kommen Sie schneller nach Hause als mit dem Auto. Ein Polizist holt Sie am Las Piernas Airport ab und bringt Sie zu dem betreffenden Gebäude. Ich muß Ihnen gleich sagen, daß man Sie wahrscheinlich nicht nah heranlassen wird, aber –«

»Cassidy«, unterbrach ich ihn.

»Ich kann Sie nicht begleiten«, fuhr er fort.

»Was?«

»Man hat mir den Fall abgenommen.«

31

Der alte Mann spähte vorsichtig durch die Jalousien und drehte sich so, daß er den Streifenwagen auf der anderen Straßenseite im Blick hatte. Der Polizist in dem Wagen war aufmerksam, hatte aber schon lange den Punkt erreicht, an dem die Langeweile einsetzt. Würde er einschlafen?

Der alte Mann nicht. Er schlief jetzt nur noch wenig. Er war komplett angezogen und wartete. Er wartete ständig. Seit zwölf Jahren wartete er nun schon. Er hatte jeden Tag beim Aufwachen an sie gedacht und jeden Abend, bis die Erschöpfung die Erinnerung übermannte. Im Juni war es noch schlimmer. Im Juni schlief er fast überhaupt nicht.

Er hatte an jenem Tag darauf gewartet, daß die Jungen ihn identifizierten, wenigstens einen Polizisten erwähnten.

Doch die Jungen hatten nicht gesprochen. Nicht einmal auf ihren Zeichnungen war je ein Polizist aufgetaucht. Das wußte er, weil er Frank Harriman nach den beiden befragt hatte.

Er hätte Frank fast alles gestanden. Mehr als einmal. Aber jedesmal hatte er an Diana Harriman denken müssen und daran, wie grausam es wäre, Frank von seinem Verrat zu berichten. Es müßte jemand anderer sein, sagte er sich, aber er suchte nie einen Priester auf.

Statt dessen wartete er. Jeden Morgen wachte er auf und fragte sich: Wird es heute passieren?

Drei höllische Jahre verstrichen. Eine Hölle des Schweigens. Als die Jungen wieder zu sprechen begannen, war er sich sicher, daß das erste Wort aus ihren Mündern sein Name sein würde.

Statt dessen sprachen sie überhaupt nicht davon. Wußten sie damals schon Bescheid? Wußten sie, wie ihr Schweigen ihn quälte? Seine Nächte schlaflos machte? Ihn jedesmal, wenn er geschlafen hatte, zu der Frage zwang, ob er in seinen Träumen die Wahrheit herausgeschrien hatte?

Und jetzt diese Überwachung. Er sah wieder zu dem Streifenwagen hinaus. Hatte Cassidy sie dazu angehalten, völlig unverhohlen dort zu stehen, in dem Wissen, wie sehr es an ihm nagen würde?

Es klopfte leise an der Hintertür.

Er musterte sich im Spiegel im Flur und rückte seine Krawatte gerade.

»Es kann nie schaden, sich von seiner besten Seite zu zeigen«, konnte er die Stimme seiner Mutter hören, irgendwo ganz tief in seinem Kopf.

Noch einmal ertönte das Klopfen.

Er machte die Tür auf.

»Du«, sagte er leicht erstaunt.

»Wir«, sagte eine Flüsterstimme, während andere Personen aus dem Dunkel traten.

32

In dem kleinen Flugzeug war es zu dunkel, um die Visitenkarte zu lesen, die ich in der Hand hielt, doch ich fuhr mit der Fingerspitze über die Buchstaben, über die eingeprägten Insignien der Polizei von Las Piernas und den Namen Thomas Cassidy. Ich brauchte kein Licht, um zu wissen, was darauf stand; ich hatte sie vor dem Abflug ein dutzendmal studiert.

»Detective«, stand da, neben all dem anderen offiziellen Quatsch. Hinten auf der Karte, geborgen in meiner Handfläche, stand in kühnen blauen Schriftzügen seine Privatnummer geschrieben. »Grüßen Sie Frank von mir«, hatte er gesagt, als er sie mir reichte. »Sagen Sie ihm, er soll mich mal anrufen, wenn ihm danach ist.«

Ich hatte sie genommen, doch es gelang mir nicht, ebenso gewandt den festen Glauben daran vorzutäuschen, daß ich sie meinem Ehemann würde geben können. »Ich halte Sie auf dem laufenden«, hatte ich gesagt, wobei ich wußte, daß Cassidy dadurch, daß er mir seine Karte gab, seine Verbindung mit dem Fall aufrechterhielt. Für mich war die Karte ein Talisman, ein Schutz vor Panik.

Bredloe war zu dem Schluß gekommen, daß Cassidy ein paar Stunden Schlaf brauchte. Das behauptete er zumindest. Sie brauchten jemanden vor Ort in Las Piernas, sagte Bredloe, jemanden, der unverzüglich übernehmen konnte. Cassidy bräuchte drei Stunden, um mit dem Auto zurückzufahren, und etwa anderthalb Stunden mit dem Flugzeug. Beides war zu lang. Und Cassidy klang müde, sagte er.

Das war die offizielle Version, aber Cassidy kaufte sie ihm nicht ab. Er vermutete, daß Bredloe sich das Band angehört hatte und sich nun Sorgen darüber machte, daß sein Unterhändler nicht mehr die Kontrolle besaß und mangelndes Urteilsvermögen gezeigt hatte. Sorgen, die Cassidy ihm nicht übelnehmen konnte, nicht solange das Leben eines seiner Beamten auf dem Spiel stand.

»Wer war Johnnie Lee?« fragte ich.

»Die Frau meiner Träume«, sagte er trocken. »Buchstäblich. Aus dem Traum, den ich heute morgen hatte.«

»Sie war die Kassiererin? Sie kannten sie?«

»Ja. Der Teil des Traums mit den Verhandlungen – das ist nie wirklich passiert. Ich war nichts als ein Junge, frisch aus der High School, und überlegte mir, ob ich mein erstes Jahr auf dem College ohne sie überleben würde.

Damals im Sommer versuchte ich, sie so oft wie möglich zu sehen. Sie arbeitete in der Bank. Jeden Morgen um Viertel nach elf hatte sie fünfzehn Minuten Pause. Ich bin immer hinübergegangen und habe diese Zeit mit ihr verbracht, dann bin ich bis mittags herumgehangen, wiedergekommen und mit ihr essen gegangen. Das habe ich jeden Tag gemacht, habe in dieser verdammten Stadt nichts als gewartet, um ein paar Minuten mit ihr zu verbringen.«

Er hielt inne und schluckte schwer. »Außer am letzten Morgen – als ich da auftauchte, war die Bank von Polizisten umstellt, die mich nicht in ihre Nähe ließen. Der dortige Sheriff war ein Hitzkopf«, erklärte er. »Ist mit gezogenen Waffen hineingestürmt. Hat sich dann damit gebrüstet, daß es nur ihm zu verdanken sei, daß die Räuber keinen Penny aus der

Bank herausgeholt haben.« Er holte tief Luft und blies sie langsam wieder heraus. »Sie war eine bemerkenswerte junge Frau«, sagte er und beließ es dabei.

»Ich rede mit Bredloe«, schlug ich vor.

»Nein«, widersprach er.

Als ich endlich damit aufhörte, ihm Argumente entgegenzuhalten, auf die er schlicht und einfach nicht reagierte, und begann, ihn massiv zu bestürmen, doch mit uns zurückzufliegen, sagte er: »Ich wäre Ihnen dankbar, wenn Sie mir die Sache nicht noch schwerer machen würden, als sie schon ist.«

Ruhig.

Ich ging in die Küche, sprach mit Bea und rief Cecilia an. Dann sammelte ich meine Habseligkeiten zusammen und wartete in Beas Wagen, während sie Cassidy erklärte, wie er das Haus abschließen mußte.

Ich hätte mich darüber freuen müssen, daß sie Frank aufgespürt hatten, aber ich war voller Unruhe. Er war nach wie vor in der Gewalt von Hocus. Der Mann, der Hocus am besten kannte, der am besten darauf vorbereitet war, ihnen gegenüberzutreten, wurde abberufen und mußte seine Zelte in Bakersfield abbrechen. Unsere Unstimmigkeiten hatten nichts zu sagen. Ich baute auf Thomas Cassidy und hätte ihm Franks Leben anvertraut.

Jetzt lief ich ohne Anker aus.

»Wann willst du mir eigentlich mal erzählen, was der ganze Zirkus heute abend sollte?« fauchte Bea und riß mich aus meinem Selbstmitleid.

Ich beugte mich zu ihr hinüber, damit sie mich über dem Motorenlärm verstehen konnte, und berichtete ihr alles, was ich über die Gründe wußte, aus denen ihr Sohn als Geisel genommen worden war.

Am Flughafen wartete ein Streifenwagen auf uns, der uns zum Schauplatz oder vielmehr zu den Ausläufern des Schauplatzes brachte. Die einzigen Parteien, die auf noch mehr Abstand gehalten wurden, waren Medien und Allgemeinheit. Wir kamen nur wenig näher heran als die Medien. Ganz wenig.

Die geballte Aufmerksamkeit konzentrierte sich auf die fensterlose Fassade eines Lagerhauses, das etwa einen Häuserblock weit von uns entfernt lag und auf allen vier Seiten von Polizeischeinwerfern angestrahlt wurde. Das in stumpfem Ocker verputzte und im Grunde unscheinbare Gebäude stand nun im Mittelpunkt des Geschehens und hatte seinen Soloauftritt auf einer verfallenen Bühne.

In der ganzen Umgebung dröhnten Generatoren, LKW-Motoren und Stimmen.

Wir befanden uns in einem älteren Stadtteil auf einem Stück breiter Straße, wo einst viele Geschäfte gewesen waren, heute jedoch alles verfiel. Mindestens ein Viertel der Gebäude in diesem Block standen leer. Es gab ein paar alte Hotels, die zu Apartmenthäusern für Kleinverdiener umgewandelt worden waren. Fast alle anderen Hauseingänge waren mit Gittern verbarrikadiert. Von unserem Standort aus konnte ich zwei oder drei weitere Lagerhäuser sehen, dazwischen eine Kirche in einem Ladenlokal, ein Pfandhaus, einen Gebrauchtwarenladen und ein Geschäft für Second-Hand-Platten. Neuwaren wurden kaum angeboten.

Die Polizei von Las Piernas hatte offenbar schnell reagiert. Seit Samuels Anruf waren erst zwei Stunden vergangen, und das Viertel um das Lagerhaus herum stand eindeutig unter Kontrolle der Polizei. Im inneren Kreis waren ein Kommandostand und ein Platz für den Hauptunterhändler aufgebaut worden, und Mitglieder der Spezialeinheit hatten bereits Posten bezogen. In der Nähe parkten Krankenwagen, ein Feuerwehrauto und ein Wagen, der den Feuerwehr-Spezialisten für gefährliche Substanzen diente; außerdem ein Lastwagen der Sprengstoffexperten und mehrere andere speziell ausgerüstete Fahrzeuge. Manche gehörten der Spezialeinheit, andere enthielten zweifellos Kommunikationsgeräte.

Sämtliche Gebäude um das Lagerhaus herum waren evakuiert worden. Viele Menschen hatte man nicht umsiedeln müssen.

Pete, Rachel und Jack warteten in dem Bereich auf uns, der für Franks engste Freunde und Angehörige vorgesehen war. Von zwei uniformierten Beamten bewacht, deren Aufgabe es war, uns vor der Presse und den Ereignissen abzuschirmen, fiel es mir schwer, gegen das Gefühl anzukämpfen, daß wir Geiseln einer anderen Art waren. Nachdem es ihm verboten worden war, aktiv mitzuwirken, war Pete sehr beunruhigt darüber, daß nicht Cassidy die Verhandlungen führen würde. Als ich ihn fragte, wer an seine Stelle treten würde, erklärte er: »Ein Typ namens Lewis. Er ist gut, aber ...«

»Cassidy ist besser.«

Pete nickte.

Henry Freeman kam zu uns herüber. Er sah müde aus.

»Hi, Hank«, sagte ich.

Er lächelte. »Sie waren zu lange mit Detective Cassidy zusammen. Wie geht es ihm denn?«

»Nicht so besonders, als ich ihn das letzte Mal gesehen habe.«

»Erzählen Sie Captain Bredloe nicht, daß ich das gesagt habe, aber ich finde, er hätte ihm noch eine Chance geben sollen.«

»Finde ich auch. Aber wir müssen wohl mit Detective Lewis vorlieb nehmen. Arbeiten Sie auch mit ihm zusammen?«

»Ja. Wenn das hier noch wesentlich länger dauert, holen sie einen Ersatzmann, damit ich Pause machen kann. Etwas anderes hätten sie bei Detective Cassidy auch nicht zu tun brauchen.«

»Glauben Sie, Lewis kommt nach hinten und redet mal mit uns?« fragte ich.

Freeman fuhr sich mit dem Finger an der Innenseite seines Kragens entlang. »Eigentlich nicht«, antwortete er.

»Tja, ich werde ihm nicht zuvorkommen«, sagte ich. »Mir ist es am liebsten, wenn er sich darum kümmert, Frank zu helfen. Können Sie uns irgend etwas darüber sagen, was vor sich geht?«

Ich hörte jemanden rufen: »Freeman! Beweg mal deinen Arsch hier rüber!«

Freeman lief rot an.

»Lewis?« fragte ich.

Er nickte hastig und ging.

Dreißig Minuten verstrichen, ohne daß sich am Einsatz der Polizei irgend etwas änderte. Da ich mich eingesperrt fühlte, erklärte ich den anderen, daß ich einen Spaziergang zum Mediengehege machen wolle. Als ich losmarschieren wollte, hielt mich einer unserer Bewacher auf. Leicht gereizt fischte ich meinen Presseausweis aus der Tasche, hielt ihn ihm unter die Nase und machte ihm klar, daß er damit leben mußte.

Vorsichtig näherte ich mich der Pressemeute und war dankbar dafür, daß sich die gesamte Aufmerksamkeit auf das Gebäude konzentrierte, wo ein Hubschrauber eingetroffen war, der nun über dem Dach schwebte. Ich fühlte mich seltsam, vielleicht wie der erste Salamander oder was für ein Tier auch immer es war, das sich als erstes an Land gewagt hatte. Das Wasser würde nie wieder wie vorher aussehen.

Ich wagte den Sprung trotzdem und ging auf Mark Baker zu, der zu meinem großen Glück ziemlich weit hinten im Pulk stand. Ich tippte ihm auf die Schulter, und er wandte sich um und sah mich an.

»Kann ich dich kurz sprechen?« flüsterte ich.

Er runzelte die Stirn, nickte aber und folgte mir. Als wir den äußeren Kreis verlassen hatten, sagte er: »Hör mal, ich kann mich nicht allzuweit vom Zentrum des Geschehens entfernen.«

»Was für ein Geschehen?«

»Es geht das Gerücht, daß das Dach benzingetränkt ist. Die Spezialeinheit hat es von den anderen Dächern aus gerochen. Das Haus ist in den dreißiger Jahren gebaut worden und hat ein Dach aus Teerpappe. Es heißt, es könnte jederzeit in die Luft fliegen.«

Ich starrte ihn an.

»Tut mir leid – tut mir leid. Das wollte ich gar nicht sagen –«

»Du stiehlst mir den Text, Mark. Ich bin herübergekommen, um dir meine demütige und untertänigste Entschuldigung anzubieten. Meine aufrichtige, unterwürfige und zerknirschte –«

»Hör auf«, sagte er. »Hör bitte mit diesem Schwachsinn auf.«

»Laß es mich sagen, Mark. Es tut mir leid, daß ich auch nur daran gedacht habe, dich für das verantwortlich zu machen, was geschehen ist. Es hat nichts mit dir oder deiner Geschichte zu tun, und im Grunde war das von vornherein ausgeschlossen. Ich glaube, ich wollte einfach einen Grund dafür finden, und bevor ich einen hatte – es tut mir leid. Das war nicht richtig.«

Er seufzte. »Irene, glaubst du, daß mir das nicht klar war? Ich wünschte bei Gott, daß John jemand anderen auf die Geschichte angesetzt hätte –«

»Ich nicht. Jemand anderer würde mir nicht erzählen, was vor sich geht, ohne zu versuchen, mir ein Zitat abzuringen.«

Er lächelte. »Kein Zitat? Warum zum Teufel bin ich dann mit dir hier herübergegangen?«

»Der Mensch hofft, solange er lebt, nehme ich an.«

Er sah mit ernster Miene zu dem Gebäude hinüber. »Man muß ja hoffen.«

»Was ist denn da drinnen los?« fragte ich und bemühte mich, tapferer zu klingen, als mir zumute war.

»Die Polizei hat die Telefonleitungen und die Stromversorgung gekappt und von der Spezialeinheit ein schnurloses Telefon anliefern lassen. Aber die Geiselnehmer benutzen es noch nicht. Sie haben eine Art Notstromgenerator, der einige Stockwerke mit Strom versorgt. Das Team im Hubschrauber hat ein neuartiges Nachtsichtgerät verwendet – kennst du die?«

Ich nickte. »Mit Wärmesensoren, stimmt's? Diese Dinger, die Körperwärme wahrnehmen?«

»Ja. Man nennt sie auch Wärmebildgeräte. Sie erfassen alles, das mehr als zwei Grad Wärme abgibt.«

»Das Haus hat etwa fünf Stockwerke, also –«

»Das spielt keine Rolle. Heutzutage sind die Dinger so sensibel, daß mehrere Stockwerke kein Problem sind. Man müßte sich schon extrem ins Zeug legen, um sie zu überlisten.«

»Und was ist dabei herausgekommen?«

»Zwei Personen sind im Gebäude, in einer der oberen Etagen – im dritten Stock.« Er zögerte und fügte dann hinzu: »Eine von ihnen liegt flach da. Hat sich kaum geregt.«

Ich biß mir auf die Unterlippe. Er legte mir eine Hand auf die Schulter.

»Diese Jungs sind die besten«, sagte Mark. »Ich habe sie schon verblüffende Dinger drehen sehen.«

»Danke, daß du es mir gesagt hast, Mark.«

»Ich war mir nicht sicher, ob ich es sagen sollte. Aber ich habe mir gedacht, daß ich es auch wissen wollen würde, wenn meine Frau da drinnen wäre.«

»Ja.«

»Paß auf, ich muß jetzt wieder da rüber. Soll ich dich zurückbegleiten?«

Ich schüttelte den Kopf. »Nein, keine Sorge. Zieh nur los.« Widerstrebend machte er sich auf den Weg. Dann blieb er stehen und drehte sich zu mir um. »Wegen dieser anderen

Geschichte – du sollst wissen, daß meine Quelle nicht Hocus war. Ich werde dir nicht sagen, wer es war, aber sie waren es nicht. Ich wollte nicht, daß du denkst … na ja, sie waren es jedenfalls nicht.«

»Danke«, sagte ich. »Es würde mir jetzt eh nichts mehr helfen.«

»Nein, wohl nicht. Bis bald.«

Eilig ging er davon.

Langsam schlenderte ich zurück. Der Polizist, der mir Schwierigkeiten gemacht hatte, war abgelöst worden, und ich hoffte, daß er meinetwegen keinen Ärger bekommen hatte. Der neue Beamte erkannte mich offenbar, denn er hielt mich nicht davon ab, den abgesperrten Bereich zu betreten.

Jack warf einen Blick auf mein Gesicht und fragte: »Mein Gott, was ist denn passiert?«

Antworten brauchte ich nicht mehr. Wir alle wurden dadurch abgelenkt, daß die Menge, die das Gebäude im Auge behalten hatte, unisono zu schreien begann – als das Dach in Flammen aufging.

33

Wir standen dichtgedrängt da, klammerten uns aneinander und hätten am liebsten nicht hingesehen, als die Flammen in den von Qualm erfüllten First des Gebäudes aufschossen. Schwarze, wabernde Rauchwolken quollen aus dem Dach und brachten Asche mit sich, die wie ein wirbelnder, papierartiger Regen auf uns niederging. Abrupt drehte der Hubschrauber ab. Über die Polizeifunkgeräte in der Nähe hörten wir, wie sich zahlreiche Stimmen erhoben – das Stakkato dringlicher Befehle.

Holt ihn da raus, betete ich im stillen. Bitte, bitte, bitte.

»Warum gehen sie denn nicht rein?« fragte Bea ärgerlich.

»Die Spezialeinheit muß erst das Gebäude sichern«, erklärte Pete. »Man kann das Leben der Feuerwehrleute nicht aufs Spiel setzen. Wenn sie den Geiselnehmer nicht dort rauskriegen, lassen sie es womöglich einfach brennen.«

Zu meinem Entsetzen schien es endlose Augenblicke lang genau darauf hinauszulaufen.

Auf einmal brach das Dach mit lautem Krachen zusammen. Die Wände des obersten Stockwerks gaben nach – Ziegelsteine flogen davon und stürzten in einem heißen, tödlichen Regen auf die Straße. Am obersten Punkt des Gebäudes schossen die Funken noch höher auf als die Flammen, stoben orange und grell leuchtend umher, während das Feuer sich bereits tiefer fraß. Noch mehr Rauch wallte auf, als die Flammen begannen, die nächste Etage des Hauses zu verzehren.

Offenbar hatte die Spezialeinheit, kurz nachdem das Dach eingestürzt war, ein Signal gegeben, denn nun setzte ein massiver Ansturm auf das Gebäude ein – ein geordneter, aber eiliger Zug von Männern in gelbem Ölzeug und Masken, die schwere Schläuche und Werkzeuge bei sich trugen.

Während das Team für die innere Brandbekämpfung hineinging, machte sich eine andere Gruppe am Äußeren des Hauses zu schaffen. Die Straßen davor waren schon bald glatt und glänzend vor lauter Wasser. Sirenen ertönten, und noch mehr Löschzüge trafen ein.

Irgendwann kamen mehrere Fernsehscheinwerfer auf uns zu, denen bald schon weitere folgten, nackt und grell. Wir wandten uns von ihnen ab wie Höhlenbewohner, die nicht an Sonne gewöhnt sind. Lewis bellte ein paar Befehle, und die Polizei manövrierte uns aus der Gefahrenzone. Nachdem ihnen Aufnahmen von unseren angespannten Mienen versagt geblieben waren, schwenkten Kameras wie auch Scheinwerfer auf das Gebäude zurück.

Das Feuer brannte über zwei Stunden. Nach Ablauf dieser

Zeit waren Bea und Pete in miserabler Verfassung und weinten unverhohlen. Während wir anderen versuchten, ihnen beizustehen, merkte ich, daß ich äußerlich abgestumpft und unfähig war, meine Gefühle zu zeigen. Innerlich war ich nicht weit davon entfernt, genauso zusammenzubrechen wie das Dach.

Nach wie vor wimmelten Feuerwehrleute um das Gebäude herum, als ich bemerkte, wie einer ihrer Anführer auf Captain Bredloe zuging, einen Blick zu uns herüberwarf und seinen Körper so drehte, daß wir nur seinen Rücken sehen konnten. Diese Gestik kannte ich.

»Nein«, sagte ich laut, als ich sah, wie sich Bredloe eine Hand vor die Augen hielt. »Nein ...«

Die anderen folgten meinem Blick. Nun redete Bredloe mit jemandem in einer blauen Jacke, einem Mann, der in sein Funkgerät sprach. Der Mann wandte sich dem Gebäude zu und begann, darauf zuzugehen. In leuchtendgelben Lettern stand »Coroner«, Leichenbeschauer, auf seiner Jacke.

Bredloe kam langsam auf uns zu. Bea griff nach meiner Hand. Ich wollte, daß Bredloe stehenbliebe, nie bei uns anlangte – doch er kam immer näher, und nun konnte ich sehen, daß sich seine Miene zu schrecklicher Düsternis verzerrt hatte.

»Wir wissen nicht, wo Frank ist«, sagte er. »Ich möchte, daß Ihnen das klar ist, bevor Sie weitere Neuigkeiten hören. Verstehen Sie? Wir wissen nicht, wo er ist.«

Wir nickten allesamt.

»In dem Gebäude liegt eine Leiche«, fuhr er fort. »Wir wissen nicht, wer es ist. Der Leichenbeschauer geht gerade hinein.«

Ich merkte, wie mir schwindlig wurde. Jack rückte näher, damit ich mich an ihn lehnen konnte. Bea zitterte.

»Es ist nicht Frank!« Pete schrie es fast heraus. Er ging davon, bis er an der Polizeiabsperrung angekommen war, die uns umgab, und begann auf und ab zu laufen, während er leise auf italienisch vor sich hin fluchte. Rachel beobachtete ihn schweigend.

»Vielleicht sollten wir uns alle setzen«, schlug Bredloe vor. Pete und Rachel blieben stehen; alle anderen suchten sich einen Stuhl. Bea begann erneut lautlos zu weinen.

Denk nach, sagte ich zu mir selbst. Denk nach. Du hast später noch jede Menge Zeit für Panik, Stunden und Aberstunden zum Zusammenbrechen. Aber jetzt denk gefälligst nach.

»Nur eine Leiche?« fragte ich.

»Ja – bis jetzt. Es könnte einen Tag dauern, bis wir den ganzen Schutt durchsucht haben. Aber wir haben das Gebäude mit Thermosensoren beobachtet, bevor das Feuer ausgebrochen ist, und es waren nur zwei Personen drinnen – eine, die umherging, und eine reglose. Außerdem befindet sich die Leiche in dem Gebäudeteil, wo Ryan und Neukirk spezielle Umbauten haben vornehmen lassen.«

»In dem schalldichten Raum?«

Er nickte. »Wir haben die Feuerwehr gebeten, möglichst zuerst dorthin vorzudringen, weil wir angenommen haben, daß sie dort eventuell Frank festhalten.«

»Und das war auch der Bereich, wo …«

»Wo die Leiche entdeckt wurde«, beendete er statt meiner den Satz. »Ja. Die Feuerwehr glaubt, daß in diesem Raum ein separates Feuer gelegt wurde – mit Hilfe eines Brandbeschleunigers, vielleicht Benzin – das wurde ja auch auf dem Dach benutzt. Die chemische Analyse wird einige Zeit in Anspruch nehmen. Doch selbst wenn endgültige Ergebnisse noch auf sich warten lassen, nimmt man an, daß das Feuer in diesem Raum eventuell nach dem Feuer auf dem Dach ausgebrochen ist. Das paßt zu der letzten Beobachtung, die vom Hubschrauber aus gemacht wurde – die Person, die sich im Haus bewegt hat, hat diesen Bereich verlassen, kurz bevor das

Feuer auf dem Dach ausbrach. Sonst hätten die Leute im Hubschrauber das Feuer in dem Raum entdeckt, bevor sie abdrehen mußten.«

»Irgendeine Spur von dieser Person?« fragte ich. »Von demjenigen, der sich bewegt hat?«

»Nein«, antwortete Bredloe. »Aber wir durchkämmen die gesamte Umgebung.«

»Rein rechnerisch ist alles falsch, stimmt's?«

»Was meinst du denn damit?« wollte Bea wissen. Sie hatte aufgehört zu weinen und wischte sich übers Gesicht.

»In dem Gebäude hätten vier Personen sein müssen«, sagte ich. »Frank, Bret Neukirk, Samuel Ryan und eine Frau – Faye Taft, Samuels Freundin.«

Während ich Fayes Namen aussprach, dachte ich an Samuels Stimme, als er zuletzt am Telefon mit uns gesprochen hatte, und an seine frostige Gleichgültigkeit ihr gegenüber.

»Ja«, sagte Bredloe. »Zwei von ihnen hatten das Gebäude bereits verlassen, bevor wir eintrafen.«

»Und zumindest eine der anderen beiden Personen wußte, daß Sie kommen würden.«

»Warum sagen Sie das?« wollte Bredloe wissen.

»Sie hatten das Benzin bereits auf dem Dach verteilt und verfügten über eine Methode, mit der sie es entzünden konnten, ohne hinaufzugehen, stimmt's?«

»Ja. Die Brandexperten finden den Zündmechanismus bestimmt, da bin ich mir sicher.«

»Wenn sie das nicht zu Frank führt, weiß ich nicht, ob es mich interessiert.«

Er erwiderte nichts.

»Es gibt noch mehr Anzeichen dafür, daß alles im voraus organisiert war«, sagte ich. »Ryan und Neukirk haben in den letzten Tagen mehrmals telefonisch Kontakt mit mir aufgenommen. Sie haben kein einziges Mal zugelassen, daß der Anruf zurückverfolgt werden konnte – bis jetzt. Ich glaube, sie wollten sich finden lassen. Ryan hat ein Thema gewählt, das Cassidy zwangsläufig zu einer emotionalen Reaktion veranlassen mußte. Vielleicht wollten sie sogar, daß Sie genau das täten, was Sie gemacht haben: ihn – zumindest vorübergehend – von dem Fall abberufen.

»Warum sollten sie das wollen?« fragte Bredloe.

»Da bin ich mir nicht sicher. Vielleicht weil Cassidy langsam ein Gefühl für sie bekommt und sie mittlerweile in gewissem Maße berechnen kann. Vielleicht hätte er anders reagiert als Lewis, wenn er hiergewesen wäre. Ich weiß es nicht.«

»Der Unterhändler durfte im Grunde nie an dieser Sache beteiligt werden«, sagte Bredloe.

»Nein, wohl nicht.« Ich überlegte noch einmal. »Vielleicht ging es gar nicht darum, Cassidy von dem Fall wegzubringen. Vielleicht sollte es eine Ablenkung sein: Die beiden wußten, daß Ihnen Cassidys Reaktion Kopfzerbrechen bereiten würde, und dachten womöglich, Sie würden weder über die Dauer des Anrufs nachdenken noch darüber, daß Sie sie dadurch aufspüren könnten.«

»Sie unterschätzen das Ego dieser Sorte von Geiselnehmern«, sagte eine Stimme.

Ich blickte auf und sah einen mittelgroßen Mann mit beginnender Glatze neben uns stehen. Er war mager und trug einen braunen Anzug, der ihm etwas zu groß zu sein schien. Sein Gesicht war recht sympathisch.

»Detective Lewis«, sagte Bredloe und stellte alle vor.

»Geiselnehmer entsprechen meist bestimmten Täterprofilen, Ms. Kelly«, fuhr Lewis fort, obwohl ihn niemand darum gebeten hatte. »Paranoid schizophren, psychotisch depressiv, eine antisoziale oder unreife Persönlichkeit. Wir haben bereits festgestellt, daß Neukirk und Ryan keine echten politischen Terroristen sind wie ihre Freunde im Gefängnis. Lang und Colson haben die ganze Zeit geglaubt, sie gehörten zu einer anarchistischen Zelle. Neukirk und Ryan haben ihnen ein Ventil für ihre Bedürfnisse zur Verfügung gestellt.«

Pete, der näher gekommen war und sich alles angehört hatte, schnaubte. »Sie haben nicht lange gebraucht, um alles rauszukriegen, was?«

»Woher wollen Sie wissen, welche Beweggründe Lang und Colson hatten?« fragte ich. »Haben sie ausgesagt?«

»Nein«, antwortete Lewis, »aber –«

»Haben Sie den familiären Hintergrund von Lang und Colson ermittelt?« fragte ich. »Oder haben Sie aufgehört, als Sie herausgefunden hatten, wo die beiden gelernt haben, mit Sprengstoff umzugehen? Hat irgend jemand weiter zurück recherchiert als bis zu ihrer Militärzeit?«

Bredloe sah unbehaglich drein. »Wir hatten nicht viel Zeit. Wir haben uns auf Ryan und Neukirk konzentriert.«

Ich beschloß, nicht zu erwähnen, daß Lang und Colson bereits mehrere Tage, bevor Hocus Frank entführt hatte, unter Verdacht gestanden hatten; beschloß, nicht davon anzufangen, daß Lieutenant Carlson sich vielleicht zu ausgiebig damit aufgehalten hatte, Frank zu schikanieren, anstatt sich die Zeit zu nehmen, seinen Gefangenen gründlich auf den Zahn zu fühlen. Ich sprach es nicht aus, aber wütend war ich trotzdem. »Egal in welche der vier Kategorien von Detective Lewis Ryan und Neukirk passen«, sagte ich, »wir wissen bereits, wie das Verbrechen begangen wurde. Wir wissen außerdem, daß sie Meister der Ablenkung sind.«

Was ich als nächstes zu sagen hatte, ging mir nicht so leicht über die Lippen, doch ich schluckte schwer und fuhr fort. »Ich glaube nicht, daß die Leiche in dem Gebäude Frank ist. Die beiden brauchen ihn immer noch als Faustpfand. Aber Sie *glauben* zu lassen, daß es Frank sei, war trotzdem wichtig. Ich vermute, sie haben den größten Teil Ihrer Einsatzkräfte auf Trab gehalten, während sie etwas ganz anderes im Schilde führten. Was genau, weiß ich zwar nicht, aber ich bin mir ziemlich sicher, daß sie gerade eine Person losgeworden sind, die ihnen nicht mehr von Nutzen war.«

»*Die?*« fragte Bredloe. »Die junge Frau?«

Bevor ich antworten konnte, quiekte sein Telefon los.

»Bredloe«, meldete er sich. »Einen Moment bitte, Carlos.«

Er erhob sich, ging ein Stück von uns weg und steckte sich einen Kopfhörer ins Ohr. Doch er behielt mich die ganze Zeit im Auge.

Lewis sagte etwas in der Richtung, daß man solche Dinge eben Profis überlassen sollte, aber kein Mensch hörte auf ihn. Wir beobachteten Bredloe.

Er kam zu uns herüber. »Es ist nicht Frank«, sagte er.

»Oh, Gott sei Dank!« schluchzte Bea und schlug sich die Hand vor den Mund. »Es soll sich aber nicht so anhören, als wäre ich froh über den Tod von –«

»Schon in Ordnung, Mrs. Harriman«, sagte Pete. »Uns geht's allen genauso.«

»Der Leichenbeschauer sagt, die Beckenknochen deuten auf eine Frau hin«, erklärte Bredloe.

»Beckenknochen?« wiederholte Lewis. »Sie meinen, sie hatte nur noch Knochen –«

»Ja«, sagte Bredloe und schnitt ihm damit das Wort ab. »Lewis, würden Sie bitte drüben bei der Einsatzleitung auf mich warten? Ich komme gleich nach.«

»Ja, Sir«, erwiderte Lewis, dem die Abfuhr offenbar überhaupt nichts ausmachte.

»Woher wußten Sie das?« fragte mich Bredloe, als Lewis verschwunden war.

»Gewußt habe ich es nicht. Nur gehofft.«

Er schwieg.

»Nein«, berichtigte ich mich, „das stimmt nicht. Es gab Gründe, aus denen ich gehofft habe – die, die ich Ihnen genannt habe. Und weil ich mich an das letzte Telefongespräch erinnert habe, daran, wie sich Samuel anhörte, wenn er von ihr redete. Wissen Sie noch? Er hat gesagt: ›Offenbar kann ich Ihnen nicht begreiflich machen, daß sie für mich nicht mehr von Belang ist.‹«

»Hmm. Ja, daran erinnere ich mich.«

»Ein Ehepaar, mit dem ich gesprochen habe – die Szals – hat gesagt, daß Samuels Einstellung gegenüber Frauen sogar Bret Neukirk zuwider war. Bret war der Meinung, daß er sie nur benutzt hat.«

Nach einer Weile sagte Bredloe: »Die Feuerwehrleute haben ein paar Gastanks dort oben gefunden. Wissen Sie irgend etwas darüber?«

»Nein«, antwortete ich. »Tut mir leid. Was für ein Gas denn?«

»Stickstoff. Sie glauben, es könnte irgendwie mit dem Raum verbunden sein. Es reicht, um jemanden zu ersticken, haben sie gesagt.«

Wir saßen schweigend da. Bredloe schien in Gedanken weit weg zu sein.

»Setzen Sie Thomas Cassidy wieder auf den Fall an«, bat ich. »Bitte. Er versteht Ryan und Neukirk.«

»Das tut er zweifellos«, bestätigte Bredloe. »Darauf ist er ja spezialisiert – zu begreifen, was Menschen antreibt, was sie wollen. Ich fürchte nur, daß Hocus auch weiß, was ihn antreibt.«

»Nur weil –«

»Ich habe das Band gehört, Irene«, unterbrach er mich. »Sogar Sie müssen zugeben, daß der Mann ausgelaugt ist.«

Dagegen wußte ich nichts vorzubringen.

»Unterschätzen Sie Lewis nicht«, sagte er. »Wenn er unter Druck steht, wird er ein anderer Mensch. Seit die Spezialeinheit angerückt ist, hat sich auf einmal der gewaltige Druck gelöst, unter dem er die letzten Stunden gestanden hat, und was Sie gerade miterlebt haben, war schon fast eine hysterische Reaktion seinerseits.« Er wandte sich an Pete. »Eine Reaktion, über die außerhalb unseres Kreises nicht gesprochen zu werden braucht. Klar?«

»Ja, Sir.«

»Soll ich Sie nach Hause fahren lassen?« fragte mich Bredloe.

»Ich fahre sie alle«, erbot sich Jack. »Ich habe einen Bus da.«

Zu Hause bereiteten mir die Hunde und Cody einen begeisterten Empfang, der viel dazu beitrug, eine hysterische Reaktion meinerseits zu verhindern. Ich brachte Bea unter und ging in die Küche. Hank Freemans Geräte waren immer noch aufgebaut. Ich nahm an, daß er bald wiederkommen würde. Wozu die einzelnen Apparate gut sein sollten, wußte ich nicht, aber ich fand heraus, welches Kabel zum Recorder führte. Ich zog es heraus, sah auf die Uhr und rief an.

»Cassidy«, meldete er sich.

»Sie sind ja wach.«

»Ja. Läuft der Kassettenrecorder?«

»Nein. Hank ist noch nicht wieder da. Aber sie werden vermutlich erfahren, daß ich Sie angerufen habe.«

»Ja, aber darüber würde ich mir nicht den Kopf zerbrechen.« Ich erzählte ihm, was geschehen war, und ließ lediglich den größten Teil meines Gesprächs mit Bredloe weg.

»Alles in Ordnung bei Ihnen?«

»Ich übe mich in Geduld«, sagte ich. »Und bei Ihnen?«

»Ausgelaugt, ich geb's zu«, antwortete er. »Aber wenn Sie mich nicht angerufen und mir gesagt hätten, was abläuft, wäre ich so unruhig wie eine Kröte auf dem Bratrost. Vielleicht kann ich jetzt schlafen. Danke für den Anruf.«

Ich stöpselte den Recorder gerade wieder ein, als Hank Freeman zur Tür hereinkam. Schläfrig ließ er den Blick über die Geräte schweifen und machte ein verwirrtes Gesicht. Dann drückte er an einem Apparat einen Knopf, woraufhin im Display eine Telefonnummer erschien. Er lächelte.

»Wie geht's ihm?« fragte er, da ihm die Nummer offenbar vertraut war.

»Gut«, sagte ich.

»Ich dachte, er wäre … na, sagen wir mal … ›so nervös wie eine langschwänzige Katze in einem Zimmer voller Schaukelstühle‹?«

»Nein, bei mir war's die Kröte –«

»Auf dem Bratrost«, fuhr er statt meiner fort.

Ich lächelte. »Reicht Ihnen die Couch für heute nacht?«

Er nickte und gähnte. »Sie brauchen sie nicht einmal auszuklappen. Ich bin so müde, daß ich auf dem Fußboden schlafen könnte.«

Er war eingeschlafen, bevor ich noch alle Lichter ausgeschaltet hatte.

Cody, für den Schlafen auf dem Bett ein Vorrecht von Katzen war, das höflichkeitshalber auf bestimmte menschliche Wesen ausgedehnt wurde, erlaubte den Hunden normalerweise nicht, dem Bett auch nur nahe zu kommen. In dieser Nacht ließ er großzügig zu, daß sie sich auf dem Bettvorleger zusammenrollten, in Reichweite meiner Hand. Cody kuschelte sich neben mich, dicht an meinem Herzen, und schnurrte laut.

Ich lag lange wach.

Es war gut, wieder zu Hause zu sein, aber nicht gut genug.

34

Beim Aufwachen bemerkte er zuerst die Dunkelheit, dann das Wattepolster in seinem Mund. Er konnte sich nur ein paar Zentimeter weit bewegen. Irgend etwas war direkt über ihm – seidig, gepolstert. Er lag in einer engen, mit Satin ausgeschlagenen Kiste.

Ein Sarg! Sie haben mich in einen verfluchten Sarg gelegt!

Die letzten Reste seiner Selbstdisziplin zerbrachen. Er begann zu schreien und mit den gefesselten Händen gegen den Deckel zu hämmern.

Beinahe sofort wurde der Deckel abgehoben, und er blinzelte in die plötzliche Helligkeit. Brets bleiches Gesicht erschien über ihm. »Es tut mir leid!« sagte Bret betreten. »Es tut mir leid! Ich dachte, Sie würden länger schlafen!«

Frank war voller Angst und wußte, daß man ihm das ansah. Egal. Er bemühte sich, tief Luft zu holen, während Bret sich mehrmals entschuldigte und ihm half, sich aufzusetzen. Wieder wurde ihm schwindlig, und er stieß einen Laut der Frustration aus. Bret trat von ihm weg.

Nach und nach hörte der Raum auf, sich zu drehen. Er saß in einem Schrankkoffer, stellte er nun fest, einem Zauberkoffer. Luftdicht war er nicht – er hatte sogar Löcher zum Atmen. Kein Sarg.

Es spielte keine Rolle. Er zitterte.

Bret kam noch immer nicht näher, und Frank wurde klar, daß er vermutlich selbst gefesselt und geknebelt so aussah, als würde er am liebsten jemanden umbringen.

Jag Bret keine Angst ein, sagte er sich. Womöglich brauchst du seine Hilfe. Und selbst wenn nicht, darfst du ihn auf gar keinen Fall argwöhnisch werden lassen.

Trotzdem dauerte es eine Weile, bis er sich beruhigt hatte.

Er blickte sich um. Jetzt war er nicht mehr in dem Zelt. Das hier war eine Art Keller. Dieser Gedanke hätte beinahe einen weiteren Panikanfall ausgelöst, doch er wehrte ihn ab.

Seine Hände waren an den Gelenken zusammengebunden, und die Infusionsnadel – die nach seiner Attacke auf den Kofferdeckel schmerzte – steckte noch. Erst jetzt fiel ihm auf, daß auch seine Fußknöchel gefesselt waren.

Als er sich endlich sicher war, daß er es, ohne angriffslustig zu wirken, wagen konnte, schaute er zu Bret hinüber. Er stellte die unausgesprochene Bitte, da er wußte, daß Bret sie verstand.

Bret kam wieder näher und stellte sich hinter Frank. Er zögerte nur kurz, ehe er den Knebel entfernte.

Frank bewegte seinen Kiefer und rieb sich mit den gefesselten Händen übers Gesicht.

»Danke«, sagte er. »Wo sind wir?«

Bret schüttelte den Kopf. »Das kann ich Ihnen natürlich nicht sagen. Aber wir sind umgezogen. Ich muß Sie darauf aufmerksam machen, daß es für Sie ebenso gefährlich wäre, mich zu verletzen oder zu versuchen, von hier zu entkommen, wie es eine Flucht aus dem Zelt gewesen wäre.«

»Wo ist Samuel?«

»Er kommt später. Mit seiner Freundin Faye.« Bret hielt inne und sagte dann: »Soll ich Ihnen helfen, damit Sie dort raussteigen können?«

Nichts lieber als das, dachte Frank, doch er sagte nur: »Ja, danke.«

Ungelenk und außerstande, seine Beine frei zu bewegen oder die Hände richtig zum Abstützen zu benutzen, stieg er mit Brets Hilfe aus dem Schrankkoffer. An der einen Wand standen weitere Schrankkoffer, allerdings nicht so viele, wie er im Zelt gesehen hatte. Infusionsflasche und Halterung standen in einer Ecke, neben einem zusammengeklappten Bett. Er kam zu dem Schluß, daß er aufgewacht sein mußte, als Bret noch dabei war, nach dem Umzug alles wieder einzurichten.

Sein Blick wanderte zu einer steilen Treppe, die zu einer geschlossenen Metalltür hinaufführte. Am Fuß der Treppe befand sich die Tastatur einer Alarmanlage, deren Lämpchen rot leuchteten – sie war also in Betrieb.

Er bewegte sich langsam, immer noch benebelt von den Drogen und geschwächt von den langen Stunden unter ihrem Einfluß. Bret beobachtete ihn, hinderte ihn aber nicht daran, ein paar Schritte zu gehen, wobei er die Ketten hinter sich herzog. Es gab ein kleines Badezimmer mit einer Einzeldusche, außerdem ein paar einfache Möbel. Die Wände bestanden aus Backsteinen, der Fußboden aus Beton.

Fenster gab es keine, dennoch war der Raum hell erleuchtet. Auf der einen Seite waren elektronische Geräte installiert worden, darunter ein Telefon, vier kleine Fernsehmonitore und etwas, das wie eine Videoanlage aussah. Keiner der Monitore war eingeschaltet. Trotz all der modernen Apparaturen schien das Gebäude selbst alt zu sein.

Wieviel Zeit war vergangen? War er noch in Las Piernas? In Kalifornien? In den USA?

Er wandte sich um und sah, daß Bret ein Kartenspiel zur Hand genommen hatte und es lässig mischte, durch die Luft wirbelte, fächerförmig ausbreitete und mit einer solchen Geschicklichkeit durch seine Finger gleiten ließ, daß Frank ganz fasziniert war. Bret zuzusehen lenkte ihn von seinen Ängsten ab und machte es ihm möglich, sich doch ein wenig zu entspannen.

»Du bist sehr begabt«, sagte er, als Bret eine besonders komplizierte Serie von Kunststücken beendet hatte.

Bret zuckte die Achseln. »Eigentlich bin ich Amateur.«

»Ich würde dir gern mal beim Zaubern zusehen.«

Zum ersten Mal, seit Frank ihm beim Üben dieser Kunststücke zusah, ließ Bret eine Karte fallen. Der junge Mann bückte sich, um sie aufzuheben, und legte das Kartenspiel dann auf einen kleinen Tisch. »Das wäre nett gewesen – Ihnen vorzuführen, was ich gelernt habe«, sagte er. »Vielleicht zeige ich Ihnen, wie ein paar der Tricks funktionieren. Zu mehr werden wir wohl leider nicht mehr kommen.«

»Warum nicht?« fragte Frank.

»Das wissen Sie doch schon«, antwortete Bret geduldig, ohne jeglichen Anflug von Ärger. »Weil ich dann tot bin. Das haben wir doch schon besprochen.«

»Warum so eilig? Du kannst später immer noch sterben«,

sagte Frank. »Das ist etwas, das jeder von uns kann – und das jeder von uns tun wird.«

Bret nahm die Karten wieder auf, hielt sie aber ruhig in der Hand. »Aber nicht so wie wir.«

»Du willst doch nicht wirklich sterben, oder? Das hat doch etwas mit Samuel zu tun.«

»Kennen Sie die Geschichte ›Die Geächteten von Poker Flat‹ von Bret Harte?« fragte er, mischte und breitete die Karten aus und hielt sie dann Frank hin – eine Aufforderung, bei einem Kunststück mitzumachen. »Ich bin nach ihm benannt, wissen Sie.«

Frank schüttelte den Kopf und bemühte sich, seine Frustration zu verbergen. Jedesmal, wenn er diesen Punkt ansprach, wechselte Bret das Thema.

Aber anders als Frank vermutet hatte, erzählte ihm Bret die Geschichte nicht. Statt dessen schob er die Karten wieder zusammen und sagte: »Samuel ist beschädigt. Und ich auch, selbst wenn Ihnen das nicht so ohne weiteres auffällt. Wir sind nicht heil, Frank. Wir passen nicht dazu.«

»Niemand paßt dazu, Bret. Nicht ganz. Nicht so, wie du es dir vorstellst. Niemand.«

»Sie schon.«

Frank lachte. »Als ihr mich in Riverside gefangengenommen habt – im Haus von Ross?«

Bret zuckte angesichts der Erinnerung zusammen, nickte aber.

»An diesem Morgen hatte ich einen heftigen Streit mit meiner Frau – Teil einer Auseinandersetzung, die sich schon über Tage hingezogen hatte –, meine Mutter wollte nicht mit mir reden, und ich war froh, dem Büro zu entkommen, wo ich geschnitten wurde, seit ihr diese Geschichte in die Zeitung gebracht habt –«

»Was für eine Geschichte?« unterbrach ihn Bret.

»Über die Festnahmen von Lang und Colson.«

»Das waren nicht wir.«

»Aber die Einzelheiten über die Festnahmen –«

»Nein«, beteuerte Bret erneut. »Damit hatten wir nichts zu tun.«

Frank starrte ihn ungläubig an, bis ihm klarwurde, daß Bret keinerlei Grund hatte, ihn anzulügen.

»Was ist denn los?« wollte Bret wissen und legte die Karten hin.

»Wenn ihr der Zeitung nichts gesagt habt, muß es jemand aus meiner Abteilung gewesen sein.«

»Und alle anderen haben vermutet, Sie seien es gewesen?«

»Nicht alle«, gab Frank zu, »aber man hat mir eindeutig die kalte Schulter gezeigt.«

»Sie sind verraten worden«, sagte Bret.

»Ich weiß nicht, ob ich es so formulieren würde – so gravierend ist es nicht«, meinte Frank, aber Bret war in seine eigenen Gedanken versunken.

Frank hörte ein Piepen. Bret ging an die Tastatur und gab mehrere Ziffern ein. Die Tür oben an der Treppe öffnete sich. Samuel kam herein, in dunkler, feuchter Kleidung, ein Bündel in der Hand. Das Bündel war in etwas gewickelt, was gelbes Ölzeug zu sein schien. In großen roten Lettern stand »LPFD« darauf. Samuel war voller Ruß.

»Wieso ist er auf?« fragte er mit einem Blick auf Frank.

»Wo ist Faye?« wollte Bret wissen.

Samuel lachte. »Sie mußte zu einem Grillfest.«

Bret schwieg, den Mund zu einer mißbilligenden Linie verzogen.

»Sie war schon tot, bevor ich die Brände ausgelöst habe«, erklärte Samuel.

Bret sagte immer noch nichts.

»Sie hat doch gesagt, sie sei bereit, mit uns zu sterben, weißt du noch?«

»Aber das war ja nicht der Fall, oder?« sagte Bret leise.

»Ich wäre beinahe nicht mehr herausgekommen«, erzählte Samuel, aber niemand äußerte Mitgefühl für ihn. Mißmutig ging er an die Tastatur hinüber, tippte ein paar Zahlen ein und sagte: »Du hast vergessen, sie wieder scharf zu machen.«

Bret zuckte die Achseln und machte demonstrativ den Schrankkoffer zu, in dem Frank gelegen hatte.

Samuel wandte sich zu Frank um und zeigte auf ihn. »Wehe, Sie machen Ärger«, sagte er und stach bei jedem Wort mit seinem geschwärzten Zeigefinger in die Luft. Dann drehte er sich um, ging ins Badezimmer und warf die Tür hinter sich ins Schloß.

Frank begann erneut, auf und ab zu gehen, dachte aber weder an Samuels Wutausbruch noch an die Tote, sondern versuchte, sich an das Muster der Bewegungen zu erinnern, die Samuels Hand auf der Tastatur der Alarmanlage ausgeführt hatte. Er ging nahe an die Tastatur heran und musterte sie verstohlen. Er prägte sich die Ziffern ein, auf denen schwarze Flecken waren, und dachte wieder daran, wie sich Samuels rußige Hand bewegt hatte – oben rechts, unten links, unten rechts, Mitte, oben links.

Vielleicht, so dachte er, mache ich *doch* Ärger.

35

»Ich gehe spazieren«, sagte ich zu Henry Freeman, als wir am nächsten Morgen unser Frühstück beendet hatten. Bea, die völlig erschöpft gewesen war, als wir wenige Stunden zuvor zu Hause eingetroffen waren, schlief noch.

»Aber wenn Hocus anruft –« protestierte Hank.

»Sagen Sie ihnen, ich sei spazierengegangen.«

Er reichte mir ein federleichtes Handy. »Nehmen Sie das bitte mit.«

Vielleicht kann ich es ja gebrauchen, dachte ich, und bedankte mich dafür. Dann steckte ich es in die Gesäßtasche meiner Jeans.

»Wo wollen Sie denn spazierengehen?« fragte er.

»Unten am Strand. Ich nehme die Hunde mit.«

Das war nicht gelogen – ich tat, was ich ihm gesagt hatte. Ich ging mit den Hunden zum Spazierengehen an den Strand. Dunk – Franks Hund – erlaubte Deke oder mir nicht, zurückzubleiben oder vorauszueilen, sondern hielt uns wie ein Hirtenhund dicht beieinander. Mehrmals blickten die Hunde zurück zu den Stufen, die zu unserer Straße hinaufführten. Sie hielten Ausschau nach Frank.

Die Seeluft tat mir gut, genau wie die Zeit alleine mit den Hunden. In Gedanken ging ich die letzten Tage durch, alles, was geschehen war, alles, was ich gesehen, gehört und empfunden hatte.

Beim Frühstück an diesem Morgen hatte ich Hank Freeman gebeten, mir zu sagen, wer der Besitzer des Lagerhauses sei, da mir klar war, daß die Polizei bestimmt nicht nur über diese Information, sondern auch über sämtliche Baupläne verfügte, die sie in die Finger bekommen konnte. Hank erklärte mir, daß das Gebäude vor vier Jahren von einer Gesellschaft gekauft worden sei, einer Firma, die die Polizei erst heute morgen zu Francine Neukirk hatte zurückverfolgen können. Der verstorbenen Mrs. Neukirk, so sagte Hank, hatten die meisten Häuser auf dieser Seite des Häuserblocks gehört. Sie waren ihr als Einheit verkauft worden – wie sich herausstellte, war das Lagerhaus früher einmal mit zwei weiteren Gebäuden verbunden gewesen, die nun beide leerstanden. Unterirdische Gänge, die auf den Bauplänen als unterbrochen gekennzeichnet waren, waren wieder geöffnet worden.

Ich hatte Hank gefragt, ob in der Nacht zuvor jemand in diesen Gängen gewesen sei.

»Nur Feuerwehrleute und Männer von der Spezialeinheit«,

antwortete er. »Wir waren überall. Selbst wenn der Geiselnehmer versucht hätte, auf diesem Weg herauszukommen, wäre er von einem von uns gesehen worden.«

Hank berichtete mir außerdem, daß nach den jüngst erfolgten Umbaumaßnahmen an dem schalldichten Raum – die vor etwa einem halben Jahr abgeschlossen worden waren – niemand aus den wenigen umliegenden Geschäften noch einmal jemanden das Haus hatte betreten sehen.

Als ich wieder beim Haus angekommen war, ging ich zum Gartentor und ließ die Hunde dort hinein. Ich selbst folgte ihnen zu Dunks großer Verwirrung allerdings nicht. Ich nahm meine Schlüssel, stieg ins Auto und fuhr davon.

Ich war noch nicht einmal um die Ecke gebogen, als das Handy klingelte. Ich meldete mich: »Lassen Sie mich in Ruhe, Hank.«

»Ich bin für Sie verantwortlich«, sagte er.

»Nein, sind Sie nicht«, widersprach ich. »Sie sind für Frank verantwortlich. Ich stehe doch nicht unter Arrest, oder?«

»Natürlich nicht, aber –«

»Dann bis später. Bitte entschuldigen Sie mich bei Bea, wenn sie aufwacht.« Ich hielt an einem Stopschild, beendete das Gespräch und untersuchte das Telefon. Als ich die Ein-Aus-Taste gefunden hatte, schaltete ich es ab. Ich nahm den längsten Weg zum Zeitungsgebäude. Gegen halb zehn fuhr ich dort auf den Parkplatz. Ich ging an der Stelle vorbei, wo vor wenigen Tagen Franks Wagen stehengelassen worden war, ignorierte die plötzliche Übelkeit, die diese Erinnerungen in mir auslösten, und betrat das Gebäude.

Indem ich jedem aus dem Weg ging, der irgend etwas mit der Redaktion zu tun hatte, huschte ich hastig in die im Keller gelegene Abteilung für Kleinanzeigen. Den Anweisungen von Hocus entsprechend gab ich unter »Persönliches« eine Anzeige mit dem Text »John Oakhurst, komm nach Hause« auf.

Geoffrey, der Sicherheitsmann für tagsüber, hatte mir bisher jeden Gefallen getan, der ihm irgend möglich war, und er hielt seinen Rekord bei hundert Prozent, als ich ihn fragte, ob sämtliche Firmenwagen vergeben waren. Anstatt mit ja oder nein zu antworten, reichte er mir einen Schlüsselbund und sagte: »Fahren Sie vorsichtig.«

»Danke«, antwortete ich und machte mich auf den Weg hinaus. An der Eingangstür blieb ich stehen und wandte mich um. Ich reichte Geoffrey das Handy und sagte: »Wenn die Polizei von Las Piernas kommt und nach mir sucht, geben Sie ihnen bitte ihr Telefon zurück.«

Er lachte sein asthmatisches Lachen und antwortete: »Na klar.«

Ich parkte den Firmenwagen ein paar Blocks von dem ausgebrannten Lagerhaus entfernt, ohne auch nur einmal daran vorüberzufahren, obwohl die Versuchung groß war. Doch mir war klar, daß dort immer noch gearbeitet wurde und die Spurensicherung den Schutt durchsuchte, also hielt ich mich fern. Frank ist nicht dort, sagte ich mir. Und betete zu Gott, daß dem so war.

Ich stieg aus und ging los. Am Vorabend, während wir uns innerhalb unserer Absperrung aufhielten, hatte ich über dieses Viertel nachgedacht. Jetzt, während ich dort entlangging, war ich mir ziemlich sicher, daß Hocus noch in der Nähe war.

Ob man nun gesehen hatte, wie sie hineingingen, oder auch nicht, Hocus war in dem Lagerhaus gewesen. Ich wettete darauf, daß sie nicht weit weg waren. Zuerst einmal wäre Frank nicht leicht zu verlegen. Im Wachzustand hätte er fliehen können. Das bedeutete, daß er vermutlich immer noch mit Morphium vollgepumpt war, was um so wahrscheinlicher war, wenn sie sich an ihr Vorhaben hielten, die Dosierung stetig zu erhöhen.

Wie ich Bredloe schon gesagt hatte, glaubte ich nicht, daß

das Eintreffen der Polizei am Lagerhaus überraschend gekommen war – Hocus hatte sie ja dorthin gelockt. Nur zwei Personen befanden sich im Lagerhaus, als die Brände ausgelöst wurden: Aller Wahrscheinlichkeit nach war Faye Taft die »reglose« Person gewesen. Also war Frank verlegt worden und hatte von Samuel oder Bret bewacht werden müssen.

Höchstwahrscheinlich von Bret, nahm ich an. Faye war Samuels Freundin. Ich wußte zwar nicht mit Sicherheit, ob Samuel dortgeblieben war, um sicherzugehen, daß sie mitsamt dem Gebäude verbrannte, doch die Art, wie er von ihr gesprochen hatte, ließ mich glauben, daß er dazu in der Lage wäre. Und ich wußte noch, wie Regina Szal mir erzählt hatte, daß Bret beim Anblick von Blut in Ohnmacht gefallen war. Ich kam zu dem Schluß, daß Bret als Mörder nicht wahrscheinlich war.

Samuel mußte zu Fuß davongegangen sein. Eine Flucht mit einem Fahrzeug wäre unmöglich gewesen. Entweder hatte er sich als Beamter verkleidet – als Feuerwehrmann oder Mitglied der Spezialeinheit – oder er war durch einen geheimen Ausgang verschwunden. Als ich etwa einen Block nördlich und zwei Blocks östlich des Lagerhauses war, verlangsamte ich meinen Schritt und begann, die Umgebung aufmerksamer zu mustern. Ich kam an einem Schusterladen vorbei, in dessen Fenster ein ausgebleichtes Schild mit der Aufschrift »Montags geschlossen« hing. Daneben war ein Geschäft für Comics. Ich warf einen Blick hinein, sah fünf oder sechs Kunden, offenbar alles Männer Anfang bis Mitte Dreißig. Ich ging weiter.

Als ich die Reihe von Geschäften direkt hinter dem Lagerhaus erreichte, bekam ich immer massiver das Gefühl, verfolgt zu werden. In Paranoia auszubrechen kostete mich mittlerweile keine große Mühe mehr, und so huschte ich in ein kleines Café. Auf sämtlichen Tischen lagen plastikgeschützte rot-weiß karierte Decken. Darauf standen verstaubte Plastikvasen mit verstaubten Plastikblumen. Ich setzte mich an einen Tisch im hinteren Teil des Lokals, sah auf den Tisch und entdeckte eine fette Fliege, die ihre letzte Ruhestätte auf einem der roten Karos gefunden hatte.

»Mittagessen gibt's erst in einer Stunde«, rief jemand von hinten.

»Dann habe ich ja Glück gehabt«, murmelte ich unhörbar, erhob mich und ging der Stimme nach. Ein massiger, grobgesichtiger Mann mit einer schmutzigen Schürze füllte den größten Teil eines engen Flurs aus. Seine Arme waren von Tätowierungen übersät. Er steckte sich eine Zigarette an.

Ich blickte nach hinten zur Straße hinaus, gerade rechtzeitig, um Reed Collins zum Fenster hereinspähen zu sehen. Da er nichts als leere Tische entdeckte, ging er weiter.

»Wollen Sie irgendwas, Lady?« fragte der Küchenmeister.

»Könnte ich Ihre Toilette benutzen?«

»Hören Sie, wir haben geschlossen.«

Ich faßte in meine Jeans und zog einen Dollar hervor. »Könnte ich Ihre Toilette benutzen?« fragte ich noch einmal.

Er sah skeptisch drein. »Ein mickriger Dollar?«

»Früher haben doch sogar gebührenpflichtige Toiletten bloß fünf Cents gekostet«, sagte ich.

Er nahm einen langen Zug von seiner Zigarette. »Ein Schokoriegel auch. Hören Sie auf, sonst fange ich noch an zu weinen.«

Mit einem Blick zurück zum Fenster holte ich einen zweiten Dollar hervor. Er riß mir die Scheine aus der Hand und sagte: »Machen Sie sich's gemütlich.«

Die Toilette war hinter der Küche, und der brütenden Hitze in dem winzigen Kabuff nach zu schließen, standen die Herde genau auf der anderen Seite der einen Wand. Ich schaltete das Licht ein, womit sich gleichzeitig ein Ventilator in Betrieb setzte, der sich anhörte wie ein Panzerbataillon, das eine Metallbrücke überquert, aber nichts zur Kühlung des Raumes beitrug. Der Schalter hielt offenbar außerdem einen automatischen Raumsprayspender zu multiplen Orgasmen an – er gab einen Schuß nach dem anderen ab. Toilette und Waschbecken waren voller Rostflecken, der Fußboden klebte, und Toilettenpapier hätte man anscheinend selbst mitbringen müssen.

Gott sei Dank mußte ich nicht wirklich.

Ich versuchte, *nichts* zu berühren, und wartete. Langsam fragte ich mich, ob ich auf meine alten Tage eine Krankheit bekommen würde, ein Leiden, das auf zu intensiven Kontakt mit Raumspray zurückzuführen war. Die Duftnote hieß bestimmt »Bären tun's auch«.

Als ich es nicht mehr aushielt, ging ich hinaus.

»Er ist rechts um die Ecke gegangen«, sagte der Koch.

»Wer?«

Er verschränkte die Arme und lehnte sich gegen die Wand. »Der Cop, vor dem Sie sich verstecken. Der in Zivil.«

»Ist er hier reingekommen?«

»Nein. Wie gesagt, er ist rechts um die Ecke gegangen.«

»Woher wissen Sie, daß es ein Cop war?«

»Folsom, Jahrgang 1989. Natürlich komplett resozialisiert.«

»Natürlich«, sagte ich. »Wie kommen Sie darauf, daß ich mich vor einem Cop verstecke?«

Er fing an zu lachen und zog die zwei Dollar wieder aus der Tasche. Dann reichte er sie mir und sagte: »Schwester, Sie haben's verdient«, und ging in die Küche zurück.

Als ich auf die Tür zuging, rief er: »He!«

Ich drehte mich um.

»Stecken Sie irgendwie in der Klemme?«

»Eigentlich nicht. Aber jemand anders.«

»So? Na, dann gehen Sie mal rüber zu dem kleinen Buchladen auf der anderen Straßenseite. Der Typ da drin läßt Sie zur Hintertür raus.«

»Danke«, sagte ich.

In dem langen, schmalen Laden wurden antiquarische Bücher verkauft. Der Besitzer stand an einer Theke im hinteren Teil und telefonierte. Er war groß und mager und sah aus, als würde er schon seit dem Tag Bücher verkaufen, als die Gutenberg-Bibel frisch aus der Presse gekommen war. Hinter ihm befand sich eine geschlossene Tür mit der Aufschrift »Nur für Angestellte«. Ich beschloß, keine Szene zu machen, indem ich einfach hindurchraste, sondern vertrieb mir die Zeit mit Stöbern – eine ganz angenehme Ablenkung. Ich entdeckte ein Taschenbuch mit Kurzgeschichten von Bret Harte und nahm es aus dem Regal. Ein Bleistifteintrag auf der Titelseite verriet mir, daß es für einen Vierteldollar mir gehören könnte – akzeptiert.

Da ich es für den Fall, daß Reed Collins zurückkäme, günstiger fand, mehr ins Hintere des Ladens vorzudringen, näherte ich mich der Theke und sah die bunte Mischung auf den hinteren Regalen durch, wo mit gelben Etiketten Bücher für die Gebiete Gartengestaltung, Fahrradfahren, Architektur, Militärgeschichte und andere Themen gekennzeichnet waren. Während die meisten Abteilungen von Büchern überquollen, fiel mir in der obersten Reihe eine breite Lücke ins Auge, und ich stellte mich auf die Zehenspitzen, um das Etikett entziffern zu können.

»Zauberkunst und Zauberer«, las ich laut.

Der Ladenbesitzer war gerade mit Telefonieren fertig geworden. »Zauberkunst?« wiederholte er. »Sie nicht auch noch! Ist das jetzt der letzte Schrei?«

»Haben in letzter Zeit viele Leute Bücher über Zauberkunst bei Ihnen gekauft?«

»Nein, nur Mr. Messier, der Mann, der das Theater gekauft hat.«

Irgend etwas an dem Namen kam mir bekannt vor, aber ich konnte ihn nicht unterbringen. »Welches Theater?«

»Ach, nur ein Stück die Gasse runter. Das Starlight. Vor

langer Zeit war es mal ziemlich nobel, aber dann ging es pleite. Eine Weile hat es eine Kirchengruppe gehabt. Nannte es Starlight Chapel. Dann ging die Kirche pleite. Es wird schon seit Jahren nicht mehr als Theater benutzt, aber Mr. Messier restauriert es.«

Das Starlight. Jetzt wußte ich, wo ich den Namen gehört hatte. »Handelt es sich vielleicht um Mr. Charles Messier?«

»Ja, genau!« rief er lächelnd. »Kennen Sie ihn?«

»Wir haben telefoniert«, erklärte ich. »Ist er ein junger Mann?«

»Ja, aber täuschen Sie sich nicht. Er ist sehr wohlhabend. Dazu noch blitzgescheit. Und ich sage Ihnen, er hat mir ein paar Kartentricks gezeigt – eigentlich sollte er in Las Vegas auftreten, so gut ist er.«

»Klingt, als hätten Sie ihn ins Herz geschlossen.«

»Ja, allerdings. Mr. Messier ist ein sehr charmanter junger Mann. Und er hat eine Menge Arbeit in dieses Theater gesteckt.«

Ich bezahlte die Kurzgeschichten von Harte und sagte: »Ich muß Sie um einen Gefallen bitten.«

Der Ladenbesitzer sah mich an.

»Der Koch aus dem Café gegenüber hat gesagt, Sie würden mich durch die Hintertür in die Gasse hinauslassen.«

Der alte Mann lächelte. »Das hat Ray gesagt? Na klar, gehen Sie nur.«

»Wie gut kennen Sie Ray?« fragte ich, von Neugier übermannt.

»Sie meinen, ob ich weiß, daß er mal gesessen hat? Klar weiß ich das. Er hat hier bei mir gearbeitet, als er frisch herausgekommen ist, und dann hat er gegenüber im Café angefangen. Allerdings paßt er immer noch auf mich auf. Die Gegend ist heutzutage viel brutaler als früher – du liebe Zeit, ich habe gehört, daß gestern abend eine Spezialeinheit überall hier herumgeschwirrt ist. Ein Lagerhaus ist abgebrannt. Aber

Ray läßt nicht zu, daß mir jemand Ärger macht. Wenn er also möchte, daß Sie unsere reizende Gasse zu Gesicht kriegen, gehen Sie ruhig durch meine Hintertür. Aber ich warne Sie, die Tür fällt hinter Ihnen ins Schloß. Wenn Sie also erst einmal in der Gasse sind, müssen Sie schon bis ans Ende marschieren, wenn Sie wieder hinauswollen.«

»Vielen Dank – und sagen Sie bitte Ray noch mal vielen Dank von mir.« Ich machte mich auf den Weg. Dann hielt ich inne und fragte: »Wissen Sie, wo das nächste Münztelefon ist?«

»Ortsgespräch?«

»Ja, aber –«

»Telefonieren Sie einfach von hier aus.«

»Vielen Dank.«

Ich wählte Cassidys Nummer und erreichte nur den Anrufbeantworter.

»Cassidy, hier ist Irene. Da ist ein altes Theater zwischen der Zwanzigsten und der Einundzwanzigsten Straße, gleich bei der …«

»Denton«, half mir der alte Mann aus.

»Denton«, sagte ich. »Es gehört Mr. Charles Messier, an den Sie sich vielleicht aus unseren Gesprächen mit den Szals erinnern. Ich glaube, er hat unser Päckchen. Das Starlight Theater. Ich rufe in ein paar Minuten wieder an.«

Ich legte auf und fragte mich, ob ich eine so wichtige Mitteilung einem Anrufbeantworter anvertrauen sollte.

»Na los«, sagte der Alte. »Telefonieren Sie ruhig noch einmal.« Auf meinen verwirrten Blick hin bemerkte er: »Sie halten das Telefon immer noch fest. Ja, Sie quetschen es fast tot, würde ich sagen.«

Ich sah auf meine Hand hinunter und mußte betreten feststellen, daß er recht hatte. »Vielen Dank«, sagte ich noch einmal.

Nachdem ich gewählt hatte, schwand mein Mut dahin.

Hank würde vermutlich genau nach Vorschrift handeln und entweder Bredloe oder Lewis anrufen. Oder womöglich alles ignorieren, was ich zu sagen hatte, und mich wegen Behinderung der polizeilichen Ermittlungen verklagen.

Er meldete sich mit einem nervösen »Hallo?«.

»Hank, hier ist Irene.«

»Oh, Gott sei Dank!« sagte er. »Äh, Moment mal, bitte.«

»Halten Sie mich nicht hin, Hank. Piepsen Sie Cassidy an. Sagen Sie ihm, er soll seinen Anrufbeantworter abhören.« Ich legte auf.

Ich bedankte mich noch einmal beim Besitzer des Antiquariats und ging, wobei ich hoffte, daß Freeman das Gespräch nicht zurückverfolgen konnte.

Ich stellte fest, daß die Gasse eine Sackgasse war, die vor einer Backsteinmauer nicht weit von der Buchhandlung endete. Zum Glück lag das offene Ende der Gasse in der Richtung, die ich ohnehin eingeschlagen hätte – nach links, entgegengesetzt der Richtung, in die Reed Collins zuletzt unterwegs gewesen war. Für eine Gasse war es ziemlich breit – Platz genug für einen Lastwagen. Aber mit nur einem Ausgang fühlte ich mich doch ziemlich in die Enge gedrängt, nachdem die Tür des Antiquariats hinter mir ins Schloß gefallen war.

Viel zu sehen gab es in der Gasse nicht. Backsteinmauern, Metalltüren und Mülltonnen. Ein paar hohe, vergitterte Fenster und ein paar Leitern, die auf Dächer führten. Ein oder zwei Feuertreppen.

Ein zerzauster Kater schlief auf einer der Feuertreppen. Er sah nicht so aus, als hätte er sich schon jemals Schoßtier schimpfen lassen. Außerdem zählte er zu den wenigen Objekten in der Gasse, die nicht von einer Rußschicht überzogen waren.

Es wurde immer wärmer, und der jetzt schon durchdringende Gestank aus den Mülltonnen würde mit jedem Grad Hitze schlimmer werden.

Ich ging langsam in der Mitte der Gasse entlang, doch schon bald kehrte das Gefühl, beobachtet zu werden, zurück, und ich hielt mich enger an die Mauer zu meiner Rechten. Ich besah mir die Dachkanten der Häuser auf der linken Seite. Niemand. Ich wollte gerade dichter an die andere Straßenseite gehen, als ich ein lautes, metallisches Rattern hörte. Ich zuckte gegen die Wand zurück und versteckte mich hinter einer Mülltonne. Das Geräusch, das ich gehört hatte, stammte von einem großen metallenen Garagentor, das hochgezogen wurde. Ich hörte, wie jemand einen Motor anließ, dann kam ein brauner Lieferwagen langsam in die Gasse gerollt. Die abblätternde Aufschrift über dem Tor lautete »Starlight Theater«.

Im Seitenspiegel des Lieferwagens konnte ich das Gesicht des Fahrers erkennen. Wieder ein alter Mann – nur daß ich den hier kannte. Ich hatte ihn schon einmal in einer Bibliothek in Bakersfield gesehen.

Er drückte auf die Hupe, und das Tor senkte sich langsam wieder herab, während er davonfuhr.

Frank war ganz in der Nähe. Entweder in diesem Lieferwagen oder im Haus.

Ich lief um die Mülltonne herum, warf mich flach auf den Boden und rollte mich unter dem Tor durch, bevor es zuging.

Um mich herum herrschte völlige Finsternis.

36

Von irgendwo im Inneren des Gebäudes her konnte ich leise Geräusche hören. Ich kroch langsam vorwärts, indem ich mir den Weg über den Betonfußboden ertastete. Plötzlich erstrahlte der Raum, in dem ich mich befand, in hellem Licht, und ich hörte ein schrilles Pfeifen. Voller Panik sprang ich auf und suchte nach einem Versteck. Der Raum war eine vollkommen kahle Lieferbucht, aus der drei Türen herausführten. Neben der am weitesten links gelegenen Tür erkannte ich die Tastatur einer Alarmanlage, auf der mehrere Lämpchen blinkten.

Da ich mir sicher war, daß jeden Moment jemand durch eine der anderen beiden Türen kommen würde, versuchte ich es mit der mittleren. Abgesperrt. Allerdings ließ sich die Tür zur Rechten öffnen. Ich zog sie hinter mir wieder zu. Erneut stand ich in der Finsternis, aber ich konnte hören, wie jemand die Ladebucht betrat. Ich wollte flüchten und stolperte sofort. Ich streckte die Hand aus und fand zwischen den engen Wänden des vor mir liegenden Raums mein Gleichgewicht wieder. Eine Treppe. Eilig, aber so leise wie möglich, stieg ich die Stufen hinauf und rechnete schon damit, daß über mir die Lichter angehen oder ich ins Leere treten würde. Ich gelangte auf einen Treppenabsatz, doch oberhalb davon ging die Treppe weiter. Ich folgte ihr.

Die Treppe kam mir endlos vor, doch schließlich hörte sie vor einer weiteren Tür auf. Vorsichtig und tief gebückt drehte ich am Knauf und stieß sie auf. Hier herrschte ein dämmriges Licht, von dem das meiste durch die Fenster hereinkam, die auf die Bühne hinausgingen. Ich stellte fest, daß ich mich in einem Vorführraum befand.

Die kleine Kabine war unbesetzt. Ein Beleuchtungspult war eingeschaltet, und zwischen mehreren anderen Steuergeräten stand eine Computeranlage mit Monitoren und Tastatur. Auf dem glatten schwarzen Tisch wirkte das Beleuchtungspult wie das einzig neue Stück in einem Raum, der ansonsten muffig vor Alter roch. Ein Stapel ausrangierter Geräte stand in einer Ecke. Auf der einen Seite war eine Leiter an der Wand befestigt, die zu einer Vertiefung in der Decke führte. Ich wußte nicht, was dahinter lag, doch die Tür in der Vertiefung schien verschlossen zu sein.

Weiterhin gebückt, schlich ich zum größten Fenster in der Kabine hinüber. Langsam richtete ich mich auf, um auf die unter mir liegende Bühne blicken zu können.

Mein Blick wurde unverzüglich von einem auf einem verhüllten Tisch liegenden Mann angezogen. Hände und Füße waren gefesselt, und er trug offenbar einen Schlafanzug. Die eine Hand war verbunden. Sein Gesicht unter einem Dreitagebart war bleich, aber vielleicht wirkte er auch nur wegen der grellen Bühnenbeleuchtung so. Er rührte sich nicht, aber womöglich schlief er ja.

Frank.

Ich legte mir die Hand vor den Mund, um nicht unwillkürlich seinen Namen herauszuschreien. Als hätte er mich trotzdem gehört, regte er sich leicht.

Die Tränen begannen mir über die Wangen zu strömen. Ich wischte sie weg. Kein Grund, jetzt schon so überaus erleichtert zu sein, schärfte ich mir ein, aber es nutzte nichts. Er lebte. Ich konnte ihn sehen.

Außer dem verhüllten Tisch befanden sich noch weitere Gegenstände auf der Bühne. Mehrere hohe, freistehende Spiegel, Schrankkoffer, eine Reihe bunter Schachteln und ein großer Zylinder. Ein mechanischer Lift, dessen Plattform oben an der Decke hing, stand auf der einen Seite der Bühne. Ich betrachtete diese Dinge nur flüchtig; meine gesamte Aufmerksamkeit gehörte Frank. Ich fragte mich, wie lange ich mich davor zurückhalten könnte, zu ihm hinüberzurennen. Wenn ihm irgend etwas zustieß, während ich ihn aus der Ferne beobachtete …

Er schlug die Augen auf, wirkte benommen und orientierungslos.

Ich versuchte mich dazu zu zwingen, die Situation logisch zu betrachten. So sehr ich mir auch wünschte, jetzt bei Frank zu sein – etwas zu tun, wodurch Hocus erfahren könnte, daß ich hier war, wäre Wahnsinn und sowohl für Frank als auch für mich gefährlich. Es würde Hocus zwei Geiseln liefern statt einer. Wenn ich mich aber versteckthalten konnte, bis Cassidy eintraf, würden wir vielleicht beide überleben.

So unklug es gewesen sein mochte, ins Lager von Hocus einzudringen, ich bereute es in diesem Moment nicht. Jetzt wußte ich die Antworten auf mindestens zwei der Fragen, die mich seit Freitag abend quälten. Ich wußte, wo Frank war, und ich wußte, daß er lebte.

Eine zweite Person erschien auf der Bühne, ein junger Mann in einem glänzenden weißen Cape, einem schwarzen Zylinder und weißen Handschuhen. Bret Neukirk. Ich zog mich vom Fenster zurück, obwohl ich bezweifelte, daß er über die Bühnenbeleuchtung hinaus etwas erkennen konnte.

»Wie fühlen Sie sich?« fragte er Frank. Als ich seine Stimme so deutlich hörte, zuckte ich zusammen, doch dann wurde mir klar, daß der Ton durch einen Lautsprecher in die Kabine übertragen wurde.

Frank sah sich um, offenbar von seiner Umgebung verwirrt.

»Sie sind auf der Bühne«, sagte Bret, und Franks Gesicht lief rot an. »Nein – nein«, fügte Bret hinzu. »Da draußen ist niemand. Ich weiß, daß Sie nicht über die Scheinwerfer hinaussehen können, aber das Theater ist leer. Übrigens, bewegen Sie sich bitte nicht zu viel in die eine oder andere Richtung. Sie liegen auf einer Plattform, nicht in einem Bett.«

Frank versuchte, sich aufzustützen, aber Bret legte ihm eine Hand auf die Schulter. »Bleiben Sie noch einen Moment liegen. Sie können mir zuschauen, während ich Ihnen zeige, wie man levitiert. Können Sie sich sehen?«

»Ja«, antwortete Frank und blickte in einen der Spiegel. Auf einmal verzog er bestürzt die Miene.

»O nein – das tut mir leid. Vielleicht war es ein Fehler«, sagte Bret, der diesen gewandelten Gesichtsausdruck ebenso klar deutete wie ich. »Ich habe nicht daran gedacht … na ja, ich habe einfach nicht nachgedacht.«

»Schon gut«, entgegnete Frank. »Mein Anblick hat mich überrascht , weiter nichts.« Er musterte Bret und sagte dann: »Das ist aber ein anderes Cape als das, das du draußen in Riverside getragen hast, im Haus von Ross. Das andere war lila.«

»Ja«, sagte Bret, »Das habe ich weggeworfen.« Er wirkte ein wenig bleich.

»Weil Blut dran war«, sagte Frank sanft.

Franks Tonfall verwunderte mich ein wenig.

Mit einer Stimme, die kaum lauter war als ein Flüstern, antwortete Bret: »Ja.«

»Na, dann zeig mir mal den Trick«, sagte Frank, dem offenbar daran gelegen war, Bret von unangenehmen Gedanken abzubringen.

Bret, der aus einem Tagtraum aufzuwachen schien, meinte: »Ich würde Ihnen ja die Fesseln abnehmen, aber Samuel ist sowieso schon verärgert über mich, und er müßte bald zurückkommen.«

»Schon gut«, sagte Frank noch einmal, als wollte er Bret trösten.

Das verstand ich nicht. War das das Stockholm-Syndrom, von dem Cassidy gesprochen hatte? Oder versuchte Frank, Bret dazu zu veranlassen, seine Wachsamkeit abzulegen? Vielleicht war irgend etwas in den Drogen, die sie Frank verabreicht hatten, das ihn gefügig machte.

Schon bald wurde ich durch die naheliegenden Konsequenzen aus Brets letzter Äußerung abgelenkt. Wenn Samuel zurückkehrte, bräuchte ich ein besseres Versteck. Ging ich aber die Treppe hinunter, riskierte ich, ihm direkt in die Arme zu laufen. Ich musterte den Gerätestapel in der Ecke. Vielleicht konnte ich mich dahinter verbergen.

»Ich stehe hier«, sagte Bret und lenkte meine Aufmerksamkeit wieder auf die Bühne. Er ging zu einem zentralen Punkt hinter Frank. »Das Publikum sieht, wie ich dieses Tuch hochhebe – normalerweise würde ich Sie damit zudecken. Da Sie aber sehen sollen, was ich mache, entferne ich es jetzt.« Mit Schwung zog er das Tuch von der Vorderseite der Plattform.

Frank lag anscheinend auf einem langen Brett, nicht auf einem Tisch, wie ich angenommen hatte. Das Brett wurde von zwei Klappstühlen gestützt. Es sah ziemlich wackelig aus, und ich fragte mich, ob Bret vorhatte, Frank irgendwie zu verletzen.

»Achten Sie auf den Spiegel vorn auf der Bühne«, sagte Bret und zog dann plötzlich beide Stühle weg.

Ich schnappte nach Atem. Frank schwebte in der Luft. Und lächelte.

»Also, wenn Sie Teil meines Auftritts wären, würde ich Sie um etwas mehr Ernst bitten«, bemerkte Bret, der die Szene offensichtlich genoß. »Es handelt sich um Levitation, und wenn meine Konzentration unterbrochen wird, fallen Sie runter!«

Drähte, dachte ich, und versuchte, sie ausfindig zu machen.

Bret nahm einen großen Reifen zur Hand und führte ihn vollständig über und unter Franks Körper hinweg. Dann zog er ihn über Franks Beine bis zu seiner Taille. Er legte ihn erst in der einen, dann in der anderen Richtung fast ganz flach hin und wiederholte diese Bewegung von der anderen Seite, indem er den Reifen über Franks Kopf und Schultern zu den Beinen bewegte. Von wegen Drähte.

Frank fing an zu lachen.

»Wissen Sie, was Sie oben hält?« fragte Bret.

»Nein«, antwortete Frank.

»Geben Sie mir mal die Hand.«

Bret half Frank beim Aufstehen. Während Bret beiseite ging, konnte ich neben der Plattform einen Gegenstand ausmachen. Frank musterte ihn. »Da«, sagte Bret, »ich mache mal mehr Licht.«

Einen Augenblick lang fürchtete ich, er würde die Treppe

heraufkommen, doch er veränderte die Beleuchtung von der Bühne aus. Im helleren Licht von oben erkannte ich jetzt, daß eine massive Stange in den Bühnenboden eingelassen war. Die Stange ging gerade nach oben, etwa einen Dreiviertelmeter vom Boden weg, dann bog sie rechtwinklig nach vorn zum Publikum hin ab und bildete einen Arm, der sich parallel zum Fußboden erstreckte. Dieser horizontale Arm war mit der Plattform verbunden.

»Sehen Sie diese S-förmige Biegung?« fragte Bret und wies auf eine Kurve in dem Arm.

»Ja«, antwortete Frank. »Wofür ist die gut?«

»Um den Reifen darüberzuführen. Diese Stange nennt man einen S-Tragarm. Aus dem Blickwinkel des Publikums ist die Plattform zu Beginn des Zaubertricks verhüllt. Also gehe ich an die Stange heran und nehme den Arm zwischen die Beine. Dabei halte ich die Füße beieinander und verberge den vertikalen Teil der Stange hinter den Beinen. Wie gesagt, sonst ist das Tuch hochgezogen und liegt über Ihnen.«

»Aber wenn das Tuch erst einmal hochgezogen worden ist, kannst du dich nicht mehr von der Mitte der Bühne wegbewegen, oder?« fragte Frank.

»Genau. Ich muß bleiben, wo ich bin, um die Stange zu verbergen. Also wird das Tuch hochgezogen, und die Stühle werden entfernt. Da die Stütze unter Ihnen offensichtlich weg ist, glaubt das Publikum natürlich, Sie hingen an Drähten. Also führe ich den Reifen hin und her, erst vom einen Ende und dann vom anderen, wobei ich ihn dank der S-förmigen Biegung beinahe flach hinlegen kann, wenn er direkt vor mir ist. Also keine Drähte! Wenn ich diesen Trick vor Publikum vorführe, stelle ich die Stühle wieder hin und lasse dann das Tuch über die Vorderseite der Plattform fallen. Erst dann kann ich mich von der Stange entfernen. Es gibt noch eine andere Version dieses Tricks, bei der die Stange hinter einem Vorhang versteckt ist. In dieser Version kann man umhergehen. Aber mir gefällt es anders besser. Ich finde, ein Vorhang so nah an der Plattform ist zu auffällig – das macht das Publikum argwöhnisch.«

Er begann, Frank andere Kunststücke und die Kniffe, die dahintersteckten, zu zeigen. Obwohl Frank durch die Ketten zwischen seinen Knöcheln behindert wurde, schien ihm die Unterhaltung Spaß zu machen. Unter anderen Umständen hätte man sie für Freunde gehalten. Frank machte keinen Versuch, ihn zu überwältigen, obwohl ich mir ziemlich sicher war, daß er das hätte tun können.

Irgendwann sagte Frank: »Warum zeigst du mir das alles? Es gibt doch ein Schweigegebot unter Zauberern, oder?«

»Eigentlich nicht. Sonst wären ja sämtliche Geheimnisse mit Houdini oder Thurston ausgestorben.« Bret lächelte. »Oder mit Merlin.«

»Ich bin aber nicht gerade ein Zauberlehrling«, meinte Frank.

»Es ist keine richtige Zauberei. Es erfordert Geschicklichkeit und Showtalent und jede Menge mechanische Kunstgriffe. Und es funktioniert am besten, wenn man an echte Magie glaubt.«

»Tust du das?« fragte Frank.

»Natürlich. Was, wenn uns damals jemand anderes gefunden hätte?«

Frank schwieg.

»Ich möchte, daß das hier ein Kindertheater wird«, erklärte Bret. »Mit Zaubervorstellungen.«

»Dann sorg dafür, daß du kriegst, was du willst«, antwortete Frank.

Bret schüttelte den Kopf.

Eine Tür flog krachend auf, und Samuel betrat die Bühne.

»Die Alarmanlage ist ausgelöst worden«, sagte er zu Bret.

»Ich weiß.«

»Was soll das heißen?«

»Es war nichts. Ich habe das Gebäude durchsucht. Kein Mensch da.«

Da mir bei dieser Diskussion unwohl wurde, zog ich mich hinter den Gerätestapel zurück.

»Was meinst du mit ›kein Mensch‹?« fragte Samuel.

»Ich meine, daß der Alarm losgegangen ist, kurz nachdem du gefahren bist. Die fragliche Stelle war die Ladebucht. Deren Eingangstür war gesichert. Sämtliche Türen, die von ihr wegführten, waren abgesperrt.«

»Ich habe mir gerade die Videoaufzeichnung angesehen«, sagte Samuel wütend.

Mir wurde ganz schlecht.

»Und?« sagte Bret gelassen.

»Und du hast einen Teil davon gelöscht.«

»Ja. In der Ladebucht sind die Lichter angegangen. Die Kameras haben zu filmen begonnen – und rein gar nichts aufgenommen. Gibt es einen bestimmten Grund dafür, daß du gern eine Aufzeichnung von einem leeren Betonraum aufbewahren würdest?«

Nach kurzem Schweigen sagte Samuel: »Hast du trotzdem die anderen Gebäudeteile durchsucht?«

»Natürlich.«

Nach einer weiteren Gesprächspause fragte Samuel: »Was macht er eigentlich hier oben?«

»Ich habe Frank etwas über Zauberei beigebracht«, erwiderte Bret und fügte hinzu: »Du bist unerträglich grob.«

»Schhh«, machte Samuel plötzlich.

Zuerst begriff ich nicht, was vor sich ging. Frank fragte: »Was ist denn los?«

»Maul halten!« fauchte Samuel und fügte in sarkastischem Ton hinzu: »Verzeihung. Hören Sie bitte.«

Bald hörte ich es auch. Das unverwechselbare Geräusch eines Rotors dröhnte durch die Luft. Ein Hubschrauber schwebte über uns.

»Sie haben uns gefunden!« rief Samuel aus. »Weg hier.«

Ich hörte ein Scharren und das Rasseln von Franks Ketten. Dann sagte Bret: »Ich gehe in den Schaltraum hinauf und stelle das Gerät aus. Du nimmst Frank.« Er hielt inne und sagte dann: »Und Samuel –«

»Ich tue ihm schon nichts, Herrgott noch mal. Es sei denn –«

»Samuel!«

»Geh einfach. Ihm passiert nichts. Mein Gott, wenn du dir solche Sorgen um ihn machst, gehe ich eben in die Kabine hinauf.«

»Nein«, sagte Bret, und selbst ich nahm wahr, wie hastig seine Antwort erfolgte.

Weiteres kurzes Schweigen.

»Du hast sämtliche Besorgungen erledigt«, sagte Bret. »Ich kann mir nicht alles von dir abnehmen lassen.«

»Macht mir nichts aus«, entgegnete Samuel, und jegliche Hitzigkeit war aus seiner Stimme geschwunden. »Ich bin gern beschäftigt. Das weißt du doch.«

»Ja«, sagte Bret. »Weiß ich. Aber du hast jetzt alle Hände voll zu tun.«

»Mach nicht zu lang!« rief Samuel.

Ich wartete und lauschte, bis ich Schritte näher kommen hörte. Mir brach der kalte Schweiß aus, und mein Herz begann zu hämmern. Ich neige sowieso schon zur Klaustrophobie, aber ich muß zugeben, daß meine Ängste sich in diesem Moment ausschließlich auf Menschen bezogen, nicht auf beengte Räume. Ich hielt den Atem an, als die Tür aufging.

Eine Taschenlampe in der Hand, ging Bret rasch an das Schaltpult hinüber und stellte es aus. Der Raum lag nun, vom Schein der Taschenlampe abgesehen, in völliger Finsternis. Bret ließ sie an und legte sie auf eine Ecke des schwarzen Tisches. Er zog eine Schublade auf, holte einen Schlüssel heraus und ließ ihn neben der Taschenlampe liegen. Ohne die Lampe mitzunehmen, durchquerte er in der Dunkelheit mit sicheren Schritten den Raum. An der Tür hielt er inne und sagte: »Das hier ist kein gutes Versteck. Aber versuchen Sie nicht, das Gebäude jetzt zu verlassen. Die Außentüren sind präpariert.« Danach war er so still, daß ich schon dachte, er wäre gegangen. Doch dann hörte ich ihn sagen: »Schade, daß wir uns nicht kennengelernt haben.«

Die Tür ging zu, und ich hörte seine eiligen Schritte, als er die Treppe hinunterraste.

37

»Vier.«

Cassidy fluchte unhörbar. »Ist er sicher?« fragte er, obwohl er die Antwort bereits wußte.

Henry Freeman sprach ins Mikrophon seiner Kopfhörergarnitur, lauschte anschließend, sah dann zu Cassidy auf und nickte. »Vier. Drei sind gerade außer Sichtweite verschwunden. Er glaubt, sie sind in einem Raum mit einer dicken Metalldecke oder irgendeiner anderen Abschirmung, die thermische Messungen verhindert. Die vierte Person befindet sich am anderen Ende des Gebäudes.«

»Bewegt sie sich?«

»Ja.«

Er seufzte. »Wenigstens haben sie sie noch nicht gefunden.«

»Sir, vielleicht ist es gar nicht Ms. Kelly.«

»Hängen Sie auch noch Ihren Strumpf an den Kamin, Hank?«

»Nein, Sir.«

»Wie kommen wir sonst voran?«

»Die Telefongesellschaft hat bereits Schritte unternommen, um ihnen die Amtsleitung zu kappen. Sie bekommen also kein Freizeichen mehr auf ihren Telefonen. Eine neue Leitung wird jede Minute eingerichtet.«

»Haben wir schon Pläne des Gebäudes?«

»Nein, Sir, aber sie sind unterwegs.«

Cassidy nahm sein Fernglas und starrte das alte Theater an. Die Metalltüren waren neu, aber sonst erzählte alles daran von einer anderen Zeit – die breite Markise mit den sternförmigen Neonleuchten darüber, das gravierte Glas an den Kassenfenstern, das bunte, fächerförmige Fußbodenmosaik. Das Wort »Starlight« war mit messingkonturierten Lettern in das Mosaik geschrieben.

»In welchem Teil des Gebäudes haben Sie sie gesehen?« wollte er wissen.

Freeman rief im Hubschrauber an und wiederholte die Frage.

»Auf dieser Seite, Sir. Hoch oben.«

»Hoch oben?«

»Ja, Sir.«

»Also in der Nähe der Vorführkabine«, sagte Cassidy. »Ist es ein Filmtheater?«

»Nein, Sir«, antwortete Freeman. »Obwohl es das auch einmal gewesen sein kann. Der Herr aus dem Buchladen hat gesagt, daß hier Theaterstücke aufgeführt wurden, bevor es dieser Kirche gehört hat.«

Cassidy setzte das Fernglas ab, beobachtete aber weiterhin das Gebäude.

»Sir?« sagte Freeman.

»Wann sehen Sie endlich ein, daß Sie mich nicht so zu titulieren brauchen?«

»Ich glaube nicht, daß ich mir das jetzt noch abgewöhnen kann, Sir.«

Cassidy lächelte. »Wohl nicht. Wo liegt denn das Problem, Detective Henry Freeman?«

»Es ist kein Problem, Sir. Ich wollte nur sagen, es freut

mich, daß Captain Bredloe Ihnen gestattet, den Fall zu übernehmen.«

»Vielen Dank auch, Hank. Aber wir haben noch einiges vor uns, bevor wir uns über irgend etwas freuen können.«

Ein paar Minuten später erklärte Freeman: »Das Telefon steht bereit.«

»Sind Sie auch soweit?«

Freeman nickte.

»Dann rufen wir sie jetzt mal an.«

Der Anruf wurde beim zweiten Klingeln entgegengenommen.

»Hallo, Tom. Schön, daß Sie wieder da sind.«

»Hallo, Samuel. Wie läuft's?«

»Tja, wir sind nicht besonders begeistert. Wir sitzen mit Detective Harriman hier drinnen fest. Unser Telefon funktioniert nicht, außer wenn Sie anrufen.«

»Oh, von jetzt an können Sie mich anrufen, Samuel. Aber niemanden sonst. Woher wußten Sie eigentlich, daß ich es sein würde?«

»Wir können Sie natürlich sehen. Diese massive Bedrängungstaktik ist uns ausgesprochen unangenehm. Wir haben den Mann nicht bekommen, den wir verlangt haben, und die Zeit wird langsam knapp.«

»Wir wurden bei der Suche nach Ihrem Mann ein bißchen aufgehalten. Aber wir haben Fortschritte gemacht.«

»Leider nicht genug.«

»Ach?«

»Sie haben uns jetzt unter Druck gesetzt, Tom. Wir hätten bis Dienstag gewartet, aber Sie haben gedrängt. Da müssen wir eben Detective Harriman eine etwas höhere Dosis verabreichen.«

»Warum etwas überstürzen, Samuel?«

Langes Schweigen war die Folge. »Red du mit ihm«, hörte er Samuel sagen.

Nach einem unverständlichen Wortwechsel hörte er, wie eine Tür ins Schloß fiel. Er schrieb Freeman eine kurze Notiz, woraufhin dieser den Hubschrauber anfunkte.

»Hallo?« sagte jemand ins Telefon.

»Hallo«, antwortete Cassidy.

»Hier ist Bret.«

»Hallo, Bret. Wir haben noch nicht viel miteinander gesprochen. Ich heiße Tom. Wie geht's?«

»Ich muß Ihnen eine Mitteilung machen, Detective Cassidy«, sagte Bret und ignorierte die Frage. »Lassen Sie nicht zu, daß jemand das Gebäude betritt. Sämtliche Türen und Fenster sind mit Sprengstoff präpariert. Unser eigenes Leben ist uns egal. Wir würden Frank gern am Leben lassen, aber wir werden ihn töten, wenn unsere einzige Forderung nicht erfüllt wird. Wir haben diesen Tag über zehn Jahre lang geplant, infolgedessen sind wir vorbereitet. Wir würden unsere Ziele gern ohne unnötige Todesfälle erreichen.«

Cassidy schwieg.

Bret sprach weiter, jetzt in sanfterem Tonfall. »Möchten Sie mit Frank sprechen?«

»Ja.«

Am Telefon wurde der Raumlautsprecher eingeschaltet.

»Tom?« sagte eine entfernte Stimme.

»Hallo, Frank. Wie geht's?«

»Ein bißchen down bin ich schon.«

»Wir sind in einem Keller«, erklärte Bret. »Ich glaube, das möchte er damit andeuten.«

»Ist Irene bei euch da draußen?« fragte Frank.

»Sie kommt später«, antwortete Cassidy.

»Er lügt«, sagte Bret. »Sie ist hier im Gebäude.«

»Was?« schrie Frank.

»Es tut mir leid, Frank«, sagte Bret. »Sie ist hier im Haus. Samuel weiß nichts davon. Ich habe ihr das mit den Türen gesagt.«

»Aber Samuel könnte gerade in diesem Moment nach ihr suchen!« sagte Frank.

»Wir müssen jetzt leider Schluß machen, Detective Cassidy. Übrigens stelle ich die Klingel ab. Ich rufe Sie etwas später wieder an.«

Er legte auf.

»Was sagt der Hubschrauber?« wollte Cassidy wissen.

»Zwei Menschen bewegen sich in entgegengesetzten Teilen des Hauses.«

»Halt dich versteckt, Irene«, sagte Cassidy.

»Mrs. Harriman möchte Sie sprechen«, sagte Hank, der den Funk abhörte. »Sie sagt, es sei dringend.«

»Mrs. Harriman?« fragte Cassidy und dachte dabei an Irene.

»Bea Harriman.«

»Ich kann jetzt nicht von hier verschwinden und zu ihr –«

»Sie hat ein paar Leute aus Bakersfield dabei, Sir. Sie hat gesagt, ich soll Ihnen ausrichten, daß sie hat, was Hocus will.«

Cassidy stand stocksteif da. »Gehen Sie runter und sagen Sie Mrs. Harriman – ach, vergessen Sie's. Hören Sie, Hank, sorgen Sie dafür, daß der Captain der Spezialeinheit das mit den Eingängen bekanntgibt. Und auch das mit den Kameras. Ich nehme das Handy mit.«

Langsam ging er auf die Menschengruppe zu, die um Bea Harriman herumstand. Als er bei ihnen angekommen war, hatte er sich beruhigt. Cecilia Parker. Nathan Cook. Gus Matthews. Bear Bradshaw.

»Hatten Sie eine angenehme Fahrt von Bakersfield hierher?«

»Sie wissen, warum wir hier sind«, begann Cecilia.

»O ja, Ms. Parker, das weiß ich. Und es erstaunt mich, daß vier Polizeibeamte – Ruhestand hin oder her – so verfluchte Idioten sein konnten. Sie kommen mit edlen Absichten hierher, nehme ich an, aber in Wirklichkeit ist Frank nur deshalb noch am Leben, weil die Leute von Hocus *nicht* bekommen haben, was sie wollen. Und Sie wissen, daß wir niemanden in dieses Gebäude hineinschicken werden. Damit würden wir nämlich Ihr Todesurteil unterschreiben, und vermutlich das von Frank und Irene noch dazu. Wir gestatten hier keine Selbstjustiz. Geben Sie mir Zeit, dann hole ich Frank und Irene lebend aus dem Gebäude heraus. Hocus wird einsehen müssen, daß es nicht so läuft, wie sie es sich vorgestellt haben. Es ist meine Aufgabe, die beiden dazu zu bewegen – und zwar *gewaltfrei.*«

»Aber wir wissen doch, warum sie das machen«, begann Cecilia. »Und wir –«

»Und wir werden Sie verhaften, wenn Sie versuchen, in irgendeiner Form einzugreifen. Da mache ich kurzen Prozeß. Haben Sie verstanden?«

Er wartete.

»Wir haben es verstanden«, sagte Bradshaw. »Ich habe euch ja gesagt, was passieren würde. Gehen wir.«

Alle warfen ihm zornige Blicke zu. Cook und Matthews stampften davon. Cecilia setzte sich widerwillig in Bewegung und stützte Bradshaw, aber beide waren offensichtlich ebenso wütend wie die anderen. Cassidy kümmerte es nicht. Diese Leute waren eine Ablenkung, die ihm nur lästig war. Lediglich Bea Harriman blieb mit Pete, Rachel und Jack zurück.

Cassidy ging zurück zum Posten des Unterhändlers.

»Irgendwas gehört?« fragte er.

»Nein«, antwortete Freeman. »Aber die Pläne sind eingetroffen.«

Cassidy warf einen Blick auf die Gruppe zurück. Pete Baird ging jetzt davon.

»Hat die Spezialeinheit auch Kopien davon?«

»Ja, Sir.«

Cassidy rollte die Baupläne auseinander und wandte sich dann um, um Pete Bairds davonmarschierendem Rücken nachzusehen. »Hank«, sagte er, »ich möchte, daß jemand diese Leute im Auge behält. Einschließlich Baird.«

»Sie sind ja unter Aufsicht, Sir. Wir haben Wachen –«

»Nein. Ich will, daß unsere Leute sie im Auge behalten, selbst wenn sie das Gelände verlassen haben. Vor allem, wenn sie das Gelände verlassen haben.«

38

Sie fuhren in die Tiefgarage und warteten.

»Hervorragend, Cecilia«, sagte Nathan Cook nach einer Weile.

Sie lächelte erst, als Gus sagte: »Du bist eine sagenhafte Fahrerin. Ich glaube, so schnell hätte ich sie nicht abschütteln können.«

»Vielleicht sind wir noch nicht ganz aus dem Schneider«, meinte Bear.

»Du alte Unke«, schimpfte Gus. »Natürlich sind wir das.«

»Hast du's dir anders überlegt?« fragte Nate Cecilia.

»Halt die Klappe, Cookie«, knurrte Gus. »Komm bloß niemandem mit dem Scheiß.«

»Ich wollte es ihr gar nicht ausreden, Gus«, sagte Nate. »Ich bin genauso fest entschlossen wie ihr.«

»Da habe ich meine Zweifel«, entgegnete Bear. »Aber jetzt beeilt euch. Wer weiß, was sie dem Jungen antun, während ihr euch alberne Wortgefechte liefert.«

»Er ist kein Junge«, wandte Nate ein.

Cecilia löste die Verriegelung des Kofferraums und stieg aus dem Wagen. »Bringen wir's hinter uns«, sagte sie.

Die anderen stiegen aus. Gus sah sich ein bißchen um. »Die Luft ist rein«, erklärte er.

Nate begann sein Hemd aufzuknöpfen und hielt inne, als

er merkte, daß Cecilia ihn anstarrte. »Würdest du bitte wegschauen?«

»Nein«, sagte sie. »Mach ich nicht. Ich habe kein verletztes Bein, und ich habe nicht so viel Mitleid mit dir wie Gus.«

»Ich habe kein Mitleid mit dem Dreckskerl«, sagte Gus zu ihr. Nate zuckte die Achseln und zog sich weiter aus. »Wie auch immer. Wenn ihr das Gefühl habt, ihr müßt mich überwachen, gut. Aber ich habe mich gegen keinen von euch in irgendeinem Punkt zur Wehr gesetzt. Und ich weiß nicht, was ich dir je getan hätte, Cecilia.«

»Du hast mich glauben lassen, du wärst jemand, der du nicht bist. Und jetzt runter mit den Klamotten.«

39

Ich nahm Taschenlampe und Schlüssel und kroch die Leiter empor. Ich hoffte bei Gott, daß die Luke nicht zur Rubrik derer gehörte, die Bret als »präparierte Türen« bezeichnet hatte. Ich schloß auf und drückte sie sachte beiseite. Nichts passierte.

Ich lauschte eine Weile, bevor ich ganz durch die Luke stieg. Dabei hörte ich, wie der Hubschrauber übers Haus flog. Sonst nichts. Ich wand mich durch die Öffnung und sah mich um.

Ich befand mich in einem Raum zwischen dem Dach des Gebäudes sowie dem Zuschauerraum und der Bühne unter mir, auf der sogenannten Beleuchterbrücke. Sie war Teil eines weiten Netzes von hängend befestigten, schmalen Metallaufstegen – weiteren Beleuchterbrücken, über die man Zugang zu Scheinwerfern und anderen Gerätschaften oberhalb von Zuschauerraum und Bühne hatte. Die Begriffe drangen mir wie aus weiter Ferne wieder ins Gedächtnis – ich war in meinem ersten College-Jahr eine Zeitlang mit einem Theaterinspizienten ausgegangen. Wir trennten uns, als er feststellte, daß ich nicht bereit war, mit ihm direkt von der Ouvertüre zum dritten Akt überzugehen. Er war ein interessanter Mann, aber selbst mit dem Extra-Bonus, daß ich Freikarten für Nachmittagsvorstellungen bekam, war er es nicht wert.

Besagter Inspizient hatte an Geister geglaubt und war überzeugt davon, daß es in sämtlichen alten Theatern spukte. Während ich mit nichts als einer Taschenlampe in der Hand die Beleuchterbrücke des Starlight entlangblickte, gab ich ihm auf der Stelle recht. Obwohl fast alles hier oben ziemlich neu wirkte, hätte ein Fehltritt auf dem hochmodernen Laufsteg einen sehr tiefen Sturz zur Folge gehabt. Ich kroch weiter, an Beleuchtungsapparaturen und Kabeln vorbei. Als ich ein Gerät schalten hörte, erstarrte ich.

Schließlich faßte ich genug Mut, um mit der Taschenlampe in die Richtung zu leuchten, aus der das Geräusch gekommen war, und sah, daß es sich um eine Videokamera handelte. Ich konnte die Seite mit dem Objektiv nicht sehen, da sie in die Wand reichte und von Gummi umgeben war.

Während ich mich vorsichtig weiterbewegte und mit der Lampe die Wände des Gebäudes ausleuchtete, sah ich, daß hier oben vier Kameras angebracht waren, in jeder Ecke der Beleuchterbrücke eine. Vielleicht gab es noch weitere in dem zur Gasse hin gelegenen Teil des Theaters, der von der Brücke aus nicht zugänglich war. Ich blieb eine Zeitlang still sitzen und erwog meine Möglichkeiten. Die Kameras wurden von Hocus zweifellos dazu eingesetzt, die Vorgänge außerhalb des Gebäudes und die Maßnahmen der Polizei zu überwachen. Selbst wenn es noch weitere Kameras im Gebäude geben sollte, verschaffte ich Cassidy vermutlich einen dringend benötigten Vorteil, wenn ich die hier unbrauchbar machte. Wenn aber Hocus sah, wie sich ihre Monitore abschalteten, wäre ihre erste Reaktion wahrscheinlich, hier heraufzukommen und nach dem Rechten zu sehen. Wenn Bret nach mir suchte, geschähe mir vermutlich nichts, selbst wenn er sich wegen der Kameras ärgerte. Aber Samuel?

Ich dachte an Faye Taft und erschauerte.

Trotzdem war es das Risiko wert. Vielleicht konnte ich ihm ja entwischen. Jedes Theater war voller Verstecke.

Wahrscheinlich befanden sie sich selbst in einem solchen Versteck. Sie hatten die Bühne verlassen, aber ich hatte sie weder durchs Haus gehen noch zur Vorführkabine hinaufsteigen hören. Außerdem hatte ich von der Brücke aus nirgends Licht gesehen. Vermutlich waren sie also irgendwo hinter oder unter der Bühne.

Wenn ich den Laufsteg vom einen Ende des Gebäudes zum anderen entlangrannte – was selbst bei heller Beleuchtung gefährlich wäre –, könnte ich es schaffen. Aber ich durfte die Kameras nicht einfach ausschalten. Ich mußte dafür sorgen, daß sie nicht im Handumdrehen wieder repariert werden konnten, sonst wäre es das Risiko nicht wert.

Ich musterte die mir am nächsten gelegene Kamera und drückte gegen die dicke Gummimanschette, die um den Teil der Kamera gelegt war, in dem sich das Objektiv befand. Sie gab ohne weiteres nach, und durch die kleine Öffnung in der Wand drang helles Tageslicht. Ich wartete, bis sich meine Augen daran gewöhnt hatten, und blickte durch das kleine, von der Kamera hinterlassene Loch hinaus. Draußen war überhaupt nichts zu sehen; allerdings hörte ich den Hubschrauber deutlicher. Die Öffnung war größer als die Kamera selbst, damit sie sich in sämtliche Richtungen bewegen konnte.

Zu meiner Erleichterung war die Kamera mittels einer simplen Kameraschraube an einem Träger befestigt, so ähnlich wie auf einem Stativ. Der Träger war mit einer eigenen Schaltvorrichtung bestückt. Wenn ich das Gehäuse abschraubte und die Stromversorgung herausriß, konnte ich die Kamera durch die Öffnung in der Wand schieben.

Ich überlegte mir ein Schema, anhand dessen ich vorgehen müßte. Es gab vier Wege, auf denen man die Laufstege verlassen konnte. Nach oben durchs Dach, aber der Zugang zum Dach war vermutlich mit Sprengstoff präpariert. Mehrere Treppen hinunter auf die Bühne oder die Leiter hinunter in die Vorführkabine – das waren die beiden sichersten Möglichkeiten. Der endgültige Abgang wäre ganz einfach – ein Sturz von einem der Stege.

Aus verschiedenen Gründen beschloß ich, zuerst die Kameras unbrauchbar zu machen, die der Vorführkabine am nächsten lagen. Damit wären Bret und Samuel außerstande, weiterhin die polizeilichen Maßnahmen vor dem Gebäude zu überwachen, wo Cassidy und seine Freunde mehr Bewegungsfreiheit hatten als in der Sackgasse dahinter.

Die Abdeckung über der Vorführkabine war ein massiver Boden, keiner dieser schmalen Laufstege, die ich überqueren mußte, um die Kameras am Ende der Bühne zu erreichen. Es wäre leichter, zuerst die Kameras bei der Kabine abzumontieren. Außerdem wußte ich, daß der einzige andere Ausgang aus der Vorführkabine eine schmale Treppe war, während die Bühne im Notfall mehr Fluchtmöglichkeiten bieten würde. Jemand von Hocus mochte vielleicht durch den Bühneneingang zur Beleuchtungsbrücke heraufkommen, um nachzusehen, was mit den Kameras passiert war, aber das war ein Risiko, das ich eingehen mußte.

Ich ging zum Bühneneingang, öffnete die unversperrte Tür und lauschte. Stille und Dunkelheit. Das Licht der Taschenlampe förderte außer der Treppe an sich wenig zutage. Neben der Tür standen mehrere große Pappkartons auf einer Plattform. Bei genauerem Hinsehen erkannte ich, daß die Plattform die Oberseite des mechanischen Aufzugs war, den ich unten auf der Bühne gesehen hatte. An der Plattform befanden sich keinerlei Bedienungsknöpfe, sonst hätte ich noch über einen zweiten Weg nach unten verfügt. Als ich die Etiketten auf den Kisten las, stellte ich fest, daß es sich um Lautsprecher handelte. Eine neue Lautsprecheranlage für das alte Theater, die kurz vor der Installation stand. Mit einer der kleineren Kisten hielt ich die Tür zur Treppe offen.

Während ich im Geiste meinen Fluchtweg ausarbeitete, ging ich zu jeder Kamera, stieß die Gummimanschetten beiseite und lockerte die Befestigungsschrauben. Hinten bei der Vorführkabine holte ich tief Luft, dachte an Orangenblüten und riß das Stromkabel der ersten Kamera heraus. Dann stieß ich sie auf die Straße.

Ich gönnte mir nicht das Vergnügen, sie krachend aufschlagen zu sehen, sondern rannte zur anderen Ecke an der Vorderseite des Gebäudes und machte dort das gleiche mit der anderen Kamera. Jetzt der lange Lauf den Steg entlang zu der Kamera auf der linken Bühnenseite. Ich versuchte, mich so schnell und leise wie möglich zu bewegen. Ich warf die dritte Kamera hinunter und ging gerade auf die vierte zu, als die Luke zur Vorführkabine aufflog und ein Lichtstrahl herausdrang. Ich machte meine Taschenlampe aus und betete schneller, als ich lief.

Ich zwang mich, weiter auf die Kamera zuzugehen, selbst als ich einen Mann durch die Luke kriechen sah. Allerdings zog er bereits eine Pistole aus dem Hosenbund, und so änderte ich meinen Kurs und eilte auf die Treppe zur Bühne zu. Er schrie »Halt!«, doch er sah mich nicht direkt an, wodurch ich merkte, daß sich seine Augen noch nicht an die Dunkelheit gewöhnt hatten. Er hatte keine Taschenlampe und hielt nur die Pistole in der Hand. Ich langte an der Tür zur Treppe an und schob die Kiste zur Seite. Dann drehte ich mich um und warf die anderen Lautsprecherkisten um. Als ich die Tür hinter mir schloß, hörte ich einen Schuß.

Ich ergriff das Treppengeländer, schaltete eine knappe Sekunde lang die Taschenlampe ein und raste dann wie der Teufel die Treppe hinunter. Als ich an einen Treppenabsatz kam, machte ich noch einmal lange genug Licht, um ein Schild an einer Tür lesen zu können, auf dem »Arbeitsgalerie« stand.

Ich wußte, daß die Arbeitsgalerie ein weiterer schmaler Steg sein mußte, der neben den Verspannungen verlief, mit denen Vorhänge und Kulissen kontrolliert wurden. Mittels Schnüren, an denen Gewichte hingen, wurden von diesem Bereich über der Bühne aus – der Arbeitsgalerie – Vorhänge, Soffittenlichter und Kulissen bewegt. Am anderen Ende gab es keinen Ausgang, und ich befand mich fast zwanzig Meter über dem Fußboden. Ohne die Arbeitsgalerie zu betreten, öffnete und schloß ich ihre Tür mit einem lauten Knall und ging anschließend weiter die Metalltreppe hinab. Eine Kiste fiel mit lautem Krachen auf die Sitze.

An der Bühne angekommen, wandte ich mich nach rechts. Erneut benutzte ich die Taschenlampe, diesmal um die Verspannungen zu finden. Ich ging an die Stelle, wo der Soffittenarbeiter – derjenige, der Kulissen und Vorhänge hebt und senkt – während einer Aufführung steht. Vor mir hingen Dutzende von Seilsträngen. Ich stellte die Taschenlampe aus, steckte sie in meine Jeans und schlich mich an den Schnüren entlang, wobei ich sie alle lockerte und damit Vorhänge und Kulissen herabsinken ließ wie eine Wahnsinnige.

Das erzeugte auf der Arbeitsgalerie Lärm, und ich konnte hören, wie mein Verfolger die Tür aufzog, an der ich vorübergegangen war. Am Ende der Seilstränge angelangt, stieß ich gegen ein Schaltpult: die Bühnenbeleuchtung. Erst zögerte ich, doch dann ging ich um das Pult herum. Ein weiteres Mal riskierte ich die Taschenlampe, als ich die Tür zur Arbeitsgalerie erneut zuschlagen hörte. Ich wählte einen relativ ungehindert begehbaren Durchgang zwischen einem Vorhang und einer Kulisse, dann stellte ich die Lampe wieder aus. Ich begann, den Weg auf Zehenspitzen entlangzugehen, und versuchte, auf die andere Seite der Bühne zu gelangen, ohne meine Anwesenheit kundzutun. Ich hörte, wie mein Verfolger auf der Bühne anlangte.

»Wer sind Sie?« rief er.

Es war Samuel. Ich gab keine Antwort.

»Sie kommen hier nicht heraus, wissen Sie.« Während er das sagte, stolperte er über irgend etwas und fluchte beim Hinfallen. Ich lauschte, konnte aber seine Schritte nicht hören. Ich ging ein Stückchen weiter und stolperte über eine von Brets Zauberutensilien. Ich klammerte mich an den Vorhang, um nicht hinzufallen. Beim Hinundherschwingen machte er ein leises Geräusch, aber weder riß er, noch fiel er herab.

Ich wartete, bis ich die Balance wieder hatte, und ging weiter. Jetzt hörte ich Samuel wieder. Er näherte sich dem Beleuchtungspult. Ich hastete weiter und stolperte erneut.

Im Zuschauerraum gingen die Lichter an. Ich war nun nicht mehr weit von der anderen Bühnenseite entfernt. Ich richtete mich wieder auf und rannte in die Seitenkulissen.

Auf einmal ertönte ein mir vertrautes Pfeifen – das Geräusch der Alarmanlage, das ich in der Ladebucht vernommen hatte. Ich rannte weiter, auf den Raum hinter der Bühne zu.

Ich kam an einem roten Griff vorbei und zog daran. Der Feueralarm. Lautes Klingeln übertönte das Pfeifen. Der eiserne Vorhang fiel rasch herab, wurde etwa zweieinhalb Meter über dem Bühnenboden etwas langsamer und blendete die Beleuchtung im Zuschauerraum aus. Ich sah Samuel genau in dem Moment unter dem Vorhang durchschlüpfen, als die mittlerweile vom Zuschauerraum abgeschnittene Bühne wieder in Finsternis getaucht wurde.

Ich schaltete die Taschenlampe ein und rannte.

40

»Kameras, Sir.«

Cassidy setzte das Fernglas ab und sah Hank Freeman an.

»Die Spezialeinheit sagt, sie macht die Kameras unbrauchbar«, erläuterte Hank. »Das war es, was aus dem Gebäude gefallen ist. Die Gummistücke waren eine Art Wetterschutz. Die Kameras fielen hinterher. Sie hat alle bis auf eine heruntergeworfen.«

»Nicht zu fassen«, sagte Cassidy und lauschte dem endlosen Klingeln in der Telefonleitung, die mit seiner Kopfhörergarnitur verbunden war. Kaum hörbar knurrte er: »Geh ans Telefon, Bret.«

Freeman runzelte die Stirn und lauschte über seinen eigenen Kopfhörer. »Einer von ihnen ist hinter ihr her.«

Sie hörten den Knall eines Schusses.

Cassidy nahm ein Handfunkgerät. »Bleiben Sie dran.«

Hank Freeman hörte, wie Bredloe allen befahl, nicht zu schießen. Bredloes Stimme klang weniger ruhig, fand er. Wie Cassidy mit dieser Entwicklung zurechtkam, durchschaute er nicht. Je schlimmer es für alle anderen wurde, desto ruhiger war Cassidy. Der Hubschrauberpilot sprach jetzt, und Freeman hörte ihm über den Kopfhörer zu.

»Sie bewegt sich immer noch«, sagte Hank. »Sie sind jetzt weiter auseinander.«

Cassidy sprach ins Funkgerät: »Haben Sie das gehört, Captain?«

Bredloe bejahte.

»Geh ans Telefon«, sagte Cassidy wieder in sein Mikrophon.

Als hätte Bret gehört, was Cassidy von ihm wollte, erfolgte die Reaktion.

»Detective Cassidy?«

»Ja, Bret«, antwortete Cassidy lächelnd. »Ich bin's.«
»Kamen die Schüsse von Ihnen?«
»Nein, Bret, die kamen von euch.«
»Samuel?«
»Ich nehme es an. Er hat vermutlich auf Irene geschossen.«
Langes Schweigen.
»Womit schießt er denn?« wollte Cassidy wissen.
»Ich weiß es nicht. Ich weiß es nicht. Hat er …«
Cassidy wartete.
»Ist sie verletzt?« fragte Bret.
»Das kann ich Ihnen nicht sagen, Bret.«
»Warum nicht?« fragte Bret. »Dieser Teil des Gebäudes ist nicht abgeschirmt.«
»Welcher Teil des Gebäudes?«
»Das ganze. Außer dem Raum, in dem ich mich aufhalte, können Sie alles auf Ihren Wärmesensoren sehen. Wo ist sie?«
Cassidy gab keine Antwort.
»Ich will nicht, daß sie verletzt wird!«
»Ich weiß, daß Sie das nicht wollen«, sagte Cassidy gelassen. »In dieser Hinsicht sind Samuel und Sie wohl verschieden.«
»Ja. Sind wir. Er bringt sie um! Wo ist sie?«
Doch bevor Cassidy antworten konnte, hörte er das Geräusch von zersplitterndem Glas. Bret schrie: »Nein, nicht! Tu's nicht! O Gott! O Gott!«
Im Hintergrund war ein hohes Pfeifen zu hören.
»Ignorieren Sie den Alarm«, sagte Bret mit matter Stimme zu Cassidy und legte auf.
»Hank, sagen Sie den Leuten von der taktischen Einheit, sie sollen den Alarm ignorieren.«
Sie hörten das laute Klingeln des Feueralarms.
Cassidy griff wieder zum Handfunkgerät. »Ignorieren Sie das. Falscher Alarm.«
Er hörte, wie Bredloe den Befehl wiederholte.
Dann lauschten sie dem Klingeln der Glocken.

41

Samuel lief über die Laderampe zur Kellertür. Mit einem Schlüssel stellte er den Feueralarm ab. Das verdammte Ding gellte ihm immer noch in den Ohren. Dieser verdammte Scheiß-Eindringling. Wie hatte er sich hereingeschlichen? Das bereitete ihm Kopfzerbrechen. Doch er würde sich später um den Eindringling kümmern. Wenn er Glück hatte, würde sich der Idiot selbst ins Jenseits sprengen.

Er tippte einen anderen Code ein, und das Pfeifen hörte auf. Herrgott, was kam wohl als nächstes? Einiges lief schief. Er schloß eine zweite Kontrolltafel auf und schaltete einen Bildschirm ein, auf dem er sehen konnte, was sich im Keller abspielte.

Bret lag auf dem Fußboden. Frank Harriman beugte sich über ihn.

Wie rasend drückte Samuel auf den Knopf der Sprechanlage. »Gehen Sie verdammt noch mal von ihm weg!« schrie er ins Mikrophon. »Gehen Sie verdammt noch mal *sofort* von ihm weg, wenn Sie überleben wollen, Sie Scheißkerl!«

Frank hob seine gefesselten Hände in die Luft und trat unbeholfen von Bret weg. Er konnte die Kamera nicht sehen, und so wandte er sich der Stimme zu. »Er ist ohnmächtig geworden«, sagte Frank. »Ihm fehlt nichts, er ist nur ohnmächtig geworden.«

Samuel atmete schwer, wie unter Schmerzen. »Lassen Sie die Finger von ihm«, wiederholte er, fast unter Tränen, doch nun konnte er sehen, daß Frank an der Hand blutete. Das Blut. Deswegen mußte Bret das Bewußtsein verloren haben.

»Was haben Sie mit Ihrer Hand gemacht?« wollte Samuel wissen.

Frank gab keine Antwort, sondern sah sich lediglich nach der Kamera um.

»Ich habe Sie etwas gefragt. *Antworten Sie!*«

»Ich habe die Infusion herausgezogen«, sagte Frank.

Bret stöhnte.

»Laß mich ihm helfen«, bat Frank.

»Wenn Sie ihm auch nur nahe kommen, bringe ich Sie um. Gehen Sie ins Badezimmer«, kommandierte Samuel. »Gehen Sie dort rein und machen Sie die Tür zu. Wenn er das Blut sieht, wird er gleich wieder ohnmächtig.«

Widerwillig und mit einem Blick auf Bret ging Frank ins Badezimmer und schloß die Tür.

Mit zitternden Fingern gab Samuel den Code ein und eilte dann zu Bret hinunter. Als er die Alarmanlage wieder scharfmachte, sah er, daß Blut auf der Tastatur klebte. Er mußte es später abwischen.

Brets Augenlider öffneten sich flatternd.

»Samuel?« Er versuchte sich aufzusetzen.

»Ich bin hier. Du bist noch ganz bleich. Komm, ich helfe dir.« Als er Bret auf die Stufen gesetzt hatte, damit er es bequemer hatte, fragte Samuel: »Bist du irgendwo verletzt? Hast du dir den Kopf angeschlagen, als du bewußtlos geworden bist?«

»Nein, ich glaube, Frank hat mich aufgefangen.« Bret sah sich um. »Wo ist er?«

»Im Badezimmer. Alles in Ordnung. Ganz ruhig. Schau nicht da rüber – die Sauerei räume ich nachher auf. Laß einfach den Kopf runterhängen.«

»Peinlich«, sagte Bret und steckte den Kopf zwischen die Knie.

»Nein, ist es nicht. Keine Sorge. Und zerbrich dir über ihn nicht den Kopf. Der Ventilator läuft, wenn das Licht brennt, also kann er uns nicht hören.«

»Vielleicht solltest du nachsehen, ab ihm auch nichts fehlt. Er hat geblutet.«

»Nicht so schlimm«, meinte Samuel. »Ihm fehlt nichts weiter. Er kann es im Waschbecken auswaschen und mit einem Handtuch verbinden. So schlau wird er wohl sein.«

»Er hat die Morphiumflasche zerbrochen und die Infusionsnadel rausgezogen. Und versucht, den Code für die Alarmanlage einzugeben.«

»Ich hätte warten sollen, bis er sicher eingeschlafen war.«

»Er hat den Schlauch abgeklemmt. Ich glaube, er hat überhaupt nichts abgekriegt.«

»Scheißkerl«, knurrte Samuel und warf einen Blick zum Badezimmer hinüber.

»Ich kann es ihm nicht verübeln«, sagte Bret.

»Was?«

»Ich kann es ihm nicht verübeln. Und jedesmal, wenn ich diese Ketten höre –«

»Ganz ruhig«, beschwichtigte ihn Samuel.

»Ich würde durchdrehen, Samuel, wenn jemand das mit mir machen würde. Ich könnte es nicht ertragen.«

»Schh. Schon gut. Niemand hat ihm etwas getan. Nicht ernsthaft.«

»Doch, haben wir. Das Morphium ist genau wie die Ketten. Es ist eine chemische Fessel, sonst gar nichts. Das weiß er. Dadurch fühlt er sich hilflos. Und als er gedacht hat, daß du auf seine Frau geschossen hast, muß es genauso gewesen sein wie –«

»Als er gedacht hat, ich hätte *was* getan?«

»Auf seine Frau geschossen. Hast du sie erschossen?«

»Wovon redest du eigentlich?«

»Irene Kelly. Sie ist diejenige, die hier im Haus ist.«

Samuel starrte ihn schweigend an. »Du hast mich *angelogen*«, sagte er ungläubig.

»Ja. Es tut mir leid, wenn dich das verletzt.«

»Wenn mich das verletzt? Natürlich verletzt es mich!«

»Setz dich mal einen Moment zu mir, Samuel. Setz dich einfach zu mir. Wie früher, als wir geschwiegen haben.«

Samuel wollte sich schon auflehnen, doch irgend etwas in Brets Stimme beunruhigte ihn. Also sagte er nichts.

Binnen weniger Minuten wurde er ganz gelassen. Das brachte das Schweigen regelmäßig mit sich. Wenn ihn in der Schule jemand geärgert hatte, als sie noch jünger waren, hatte Bret ihn auf diese Weise beruhigen können. Und es rief ihm in Erinnerung, daß Bret nicht um ein solches gemeinsames Schweigen gebeten hätte, wenn es nicht ironischerweise etwas Wichtiges zu »sagen« gegeben hätte.

Nach langem Schweigen begann Samuel zu sprechen. »Es war wegen Faye.«

»Ja.«

»Haßt du mich dafür?«

»Nein, natürlich nicht. Aber dir fällt es zunehmend leichter, Menschen zu verletzen, und ich wollte nicht, daß du Franks Frau etwas antust. Deshalb habe ich dir nicht gesagt, daß sie hier ist, Samuel.«

Erneut machte sich langes Schweigen zwischen ihnen breit, während Samuel über Brets Worte nachdachte.

»Bist du dir so sicher, daß er unschuldig ist?« fragte Samuel.

»Ja«, antwortete Bret ohne das geringste Zögern. »Du nicht?«

»Ich weiß nicht.«

»Bist du bereit, meinem Urteil zu vertrauen?«

Nach einer langen Pause antwortete Samuel: »Ja. Aber eines solltest du wissen.«

Bret wartete.

»Ich bin bisher noch nicht dazu gekommen, es dir zu sagen. Als ich hinausgegangen bin, bin ich zu einem Münztelefon gegangen, habe bei der Zeitung angerufen und gefragt, ob meine ›Enkelin‹ Irene Kelly die Anzeige aufgegeben hätte, um die ich sie gebeten hatte. Die mit John Oakhurst.«

»Und?«

»Seine Frau weiß, wer der Polizist ist.«

42

Er folgte mir nun nicht mehr. Nachdem ich mich weiß Gott wie lang in einer Garderobe versteckt hatte, kam ich zu dem Schluß, daß er die Jagd nach mir aufgegeben hatte, zumindest für den Moment. Vielleicht hatte er größere Probleme. Oder vielleicht rechnete er auch damit, daß ich ums Leben kam, wenn ich versuchte, das Gebäude zu verlassen, und dachte sich, daß ich die Mühe, mich zu verfolgen, nicht wert war.

Ich beschloß, mich vorsichtig ein bißchen umzusehen.

Ich ging durch einen Umkleideraum und erschrak fast zu Tode, als ich mich in einem der zahlreichen Spiegel erblickte – da ich mein Spiegelbild im Dunkeln zuerst nur als eine andere Person erkannte, die sich durch den Raum bewegte.

Beinahe wäre ich an die Wand gegangen und hätte das Licht eingeschaltet, doch ich wollte nicht zu übermütig werden. Was auch immer Samuel dazu gebracht hatte, die Verfolgung einzustellen, konnte genausogut nur ein vorübergehender Aufschub sein.

Langsam bewegte ich mich durch den hinteren Teil des Theaters, wobei ich die Batterien der Taschenlampe so weit wie möglich schonte. Schließlich betrat ich ein Büro. Auf dem Schreibtisch blinkte ein Licht. Das Klingeln eines Telefons.

Ich nahm den Hörer ab und versteckte mich unter dem Tisch, bevor ich sprach.

»Hallo?«

»Irene?« fragte eine verdutzte Stimme.

»Ja«, antwortete ich, als ich die gedehnte Version meines Namens erkannte. »Freut mich, daß Hank sich bei Ihnen gemeldet hat, Cassidy.«

»Es wäre mir lieber gewesen, wenn Sie *vor* dem Gebäude auf mich gewartet hätten, aber das war wohl zuviel verlangt. Wo sind Sie denn?«

»Allein in irgendeinem Büro. Wissen Sie, wo Frank ist?«

»Ja, aber ich weiß nicht, ob ich Ihnen das sagen soll. Sie waren schon fleißiger als ein Einbeiniger beim Wett-Arschtreten.«

»Es war nicht unbedingt meine Absicht, mich hier mit den beiden einschließen zu lassen. Kann ich irgend etwas für Sie tun, solange ich hier bin?«

»Verstecken Sie sich. Halten Sie sich von den beiden fern. Wenn die Sie auch noch in die Hände kriegen, haben wir ein doppelt so großes Problem wie zuvor. Das ist Ihnen doch klar, oder?«

Im Büro ging Licht an.

Ach du Scheiße, dachte ich.

»Irene?«

»Es ist ihr klar, Detective Cassidy«, sagte eine Stimme an einem anderen Anschluß. »Verabschieden Sie sich von ihm, Ms. Kelly.«

»Bret?« fragte Cassidy.

Samuel kam um den Schreibtisch herum. Er zielte mit einer Pistole auf mich und bedeutete mir, daß ich herauskommen sollte.

»Bis später, Cassidy«, sagte ich. Ich legte den Hörer auf und ließ mich von Samuel wegführen. Mir fiel auf, daß das Licht an dem Telefon nicht ausging. Ich versuchte, daraus neuen Mut zu schöpfen, daß Cassidy noch mit Bret sprach. Gleich siehst du Frank, sagte ich mir.

Trotzdem hatte ich Angst.

Samuel brachte mich in einen Keller. Als ich die Treppe herunterkam, blickte Frank auf und sah mich. Er war immer noch gefesselt, und an seiner Hand war ein größerer Verband. Er stand auf. Ich lief auf ihn zu.

Er hob mir seine gefesselten Hände über den Kopf und hielt mich ebenso fest wie ich ihn. Er war warm und lebendig, und wir waren zusammen. Vielleicht erlebe ich irgendwann einmal ein besseres Gefühl, dachte ich, aber ich war außerstande, mir vorzustellen, was das sein könnte.

Bret kam näher, und Frank wurde einen Moment lang stocksteif. Dann streckte er die Arme aus. Bret schloß die Ketten an Franks Handgelenken auf und zog die Ledermanschetten ab.

»Danke«, sagte Frank. Er zog mich enger an sich, in einer so heftigen Umarmung, daß ich keine Luft mehr bekam. Ich brauchte auch keine.

»Wir lassen Sie eine Zeitlang allein«, erklärte Bret, und zu unserer Überraschung gingen beide hinaus.

»Alles in Ordnung?« fragten wir einander unisono und verbrachten die nächsten Minuten damit, uns weinend in den Armen zu liegen. Ich lehnte mich zurück und wischte ihm die Tränen aus den Augen. »Cassidy holt uns hier raus«, sagte ich.

Frank nickte, sagte mir, daß er mich liebte, und dann fingen wir alle beide wieder an zu weinen.

»Ich weiß, du findest es idiotisch von mir, daß ich hierherkomme und mich schnappen lasse –«, begann ich, doch er legte mir einen Finger auf den Mund und schüttelte den Kopf.

»Kein Wort mehr«, sagte er. »Egal, was passiert, wir werden unsere Zeit nicht mit Reue verschwenden.«

Ich sah zu ihm auf, lächelte matt und fragte: »Glaubst du, daß sie Kameras hier drin haben?«

Er lachte. »Garantiert, muß ich leider sagen. Und Mikrophone.«

»Verdammt«, sagte ich.

»Verdammt«, sagte er und hielt mich fest.

»In Spionagefilmen besprechen sie in solchen Momenten immer ihre Strategie«, meinte ich.

»Gott sei Dank sind wir keine Spione«, erwiderte er und küßte mich.

An der Kellertür ertönte ein lächerlich höfliches, leises

Klopfen, und Bret kam mit offenkundig verlegener Miene herein.

»Entschuldigen Sie die Störung«, sagte er, »aber wir müssen mit Detective Cassidy sprechen.«

Er setzte eine Kopfhörergarnitur auf und sprach ins Mikrophon. »Irgend etwas Neues?«

Er lauschte und sagte dann: »In Ordnung. Ich rufe jetzt an. Bleib dran.«

»Wo ist Samuel?« fragte Frank.

»Er behält die Vorgänge im Auge. Anscheinend hat sich die Spezialeinheit in Bewegung gesetzt.« Bret wandte sich an mich. »Ms. Kelly, sind Sie bereit, uns den Namen des Mannes zu nennen, den wir suchen?«

Frank sah mich erstaunt an. »Du kennst ihn?«

Ich gab keine Antwort. Bevor Frank weiterreden konnte, erklärte Bret: »Wir reden später darüber.«

Er nahm das Telefon zur Hand und wartete.

»Hallo, Detective Cassidy. Ich schalte jetzt das Raummikrophon ein.« Er drückte einen Knopf und sah uns an. »Würden Sie bitte etwas sagen?«

Wir sagten beide hallo.

»Alles in Ordnung?« fragte Cassidy.

»Ja«, antwortete ich. »Man hat uns kein Härchen gekrümmt.«

»Geben Sie auf?« fragte Bret ihn.

»Also, wie kommen Sie denn auf so was?« fragte Cassidy.

»Wir haben gesehen, daß sich die Spezialeinheit in Bewegung gesetzt hat«, erwiderte Bret.

»Die Spezialeinheit hat sich nicht vom Fleck gerührt«, entgegnete Cassidy.

»Detective Cassidy«, mahnte Bret, »bitte lügen Sie nicht.«

»Ich lüge nicht«, erklärte Cassidy. »Moment mal, ich will mich vergewissern, daß ich Ihnen gerade nichts Falsches gesagt habe.«

Nach einem Moment meldete er sich wieder. »Bret?«

»Ja?«

»Ich muß mich entschuldigen. Sie haben recht. Das ist völlig eigenmächtig geschehen, und die betreffenden Männer wurden zurückbeordert. Möchten Sie sich das von Samuel bestätigen lassen?«

»Einen Moment bitte«, meinte Bret. Er sprach in sein Mikrophon. »Samuel?« Er lauschte und sagte dann: »In Ordnung, Detective Cassidy. Aber jetzt müssen wir fürchten, daß Sie Ihre Seite der Angelegenheit nicht unter Kontrolle haben.«

»Tatsächlich?«

Bret wirkte abwesend. »Ach nein, wohl doch nicht. Samuel sagt mir gerade, daß diese Männer zur Einsatzleitung gebracht worden sind. Also gut, sollen wir uns jetzt unterhalten?«

»Sicher.«

»Am besten sagen wir alles ganz deutlich, einverstanden?«

»Deutlich?«

»Unmißverständlich. Ich sollte Ihnen wohl mitteilen, daß wir einen Generator und jede Menge Vorräte haben, falls Sie vorhaben, uns Strom oder Wasser zu sperren.«

»Kein Mensch hat so etwas im Sinn, Bret.«

»Außerdem haben wir Gasmasken und Schutzanzüge. Samuel und ich, meine ich. Wenn Sie das Problem also chemisch angehen wollen, hätten Frank und Irene darunter zu leiden, nicht wir. Und außerdem sind wir zwei natürlich die einzigen, die den Sprengstoff scharf machen und wieder entschärfen können.«

»Bret, kein Mensch hat vor –«

»Nein, natürlich nicht. Aber es muß deutlich gesagt werden. Also, wir wollen eine Sache. Nur eine einzige. Weder Geld noch Ruhm, noch das Leben unschuldiger Menschen. Wir wollen kein Flugzeug, das uns nach Havanna bringt oder irgendwelchen ähnlichen Unsinn. Wir wollen lediglich Gerechtigkeit. Weiter nichts.«

»Gerechtigkeit.«

»Ja, Detective Cassidy, Gerechtigkeit. Das ist das einzige, wofür wir leben. Buchstäblich. Ein Leben für vier Leben.«

Cassidy brach das anhaltende Schweigen nicht. Frank musterte mich. Ich nahm seine unverletzte Hand und drückte sie sanft. Er erwiderte den Druck.

»Ms. Kelly kennt den Namen des Mannes«, sagte Bret.

»Hat sie Ihnen das gesagt?«

»Nicht direkt, nein. Aber – Moment mal –«

Ich hörte Cassidy schreien: »Haltet diesen Mann auf! Haltet ihn auf!«

»Nein, Detective Cassidy!« sagte Bret. »Sagen Sie Ihren Leuten, sie sollen sich fernhalten! Ich will nicht, daß die anderen verletzt werden.«

»Bleiben Sie dran«, rief Cassidy. Wir konnten Bredloe durch ein Megaphon brüllen hören: »Officer, bleiben Sie auf der Stelle stehen. Das ist ein Befehl! Sie unterlaufen die Verhandlungen und gefährden das Leben anderer. Halt!«

»Bist du sicher, daß er es ist?« fragte Bret Samuel über die Kopfhörergarnitur und stellte einen Fernsehmonitor an. Auf dem Bildschirm erschien ein Ausblick auf das Gelände vor dem Theater auf Straßenebene. Ein Mann in einer Uniform der Spezialeinheit überquerte mit erhobenen Händen die Straße. Bret sagte: »Ich wünschte, wir könnten ihn sprechen hören.«

Genau in diesem Moment rief der Mann: »Bret! Samuel! Ich bin derjenige, den ihr sucht.«

»Wer ist das?«

Über sein Mikrophon sagte Bret: »Ja, nur diese eine Tür.« Er ging ans Telefon und erklärte: »Detective Cassidy! Sprechen Sie in Ihr Megaphon. Sagen Sie dem Mann, daß er nur durch die mittlere Tür hereinkann. Durch keine andere. Und ohne weitere Polizisten.«

»Das kann ich nicht zulassen, Bret. Wir wissen nicht, ob

dieser Mann derjenige ist, den Sie suchen. Leute gestehen immer wieder Verbrechen, die sie nicht begangen haben, aus einem irregeleiteten Gefühl von –«

»Er sprengt uns alle gnadenlos in die Luft, Sir, wenn Sie nicht genau das tun, was wir verlangen. Dann kommen auch ein paar Ihrer Leute um. Samuel und mir liegt nichts an uns selbst, aber die Harrimans haben etwas Besseres verdient. Beeilen Sie sich, Detective Cassidy, er kommt immer näher.«

Doch es war Bredloe, der die Ankündigung machte, noch während ich Cassidy sagen hörte: »Captain, lassen Sie nicht –«

»Wir melden uns gleich wieder«, sagte Bret und legte auf. »Entschuldigen Sie bitte«, wandte er sich an uns und hastete die Treppe hinauf. An der Tür hielt er inne und warf uns einen Schlüssel zu. »Für den Fall des Falles«, bemerkte er mit einem Lächeln.

»Bret!« rief ich ihm nach, doch er beachtete mich nicht.

»Wer ist es?« fragte Frank noch einmal.

»Nathan Cook«, antwortete ich und hob den Schlüssel auf. Ich riet einfach und probierte ihn an den Fesseln um Franks Fußgelenke aus. Die Schlösser öffneten sich.

»Cookie?« sagte er ungläubig, starrte auf den Monitor und rieb sich die Knöchel.

»Ja, Frank. Ich weiß, daß er ein Freund deines Vaters war, aber ich traue ihm nicht. Ich weiß nicht, was er jetzt vorhat, aber es muß irgendein Trick sein.«

»Bist du dir sicher, daß er der Gesuchte ist?«

»Ja.«

Frank blickte auf den Monitor und dann wieder zu mir. »Gehen wir«, sagte er und rief: »Bret, warte!«, während er die Stufen hinaufhastete.

Bret erreichte die Halle nur kurz vor uns und ignorierte unsere wiederholten Rufe.

Als wir durch die Tür gerast kamen, richtete Samuel lächelnd eine Pistole auf Nathan Cook, der die Hände erhoben hatte.

Cook lächelte auch, bis er Frank sah. »Ah, Frank«, sagte er. »Du wirst mir wahrscheinlich nie verzeihen – aber anscheinend weißt du überhaupt nicht, worum es eigentlich geht.«

»Ich weiß es«, erwiderte Frank ganz ruhig.

Bis zu diesem Augenblick hatte er vielleicht nicht ernsthaft daran geglaubt, daß Nathan Cook der Mann war, den Hocus suchte. Doch nun regte sich unverkennbare Wut in ihm.

Cook zog eine Augenbraue hoch. »Ja, offensichtlich.«

»Allerdings ist er es«, sagte Samuel. »Er heißt Nathan Cook.«

»Sind die Türen wieder scharf gemacht?« wollte Bret nervös wissen.

Samuel nickte.

Bret ging an ein Telefon neben dem Kassenhäuschen und nahm den Hörer ab. »Detective Cassidy? Nathan Cook hat sich uns ausgeliefert. Wir haben die Türen wieder scharf gemacht. Wir lassen Detective Harriman und Ms. Kelly frei, sobald wir Mr. Cook in sicherer Verwahrung haben.«

»Ich kann euch gar nicht sagen, wie lange ich darauf gewartet habe, daß sich diese Sache klärt«, sagte Cook.

»Wir haben zuerst gewartet, vergessen Sie das nicht«, entgegnete Samuel. »Powell hatte es satt, auf Sie zu warten.«

»Ja, das tut mir leid«, erklärte Cook, womit er Samuel zum Lachen brachte. Er ignorierte das Lachen und sprach weiter. »Es war gar nicht meine Absicht, so lange zu brauchen. Es war schon hell, als ich die Haltebucht fand, und ich mußte erst warten, bis es wieder dunkel wurde, und dann noch, bis der Verkehr aufhörte. Ich hätte nie damit gerechnet, daß Powell so gewalttätig werden würde.«

Samuel lachte erneut auf.

»Drogenhandel, Cookie?« fragte Frank. »Mein Vater hätte dich mit bloßen Händen erwürgt.«

»Es war kein richtiges Dealen, Frank. Ich wollte nur ein Zeichen setzen. Die Vollidioten von der Sitte hätten mich nie degradieren dürfen. Es war nur eine Methode, sie zu ärgern. Ich habe das Geld nicht einmal behalten. Ich habe es hergeschenkt – kleine Geldspenden für gute Zwecke.«

»Als Buße?« fragte ich. »Oder um der Aufmerksamkeit der internen Untersuchungskommission zu entgehen?«

»Bitte«, sagte Bret ruhig. »Nichts, was er zu sagen hat, spielt auch nur die geringste Rolle.« Cook funkelte ihn an, doch Bret fuhr fort. »Er kann nicht entschuldigen, was er getan hat. Das weiß er sogar selbst. Deshalb ist er ja hereingekommen.«

Cook senkte den Blick.

»Nehmen Sie den Helm und die kugelsichere Weste ab«, verlangte Samuel.

»Langsam«, fügte Frank hinzu. Cook griff nach dem Helm und ließ ihn zu Boden fallen. Dann begann er, die Weste aufzuknöpfen.

»Cecilia, Gus und Bear dachten, ich müsse dazu gezwungen werden, hierherzukommen und dich zu retten, Frank«, sagte Cook. »Sie haben sich getäuscht. Damit sind die höllischen Jahre vorüber.«

»Du rettest überhaupt niemanden«, widersprach Frank zornig. »Nicht zu fassen, daß du noch versuchst, als Held dazustehen.«

»Warum nicht?« sagte er und zog rasch eine Pistole unter der Weste hervor. Er richtete sie direkt auf Samuel. »Fallen lassen, Söhnchen.«

Samuel zuckte unter dem Wort »Söhnchen« zusammen, doch dann lächelte er.

»Schlag's dir aus dem Kopf«, meinte Cook mit einem Seitenblick auf Frank, der ein bißchen näher an ihn herangerückt war.

»Bret?« sagte Samuel.

»Ja?«

»Grüß Julian von mir.« Dann drückte er den Abzug. Das laute Knallen der Schüsse ertönte beinahe gleichzeitig, der von Cook einen Sekundenbruchteil später, zusammen mit Brets Aufschrei. Die Halle füllte sich mit dem beißenden Geruch von Schießpulver.

Frank lief zu Samuel hinüber. »Nein –«

Ich warf einen Blick auf Cook und wandte mich gleich wieder von dem ab, was von seinem Kopf übriggeblieben war, als ich ihm die Pistole aus der Hand nahm. Ich zwang mich dazu, ihm den Puls zu fühlen. Ich muß gestehen, daß es mich nicht betrübte, als ich keinen fand.

Bret hatte sich über Samuel gebeugt, hielt ihn fest umklammert und stieß Laute des Schmerzes und der Trauer aus. Ich sah Frank an, woraufhin er den Kopf schüttelte. Er hatte Samuel die Pistole abgenommen, sie jedoch einfach nur außer Brets Reichweite beiseite gelegt. Ich legte Nathan Cooks Waffe daneben.

Frank setzte sich neben Bret und stützte ihn. Franks Gesicht erinnerte mich an das Gesicht auf dem Foto. Ich stellte mich neben ihn und fuhr ihm zärtlich durchs Haar. Er griff nach oben, nahm meine Hand und hielt sie fest.

Das Telefon klingelte. Frank sah zu mir auf. Ich ließ ihn nicht los, sondern nahm den Hörer mit meiner freien Hand ab.

»Cassidy?«

»Irene? Wir haben Schüsse gehört. Braucht jemand einen Krankenwagen?«

»Nein. Cook ist tot. Und Samuel auch.«

Ich hörte ihn seufzen. Seine Stimme zitterte, als er sagte: »Und die anderen?«

»Uns fehlt nichts. Geben Sie bekannt, daß wir unverletzt sind. Aber – lassen Sie uns Zeit.«

»Ich kann Bret hören.«

»Ja. Die Türen sind immer noch mit Sprengstoff präpariert, aber ich glaube nicht, daß Bret uns etwas antun wird. Wir müssen ihm nur etwas Zeit lassen.«

»Vielleicht will er Sie ja nicht absichtlich verletzen, aber ich weiß nicht, wie gefährlich er momentan ist – insbesondere für sich selbst, aber vielleicht auch für Sie und Frank. Diese beiden Jungen hatten eine Art Selbstmordpakt miteinander. Lassen Sie ihn nicht aus den Augen. Wo sind die Waffen?«

»Außer Reichweite.«

»Gut. Sorgen Sie dafür, daß es so bleibt, ja?«

»Ja.«

»Wir müssen mit ihm reden, ihn dazu bringen, die Sache anders zu sehen.«

»Ich glaube nicht, daß er in der Verfassung ist –«

»Nein, nicht jetzt auf der Stelle. Natürlich nicht. Aber ich möchte nicht, daß ihm noch mehr Schlimmes zustößt, Irene.«

»Das weiß ich doch, Cassidy.«

Ich weiß nicht, wie lange wir so eng aneinandergedrängt auf dem Fußboden sitzen blieben. Als ich den Eindruck hatte, daß Frank aufnahmebereit war, flüsterte ich ihm einige von Cassidys Befürchtungen ins Ohr. Frank nickte, klappte die Pistolen auf, nahm die restlichen Kugeln heraus und steckte die Waffen ein. Bret schien nichts anderes wahrzunehmen als Samuel.

Als die Erschöpfung schließlich Brets Trauer zu dämpfen begann, löste Frank sachte Brets Finger von Samuels Hemd. Obwohl Bret sich bekanntermaßen vor Blut fürchtete und nun darin gebadet war, schien er es gar nicht zu bemerken. Wir stellten ihn zwischen uns, legten die Arme um ihn und gingen zum Keller zurück. Inzwischen war er in ein Stadium völliger Gefühllosigkeit eingetreten. Wir halfen ihm dabei, sich zu waschen, doch er starrte nur mit leerem Blick ins Weite. Frank holte ein Bühnenkostüm aus einem der Schrankkoffer und fragte Bret, ob er sich umziehen wolle.

Bret gab keine Antwort, doch er nahm die Kleider und ging ins Badezimmer.

»Vielleicht sollten wir ihn nicht einmal dabei allein lassen«, sagte ich.

»Da drinnen gibt es nichts, womit er sich etwas antun könnte«, erwiderte Frank. »Ich habe ihm nicht einmal einen Gürtel gegeben. Aber wenn er nicht in ein paar Minuten herauskommt, sehe ich nach ihm.«

Doch Bret kam heraus, und seine Stimmung schien sich gewandelt zu haben. Am liebsten hätte ich Cassidy angerufen. Ich wechselte einen Blick mit Frank, woraufhin er zum Telefon griff.

»Was lesen Sie gerade für ein Buch, Ms. Kelly?« fragte Bret.

»Nennen Sie mich Irene«, sagte ich. Ich griff in meine Gesäßtasche und zog das vergessene Taschenbuch hervor.

»Bret Harte«, meinte er. »Lesen Sie mal die Titelgeschichte. Über eine Gruppe von Außenseitern, die in einem Schneesturm festsitzen. Diese Geächteten sind keine Heiligen, sondern unbestreitbar Sünder, aber im Grunde sind sie nicht schlimmer als die Leute, die sie aus der Stadt vertrieben haben – in mancher Hinsicht eher besser. Sie sind unvollkommen in einer unvollkommenen Welt. Aber angesichts der widrigen Umstände tun sie, was sie können.«

»Ist das die Geschichte, in der John Oakhurst vorkommt?«

Er lächelte. »Ja. John Oakhurst. Er nagelt die Kreuz Zwei an einen Baum – ›zugleich der stärkste und doch der schwächste der Geächteten von Poker Flat‹.«

Ich verstand das Zitat nicht und wollte ihn gerade fragen, was es bedeutete, doch Frank rief ihn ans Telefon.

»Die Harrimans können jederzeit gehen«, sagte Bret zu Cassidy. »Ich entschärfe die Türen. Aber ich bleibe hier bei Samuel.«

»Wir gehen nicht ohne dich«, erklärte Frank und stellte sich stur.

Cassidy sprach lange mit Bret, während Frank und ich nebeneinander saßen und schweigend darauf warteten, daß der Unterhändler Bret dazu überredete, die Toten – und zwar alle – hinter sich zu lassen.

Wir hörten, wie sich Brets Anteil an dem Gespräch wandelte. Ja, er konnte sich später immer noch umbringen, insofern hatte er nichts dagegen, mit Cassidy zu reden. Und Cassidy, der seine persönliche Zauberkraft einsetzte, brachte Bret dazu, davon zu sprechen, wie er Frank und die Szals wieder neu kennenlernen könnte, und von anderen als von Racheträumen zu erzählen. Darüber, daß sich das Leben jetzt ändern könnte und welche Projekte er gern abschließen wollte. Das Theater zum Beispiel.

»Glauben Sie«, fragte Bret Frank irgendwann, »daß wir uns wirklich kennenlernen könnten?«

»Ja«, antwortete Frank. »Ich unterhalte mich gern mit dir, Bret.«

»Das sagen Sie aber nicht einfach so dahin, oder?«

»Nein«, erwiderte Frank. »Das meine ich ernst.«

»Ich habe Angst«, gestand Bret.

»Ich weiß«, erklärte Frank. »Ich hatte in den letzten Tagen auch Angst, und du hast versucht, mir zu helfen. Ich werde auch versuchen, dir zu helfen. Du mußt nicht alles allein durchstehen.«

»Okay«, sagte Bret schlicht und erklärte Cassidy, daß wir in ein paar Minuten zur Vordertür herauskommen würden.

Er legte sein weißes Cape um, als wir in der Halle standen, gleich bei der Tür. »Wie sehe ich aus?« fragte er Frank.

»Großartig«, war die Antwort. »Merlin wäre stolz.«

»Ich habe Angst«, sagte er noch einmal und sah zu Samuels Leiche hinüber.

»Wir sind doch bei dir«, meinte Frank und legte Bret einen Arm um die Schultern.

Wir stießen die Tür auf. Ich trat als erste hinaus. Grelle Scheinwerfer leuchteten herüber. Ich hob eine Hand, um meine Augen zu schützen, aber Bret scheute völlig zurück.

Ich hörte, wie Cassidy anordnete, daß ein paar Scheinwerfer ausgeschaltet werden sollten. Dann versuchten wir es erneut.

Beim nächsten Mal war es nicht mehr so schlimm. Ich sah Cassidy auf der anderen Straßenseite auf uns warten. Wir traten auf den Gehsteig hinaus. Wir waren frei, sagte ich mir. Frank kam nach Hause. Doch mit jedem Schritt war ich mir dessen bewußt, daß Waffen auf uns gerichtet waren, und ich spürte Brets Angst.

»Was ist denn los?« hörte ich Frank fragen, und mir fiel auf, daß sie stehengeblieben waren. Ich wartete auch.

»Fesseln«, sagte Bret.

Jetzt sahen wir auch, was ihn zum Stehenbleiben veranlaßt hatte: ein Polizist mit einem Paar Handschellen.

»Laßt gefälligst diese gottverdammten Handschellen verschwinden«, brüllte Frank und schockierte damit eindeutig jeden, der ihn als den stillen Frank Harriman kannte.

Cassidy wirkte ähnlich ungeduldig, und die Handschellen verschwanden rasch außer Sichtweite.

»Keine Angst, jetzt bist du in Sicherheit«, sagte Frank. Bret sah Frank an und lächelte. »Das haben Sie das erste Mal, als wir uns begegnet sind, auch gesagt. Sie waren wirklich unser Held, wissen Sie«, erklärte er und griff in sein Cape.

»Nicht schießen!« schrie Frank, doch der Schuß ertönte, bevor er den Satz beendet hatte. Brets Knie knickten ein. Frank packte ihn ungeschickt, während er zusammensank, und nahm ihn dann in die Arme. »Bret? Bret?«

Leute begannen auf uns zuzulaufen, doch Frank fiel auf die Knie und ich mit ihm, während ich hilflos zusah, wie er den Kopf in den Nacken warf und einen gequälten Klagelaut ausstieß.

Cassidy kam zu uns herüber und befahl allen anderen, uns in Ruhe zu lassen. Ich hörte ihn leise fragen: »Wonach hat er gegriffen?«

Frank hob sachte Brets Hand an, die noch immer die Kreuz Zwei umklammert hielt.

»John Oakhurst«, erklärte er, »hat Selbstmord begangen.«

Epilog

Ich sah von der Veranda unseres Zimmers im Halekulani aus zu, wie mein Mann die Länge des Orchideenbeckens durchtauchte. Mit kraftvollen und anmutigen Bewegungen schwamm er über das feine blaue Mosaik. Als er an die Oberfläche kam, um wieder Luft zu holen, empfand ich sogar diese paar Meter Abstand zwischen uns als fast zuviel. Vielleicht spürte er meinen Blick, denn er wandte sich zu mir um, lächelte und winkte. Auch ihm war der Abstand zu groß.

Halekulani bedeutet »ein dem Paradies ebenbürtiges Haus«, und das ist es auch. Wir waren nach Waikiki gekommen, weil wir noch nie dort gewesen waren und weil wir nirgendwo sein wollten, wo wir schon einmal gewesen waren. Wir wollten versuchen, alles mit anderen Augen zu sehen, indem wir uns eine andere Umgebung ansahen. Wir wurden hier verhätschelt, bekamen köstliche Speisen serviert und wurden auch in jeder anderen Hinsicht perfekt umsorgt. Wir hatten für stürmische Zeiten gespart, und als das Unwetter losbrach, wurde Hawaii unser Zufluchtsort.

Wir hatten ihn nötig. Wir brauchten eine Zeit, in der wir nach unseren Alpträumen ausschlafen konnten, einen Ort, um unsere Erinnerungen aufzuarbeiten, ohne daß Beobachter unsere Reaktionen beäugten.

Las Piernas, das uns mehrere Stunden voraus ist, hatte den Tag gerade hinter sich. Mein Chefredakteur, der eine Woche vorher von der schwierigsten Geschichte, die ich je geschrieben hatte, über die Maßen begeistert gewesen war, war nun verärgert, weil ich nicht da war, um eine neue Aufgabe zu übernehmen. Meine Schwester, die während unserer qualvollen Woche nicht in der Stadt gewesen war, nahm mir übel, daß ich um dieses kurzen himmlischen Genusses willen abgereist war.

Andere Personen gingen mit den Nachwehen dieser Woche auf ihre Art um. Cecilia, Gus und Greg befanden sich wieder in Bakersfield und waren froh, daß niemand Anklage gegen sie erhob. Ausführliche Untersuchungen hatten ergeben, daß sowohl Lang als auch Colson – die kaum eine Chance hatten, einer Haftstrafe zu entgehen – ein Familienmitglied aufgrund einer Sucht verloren hatten. Lieutenant Carlson, der sich vermutlich vor der internen Untersuchungskommission dafür verantworten müssen würde, daß er die Geschichte über Hocus weitergegeben hatte, würde bei unserer Rückkehr womöglich kein Lieutenant mehr sein. Bredloe, der sich dem Ärger des Chefs darüber stellen mußte, daß man Nathan Cook das Gebäude hatte betreten lassen, würde womöglich kein Captain mehr sein. Pete, der ein oder zwei Tage brauchte, um zu begreifen, daß Frank wieder in Sicherheit war, hatte Urlaub genommen und war mit Rachel fischen gefahren. Sie hatten Jack dazu eingeladen, und er hatte beschlossen, unsere beiden Hunde mitzunehmen, nachdem sie Frank so gnadenlos auf Schritt und Tritt gefolgt waren, daß wir schon fürchteten, wir würden sie surfend am Strand von Waikiki ankommen sehen. Bea, die mit Frank ein langes Gespräch über seine ältere Schwester geführt hatte, wohnte in unserem Haus und leistete Cody Gesellschaft. Sie hatte Frank einen kleinen Bilderrahmen für sein Foto von Diana gekauft.

Cassidy war auf Maui. Dort würden wir die zweite Woche unserer Ferien verbringen.

Frank sprach davon, bei der Polizei aufzuhören und sich in einer anderen Branche zu versuchen. Ich versicherte ihm, daß ich seine Frau bleiben würde, selbst wenn er als Gammler am

Strand leben wollte. Den Bart hatte er sich zwar bislang nicht rasiert, aber sonst hatte er sich noch nicht festgelegt.

»Vermutlich kein guter Zeitpunkt, eine solche Entscheidung zu treffen«, hatte er gestern gesagt.

Vermutlich nicht.

Doch diese Welt lag Stunden vor uns, mehr Stunden, als man anhand eines simplen Längengrads messen konnte. Wir freuten uns unseres zeitlichen Rückstands und lebten im Rhythmus von Hawaii. Die Hawaiianer waren so nett, uns zu zeigen, wie man eine Stufe zurückschaltet.

Frank schwamm mir bis zum Beckenrand entgegen und streckte die Arme aus, als ich hineinstieg.

Obwohl in uns noch vieles heilen mußte, hatten wir erkannt, was Bret und Samuel traurigerweise nicht mehr erkennen konnten, nämlich daß uns Leid nicht zwangsläufig zerstört, sondern das, was zurückbleibt, oft wesentlich mehr ist als das, was einem genommen wurde. Und selbst wenn nach all dem Schmerz der vergangenen Tage ein Teil unseres Lebens nach wie vor in Trümmern lag, so würden wir auf ihnen unser eigenes Halekulani aufbauen, unser dem Paradies ebenbürtiges Haus.

Oder, so dachte ich, als ich ins Wasser und in Franks Arme glitt, etwas, was dem verdammt nahekam.

Danksagung

Zuallererst hat Laurie Bernstein Dank für dieses Buch verdient, und zwar weil sie von vornherein daran geglaubt hat. Der Verlag Simon & Schuster hat mir unschätzbare Unterstützung geleistet, ebenso wie meine Agentin Nancy Yost.

Neben Freunden und Verwandten, die mich bei Laune hielten, bin ich Lisa Baldridge und der wissenschaftlichen Archivarin Sandra Molen sowie anderen Mitarbeitern des *Bakersfield Californian* verpflichtet, die mir bei meinem Besuch dort so freigiebig ihre Zeit und ihre Unterstützung zukommen ließen. Der erfundene Brandon North würde keinen Tag überstehen, wenn er mit Ms. Molen konkurrieren müßte, die wesentlich kompetenter und akkurater ist als er. Patrice Black von der Bakersfielder Handelskammer hat mir geholfen, Bea Harrimans Haus zu finden, und mir zusätzliche Informationen über die Gegend gegeben. Dankbar bin ich außerdem für die Hilfe der Mitarbeiter des Kern County Museum, der Universitätsbibliothek der CSU in Long Beach, der Stadtbibliothek von Long Beach (insbesondere James Washington und Eleanor Newhard) und der Beale Memorial Library in Bakersfield. Genau wie es bei den Mitarbeitern des *Californian* der Fall ist, ähneln die Bibliothekare in diesem Buch denen der Beale Library nur, wenn sie brillant und hilfsbereit sind.

Mein Dank geht auch an Ingenieur Joel Hendricks vom kalifornischen Ministerium für Forstwirtschaft für seine Informationen zur Brandbekämpfung; an Skip Langley für sein Wissen über medizinische und industrielle Gasanlagen; an

Ranger Patty Bates vom U.S. Forest Service, Greenhorn Ranger District, Sequoia National Forest, für Daten über den Kern River und die Tierwelt des Canyons; an Mike Brewer vom Zoo in San Diego für ausführlichere Informationen über das Verhalten wildlebender Tiere; an Dan Coburn für Daten über Flugzeuge; an Andy Voekel für Hilfe am Computer; an die kalifornischen Vertretungen von Southern Pacific sowie von Atchinson, Topeka & Santa Fe Railroads für Angaben über Güterzüge.

Medizinische Fragen beantworteten mir Dr. James Gruber, Notarzt, Dr. Ed Dohring, orthopädischer Chirurg, und Diplomkrankenschwester Kelly Dohring. Tonya Pearsley half mir mit Informationen über die psychischen Aspekte des elektiven Mutismus und in anderen Punkten, die viel zu zahlreich sind, um hier Platz zu finden.

Einblick in Polizei- und Ermittlungsarbeit wurde mir von mehreren Mitgliedern der Polizei von Long Beach großzügig gewährt, insbesondere von den Detectives Bill Valles und John Gill und von Corporal Henry Erickson. Zusätzliche Hilfe leisteten Vic Pietrantoni von der Polizei Los Angeles, Dezernat für Mord und Raubüberfälle; Vernon Pitsker, Privatdetektiv; die FBI-Abteilung Long Beach; das Bakersfielder Revier der California Highway Patrol; und GTE Security. Dankbar bin ich außerdem meinem Neffen John Pearsley jr., der kürzlich als Officer der Polizei von El Cajon vereidigt wurde und auf den ich unglaublich stolz bin.

Regina und Greg Szal sind wesentlich beeindruckender als ihre fiktiven Namensvettern, und ich bin ihnen sehr dankbar für die Aufschlüsse, die sie mir über Astronomie und Sprachtherapie gaben.

Verschiedene Mitarbeiter des Richard und Karen Carpenter Performing Arts Center der CSULB gaben mir bei meinen Besuchen dort bereitwillig Auskunft über alte und neue Theater; äußerst dankbar bin ich auch meiner guten Freundin, der Regisseurin Sharon Weissman, die mir dabei half, Beleuchtungsbrücken und andere Bereiche zu erforschen, und der Produktionsleiterin Kathryn Harvey, die die Rohfassung durchgelesen hat und mir Informationen über Dramaturgie und Bühnenbild lieferte.

Debbie Arrington steuerte mit ihren Informationen über die Arbeit von Reportern erneut unschätzbare Hilfe bei.

Joyce Matsumoto und Chefkoch Mavro (George Mavrothalassitis) sind zwei Gründe dafür, daß das Halekulani wirklich dem Paradies ebenbürtig ist. Mahalo.

Cappy, danke, daß du mir die Füße gewärmt hast. Und wenn zu Hause dort ist, wo das Herz ist, lautet meine lebenslange Anschrift Tim Burke.

JOY FIELDING

Ein Anruf am frühen Morgen verändert Bonnie Wheelers wohlgeordnetes Dasein auf einen Schlag: Joan, die Ex-Frau ihres Mannes, warnt Bonnie vor einer geheimnisvollen Gefahr, in der sie und ihre kleine Tochter schweben sollen.
Wenig später wird Joans Leiche gefunden...

»Ein Meisterstück!« *Für Sie*
»Mörderisch spannend!« *Kieler Nachrichten*

43262

GOLDMANN